The Devil inside of him — Tödliche Verführung

AF223467

Die Autorin

Vanessa Steiert wurde 1996 in Freiburg im Breisgau geboren. Nach einem Studium der Kindheitspädagogik arbeitet sie nun in einer Kinderkrippe. Ihre größte Leidenschaft gilt schon immer der Welt der Bücher. Den Kopf voller Geschichten begann sie bereits im Grundschulalter diese aufzuschreiben. Mit ihrem Debüt The Devil inside of him – Tödliche Verführung vereint sie ihre beiden Lieblingsgenres Romance und Krimi in einem Roman. Wenn ihr neben dem Lesen und Schreiben noch Zeit bleibt, verbringt sie diese gerne in der Natur oder mit dem Erlernen der italienischen Sprache.

Vanessa Steiert

The Devil inside of him

—

Tödliche Verführung

Bibliografische Information der Deutschen Nationalbibliothek:
Die Deutsche Nationalbibliothek verzeichnet diese Publikation in der
Deutschen Nationalbibliografie; detaillierte bibliografische Daten sind im
Internet über dnb.dnb.de abrufbar.

1. Auflage
© 2024 Vanessa Steiert

Coverdesign: inspirited books Grafikdesign | www.inspiritedbooks.at

Lektorat, Korrektorat, Satz, Herstellung und Verlag:
BoD – Books on Demand, Norderstedt

ISBN: 978-3-7583-7446-3

Die Autorin ist auf Instagram zu finden unter: vs_writing_

Für alle, denen es manchmal schwerfällt, an sich zu glauben.
Seid mutig. Geht raus in die Welt und zeigt, was in euch steckt.

Ihr seid wunderbar.

»Ich rief den Teufel und er kam,
Und ich sah ihn mit Verwundrung an.
Er ist nicht hässlich und nicht lahm,
Er ist ein lieber, charmanter Mann.«

Heinrich Heine

Prolog

*I*ch führe ein Doppelleben. Aber nicht, wie Menschen in Kino-filmen das tun, wenn sie nachts plötzlich zum Superhelden oder Geheimagenten mit besonderen Fähigkeiten werden. Ich bin auch kein gefeierter Teenie-Star, der unter der Woche noch zur Schule geht. Eigentlich bin ich ein ganz gewöhnlicher Typ. Ich esse, trinke, schlafe, hänge mit meinen Kumpels ab, gehe zum Sport und zur Uni. Nichts Besonderes also.

Doch tief in mir drin schlummert sie: meine verborgene, böse Seite. Eine dunkle Seele, die die Macht besitzt, jederzeit auszubrechen und sich wie ein Schleier über meinen Verstand zu legen.

Das soll keineswegs eine Entschuldigung für mein Handeln sein. Vielmehr versuche ich zu erklären, was in mir vorgeht, wenn ich los-ziehe und in meiner Vorstellung diese abscheulichen Dinge mache. Es ist wie eine Sucht. Die Gier packt mich, frisst sich in jede Zelle meines Körpers und ist erst zufrieden, wenn ich das erreicht habe, wonach ich mich so sehr sehne: den Tod meiner Opfer.

Das Erwachen meines inneren Dämons beginnt langsam, bevor er Stück für Stück komplett Besitz von mir ergreift. In allen Einzelheiten stelle ich mir vor, wie ich es anstellen würde, den perfekten Mord an der *perfekten* Frau.

Zunächst erschleiche ich mir ihr Vertrauen. Wenn sie anfängt, sich in meinen starken Armen in Sicherheit zu wiegen, packe ich sie und drücke sie gegen die Wand. Ihr Gesicht ist angstverzerrt, wenn sie versucht, sich zu wehren, aber sie hat keine Chance, weil ich sie zuvor gefesselt habe. Meine Hände lege ich an ihre Kehle, um ihre ohnehin von niemandem gehörten Hilferufe zu ersticken. Anschließend streiche ich zärtlich über ihre Wange und versichere ihr, dass alles gut wird. Leise wird sie mich um Gnade bitten, ja regelrecht anflehen, sie gehen zu lassen, aber diese Gütigkeit kenne ich nicht. Viel zu berauscht bin ich von der Macht, die ich über sie habe. Adrenalin jagt durch meine Adern, während ich sie zu küssen beginne und gleichzeitig langsam das Messer aus meiner Hosentasche hervorziehe. Ich küsse sie heftiger, wild und fordernd. Die Hand, in der ich das Messer halte, holt aus. Mit einem Ruck steche ich tief in ihre Brust. Genau an der Stelle, wo sich ihr Herz befindet. Ihr süßes Blut spritzt in alle Richtungen. Trifft mich an Armen, Beinen und mitten ins Gesicht. Fassungslos schaut sie mich an, in ihrem Gesicht das blanke Entsetzen und die Gewissheit, dass ich sie getötet habe. Friedselig halte ich sie in meinen Händen und sehe dabei zu, wie das Leben aus ihrem Körper entweicht. Ich bleibe so lange bei ihr, bis nur noch eine leere, blasse Hülle zurückbleibt. Befriedigt betrachte ich die Leiche so genau, dass das Bild sich für immer in mein Gedächtnis eingräbt. Dann gehe ich zurück in mein normales Leben.

Tausend Mal habe ich dieses Szenario in meinem Kopf durchgespielt. Und heute wird es endlich wahr.

Teil I

Freitag, 12.04.2019

Valerie

Welches Kleid steht mir denn jetzt besser, das rote rückenfreie oder doch lieber das kurze schwarze?«, fragt mich meine beste Freundin Stella, während sie besagte Kleider nebeneinander in die Höhe hält, damit ich sie besser vergleichen kann.

»Das schwarze. Immer noch«, antworte ich, ohne von meinem Handy aufzusehen, denn das muss ich auch gar nicht mehr. Seit geschlagenen zwanzig Minuten quält Stella mich nun schon mit dieser Frage - oder besser gesagt, sich selbst. Dabei habe ich meine Entscheidung bereits getroffen, als sie mir die Kleider zum ersten Mal vorgeführt hat. Keine Frage, Stella hat eine perfekte Figur, mit der sie alles tragen könnte. Doch während der Saum des roten Kleides locker ihre Knie umspielt und sie mädchenhafter wirken lässt, schmiegt sich das schwarze Kleid wie eine zweite Haut an ihren Körper und bringt so all ihre Kurven bestmöglich zur Geltung. Passend dazu bildet ihr langes blondes Haar den idealen Kontrast zu dem schwarzen Stoff.

»Danke für deine großartige Hilfe. Du hast ja nicht mal hingesehen«, schnaubt sie nun und untermauert die Dringlichkeit der Lösung ihrer Krise mit einem tiefen Seufzen.

»Ich habe hingesehen. Sogar mehr als einmal. Nur scheinst du von meiner Meinung nicht überzeugt zu sein.«

Unbeirrt scrolle ich weiter durch meinen News-Feed bei Instagram, während ich meine Beine auf Stellas Bett ausstrecke. Nach diesem anstrengenden Tag, den ich fast ausschließlich damit verbracht habe, meiner Tante Ginny an ihrem Obst- und Gemüsestand auf dem Marktplatz auszuhelfen, tut das mehr als gut. Ich kann förmlich spüren, wie meine Muskeln sich vom ständigen In-Bewegung-Sein und Kisten-Herumschleppen entspannen. Trotz dieser körperlichen Anstrengung, welcher ich jedes Mal ausgesetzt bin, wenn ich bei Ginny arbeite, liebe ich meinen Nebenjob bei ihr. Früher hat sie oft auf mich aufgepasst, wenn mein Dad wieder einmal länger auf dem Revier bleiben musste, weil er kurz vor der Aufklärung eines Mordfalls war. Deshalb haben wir ein sehr inniges Verhältnis zueinander. Außerdem hat die Arbeit bei Ginny den positiven Nebeneffekt, während meines Sozialpädagogikstudiums etwas Geld zu verdienen.

Unter zahlreichen Sprüchen und niedlichen Tiervideos entdecke ich auf Instagram ein neues Foto meiner Kommilitonin Lara, die schon seit Monaten daran arbeitet, Food-Bloggerin zu werden. Ihr neuester Beitrag zeigt ein Sandwich, bestehend aus Salat, Schinken und einem Spiegelei, dessen Eigelb entlang des Sandwiches auf den Teller rinnt. O mein Gott, es sieht so köstlich aus, dass mir mit einem Schlag das Wasser im Mund zusammenläuft und mein Magen anfängt zu grummeln. Wann habe ich eigentlich zuletzt etwas gegessen? Ich glaube, das ist bereits einige Stunden her.

»Natürlich vertraue ich deinem Urteil. Aber findest du den Rock nicht etwas kurz?«, bringt Stella mir in diesem Moment entgegen. Mittlerweile hat sie wieder das schwarze Kleid angezogen und zupft jetzt an dessen Ende, damit es ihre nackten Oberschenkel etwas mehr bedeckt. Vergeblich.

Ich lache belustigt auf. »Ernsthaft? Seit wann ist dir jemals ein Rock zu kurz?«

Stella ist eindeutig die Mutigere und Aufgeschlossenere von uns beiden. Ständig versucht sie mich zu überreden, Dinge zu machen, für die ich mich viel zu sehr schäme. Beispielsweise Karaoke singen oder in einem See nackt baden. Meistens weigere ich mich, auch wenn das bedeutet, dass sie mich als Spaßbremse tituliert. Das nehme ich jedoch gerne in Kauf, wenn ich daran denke, was bei dem einen Mal passiert ist, als sie es geschafft hat, mich zu überreden … die Sache mit dem Youtube-Video. Urgh. Unweigerlich jagt mir die Erinnerung daran einen kalten Schauer über den Rücken. Um meine Gedanken in andere Bahnen zu lenken, verpasse ich Laras Foto ein Like und scrolle weiter.

»Nicht, dass ich ein Problem mit der Kürze des Kleides habe, aber hast du nicht mitbekommen …«

Den Rest von Stellas Erwiderung nehme ich nicht mehr wahr. Viel zu sehr trifft mich das Foto, welches als nächstes auf meinem Handydisplay erscheint. Ein verliebtes Pärchen, eng umschlungen, lächelt mich an. Der Hintergrund zeigt die malerische Küstenlandschaft von Rhodos …

Ich weiß, es sollte mich nicht mehr so runterziehen, zu sehen, wie mein Ex-Freund, ohne auch nur eine einzige Sekunde an mich zu denken, glücklich weiterlebt. Immerhin ist es schon ein halbes Jahr her, als er aus heiterem Himmel beschlossen hat, mich wegen dieser dummen Tussi - dieses anderen Mädchens – zu verlassen. Aber um ehrlich zu sein, tut es immer noch verdammt weh.

Ich kann nicht aufhören, das Foto anzustarren, während mein Herz sich schmerzhaft verkrampft und sich in meinem Bauch ein eifersüchtiges Ziehen breitmacht. Je länger mein Blick an den beiden haftet, desto mehr habe ich den Eindruck, dass sie mich hämisch angrinsen.

»Hallo. Erde an Valerie. Jemand zu Hause?« Stella steht vor mir und wedelt mit ihrer Hand vor meinem Gesicht herum, um mich in die Realität zurückzuholen.

Immer noch halb in meinem tranceartigen Schockzustand gefangen, entfährt mir ein Geräusch, das sich wie ein Grunzen anhört.

»Na, was gibt's denn so Spannendes zu sehen, dass du alles um dich herum vergisst?«

Sie versucht einen Blick auf mein Handy zu erhaschen, doch ich drücke das Display blitzschnell gegen meine Brust. Das führt allerdings nur dazu, sie noch neugieriger zu machen.

»Jetzt zeig doch schon her«, fordert Stella mich auf, während sie nach meinem Handy greift. Ich versuche noch, sie aufzuhalten, reagiere aber eine Sekunde zu spät. Als sie das Foto von meinem Ex und seiner Neuen entdeckt, stöhnt sie theatralisch auf. »Oh, Valls. Hast du etwa immer noch Liebeskummer wegen diesem Idioten?«

»Er heißt Marvin.« Das ist alles, was ich hervorbringe, während ich merke, wie sich ein Kloß in meinem Hals bildet.

Stella schnaubt verächtlich. »Ist doch völlig egal, wie er heißt. Ein Idiot ist er trotzdem. Warum tust du dir das überhaupt an, anstatt ihm einfach zu entfolgen?« Bei den Worten *das hier* hebt sie das Handy in die Höhe und wedelt damit hin und her, um ihrer Aussage Nachdruck zu verleihen.

»Ich weiß es nicht«, sage ich leise, während meine ersten Tränen sich ihren Weg an die Oberfläche zu bahnen beginnen. Aber ich schätze, das ist nicht ganz die Wahrheit. Würde ich Marvin tatsächlich nicht mehr auf Instagram folgen und seine Telefonnummer löschen, hätte ich keinerlei Zugang mehr zu seinem Leben. Und egal wie erbärmlich sich das gerade anhört: Ich schätze, ich bin noch nicht dazu bereit, ihn endgültig gehen zu lassen.

Verstohlen wische ich mir über die Augenwinkel, damit Stella meine Tränen nicht bemerkt, doch natürlich kennt sie mich schon lange und weiß daher genau, was gerade in mir vorgeht. Sie setzt sich neben mich auf die Bettkante und nimmt mich tröstend in ihre Arme. Mitfühlend flüstert sie: »Na komm mal her, das wird schon wieder.«

Obwohl danach niemand von uns beiden mehr etwas sagt, fühle ich die Verbundenheit zwischen uns. Zu wissen, eine so gute Freundin wie Stella zu haben, muntert mich augenblicklich auf. Unsere Freundschaft existiert schon fast so lange ich denken kann. In meinem letzten Kindergartenjahr zog Stella nach Freiburg, wo wir wohnten. Ich erinnere mich noch genau, wie ich alleine im Sandkasten saß und Matschkekse gebacken habe. Aufgrund meiner Schüchternheit fiel es mir schon damals schwer, auf andere zuzugehen, deshalb spielte ich oft alleine. Doch an diesem Tag setzte sich Stella zu mir und fragte, ob sie mir helfen könne. Zwar sagte ich nichts, sondern nickte bloß und reichte ihr ein Förmchen, aber innerlich war ich sehr glücklich darüber, nicht mehr alleine zu sein. Wir backten so viele Matschkekse und Sandkuchen, wie noch niemand im Kindergarten zuvor gesehen hatte. Das war der beste Kindergartentag in meinem Leben. Seither sind wir unzertrennlich.

Nachdem wir uns eine ganze Weile in den Armen gelegen haben, schiebt Stella mich eine Armeslänge von sich, damit sie mich ansehen kann, ehe sie verkündet: »Davon werden wir uns jetzt aber sicherlich nicht den Abend verderben lassen. Was du brauchst, meine Liebe, ist jede Menge Spaß und Ablenkung.«

»Na sicher«, gebe ich wenig überzeugt von mir und versuche mich an einem Lächeln, das mir aber nicht ganz gelingen will.

»Komm schon. Die Partys im Studentenwohnheim sollen einfach legendär sein und außerdem haben wir schon vor Wochen beschlossen, zusammen dort hinzugehen.«

»Ist ja gut, ich lass dich schon nicht hängen«, ergebe ich mich, während ich mir ein Kissen schnappe, um es nach meiner besten Freundin zu werfen. Ein spielerischer Akt der Rache, der aber danebengeht, da Stella schnell reagiert und dem Wurfgeschoss ausweicht, welches einige Meter weiter auf dem Boden landet.

»Prima. Dann musst du dich jetzt nur noch umziehen«, jubelt sie.

»Ähm. Ich hatte eigentlich nicht vor, mich großartig aufzustylen«, wende ich ein.

»Was? Aber so kannst du doch unmöglich auf eine Party gehen.« Kritisch beäugt Stella mein dunkelblaues einfarbiges Top und die schwarzen Leggings. »Du kannst das rote Kleid anziehen«, bietet sie mir großzügig an.

»Aha, hat sich da jemand also tatsächlich für das schwarze Kleid entschieden?«, necke ich sie.

»Ich wusste von Anfang an, dass ich das schwarze anziehen würde, ich wollte nur deine Meinung dazu hören.«

»Ja, ist klar«, ziehe ich sie weiter auf.

»Jetzt komm schon und zieh dich um, sonst kommen wir noch zu spät«, quengelt sie.

Da sie nach unserem Schulabschluss ein halbes Jahr in Neuseeland als Au-pair verbrachte, hat sie erst jetzt ihr Studium begonnen.

Zu sehen, wie diese erste richtige Studentenparty sie nervös macht, bringt mich dazu, laut loszulachen. Daraufhin schnappt sie sich das Kissen, welches ich vorhin nach ihr geworfen habe, und wirft es in meine Richtung. Als es mich am Kopf trifft, quieke ich laut auf und werfe es anschließend zu ihr zurück. In kürzester Zeit liefern wir uns eine wilde, erbarmungslose Kissenschlacht.

Zwei Stunden später sehen uns aus dem Spiegel in Stellas Badezimmer zwei aufgebrezelte, attraktive junge Frauen entgegen. Stella trägt zu dem engen schwarzen Bandeaukleid, das gerade so ihren Hintern bedeckt, silberne High Heels mit unzähligen Glitzersteinchen an den Riemchen. Ihre hellblonden Haare, die ihr normalerweise bis zum Bauchnabel reichen, hat sie zu einer aufwendigen Flechtfrisur hochgesteckt und die dunklen Smokey Eyes lassen ihre blauen Augen groß hervorstechen. Passend dazu zaubert ihr der kirschrote Lippenstift volle, geschwungene Lippen.

Ich selbst habe etwas dezenteres Make-up aufgetragen. Lediglich etwas roséfarbener Lidschatten sowie ein schwarzer Lidstrich verzieren mein rundes Gesicht. Meine dunklen Haare, die ich offen und zu Locken eingedreht trage, heben sich perfekt von dem knallroten Stoff meines Kleides ab. Ähnlich wie bei Stella vorhin fällt der Rock locker bis zu den Knien. Zwar besitzt das Kleid vorne einen relativ hochgeschlossenen Ausschnitt, gibt dafür aber meinen Rücken bis zur Taille frei. Meine Lieblingshalskette, mit einem silbernen vierblättrigen Kleeblatt als Anhänger, und schwarze Pumps, welche mir Stella geliehen hat, runden mein Outfit ab.

»Sehen wir nicht einfach umwerfend aus?«, kommentiert Stella unser Spiegelbild.

»Einfach bezaubernd«, erwidere ich grinsend. »Nur meinst du nicht, dass wir ein klein bisschen overdressed für eine Wohnheimparty sind?«, werfe ich kleinlaut ein. Mein Unbehagen wächst allein bei dem Gedanken, so aufgebrezelt das Haus zu verlassen. Allerdings wollte ich Stella nicht in ihrem Rausch, sich schick zu machen, unterbrechen, da sie sich so auf ihre erste richtige Party als Studentin freut. Das bereue ich nun bei dem Ausblick, in diesem übertriebenen Aufzug von allen gemustert zu werden.

»Ganz und gar nicht. It's party time!«, jubelt Stella und tanzt voller Vorfreude im Badezimmer auf und ab.

In diesem Moment klopft ihr Bruder Ben energisch gegen die Tür. »Seid ihr bald fertig da drinnen? Andere Menschen in diesem Haus haben auch Bedürfnisse, die es erfordern, das Bad zu benutzen!«

»Kein Problem, kleiner Bruder, noch eine Sekunde, wir sind gleich so weit!«, brüllt Stella zurück, ehe sie ihr Handy zückt und mich zu sich heranzieht.

»Bitte lächeln«, sagt sie und drückt auf den Auslöser.

Ich muss unwillkürlich lachen und vergesse für einen kurzen Augenblick mein Unbehagen wegen meines aufgemotzten Aussehens. Zwar mag ich es, mich schick zu machen, um das Resultat anschließend im Spiegel zu bewundern. So aber tatsächlich auf die Straße zu gehen, ist noch mal etwas ganz anderes.

Als Stella schließlich die Tür öffnet, stürmt ihr Bruder an uns vorbei, hält bei meinem Anblick jedoch mitten in der Bewegung inne.

»Wow, Valerie. Du siehst echt super aus.«

»Ähm ... danke.« Verlegen beginne ich mit einer losen Haarsträhne zu spielen und richte meinen Blick auf den Boden, damit niemand der beiden mein aufkeimendes Lächeln bemerkt. Es ist zwar kein Geheimnis, dass Ben auf mich steht und mir wahrscheinlich auch ein Kompliment machen würde, wenn ich nur meinen Schlafanzug anhätte. Trotzdem freue ich mich über seine Worte. Sie sind genau die Art von Zuspruch, die ich jetzt brauche, um mich selbstbewusst in einem roten, rückenfreien Kleid unter Menschen zu begeben.

Dave

Heißes Wasser strömt aus der Dusche und spült den Schweiß von meiner Haut. Genießerisch schließe ich die Augen, während ich spüre, wie meine beanspruchten Muskeln sich langsam entspannen. *Ah.* Dieser Moment ist einfach das Beste am ganzen Sportstudiobesuch. Abgesehen davon natürlich, sich im Spiegel zu betrachten und zu sehen, wie das Training meinen einst schmächtigen Körper in den eines muskulösen Mannes verwandelt hat. Der Besuch im Fitnessstudio, zwei Mal pro Woche, gehört längst zu den festen Routinen meines Alltags. Gepaart mit ein paar Flirttricks, die ich mir im Laufe der Jahre angeeignet habe, scheint das Ergebnis auch ziemlich gut in der Frauenwelt anzukommen. Manchmal habe ich das Gefühl, dass ich jede Frau dazu bringen könnte, sich von mir flachlegen zu lassen.

Erst heute wieder hat mir eine hübsche Brünette ihre Telefonnummer zugesteckt, nachdem wir über die Fitnessgeräte hinweg miteinander geflirtet haben. Wie hieß sie noch gleich: Monika? Maria? Mist, jetzt habe ich doch tatsächlich ihren Namen vergessen, obwohl es weniger als zehn Minuten her ist, dass sie ihn mir verraten hat. Zu meiner Verteidigung muss ich allerdings anmerken, dass das Top, das sie trug, ziemlich figurbetont war und ich quasi keine andere Wahl hatte, als mich auf die Umrisse ihrer Brüste zu konzentrieren und alles andere zu vergessen.

Ich stelle das Wasser ab, schnappe mein Handtuch und trockne mich ab. Anschließend binde ich es mir um die Hüften und gehe in Richtung der Umkleiden zu meinem Spind.

Ich ziehe das Handy aus meiner Sporttasche, um nachzusehen, wie spät es ist. Dabei fallen mir sofort die neuen Nachrichten aus unserem WG-Gruppenchat ins Auge.

Pascal: Wer hat Bock auf Party heute Abend? 🎉🎉 (15.11 Uhr)
Kevin: Was geht denn so? (15.55 Uhr)
Pascal: Wohnheimparty bei Eric. (15.56 Uhr)
Kevin: Okay. Bin dabei (15.56 Uhr)
Derek: Ich auch (16.00 Uhr)
Pascal: Super 😊 (16.05 Uhr)
Derek: Dave? (16.30 Uhr)

Unschlüssig schweben meine Finger über dem Display. Bis gerade eben hatte ich tatsächlich darüber nachgedacht, die hübsche Brünette, deren Namen mir leider immer noch nicht eingefallen ist, anzurufen. In Gedanken fahren meine Hände schon über ihre fantastischen Kurven und mein Schwanz zuckt bereits bei der Vorstellung, in ihrer feuchten Mitte zu versinken, während sie sich unter mir aufbäumt.

Andererseits lässt mich die Erinnerung an die letzte Party bei Eric unwillkürlich schmunzeln. Es war einfach legendär, wie Pascal auf dem Nachhauseweg völlig betrunken an einer Straßenlaterne tanzte und so tat, als sei er eine Stripperin. Wir haben ihn noch Tage später damit aufgezogen. Eine Wiederholung dieses Abends wäre sicherlich jede Menge Spaß, was gut wäre, denn in letzter Zeit haben die gemeinsamen Unternehmungen in unserer WG ziemlich abgenommen.

Kurzentschlossen zerknülle ich den Flyer für einen Yoga-Kurs, auf dem die Brünette mir ihre Telefonnummer hinterlassen hat. Heute habe ich einfach mehr Bock darauf, mal wieder feiern zu gehen. Falls es sich ergibt, kann ich ja auch auf der Party eine Lady klarmachen. Schnell tippe ich eine Antwort:

Dave: Bin auch am Start 😎. (17.22 Uhr)

Ich klicke auf Senden und stecke mein Handy zurück in die Tasche, nur um es gleich wieder hervorzuholen. Vor lauter Beantworten der Nachrichten habe ich völlig vergessen nachzusehen, wie spät es jetzt ist. *17.23 Uhr* zeigt mir das Display an. Ich habe also mehr als genügend Zeit, um mich in aller Ruhe fertig zu machen.

Fröhlich pfeifend ziehe ich mich an. Meine Vorfreude auf den heutigen Abend scheint von Minute zu Minute zu steigen. Das liegt vor allem daran, dass ich es liebe, mit den Jungs abzuhängen.

Vor anderthalb Jahren, als ich mein Psychologiestudium begonnen habe, waren meine Eltern der Meinung, ich müsse von zu Hause ausziehen, um richtig erwachsen zu werden. Von dieser Idee war ich zunächst nicht sonderlich begeistert. Dafür fand ich es viel zu bequem und billig, weiterhin in meinem Kinderzimmer zu hausen. Da aber das Verhältnis zwischen ihnen und mir schon immer recht gut war und ich bestrebt bin, ihre Vorstellungen nicht zu enttäuschen, einigte ich mich mit ihnen schließlich darauf, auszuziehen, wenn sie mir dafür ein klein wenig finanziell unter die Arme griffen. So landete ich letztendlich bei Pascal und Kevin in der WG.

Die beiden sind Brüder, aber so unterschiedlich wie Tag und Nacht. Pascal ist der extrovertiertere und ein noch größerer Sportfreak als ich. Es gibt kaum eine Sportart, die ihn nicht begeistert, geschweige denn eine, in der er schlecht wäre. Anfangs kamen wir oft zusammen hierher ins *Feelfit*, um gemeinsam zu pumpen. Doch seit sein Fußballverein letzte Saison in die Landesliga aufgestiegen ist, bleibt ihm leider nicht mehr viel Zeit dafür. Um sein Hobby zum Beruf zu machen, studiert Pascal derzeit Sportmanagement im sechsten Semester. Wenn er allerdings weiterhin so fleißig seine Prüfungsleistungen vor sich herschiebt wie bisher, werden noch einige Semester zusammenkommen, bis er seinen Abschluss hat.

Ganz anders ist sein Bruder Kevin, der bereits eine abgeschlossene Ausbildung als Bankkaufmann in der Tasche hat. Kevin ist der zielstrebigere Typ, der sein Leben fest im Griff hat. Seine ruhige und besonnene Art macht es angenehm, mit ihm abzuhängen, außerdem schätze ich es sehr, dass er immer ein offenes Ohr hat, sich die Probleme anderer anzuhören und eine Lösung zu finden.

Das Einzige, was ich nicht an ihm leiden kann, ist seine Freundin Claudia, mit der er schon seit der Mittelstufe zusammen ist. Diese Frau ist einfach der Inbegriff von spießig. Ihre scheußlichen Karoröcke und die Art, wie sie sich freut, wenn sie vermeintlich durch irgendwelche Bonuspunkte etwas bei ihrem Einkauf eingespart hat, sprechen für sich. Ich halte nur deswegen aus, dass sie so oft bei uns in der WG abhängt, weil sie eine unglaublich gute Köchin ist. O mein Gott, allein bei dem Gedanken an ihre Käsemakkaroni mit geröstetem Speck und Zwiebeln läuft mir das Wasser im Munde zusammen. Natürlich würde ich Claudia gegenüber nie zugeben, wie sehr ich für ihr Essen schwärme. Meinem besten Kumpel Derek geht es genauso. Wir sind eben beide immer nur zufällig in der Nähe der Küche, wenn Claudia kocht.

Derek, der gleichzeitig mit mir in unsere Vierer-WG gezogen ist, studiert Informatik. Wie sich herausgestellt hat, waren wir auf derselben Schule, nur in unterschiedlichen Klassen des gleichen

Jahrgangs. Lustigerweise hatten wir damals gar nichts miteinander zu tun und sind jetzt so etwas wie beste Freunde geworden.

Wild durcheinander stopfe ich meine Sportkleidung und das Handtuch in meine Trainingstasche, während ich darüber nachdenke, wie viel Glück ich hatte, mit genau diesen Mitbewohnern in einer WG zu landen. Und überhaupt danke ich meinen Eltern, dass sie mich damals überredet haben auszuziehen. All die ungeahnten Freiheiten, welche das Leben in den eigenen vier Wänden mit sich bringt, möchte ich nie wieder missen, und sei es nur, selbst entscheiden zu können, wann ich welche lästige Hausarbeit nicht mehr länger hinausschieben kann.

Als ich endlich alle meine Sachen verstaut habe, schnappe ich mir meine Tasche und gehe in Richtung des Ausgangs. Hinter dem Tresen am Empfangsbereich sitzt Sophia. Sie arbeitet neben der Schule als Aushilfe bei *Feelfit,* um ihr Taschengeld aufzubessern. Sophia scheint meinen Humor zu verstehen, deshalb unterhalte ich mich gerne mit ihr. Neuerdings ist es jedoch unübersehbar, dass sie in mich verknallt ist, weswegen ich mich zurückzuhalten versuche. Wäre sie ein paar Jahre älter, könnte ich mir durchaus vorstellen, mit ihr auszugehen, aber sie ist erst fünfzehn und ich habe keinen Bock drauf, mit ihren Eltern Stress zu bekommen. Außerdem habe ich eine Schwester im selben Alter und allein die Vorstellung, irgendein dahergelaufenes Arschloch, wie ich es manchmal bin, würde sie sexuell ausnutzen und anschließend mit gebrochenem Herzen zurücklassen, macht mich wütend. Jedes Mädchen sollte die Chance haben, ihre ersten Erfahrungen mit jemandem zu teilen, der es verdient hat, sie anzufassen, weil er sie aufrichtig liebt. Und dieser jemand kann ich für Sophia einfach nicht sein.

»Ciao, *bella mia*«, rufe ich ihr zu.

Bei meinem Anblick breitet sich ein fettes Grinsen auf ihrem Gesicht aus. Sie versucht noch nicht einmal, es vor mir zu verbergen.

»Ciao, Dave.«

Hektisch winkt sie mir zu. Dabei fallen ihr einige Stifte und Blätter zu Boden. Statt sie aufzuheben, tut sie so, als habe sie nicht bemerkt, welches Chaos sie gerade veranstaltet hat, und grinst mich weiter an in der Hoffnung, dass ich noch ein Weilchen bleibe, um mit ihr zu plaudern.

Tja, Pech gehabt, Kleines. Ich schultere meine Tasche und gehe geradewegs auf den Ausgang des Fitnesscenters zu.

Hoffentlich kommt Sophia schnell über mich hinweg.

Draußen hüllt mich die frische Aprilluft ein. Wie immer in der letzten Zeit ist das Wetter grau und regnerisch. Genervt schaue ich zum Himmel hinauf, von dem mir feine Regentropfen ins Gesicht nieseln. Es scheint eine Ewigkeit her zu sein, seit ich die Sonne gesehen habe. Ein Glück nur, dass ich es nicht weit bis zu meinem Auto habe.

Widerwillig wage ich mich aus dem Schutz des Vordachs in die graue Nässe des Sprühregens. Mit Unverständnis sehe ich zu einem Mann hinüber, der trotz des miesen Wetters im Außenbereich eines Cafés sitzt und in aller Ruhe in einer Zeitung liest. Als ich auf ihn zukomme, springt mir ein Foto im Anzeigenteil der Zeitung sofort ins Auge. Wie vom Blitz getroffen, stürme ich auf den Mann zu.

Mit belegter Stimme höre ich mich fragen: »Entschuldigung, könnte ich kurz den Anzeigenteil Ihrer Zeitung haben?«

Ohne eine Antwort abzuwarten, reiße ich ihm die Zeitung aus der Hand und betrachte das Foto aus nächster Nähe. Erschrocken stelle ich fest, dass es keinen Zweifel gibt: *Sie ist es wirklich.* Benommen starre ich auf das Foto. Direkt darunter steht ihr Namen, zusammen mit einem Text: *Egal wie sehr die Zeit vergeht, du bist und bleibst immer unvergessen.* Die Worte verschwimmen vor meinen Augen zu einem Haufen wirrer Buchstaben.

Erinnerungen, von denen ich glaubte, sie verarbeitet zu haben, bahnen sich ihren Weg zurück an die Oberfläche und erfüllen mich mit Schmerz und Wut. Warum zur Hölle wagt es jemand, so etwas nach all der Zeit in der Zeitung abdrucken zu lassen? Dann fällt mein Blick auf das Datum in der oberen Ecke. Voller Entsetzen stelle ich fest, dass es heute genau ein Jahr her ist. Wie habe ich das nur vergessen können?

»Was soll das? Geben Sie mir sofort die Zeitung zurück!«, holt mich der ältere Herr aus meiner Schockstarre. Erzürnt entreißt er mir das Foto ihres hübschen Gesichts und geht irgendwas vor sich hin brummelnd zu seinem Platz zurück.

Auf einmal bemerke ich, dass ich vom Regen völlig durchnässt bin, und steuere schnell auf mein Auto zu. Doch anstatt loszufahren, sitze ich reglos da und versuche alle Gedanken an damals abschütteln. Vergeblich. Vielleicht habe ich mich zu lange davor versteckt. Je länger ich darüber nachdenke, desto mehr komme ich zu der Einsicht, dass ich vor einer Konfrontation weggelaufen bin, um irgendwie mit der Situation klarzukommen. Ich hatte keinen anderen Weg gesehen, als es auszublenden und einfach weiterzumachen. Aber jetzt wäre es vielleicht an der Zeit, nicht mehr egoistisch zu sein, sondern auch an andere zu denken, so, wie Kevin es macht.

Mechanisch scrolle ich durch die Liste meiner Chatverläufe. Beinahe ganz unten finde ich die nicht eingespeicherte Nummer, nach der ich gesucht habe, und tippe eine Nachricht.

Dave: Ich habe gerade die Anzeige in der Zeitung gelesen. Geht es dir gut? (17.43 Uhr)

Bevor ich es mir anders überlegen kann, drücke ich auf Senden. Dann werfe ich mein Handy auf den Beifahrersitz, als hätte ich mich daran verbrannt, und fahre nach Hause.

Valerie

Mein Selbstbewusstsein, mit dem ich Stellas Elternhaus vor mehr als drei Stunden verlassen habe, ist längst verflogen. Wahrscheinlich bin ich paranoid oder so ähnlich, denn ich habe ständig das Gefühl, von allen angestarrt zu werden. Nervös streiche ich zum gefühlt hundertsten Mal an diesem Abend über mein Kleid, um sicherzugehen, dass es meine Oberschenkel nicht doch zu wenig bedeckt. O Mann, warum habe ich mich dazu hinreißen lassen, dieses verdammte Kleid anzuziehen? Mit meinen Leggings würde ich mich nicht so unsicher fühlen.

»Keine Angst, du siehst super aus«, versichert mir Max, einer von Stellas neuen Kommilitonen, als hätte er meine Gedanken gelesen. Möglichst beiläufig legt er eine Hand auf meinen unteren Rücken. Mein Körper schaltet sofort auf Abwehr und versteift sich. Wer zum Teufel hat ihm erlaubt, mich anzufassen? Ich kenne diesen Typen seit gerade mal ein paar Stunden und habe ihm keinerlei Signale gesendet, die ein solches Verhalten erlauben würden. Kann sein, dass ich bei so etwas überreagiere und mich etwas entspannen sollte. Schließlich gehen haufenweise Menschen durchaus weiter und landen gemeinsam im Bett, nachdem sie sich gerade mal einen Abend kennen, nur so zum Spaß. Allerdings empfinde ich es alles andere als spaßig, die ganze Zeit über von diesem schmierigen Typen angegraben zu werden. Seine Hand auf meinem Rücken ist eindeutig ein Zeichen dafür, dass ich schleunigst von hier weg muss.

»Na, wenn du das sagst. Würdest du mich mal kurz entschuldigen?«

Ich winde mich aus seiner Umarmung und entferne mich beinahe fluchtartig von unserer kleinen Gruppe. Neben Stella, Max und mir besteht diese aus zwei weiteren Freunden von Max und einem Mädchen namens Olivia. Seitdem sie hier aufgetaucht ist, schenkt Stella ihr ihre volle Aufmerksamkeit. Natürlich habe ich nichts dagegen, wenn sie neben unserer auch noch weitere Freundschaften pflegt, doch als Stella mich gebeten hat, sie zu begleiten, war ihr Hauptargument, dass sie ja auf der Party sonst niemanden kenne und völlig doof herumstehen würde. Nun scheint sie sich allerdings prächtig mit ihren neuen Kommilitonen, allen voran Olivia, zu amüsieren und die Einzige, die hier völlig doof herumsteht, bin ich.

Mit Ausnahme von diesem Max scheint sich auf dieser Party niemand für mich zu interessieren und auf dessen Aufmerksamkeit kann ich gut und gerne verzichten. Allein der Gedanke, wie ihm seine blonden, gelverschmierten Strähnen ins Gesicht fallen, wenn er über seine wirklich nervtötenden Witze lacht, erzeugt eine Gänsehaut auf meinem gesamten Körper. Dazu das Gerede über seine ach so tolle Familie, in der alle den Weg zum Juristen eingeschlagen haben, so wie er es jetzt tut. So eingebildet, wie er sich anhört, gehört er sicher zu diesen Rich Kids, die an ihrem achtzehnten Geburtstag den Schlüssel für ihren nagelneuen Sportwagen überreicht bekommen.

Weil ich nicht weiß, wo ich sonst hingehen soll, mache ich mich auf die Suche nach der Toilette. Die Party findet hauptsächlich im Keller des Studentenwohnheims statt, in einer Art Gemeinschaftsraum, aber die Gäste tummeln sich im gesamten Haus. Überall stehen Gruppen von Leuten, die sich unterhalten, Witze machen oder an einem Joint ziehen. Fast jeder hat einen roten Plastikbecher mit Alkohol in der Hand. Ich führe meinen eigenen Becher, den mir Stella gleich nach unserer Ankunft in die Hand gedrückt hat, an den Mund und nehme einen großen Schluck. Vielleicht schafft es der Alkohol ja, meine Stimmung zu bessern.

Ich habe keine Ahnung, wo die Toiletten sind. Orientierungslos laufe ich im Haus umher, bis ich zufällig im zweiten Stock einen Gemeinschaftswaschraum entdecke.

Am Waschbecken spritze ich mir Wasser ins Gesicht, weil das den Leuten in Filmen immer hilft, einen klaren Kopf zu bekommen. Ich selbst fühle mich danach aber nicht so, als hätte ich alles im Griff. Meine Füße schmerzen fürchterlich in diesen hochhackigen Schuhen. Erleichtert seufze ich auf, als ich sie mir abstreife.

Warum zum Teufel habe ich mich nur überreden lassen, auf diese Party zu gehen? Ich könnte jetzt schön eingekuschelt in meinem Bett liegen und ein Buch lesen, aber nein, ich musste mich ja mal wieder breitschlagen lassen.

Im Kopf spiele ich die beiden Optionen durch, die ich jetzt habe. Option A: Ich mache gute Miene zum bösen Spiel und tue so, als hätte ich ganz viel Spaß, um Stella nicht den Abend zu versauern. Dabei hoffe ich, dass Max nicht noch aufdringlicher wird, als er schon ist. Oder Option B: Ich überrede Stella, dass wir ganz schnell von hier verschwinden. Die letzte der beiden Varianten gefällt mir eindeutig besser.

Es ist erst kurz nach Mitternacht. Stella wird noch nicht gehen wollen, aber ich könnte ja behaupten, ich müsse dringend nach Hause, weil mein Vater gerade von der Arbeit gekommen sei und mal wieder seinen Schlüssel vergessen habe. Das passiert ihm tatsächlich ständig.

Ja, das hört sich doch mal nach einem guten Plan an.

Bewaffnet mit den Schuhen in der einen Hand und dem halb leeren Plastikbecher in der anderen, mache ich mich auf die Suche nach Stella. Ich dränge mich an zahllosen heißen und verschwitzten Körpern vorbei, dafür ernte ich jede Menge genervte Blicke, was mir allerdings so ziemlich egal ist. Je schneller ich bei Stella bin, desto schneller kann ich von hier verschwinden und dafür nehme ich das gerne in Kauf.

Auf einmal entdecke ich zwischen all den Leuten ein mir nur allzu bekanntes Gesicht, dessen Anblick mir sofort einen Stich ins Herz versetzt. Marvin. Na super, mein Ex-Freund. Der hat mir gerade noch gefehlt.

Bei unserer letzten Begegnung habe ich ihn in flagranti mit seiner Neuen erwischt, ehe ich fluchtartig weggerannt bin, um nicht vor ihm in Tränen auszubrechen. Marvin hielt es nicht mal für notwendig, hinter mir herzulaufen und sich zu erklären. Am selben Abend schrieb er mir lediglich eine Textnachricht von wegen es tue ihm leid, auf welchem Wege ich von seiner Affäre erfahren habe, aber zwischen uns würde auch sonst seit einiger Zeit vieles schieflaufen. Den Eindruck hatte ich bis dahin nicht gehabt und ich brauchte dementsprechend ewig, um mich einigermaßen von meinem Liebeskummer zu erholen. Marvin jetzt plötzlich wieder vor mir zu sehen, lässt alle Gefühle, sowohl die guten als auch die schmerzhaften, wieder hochkochen.

Unvermittelt scanne ich ab, ob seine Freundin ebenfalls hier ist, und bin erleichtert, dass ich sie nirgends entdecken kann. Ich sollte nicht darüber erleichtert sein. Es sollte mir egal sein, was er mit wem auch immer wann macht. Auf keinen Fall aber sollte ich hier wie blöd herumstehen und ihn beobachten, als wäre ich eine verrückte Stalkerin.

Plötzlich passieren drei Dinge gleichzeitig.

Erstens: Marvin wendet seinen Blick genau in die Richtung, in der ich stehe.

Zweitens: Erschrocken darüber, er könnte bemerken, wie ich ihn

anstarre, drehe ich mich blitzartig um und verliere dabei das Gleichgewicht.

Drittens: Ein Fremder fängt mich auf und verhindert so, dass ich
auf dem Boden lande.

»*Bella mia*, pass auf. Schließlich bin ich nicht immer da, um dich
aufzufangen«, schreit der Fremde mir über den Partylärm hinweg
zu, während ich noch dabei bin, mich zu orientieren.

Bella was? Ich heiße doch gar nicht Bella. Wie kommt der Typ
nur darauf? Sicherlich verwechselt er mich mit jemandem. Ich will
gerade meinen Mund öffnen, um die Sache richtigzustellen, als ich
zu ihm aufblicke und in die durchdringendsten Augen schaue, die
ich jemals gesehen habe. Mich überkommt das Gefühl, als würde
dieser Mann mit einem Blick seiner grün schimmernden Augen all
meine Geheimnisse entschlüsseln, gleichzeitig aber nichts von sich
preisgeben. Diese Erkenntnis löst Unbehagen in mir aus und ich bemerke, wie meine Handflächen auf einmal ganz feucht werden. Um
meine aufkeimende Nervosität zu verbergen, möchte ich eigentlich
den Blick abwenden, doch statt wegzusehen kann ich nicht anders,
als meinen »Retter« weiter zu mustern. Dabei registriere ich, dass
er ziemlich gut aussieht.

Das Grinsen, welches sich breit über sein Gesicht zieht, lässt ihn
jungenhaft wirken, obwohl er, genau wie ich, bereits Anfang zwanzig
sein müsste. Dunkelbraune Haare, deren Farbton mich an Kastanien
erinnert, liegen ordentlich gescheitelt und gegelt an seinem Kopf und
sind an den Seiten abrasiert. Er überragt mich um gut zwei Köpfe
und seine breiten Schultern versperren mir den Weg, was es unmöglich erscheinen lässt, einfach an ihm vorbeizugehen. Mit einem Mal
komme ich mir klein vor.

»Hast du bei deinem Beinahesturz deine Zunge verschluckt oder
redest du generell nicht?« Erwartungsvoll schaut der Fremde mich
an. Dabei zieht er eine Augenbraue nach oben und das Grinsen auf
seinem Gesicht wird noch breiter.

Seine Worte katapultieren mich in die Realität zurück. Schlagartig werden mir seine Hände bewusst, die er auf meine Taille gelegt
hat, um mich aufzufangen, und die jetzt noch immer dort liegen.

Anders als bei Max vorhin löst diese Berührung jedoch keine negative Reaktion in mir aus. Im Gegenteil. Dort, wo seine Finger auf meine nackte Haut treffen, breitet sich eine angenehme Wärme aus. Allerdings fühle ich mich überrumpelt, weil er völlig grundlos so frech zu mir ist.

»Natürlich kann ich sprechen. Deinetwegen bin ich ja Gott sei Dank nicht auf den Mund gefallen.«

Wow, Valerie, dein Ernst? Aber immerhin schlagfertiger als sonst. Das muss wohl am Alkohol liegen.

Auch mein Gegenüber scheint für einen Moment von meiner Aussage überrascht zu sein, fängt sich aber wieder.

»Ein Glück. Sicher kannst du mir dann auch verraten, was dich so aus der Bahn geworfen hat, dass du sogar über deine eigenen Füße gestolpert bist. Und das, obwohl du bereits diese mörderischen Schuhe ausgezogen hast.«

Mister Bella, wie ich ihn jetzt einfach in Gedanken nenne, weil ich seinen Namen nicht weiß, deutet auf die Pumps in meiner Hand und ich folge seiner Handbewegung mit den Augen. Unwillkürlich stielt sich ein Lachen auf mein Gesicht. Kein Mann kann jemals in der Lage sein zu verstehen, wie *mörderisch* es tatsächlich ist, in diesen Schuhen zu laufen. Obwohl, wer weiß, vielleicht hat er es schon mal ausprobiert. Mein Grinsen wird bei dieser Vorstellung noch breiter.

Mister Bella nimmt seine Hände von meiner Taille und verschränkt seine Arme vor der Brust.

»Was ist so lustig?«

»Ach, nichts«, versuche ich auszuweichen. Mein Gefühl sagt mir, dass er mein Gedankenspiel von ihm in den Pumps nicht halb so amüsant fände wie ich.

Ich merke ihm an, dass er mein Ausweichmanöver durchschaut hat, ohne ein weiteres Wort wechselt er jedoch zum vorherigen Thema zurück. »Und? Willst du mir nun verraten, weshalb ich dich auffangen musste?«

Er ist ganz schön hartnäckig. Sicherlich werde ich ihm nichts von meinem Ex erzählen. Nach einer Antwort suchend, lasse ich meinen

Blick umherschweifen, der schließlich an meinem fast leeren Plastikbecher hängen bleibt.

»Ich wollte mir gerade etwas zu trinken holen.«

Ich hoffe, das klingt einigermaßen glaubwürdig.

»Na, wenn das so ist, dann möchte ich dich nicht länger aufhalten.«

Mit einem Mal bekomme ich Panik, der Fremde könnte sich von mir abwenden und so schnell verschwinden, wie er aufgetaucht ist. Das waren gerade die ersten fünf Minuten auf dieser Party, in denen ich mich nicht gelangweilt habe. Seine zugleich unverhohlene und unterhaltsame Art machen mich neugierig, mehr über ihn zu erfahren.

»Du könntest mich ja begleiten. Immerhin lauern auf dem Weg ein Haufen Gefahren. Das Risiko, dass ich doch noch hinfalle und mir den Fuß verstauche, ist echt riesig.«

Mister Bella lacht auf.

»Wie könnte ich da Nein sagen? Aber verrätst du mir noch deinen Namen, damit ich den im Notfall einem Arzt mitteilen kann?«

»Ich heiße Valerie.«

»Alles klar, Valerie.«

Er mustert mich von oben bis unten, was mich wieder nervös werden lässt. Ich warte darauf, dass er mir auch seinen Namen verrät. Als ich merke, dass er das nicht vorhat, möchte ich ihn danach fragen, doch im selben Moment macht er eine ausladende Handbewegung in Richtung Küche.

»Nach dir, wenn ich bitten darf.«

Überrascht von seiner plötzlichen Höflichkeit, setze ich mich ohne ein weiteres Wort in Bewegung. Komischerweise ernte ich jetzt keine abwertenden Blicke oder nörgelnden Bemerkungen mehr, wenn ich versehentlich jemanden anrempel. So eine männliche Begleitung kann echte Wunder bewirken.

Die Küche befindet sich im Erdgeschoss des Studentenwohnheims. Es ist lediglich eine kleine Küchenzeile, die aber alles Notwendige enthält: eine Herdplatte mit Ceranfeldern und ein Spülbecken, die beide so aussehen, als sei es schon etwas länger her, seit hier zuletzt ordentlich geputzt worden ist. Außerdem eine Spülmaschine, für deren Einschalten sich anscheinend niemand verantwortlich fühlt, obwohl sie überquillt mit dreckigem Geschirr. Auf der Arbeitsplatte stehen einige angefangene Flaschen Wodka.

Ich stelle meinen Becher daneben und lasse die Schuhe auf den Boden fallen. Anschließend drehe ich mich zu meinem noch immer namenlosen Begleiter um. Erschrocken will ich zurückweichen, als ich bemerke, dass er dichter vor mir steht als erwartet, doch mein Rücken berührt bereits die Arbeitsplatte. Mein Puls beschleunigt sich, als wir uns direkt ansehen. Seine Augen, die jetzt merkwürdigerweise nicht mehr grün, sondern blau leuchten, scheinen mich einen winzigen Augenblick lang regelrecht zu durchbohren. Dann wird seine Miene weicher und er lächelt mich an.

Etwas an der Art, wie er mich ansieht, lässt mich rot anlaufen, sodass ich verlegen seinem Blick ausweiche. Um beschäftigt zu wirken, wende ich mich dem Kühlschrank zu. Völlig durcheinander, tue ich so, als würde ich darin etwas suchen, während ich dabei bin, irgendwie die emotionale Achterbahn, die dieser Mann in mir auslöst, zu kontrollieren. Seine schneidenden Blicke, gepaart mit seiner direkten Art, schüchtern mich ein. Trotzdem strahlt er etwas aus, das ihn anziehend auf mich wirken lässt.

Ich hebe einen Joghurtbecher an, um ihn zu den anderen in die Reihe zu stellen, da umklammert Mister Namenlos-Bella meine Hand, wodurch ich ruckartig in der Bewegung innehalte. Sein Atem kitzelt mich im Nacken, als er spricht, und verursacht mir eine Gänsehaut.

»Hab ich da etwas falsch verstanden? Ich dachte, du wolltest dir etwas zu trinken holen und nicht den Kühlschrank aufräumen.«

»Oh.«

Stumm betrachte ich mein Werk: Neben der fein säuberlichen Joghurtreihe habe ich auch die Marmelade, die Butter und verschiedene Tupperdosen ordentlich arrangiert. Das ist eine Angewohnheit von mir: Wenn ich mich unsicher fühle, fange ich an aufzuräumen, um mir zu signalisieren, dass ich schon alles irgendwie in den Griff bekomme.

»Ich habe nur etwas gesucht, mit dem ich den Alkohol mischen kann«, sage ich hektisch, ohne mich umzudrehen.

Überdeutlich spüre ich die Berührung seiner Hand auf meiner.

»Nimm doch einfach die hier.«

Er lässt meine Hand los und greift zu der Colaflasche, die rechts in der Kühlschranktür steht.

»Oh, na klar.«

Warum wünsche ich mir, Mister Bella hätte seine Hand nicht weggenommen? Ich muss ihn dringend nach seinem Namen fragen, damit ich ihn nicht mehr so nennen muss. Ruckartig gebe ich der Kühlschranktür einen Schubs, sodass sie zufällt, ehe ich mich ihm zuwende.

»Jetzt hast du mir schon zum zweiten Mal heute Abend geholfen, aber ich habe immer noch keine Ahnung, wer du eigentlich bist. Ich weiß noch nicht mal deinen Namen.« Ich versuche es spielerisch klingen zu lassen, gerate jedoch ins Stocken, als mir erneut seine dominante Ausstrahlung bewusst wird.

Mister Bella setzt eine gespielt schockierte Miene auf. Zusätzlich schlägt er sich theatralisch seine freie Hand vor den Mund.

»*O scusa, bella mia.* Wie konnte ich nur vergessen, mich vorzustellen? Gestatten, Signora Valerie, Dave Pagano mein Name.«

Dave also.

Er zieht einen imaginären Hut und verbeugt sich vor mir. Daraufhin fange ich unwillkürlich an zu lachen. Dave fällt mit ein. Plötzlich leuchtet mir ein, weshalb er mich *Bella* nennt.

»Welchem italienischen Kitschfilm bist du denn entsprungen?«

»Mist, du hast mich erwischt.«

»Keine Sorge, ich werde dich nicht verraten.« Ich zwinkere ihm zu. – Moment mal, habe ich ihm gerade wirklich zugezwinkert? Seit wann bin ich so offensiv, wenn es ums Flirten geht? Genau genommen habe ich noch nie wirklich mit jemandem geflirtet. Für mich gab es bis jetzt immer nur Marvin und der nahm mir damals dieses ganze Vorgeplänkel ab, indem er mich sofort fragte, ob ich mit ihm ausgehe.

Verlegen, wie ich bin, färben sich meine Wangen rot, aber Dave lässt mir keine Zeit zum Schämen.

»Nein, aber jetzt mal im Ernst. Mein Vater ist Italiener und er hat schon immer Wert darauf gelegt, dass ich zu Hause Italienisch spreche. Manchmal übernehme ich einige Wörter ins Deutsche, sehr zum Leidwesen meiner Mutter.«

»Wieso? Was stört sie denn daran?«

Dave zuckt mit den Schultern. »Keine Ahnung. Hängt wohl damit zusammen, dass sie Deutschlehrerin ist.«

Wieder lachen wir beide.

»Was ist mit dir? Ich wette, deine Eltern streiten sich nicht wegen solcher Lappalien.«

Nein, meine Eltern haben wegen mir keinen Grund mehr, sich zu streiten. Oder überhaupt miteinander zu reden ...

Mein Magen zieht sich zusammen. Ich hasse es, über meine Familie zu sprechen, aber Dave schaut mich erwartungsvoll an.

»Nein, nein«, sage ich schnell, um das Thema abzuhaken, dabei reiße ich Dave die Colaflasche aus der Hand. Dann drehe ich mich zur Arbeitsplatte herum. Ich überspiele mein Unbehagen, indem ich damit beginne, Cola in meinen Becher zu gießen.

»Möchtest du auch was trinken?«, frage ich Dave, als ich mich wieder sicher genug fühle, um zu sprechen. Weil er nicht reagiert, drehe ich mich zu ihm um, oder besser gesagt zu der Stelle, wo er bis eben noch gestanden hat. Suchend sehe ich mich um, aber er scheint wie vom Erdboden verschluckt. Es sieht wohl ganz danach aus, als hätte er mich einfach sitzen lassen. Ich spüre die Enttäuschung, welche sich in mir breitmacht.

So viel zu deinen Flirtkünsten, Valerie.

Wahrscheinlich hat er sich mit mir total gelangweilt und nur darauf gewartet, sich von mir loseisen zu können.

Einen Moment lang stehe ich ratlos in der Küche herum in der Hoffnung, dass er doch noch mal auftaucht. Bald sehe ich allerdings ein, dass es sinnlos ist, noch länger zu warten. Resigniert hebe ich meine Schuhe auf, schlüpfe hinein und mache mich auf den Weg zu Stella. Es wird endgültig Zeit, von hier zu verschwinden.

Nun geh endlich an dein Handy!
Seit einer gefühlten Ewigkeit bin ich auf der Suche nach Stella. Als ich mir endlich meinen Weg durch die Menge zu unserem vorherigen Platz im Gemeinschaftsraum gebahnt hatte, durfte ich feststellen, dass sie nicht mehr dort war. Im Anschluss habe ich das gesamte Haus nach ihr abgesucht und einige Leute befragt, aber Stella blieb verschwunden. Auch auf meine Nachrichten und Anrufe reagiert sie nicht. Meine anfängliche Genervtheit über diese Suchaktion schlägt so langsam in Besorgnis um.

Die Frage, wo Stella abgeblieben ist, kreist unaufhörlich in meinen Gedanken, gepaart mit Geschichten von Frauen, die K.-o.-Tropfen oder Ähnlichem zum Opfer gefallen sind. *Keine Panik, bestimmt taucht sie gleich wieder auf.* Mit diesen Worten versuche ich mich zu beruhigen.

Der ganze Raum wirkt auf einmal viel zu eng und zu laut und ich habe das Bedürfnis, an die frische Luft zu gehen. Hektisch eile ich in Richtung Garderobe, wo ich schnell meine Jacke anziehe, ehe ich auf den Ausgang zusteuere. Draußen verursacht mir ein eisiger Wind eine Gänsehaut. Dem Kalender nach zu urteilen, haben wir bereits Mitte April und damit längst Frühlingsanfang. Das Wetter scheint das allerdings überhaupt nicht zu interessieren. Es ist weiterhin kalt und regnerisch.

Fröstelnd ziehe ich meinen Schal bis zur Nasenspitze hoch. Mit klammen Fingern hole ich mein Handy aus der Handtasche und rufe Stella erneut an. Diesmal springt sofort die Mailbox an. Seufzend lege ich auf. Es sieht ihr gar nicht ähnlich, einfach ihr Telefon auszuschalten. Die einzige Erklärung, die mir hierfür einfällt, ist, dass ihr Akku leer ist.

Nachdenklich starre ich auf mein Handydisplay. 1:05 Uhr. Der letzte Bus fährt in zwanzig Minuten, ich muss mich also dringend entscheiden, ob ich jetzt ohne Stella nach Hause fahren soll oder nicht.

»Valerie! Was für eine Überraschung. Schön, dich zu sehen.«

Die mir nur allzu bekannte Stimme reißt mich aus meinen Gedanken. Unwillkürlich fühlt sich mein ganzer Körper an, als wäre ein Blitz durch ihn hindurchgezuckt. *Was denkt er sich, so zu tun, als sei alles in Ordnung zwischen uns?* Obwohl ich lieber weglaufen und mich verstecken würde, bleibe ich stehen und schaue zu *ihm* auf.

»Marvin ... Hi.«

Mein Ex-Freund hat die Hände fest in den Hosentaschen vergraben. Je näher seine großgewachsene, schlanke Statur kommt, desto deutlicher erkenne ich die Konturen seines Gesichts. Ich schlucke. Marvins Anblick kommt mir vertraut vor, aber gleichzeitig auch eigenartig fremd.

Er bleibt vor mir stehen und lächelt mich an. Die Kombination aus den Grübchen, die sich dabei auf seinen Wangen bilden, und seinen graublauen Augen erinnert mich sofort wieder daran, weshalb ich mich damals in ihn verliebt habe. *Ich muss meinen Blick abwenden, bevor er bemerkt, welche Wirkung er noch immer auf mich hat.* Dieser Gedanke schießt in meinem Kopf, trotzdem schaffe ich es nicht, ihn nicht anzuschauen.

Es entsteht ein peinliches Schweigen zwischen uns. Als ich die Stille nicht mehr aushalte, platze ich mit dem Erstbesten heraus, das mir einfällt.

»Na, hast du deinen Griechenlandurlaub schon beendet?«

Verdammt, ist mir das gerade wirklich herausgerutscht? Jetzt denkt er sicher, dass ich ihn auf Instagram stalke, aber was kann ich denn dafür, dass das Bild in meinem News Feed erscheint? Mal ganz abgesehen davon, dass ich tatsächlich regelmäßig auf seinem Profil bin.

»Ja, war aber leider viel zu kurz.«

Ich ziehe eine Grimasse. Wenn er mir jetzt alle Einzelheiten seines Liebesurlaubs erzählt, muss ich kotzen. Oder ich fange an zu heulen. Oder beides. Aber Marvin ist Gott sei Dank so schlau und verschont mich mit weiteren Details. Stattdessen schweigen wir uns wieder an und das ist fast genauso schlimm. Betreten sehe ich auf meine Schuhspitzen. Marvin folgt meinem Blick und lacht sogleich auf.

»Hat Stella dich mal wieder dazu überredet, Pumps zu tragen?«

»Nein, das habe ich mir diesmal ganz alleine zuzuschreiben.«

Eine glatte Lüge. Wir wissen beide ganz genau, dass ich niemals freiwillig Schuhe anziehen würde, deren Absätze höher als fünf

Zentimeter sind. Aber ich hasse es, wenn Marvin so tut, als würde ich nur das machen, was Stella mir sagt. Außerdem hat er selbst schon vor Monaten aufgehört, mir die Wahrheit zu sagen. Wer weiß, wie lange er mich schon betrogen hat, bevor ich zufällig davon erfuhr. Marvin gibt einen unverständlichen Laut von sich. Wahrscheinlich fragt er sich gerade, weshalb ich versuche, ihm was vorzumachen.

»Okay. Aber ihr seid schon zusammen hier. Weil ich sie vorhin gesehen habe und es sah so aus, als wolle sie mit ein paar anderen Leuten noch woanders hingehen.«

Er hat Stella gesehen. Hoffnung keimt in mir auf. Gleichzeitig spüre ich Verärgerung, weil sie es anscheinend nicht für nötig gehalten hat, mir Bescheid zu sagen, dass sie geht.

»Wann war das?«

Marvin denkt kurz nach. »Das dürfte schon so circa eine halbe Stunde her sein.«

Also während meiner Begegnung mit Dave. Sie hätte mir wenigstens kurz schreiben können. Ich versuche mir meinen Unmut nicht anmerken zu lassen, aber Marvin durchschaut mich natürlich sofort. Er kennt mich einfach zu gut.

»Soll ich dich irgendwohin mitnehmen? Ich bin mit dem Auto da und könnte dich bei dir zu Hause absetzen.«

Ist das sein Ernst? Denkt er, dass er mit diesem fürsorglichen Verhalten wiedergutmachen kann, dass er mich hintergangen hat und anschließend nicht mal die Eier in der Hose hatte, persönlich mit mir darüber zu reden?

Wut steigt in mir auf. Warum glauben eigentlich alle, dass sie mit mir umspringen können, wie sie wollen? Zuerst Max, der mich einfach begrabscht, dann Dave und Stella, die es nicht für nötig halten, sich von mir zu verabschieden, und jetzt auch noch Marvin, der so tut, als sei alles bestens zwischen uns. Aber hey, er hat mich nur betrogen, ist ja nichts weiter dabei.

»Nein, danke, ich komme schon klar. Ich nehme einfach den Bus.«

»Ach, komm schon. Um diese Uhrzeit allein unterwegs zu sein ist doch viel zu gefährlich.«

Ich kann mich unmöglich wieder in dieses Auto setzen, in dem er mir meine Jungfräulichkeit genommen hat. Eher würde ich den ganzen Weg laufen, ganz egal, wie gefährlich das ist.

»Wie gesagt, ich komme schon klar.«

Meine Stimme klingt abweisend, aber Marvin lässt nicht locker.

»Hast du nicht mitbekommen, dass es zurzeit einen Irren geben soll, der es darauf abgesehen hat, junge Frauen zu töten?«

Mein Vater arbeitet bei der Mordkommission, schon vergessen? Natürlich weiß ich davon. Warum kann Marvin mich nicht einfach in Ruhe lassen? Komischerweise hatte ich mir die ganze Zeit seit unserer Trennung ausgemalt, wie er wieder auf mich zukäme und ich ihm großzügig alles verzeihen würde. Jetzt, da er endlich vor mir steht, spüre ich aber nur noch Wut und Hass für diesen Mann.

»Was ist eigentlich dein Problem? Dir kann es doch egal sein, ob es irgendjemand darauf abgesehen hat, mich umzubringen. Schließlich war es dir auch egal, wie ich mich dabei fühle, wenn du einfach eine andere fickst!«

Ich werde richtig laut, sodass sich einige Partygäste, die in der Nähe stehen, nach uns umsehen, aber das ist mir im Moment so was von egal. Meine Wut macht mich rasend. Das Adrenalin strömt durch mich hindurch und ich beginne am ganzen Körper zu zittern. Aufgebracht schaue ich Marvin direkt in die Augen, bevor ich noch eins draufsetze.

»Außerdem würde ich mich lieber von einem Serienkiller ermorden lassen, als von dir gefahren zu werden!«

Ohne eine Antwort abzuwarten, schubse ich Marvin zur Seite und gehe mit schnellen Schritten davon.

»Valerie, bleib stehen!«, brüllt Marvin zwar, aber auf die Idee, mir hinterherzulaufen, kommt er natürlich nicht. Was ja auch nicht anders zu erwarten war.

Erst als ich um die nächste Straßenecke gebogen bin, verlangsame ich meine Schritte. Ich zerre erneut mein Handy aus der Handtasche, um zu checken, wie viel Zeit mir noch bleibt, bis der Bus kommt. Noch fünf Minuten, ich muss mich also beeilen. Hektisch laufe ich los, bleibe aber mit dem Absatz in einer Rille des Kopfsteinpflasters hängen und knicke um. Vor Schmerzen schreie ich auf und umfasse meinen Knöchel. Diese verfluchten Schuhe. Zornig ziehe ich sie aus und werfe sie auf den Boden.

Noch drei Minuten. Ich renne los in Richtung der Bushaltestelle. Unter meinen nackten Füßen spüre ich den kalten Asphalt. Mein Knöchel pocht vor Schmerz, aber ich werde erst langsamer, als ich das Schild der Bushaltestelle und den bereits heranfahrenden Bus erkennen kann.

Völlig außer Atem, setze ich mich auf den nächsten Platz, der mir ins Auge fällt. Schwer atmend streiche ich mir lose Haarsträhnen hinters Ohr, während ich dabei bin, meinen Puls wieder zu normalisieren. Ich sollte dringend öfter Sport machen, damit ich mir nicht jedes Mal, sobald ich ein bisschen renne, so vorkomme, als hätte ich einen Marathon hinter mir.

Mit einem Mal fühlt es sich so an, als würde ich von jemandem beobachtet. Ich drehe mich in die Richtung, von der die Blicke auszugehen scheinen, kann aber niemand Auffälligen entdecken. Außer mir befindet sich nur eine Gruppe englischsprachiger Jugendlicher im Bus, die sich lautstark und lachend unterhalten, ohne von mir Notiz zu nehmen.

An der nächsten Haltestelle, die sich nahe einer Jugendherberge befindet, steigen sie aus und Stille erfüllt den Bus. Unweigerlich muss ich an meine letzte Klassenfahrt denken, auf der Marvin und ich uns zum ersten Mal geküsst haben. Nein, stopp! Das muss sofort aufhören. Heute habe ich ihm zum ersten Mal meine Meinung zu seinem Verhalten gegeigt und es hat sich so befreiend angefühlt. Jetzt darf ich nicht gleich wieder sentimental werden, nur weil mich irgendetwas an unsere schönen Zeiten erinnert hat.

Mein Handy vibriert. Eine neue Nachricht von Stella. Sie sendet mir ein Selfie von sich und ein paar ihrer Kommilitonen, die alle fröhlich in die Kamera lächeln. Im Hintergrund erkenne ich das schummrige Licht eines Clubs. Seufzend lasse ich das Handy in meinen Schoß sinken. Einerseits bin ich froh, dass ihr nichts Schlimmes passiert ist und sie so viel Spaß hat. Andererseits ärgere ich mich noch immer über ihren spontanen Abgang, ohne mir etwas zu sagen.

Gerade will ich eine Antwort in das Handy eintippen, da spüre ich wieder die Blicke von eben. Erschrocken sehe ich mich um, nur um erneut festzustellen, ganz allein im Bus zu sitzen. Na großartig. Jetzt hat Marvin es wohl doch geschafft, mir mit seinen Schauergeschichten Angst einzujagen. Dabei müsste ich es als Tochter eines Kriminalpolizisten doch eigentlich besser wissen. Nur weil irgendeine Mordserie durch die Presse gezogen wird, bedeutet das nicht, dass sich das Risiko, von einem Verrückten ermordet zu werden, für mich erhöht.

Ich versuche mich wieder auf mein Handy zu konzentrieren, aber das mulmige Gefühl bleibt trotz allem bestehen. Unruhig lasse ich meinen Blick zum Fenster schweifen, allerdings kann ich wegen der Dunkelheit nichts von der Landschaft erkennen. Stattdessen registriere ich das Augenpaar eines jungen Mannes, welches sich in der Fensterscheibe spiegelt. Als sich unsere Blicke für den Bruchteil einer Sekunde treffen, sieht er sofort weg. Das mulmige Gefühl in meinem Bauch verstärkt sich und schlagartig drehe ich mich in seine Richtung. Er sitzt zwei Reihen vor mir und versucht, sich hinter den vorderen Sitzen zu verbergen.

Dann haben mich meine Sinne doch nicht getäuscht. Aber was hat er zu verbergen, dass er sich vor mir versteckt?

Ich versuche einen Blick auf sein Gesicht zu erhaschen, aber er hat sich die Kapuze seines Pullovers tief über die Stirn gezogen.

Ich beschließe, ihn nicht weiter zu beachten, in der Hoffnung, dass er dasselbe dann auch mit mir macht. Jedoch vergeblich: Immer wieder nehme ich aus den Augenwinkeln seine mich musternden Blicke wahr. Angst schleicht sich in mein Bewusstsein und Marvins Worte drängen sich in meine Gedanken: *Um diese Uhrzeit allein unterwegs zu sein ist doch viel zu gefährlich.*

Was ist, wenn er recht hat?

Als wir meine Haltestelle erreichen, stehe ich auf und versuche mir weiterhin nichts von meiner Angst anmerken zu lassen. Mein Beobachter ist gerade dabei, sich die Ärmel seines Pullovers hochzukrempeln, ganz so, als mache er sich für einen Angriff bereit. Das Tattoo eines Ankers an seinem linken Unterarm springt mir sofort ins Auge. Darunter befindet sich ein Schriftzug aus geschwungenen

Buchstaben. Mir bleibt keine Zeit, die Worte zu entziffern, weil der Mann in diesem Moment den Kopf hebt. Schnell wende ich mich von ihm ab und tue weiterhin so, als hätte ich ihn nicht bemerkt. Den Blick stur geradeaus gerichtet, gehe ich an ihm vorbei und es scheint, als würde er mich ebenfalls nicht beachten.

Puh, vielleicht ist eben nur meine Fantasie mit mir durchgegangen. Erleichtert darüber, mich endlich der Situation entzogen zu haben, steige ich aus dem Bus. Dann, in letzter Sekunde, springt der Mann ebenfalls auf und geht auf den Ausgang zu. Überdeutlich spüre ich seine große Gestalt hinter mir, wage es aber nicht, mich umzudrehen. Mein Puls schlägt mir bis zum Hals und ich rechne fest damit, dass er mir gleich den Mund zuhält, um mich ins Gebüsch zu zerren, wenn ich es nicht schaffe, rechtzeitig zu fliehen.

Reflexartig sprinte ich in irgendeine Richtung davon, ohne zu wissen, wo ich eigentlich hinrenne. Ich bleibe erst stehen, als das Seitenstechen in meinem Bauch und das schmerzhafte Pochen in meinem angeknacksten Knöchel unerträglich werden. Völlig außer Atem lehne ich mich gegen eine Hauswand, um meinen Puls zu beruhigen. Als ich mich vorsichtig umsehe, ist von dem Mann Gott sei Dank nichts mehr zu sehen. Ich erkenne, dass ich nur wenige Straßen von meinem Haus entfernt bin.

Na, immerhin etwas.

Langsam setze ich mich in Bewegung. Obwohl ich mich alle zwei Sekunden umdrehe und niemanden entdecken kann, bleibt das Gefühl, verfolgt zu werden, bis ich zu Hause angekommen bin.

Samstag, 13.04.2019

Valerie

Der nächste Morgen kommt viel zu früh. Zwar habe ich nicht so viel Alkohol getrunken, dass es für einen ausgewachsenen Kater reicht, trotzdem fühle ich mich wie gerädert. Dank meiner Flucht spüre ich jeden einzelnen Muskel meines Körpers. Ein dumpfer Kopfschmerz pocht gegen meine Stirn. Am liebsten würde ich mir einfach die Bettdecke übers Gesicht ziehen und weiterschlafen, aber das geht leider nicht.

Heute ist Ginnys letzter Arbeitstag, bevor sie wegen ihrer ständigen Rückenprobleme für eine Kur an die Nordsee fährt. Ich habe ihr versprochen, noch mal alle wichtigen Abläufe mit ihr durchzugehen.

Schlaftrunken greife ich nach meinem Handy, aber es liegt nicht an seinem üblichen Platz neben der Steckdose. Kurz überlege ich, wo es sonst sein könnte. Dabei fällt mein Blick auf meine Handtasche, die ich gestern achtlos neben das Bett geschmissen habe, ehe ich sofort eingeschlafen bin.

Bingo! Ich fische mein Handy aus der Handtasche und werde beim Anschalten von Textnachrichten überflutet. Sie sind allesamt von

Stella. Sofort überkommt mich ein schlechtes Gewissen. Vor lauter Panik habe ich völlig vergessen, ihr auf das Foto zu antworten.

Stella: Und, wie läuft es bei dir mit Muscle-Man? (1.45 Uhr)
Stella: So gut, dass du sogar vergisst, deiner besten Freundin zu antworten? 😔 (2.05 Uhr)
Stella: Valls, alles klar????? (3.15 Uhr)

Verwirrt starre ich auf die Nachrichten. Wen um Himmels willen meint Stella mit Muscle-Man? Max ist mit ihr weitergezogen und als ich mit Marvin gesprochen habe, war Stella schon längst weg – mal ganz zu schweigen davon, dass Marvin eher eine schmächtige Figur hat.

Aber wen könnte sie sonst noch meinen? Plötzlich fällt es mir wie Schuppen von den Augen: Dave! Stella muss mitbekommen haben, wie ich mich mit ihm unterhalten habe. Wahrscheinlich hat sie nach mir gesucht, um mich zu fragen, ob ich mit ihr in den Club gehe, wollte mich dann aber nicht stören, wo ich endlich mal dabei war, mich nach jemand Neuem umzusehen, anstatt ihr ständig wegen Marvin die Ohren vollzuheulen.

Augenblicklich verstärkt sich mein schlechtes Gewissen, weil ich sauer auf Stella war, obwohl sie es nur gut mit mir gemeint hat. Dazu mischt sich Scham und Verärgerung bei dem Gedanken daran, dass dieser Dave mich einfach hat sitzen lassen. Gut, mir könnte es so ziemlich egal sein, was er von mir hält, schließlich ist die Wahrscheinlichkeit ihn wiederzutreffen verschwindend gering. Aber genau darin liegt das Problem: Für einen kurzen Moment habe ich mir ausgemalt, wir würden uns für außerhalb der Party miteinander verabreden. Sofort zu denken, Dave würde es genauso gehen, war wohl ziemlich idiotisch von mir. Sauer über meine eigene Naivität, tippe ich eine Antwort ein.

Valerie: Haha, von wegen gut. Wenn es weiter so läuft, werde ich nie wieder einen Freund finden. (6.03 Uhr)

Stella antwortet umgehend.

Stella: Ist nicht wahr 😮 ☐ Ich habe doch selbst gesehen, wie sein Blick dich quasi ausgezogen hat. Was ist denn passiert? (6.03 Uhr)
Valerie: Er hat sich bei der nächstbesten Gelegenheit unbemerkt aus dem Staub gemacht. (6.04 Uhr)
Stella: Oh, das ist echt mies. Aber können wir später weiterreden? Ich bin echt müde. (6.04 Uhr)
Valerie: Okay. Warum bist du überhaupt schon so früh wach? 😩 (6.04 Uhr)
Stella: *Noch* wach trifft's wohl eher 😅. Ich muss mich jetzt unbedingt hinlegen 😴 😴 (6.05 Uhr)
Valerie: Alles klar 😅. Gute Nacht, Süße. 😴 (6.05 Uhr)

Eine Weile warte ich noch auf eine Antwort von ihr, doch mein Handy bleibt stumm. Grinsend lege ich es zur Seite. Bestimmt ist sie einfach mit ihrem Smartphone in der Hand eingeschlafen.

»Valerie, wenn ich dich mitnehmen soll, musst du dich ein bisschen beeilen!« Mein Vater holt mich in die unschöne Gegenwart des viel zu frühen Samstagmorgens zurück.

»Nur noch zwei Minuten! Ich bin quasi fertig!«

Hektisch schlage ich die Bettdecke zurück und hüpfe mit einem Satz aus dem Bett. – Autsch! Ein stechender Schmerz breitet sich in dem Knöchel aus, mit dem ich gestern umgeknickt bin. Mir entfährt ein spitzer Schrei und Tränen laufen über mein schmerzverzerrtes Gesicht.

Mein Vater poltert mit eiligen Schritten die Treppe hinauf. »Valerie, alles okay?«

»Ich weiß nicht genau. Gestern auf dem Nachhauseweg bin ich beim Rennen mit dem Absatz meines Schuhs hängen geblieben und umgeknickt.« Von der zusätzlichen Beanspruchung meines Knöchels wegen meiner Flucht vor einem vermeintlichen Vergewaltiger erzähle ich lieber nichts, das würde ihn nur unnötig beunruhigen.

»Na, lass mal sehen.«

Vorsichtig versuche ich den Fuß aufzusetzen, aber es tut zu weh, als dass ich ihn vollständig belasten könnte.

Behutsam fährt mein Vater über die nun eindeutig geschwollene

Stelle am Fußgelenk. »Das sieht wirklich nicht gut aus. So kannst du unmöglich zur Arbeit gehen.«

»Was?! Aber ich muss Ginny doch helfen …«

Dad unterbricht mich abrupt: »Du hilfst überhaupt niemandem, wenn du krank zur Arbeit gehst.«

»Ich bin überhaupt nicht krank!« Zum Beweis humple ich ein paar Schritte in meinem Zimmer auf und ab. Vor Schmerzen beiße ich jedes Mal die Zähne zusammen, wenn ich mit dem verletzten Fuß auf dem Boden aufkomme. Das darf einfach nicht wahr sein: Ich war noch nie krank, aber kaum bekomme ich einmal die Chance, Verantwortung zu übernehmen, weil Ginny mir während ihrer Abwesenheit die Leitung für den Marktstand übertragen möchte, passiert mir so was Bescheuertes.

»Valerie, hör sofort auf! Mit jeder unnötigen Belastung machst du alles nur noch schlimmer.« Dad packt mich an der Schulter und setzt mich aufs Bett. »Du musst dich ausruhen.«

»Bist du jetzt seit Neuestem Arzt oder was?« Trotzig verschränke ich die Arme vor meiner Brust.

»Ich denke, man muss kein Arzt sein, um zu sehen, dass du verletzt bist.«

Obwohl ich mich wie ein bockiges Kleinkind verhalte, behält mein Vater seinen freundlichen Tonfall bei. Typisch! Der große Kriminalhauptkommissar Wilfried Schubert lässt sich durch nichts und niemanden aus der Ruhe bringen. So möchte er bei seinem Gegenüber Sympathien wecken, damit dieser denkt, sie seien beide auf der gleichen Seite. Das funktioniert nicht nur im Verhör, sondern auch bei mir. Ergeben seufze ich auf: »Okay, ich rufe Ginny an und melde mich krank.«

Ein zufriedenes Lachen stiehlt sich auf Dads Gesicht, das ich nur allzu gerne erwidere. Seit meine Mom uns verlassen hat, kommt es nicht so häufig vor, dass Dad lacht, und wenn er es dann doch tut, freut es mich umso mehr.

Ich greife nach meinem Handy, um Ginny anzurufen, da unterbricht ein Anruf auf dem Diensthandy meines Vaters die Stille im Raum.

»Monika, was gibt's?«, meldet sich mein Vater in geschäftsmäßigem Tonfall.

Dads Kollegin plappert sofort drauflos. Zwar höre ich ihre aufgeregte Stimme, ohne das Telefon am Ohr zu haben, kann aber nicht verstehen, um was es geht. Die Informationen scheinen jedoch äußerst wichtig zu sein, denn Dad antwortet darauf:»Ich bin sofort da! Alles Weitere besprechen wir vor Ort.« Er blickt mich entschuldigend an.»Tut mir leid, aber wie du siehst, die Arbeit ruft. Falls irgendetwas ist, kannst du mich jederzeit anrufen.«

»Okay. Bis später.«

Er seufzt, während er sich von meinem Bett erhebt. Plötzlich erkenne ich Erschöpfung und Müdigkeit in seinen Augen.

»Dad? Alles in Ordnung bei dir? Du siehst aus, als hättest du seit längerer Zeit nicht sonderlich gut geschlafen.«

Mein Vater, der schon an der Tür steht, hält in der Bewegung inne und fährt sich mit der Hand über die Stirn.»Heute früh wurde erneut eine Leiche gefunden, die mit den Morden an jungen Frauen in der letzten Zeit in Verbindung gebracht werden kann. Wenn wir nicht bald entscheidende Hinweise auf den Täter finden, steigt uns die Presse noch mehr aufs Dach als bisher. Das wiederum könnte unsere Ermittlungen gefährden.«

Geschockt weiten sich meine Augen. Noch eine Leiche?! Wäre es möglich, dass mein gestriger Verfolger etwas damit zu tun hat? Hat er sich ein anderes Opfer gesucht, nachdem ich ihm entkommen bin?

Ich muss mitgenommen aussehen, denn mein Vater versucht sofort, mich zu beruhigen.»Keine Sorge, Valerie. Wir werden schon herausfinden, wer dahintersteckt, und den Gräueltaten ein Ende setzen.«

»Wo war das? Also wo wurde die Leiche gefunden?«, frage ich, ohne auf die beschwichtigenden Worte einzugehen. Falls der Mord hier in der Nähe passiert ist, würde das meinen Verdacht erhärten.

Dad kommt nicht dazu, mir zu antworten, weil sein Handy schon wieder klingelt.»Ich muss jetzt echt los. Ruh dich aus. Wir sehen uns heute Abend irgendwann.« Mit diesen Worten wendet er sich von mir ab und widmet sich seinem Handy.

Na, danke auch fürs Gespräch.

Wenn er mir die Informationen nicht liefert, muss ich sie mir eben selbst besorgen. Ich humple zum Schreibtisch und schnappe mir meinen Laptop. Kurz schweift mein Blick zu dem Notizbuch mit dem silbernen Glitzereinband Ich wollte daraus ein Scrapbook basteln und es Marvin zu unserem ersten Jahrestag schenken. Da sich das mit uns aber erledigt hat, liegt es noch immer unangetastet auf dem Schreibtisch. Der Anblick des Buches genügt, damit sich meine Kehle wie zugeschnürt anfühlt. Bevor mich jedoch die Welle des Kummers über meine zerbrochene Beziehung vollständig überrollt, wende ich mich ab. Jetzt ist keine Zeit, um zu heulen. Schließlich bin ich gerade dabei, einem Serienmörder auf die Spur zu kommen.

Entschlossen verkrieche ich mich mitsamt meinem Laptop wieder in meinem Bett. Nach Eingabe einiger Suchbegriffe finde ich den Zeitungsartikel, nach dem ich gesucht habe. Gebannt beginne ich zu lesen.

Tote Frau im Seepark

Die Leiche einer bislang noch nicht identifizierten jungen Frau wurde in den frühen Samstagmorgenstunden am Ufer des Flückigersees im Freiburger Stadtteil Betzenhausen aufgefunden. Ein Passant, der dort regelmäßig mit seinem Hund spazieren geht, entdeckte die bereits seit mehreren Stunden tote Frau, worauf er sofort die Polizei verständigte. Die genaue Todesursache ist noch nicht bekannt, jedoch deuten die bisherigen Untersuchungen der Polizei auf ein Gewaltverbrechen hin.

Auffällig ist die Drapierung der Leiche auf einem Bett aus Ästen und Zweigen sowie ein auffälliges Make-up, welches die Frau trug. Hiermit kommt es bereits zum vierten Mal innerhalb weniger Monate zum Fund einer weiblichen Leiche zwischen achtzehn und dreiundzwanzig Jahren, die auf diese Weise inszeniert wurde.

Die Polizei zieht in Betracht, dass alle Verbrechen auf denselben Täter zurückzuführen sind, sie hält nähere Informationen dazu jedoch aus ermittlungstaktischen Gründen zurück.

Der Flückigersee befindet sich ungefähr zehn Kilometer von meinem Stadtteil entfernt. Wäre es möglich, dass der Mann nach unserem Aufeinandertreffen den ganzen Weg zurückgelegt hat? Zumal er hätte laufen müssen, weil um diese Zeit weder Straßenbahnen noch Busse fahren. Andererseits muss der Fundort der Leiche nicht gleichzeitig der Tatort sein. Er könnte den Mord hier in der Nähe begangen und die Leiche anschließend zum See verfrachtet haben, um eine falsche Spur zu legen.

Wie aus dem Nichts unterbricht Ed Sheeran mit *Castle on the Hill* meine Gedanken. Ich zucke zusammen, greife aber dann nach meinem Handy, um zu sehen, wer mich anruft. Ginny. O nein, ich habe völlig vergessen, mich bei ihr krankzumelden. Sicherlich wundert sie sich, warum ich noch nicht da bin.

»Hi, Ginny. Ich habe mir gestern den Fuß verstaucht und kann kaum laufen. Tut mir leid, ich habe völlig vergessen, dich anzurufen.« Nervös knibble ich an einem Hautfetzen neben meinem Daumennagel herum, doch Ginny lacht nur: »Okay, Kleene. Jetzt bitte noch mal in Ruhe. Was ist passiert?«

Ich schildere ihr die Ereignisse des vergangenen Abends. Ich beginne bei meiner Begegnung mit Marvin und lasse dieses Mal kein Detail aus. Anders als bei Dad vertraue ich darauf, dass Ginny nicht sofort aus allen Wolken fällt, sobald sie mitbekommt, was mir alles widerfahren ist. Als ich mit meiner Erzählung am Ende angelangt bin, atmet Ginny hörbar aus.

»Ich glaube, du solltest keine voreiligen Schlüsse ziehen und in Panik verfallen. Immerhin hat der Mann nicht wirklich versucht, dich anzugreifen.«

Ich halte dagegen: »Aber mein Bauchgefühl sagt mir, dass er es versucht hätte, wäre ich nicht schnell genug weggerannt.«

»Okay, ich mein ja nur, du solltest dich jetzt nicht verrückt machen.«

An Ginnys Tonfall erkenne ich, dass sie noch immer glaubt, ich würde übertreiben. Warum kann ich nicht genauso gelassen bleiben wie sie? Letztendlich hat sie recht: Es ist ja nichts passiert.

»Soll ich noch vorbeikommen oder ist es okay, wenn ich heute zu Hause bleibe?«, wechsle ich das Thema, nicht zuletzt, um mich abzulenken.

»Nein, ruh dich lieber aus, bevor die Verletzung sich noch verschlimmert und du dann auch eine Kur brauchst.«

»Wäre doch nicht so schlecht. Dann könnten wir uns zusammen durch die verschiedenen Massagen probieren.«

Ginny lacht. »Ich glaube, du verwechselst da gerade eine Kur mit einem Wellnessurlaub.«

»Kann schon sein, aber eine Massage wäre tatsächlich nicht schlecht.« Müde reibe ich meinen verspannten Nacken.

»Da hast du allerdings recht.« Ginny seufzt. »Leider muss ich jetzt weiterarbeiten. Wir sehen uns morgen am Bahnhof, oder?«

»Na klar. Ich lasse mir doch nicht entgehen, meiner Lieblingstante persönlich eine gute Reise zu wünschen.«

Ginny lacht wieder. Nachdem wir uns voneinander verabschiedet haben, lege ich auf.

Ich versuche Ginnys sowie Dads Ratschlag, mich auszuruhen, zu beherzigen, indem ich mich in meine Bettdecke einkuschle, um zu schlafen. Kaum habe ich jedoch meine Augen geschlossen, sehe ich die gierigen Augen des Unbekannten wieder vor mir. Beim Versuch, ihn aus meinen Gedanken zu verbannen, schiebt sich Marvins anklagendes Gesicht in den Vordergrund, als wolle er mir sagen: *Selbst schuld, ich habe dir ja angeboten, dich mitzunehmen.*

Aber es ist doch überhaupt nichts passiert!, halte ich dagegen.

Diesmal noch nicht!, zischt Marvins Stimme zurück.

Genervt schlage ich die Augen auf und drehe mich auf die andere Seite. Als ich jetzt vor meinem inneren Augen sehe, wie der Täter mich ins Gebüsch zerren möchte, erscheint unerwartet ein großgewachsener, muskulöser Mann mit kastanienbraunen Haaren und blaugrünen Augen und schlägt meinen Angreifer in die Flucht.

Bist du okay?, höre ich ihn fragen.

Ja, denke ich noch, bevor ich endlich in einen tiefen, traumlosen Schlaf falle.

Brr … brr … brr …

Mister Maus Schnurren wird immer lauter, je näher er meinem Ohr kommt. Ich versuche sein Betteln nach Aufmerksamkeit zu ignorieren, indem ich mich schlafend stelle. Der getigerte Kater lässt sich davon jedoch nicht beeindrucken. Ganz im Gegenteil, er sieht es als Herausforderung an, so lange auf mir herumzutrampeln, bis ich ihm Beachtung schenke.

»Ist ja schon gut, du bekommst dein Futter.«

Verschlafen setze ich mich im Bett auf. Mister Mau hört abrupt auf zu quengeln und schaut mich erwartungsvoll an. Als ich anfange, ihn hinter den Ohren zu kraulen, fährt er mit seinem genüsslichen Schnurren fort.

Mit seinen zehn Jahren hat Mister Mau bereits ein stattliches Alter für eine Katze. Dementsprechend gemächlich schleicht er durch unser Haus und genießt jede Streicheleinheit, die er erhaschen kann. Ich erinnere mich noch gut daran, als Ginny ihn mir zu meinem zehnten Geburtstag geschenkt hat. Damals war er gerade mal drei Monate alt und so voller Energie, dass ich ihn nie länger als für ein paar Sekunden auf meinem Schoß halten konnte. Das hat mich als kleines Mädchen, das am liebsten den ganzen Tag mit der süßen Fellnase gekuschelt hätte, oft dazu veranlasst, hinter ihm herzurennen und zu versuchen, ihn wieder einzufangen. Leider war Mister Mau viel schneller als ich, er versteckte sich in den hintersten Winkeln unseres Hauses, an die ich nicht herankam.

»Jetzt können wir endlich alle Streicheleinheiten nachholen, die du dir hast entgehen lassen«, sage ich mit einem Grinsen an Mister Mau gewandt, während ich ihm durch sein weiches Fell fahre.

Ding-dong.

Die Klingel lässt den Kater aufschrecken und vom Bett springen. Mühselig rapple ich mich auf und humple hinter Mister Mau in Richtung Haustüre.

Ding-dong, Ding-dong.

Ich komme ja schon!, rufe ich demjenigen, der da vor meiner Tür steht, in Gedanken zu. Obwohl es den Schmerz in meinem Fuß verstärkt, beschleunige ich meine Schritte.

Kaum habe ich die Haustür geöffnet, da trällert mir schon

Stellas fröhliche Stimme entgegen: »Hallöchen. Auch schon ausgeschlafen?«

»Aber klar doch. Komm rein.«

Ich begrüße sie herzlich mit einer Umarmung und gemeinsam gehen wir in Richtung Küche. Mister Mau folgt uns in der Hoffnung, endlich was in seinen Napf zu bekommen.

»Dich kann man auch keine Sekunde allein lassen, ohne dass du etwas anstellst.« Stella schaut auf meine Füße. Ihr Tonfall verrät, dass sie bereits weiß, was passiert ist.

»Wer hat dir denn davon erzählt?«, frage ich verwundert, während ich mich auf der Arbeitsplatte daran zu schaffen mache, die Dose mit dem Katzenfutter zu öffnen.

Stella lässt sich auf einen Küchenstuhl plumpsen und verschränkt die Arme hinter ihrem Kopf. »Erstens ist es kaum zu übersehen, so, wie du rumhumpelst, und zweitens war ich bei deiner Tante auf dem Markt, weil ich ja ursprünglich davon ausgegangen bin, du würdest arbeiten.«

Die Fragezeichen in meinem Kopf lösen sich auf. »Ginny hat dir also alles erzählt.«

»Ja. Das ist so krass. Hast du echt geglaubt, der Typ wollte dich vergewaltigen?« Stella klingt ehrlich besorgt.

Ich sehe zu ihr hinüber. »Keine Ahnung, einen Moment lang war es schon echt strange. Vielleicht fange ich aber auch einfach an, paranoid zu werden. Scheinen die Nebenwirkungen davon zu sein, dass man mit jemandem im selben Haus wohnt, der es täglich mit Mord und Totschlag zu tun hat.«

Stellas Miene hellt sich wieder auf. »Tut mir jedenfalls leid, dass ich einfach so gegangen bin. Ich lasse dich nie wieder nachts allein. Versprochen.«

Ich lächle sie an. »Schon gut. Ich hoffe, es hat sich wenigstens gelohnt.« Verschwörerisch zwinkere ich ihr zu, woraufhin Stella augenblicklich zu grinsen anfängt.

Mister Mau schlängelt sich in freudiger Erwartung um meine Beine und vollführt einen kleinen Freudensprung, als ich den vollen Napf endlich vor seiner Nase absetze. Für einen Moment schaue ich ihm zufrieden dabei zu, wie er zu fressen beginnt. Dann setze ich mich neben Stella an den Küchentisch, die immer noch grinst, als hätte sie das achte Weltwunder mit eigenen Augen gesehen.

»Jetzt erzähl schon«, drängle ich.

Anstatt wie üblich sofort loszuschießen und sich in den Einzelheiten ihrer Erzählung zu verlieren, druckst Stella seltsam herum. Auf mehrere Nachfragen hin bekomme ich schließlich heraus, dass sie gestern im *Utopia* jemanden kennengelernt hat. Das ist der Club, in den sie mit ihren Kommilitonen gegangen war, nachdem sie mich alleine auf der Wohnheimparty zurückgelassen hatte.

»Wir haben uns auf Anhieb super verstanden und heute Abend wollen wir uns wiedertreffen«, beendet sie schließlich ihren Bericht.

»Wow. Heute schon? Da scheint wohl endlich jemand begriffen zu haben, was für eine bezaubernde Frau meine beste Freundin doch ist.« Begeistert klatsche ich in die Hände und Stellas Lächeln wird noch breiter.

Ich freue mich ehrlich für sie. Was Männer angeht, konnte sie bisher leider wenig positive Erfahrungen sammeln. Umso schöner ist es zu hören, dass jemand es endlich einmal ernst mit ihr zu meinen scheint.

Stellas nervöse Vorfreude überträgt sich automatisch auf mich.

»Soll ich dir helfen, etwas zum Anziehen auszusuchen?«

»Deswegen bin ich hier. Ich habe schon die perfekte Idee für mein Outfit, aber ich würde gerne deine Meinung dazu hören.« Sie legt eine kleine Pause ein, bevor sie weiterspricht. »Und ich bräuchte dafür meine schwarzen Pumps zurück, die ich dir gestern geliehen habe.«

Mit gespielter Entrüstung verschränke ich meine Arme vor der Brust. »Ach, das ist also der wahre Grund für deinen Besuch. Und ich dachte schon, es würde dich ernsthaft interessieren, wie es mir geht, nachdem ich haarscharf einem sexuellen Übergriff entkommen bin.«

Stella grinst mich unschuldig an. »Tut's auch. Deswegen habe ich mich ja auch zuerst danach erkundigt, wie es dir geht. Aber du musst doch selbst einsehen, dass das hier ein Notfall ist.«

»Aber nur, weil du's bist und ich gar nicht anders kann, als dir deine niederen Beweggründe für deinen Besuch zu verzeihen«, sage ich belustigt.

Stella fährt sich mit der Handfläche über die Stirn. »Puh. Da habe ich noch mal Glück gehabt.«

»Warte, ich gehe schnell die Pumps holen.«

Noch während ich versuche, mich zu erinnern, wo ich sie gestern abgelegt habe, setze ich mich in Bewegung. Oder jedenfalls versuche ich es, als mir der pochende Schmerz in meinem Fuß dazwischenkommt. Vorsichtig fahre ich mit der Hand über meinen Knöchel, der sich bei der kleinsten Bewegung anfühlt, als würde er vor Schmerzen in Flammen aufgehen.

Stella beäugt das Geschehen kritisch. »Valls, hör auf, dich unnötig zu quälen, und setz dich wieder hin. Ich kann selbst in dein Zimmer gehen und die Pumps holen. Sag mir einfach, wo sie sind.«

Mitfühlend legt sie einen Arm um mich und hilft mir zurück auf den Stuhl. »Du solltest damit echt zum Arzt gehen«, meint sie, als ich wieder sicher sitze. Um meinen Knöchel zu entlasten, hat sie mir einen Stuhl herangeschoben, auf den sie mein Bein gebettet hat.

Genervt rolle ich mit den Augen. »Du klingst schon wie mein Vater.«

»Wir meinen es nur gut mit dir.«

»Keine Panik. Ich werde das schon überleben«, sage ich.

Gelassen lehne ich mich nach hinten. Nach außen hin tue ich so, als wäre es keine große Sache, aber insgeheim freue ich mich zu sehen, dass es Menschen, die mir ebenfalls etwas bedeuten, wichtig zu sein scheint, wie es mir geht. Wenn mir jetzt nur noch einfallen würde, wo diese Pumps hin sind …

Plötzlich durchzuckt mich eine Erinnerung. Vor Schreck fahre ich hoch. Stella schaut mich sofort alarmiert an. »Valerie? Alles okay? Was ist los?«

Kleinlaut gebe ich zu: »Ähm … also, es könnte eventuell möglich sein, dass ich deine Schuhe ausgezogen und auf der Straße habe liegen lassen, nachdem ich umgeknickt bin.«

Jetzt weiten sich auch Stellas Augen erschrocken. Sie steht direkt vor mir. Fassungslos stemmt sie die Hände in die Hüften und sieht mich von oben herab an. Ihre Stimme klingt schrill, als sie ruft: »Du hast was?! Wie kannst du meine Schuhe einfach mitten auf der Straße fallen lassen, als wären sie Müll? Weißt du überhaupt, wie viel die gekostet haben?«

Stumm schüttle ich den Kopf. Wenn es um ihre Mode-Errungenschaften geht, versteht Stella echt keinen Spaß. Schuldbewusst kaue ich auf meiner Unterlippe herum und versuche mich an einer Entschuldigung. »Tut mir leid. Ich habe mich so über Marvin und diesen ganzen Abend geärgert, dass ich nicht weiter nachgedacht habe. Wenn wir jetzt hingehen, liegen sie bestimmt noch dort.«

Stella hat schon kurz Luft geholt, um zu ihrer nächsten Tirade auszuholen. Als meine Worte an ihr Ohr dringen, wird ihre Miene jedoch mit einem Mal weich. Statt mich weiter mit Blicken zu erdolchen, fängt sie auf einmal sogar zu lachen an.

Verwundert sehe ich sie an. Ist das ein hysterisches Lachen oder wie soll ich diesen unerwarteten Gefühlsausbruch einordnen?

Bevor ich mich das fragen kann, liefert Stella mir auch schon eine Erklärung. »Habe ich das vorhin bei deiner Tante eigentlich richtig verstanden, dass du Marvin vor versammelter Mannschaft bloßgestellt und sogar behauptet hast, du würdest dich lieber ermorden lassen, als weiter mit ihm etwas zu tun zu haben?«

Die Erwähnung meines Ex hat mich also vor Stellas Wutanfall gerettet. Wer hätte gedacht, dass dieser Typ mir noch mal helfen würde? Vor Erleichterung, aber auch ein klein wenig stolz auf meine Aussage gestern Nacht richte ich mich auf. »Ganz so viele Leute waren nun auch wieder nicht dabei, aber ja, ich habe ihm ziemlich deutlich zu verstehen gegeben, wie wütend mich sein Verhalten macht.«

Stella breitet die Arme für eine Umarmung aus. »Ich bin so stolz auf dich, Valls. Es war höchste Zeit, dass du ihm und vor allem dir selbst endlich mal klarmachst, dass du es nicht nötig hast, hinter ihm herzulaufen. Dafür opfere ich gerne meine Schuhe.« Kleinlaut schiebt sie noch hinterher: »Ehrlich gesagt, waren die gar nicht so teuer, wie ich behauptet habe.«

Das bringt mich zum Lächeln und ich erwidere die Umarmung.

Neugierig, wie Stella ist, fragt sie nach einer kurzen Pause: »Dein

Stimmungswechsel gegenüber Marvin hat doch aber nicht zufällig etwas mit diesem gutaussehenden Muskelpaket zu tun, mit dem du dich gestern auf der Party unterhalten hast?«

Die Erwähnung von Dave jagt einen Schauer durch meinen Körper. Doch statt mir etwas von diesem Gefühl anmerken zu lassen, wende ich ein: »Jetzt mach mal halblang. Nur weil ich mich mit jemandem unterhalte, hat das noch lange nichts zu bedeuten. Mal abgesehen davon, dass er mich so langweilig fand, dass er sich ohne jegliche Vorwarnung verpisst hat.«

Stella löst die Umarmung und setzt sich wieder auf ihren Platz. Erwartungsvoll schaut sie mich an. »Hm. Ich will trotzdem alles wissen. Wie heißt er und über was habt ihr euch unterhalten?«

In aller Kürze schildere ich Stella mein Gespräch mit Dave. Aufmerksam hört sie mir zu, ohne mich ein einziges Mal zu unterbrechen.

Als ich geendet habe, meint sie: »Echt bescheuert von ihm, dich einfach so stehen zu lassen. Aber wenn er nicht erkennt, wie toll du bist, hat er dich sowieso nicht verdient.«

Ich beschließe, dass sie recht hat. Diese kleine Begegnung ist jetzt offiziell für mich abgehakt.

Eine eingehende Textnachricht auf Stellas Handy unterbricht ihre Aufmerksamkeit für unser Gespräch. Noch während sie den Text liest, kann ich beobachten, wie ihre Mundwinkel sich nach unten verschieben.

Vorsichtig frage ich nach: »Schlechte Nachrichten?«

Man kann Stella deutlich anmerken, wie sie versucht, die Fassung zu bewahren, was ihr aber nur teilweise gelingt, als sie sagt: »Sie hat mir für heute Abend abgesagt.«

»Wer?«, frage ich verwirrt.

Meine Nachfrage schreckt Stella auf, als wäre ihr erst jetzt bewusst geworden, dass sie ihre letzte Aussage tatsächlich laut ausgesprochen hat.

»Ich meine ... er ... Ol ... Oliver, der Typ aus dem *Utopia*. Angeblich, weil er ein Abendessen mit seiner Familie völlig vergessen hat.«

Tröstend sehe ich Stella an. Die Absage scheint sie sehr

mitzunehmen. »Mach dir nichts draus. Männer sind doch alles Idioten. Wer braucht die schon, wenn er eine beste Freundin hat?«

Ein leichtes Lächeln zupft an ihrem Mundwinkel. »Aber so was von.«

Mister Mau hüpft miauend auf meinen Schoß, als wolle er dagegen protestieren. Daraufhin brechen Stella und ich in Gelächter aus. Liebevoll kraule ich den Kater zwischen den Ohren.

»Keine Sorge. Du bist natürlich eine Ausnahme.«

Dienstag, 16.04.2019

Valerie

Eins, zwei, drei ...

Mit einem Ruck hieve ich eine Kiste Äpfel aus dem Transporter meines Onkels Hannes. Hannes ist Ginnys Mann und bringt das frische Obst und Gemüse von ihrem gemeinsamen Bauernhof täglich höchstpersönlich zum Markt. Meistens unterstützt er uns auch dabei, den Stand aufzubauen. Auch heute lässt er es sich nicht nehmen, mir unter die Arme zu greifen.

»Valerie, ich habe dir doch schon so oft gesagt, du sollst die schweren Kisten nicht allein herumschleppen. Und dazu noch in deinem jetzigen Zustand«, schilt mich Hannes, als er sieht, wie ich die Kiste mit den Äpfeln herumwuchte.

»Und ich habe dir schon so oft gesagt, dass es mir nichts ausmacht«, entgegne ich ihm. Die Bemerkung über meinen angeknacksten Knöchel überhöre ich geflissentlich. Sowohl Stella als auch Ginny und Dad haben mir am Wochenende so lange ins Gewissen geredet, bis ich tatsächlich einen Arzt aufgesucht habe. Der wiederum hat eine leichte bis mittlere Verstauchung des rechten Knöchels diagnostiziert, meinen Fuß verbunden und Bettruhe verordnet. Nur blöd, dass ich keine Zeit habe, den ganzen Tag im Bett zu verbringen. Schließlich muss ich mich hier um den Verkauf kümmern und die Vorlesungen an der Uni möchte ich auch nicht verpassen.

Gegen den Rat aller stehe ich nun also hier auf dem Münsterplatz und lade die Obst- und Gemüsekisten aus dem Wagen. Und ich mache das nicht, um irgendjemandem zu beweisen, dass ich nicht krank bin, sondern einfach weil ich es will. Die Arbeit macht mir Spaß und das möchte ich mir nicht nehmen lassen. Außerdem hat Ginny, unabhängig von meiner Verletzung, eine Aushilfe eingestellt, die mich in ihrer Abwesenheit unterstützen soll. Es wird also nicht allzu anstrengend werden.

Ich werfe einen Blick auf meine Armbanduhr. Die Aushilfe ist bereits zehn Minuten zu spät. Ich hoffe, sie kommt bald, sonst werde ich noch vor der Mittagszeit heillos mit dem Ansturm der Touristen überfordert sein.

Hannes parkt mich auf einem kleinen Hocker und schaut mich bittend an. »Ich weiß, du hörst sowieso nie auf das, was man dir sagt, aber kannst du mir einmal den Gefallen tun und einfach so sitzen bleiben? Die restlichen Kisten kann ich auch allein ausladen.«

Ich stöhne auf: »Na gut. Aber es macht mir echt nichts aus zu helfen.«

»Ich weiß, du bist unermüdlich, wenn es darum geht, mit anzupacken. Da bist du deiner Tante sehr ähnlich. Aber solange du verletzt bist, kannst du dich ruhig ein bisschen zurücklehnen.«

Eine weitere Diskussion würde nichts bringen, deswegen ergebe ich mich stillschweigend.

Hannes lädt die übrigen Kisten aus dem Auto, dann verabschiedet er sich von mir, um sich um die auf dem Hof anstehenden Arbeiten zu kümmern. Ich winke zum Abschied, als er davonfährt.

Aus dem 116 Meter hohen Glockenturm des Münsters ertönt ein Glockenschlag. Unwillkürlich wende ich meinen Blick zum Gebäude und betrachte die eindrucksvolle Fassade von Freiburgs Wahrzeichen. Durch die verschiedenen Bauphasen und Sanierungsarbeiten entstand an den Außenwänden ein Muster aus roten und gelben Sandsteinen. Viele Skulpturen von Heiligen und Wasserspeiern verzieren das Kirchenschiff ebenso wie die unzähligen kleinen Spitztürme.

Besonders gefallen mir jedoch die Ornamente an den Fenstern, die mich an Mandalas und Blumenmuster erinnern.

Hinter dem Münster blitzen Strahlen der Morgensonne hervor. Zum ersten Mal seit Langem scheint es heute ein sonniger, wenn auch immer noch recht kühler Tag zu werden. Ich schließe kurz die Augen, um mir von den ersten, noch etwas zögerlichen Sonnenstrahlen das Gesicht wärmen zu lassen. Noch immer mit geschlossenen Augen atme ich tief ein und nehme die frische Luft dieses kühlen Dienstagmorgens in mich auf. Das ist einfach meine Lieblingstageszeit. Die Welt erweckt den Eindruck, neugeboren zu sein und alles Schlechte über Nacht verschluckt zu haben. Ein neuer Tag, noch voller Reinheit, mit neuen unzähligen Chancen und Möglichkeiten.

Versonnen öffne ich meine Augen und beginne in meiner Handtasche nach meiner abgegriffenen Ausgabe von *Das Schicksal ist ein mieser Verräter* zu suchen. Denn bevor die ersten Kunden ihren Weg auf den Marktplatz finden, vertreibe ich mir meistens die Zeit damit, zu lesen. Ginny bezeichnet meine Bücher als schnulzige Schundromane, aber für mich sind sie sowohl fantastische als auch romantische Welten, in die ich gerne abtauche, um abzuschalten.

Voller Vorfreude ziehe ich das Buch aus der Tasche und beginne zu lesen. Weit komme ich allerdings nicht.

»*Buon giorno*, Signora Valerie. So schnell sieht man sich also wieder.« Eine Männerstimme reißt mich aus der fiktiven Welt von Hazel und Gus. Blinzelnd blicke ich auf und erstarre. Vor mir steht kein Geringerer als Dave von der Wohnheimparty. Seit dem Gespräch am Samstag zwischen Stella und mir habe ich keinen Gedanken mehr an ihn verschwendet. Umso eindrucksvoller erscheint mir seine Präsenz jetzt, da er wieder vor mir steht. Der Duft eines sportlich-frischen Duschgels steigt mir in die Nase und wie bei unserer ersten Begegnung sitzt seine Frisur perfekt. Dazu trägt er eine schwarze Jeans, gepaart mit einer bordeauxroten Kapuzenjacke. Ich kann deutlich seinen Bizeps erkennen, der sich darunter abzeichnet, und muss schlucken.

Er sieht verdammt gut aus.

Hastig schiebe ich den Gedanken beiseite und rufe mir in Erinnerung, wie er mich am Freitag abgefertigt hat.

Möglichst nüchtern antworte ich:»Tja, das geht manchmal schneller, als einem lieb ist. Muss ja besonders ärgerlich sein, nachdem man sich so viel Mühe gegeben hat, unbemerkt zu verschwinden.«

Daves Augen funkeln mich blaugrün an.»Nimm mir das nicht übel, aber ich musste eben meine Prioritäten setzen.«

Ich schnaube verächtlich.»Schon klar, lass es einfach gut sein. Möchtest du etwas kaufen? Sonst wäre es nämlich besser, wenn du jetzt gehst.«

Verwundert zieht Dave seine Augenbrauen nach oben.»Warum sollte ich etwas kaufen? Ich bin doch hier, um zu *verkaufen.*«

Jetzt bin ich diejenige, die sich wundert, aber nur einen Moment lang. Dann dämmert es mir.»Sag bloß, *du* bist die neue Aushilfe, die meine Tante vertreten soll?«

Daves Lippen umspielt ein Grinsen und er schiebt die Hände in die Taschen seiner Kapuzenjacke.»Wenn deine Tante Ginny Mischke heißt, dann ja. Was für ein Zufall. Wer hätte gedacht, dass ich meine neue Arbeitskollegin bereits kenne.«

»*Kennen* ist wohl deutlich übertrieben. Und nur zu deiner Information: Du bist zwanzig Minuten zu spät.« Zur Unterstreichung meiner Aussage werfe ich einen Blick auf meine Armbanduhr.

Um Himmels willen, das darf doch nicht wahr sein! Von über sieben Milliarden Menschen auf dieser Welt musste Ginny mir ausgerechnet den attraktivsten Typen schicken, der mir jemals begegnet ist, der aber gleichzeitig auch derjenige ist, der mir erst vergangenes Wochenende auf sehr subtile Weise gezeigt hat, wie uninteressant er mich findet. Natürlich konnte sie das nicht wissen.

Dave legt den Kopf schief.»Tut mir leid, aber mein Auto ist gerade in der Werkstatt und ich habe die Pünktlichkeit der öffentlichen Verkehrsmittel wohl eindeutig überschätzt.«

Ich beschließe, ihm diese Ausrede fürs Erste abzunehmen.»Okay, aber ab sofort bist du pünktlich, sonst muss ich das leider meiner Tante melden.«

Statt meine Warnung ernst zu nehmen, lacht Dave bloß.»Oh-ha.

Hier habe ich es also mit einer strengen Hüterin des Gesetzes zu tun.«

Wütend verschränke ich die Arme vor der Brust. Kann er bitte damit aufhören, sich über mich lustig zu machen?

»Könntest du auch mal anfangen zu arbeiten, anstatt nur rumzustehen und zu quatschen?«, gebe ich pampig zurück.

»Sagt diejenige, die bis eben gelesen hat.«

Er legt es wirklich darauf an, mich zu provozieren. Aber leider hat er mit seiner Aussage recht, deshalb gehen mir die Argumente aus und so schaue ich ihn nur mit zusammengekniffenen Augenbrauen an.

Schließlich lenkt Dave ein. »Schon gut. Was soll ich machen, Prinzessin?«

Hat er mich gerade ernsthaft Prinzessin genannt? Für wen hält er mich? Für sein Zuckerpüppchen, mit dem er umspringen kann, wie er will?

Überrumpelt klappe ich meinen Mund erst auf und dann wieder zu, bevor ich sage: »Du kannst dich um die Warenauslage kümmern.«

»Alles klar.« Dave kommt um den Verkaufstisch herum und stellt den schwarzen Rucksack, den er bis eben auf dem Rücken getragen hat, auf dem Boden neben meiner Handtasche ab. Dann beginnt er pfeifend mit der ihm aufgetragenen Arbeit. Stumm beobachte ich ihn dabei und frage mich gleichzeitig, wie ich die nächsten Wochen mit seinem unverschämten Mundwerk aushalten soll. Ganz zu schweigen davon, dass sein gutes Aussehen ununterbrochen auf mich einwirkt.

Nach einer Weile fragt mich Dave: »Was ist eigentlich mit deinem Fuß passiert, Prinzessin? Am Freitag warst du doch noch nicht verletzt.«

Die Tatsache, dass er mich schon wieder *Prinzessin* genannt hat, übergehe ich. Stattdessen antworte ich mit zusammengebissenen Zähnen: »Ich bin auf dem Nachhauseweg von der Party umgeknickt. Wärst du nicht einfach verschwunden, sondern hättest wie versprochen auf mich aufgepasst, könnte mein Knöchel jetzt noch unverletzt sein.« Meine Worte sind eher spielerisch gemeint, klingen aber härter.

Dementsprechend forsch geht Dave auf meine Anspielung ein. »Hey, mach mich nicht dafür verantwortlich, wenn du zu dumm bist, um zu laufen. Ich habe meinen Dienst getan, indem ich dich zur Küche begleitet habe.«

Beschwichtigend hebe ich die Hände. »Schon gut, beruhig dich mal. Das war nur Spaß. Natürlich trifft dich keine Schuld.«

Mit einem Lachen in der Stimme sagt er: »Weiß ich doch. Ich mache doch auch nur Spaß.«

Na super. Wenn seine Art von Spaß darin besteht, mich zu beleidigen, können die nächsten Wochen der Zusammenarbeit mit ihm ja noch heiter werden.

Bereits am frühen Vormittag bin ich völlig erschöpft. Wie sich herausgestellt hat, habe ich ziemlich unterschätzt, was es heißt, mit verstauchtem Knöchel zu arbeiten. Müde lasse ich mich auf meinen Hocker sinken und reibe mir über die schmerzhafte Stelle unter meinem Verband.

Dave gibt einer Dame mit blonden Locken und braunem Mantel ihr Wechselgeld, dann wendet er sich mir zu.

»Möchtest du nicht doch lieber nach Hause gehen? Es ist zwar mein erster Tag, aber ich denke, ich komme schon klar.«

Tapfer streiche ich mir lose Haarsträhnen aus dem Gesicht. Zu meinen Schmerzen durfte ich mir den ganzen Morgen über haufenweise Bemerkungen von Dave darüber anhören, was ich bei der Arbeit alles anders beziehungsweise besser machen könnte. *Wäre es nicht sinnvoller, die Erdbeeren mehr nach vorne zu stellen, bevor sie von dem schwereren Obst und Gemüse verdrückt werden? – Die Sonne kommt von dort, also müssen wir den Schirm so aufstellen, wenn wir Schatten haben wollen. – Valerie, du musst die Kiste hier an der Seite festhalten, bevor alles herunterfällt. Warte, ich zeige es dir ...*

Und so weiter und so fort. Daves Stimme hallt noch immer in meinem Kopf nach. Was bildet er sich eigentlich ein? Ich mache das hier schon seit vier Jahren und jetzt kommt er einfach daher, spielt sich als Besserwisser auf und möchte zu guter Letzt auch noch, dass ich endgültig das Feld räume, nur wegen ein paar Schmerzen. Unter keinen Umständen. Ich kann förmlich spüren, wie die Wut in mir hochkocht, und habe große Mühe, mich zurückzuhalten.

»Nein, geht schon«, sage ich kurz angebunden, um keinen Wutausbruch zu riskieren.

Dave lässt nicht locker. »Ach, komm schon, Prinzessin. Sei nicht so dickköpfig. Wenn du so weitermachst, verschlimmert sich dein Zustand und du kannst gar nicht mehr laufen.«

»Prinzessin« ist das einzige Wort aus seiner Moralpredigt, das in meinem Kopf hängen bleibt. Wenn er mich noch einmal so nennt, drehe ich endgültig durch.

»Wie kommst du eigentlich darauf, mich ständig Prinzessin zu nennen? Ist dein Bild von Frauen so beschränkt, dass du uns alle für zartbesaitete Püppchen hältst, die ohne die Hilfe eines starken Mannes nichts auf die Reihe kriegen?«, platzt es aus mir heraus.

Ohne eine Miene zu verziehen, antwortet er auf seine spielerisch freche Art: »Nein, aber das steht doch auf deinem Pullover. Ich befolge nur deine Anweisungen, damit du keinen Anlass hast, mich bei deiner Tante zu verpfeifen.«

Umgehend sehe ich an mir herunter. Da wird mir klar, was er meint. Wenn ich zur Arbeit gehe, achte ich nie besonders auf meine Kleidung, sie soll nur möglichst praktisch sein und mich an kälteren Tagen, wie heute, warmhalten. An diesem Morgen habe ich den schwarzen Kapuzenpullover mit der goldenen Aufschrift *You can call me Princess* erwischt. Unter dem Schriftzug ist überdimensional eine ebenfalls goldene Krone abgebildet. Außerdem trage ich wie meistens eine meiner heißgeliebten bequemen Leggings.

Na super, wie peinlich ist das denn bitte. Ich beschuldige Dave, ein Chauvinist zu sein, dabei macht er sich nur über meine Kleidung lustig. Meine Hand greift zu dem Dutt an meinem Hinterkopf, aus dem sich einige meiner Haarsträhnen befreit haben, die jetzt wild von meinem Kopf abstehen. Plötzlich fühle ich mich neben Dave underdressed.

»Oh«, entfährt es mir nur und im Stillen mache ich mir eine Notiz, zukünftig auch bei der Arbeit besser auf meine Kleidung zu achten. Aber nicht etwa, um Dave zu gefallen, sondern schlichtweg, um ihm keinen Anlass mehr zu geben, über meinen Kleidungsstil herzuziehen. Ich rechne fest damit, dass Dave die Diskussion über seine vermeintlich sexistischen Ansichten vertiefen möchte, aber er lässt das Thema fallen und fährt bereits mit einer neuen Idee auf: »Dann machen wir das jetzt so: Ich bediene die Kunden und kümmere mich um die Warenauslage und du machst die Kasse. Dabei kannst du auch sitzen bleiben.«

Dagegen habe ich nichts einzuwenden. Und mein Knöchel schon zweimal nicht. »Okay«, sage ich.

Dave lächelt mich an und in meinem Bauch beginnt es urplötzlich auf eine angenehme Art zu prickeln. Ich kann nicht anders, als sein Lächeln zu erwidern. Warum bringe ich mit einem Schlag nur so viel Sympathie für ihn auf? Wahrscheinlich hängt das mit seiner letzten Bemerkung zusammen. Durch die hat er mir in Erinnerung gerufen, dass sich hinter seiner Arschlochfassade von heute eine charmante Seite versteckt, die mir auf der Party so gut an ihm gefallen hat. Oder es liegt schlichtweg an der Art, wie er mich anlächelt. Ich kann es mir nicht erklären, aber ein Blick von ihm genügt, um Hitze in meinem Körper zu entfachen und mich ebenfalls lächeln zu lassen.

Als ich Dave erneut anschaue, treffen sich unsere Blicke und meine Wangen färben sich augenblicklich rot. Verlegen sehe ich zur Seite. *Oh ja, es liegt vor allem an seinem Lächeln*, flüstert eine Stimme in meinem Kopf, die ich beim besten Willen nicht zum Schweigen bringen kann.

Dave

Müsste ich Valerie mit einem Ausdruck beschreiben, dann wäre das bis eben wohl *eine richtige Giftspritze* gewesen. Zwar täuscht ihre kleine, zierliche Gestalt auf den ersten Blick darüber hinweg, wie viel

Energie in ihr steckt, doch schon nach ein paar Minuten war mir klar, wie gut sie die Zicke in sich raushängen lassen kann. Egal, was ich sage, sie antwortet mir in einem Tonfall, der ihre ganze Verärgerung über mich zum Ausdruck bringt. Und das anscheinend nur, weil sie nicht damit klarkommt, dass ich sie Freitagnacht habe stehen lassen. Ich hatte meinen Grund, sehe aber nicht ein, weshalb ich mich vor ihr rechtfertigen soll.

Immerhin bin ich Profi darin, anderen Leuten Sprüche zu drücken, und somit habe ich mir den kleinen Spaß erlaubt, sie mit meinen Kommentaren bis zur Weißglut zu treiben. In diesen Momenten erkenne ich allerdings, dass sich hinter ihrer trotzigen Show ein eigentlich schüchternes Mädchen verbirgt. Wie sonst soll ich mir ihre geröteten Wangen und das Abbrechen unseres Blickkontakts erklären, sobald unsere Augen sich finden? Bereits auf der Wohnheimparty habe ich diese Unsicherheit bei ihr gespürt und genau wie dort kann ich jetzt nicht anders, als ihre Verlegenheit süß zu finden. Also süß im Sinne eines Hundewelpen und nicht etwa auf die Art, wenn man auf jemanden steht.

Um Valerie zu signalisieren, dass sie sich bei mir nicht unbehaglich fühlen muss, lege ich beschwichtigend eine Hand auf ihre Schulter. »Hey, zwischen uns ist doch alles cool, oder? Ich meine, wir hatten jetzt nicht gerade den besten Start, aber wir haben immer noch die Chance, es besser zu machen.«

Valerie dreht den Kopf in meine Richtung, schafft es aber wieder nicht, einen ruhigen Blickkontakt herzustellen. Schließlich sagt sie zu meiner Hand auf ihrer Schulter: »Vielleicht, wenn du aufhören könntest, fies zu mir zu sein und alles besser zu wissen.«

»Das wird schwierig, da ich doch tatsächlich alles besser weiß. Aber ich gebe mir Mühe, wenn du im Gegenzug damit aufhörst, wegen Freitagabend beleidigt zu sein.«

»Bin ich doch gar nicht«, erwidert sie trotzig.

»Bist du wohl. Und jetzt hör mal auf, so ernst zu sein.«

Ich pieke Valerie in die Seite, woraufhin sie ein Lachen unterdrückt.

»Ist da etwa jemand kitzlig?«

Statt zu antworten, schüttelt sie nur den Kopf, doch ihr breites Grinsen verrät sie. Sofort attackiere ich sie noch mal, dieses Mal heftiger mit beiden Händen. Dadurch kann sie den Impuls aufzukreischen nicht mehr zurückhalten.

»Dave! Was soll das? Lass mich sofort los!« Entgegen ihrer Wortwahl hört sich ihr Ausruf aber eher wie eine Aufforderung an, sie weiter zu kitzeln. Amüsiert gehe ich darauf ein und höre erst auf, als sie vor lauter Lachen keine Luft mehr bekommt.

Sobald ich von ihr ablasse, sieht sie mir direkt in die Augen. »Glaub ja nicht, dass du so davonkommst. Dafür werde ich mich rächen, sobald du nicht mehr damit rechnest.«

Das Lächeln, das sie dabei auflegt, ist teuflisch. Es scheint, als hätte ich all ihre Schüchternheit aus ihr herausgekitzelt.

Stumm arbeiten wir eine Weile nebeneinander her. Wie sich herausgestellt hat, funktionieren wir als Team besser als erwartet. Und durch meinen grandiosen Einfall, die Arbeit aufzuteilen, hat Valerie nun sogar die Möglichkeit, ihren Knöchel zu schonen.

In einem von ihr unbemerkten Moment checke ich mein Handy, nur um es kurz darauf frustriert in meine Hosentasche zurückzuschieben. Immer noch keine neue Nachricht. Dabei sind mir diese in letzter Zeit so wichtig geworden. Es ist eine gute Entscheidung gewesen, neulich, nach dem Lesen der Anzeige in der Zeitung, die Nachricht zu senden. Seitdem wir wieder in Kontakt stehen, fühlt es sich so an, als wäre *sie* wieder hier. Josephina. Und auch wenn ich weiß, dass es völliger Quatsch ist, diese Nachrichten geben mir das Gefühl, etwas von meinem Fehler wiedergutzumachen.

Energisch schüttle ich den Kopf, um mich von meinen Gedanken zu befreien. Jetzt ist nicht der richtige Zeitpunkt, um in Grübeleien zu versinken. Ich sollte mich lieber auf die Arbeit konzentrieren. Schließlich brauche ich das Geld, um meinen Eltern nicht länger auf der Tasche zu liegen.

Pünktlich um zwölf Uhr läuten die Glocken im Kirchturm des Münsters meinen Feierabend ein. Wenn ich es rechtzeitig zu meiner Vorlesung über psychologische Diagnostik schaffen möchte, sollte ich mir meinen Rucksack schnappen und mich schnellstmöglich auf den Weg zur Uni machen. Doch stattdessen stehe ich nur da und beobachte Valerie, die bereits begonnen hat, ihre Sachen zusammenzupacken. Durch meine Kitzelattacke konnte ich zwar die Stimmung zwischen uns auflockern, nichtsdestotrotz ist da noch immer diese Befangenheit, wenn sie mit mir spricht. Besonders deutlich spüre ich das jetzt, da ich sehe, wie Valerie sich in einem Gespräch mit der kleinen rundlichen Frau um die fünfzig, welche die Mittagsschicht übernimmt, von ihrer nettesten Seite zeigt. Diese Erkenntnis verursacht ein eifersüchtiges Ziehen in meiner Magengegend. Schnell verdränge ich es und ermahne mich: *Also bitte, Dave, jetzt beruhig dich mal. Du hast es doch gar nicht nötig, dich über diese Zicke aufzuregen. Du kannst schließlich jede andere haben, die bestimmt nicht so schnell beleidigt ist.* Trotzdem werde ich meinen Unmut nicht los. In Zeitlupe krame ich nach meinen Kopfhörern. Als ich sie endlich gefunden habe, brauche ich noch eine gefühlte Ewigkeit, um den Kabelsalat zu entwirren.

Unterdessen lacht Valerie über etwas, das die Frau zu ihr gesagt hat. Der Klang ihres Lachens macht mich noch wütender auf sie. In mir wächst der dringende Impuls, sie nochmals zu ärgern, bevor ich verschwinde.

Betont lässig setze ich mir meine Kopfhörer auf und sage an Valerie gewandt: »Ciao *Prinzessin,* bis Freitag.«

Entgegen meiner Erwartung, sie würde sich erneut darüber aufregen, dass ich sie so genannt habe, färben sich Valeries Wangen dunkelrot und sie flüstert beinahe, als sie meine Verabschiedung erwidert.

Sie sieht total süß aus, schießt es mir durch den Kopf. *Hundewelpensüß!,* schiebe ich als nächsten Gedanken schnell hinterher. Beim Anblick ihres verlegenen Gesichtsausdrucks tut es mir fast schon wieder leid, ihr diesen Spruch reingedrückt zu haben. Aufmunternd werfe ich ihr ein letztes Lächeln zu, dann wende ich mich ab und starte die Musik. Capital Bras *Prinzessa* ertönt und blendet alle restlichen Geräusche um mich herum aus. *Was für ein Zufall,* denke ich belustigt, bevor ich mich in Bewegung setze. Allerdings nicht in Richtung Straßenbahn, sondern zum Parkhaus. Was mein Auto betrifft, habe ich Valerie angelogen. Es ist nicht in der Werkstatt, vielmehr habe ich heute Morgen einfach verschlafen. Das an meinem ersten Arbeitstag direkt zugeben zu müssen, erschien mir nicht sehr klug.

Das Vibrieren meines Handy signalisiert das Eintreffen einer neuen Textnachricht. Hastig zerre ich es aus meiner Hosentasche. Vielleicht ist sie von ... Ich merke, wie ich nervös werde. Als ich jedoch auf das Display starre, werden all meine Hoffnungen zerschlagen. Es ist bloß Derek, der einkaufen geht und mich fragt, ob ich etwas brauche. Ernüchtert verneine ich. Langsam setze ich meinen Weg fort. Ich sollte nicht ständig auf diese Nachrichten warten. Das ist nicht gut für mich.

An meinem Auto angekommen, schmeiße ich meine Tasche sowie meine Kopfhörer auf den Beifahrersitz. Dann starte ich den Motor. Die Musik drehe ich laut auf, damit sie meine Gedanken übertönt, die sich um diese Nachrichten drehen und um die Frage, wieso ich Valerie niemals sagen kann, weshalb ich Freitagnacht so dringend wegmusste.

Valerie

Anstatt heute Mittag die Vorlesungen zu besuchen, hat Stella mich überredet, den Nachmittag mit ihr auf der Couch zu verbringen, sozusagen als Verwöhn- und Erholungsprogramm für meinen verletzten Knöchel. Noch ist sie aber nicht aufgetaucht, um mich abzuholen.

Ich habe mein freundlich-aufmerksames Gesicht aufgelegt, während ich mich bemühe, Evys Erzählungen über ihre Enkelkinder zu folgen, die als Ginnys langjährige Freundin und Mitarbeiterin auf ihrem Hof jeden Mittag den Marktstand übernimmt. Mit Daves Gesicht vor meinem inneren Auge fällt es mir aber alles andere als leicht, ihr konzentriert zuzuhören.

Warum beginnt es jedes Mal in meinem Bauch zu kribbeln, sobald er mich anlächelt? Und warum reicht bereits der Gedanke daran aus, dieses Gefühl erneut hervorzurufen? Dazu noch der angenehme Schauer, welcher sich in mir ausbreitet, sobald ich mir in Erinnerung rufe, wie seine Hände sich an meiner Taille angefühlt haben. Diese Gefühlsachterbahn ist so was von verquer in Anbetracht der Tatsache, dass er ständig fies zu mir ist.

»Da hat Elli gerade versucht, ihrer Schwester Zöpfe zu flechten.« Evy schiebt mir ihr Handy vor die Nase, auf dem zwei kleine Mädchen zu sehen sind. Die jüngere der beiden sitzt auf dem Boden, aus ihren vielen bunten Haargummis stehen in alle Richtungen Strähnchen ab.

Ich ringe mir ein Lächeln ab. »Aus der Kleinen wird sicher mal eine Friseurmeisterin.«

»Da kannst du dir sicher sein.«

Ohne auf die Antwort von Ginnys bester Freundin einzugehen, tauche ich erneut in meine Gedanken ab. Ist es möglich, dass Dave mich mit seinem Äußeren blendet? Der Gedanke daran erschreckt mich. Eigentlich hatte ich mich nicht für so oberflächlich gehalten. Aber jetzt, da ich es erkannt habe, dürfte es kein Problem mehr für mich sein, nicht auf diese Model-Macho-Masche hereinzufallen. Denn das würde für mich früher oder später wieder nur eins bedeuten: jede Menge Tränen. Genau wie bei Marvin. Und darauf verzichte ich gerne.

In diesem Moment fasse ich einen Entschluss: Ab sofort konzentriere ich mich ausschließlich auf mich selbst, anstatt irgendwelchen Männern und damit verbundenen romantischen Fantasien hinterherzujagen, die ich mir in meinem Kopf zusammenspinne. Die echte Liebe scheint sowieso nur zwischen zwei Buchdeckeln oder auf der Kinoleinwand zu existieren.

Mit neuer Zuversicht wende ich mich wieder Evy zu. Doch bevor ich etwas Freundliches über ihre Enkelinnen sagen kann, bemerke ich, dass sie mittlerweile dabei ist, Äpfel an einen Mann und dessen Sohn zu verkaufen. Einige Sekunden beobachte ich die Szene, da kommt ein blonder Wirbelwind auf mich zugerannt, dessen Haare im Wind mit rosa Federohrringen um die Wette wehen. Stella.

»Ich hab gehört, hier wird ein Abholservice für arbeitswütige verletzte Schuhe-auf-der-Straße-liegen-Lasserinnen benötigt.«

»Und ich habe gehört, ein Mittagessen ist in dem Abholservice mit inbegriffen.«

Ohne zu zögern, geht Stella auf meinen Vorschlag ein: »Kein Problem. Alles, was du willst, meine Liebe.«

»Dann lass uns Chinesisch essen gehen«, nutze ich meine Chance, denn hier scheiden sich für gewöhnlich eindeutig unsere Geister, wodurch ich nur selten in den Genuss von asiatischen Speisen komme. Wie zu erwarten, verzieht Stella angewidert ihr Gesicht. »War ja klar, dass du das wieder ausnutzt. Aber du hast Glück. Ich habe heute gute Laune.«

Jetzt werde ich neugierig. »Darf man fragen, woher diese positiven Schwingungen kommen?«

»Verrate ich dir später. Lass uns erst was zu essen holen.«

»Och, manno, du weißt ganz genau, wie neugierig ich bin«, quengle ich und schnappe mir meine Tasche. Mit einem Abschiedsgruß wünscht mir Evy einen schönen Feierabend und ich wünsche ihr ebenfalls einen angenehmen Tag.

Gemeinsam mit Stella schlendere ich fröhlich plappernd durch die Innenstadt. Beim Chinesen entscheidet sie sich für vegetarische Frühlingsrollen, das, wie sie sagt, einzig Genießbare dort. Ich hingegen bestelle mir gebratene Nudeln mit Hühnchen. Wir lassen uns das Essen einpacken und laufen zu Stellas Auto. Mein Knöchel sehnt sich bereits nach Entlastung, als die hellblaue Farbe ihres Mini Cooper Cabriolets uns entgegenleuchtet.

»Noch nie war ich so froh, mich endlich hinsetzen zu können«, ächze ich, als ich mich auf dem Beifahrersitz niederlasse.

»Das war noch gar nichts. Der Großteil deines Verwöhnprogramms kommt erst noch.«

Freudig sehe ich Stella an. »Von mir aus kann es direkt losgehen.«

Sie fährt aus der Parklücke. »Super. Dann lass uns keine Zeit verschwenden. Wir haben viel vor.«

Ein chinesisches Mittagessen, zwei Eispackungen und die gesamte erste Staffel von *Élite* später liegen wir bei Stella müde und zufrieden auf der Couch

Halb verschlafen strecke ich mich. »Das hat gutgetan. Deine Art von Erholungsprogramm wirkt garantiert besser als die anstrengenden Kuranwendungen, von denen mir Ginny gestern am Telefon erzählt hat.«

Stella greift nach der Fernbedienung, um den Fernseher auszuschalten. »Ich weiß eben, was gut ist.«

»Etwas anderes hätte ich auch nicht von dir erwartet.«

Mit einem Blick zur Uhr rapple ich mich auf. »Trotzdem ist es jetzt wohl für mich an der Zeit, nach Hause zu gehen.«

Dads Arbeit ist oft stressig und er ist abends erschöpft. Um ihm den Rücken freizuhalten, übernehme ich, seit Mom weg ist und ich alt genug dafür bin, fast die gesamten Haushaltstätigkeiten in unserer Familie. Dazu gehört auch, mich um das Abendessen zu kümmern. Heute habe ich mir seit Langem mal wieder Dads Lieblingsessen vorgenommen: gegrilltes Hühnchen mit frittierten Kartoffelspalten und Kräuterquark. Wenn ich das Essen allerdings rechtzeitig fertig haben möchte, muss ich mich schleunigst auf den Weg machen.

In Stellas Augen beginnt etwas aufzublitzen. »Apropos zu Hause. Die beste Nachricht des Tages habe ich dir noch gar nicht erzählt.«

»Und die wäre?« Obwohl ich es echt eilig habe, setze ich mich wieder auf die schwarze Ledercouch, von der ich eben erst aufgestanden bin.

»Was hältst du davon, wenn wir zusammen eine WG gründen?«

»Du meinst, wir ziehen bei unseren Eltern aus, in eine eigene Wohnung?«, hake ich etwas unsicher nach.

»Genau. Du hast es erfasst, Valls.« Stella klingt total begeistert. »Stell dir vor, wie großartig das wäre. Nie wieder Eltern, die einem etwas vorschreiben möchten, oder Geschwister, die einem auf die Nerven gehen. Okay, die hast du als Einzelkind sowieso nicht, aber denk doch nur mal daran, wie wir unser Studentenleben so richtig auskosten könnten.«

Ich lächle verhalten, weil ich Stella nicht ihre Freude nehmen möchte. Trotzdem kann ich nichts gegen den Kloß machen, der sich in meinem Hals gebildet hat. Mein Dad und ich sind seit über zehn Jahren ein eingespieltes Zweierteam. Obwohl ich durchaus alt genug dafür bin, kam es mir nie in den Sinn, von zu Hause auszuziehen. Ohne meine Antwort abzuwarten, spricht Stella weiter. »Ich habe sogar schon eine passende Wohnung im Auge. Der Vermieter hat uns einen Besichtigungstermin angeboten, aber ich wollte dich erst nach deiner Meinung fragen.«

Sie schaut mich erwartungsvoll an. Doch die einzige Reaktion, die ich hervorbringe, ist ein wenig überzeugtes »Oh. Wow, das hört sich super an«. Warum sage ich Stella nicht einfach, was los ist? Immerhin ist sie meine beste Freundin. Wenn mich jemand versteht, dann sie. Wir können problemlos über alles reden, aber diese eine Sache mit meiner Familie habe ich ihr nicht erzählt: den wahren Grund, weshalb meine Mom uns verlassen hat. Und weshalb ich unmöglich ausziehen kann. Vor lauter aufkeimenden Erinnerungen fahre ich mit den Händen nervös über den weichen Stoff meiner Leggings.

Als Stella bemerkt, dass sich meine Begeisterung für ihre Idee in Grenzen hält, lenkt sie ein: »Okay, vielleicht kam das ein bisschen plötzlich. Du musst dich auch nicht sofort entscheiden. Denk einfach darüber nach.«

Ich setze ein Lächeln auf. »Ja, das werde ich.« Eine glatte Lüge. Scham keimt in mir auf, als ich in das hoffnungsvolle Gesicht meiner besten Freundin schaue. In Wahrheit habe ich mich nämlich längst entschieden.

Abends sitze ich am Küchentisch und bin damit beschäftigt, saubere Wäsche zusammenzulegen. Aus dem Wohnzimmer erklingen die Geräusche einer Vorabendserie sowie das gleichmäßige Schnarchen meines Dads. Wie so oft ist er vor dem Fernseher eingeschlafen. Ich lächle in mich hinein. Alles ist genau so, wie es sein sollte. Zwar kann ich Stella verstehen. Das richtige Studentenleben sieht sicherlich anders aus und von zu Hause auszuziehen gehört auf jeden Fall zum Erwachsenwerden dazu. Normalerweise. Aber wohl nicht bei mir. Dad habe ich es zu verdanken, dass ich nicht im Heim gelandet bin. Ich möchte mir gar nicht vorstellen, wie meine Kindheit nach Moms plötzlichem Abgang verlaufen wäre, wäre er nicht da gewesen.

Klar, manchmal träume ich davon, wie es sich anfühlen würde, einfach meine Tasche zu packen und jeden Tag neue, aufregende Orte zu entdecken. Aber würde ich das machen, wäre ich kein Stück besser als meine Mom und Dad wäre ganz alleine. Das kann ich auf keinen Fall zulassen. Auch wenn das bedeutet, niemals von zu Hause auszuziehen, selbst wenn ich mich im tiefsten Inneren nach Freiheit und Abenteuern sehne.

Vielleicht ist das die gerechte Strafe dafür, dass ich daran schuld bin, dass Mom Dad verlassen hat.

Mittwoch, 17.04.2019

Valerie

Ich bin in einem leeren Raum. Hier gibt es weder eine Tür noch Möbel noch sonst irgendwas. Nur vier strahlend weiße Wände. Obwohl auch Fenster oder Deckenbeleuchtung fehlen, ist es nicht dunkel und mein Körper wirft einen Schatten.

Wie komme ich hierher, beziehungsweise was mache ich hier?

Noch während ich mich das frage, taucht neben meinem Schatten ein weiterer, größerer auf. Ich schaue auf und erkenne, dass der Schatten zu Dave gehört. Auf seine direkte Art lächelt er mich an und erzeugt so eine Gänsehaut auf meinen Armen. Ich kann nicht anders, als sein charmantes Lächeln zu erwidern. Beim Blick in den tiefen blaugrünen Ozean seiner Augen strömt Hitze durch mich hindurch, die nach und nach jede Zelle meines Körpers zu erfassen scheint. Als die Hitze zwischen meine Oberschenkel kriecht, überkommt mich das Bedürfnis, Dave näher zu sein. Ohne eine weitere Sekunde zu verschwenden, ziehe ich ihn am Saum seines schwarzen T-Shirts näher an mich heran. Auf unerklärliche Weise ist sein T-Shirt mit einem Schlag verschwunden, aber mir ist das nur recht. Sofort machen meine Hände sich daran, seinen nackten Oberkörper zu erkunden. Erfreut stelle ich fest, dass seine Muskeln sich so gut anfühlen, wie sie aussehen. Auch Dave genießt die Nähe zu mir. Seine Hände scheinen auf meinem Körper überall gleichzeitig zu sein. Wir verlieren uns in einer immer leidenschaftlicher werdenden Erkundungstour unserer mit Lust und Hitze aufgeladenen Körper.

Doch gerade als ich meine Hände in seinen Nacken lege und ihn auffordern möchte, mich an den Oberschenkeln zu umfassen und gegen die Wand zu pressen, verblasst Dave, bis er schließlich ganz verschwindet.

Schweißgebadet wache ich auf, die Bettdecke fest zwischen meine Oberschenkel geklemmt. Verwirrt wische ich mir meine strähnigen Haare aus dem Gesicht.

Was war das denn bitte für ein Traum?

Es ist unbestreitbar: Dave ist äußerst attraktiv. Aber dass sein gutes Aussehen mich gleich dazu verleitet, zu träumen, ich würde mit ihm rummachen, geht eindeutig zu weit. Zumal ich mir gestern ein für alle Mal aus dem Kopf geschlagen habe, mich erneut auf einen Mann einzulassen. Nach Marvin bin ich damit endgültig durch.

Ich seufze auf. Jetzt muss ich nur noch mein Unterbewusstsein davon überzeugen.

Müde strample ich die Bettdecke von meinen Beinen und setze mich auf. Nach ein paar weiteren verschlafenen Minuten kann ich mich endlich überwinden, aufzustehen und ins Bad zu gehen. So sehr ich mich auch bemühe, die Bilder meines Traumes zu vertreiben, es gelingt mir nicht. Dafür hat er sich einfach zu real angefühlt. Und zu gut.

Erschrocken über meinen letzten Gedanken, schneide ich meinem Spiegelbild eine Grimasse. Unweigerlich erinnert mich das an ein Spiel, welches ich immer mit Marvin gespielt habe. Im Grunde genommen ging es darum, wer es als Erstes schafft, den anderen zum Lachen zu bringen. Der durfte sich dann aussuchen, welchen Film wir uns gemeinsam ansehen. Leider habe ich viel zu oft verloren und durfte mich somit jedes Mal bei irgendwelchen Horrorfilmen zu Tode gruseln.

Überraschenderweise löst die Erinnerung an die gemeinsame Zeit mit Marvin dieses Mal kein negatives Gefühl aus. Mir wird vielmehr bewusst, dass ich seit der erneuten Begegnung mit Dave überhaupt nicht mehr darüber nachgedacht habe.

Wow, das sind mittlerweile über vierundzwanzig Stunden. Ich glaube, ich habe es noch nie geschafft, Marvin für so lange an einem Stück aus meinem Kopf zu verbannen, seit ich ihn in der elften Klasse kennengelernt hatte. Aber es fühlt sich verdammt gut an.

Mein Spiegelbild wirft mir ein breites Lächeln zu. Stellas Bemerkung, mein Stimmungswechsel Marvin gegenüber habe etwas mit Dave zu tun, kommt mir wieder in den Sinn und mein Lächeln verblasst. Möglicherweise hat sie nicht ganz unrecht. Schnell beruhige ich mich: Nur weil ich durch Dave erkannt habe, dass ich nicht auf Marvin angewiesen bin, bedeutet das ja nicht zwangsläufig, dass ich auf ihn stehe. Er hat mir nur die Augen dafür geöffnet, dass es da draußen noch andere Männer gibt. Was ja aber sowieso nicht mehr relevant ist, weil ich gestern beschlossen habe, frei und unabhängig zu bleiben.

Statt zu duschen, beschließe ich, zurück in mein Zimmer zu gehen. Ich glaube, die Zeit ist reif, eine ganz bestimmte Sache zu machen, die ich schon vor langer Zeit hätte tun sollen.

In meinem Zimmer angekommen, starte ich meine Gute-Laune-Playlist auf dem Handy. Anschließend gehe ich zu der Wand hinüber, an der ich eine riesige Collage mit Fotos zusammengestellt habe. Die allermeisten zeigen Stella und mich. Auf manchen sind auch Dad und Ginny oder Mister Mau zu sehen. Entschlossen suche ich alle Fotos heraus, die Marvin und mich abbilden, und reiße sie herunter. Mit jedem Bild, das von der Wand verschwindet, scheint sich ein Stein in meiner Brust zu lösen. Gleichzeitig spüre ich, wie es mich emotional aufwühlt, die Situationen noch mal in meinem Kopf zu durchleben. Doch wie viele Tränen sich auch ihren Weg an die Oberfläche bahnen wollen, ich weiß, dass das hier die richtige Entscheidung ist.

Ich schnappe mir das silberne Notizbuch und hole die Fotos heraus, welche ich bereits für das Scrapbook ausgedruckt hatte. Ich zerreiße sie in kleine Schnipsel, ohne sie vorher noch einmal anzusehen. Mit vollem Schwung werfe ich sie in die Höhe und beginne in dem Regen der Erinnerungen an meine erste große Liebe zu tanzen. Aus meinem Handy ertönt gerade Lene Marlins *Sitting down here*. Laut beginne ich mitzusingen.

Ich habe mich nie freier gefühlt.

»Also ich weiß echt nicht, wieso ich mir das jede Woche aufs Neue antue«, seufzt Lara, während wir über den Campus zu unserer Einführungsvorlesung über die Stärkung von Resilienz schlendern. Es ist mein persönliches Highlight der ganzen Woche. Die Förderung der Bewältigung herausfordernder Situationen ist ein echtes Herzensthema von mir, deshalb ist es mir wichtig, nicht zu spät zu kommen. Ich beschleunige meine Schritte und antworte Lara gut gelaunt: »Vielleicht, weil Sozialpädagogik zu studieren die beste Entscheidung deines Lebens war und du ganz viel lernen möchtest, um in deinem späteren Beruf nicht zu versagen.«

Lara schaut mich von der Seite an. »Jetzt sprichst du aber eindeutig von dir.«

»Schon möglich«, erwidere ich lachend.

»Wo nimmst du nur diese ganze Motivation her? Ich bin schon froh, wenn ich die nächste Klausur irgendwie bestehe.«

Ich ziehe die Tür des vierstöckigen Unigebäudes auf, an dem wir mittlerweile angekommen sind, und schaue Lara aufmunternd an. »Jetzt komm schon, das schaffst du doch mit links und das wissen wir beide.«

»Trotzdem werde ich nie mit so viel Tatendrang dabei sein wie du.«

Weil ich Lara nicht widersprechen kann, aber auch nichts sagen möchte, was mich in ein taktloses oder gar überhebliches Licht rücken würde, gebe ich nur ein Brummeln von mir. Dass ich bei meinem Studium mit Leib und Seele dabei bin, hat sie gut erkannt. Den Entschluss, Sozialpädagogik zu studieren, hatte ich bereits gefasst, als ich in der neunten Klasse bei der Berufsberatung zum ersten Mal davon hörte. Mir war sofort klar, so die Chance zu bekommen, Kindern in sozial schwierigen Verhältnissen zu helfen. Dadurch möchte ich erreichen, möglichst vielen Kindern und Jugendlichen die schreckliche Kindheit zu ersparen, welche ich in den ersten sieben Jahren meines Lebens durchlebt habe.

Von all dem weiß Lara natürlich nichts. Wahrscheinlich hält sie mich schlichtweg für eine Streberin, was ich gewissermaßen ja auch bin. Aber wenn das nötig ist, um später anderen einen Ausweg aus ihrer Krise zu ermöglichen, dann bin ich das gerne.

Mittlerweile sind wir im Vorlesungssaal angekommen und setzen uns auf unsere üblichen Plätze in der dritten Reihe. Ohne zu reden, packen wir unsere Sachen aus, während andere Studierende rund um uns herum in angeregte Gespräche vertieft sind. Ich verdränge die trüben Gedanken an meine Vergangenheit und krame stattdessen in meinem Gehirn nach einem unverfänglichen Gesprächsthema.

Lara und ich haben an unserem ersten Vorlesungstag zufällig nebeneinander gesessen und sind seither auf dem Campus unzertrennlich. Über die Grenzen der Universität hinaus hat es unsere Freundschaft jedoch noch nicht geschafft. Deshalb haben wir uns wohl stumm darauf geeinigt, unser Privatleben größtmöglich aus unseren Unterhaltungen herauszuhalten. Einerseits macht es das leichter für mich, da ich ohnehin nicht gerne darüber rede, andererseits werden so meine geringen Small-Talk-Skills oft bis an ihre Grenzen gefordert.

Ich schaue Lara dabei zu, wie sie ihr schwarzes Notizbuch aufschlägt. Sie bezeichnet es als *Bullet Journal*. Eine Art Kalender und Tagebuch in einem, das sie nach ihren persönlichen Vorlieben selbst gestalten kann.

»Hut ab, dass es dir nicht zu aufwendig ist, die ganzen Kästchen für deinen Kalender selbst zu zeichnen«, sage ich und hoffe, dass meine Aussage nicht allzu negativ ankommt.

Lara schaut auf und streicht sich eine ihrer dunkelblonden Strähnen hinters Ohr. »Nein, gar nicht. Es macht sogar richtig Spaß. Und wenn mir das Layout nicht mehr gefällt, kann ich es im nächsten Monat einfach abändern oder Seiten komplett weglassen, wenn ich sie nicht mehr brauche.«

»Cool. Was schreibst du denn alles auf, abgesehen von deinen Terminen?«, frage ich in der Hoffnung, nicht gegen den unausgesprochenen Kodex über die Unverfänglichkeitsgrenze hinausgeschossen zu sein. Doch Lara geht begeistert auf meine Frage ein und blättert zu einer bestimmten Seite in ihrem Journal. »Hier ist zum Beispiel ein Tracker, mit dem ich festhalte, wie viele Follower ich schon auf meinem Food-Blog bei Instagram habe.«

Sie zeigt mir eine aufwendig gestaltete Seite, auf der in neongrünen Lettern die Überschrift *Meine Follower bei Instagram* prangt. Darunter sind viele kleine Kreise mit Zahlen und dem jeweiligen Datum zu sehen. Der letzte Eintrag ist zwei Tage alt, mit dem Verweis auf 6.000 Follower.

»Wow. Du scheinst mittlerweile richtig erfolgreich zu sein mit deinem Blog.«

»Ich habe sogar schon eine eigene kleine Fangemeinde.«

»Das ist ja super.«

»Mhmm. Deshalb brauche ich demnächst unbedingt eine Testesserin, die mir sagt, ob das überhaupt genießbar ist, was ich da den ganzen Tag in der Küche fabriziere.« Erwartungsvoll schaut sie mich an.

»Du meinst doch nicht etwa mich?«, frage ich verblüfft.

Das verstößt eindeutig gegen den Codex.

»Wen denn sonst? Also nur, wenn du magst, natürlich.«

Mein Gehirn ist überfordert mit der Situation. Meint sie das ernst? Plötzlich wird mir etwas bewusst. Vielleicht scheint unsere stumme Übereinkunft die ganze Zeit mehr von meiner Seite ausgegangen zu sein, weil ich Lara so nie erklären musste, weshalb ich keine Mutter mehr habe. Wie üblich ist das der Hauptgrund, weshalb ich es mir schwer mache, Leute in mein Leben zu lassen, denn auf dieses unangenehme Gespräch läuft es früher oder später immer hinaus. Man sollte meinen, ich sei inzwischen Profi darin, anderen darüber eine Lügengeschichte aufzutischen. Die schmerzhafte Wahrheit pocht allerdings noch immer in meinem Bewusstsein und scheint niemals weniger wehtun zu wollen.

Alles in mir sträubt sich allein bei der Vorstellung, die Freundschaft mit Lara weiter auszubauen und zu riskieren, dass sie hinter mein wohlgehütetes Geheimnis kommt. Gleichzeitig wünsche ich mir schon länger, wir würden uns noch besser kennenlernen.

Ich merke, wie ich es satthabe, meine Mutter noch immer so über mein Leben bestimmen zu lassen, obwohl sie gar kein Teil mehr davon ist. Es wären nur ein paar Essen und ich muss Lara ja nicht sofort meine gesamte Lebensgeschichte erzählen. Trotzdem ist die Angst da. Sie sitzt fest in meinem Kopf und hindert mich daran, einen Schritt auf Lara zuzugehen.

»Zurzeit habe ich leider viel um die Ohren«, flüchte ich mich in eine Ausrede.

»Oh, schade. Du kannst dich aber gerne jederzeit bei mir melden.« Ich nicke nur. In diesem Moment lässt sich Alisha, eine weitere Kommilitonin von uns, zu Laras Linker nieder und die beiden beginnen ein Gespräch über ihre Pläne fürs Wochenende. Ohne weiter von mir Notiz zu nehmen, verfallen sie in albernes Gekicher. Frustriert wende ich mich ab. Ich schlucke den Kloß hinunter, der sich in meinem Hals gebildet hat. Das ungute Gefühl bleibt trotzdem bestehen. Die Schatten meiner Vergangenheit werden mich wohl für immer verfolgen.

Dave

»Ich gehe ins *Feelfit*. Hast du Bock mitzukommen?«, frage ich Derek.

Er hängt auf der Couch ab und dreht den Controller seiner Playstation in der Hand hin und her. »Nein, Mann, lass mal. Ich habe schon ein Date mit FIFA 19.«

»Ach, komm schon. Ein bisschen Sport würde dir auch mal gut tun.« Zur Verstärkung meiner Anspielung beuge ich mich über die Lehne der Couch und verpasse ihm einen Knuff in den Bauch.

»Was soll das? FIFA hat etwas mit Fußball zu tun und ist somit eindeutig Sport. Zudem gilt Zocken anerkanntermaßen als E-Sport.«

Ich winke ab. »Pff! Das sind doch alles nur faule Ausreden.«

Ich pflücke meine Sportsachen vom Wäscheständer. Dass das Ding mal wieder mitten in unserem Wohnzimmer steht, lässt auf Claudias Anwesenheit schließen. Sie behauptet, sie bekomme in unserem Badezimmer klaustrophobische Anfälle. *Perbacco,* sie soll sich nicht so anstellen. Wir Jungs sind alle viel größer als sie und haben dort trotzdem genug Platz.

Unachtsam stopfe ich die Kleider in meine Trainingstasche. Dann hebe ich einhändig den Wäscheständer in die Höhe. Bevor ich mich damit auf den Weg in Richtung Bad mache, sage ich triumphierend zu Derek:»Schau her und lerne vom großen Meister. So was erreichst du nur durch harte Arbeit im Fitnessstudio.«

Derek lacht auf.»Ach, fick dich doch.«

»Immer gerne. Wäre nur geiler, wenn noch jemand mitmachen würde.« Ich setze mich in Bewegung und setze den Wäscheständer schließlich auf seinem rechtmäßigen Platz ab.

»Machst du mich etwa gerade an?«, ruft Derek mir vom Wohnzimmer aus zu. Ich werfe einen prüfenden Blick in den Spiegel, bevor ich das Badezimmer wieder verlasse.

»Sorry, Mann, aber du bist nicht so ganz mein Typ.«

Derek lacht bloß, während er sich wieder seinem Spiel zuwendet. Ich schultere meine Tasche.»Also bis dann. Die harte, schweißtreibende Arbeit des Muskelaufbaus ruft.« Ich wackle mit den Augenbrauen. Unvermittelt habe ich Dereks Aufmerksamkeit wieder.

»Wie läuft's eigentlich bei deiner neuen Arbeit an dem Marktstand?«

»Abgesehen von dieser Valerie, die auch dort arbeitet, ganz okay eigentlich.«

»Welche Valerie?«, fragt Derek.

»Erinnerst du dich noch an die kleine Dunkelhaarige, von der ich dir erzählt habe? Die, die auch auf Erics Party war?«

Derek zieht die Nase kraus.»Meinst du, ich kann mir jede merken, mit der du mal was hattest? Das übersteigt die Rechenkapazität eines jeden Computers.«

»Hey, *amico*. So ein Weiberheld bin ich nun auch wieder nicht. Außerdem lief gar nichts zwischen Valerie und mir. Ich glaube, sie ist viel zu unentspannt für ein bisschen Spaß ohne Verpflichtungen. Jedenfalls ist sie die Nichte meiner Chefin und sobald ich etwas falsch mache, wird sie mich bei ihr verpetzen.«

»Ach du heilige Scheiße. Erinnert mich irgendwie an Claudia«,
entfährt es Derek automatisch.

Der Vergleich bringt mich zum Lachen. »Was du nicht sagst, Bruder.«

Valerie

Seit zehn Minuten sitze ich vor dem Fachtext, den ich für die Uni
lesen und zusammenfassen soll, aber es gelingt mir einfach nicht,
mich zu konzentrieren. Meine Gedanken schweifen immer wieder
zu Stella und ihrem Vorschlag zusammenzuziehen ab. Ich weiß, dass
ich das Angebot unmöglich annehmen kann. Andererseits habe ich
Angst, Stella zu enttäuschen. Sie kommt aus einer wahren Bilder-
buchfamilie. Ihre Eltern sind noch immer verheiratet und ihr großer
Bruder und seine Frau bekommen demnächst ihr erstes Kind. Niemals könnte sie mein Problem, Dad nicht allein lassen zu können
und zu wollen, verstehen.

Frustriert seufze ich auf in dem Wissen, dass die Zeit drängt, ihr
eine Antwort zu geben. Lange werde ich es nicht mehr hinauszögern
können.

Weil ich mich so oder so nicht mehr auf den Text konzentrieren kann, schiebe ich ihn beiseite und werfe einen Blick auf mein
Handy. Ich öffne Instagram und scrolle durch meinen News Feed
in der Hoffnung, mich dadurch von meinen trüben Gedanken ablenken zu können. Unvermittelt erscheint ein neues Foto von Marvin, auf dem er Fußball spielt. Genervt stöhne ich auf und schließe
die App, aber nur, um sie gleich wieder zu öffnen. Ich scrolle erneut zu Marvins Foto und klicke auf sein Profil. Entschlossen drücke ich auf den Button *Dieses Profil blockieren* und im nächsten
Moment verschwindet Marvin endgültig aus meinem Leben. Ich
spüre, wie die angehaltene Luft aus meiner Lunge weicht, und fühle
mich erleichtert. Trotzdem sind da Zweifel, ob ich die richtige Entscheidung getroffen habe. Dann denke ich an das befreiende Gefühl

von heute Morgen und bin mir wieder sicher, dass es jetzt endgültig an der Zeit ist loszulassen.

Entschieden schließe ich Instagram und lege mein Handy auf den ungelesenen Text. Aufgekratzt und elektrisiert beginne ich die Sachen auf meinem Schreibtisch aufzuräumen. Dabei fällt mein Blick auf das silberne Notizbuch. Unschlüssig, was ich damit anfangen soll, drehe ich es in der Hand hin und her und blättere durch die leeren Seiten.

Ich könnte es Lara für ihr Bullet-Journaling schenken oder - plötzlich habe ich eine Idee: Ich fange mein eigenes Bullet Journal an. Das wäre perfekt für meinen Neuanfang. Die neue Valerie, die ihre eigenen Ziele verfolgt und sich weder von einem Mann noch dem Geist ihrer Mom je wieder ablenken lässt.

Euphorisiert von dieser Idee, klappe ich meinen Laptop auf und beginne sofort mit meiner Recherche. Nach kurzer Zeit werde ich fündig. Ich stoße auf unzählige Vorlagen zu den verschiedensten Trackern und Listen, die mich zu eigenen Ideen inspirieren. Nachdem ich mir einen groben Plan erstellt habe, wie ich mein Bullet Journal aufbauen möchte, fange ich an, im Notizbuch zu zeichnen. Ich bin so in meine Arbeit vertieft, dass ich gar nicht merke, wie die Zeit verfliegt. Erst nach meiner letzten Verzierung schaue ich auf die Uhr und stelle verblüfft fest, bereits drei Stunden mit dem Erstellen des Bullet Journals verbracht zu haben.

Das Ergebnis kann sich aber eindeutig sehen lassen. Stolz blättere ich immer wieder durch die Seiten. Neben einem Kalender in Monats- und Wochenübersicht habe ich mich für eine Leseliste, einen Mood Tracker und einen Habit Tracker entschieden. Zudem habe ich meinem Hauptziel, mehr joggen zu gehen, eine eigene Seite gewidmet. Natürlich kann ich das erst in Angriff nehmen, sobald mein Knöchel wieder vollständig geheilt ist. Bereit dafür fühle ich mich allerdings jetzt schon. Bereit für die neue Valerie 2.0.

Samstag, 20.04.2019

Valerie

Obwohl mein Knöchel fast vollständig verheilt ist, erlaubt Hannes mir immer noch nicht, ihm beim Ausladen der Kisten zu helfen. Dabei könnte ich diese Beschäftigung gut gebrauchen. So wäre ich wenigstens abgelenkt und würde nicht zum gefühlt hundertsten Mal die Nachricht lesen, die Stella mir gestern Abend geschrieben hat.

Stella: Hey Süße 🩶. Hast du morgen Abend schon was vor? Wir könnten im *Sunset Delights* was trinken gehen? (23.17 Uhr)

Ich habe keine Ahnung, wie ich darauf reagieren soll. Seit Stella vor einigen Tagen mit ihrem Vorschlag herausgerückt ist, habe ich vorgetäuscht, viel Stress an der Uni zu haben, um ihr so weit wie möglich aus dem Weg zu gehen. Jetzt am Wochenende komme ich mit dieser Ausrede wohl nicht mehr durch. Natürlich würde ich liebend gerne etwas mit ihr unternehmen, aber allein der Gedanke daran, ihr meinen Entschluss mitzuteilen und dabei die Enttäuschung in ihrem Gesicht zu sehen, verursacht bei mir einen Schweißausbruch. Ich bin einfach verdammt schlecht darin, Nein zu sagen. Das ändert sich auch leider nicht durch mein Vorhaben, eine neue, mutigere Version meiner selbst zu sein.

Ich hasse mich für meine Feigheit und stecke mein Handy zurück, ohne Stella zu antworten. Um mein schlechtes Gewissen zu verdrängen, krame ich in meiner Handtasche nach dem ersten Teil der *After*-Reihe. Ich liebe dieses Buch. Obwohl ich erst gestern mit dem Lesen angefangen habe, habe ich bereits über die Hälfte durch. Heute mag es mir allerdings nicht so richtig gelingen, in die Welt des Romans abzutauchen. Immer wieder erwische ich mich dabei, wie ich eine Zeile mehrmals lesen muss, weil ich gedanklich bei Stella bin. Seufzend schlage ich das Buch wieder zu. Es hat keinen Sinn, mich länger zu verstecken. Stella ist meine beste Freundin, verdammt! Ich werde ihr jetzt zusagen und ihr heute Abend in Ruhe alles erklären.

Entschlossen hole ich mein Handy hervor. Während ich eine Antwort eintippe, verabschiedet sich Hannes von mir. Ich sehe kurz auf und winke ihm. Anschließend klicke ich auf Senden.

Ich fühle mich unendlich erleichtert.

Urplötzlich packt mich jemand von hinten mit beiden Händen an der Taille. Erschrocken zucke ich zusammen und fahre herum. Dave. Bei seinem Anblick kommen sofort die Bilder aus meinem Traum mit ihm in meinen Kopf. Sie verursachen stromstoßartige Hitzewellen, die durch mich hindurchjagen.

Hastig verdränge ich die Wärme aus meinem Körper und schüttle die Traumbilder von mir ab. Dafür rufe ich mir meinen Vorsatz ins Gedächtnis. *Valerie 2.0. Valerie 2.0. Valerie 2.0.* Weil ich so sehr damit beschäftigt bin, mein neues Motto gedanklich immer wieder Mantra-artig aufzusagen, vergesse ich völlig, dass es wohl eigentlich jetzt angebracht wäre, etwas zu Dave zu sagen.

Nachdem wir uns ein paar Sekunden stumm gegenübergestanden haben, legt er seinen Kopf zur Seite. Sein Grinsen ist teuflisch, als er sagt: »Hey, Prinzessin. Alles klar?«

»Habe ich dir nicht unmissverständlich zu verstehen gegeben, was ich von der Bezeichnung *Prinzessin* halte?«

»Deine Aussage war mehr als deutlich, aber *scusa,* den Spitznamen wirst du jetzt trotzdem nicht mehr los.«

Ich spüre, wie Verärgerung in mir hochschwappt, und verschränke meine Arme vor der Brust. Meine Augen formen sich zu schmalen Schlitzen.

Dave scheint meine Reaktion zu genießen, denn sein Grinsen wird noch breiter.»Wo ist das Problem? Jedes Mädchen träumt doch davon, eine Prinzessin zu sein.«

»Ich nicht«, schnaube ich.

»Oh, wirklich? Dabei sehen deine Haare heute einfach märchenhaft aus.« Ohne es zu wollen, fahre ich mir durch mein Haar, das ich mir heute Morgen zu Locken eingedreht habe. Unwillkürlich freue ich mich darüber, dass Dave die Veränderung bemerkt zu haben scheint, und die Röte schießt mir ins Gesicht. Jetzt bloß nicht wegen so einer oberflächlichen Bemerkung schwach werden, ermahne ich mich in Gedanken.

Obwohl es mir schwerfällt, halte ich Daves Blick stand, als ich ihm meine nächsten Worte ins Gesicht schleudere:»Ja, wirklich. Ich habe nämlich erkannt, dass meine Probleme sich nicht dadurch lösen lassen, dass ich ein hübsches Kleid anziehe und darauf warte, dass ein Prinz mit weißem Pferd vorbeikommt, um mich zu retten. Ich nehme die Dinge lieber selbst in die Hand!«

Das Grinsen auf Daves Gesicht verrutscht und weicht einem ernsteren Ausdruck.»Was hast du denn für Probleme?«

»Das geht dich gar nichts an«, gebe ich pampig zurück. Soll er mich doch für eine unausstehliche Zicke halten. Das ist besser, als wenn ich ihm irgendetwas über mich erzähle, wofür er Verständnis zeigt und ich dann womöglich doch noch anfange, auf ihn zu stehen.

Ich wende mich ab und will das Gespräch für beendet erklären, aber er lässt nicht locker.

»Ach, komm schon. Erzähl's mir. Welche Bank hast du überfallen?« Sein Tonfall wirkt wieder belustigt.

Ich tue so, als hörte ich ihn nicht, und fange an, Salatköpfe aufeinanderzustapeln.

»Oder hast du dich etwa mit irgendwelchen Mafia-Bossen angelegt, die dich kaltmachen, wenn sie dich erwischen?«

Ich verdrehe die Augen. Warum kann Dave nicht einfach seine Klappe halten?

Ohne Vorwarnung macht er einen Schritt auf mich zu und zwickt mich in die Schulter. »Jetzt hab ich's. Du bist selbst die Mafia-Chefin und musst das schwarze Schaf in deinen Reihen identifizieren. Und wenn du es gefunden hast, wirst du keine Sekunde zögern, ihm oder ihr das Genick zu brechen.«

Über seine Bemerkung kann ich nur den Kopf schütteln. Nichtsdestotrotz ist sie auf eine skurrile Art so lustig, dass ich anfangen muss zu lachen. Als ich zu Dave aufschaue, lacht er ebenfalls. Entschuldigend hebt er seine Hände.

»Sorry, aber kann doch sein. Ich mein, wir arbeiten zwar zusammen, aber ich weiß absolut nichts über dich.«

»Und deshalb dichtest du mir sofort eine kriminelle Karriere an? Das ist erst unser zweiter gemeinsamer Arbeitstag und du hast mir bisher genauso wenig über dich erzählt.«

»Punkt für dich, Prinzessin. Was willst du wissen?« Er schnappt sich einen Apfel und wirft ihn abwechselnd von einer in die andere Hand, abwartend, was ich als Nächstes sage.

Blöderweise scheint mein Hirn mit einem Mal wie leer gefegt zu sein. Ich habe absolut keine Ahnung, was ich ihn fragen könnte, ohne dabei zu persönlich zu werden oder nicht zu lahm zu klingen. Okay, eine Frage schießt mir doch durch den Kopf. Die werde ich ihm aber auf gar keinen Fall stellen, weil die Antwort darauf Valerie 2.0 überhaupt nicht interessiert.

Dave zieht erwartungsvoll die Augenbrauen hoch. »Na, wird das heute noch was oder findest du mich tatsächlich so langweilig, dass du dich für gar nichts an mir interessierst?«

»Hast du eine Freundin?«, platzt es aus mir heraus.

Ach du heilige … Habe ich das gerade eben wirklich gesagt? Wie peinlich ist das denn bitte? Jetzt bleibt ihm gar nichts anderes übrig, als davon auszugehen, dass ich auf ihn stehe. Obwohl das ja gar nicht der Fall ist.

Vor Scham beginnen meine Wangen zu glühen. Dass Dave lauthals zu lachen anfängt, macht die Sache auch nicht besser. Schnell weiche ich seinem Blick aus und schaue zu Boden.

»Du bist ziemlich direkt. Gefällt mir. Aber um deine Frage zu beantworten: Nein, ich habe keine Freundin.«

Auf unerklärliche Weise erleichtert mich seine Antwort. Sofort hasse ich mich dafür. Vorsichtig hebe ich meinen Kopf und stelle mich dem Unausweichlichen. »Okay. Du bist dran. Frag mich etwas.«

Ich bete inständig, seine Frage möge nicht allzu intim ausfallen, denn wenn ich eins hasse, dann ist es, private Dinge über mich preiszugeben.

Dave überlegt einen Moment, in dem er mich von oben bis unten mustert. Seine Blicke sind mir unangenehm, weswegen ich nervös an meinen Fingernägeln zu spielen beginne.

Da sagt er endlich: »Was machst du so, wenn du nicht gerade hier arbeitest oder damit beschäftigt bist, deine Mafia-Gang im Zaum zu halten?«

Erleichtert seufze ich auf. Das ist eine einfache Frage. »Ich studiere Sozialpädagogik, hier an der Uni.«

Dave lächelt mich freundlich an. »Das hört sich cool an. Ich studiere auch, aber Psychologie.«

»Wow, klingt spannend. Wie kamst du denn darauf?« Meine Frage beruht auf echtem Interesse. Doch als wäre es nicht weiter von Belang, zuckt Dave mit den Schultern. »Ich schätze mal, ich versuche einfach zu verstehen, warum ein Großteil der Menschheit so abgefuckt ist, anderen schaden zu wollen, oder sich zu leicht durch irgendwelche Idioten beeinflussen lässt.«

»Das frage ich mich auch immer wieder«, antworte ich leise und denke dabei an Mom.

Anstatt auf meine Worte einzugehen, schweigt Dave und es entsteht ein Moment der Stille, in dem jeder von uns seinen Gedanken nachhängt. Ich frage mich, was er wohl erlebt haben muss und weswegen er plötzlich so nachdenklich wirkt. Gleichzeitig merke ich, dass er meine Bedrücktheit spüren muss. Er schaut mich an, als versuche er zu verstehen, was in mir vorgeht. Doch ich weiche seinem Blick geschickt aus, um ihm keine Chance zu geben, weiter nachzufragen.

»Und außerdem ist das Studium die Voraussetzung dafür, später als Kriminalpsychologe arbeiten zu können«, schiebt Dave hinterher und beendet damit unseren kleinen Moment der stillen Verbundenheit.

Obwohl ich das Gefühl, von ihm ohne Worte verstanden zu werden, gerne noch etwas länger beibehalten hätte, bin ich froh, dass er nicht versucht hat, dem Grund für meine Bedrücktheit auf den Grund zu gehen. Ich nehme sein Angebot an und wechsle ebenfalls in einen lockeren Tonfall. »Uff. Jetzt ergibt es auf jeden Fall Sinn, dass du mein Doppelleben als Studentin und Mafia-Chefin sofort durchschaut hast.«

»Dann gibst du also endlich zu, eine Schwerverbrecherin zu sein?« Ich grinse bloß.

Dave fischt sein Handy aus der Hosentasche und tut so, als würde er jemanden anrufen. »Ich melde: Die Tatverdächtige hat soeben ihre Schuld gestanden. Ihr könnt sie jetzt abführen.«

Unwillkürlich fange ich an zu lachen und boxe ihn an die Schulter. »Beeilt euch! Gewalttätig ist sie auch noch«, sagt er mit unterdrücktem Grinsen ins Telefon.

Ich beschließe, auf sein Spiel einzugehen. »Das nennst du gewalttätig? Wenn du nicht aufpasst, stelle ich noch ganz andere Sachen mit dir an.«

»Ich glaube, ich sollte jetzt besser Schluss machen und mich verteidigen.«

Bevor ich mich versehe, packt Dave sein Handy weg und zieht mich an der Taille an sich. Im nächsten Moment beginnt er mich durchzukitzeln und obwohl ich mich mit aller Gewalt zu wehren versuche, habe ich keine Chance gegen ihn. Irgendwann habe ich Bauchweh vom vielen Lachen. Ich glaube, es zum ersten Mal in meinem Leben geschafft zu haben, ohne nachzudenken komplett loszulassen und einfach albern zu sein. Und ich genieße es.

Dave

Als der Ansturm an Kunden in der Mittagszeit vorbei ist, gönnen Valerie und ich uns eine kleine Pause.

»Hast du Durst? Ich könnte uns da drüben etwas zu trinken besorgen«, biete ich ihr an und deute auf ein kleines Geschäft am Rande des Münsterplatzes.

Erschöpft lässt sie sich auf ihren Hocker fallen und stützt sich mit dem Ellenbogen auf dem Knie ab, um ihren Kopf in ihre Hand zu betten. »Oh ja, das wäre fantastisch.« Sie holt hektisch ihr Portemonnaie aus ihrer Tasche und beginnt nach Kleingeld zu kramen, aber ich wehre ab. »Du, lass mal. Ich übernehme das. Sozusagen als Einstand.«

Valerie schaut zu mir auf. Obwohl ich nichts Schlimmes gesagt habe, liegt in ihrem Blick Verunsicherung.

»Okay.« Ihre Stimme ist kaum lauter als ein Flüstern. Diese Reaktion erinnert mich an ihr süßes Welpenverhalten von Dienstag. Allerdings verstehe ich nicht so wirklich, weshalb sie in diese extreme Schüchternheit verfällt, sobald ich versuche, einen freundschaftlichen Draht zu ihr aufzubauen. Ich kann es mir nicht anders erklären, als dass sie mir ausweichen will. Auch diese ganzen Zickereien scheinen nur aufgesetzt zu sein, um mich auf Distanz zu halten. Es muss mit dem zusammenhängen, woran sie dachte, als ich ihr vorhin von meinem Unverständnis für die Menschheit erzählt habe. In ihrem Blick konnte ich eine tiefe Traurigkeit erkennen, die mir verriet, wie sehr sie in ihrer Vergangenheit schon einmal enttäuscht worden ist. Und mein Instinkt sagt mir, dass ich herausfinden muss, welches schmerzliche Geheimnis sich hinter ihrer Fassade verbirgt. Dazu benötige ich allerdings ihr Vertrauen. Deshalb sage ich betont freundlich: »Darf es irgendetwas Besonderes sein?«

Valerie öffnet den Mund, um mir zu antworten. Dann siegt aber wieder ihre Schüchternheit, woraufhin sie ihn wieder schließt. Stumm schüttelt sie den Kopf.

O Mann. Hinter ihre Schutzmauer zu schauen wird sich wohl schwieriger gestalten, als bis eben noch angenommen.

»Wenn du es mir nicht verraten willst, muss ich eben selbst heraus-finden, womit ich deinen Geschmack treffen kann. Und das werde ich. Mach dich darauf gefasst.«

Wie zu erwarten, antwortet mir Valerie auch hierauf nicht und wieder frage ich mich, was sie dazu veranlasst, eine undurchlässige Barriere zwischen sich und der Welt zu errichten.

Ich wende mich ab und setze mich in Bewegung. Auf dem Markt-platz herrscht ein reges Treiben. Überall haben sich kleinere und größere Menschentrauben gebildet, die sich für die Ware an den un-zähligen Ständen interessieren. Neben Lebensmitteln wie Obst und Gemüse oder selbstgekochter Marmelade werden auch Blumen und handgefertigte Hüte und Taschen angeboten. Geschickt schlängle ich mich durch die Menschenmenge. Nicht selten weiche ich in letzter Sekunde jemandem aus, um eine Kollision zu verhindern.

Unter all den Menschen sticht mir auf einmal ein Typ mit einer Basecap ins Auge, die aussieht wie meine eigene, die ich gelegentlich trage. Sie ist schwarz mit der weißen Aufschrift *Ich bin nichts für schwache Nerven*. Eigentlich finde ich es lächerlich, mit so einem Spruch herumzulaufen, aber die Cap war ein Geschenk meiner Schwester, zu meinem Auszug. *Damit jeder, den du in Freiburg triffst, vorgewarnt ist. Alles andere wäre unverantwortlich,* erinnere ich mich an ihren Kommentar. Der Gedanke an Daniella bringt mich unwillkürlich zum Schmunzeln. Wenn ich etwas am meisten ver-misse, seit ich für das Studium weggezogen bin, dann ist es, sie jeden Tag zu sehen.

Auf den zweiten Blick identifiziere ich den Mann unter der Cap und mir wird klar, dass es sich bei der Schildmütze tatsächlich um meine handelt. Mit einem Satz sprinte ich auf Derek zu und stehle ihm die Kappe vom Kopf. Prompt dreht er sich um in dem Versuch, sich gegen den vermeintlichen Dieb zu wehren.

»Mann, was soll der Scheiß? Gib die wieder her!«

Ich weiche geschickt seiner Hand aus, mit der er im Begriff ist, mir ein Veilchen zu verpassen. »Wow. Du musst aufhören, gleich so gewaltbereit zu sein. Das kann dich sonst in richtige Probleme reinreiten.«

Derek erkennt mich und lässt seine Hand sinken. »Sorry, Mann. Ich dachte, du wärst irgendein mieser Taschendieb.«

Ich ziehe mir die Cap mit dem Schild nach hinten auf den Kopf und schaue Derek angriffslustig an. »Nichts für ungut, aber genau genommen bist du hier der Dieb. Oder wie soll ich es mir sonst erklären, dich hier mit meinem Eigentum durch die Stadt spazieren zu sehen?«

Ertappt fährt Derek sich durch die Haare. »Tut mir leid, aber ... ähm ... du hast die auf dem Esstisch liegen gelassen und ich dachte, vielleicht würde das meinem Styling ein kleines Update verpassen.«

Argwöhnisch ziehe ich eine Augenbraue nach oben. »Sind wir jetzt Mädchen, die sich ihre Klamotten teilen, oder was?«

»So ein Quatsch«, wehrt er sofort ab, »aber das Stichwort Mädchen ist gar nicht mal so verkehrt.« Bei dem letzten Teil seines Satzes beginnt er nervös in der Gegend herumzuschauen. In Bezug auf Frauen ist er eher schüchtern und weicht sofort aus, wenn wir auf das Thema zu sprechen kommen. Dementsprechend hellhörig werde ich jetzt.

»*Interessante. Dimmi di più.* Erzähl mir mehr über sie. Kenne ich sie eventuell?«

Doch anstatt meine Fragen zu beantworten, lacht Derek bloß. »Na, wer von uns beiden ist jetzt das Mädchen, du neugieriges Tratschweib?«

»Witzig. Ich wollte dir nur mein offenes Ohr anbieten. Und wenn du mich fragst, falls du möchtest, dass das mit den Frauen funktioniert, lass diese dämliche Kappe lieber weg.«

»Danke. Ohne deine Modetipps wäre ich hoffnungslos verloren.«

»Immer wieder gerne«, sage ich lachend und werfe einen flüchtigen Blick in Valeries Richtung. Sie sitzt noch immer auf ihrem Hocker und beobachtet Kinder, die freudig umherhüpfen. Selbst aus der Ferne kann ich erkennen, wie sie zu lachen anfängt, als die Kinder in ihre Richtung rennen und anfangen, sich mit ihr zu unterhalten. Großzügig schenkt sie jedem von ihnen einen Apfel. Der Anblick versetzt mir einen Stich ins Herz und mein Handy in meiner Hosentasche mit den Nachrichten der nicht eingespeicherten Nummer fühlt sich plötzlich ganz schwer an. Sogar die Schüchternheitsprinzessin bekommt es hin, sich um Kinder zu kümmern. Im Gegensatz zu mir. Ich schlucke den Kloß in meinem Hals herunter und wende mich wieder Derek zu.

»Du, Bruder, ich schätze, ich muss dann mal weiter, bevor Madame Pingelig noch auf die Idee kommt, ihre Tante anzurufen, weil sie der Ansicht ist, ich würde eine zu lange Pause machen.«

In dem Moment, in dem ich die Worte ausspreche, merke ich, wie unfair sie gegenüber Valerie sind. Ich kenne sie inzwischen gut genug, um zu wissen, dass sie mich niemals verpfeifen würde. Ich schlucke das ungute Gefühl aber hinunter.

Derek hält mir seine Faust hin. »Alles klar. Bis heute Abend irgendwann.«

Ich schlage meine Knöchel gegen seine. »Oder bis morgen.« Ein verheißungsvolles Grinsen stiehlt sich auf mein Gesicht. »Mach sie dir klar, Bruder.«

»Du Spinner.«

»Selber Spinner.« Ich gebe Derek einen spielerischen Schubs, den er energischer an mich zurückgibt. Lachend setze ich meinen Weg fort.

Das Geschäft entpuppt sich als kleine verwaiste Imbissbude. Das Ausbleiben der Kunden könnte dem schlechten äußerlichen Zustand geschuldet sein. Beim Eintreten steigt mir der Duft von altem Frittierfett und irgendetwas Angebranntem in die Nase. Die roten Polster der Stühle und Sitzbänke sind zerschlissen, sodass schon der Schaumstoff darunter zum Vorschein kommt. Auf dem gelb gefliesten Boden befinden sich dunkle Flecken, deren Ursprung ich lieber nicht ergründen möchte. Hinter der Theke hantiert ein älterer Mann mit Halbglatze an einer Kaffeemaschine. Er gibt sich nicht mal die Mühe, seine Arbeit zu unterbrechen und mich zu begrüßen. Zielstrebig gehe ich in Richtung des Kühlschranks zu meiner Linken und betrachte die spärliche Auswahl an Getränken. Genau genommen habe ich die Wahl zwischen verschiedenen Mineralwassern und Red Bull. Nach kurzem Überlegen, wie ich Valerie beeindrucken soll, schnappe ich mir eine Red-Bull-Dose und ein Wasser ohne Kohlensäure.

Die Idee, die mir gerade in den Kopf kommt, wird Valerie nicht gefallen. Umso mehr erzeugt der Gedanke an ihre Reaktion ein verschmitztes Grinsen auf meinem Gesicht. Wenn ich mich geschickt anstelle, könnte ich es schaffen, sie aus der Reserve zu locken, und so mehr über sie erfahren.

Mit Vorfreude steuere ich auf den Tresen zu und begrüße überschwänglich den Mann, der noch immer mit seiner Kaffeemaschine beschäftigt ist. Statt sich von meiner guten Laune anstecken zu lassen, brummelt er nur den Betrag, den ich bezahlen muss. Ich lege ihm das Geld auf die Ladentheke und verabschiede mich.

Mit großen Schritten gehe ich zurück, während ich in Gedanken noch mal meinen Plan durchgehe. Als ich auf sie zusteuere, grinst sie mich schon von Weitem an. Ob ihre gute Laune auch noch anhalten wird, nachdem ich mein Vorhaben in die Tat umgesetzt habe?

Bevor ich ihr gegenübertrete, verstecke ich schnell die Getränke hinter meinem Rücken und sage: »Schau mal, da vorne. Den überdimensionalen Hut von der Frau musst du gesehen haben.« Mit dem Kopf bedeute ich Valerie, sich umzudrehen. Kaum zeigt mein Ablenkungsmanöver Wirkung, verstecke ich die Wasserflasche in meinem Rucksack, der auf dem Boden steht.

»Welchen Hut meinst du? Ich kann nirgends einen entdecken?« Fragend dreht sich Valerie zu mir um.

»Zu spät. Sie ist schon weg.« Eine Lüge, die mir schamlos über die Lippen geht. Ich hantiere an dem Verschluss meiner Red-Bull-Dose, die sich mit einem Zischen öffnet. Demonstrativ beginne ich zu trinken. Valerie beobachtet mich mit schief gelegtem Kopf und verschränkten Armen. »Wolltest du mir nicht auch etwas zu trinken mitbringen?«

Prompt setzte ich die Dose ab.

Bingo. Der Plan scheint aufzugehen.

Es fällt mir schwer, ein aufkeimendes Lachen zu verbergen, weswegen ich bei meinen nächsten Worten an Valerie vorbeischaue. »Sorry. Das hatte ich ja total vergessen.« Gespielt schlage ich mir mit der Hand gegen die Stirn. Valeries Miene wechselt zu einem enttäuschten Gesichtsausdruck. Gespannt warte ich auf ihre weitere

Reaktion. Jetzt kommt es darauf an, ob ich es schaffe, sie aus ihrem Schneckenhaus zu holen, oder ob es nötig ist, sie weiter zu provozieren, damit ich endlich hinter ihre Fassade sehen kann. Valerie wirkt zwar, als würde sie sich in Gedanken über mich aufregen, erweckt aber nicht den Eindruck, als wolle sie ihre Verärgerung auch laut äußern. Zeit für mich, mit Teil zwei meines Plans zu beginnen.

Kaum habe ich diese Worte zu Ende gedacht, sagt Valerie unvermittelt: »Dafür hattest du offensichtlich genug Zeit, die hier aufzutreiben.«

Bevor ich etwas dagegen unternehmen kann, pflückt sie mir meine Basecap vom Kopf und setzt sie sich auf.

Was zum Teufel haben heute alle mit meiner Cap?

Valerie bringt sich vor mir in Pose, indem sie eine Hand in die Hüfte stemmt und die andere an das Schild der Cap legt. »Na, wie steht mir das?«

Etwas verhalten beginnt sie sich zu bewegen, als wäre sie ein Model bei einem Fotoshooting. Ihre Bewegungen bringen mich automatisch zum Lachen. Eigentlich wollte ich ihr mit meinem Vorhaben eine aufgebrachte Reaktion entlocken, um sie so weit zu bringen, mich wieder anzuzicken. Das ist immerhin besser als ihr Schweigen. Nun freiwillig von ihr ihre alberne, unbeschwerte Seite gezeigt zu bekommen, sehe ich als Zeichen, bei ihr doch nicht so negativ anzukommen, wie bisher angenommen.

Eigentlich wäre es meine Art, jetzt etwas Fieses zu sagen, aber stattdessen breitet sich eine unbändige Freude wie ein Lauffeuer in meinem Körper aus. Ich habe es tatsächlich geschafft, Valerie dazu zu bringen, sich mir nicht mehr vollkommen zu verschließen. Zwar wird es noch eine ganze Weile dauern, bis sie mir etwas Persönliches über sich erzählt, aber in diesem Moment bin ich mit der Erkenntnis, dass sie sich offensichtlich in meiner Nähe wohlfühlt, mehr als zufrieden.

Nachdem ich eine Zeit lang nichts gesagt habe, lässt sie die Arme sinken. Ich bin noch immer nicht in der Lage, zu sprechen. Viel zu sehr bin ich damit beschäftigt, sie zu mustern. Gleichzeitig frage ich mich, weshalb es mir überhaupt so wichtig ist, Valeries Vertrauen zu erlangen. Ich meine, was habe ich bitte davon, wenn sie mit mir über ihre Probleme spricht? Schließlich habe ich mehr als genug eigene Dinge, mit denen ich klarkommen muss.

Den Mund leicht geöffnet, hält sie mit ihren braunen Augen meinem Blick stand. Dennoch flackern ihre Augen nervös hin und her, als versuche sie etwas vor mir zu verbergen. Je länger ich sie ansehe, desto mehr bin ich der Ansicht, eine Tiefe in ihrem Blick zu erkennen, durch die ich einen Zugang zu ihrem Innersten erlangen kann. Die Tiefe hält mich gefangen und ich beginne alles um mich herum zu vergessen. Mein einziges Ziel ist es, irgendein Indiz für den Grund zu finden, der für ihre Zurückhaltung verantwortlich ist. Aber alles, was ich sehen kann, sind ihre Augen, die, vom Sonnenlicht angestrahlt, bernsteinfarben glitzern und in denen eine gewisse Traurigkeit liegt.

Frustriert seufze ich und fahre mir durchs Haar. Valerie ist und bleibt ein Buch mit sieben Siegeln für mich. Sie einfach zu fragen, erscheint mir zu subtil, deswegen versuche ich es weiterhin auf die vorsichtige, nette Art. »Du siehst mit meiner Basecap einfach umwerfend aus.«

Statt mir zu antworten, schaut sie mich weiterhin mit großen Augen an. Durch meine Worte ausgelöst, zieht sich eine Röte über ihre Wangen. Nachdem sie ihr Unbehagen wieder unter Kontrolle gebracht hat, zieht sie die Basecap vom Kopf und streckt sie mir entgegen. »Danke. Du solltest sie trotzdem wieder nehmen.«

»Ach was, dir steht sie viel besser als mir. Du kannst sie behalten, solange wir arbeiten.«

Unschlüssig dreht Valerie die Kappe zwischen ihren Fingern. Jetzt hole ich die Wasserflasche aus meinem Rucksack und strecke sie ihr entgegen. »Hast du wirklich geglaubt, ich würde dich schamlos verdursten lassen?«

Valerie legt ihre Hand ans Kinn und tut so, als würde sie nachdenken. »Hm, lass mich mal kurz überlegen. Du wolltest mich heute schon von der Polizei abführen lassen. Also ja. Das mit dem Verdursten-Lassen erscheint mir nicht unmöglich.«

Wir fangen gleichzeitig an zu lachen und für einen Moment weicht der traurige Schimmer in ihren Augen einem Funkeln. In mir wächst das Bedürfnis, sie öfter zum Lachen zu bringen.

Valerie nimmt mir die Flasche aus der Hand und trinkt daraus. Ich beobachte sie und denke an die Worte, die ich mir für Teil zwei meines Plans zurechtgelegt habe: *Als ich vor dem Regal stand, musste ich bei dem stillen Wasser sofort an dich denken. Aber du weißt ja, stille Wasser sind tief. Und ich bin unglaublich gut darin, sie zu ergründen.* Und genau das werde ich jetzt tun. Mein Jagdinstinkt ist geweckt.

Valerie

Gerade rechtzeitig, bevor ich mich für den Barbesuch mit Stella endlich fertig machen muss, beende ich meinen Essay für das Entwicklungspsychologie-Seminar. Mit einem zufriedenen Seufzen klicke ich auf Speichern. Eigentlich wollte ich den Text noch mal durchlesen, bevor ich ihn endgültig abgebe, aber das muss ich wohl auf morgen verschieben, denn dafür bleibt mir jetzt keine Zeit mehr. Deshalb klappe ich meinen Laptop zu und beginne mich umzuziehen. Hastig suche ich in dem Haufen meiner Nylonstrumpfhosen eine, die noch keine Laufmasche oder gar ein Loch hat, und schlüpfe umständlich hinein, als ich findig geworden bin. Anschließend ziehe ich einen roten Bleistiftrock und ein schwarzes schlichtes Top über. Ich weiß nicht, wieso, aber genau dieses Outfit trage ich immer in meiner Vorstellung, wenn ich Stella meinen Entschluss mitteile. Aus diesem Grund bleibt mir keine andere Wahl, als es jetzt anzuziehen.

Ich betrachte mich im Spiegel und fühle mich wie ein Ritter in seiner Rüstung, der gleich in die Schlacht zieht. Tief atme ich ein und wieder aus, um mich zu beruhigen. Stella ist meine beste Freundin und wird mich bestimmt verstehen. Sie muss es einfach. Alles andere würde wohl das Aus für unsere Freundschaft bedeuten. Und das wäre das Schlimmste, was mir überhaupt passieren könnte.

Trotz meines Versuchs, mich selbst zu beruhigen, bleibe ich nervös. Ich hasse es, andere Leute enttäuschen zu müssen, weil ich selbst viel zu oft enttäuscht wurde und weiß, wie schrecklich sich das anfühlt. Mit einem unguten Gefühl im Magen frische ich mein Make-up auf. Dann suche ich Handy, Geldbeutel und Schlüssel zusammen und packe alles in meine Handtasche, die ich mir umhänge.

Unten in der Küche treffe ich auf Dad, der an der Arbeitsplatte lehnt und in sein Handy vertieft ist. Als er bemerkt, dass ich den Raum betrete, schaut er auf. Fragend sieht er mich an.

»Gehst du noch mal weg?«

»Ja, ich bin mit Stella verabredet, aber mach dir keine Sorgen, ich bin nicht allzu lange unterwegs.« Mein Tonfall klingt entschuldigend. Tatsächlich fühle ich mich schlecht, weil ich nicht mit ihm zu Abend esse.

Dad durchschaut mich und lächelt mich aufmunternd an. »Kein Problem, bleib so lange aus, wie du möchtest. Du bist jung und erwachsen. In deinem Alter konnte ich mir auch einen Haufen aufregenderer Dinge vorstellen, als einen Samstagabend mit meinem alten Herrn zu verbringen.« Ein vielsagendes Lächeln stiehlt sich auf sein Gesicht.

»Dad! Wir gehen nur ganz entspannt was trinken, nichts weiter.«

»Schon gut. Pass auf dich auf, meine kleine Große, und hab Spaß.«

Spaß. Den habe ich eventuell nach meiner »Beichte«, wenn Stella meine Entscheidung nicht allzu negativ aufnimmt.

»Danke, Paps«, sage ich, während ich in meine weißen Chucks schlüpfe. Dad hat sich unterdessen wieder seinem Handy zugewendet. Bevor ich mich abwende, fällt mir noch etwas ein: »Das Abendessen steht in der Mikrowelle.«

»Alles klar. Bis später«, sagt Dad, ohne erneut aufzusehen. Verwundert ziehe ich die Augenbrauen zusammen. Mit wem er sich wohl so Wichtiges schreibt? Sicher hat es etwas mit seiner Arbeit zu tun.

»Ciao, und arbeite nicht mehr so viel«, entgegne ich ihm als Anspielung auf sein Ins-Handy-Starren, aber er scheint mich gar nicht mehr wahrzunehmen.

Draußen bereue ich es, keine Jacke mitgenommen zu haben. Die Sonnenstrahlen der letzten Tage haben mich darüber hinweggetäuscht, wie kalt die Abende und gar die Nächte noch immer sind. Fröstelnd streiche ich mir über meine nackten Arme, auf denen sich bereits eine Gänsehaut gebildet hat. Leider reicht die Zeit nicht, um umzukehren und mich umzuziehen. Stella und ich wollen uns in der Innenstadt treffen und uns dann gemeinsam auf den Weg ins *Sunset Delights* machen. Und ich bin alles andere als pünktlich, wie mir ein rascher Blick auf meine Armbanduhr verrät. Ich beschleunige meine Schritte. Mit Sicherheit wartet sie schon. Und ich bin eigentlich niemand, der andere warten lässt.

Mit jedem Schritt, den ich auf die Straßenbahn zumache, steigt die Anspannung in meinem Körper. In solchen Situationen hilft nur eins, damit ich mich nicht völlig verrückt mache: Musik. Sofort krame ich die Kopfhörer aus meiner Handtasche und stöpsle sie ein. Ich öffne die Streaming-App und wenige Augenblicke später erklingt Ed Sheerans Stimme in meinen Ohren. Mein absoluter Lieblingssänger. Ich lausche den Klängen der Musik und fange von selbst an, leise mitzusummen. Das passiert mir ständig. Ich liebe es einfach, zu singen. Aber nur für mich. Niemals würde ich mich trauen, es vor anderen Leuten zu tun. Deswegen beende ich mein leises Summen schnell wieder, denn die Gefahr, von jemandem in der Bahn belauscht zu werden, ist einfach zu groß. Wie ich erfreut feststelle, stellt sich die gewünschte Wirkung der Musik trotzdem ein. Ich fühle mich wesentlich entspannter als noch vor wenigen Minuten. Fast freue ich mich auf den Abend.

Als ich eine Viertelstunde später in der Innenstadt aussteige und Stella mich freudestrahlend begrüßt, frage ich mich, weshalb ich überhaupt so nervös war. Sie ist immer noch ... einfach Stella, meine quirlige, lebenslustige beste Freundin.

»Na, meine Süße. Bereit für den besten Mädelsabend aller Zeiten?«, fragt sie mich, nachdem wir uns aus unserer Umarmung gelöst haben. Auf ihrem Gesicht liegt ein freudiges Lachen.

Stellas gute Laune steckt mich sofort an. »Aber natürlich. Die Frage ist wohl eher, wie lange es bei einem reinen Mädelsabend bleibt, so gut, wie du heute aussiehst.« Anerkennend mustere ich ihr Outfit, ein weißes Carmenshirt mit Spitze und eine schwarze Lederhose. An ihren Füßen trägt sie schwarze Stiefeletten, durch deren Absätze sie gute fünf Zentimeter größer wirkt.

Noch während sie mir antwortet, setzen wir uns in Bewegung.

»Danke, aber keine Sorge, heute möchte ich den Abend nur mit meiner besten Freundin genießen und kein Mann auf der Welt kann mich davon abhalten.«

»Das passt ja super. Ich hatte nämlich dasselbe vor«, erwidere ich grinsend, woraufhin Stella sich bei mir unterhakt. »Damit wäre das schon mal geklärt. Und übrigens, die erste Runde geht auf mich.«

»Feiern wir etwa deinen langersehnten Lottogewinn oder weshalb bist du so spendabel?«

Stella schaut mich von der Seite an. »Nein, viel besser. Ich habe die beste Freundin überhaupt, mit der ich bald eine WG gründen werde. Das sollte Grund genug sein, um zu feiern.«

Auweia. Stellas Worte treffen mich wie ein Schlag in die Magengrube. So, wie sie darüber spricht, ist es für sie bereits beschlossene Sache, dass wir zusammenziehen. Wie soll ich aus dieser Nummer unbeschadet wieder rauskommen?

Mit einem Mal ist meine Nervosität von vorhin wieder da, gepaart mit einem schlechten Gewissen. Ich muss es ihr sagen. Jetzt. Sofort.

Mitten in der belebten Fußgängerzone bleibe ich stehen. Wir werden überholt von einem Paar, das sich beschwert, weil sie uns ausweichen müssen, aber ich kann mir gerade keinen Kopf darüber machen. Viel zu sehr bin ich damit beschäftigt, in meinem Gehirn die Wörter zu sortieren, die dort wild hin und her jagen und darauf drängen, endlich ausgesprochen zu werden. Ich schlucke schwer.

Stella sieht mich verwundert an. »Valls, alles klar?«

Ich nehme all meinen Mut zusammen. Mein Mund fühlt sich trocken an, als ich anfange zu sprechen. »Stella, ich …«

»Stella! Oh, wie schön, dich zu sehen. Was machst du denn hier?«

Eine junge Frau mit brünettem schulterlangem Haar steuert auf uns zu und umarmt Stella stürmisch. Als diese ihr Gegenüber erkennt, kreischt sie freudig auf: »Olivia! Wie cool, dich zu treffen. Wir sind gerade auf dem Weg ins *Sunset Delights*. Hast du Lust mitzukommen?«

Im Gegensatz zu mir wirkt Olivia völlig begeistert von dieser Idee. »Hört sich super an. Warum eigentlich nicht?«

Euphorisch klatscht Stella in die Hände. »Perfekt!« An mich gewandt, fügt sie hinzu: »Du erinnerst dich sicherlich noch an meine Kommilitonin Olivia. Sie war auch auf der Wohnheimparty letztens. Ist doch okay, wenn sie mitkommt, oder?«

Ja, ich erinnere mich an Olivia und an diese Party, leider. Und nein, es ist nicht okay, weil ich dir gerade schonend beibringen wollte, dass wir nicht zusammenziehen können.

Ich grinse schief. Was soll ich auch sonst tun? Das genügt Stella anscheinend als Zustimmung, denn sie sagt: »Du bist die beste, Valls. Los geht's, Mädels. Das wird unser Abend!«

Zu dritt setzen wir unseren Weg fort. Während Stella und Olivia sich ausgelassen unterhalten, frage ich mich unentwegt, wie das nur passieren konnte. Ich war so kurz davor, es Stella zu sagen. Und jetzt, da Olivia mit uns kommt, wird sich an diesem Abend wohl keine Chance mehr dazu ergeben. Innerlich seufze ich auf. Das darf doch alles nicht wahr sein!

Ich muss mit Stella sprechen, bevor mein schlechtes Gewissen mich noch auffrisst. Aber im Moment sehe ich keinen anderen Weg, als mich dem Schicksal zu fügen.

Das *Sunset Delights* ist eine kleine Bar im studentischen Viertel von Freiburg, die sich durch ein modernes und gleichzeitig gemütliches Ambiente auszeichnet. Die Wände sind mit Fliesen in Backsteinoptik geschmückt, die das Innere des Gebäudes älter erscheinen lassen, als es tatsächlich ist. Rund um den Bartresen, der sich in der Mitte des Raumes befindet, verteilen sich kleine Sitznischen mit anthrazitfarbenen Polsterstühlen und Glastischen. Die zahlreichen lampionförmigen Lichter an der Decke tauchen alles in ein warmes goldenes Licht.

In meinen Ohren vermischt sich die Musik mit dem lauten Stimmengewirr der Gäste. Seit wir vor einer gefühlten Ewigkeit an unserem Stammtisch am Fenster Platz genommen haben, hat sich die Bar zunehmend mit gut gelaunten Menschen gefüllt. Die meisten davon scheinen genau wie wir am nahegelegenen Campus zu studieren.

Seit Stellas achtzehntem Geburtstag, den wir hier vor knapp drei Jahren gefeiert haben, kommen wir regelmäßig her. Eigentlich gefällt es mir, für ein paar Stunden in das Nachtleben abzutauchen, die Atmosphäre zu genießen und bedenkenlos im Hier und Jetzt zu leben. Aber nicht heute. Geistesabwesend stochere ich mit dem Strohhalm auf der Zitronenscheibe in meinem halb leeren Drink herum und beobachte einen Typen mit Brille hinter dem Bartresen beim Mixen der Getränke. Wenn ich doch bloß mit ihm tauschen könnte. Dann hätte ich wenigstens eine sinnvolle Beschäftigung, die mich von dem quälenden Gedanken ablenkt, was für eine schlechte Freundin ich eigentlich bin.

»Den müssen wir uns unbedingt ansehen, was meinst du, Valls?«

»Was?« Ich wende meinen Blick von dem Barkeeper ab und schaue in Stellas erwartungsvolles Gesicht.

»Den neuen und finalen Teil der Avengers, der demnächst ins Kino kommt. Darüber haben wir uns doch gerade die letzten fünf Minuten unterhalten.«

Ich nehme einen Schluck von meinem Drink, um mir Zeit zu verschaffen.

»Stimmt. Na klar gehen wir da hin«, sage ich schließlich kurz angebunden.

»Ist alles in Ordnung mit dir? Du bist schon den ganzen Abend so ruhig.«

Nein, nichts ist in Ordnung.

»Ja, mir geht's gut.« Ich weiche Stellas fragendem Blick aus, denn würde ich sie jetzt ansehen, könnte ich garantiert nicht anders, als mit der Wahrheit herauszuplatzen. »Wirklich!«, setze ich eindringlich hinterher, weil Stella nicht aufhört, mich stirnrunzelnd zu mustern. »Ich brauche nur kurz etwas frische Luft.«

Ich erhebe mich von meinem Platz, weil ich das Gefühl habe, es keinen Moment länger an diesem Tisch auszuhalten und Stella etwas vorspielen zu müssen. Doch bevor ich weggehe, hält sie mich am Handgelenk fest. »Das letzte Mal, als du das gesagt hast, warst du urplötzlich verschwunden, bis ich dich in den Fängen eines Möchtegern-Bodybuilders wiedergefunden habe, und auf dem Heimweg bist du nur knapp einer Vergewaltigung entkommen.«

Mein Blick schweift kurz zu Olivia, die bei Stellas letzter Aussage scharf die Luft eingesogen hat. Wieso werde ich das Gefühl nicht los, sie würde sich freuen, wenn ich tatsächlich verschwände?

»Keine Angst. Diesmal komme ich wieder. Und sollte ich innerhalb von fünf Minuten nicht zurück sein, ruft die Polizei.« Mit diesen Worten schnappe ich mir meine Handtasche und gehe in Richtung Ausgang.

Draußen empfängt mich die frische Nachtluft, eine willkommene Abwechslung zu der verbrauchten Luft in der Bar. Wie es sich gehört für einen Samstagabend, sind viele Leute unterwegs, die unbeschwert um die Häuser ziehen. Das Klingeln einer heranfahrenden Straßenbahn ertönt, um eine Gruppe junger Männer von den Schienen zu vertreiben. Diese wiederum scheinen Spaß daran gefunden zu haben, dort zu tanzen und erst in allerletzter Sekunde grölend zur Seite zu springen. Das Schauspiel wiederholt sich mit jeder S-Bahn, die vorbeifahrt, und ich beobachte es eine Weile. Nach einiger Zeit wird mir jedoch schmerzlich bewusst, dass ich es nicht länger hinauszögern kann, wieder hineinzugehen, ohne dass Stella anfängt, sich Sorgen zu machen.

Ich werde das schon schaffen, zum gefühlt tausendsten Mal an diesem Tag rede ich mir Mut zu. Aber diesmal könnte ich nicht ganz unrecht haben, denn ich habe einen Plan. Ich werde jetzt freundlich lächelnd zurück an unseren Tisch gehen, einen schönen Abend mit meiner besten Freundin verbringen und morgen in aller Ruhe mit Stella reden.

Fest entschlossen halte ich mich an dem Riemen meiner Handtasche fest und steure auf den Eingang des *Sunset Delights* zu. Gerade als ich über die Schwelle treten will, stoße ich beinahe mit jemandem zusammen. Abrupt bleibe ich eine Entschuldigung murmelnd stehen und sehe auf. Es ist Stella. Sie sieht mindestens genauso verblüfft aus, wie ich mich fühle.

An meinen Handgelenken hält sie mich fest und sucht meinen Blick. »Gott sei Dank, da bist du ja. Sicher, dass wirklich alles okay mit dir ist?«

Ich schlucke hart und bringe nur ein Nicken zustande. Wenn ich jetzt nicht auf der Stelle ein paar fröhlich klingende Worte herausbringe, fällt ihr mein Problem garantiert auf. Hektisch krame ich nach lustigen Bemerkungen in meinem Kopf und versuche mich an einem Lachen, welches jedoch selbst mir aufgesetzt vorkommt. Stella wirft einen kurzen Blick in die Bar, wo uns Olivia von unserem Platz aus beobachtet. Ihre Mundwinkel wandern nach oben, als sie bemerkt, dass unsere Blicke ebenfalls auf sie gerichtet sind. Ohne das Lächeln zu erwidern, wendet sich Stella von ihr ab und zerrt mich nach draußen. Ein paar Schritte neben den Tischen im Außenbereich kommt sie zum Stehen.

»Jetzt komm schon, Valerie. Sag mir endlich, was mit dir los ist. Du bist schon den ganzen Abend so seltsam drauf und behaupte ja nicht, ich würde mir das nur einbilden. Hat es etwas mit dem zu tun, was du mir sagen wolltest, bevor wir Olivia getroffen haben?«

Stellas blaue Augen funkeln mich an und dulden keine Ausflüchte. Ich fühle mich in die Enge getrieben, wodurch mein Puls zu rasen anfängt und mein Mund ganz trocken wird, während sich meine Handflächen immer feuchter anfühlen. Ohne es verhindern zu können, platze ich schlagartig heraus: »Ich kann nicht mit dir zusammenziehen!«

»Was?« Blinzelnd und sichtlich verwirrt schaut Stella mich an.

»Ich kann nicht mit dir zusammenziehen«, wiederhole ich meine Worte, diesmal leiser, aber dafür bestimmter.

Stella wedelt mit der Hand in der Luft herum, um mich zu unterbrechen.

Oh nein. Das ist sicher kein gutes Zeichen.

»Das habe ich schon verstanden. Aber was … wieso? Ich dachte, das ginge klar. Der Besichtigungstermin für die Wohnung ist nächste Woche.«

Jetzt bin ich diejenige, die überrascht ist. »Was, du hast schon einen Besichtigungstermin vereinbart? Ich dachte, du wolltest erst auf meine Antwort warten.«

»Du hast dich nicht mehr deswegen geäußert, deshalb bin ich davon ausgegangen, du seist einverstanden. Aber jetzt lenk nicht von meiner Frage ab, Valerie!«

Stella stemmt die Hände in die Hüften. Das macht sie nur, wenn sie gestresst oder verärgert ist. Als Reaktion darauf spannt sich mein ganzer Körper an. Ich fühle mich schlecht. Hätte ich doch nur von Anfang an mit offenen Karten gespielt. Aber besser jetzt als nie.

»Es geht nicht, wegen Dad«, beginne ich zu erklären, aber Stella fällt mir sofort ins Wort.

»Was hat denn dein Vater damit zu tun? Und jetzt sag bloß nicht, er würde es dir verbieten, du bist schließlich erwachsen!«

Meine Angst schlägt langsam in Wut um. Was gibt Stella das Recht dazu, sofort herablassend zu werden, ohne mir überhaupt eine Chance zu geben, mich zu erklären? Giftiger als beabsichtigt schieße ich zurück: »Jetzt hör mir doch erst mal zu! Mein Dad verbietet mir gar nichts, weil er gar nichts davon weiß. Ich möchte freiwillig bei ihm bleiben.«

Argwöhnisch zieht Stella eine Augenbraue nach oben. »Also bitte, wieso das denn? Du kannst nicht ewig Daddys kleines Mädchen bleiben. Das ist mit Abstand die schlechteste Ausrede, die ich je gehört habe. Gib doch einfach zu, dass du keinen Bock auf mich hast!«

Fassungslos schüttle ich den Kopf. Ich verstehe es nicht. Stella scheint echt gar nichts zu kapieren, dabei dachte ich immer, sie habe verstanden, wie das Verschwinden meiner Mutter meine Familie für immer gravierend verändert hat. »Das hat doch damit überhaupt nichts zu tun. Natürlich würde ich gerne mit dir zusammenziehen, aber Dad hat außer mir niemanden mehr.«

»Ich glaube, dein Vater ist sehr gut in der Lage, auf sich selbst aufzupassen.«

»Du verstehst das nicht. Ich ...«

»Ich verstehe das sehr wohl, Valls. Die ganze Zeit möchtest du Verständnis für deine ach so schlimme Kindheit, in der deine Mutter dich im Stich gelassen hat, und ich verstehe das voll und ganz. Aber du solltest endlich anfangen, nach vorne zu schauen.« In Stellas Augen funkelt eine Mischung aus Wut und Unverständnis und so langsam gebe ich die Hoffnung auf, dass sie versteht, was ich meine. Wie auch, wenn sie nur die halbe Wahrheit kennt. Trotzdem versuche ich es erneut.

»Ich sehe sehr wohl nach vorne, aber jeder bringt eben seine Opfer. Stella, versteh doch, ich bin ihm das einfach schuldig.«

Stellas abfälliges Schnauben lässt mich zusammenzucken.

»Du spinnst doch. Komm erst mal klar und bekomm deine Vaterkomplexe in den Griff, dann reden wir weiter!«

Mit diesen Worten macht sie auf dem Absatz kehrt und stapft mit großen Schritten auf den Eingang des *Sunset Delights* zu.

»Ich habe keine Vaterkomplexe, nur weil mir mein Dad wichtig ist!«, brülle ich hinter ihr her. Meine Stimme bebt und ich zittere am ganzen Körper. Ohne sich nochmals in meine Richtung umzudrehen, verschwindet Stella in der Bar.

Wie betäubt bleibe ich stehen. Wie konnte die Situation nur so außer Kontrolle geraten? Was bedeutet das jetzt für unsere Freundschaft? Unzählige solcher Fragen kreisen unaufhörlich in meinen Gedanken. Irgendwie schaffe ich es zu einer Steinmauer und lasse mich darauf nieder. Um mich herum tobt das fröhliche Nachtleben, aber innerlich fühle ich mich taub und leer.

Könnte Stella mich besser verstehen, wenn sie wüsste, dass es genau anders herum war, als sie vermutet? Der Weggang meiner Mom war nicht das Schrecklichste in meinem Leben, sondern das Beste, was mir überhaupt passieren konnte. Nur für Dad sah es eben anders aus und trotzdem war er immer für mich da. Ich könnte Stella davon erzählen, von allem, schießt es mir durch den Kopf, aber dann erreicht mich der nächste Gedanke, dass es dafür jetzt zu spät sein könnte. Wahrscheinlich habe ich gerade unsere Freundschaft zerstört.

Diese Erkenntnis trifft mich wie ein Blitz und erfüllt mich mit noch mehr Traurigkeit, falls das überhaupt möglich ist. Erschöpft lege ich meinen Kopf in die Hände und lasse meinen Tränen freien Lauf.

»*Buona sera*, Prinzessin. Warum sitzt du hier so allein und traurig herum?«

Das Gesicht noch immer in meinen Händen vergraben, habe ich jegliches Zeitgefühl verloren, als Daves unverkennbare Stimme an mein Ohr dringt. Auch weil er mich mit meinem von ihm eigens kreierten Spitznamen anspricht, muss ich erst gar nicht aufsehen, um zu wissen, dass er es ist. Ungefragt setzt er sich neben mich und legt mir tröstend eine Hand auf den Rücken. Unter normalen Umständen würde mich das höchstwahrscheinlich aufregen und ich würde versuchen, ihn so schnell wie möglich abzuwimmeln. Im Ernst, seine blöden Sprüche sind das Letzte, was ich jetzt gebrauchen kann. Weil ich mich aber gerade so schrecklich einsam fühle und froh bin, ein bekanntes Gesicht zu sehen, lege ich mich in seine Umarmung und schniefe noch heftiger.

»Oh, was kann denn bitte so schlimm sein, dass du gerade im Inbegriff bist, mein T-Shirt vollzurotzen?«, vernehme ich das volle Ausmaß seiner Direktheit, was mich fast ein wenig zum Schmunzeln bringt. Vorsichtig sehe ich auf und reibe mir über die Augen, was meiner vom Weinen ohnehin schon verschmierten Mascara sicher den Rest geben wird. Das ist mir in diesem Moment aber so ziemlich egal.

Daves blaugrüne Augen schauen auf mich herunter. Er beobachtet jede meiner Bewegungen. Seine Lippen sind zu einem leichten aufbauenden Lächeln verzogen. Einige Strähnen haben sich aus seiner Frisur gelöst und fallen ihm jetzt in die Stirn. Mich überkommt das Bedürfnis, meine Hand auszustrecken und sie zurückzustreichen. Auch sonst beginne ich mich zu fragen, wie es sich anfühlen würde, ihn im Gesicht zu berühren.

Hilfe, was soll das jetzt?

Bevor ich die Kontrolle über mich verliere, setze ich mich auf meine Hände und räuspere mich. Als ich mich sicher genug fühle, sage ich leise: »Ich habe meiner besten Freundin eine unschöne Wahrheit gesagt. Oder es zumindest versucht. Dann wurde sie wütend und hat mich ebenfalls verletzt.«

»Oh, das tut mir leid. Die Wahrheit zu sagen erscheint mir aber nie verkehrt.«

Ich seufze auf und sehe auf unsere Schuhe hinab, die in gleichmäßigem Takt mit den Versen gegen die Steinmauer schlagen. »Fühlt sich aber trotzdem scheiße an, wenn man dadurch jemanden enttäuschen muss.«

Dave schaut mich von der Seite an und erwidert: »Das stelle ich auch gar nicht in Frage. Möchtest du darüber reden?«

Hastig schüttle ich den Kopf. Sobald jemand mit mir über meine Probleme sprechen möchte, breitet sich ein enges Gefühl in meiner Brust aus, das mich besorgt werden lässt, ich könnte zu viel über mich preisgeben. Deswegen ziehe ich es vor, alles mit mir selbst auszumachen. Ich weiß, dass dieses Verhalten auf Dauer nicht gesund sein kann, aber bisher hat es immer funktioniert.

Dave nimmt seine Hand von meinem Rücken und streicht sich damit die Strähnen zurück, welche aber gleich wieder in seine Stirn fallen. »Okay. Und was hast du stattdessen vor?«

Ratlos zucke ich mit den Schultern. »Ich weiß nicht. Nach Hause gehen und mich ins Bett legen, schätze ich mal.«

»Damit du dich die ganze Nacht im Selbstmitleid suhlen kannst? Da habe ich eindeutig eine bessere Idee. Komm doch mit mir mit. Ein paar Kollegen und ich sind im *Utopia*. Wir waren nur gerade draußen, um zu rauchen, da habe ich dich hier sitzen sehen.«

Ein wohliges Kribbeln macht sich in meinem Bauch breit, weil es Dave offensichtlich wichtig ist, wie es mir geht, und er mich nicht allein lassen möchte. Trotzdem lehne ich ab. »Danke für das Angebot, aber meine Feierlaune hält sich momentan in Grenzen. Ganz abgesehen davon, dass ich nicht mal mehr genug Bargeld dabeihabe, um den Eintritt zu bezahlen.«

Wie zu erwarten, gibt Dave nicht so schnell auf. Er packt mich am Oberschenkel. »Ach, komm schon, *bella mia*. Nur ein paar Stunden. Das wird lustig, versprochen. Und wie du in den Club reinkommst, das lass mal meine Sorge sein.«

Ich versuche angestrengt, mich nur auf sein Gesicht und nicht auf seine Hand an meinem Oberschenkel zu konzentrieren, was allerdings alles andere als einfach ist, denn ich habe das Gefühl, dass meine Haut unter seiner Berührung verbrennt. Mein Puls beginnt zu rasen und mein Blick flackert wild zwischen Daves Gesicht und unseren Füßen hin und her.

Er darf auf keinen Fall bemerken, wie nervös mich seine Nähe mit einem Mal macht, schießt es mir durch den Kopf und augenblicklich beginnen meine Wangen zu glühen. Na super. Ich kann nur froh sein, dass es mittlerweile schon dunkel ist, weswegen er hoffentlich nicht bemerkt, dass mein Gesicht die Farbe einer Tomate angenommen hat.

»Was überlegst du so lange?«, durchkreuzt Dave meine Gedanken.

»Ich … ähm …«, setze ich an, um Dave klarzumachen, dass ich nicht mit ihm mitkommen werde. Während ich überlege, wie ich den Satz am geschicktesten zu Ende bringen kann, schweift mein Blick zum *Sunset Delights* ab, in dem Stella gerade sitzt und vermutlich einen schönen Abend mit Olivia verbringt.

Wer sagt eigentlich, dass ich nicht auch ein bisschen Spaß haben darf? In einem Anflug von Trotz wende ich mich wieder Dave zu. »Ich bin dabei.«

Begeistert klatscht er in die Hände. »Perfekt. Schmuggeln wir dich also ins *Utopia*.«

Dave

Für den Verlauf dieses Abends hatte ich mir so einiges vorgestellt. Mich unbekümmert volllaufen zu lassen und mit irgendeiner Frau, die sich mir anbietet, auf der Toilette Sex zu haben, zum Beispiel. Den üblichen Scheiß eben, um die Gedankenspirale in meinem Kopf zumindest für ein paar Stunden auszuschalten. Dass ich nun unentwegt dabei bin, auf Valerie aufzupassen, damit sie sich nicht vollkommen abschießt, stand definitiv nicht auf dem Plan.

Zuerst war sie noch, wie üblich, zurückhaltend und hatte große Bedenken, ob der Türsteher uns durchschauen würde. Nachdem wir ihm allerdings erfolgreich weisgemacht hatten, Valerie sei zu betrunken, um sie allein zu lassen, und ich müsse nur eben meine Jacke an der Garderobe abholen, bevor ich sie nach Hause begleite, fing sie zu kichern an und hörte nicht mehr auf. Den euphorischen Ausdruck auf ihrem Gesicht, als sie mir sagte, das sei mit Abstand das Verbotenste, was sie je getan habe, werde ich nie vergessen.

Nun bestellt sie sich einen Drink nach dem anderen. Da sie aber keinen Eintritt bezahlt und somit auch keine Clubkarte erhalten hat, auf der die Getränke verbucht werden können, geht die gesamte Rechnung wohl auf mich. Mein größeres Problem besteht in diesem Augenblick aber eher darin, dass sie eindeutig nicht weiß, wie viel Alkohol sie verträgt. So, wie sie bereits schwankt, habe ich die Befürchtung, sie jeden Moment auf die Tanzfläche kotzen zu sehen.

»Scheint so, als hätte deine Kleine das Feiern erfunden«, sagt Pascal an mich gewandt.

Mir entfährt ein Lachen, welches sich eher als Schnauben identifizieren lässt. Ob es daher rührt, dass er Valerie als *meine* Kleine bezeichnet, oder ich mich noch immer frage, weshalb ich sie überhaupt mitgenommen habe, ist mir selbst nicht so ganz klar.

Wir stehen an der Bar und schauen Valerie dabei zu, wie sie sich in schwungvollen Bewegungen zum Takt der Musik hin und her wiegt. Zugegebenermaßen hätte ich ihr einen so eleganten und gleichzeitig verführerischen Hüftschwung niemals zugetraut, aber Valerie scheint den Rhythmus einfach im Blut zu haben. Ihr Körper ist mit dem Beat verschmolzen. Sie gibt sich völlig der Musik hin. Dabei hat sie sogar die Augen geschlossen. Jetzt reißt sie energisch die Hände in die Höhe und setzt zu einer weiteren Drehung an, bei der ihr die dunklen Locken wild auf der Schulter herumhüpfen.

Fest steht: Valerie beim Tanzen zuzusehen, fasziniert mich auf jede erdenkliche Weise. Zum einen sieht sie verdammt heiß aus. Wäre sie irgendeine Fremde, hätte ich vermutlich schon längst versucht, sie rumzukriegen. Ein Blick auf ihren wackelnden Hintern genügt, um meine Fantasie mit mir durchgehen zu lassen. Durch unsere Zusammenarbeit auf dem Markt kann ich einen schnellen One-Night-Stand mit anschließendem »auf nie mehr wiedersehen« aber tunlichst vergessen. Und alles andere würde es nur unnötig komplizieret machen. Ohnehin gefällt mir viel mehr, wie frei und glücklich sie wirkt. Als hätte sie die Welt um sich herum komplett ausgeblendet. Das ist beneidenswert. Ich versuche dieses Gefühl schon seit einem Jahr heraufzubeschwören und bekomme es einfach nicht auf die Reihe.

Wie es sich wohl anfühlen würde, zu ihr rüberzugehen und sich von ihr mit in diesen Bann ziehen zu lassen? Gedanklich legen sich meine Hände an ihren vor Hitze aufgeladenen Körper und ich meine spüren zu können, wie ihre Haare mich sanft im Gesicht kitzeln, während wir uns immer näher kommen. Geleitet durch ihre Bewegungen, würde ich eins mit ihr und der Musik werden. Allein die Vorstellung berauscht mich und lässt das gesamte Blut in meinem Körper nach unten schießen.

Verdammt, Dave, jetzt reiß dich zusammen, ermahne ich mich, immerhin ist sie deine Arbeitskollegin.

Um meine Gedanken wieder in andere Bahnen zu lenken, wende ich meinen Blick von Valerie ab. Ich war den bisherigen Abend viel zu sehr damit beschäftigt, auf sie aufzupassen, und habe völlig vergessen, mich selbst zu amüsieren. Damit ist jetzt Schluss. Kurz checke ich die Lage, ehe mir eine schlanke Frau mit schulterlangen, braunen, gewellten Haaren ins Auge fällt. Sie trägt ein schwarzes, bauchfreies Bandeautop und pinke Hotpants, die nur knapp ihren Hintern bedecken. Ich beobachte, wie sie sich gemeinsam mit ein paar anderen Mädels, vermutlich ihren Freundinnen, im Takt der Musik bewegt. Im Vergleich zu Valeries Art zu tanzen wirkt es eher wie albernes Rumgehüpfe. Für das, was ich mit ihr vorhabe, sind mir ihre Tanzkünste aber so ziemlich egal.

Ich vollführe eine 180-Grad-Drehung und zeige dem Barkeeper mit einer Handbewegung an, dass ich etwas bestellen möchte. Er kommt sogleich auf mich zu. »Was darf's sein?«

»Zwei Gin Tonic, bitte.«

»Glaubst du nicht, dass Valerie mittlerweile genug getrunken hat?«, fragt da Pascal, der noch immer neben mir steht.

»Der ist ja auch gar nicht für Valerie.«

Daraufhin beginnt Pascal mit den Augenbrauen zu wackeln. »Oh, là, là, gleich zwei Frauen. Da lässt heute Abend jemand mal wieder nichts anbrennen.«

»Wo ist das Problem? Ich möchte nur ein bisschen Spaß haben und Valerie zählt ja jetzt nicht wirklich. Sie ist schließlich nur meine Arbeitskollegin«, erwidere ich. Warum fühlt sich das nach einer beschissenen Rechtfertigung an? Letztendlich kann ich doch machen, was ich will.

»Ja, nee, ist klar. Du starrst ihr nur die ganze Zeit auf den Arsch, während sie tanzt«, schaltet sich jetzt Derek ins Gespräch ein.

»Und wenn schon. Bei diesem Arsch wäre es wohl eher eine Sünde, nicht hinzusehen«, räume ich ein.

Die Jungs und ich fallen in einstimmiges Gelächter ein. Pascal nimmt einen Schluck von seinem Bier und meint: »Typisch Dave. Pass bloß auf, dass du nicht durcheinanderkommst mit deinen ganzen Frauengeschichten und dir irgendwann alles um die Ohren fliegt.«

»Keine Sorge, alles läuft bestens«, versichere ich den beiden grinsend. In diesem Moment stellt der Barkeeper die Getränke vor mir ab und ich halte ihm meine Clubkarte zum Abscannen hin. Ehe ich mich auf den Weg zu meiner Auserwählten mache, ergänze ich noch an meine Mitbewohner gewandt: »Seht zu und lernt.«

Erneut ernte ich Gelächter.

Zielstrebig gehe ich auf die Brünette zu, wie ein Raubtier, das sich an seine Beute heranpirscht. Mir fällt es absolut leicht, Frauen anzusprechen, und trotzdem verspüre ich jedes Mal aufs Neue einen gewissen Nervenkitzel. Es ist wie ein Spiel, das ich mit mir selbst spiele und bei dem ich versuche, mich in der Zeit zu unterbieten, die ich brauche, bis sie mich an sich ranlässt.

Bei der Frau angekommen, dränge ich mich zwischen sie und ihre Freundinnen und lege ein Lächeln auf, welches ich immer zum Flirten benutze.

»Du siehst aus, als könntest du eine kurze Tanzpause vertragen.« Ich strecke ihr eines der beiden Gläser entgegen und sie nimmt es kichernd an.

»Danke. Sehe ich wirklich so fertig aus?«

»Oh nein, nein. Das war keinesfalls negativ gemeint. Aber in einer Pause könnten wir definitiv besser unsere Cocktails trinken und uns unterhalten.«

Als ob es bei dieser lauten Musik möglich wäre, sich ernsthaft zu unterhalten. Aber so, wie sie mich jetzt anlächelt, hat sie bereits angebissen.

»Wie könnte ich dieses Angebot ausschlagen, wenn du so freundlich fragst?«

Bingo.

Betont lässig fahre ich mir mit der Hand über den Nacken und trete noch näher an sie heran, um direkt an ihrem Ohr zu sagen: »Was hältst du davon, wenn ich dich nach dort drüben in eine ruhigere Ecke entführe?«

Sie folgt mit ihrem Blick der Richtung, in die ich mit dem Kopf deute, und lächelt mich verwegen an. »Sieht gemütlich aus. Ich heiße übrigens Jule, und du?«

»David«, lüge ich, falls sie morgen auf die Idee kommen sollte, mich auf sozialen Netzwerken zu suchen. Schmeichelnd füge ich noch hinzu: »Jule ist ein hübscher Name. Sehr passend für eine Frau wie dich.«

Wie zu erwarten, wird ihr Lächeln bei meinen Worten noch breiter. Solche Komplimente ziehen eben immer bei Frauen.

»Danke. Hast du noch mehr solcher Anmachsprüche auf Lager?«

Jules Aussage entlockt mir ein schelmisches Grinsen. »Lass uns gehen. Dann zeige ich dir, was ich so alles auf Lager habe.«

Sie kichert erneut, was wohl damit zu erklären ist, dass sie auf mich alles andere als nüchtern wirkt. In meinem Rücken spüre ich deutlich die Blicke ihrer Freundinnen, die aufgeregt miteinander tuscheln. Als ich ihr eine Hand auf den Rücken lege und sie sanft, aber bestimmt von der Tanzfläche schiebe, tauscht Jule mit ihnen einen vielsagenden Blick. Davon lasse ich mich allerdings nicht aus der Ruhe bringen. Ganz im Gegenteil, innerlich juble ich siegessicher, weil ich es soeben geschafft habe, die Beute vom Rudel zu trennen. Der Rest ist ein Kinderspiel.

Kurz darauf befinden wir uns am Rande des Clubs, nahe dem Eingang zu den Toiletten. Hier ist es zwar nicht wesentlich ruhiger, was die Musik betrifft, dafür sind wir im Gegensatz zur Tanzfläche ungestört von anderen Leuten. Jule versucht mir irgendetwas über sich zu erzählen und ich täusche mit aufmerksamem Gesichtsausdruck vor, ihr zuzuhören. In Wahrheit bin ich jedoch mehr darauf fixiert, ihren Körper dahingehend zu taxieren, was mich gleich erwartet. Der schwarze Stoff spannt über ihren Brüsten, die aus nächster Nähe noch größer aussehen als erwartet und mich förmlich anflehen, sie endlich aus diesem engen Top zu befreien. Der Gedanke lässt mein Blut absacken. Ein wohliger Schauer fährt mir die Wirbelsäule hinunter, woraufhin ich gierig näher an Jule herantrete. Sie beendet ihren Monolog und schaut mich erwartungsvoll an. Wahrscheinlich soll ich ihr auf irgendetwas antworten und so setze ich ohne Umschweife mein flirty Lachen auf, begleitet von einem »Ja«, in der Hoffnung, dass dies die Antwort ist, die sie hören möchte.

Als Reaktion stellt sie ihr Glas auf dem Stehtisch neben uns ab und stemmt die Hände in die Hüften. Ihre Nase kräuselt sich auf merkwürdige Weise, als sie sagt: »Kann es sein, dass du mir gar nicht zugehört hast?« Ihre Stimme klingt keinesfalls anklagend, eher belustigt.

Ich nehme das als Anlass für einen Angriff nach vorne. »Erwischt. Tut mir leid, aber je länger ich in dein Gesicht geschaut habe, desto mehr war ich von der Frage abgelenkt, ob deine Lippen sich in echt wohl wirklich so weich anfühlen, wie sie aussehen.«

Ohne rot zu werden, antwortet Jule forsch: »Dann finde es doch heraus.«

Dieser Aufforderung komme ich nur zu gerne nach. Außerdem gefällt mir ihre draufgängerische Art. Ohne sie auch nur eine Sekunde aus den Augen zu lassen, stelle ich mein halb leeres Glas neben ihrem auf dem Tisch ab. Dann überbrücke ich die restliche Distanz zwischen uns, indem ich eine Hand an ihre Taille lege. Mit der anderen stütze ich mich neben ihrem Kopf an der Wand ab. Ohne zu zögern kommt Jule mir entgegen und schlingt ihre Arme um meinen Hals. Dicht an meinem Gesicht wispert sie: »Und ich habe schon befürchtet, ich müsste dir erst meine ganze Lebensgeschichte erzählen, bevor du es mit mir treibst.«

»Keine Sorge. Glaub mir, die einzigen Laute, die heute noch aus deinem Mund kommen, haben garantiert nichts mit Sprechen zu tun.«

Jule erstickt meine Worte in einem Kuss. Ich teile ihre Lippen entzwei und treffe auf ihre Zunge, die mich warm und leidenschaftlich empfängt. Wie zwei wilde, ausgehungerte Tiere fallen wir übereinander her, wobei ich nicht sagen kann, wer die Beute und wer das Raubtier ist. Ich schätze, jeder von uns beiden ein bisschen. Und meine Gedanken schweigen, endlich. Stattdessen übernimmt mein Penis jetzt das Denken.

Zufrieden, erreicht zu haben, was ich wollte, dränge ich mich gegen Jule. Unterdessen wandert ihre Hand von meinem Nacken hinunter bis unter mein Shirt. Dort streichen ihre Finger sanft über meinen Bauch von der Mitte nach außen. Als sie meine kitzlige Stelle an der Seite berührt, zucke ich unmerklich zusammen und unterbreche unseren Kuss.

»Na, zu viel versprochen«, raune ich dicht an ihrem Mund und fahre ihr gleichzeitig durchs Haar.

Jule beißt sich auf die Unterlippe, die von der heftigen Knutscherei rot und geschwollen ist. »Auf keinen Fall, aber sag bloß nicht, dass das schon alles war.«

Ich lache auf. »Machst du Witze? Ich fange gerade erst an.«

Ihre Augen sprechen Bände, wie heiß sie auf mich ist. Das macht mich nur noch mehr an. Mit den Händen fahre ich ihre Seiten entlang und packe ihren Hintern. Das entlockt ihr ein Seufzen. Unsere Lippen treffen sich erneut für einen Kuss, der noch forscher und bestimmender ist als der erste.

Plötzlich nehme ich aus dem Augenwinkel ein Gerangel wahr. Erst beachte ich es nicht weiter, da es in Clubs ständig zu irgendwelchen Schlägereien kommt. Dann wird einer der Typen lauter und macht mich neugierig, doch kurz aufzusehen. Ich löse meine Lippen von Jules Mund, die mich enttäuscht sofort wieder zu sich heranziehen möchte, aber ich widersetze mich ihrem Willen.

Was ich dann zu sehen bekomme, lässt mir einen Schreck durch alle Glieder fahren. Entgegen meiner Erwartung handelt es sich nicht um eine gewöhnliche Schlägerei zwischen zwei Typen, die ihr überschüssiges Testosteron freisetzen müssen, sondern ein dahergelaufener, schmieriger Typ versucht sich gegen ihren Willen an Valerie heranzumachen, indem er sie am Arm festhält und gegen die Wand drückt. Sie versucht zwar, sich mit Tritten zu wehren, aber gegen dieses Arschloch ist sie machtlos.

Wut schäumt in mir auf. Ich weiß, dass auch ich Frauen ausnutze, um Sex zu haben, aber nur, wenn sie zu einhundert Prozent damit einverstanden sind. Und Valerie ist gerade alles andere als einverstanden. Von jetzt auf gleich ist mein vom Alkohol und der Knutscherei benebelter Verstand wieder messerscharf. Instinktiv stürme ich auf Valerie und den Typen zu. Hinter mir beschwert sich Jule darüber, dass ich einfach abhaue, aber ich kann mich nicht länger um sie kümmern. Ich hätte von Anfang an wissen müssen, dass es ein Fehler ist, Valerie für ein bisschen Spaß außer Acht zu lassen. Schuldgefühle keimen in mir auf und machen mich sogleich noch rasender.

Bei den beiden angekommen, denke ich nicht weiter nach, sondern packe den Mann am Kragen, reiße ihn von Valerie fort und verpasse ihm mit der Faust ein ordentliches Veilchen. Im ersten Moment wirkt er überrascht und hält sich die Hand an die Stelle, wo ich ihn getroffen habe. Doch dann setzt er zum Gegenangriff an und schleudert mich gegen die Wand. Ich federe mich mit den Händen ab und verhindere somit einen schmerzhaften Aufprall mit dem Hinterkopf.

»Ey, du Idiot! Gibt's ein Problem?«, brüllt der Kerl mich an.

»Ich habe kein Problem, aber du hast gleich ein gewaltiges, wenn du nicht auf der Stelle damit aufhörst, meine Freundin zu belästigen!«

Meine Hände sind schon wieder zu Fäusten geballt, bereit, erneut zuzuschlagen. Ich trete gefährlich nahe an meinen Kontrahenten heran. Er überragt mich um einen Kopf, aber seine schmale Gestalt schüchtert mich nicht ein. Durch mein Krafttraining bin ich in Topform und könnte dieses Arschloch sofort umhauen, wenn es sein müsste. Wir liefern uns ein Blickduell. Die Wut glimmt in seinen Augen, aber ich halte dagegen, denn in mir tobt mindestens ein genauso großer Zorn. Ich spiele mit dem Gedanken, ihm noch eine reinzuhauen, als er unvermittelt den Kopf zu Valerie dreht, die noch immer an der Wand steht und uns schockiert, mit den Händen vor dem Mund, anstarrt.

Abfällig mustert er sie von oben bis unten, bevor er sie wütend anschreit: »Du Scheiß-Schlampe! Warum hast du mir nicht gleich gesagt, dass du schon einen Typen hast?«

Ohne Valeries Antwort abzuwarten, flüchtet er.

Besser so für dich, sonst hätte ich dich fertiggemacht, denke ich und lockere meine zu Fäusten geballten Hände.

Mit einem Schluchzen sinkt Valerie auf den Boden und vergräbt den Kopf in ihren Händen. Wegen der lauten Musik kann ich ihr Weinen nicht hören, aber ihr Körper zuckt verdächtig. Es ist schon das zweite Mal an diesem Abend, dass ich sie so sehe, und wie beim ersten Mal verkrampft sich mein Herz bei diesem Anblick und beschwört ein ungutes Gefühl in mir herauf. Ich gehe vor ihr in die Hocke.

»Hey, bist du in Ordnung?«

Valerie hebt ihren Kopf und nickt heftig. Zwischen ihrem Schniefen bringt sie hervor: »Ich ... ich wollte doch nur tanzen. Aber dann ist Max plötzlich aufgetaucht und hat mich bedrängt, dabei habe ich ihm auf der Wohnheimparty schon zu verstehen gegeben, dass ich nichts von ihm will.«

»Was, du kennst dieses Arschloch auch noch? Ich finde, du solltest ihn anzeigen.«

»Glaubst du wirklich, dass das nötig ist? Ich meine, letztendlich ist ja nichts passiert.«

Sie schnieft noch immer heftig, woraufhin ich in meinen Hosentaschen nach einem Taschentuch oder etwas Vergleichbarem suche, aber alles, was ich finden kann, sind die Kondome, die ich mir noch schnell eingesteckt habe, ehe wir losgezogen sind. Mein ständiges Bedürfnis, unverbindlichen Sex zu haben, und Valeries letzte Aussage entlocken mir ein verächtliches Schnauben. »Nichts passiert? Machst du Witze? Er hat dich angegriffen und bedrängt. Wer weiß, wie weit er noch gegangen wäre, wäre ich nicht zufällig in der Nähe gewesen.«

Bei ihren nächsten Worten überzieht die Spur eines Lächelns ihre Lippen. »O Dave, da kann ich ja nur von Glück sprechen, dass mein Freund mich nie aus den Augen lässt.«

Mir ist sofort bewusst, dass sie sich darauf bezieht, dass ich sie vor diesem Max als meine Freundin bezeichnet habe. Eigentlich habe ich das nur gemacht, weil ich wusste, dass die Freund-beschützt-Freundin-Masche am besten zieht, damit der Kerl so schnell wie möglich Reißaus nimmt. Jetzt, da wir uns in die Augen sehen, spüre ich jedoch ganz genau, dass Valerie mir alles andere als egal ist. Plötzlich durchströmt mich eine angenehme Wärme und ich kann nicht anders, als ihr Lächeln zu erwidern. Mit Zeige- und Mittelfinger deute ich erst auf meine Augen und dann auf Valeries. »Ich hab dich so was von im Blick, Prinzessin.«

Wir lachen beide auf und die Wärme in mir breitet sich weiter aus, bis ein abrupter Aufschrei uns zum Schweigen bringt.

»Was zur Hölle soll das, *Dave*? Ich dachte, du heißt David, und wieso willst du mich ficken, wenn du schon eine Freundin hast?« Jule steht auf einmal vor uns und kreischt aufgebracht. Wobei ich eher vermute, dass sie schon die ganze Zeit dort gestanden und alles mitangehört hat. Anstatt mir Zeit für eine Antwort zu geben, zeigt sie jetzt auf Valerie und brüllt weiter: »Ja, du hast richtig gehört. Dein Freund ist ein notorischer Lügner und ein Fremdgänger obendrein, aber auf so was hab ich echt keinen Bock! Schönen Abend euch noch!« Wütend rauscht sie davon und verschwindet in der Menschenmenge.

Valerie und ich sehen ihr verdutzt hinterher. Nach einem Moment des Schweigens sagt sie: »Okay, Dave, will ich wirklich wissen, was sie dazu bringt, so sauer zu sein?«

Ich zucke mit den Schultern. »Ich bin ein notorischer Lügner und ein Fremdgänger, hast du doch gerade eben gehört, Schatz.«

Valerie geht belustigt auf mein Wir-spielen-noch-immer-Freundin-und-Freund-Spiel ein: »Ach so, Schatz. Wenn das alles ist, dann ist ja gut.«

Wir verfallen in Gelächter und ich kann nicht anders, als zu denken, dass Valerie wieder lachen zu sehen sich besser anfühlt als jeder Sex, den ich je haben könnte. Dieser Gedanke trifft mich unvorbereitet und verschiebt meine Eingeweide. Noch weiß ich nicht, ob das etwas Positives oder Negatives zu bedeuten hat.

Wie aus dem Nichts entfährt Valerie ein Gähnen. »Irgendwie bin ich schrecklich müde. Ich könnte direkt hier auf dem Boden einschlafen.«

Dankbar für die Vorlage, nicht mehr über meinen eigenen

Gemütszustand nachdenken zu müssen, springe ich auf und zerre sie am Handgelenk nach oben. »Nichts da. Bei diesem Lärm kann doch kein Mensch schlafen. Komm, ich bringe dich nach Hause.«

Auf dem Weg nach draußen kommen wir an der Garderobe vorbei, an der ich einerseits meinen Pullover wiederbekomme, andererseits aber auch eine saftige Rechnung in Höhe von fünfundachtzig Euro.

»Na, wer hat denn da versucht, mit Cocktails mein Bankkonto zu plündern?«, frage ich scherzhaft und schiele auffällig zu Valerie hinüber. Die bekommt davon aber gar nichts mit, weil sie von den besagten Cocktails und der Aufregung des Abends wie weggetreten ist. Dafür lacht die blonde Frau hinter der Kasse über meinen Witz. Ich bezahle und wir wünschen uns gegenseitig einen schönen Abend, obwohl es bald früher Morgen ist.

Draußen schlägt uns ein eisiger Wind entgegen. Valerie verschränkt fröstelnd die Arme vor der Brust und murmelt irgendwas von wegen, es sei kälter als im Winter.

»Hier, zieh den an.« Bereitwillig strecke ich ihr meinen Pullover entgegen. Zwar könnte ich ihn selbst gut gebrauchen, aber auf dem gesamten Weg ihr Jammern anzuhören wäre noch unerträglicher als zu frieren.

Valerie schaut mit großen Augen auf meinen Pullover herab, als wäre er vergoldet. »Davylein, das kann ich doch nicht machen.«

Davylein. Ist das ihr fucking Ernst? Argwöhnisch ziehe ich die Augenbrauen nach oben.

»Und wieso nicht?«

»Na, weil du ja sonst derjenige von uns beiden bist, der zum Schneemann wird … und bei mir ist das ja nicht so schlimm … ich meine, mich vermisst sowieso niemand, aber um dich wäre es schon schade, wenn du so zugefroren wärst.«

Valerie klingt so überzeugt von ihrer Aussage, als wäre es das Plausibelste auf der Welt. Ich versuche mich krampfhaft davon abzuhalten, nicht laut loszulachen. Der Alkohol verschafft ihr wohl eine blühende Fantasie.

»Keine Sorge. Um mich zum Erfrieren zu bringen, braucht es schon einiges mehr an Minusgraden.«

»Okay, wenn du das sagst, Davylein.« Sie greift nach dem Pullover und beginnt ihn sich überzuziehen. Oder besser gesagt, sie versucht es, kommt aber nicht zurecht, weil sie dafür zu dicht ist. Ich beschließe ihr zu helfen. Unter einer Bedingung. »Kannst du bitte aufhören, mich *so* zu nennen?« Nie im Leben werde ich diesen scheußlichen Spitznamen in den Mund nehmen.

Abrupt unterbricht Valerie ihre ohnehin hoffnungslose Anziehaktion und grinst mich frech an. »Wieso? Davylein hört sich doch super an und du nennst mich auch immer Prinzessin.«

»Touché. Punkt für dich, *Prinzessin*. Also immerhin für Teil zwei deines Satzes.«

Kichernd widmet sich Valerie wieder dem Pullover. Dabei beginnt sie »Dave, o Davylein« mit der Melodie des Hochzeitsmarsches zu summen. Daraufhin kann ich nicht anders, als grinsend den Kopf zu schütteln, und beinahe wünsche ich mir Valerie wieder in ihren nüchternen, zurückhaltenden Zustand zurück.

Unvermittelt lässt uns ein lauter Aufschrei auseinanderfahren. »Hey, euch zwei kenne ich doch!« Der Türsteher, den wir hereingelegt haben, zeigt aus einiger Entfernung anklagend mit dem Finger auf uns. »Ihr habt aber ganz schön lange gebraucht, um die Jacke zu holen! Glaubt ihr, ich kenne diese Tricks nicht? Das hat Konsequenzen.« Mit großen Schritten kommt er auf uns zu.

Fuck, das sieht nach Ärger aus. In meinem Kopf gehe ich im Schnelldurchlauf alle möglichen Varianten durch, wie dieses Szenario enden kann. Aber nur eine davon beinhaltet ein glimpfliches Ende für Valerie und mich. Ohne Zeit zu verlieren, packe ich sie reflexartig am Arm. »Komm schnell, wir müssen von hier verschwinden!«

»Was? Aber ich bin doch noch gar nicht angezogen«, quengelt Valerie wie ein bockiges Kleinkind.

»Dafür haben wir keine Zeit mehr, komm jetzt!«

Panisch sehe ich, wie der Mann immer näher kommt, und beginne im selben Moment loszurennen. Valerie, die ich hinter mir herziehe, gerät ins Straucheln, doch ich ziehe sie nach oben und bewahre sie so vor dem Fall.

»Hey, abhauen bringt euch gar nichts. Wir haben Kameras!«,

brüllt der Türsteher und beginnt ebenfalls zu rennen, aber ich denke nicht daran, stehen zu bleiben. Mit vollem Tempo biege ich um die nächste Ecke. Valerie schafft es kaum hinter mir her, was mich bei ihrem benebelten Zustand auch nicht wundert. Das Problem ist nur, dass wir eine erfolgreiche Flucht so vergessen können.

Wir erreichen die Steinmauer, auf der ich Valerie noch vor ein paar Stunden habe sitzen sehen.

»Schnell, steig darauf und von dort auf meinen Rücken«, weise ich sie an.

Ohne Widerstand kommt sie meiner Aufforderung nach und ich helfe ihr dabei, auf die Steinmauer zu klettern. Nachdem ich mich versichert habe, dass sie sicher steht, stelle ich mich mit dem Rücken vor sie. Kurz darauf spüre ich ihre kleinen Hände an meinen Schultern. Ich lehne mich in die Berührung und genieße auf irrwitzige Weise, wie ihre Handflächen ein Loch in den Stoff meines T-Shirts zu brennen scheinen, das wiederum ein Prickeln in meinem Bauch auslöst.

Wie macht sie das nur, dass sie diese Wirkung auf mich hat? Ich dachte, dieses Privileg hat nur eine Frau, schießt es mir durch den Kopf, woraufhin ich schlucken muss.

In diesem Moment sprintet der Türsteher um die Ecke und lässt mich ins Hier und Jetzt zurückkehren. Hastig umschlinge ich Valeries Beine und ziehe sie auf meinen Rücken. Sie beginnt erneut zu quengeln, weil offenbar ihre Haare irgendwo zwischen meinem Rücken und ihrer Brust eingeklemmt sind. Da soll noch mal jemand sagen, die Bezeichnung *Prinzessin* wäre ungerechtfertigt für diese Diva.

Ohne von ihrem Meckern Notiz zu nehmen, sprinte ich los Richtung Straßenbahn. Zwar kommen wir jetzt schneller voran als zuvor, doch nach kurzer Zeit lässt meine Kraft nach. Valeries Körpergewicht lastet auf mir und ich bekomme den Alkohol nun ebenfalls zu spüren. Hitze und Adrenalin jagen gleichermaßen durch mich hindurch. Zusätzlich pumpt mein Herz angestrengt in meiner Brust. Der Drang, einfach stehen zu bleiben, wird immer größer, trotzdem sprinte ich unermüdlich weiter, denn ich fühle mich dafür verantwortlich, Valerie aus diesem Schlamassel herauszuholen. Schließlich bin ich auch derjenige, der sie da hineingeritten hat. Und außerdem gibt sich ein Dave Pagano niemals geschlagen.

Als Valerie mir zu verstehen gibt, dass der Türsteher die Verfolgungsjagd abgebrochen hat, fällt eine Last von mir ab. Anstatt stehen zu bleiben, setzen sich neue Energien in mir frei und ich werde schneller als zuvor. Als Antwort darauf löst Valerie die Hände von meinen Schultern, um sie nach beiden Seiten hin auszustrecken. Laut jubelt sie in die stille Nacht hinein: »Das macht so Spaß. Ich glaube, ich fliege!«

Obwohl es anstrengender ist als jedes Krafttraining, fühle ich in diesem Augenblick jedes einzelne ihrer Worte.

Keuchend lasse ich mich in der Straßenbahn auf den erstbesten Sitzplatz sinken. Unmittelbar danach drücke ich meine Stirn gegen die kühle Fensterscheibe. Ah, das tut gut. Ich seufze zufrieden. Diese unfreiwillige Sprinteinheit war mehr als anstrengend, auch wenn sie sich gelohnt hat. Immerhin habe ich zwei Fliegen mit einer Klappe geschlagen. Zum einen sind wir dem Türsteher und somit einer saftigen Strafe entkommen und zum anderen habe ich Valerie glücklich gemacht. Damit bin ich meinem Vorhaben, ihr Vertrauen zu erlangen, einen entscheidenden Schritt nähergekommen.

Die Lichter der Stadt ziehen an mir vorbei und mit jedem Meter, den wir fahren, normalisiert sich mein Puls. Unvorbereitet trifft mich Valeries Faust an der Schulter.

»Du bist so ungewöhnlich still. Hat das bisschen Rennen dich etwa so fertiggemacht?«

Kaum zu glauben, dass ich mir heute Morgen auf der Arbeit noch gewünscht habe, sie würde mehr mit mir sprechen. Im Moment wäre mir ihre Verschwiegenheit lieber. Allerdings weiß ich nicht, wann ich die nächste Gelegenheit bekomme, sie wieder so gesprächig zu erleben. Schließlich kann ich sie nicht jeden Tag betrunken machen. Deshalb drehe ich mich zu ihr um und erwidere angriffslustig: »Du hast gut reden. Du musstest ja nichts weiter machen, als dich von mir tragen zu lassen.«

»Das hast du dir ja schön selbst eingebrockt. War schließlich nicht meine Idee.«

»Aber nur, weil du viel zu betrunken bist, um einen Fuß vor den anderen zu setzen.«

»Stimmt doch gar nicht. Schau her!« Valerie erhebt sich von ihrem Platz und möchte ein paar Schritte gehen. Gleichzeitig hält die Straßenbahn unvermittelt an der nächsten Station, was sie ins Straucheln bringt, sodass sie einen seltsamen Tanz vollführt, um nicht vollständig das Gleichgewicht zu verlieren. Unweigerlich beginne ich zu lachen.

»Hör auf, dich über mich lustig zu machen. Das ist unfair.« Mit verschränkten Armen lässt sie sich auf ihren Sitz plumpsen. Dabei schiebt sie beleidigt ihre Unterlippe nach vorne. Bilde ich es mir nur ein oder beginnt mein Herz tatsächlich heftiger zu schlagen, je länger ich auf ihren Mund schaue? Ich blinzle und sehe weg.

»Du tust ja gerade so, als hätte ich die Straßenbahn dazu veranlasst, genau in diesem Moment stehen zu bleiben.«

»Zuzutrauen wäre es dir.«

»Hat dir eigentlich schon mal jemand gesagt, dass du ziemlich frech wirst, wenn du zu viel getrunken hast?«, kontere ich.

Valerie antwortet mit einem Kichern und bringt schließlich hervor: »Nein. Aber für gewöhnlich trinke ich auch nicht so viel.« Dann fängt sie abermals zu lachen an. Ich beobachte dabei genauestens, wie jeder einzelne ihrer Gesichtsmuskeln sich verschiebt und zu diesem herrlich unbeschwerten Lachen beiträgt. Obwohl sie so unbekümmert wirkt, komme ich nicht von dem los, was sie zu mir gesagt hat, bevor der Türsteher auf uns aufmerksam geworden ist.

»Warum glaubst du eigentlich, niemand würde dich vermissen, wenn du eingefroren wärst?«, nehme ich das Gespräch von vorhin wieder auf. Bei dem Wort *eingefroren* male ich Anführungszeichen in die Luft.

Valeries Lachen verstummt sofort und weicht einem ernsten und verschlossenen Gesichtsausdruck.

»Ach, das habe ich doch nur so dahingesagt«, nuschelt sie und schaut ausweichend auf den Boden.

Wir wissen beide ganz genau, dass sie lügt. Ein unangenehmes Schweigen breitet sich aus und vereist die bis eben gelöste Stimmung.

Ich verstehe das absolut nicht. Nach allem, was wir heute Abend zusammen durchgestanden haben, schafft sie es immer noch nicht, sich mir anzuvertrauen. Ich werde das Gefühl nicht los, dass sie das Problem, was immer es auch sein mag, schon viel zu lange mit sich herumträgt. Wie ein kleines Geheimnis, von dem niemand erfahren darf. Das kenne ich nur allzu gut von mir selbst.

Ich seufze frustriert auf. Unterdessen scheint Valerie von einer erneuten Müdigkeitswelle überrollt zu werden. Ohne jegliche Vorwarnung legt sie ihren Kopf auf meinen Schoß. Leise vernehme ich ihr Brummeln: »Ich bin so, so, so müde ... und mir ist auf einmal so schlecht.«

Alarmiert rutsche ich in meinem Sitz nach oben. »Wenn du vorhast, dich zu übergeben, dann sag mir bitte vorher Bescheid, okay?«

Ich nehme ihre Haare zwischen meine Finger und wusele wild darin herum. Sie fühlen sich angenehm weich an. Wie der Lammfellteppich im Schlafzimmer meiner Eltern, den ich als Kind nie anfassen durfte. Heimlich habe ich das natürlich trotzdem ständig gemacht.

»Ja, schon gut. Könntest du bitte meine Haare in Ruhe lassen? Das stört mich beim Schlafen.«

Mit einer Hand wedelt sie über ihrem Kopf herum, um mich wie eine lästige Fliege zu verscheuchen. Ich lache auf und halte in der Bewegung inne, ziehe meine Hände aber nicht fort. »Okay, wenn du mir vor dem Einschlafen noch verrätst, an welcher Haltestelle wir aussteigen müssen, damit ich dich nach Hause bringen kann.«

Mittlerweile kommt Valerie kaum noch gegen ihre Müdigkeit an. »Endhaltestelle«, nuschelt sie an meinem Knie, ehe ihr endgültig die Augen zufallen.

Ihr Anblick verschiebt sämtliche Eingeweide in mir. Liebend gerne würde ich ihr beim Schlafen zu sehen, aber ich verbiete es mir. Damals habe ich es geliebt, Josephina beim Schlafen zu beobachten. Sie sah immer wie ein Engel aus. Das lag wahrscheinlich daran, dass sie tatsächlich einer war.

Die Erinnerungen an Josephina schnüren mir die Kehle zu. Angestrengt starre ich aus dem Fenster und versuche mich abzulenken. Aber da draußen ist nichts als diese pechschwarze Dunkelheit, die ich auch in meinem Inneren fühle. Und mein nächster Gedanke trägt nicht gerade dazu bei, etwas daran zu ändern. Im Gegenteil: Ich glaube spüren zu können, wie mein Herz in zwei Teile zerspringt. Selbst nach einem Jahr. Und selbst nachdem ich geglaubt habe, es sei schon längst zerbrochen.

Nur weil ich so ein beschissenes egoistisches Arschloch war, wird Josephina nie wieder aufwachen.

Sonntag, 21.04.2019

Valerie

*M*ama, was soll das?« Ängstlich stolpere ich die Keller-treppe hinunter, während meine Mutter mich am Arm hinter sich herzieht. »Hör auf, du tust mir weh!«, ver-suche ich weiter, sie zur Vernunft zu bringen, doch sie beachtet mich gar nicht. Mit einem Ruck öffnet sie die Tür zur Abstellkammer und schubst mich hinein. Ich lande hart auf dem Boden, richte mich aber gleich wieder auf. Im selben Moment schließt sich die Tür und ein Schlüssel wird im Schloss herumgedreht. Es ist dunkel. Und kalt. Verzweifelt hämmere ich gegen die Tür, aber mein Flehen bleibt un-erhört. Müde sinke ich an der Wand zu Boden, ziehe meine Knie an mich und lasse meinen Tränen freien Lauf.

Oh. Mein. Gott.

Ich erwache mit einem pochenden Kopfschmerz und möchte am liebsten gleich weiterschlafen. Fast gelingt mir das auch, doch kurz bevor ich vollständig ins Land der Träume zurücksinke, zeichnet sich eine bruchstückhafte Erinnerung des letzten Abends vor meinem inneren Auge ab. Stella und ich waren im *Sunset Delights*. Der Streit! Mit einem Schlag bin ich hellwach und schrecke in meinem Bett auf. – Argh, das war keine gute Idee. Durch die schnelle Bewegung schmerzt mein Kopf noch heftiger. Ich reibe mir die pochende Stelle über meinem rechten Auge. Gleichzeitig frage ich mich, wie ich wegen eines Streits so unvernünftig sein und mich volllaufen lassen konnte, denn normalerweise gehe ich vernünftiger mit solchen Situationen um. Normalerweise vertragen Stella und ich uns auch nach einer Auseinandersetzung recht schnell wieder. Diesmal habe ich allerdings ein mulmiges Gefühl. Das war mit Abstand der heftigste Streit, den wir je hatten. Inständig hoffe ich, dass sie sich bereits bei mir gemeldet hat.

Mit einem nervösem Kribbeln im Bauch greife ich nach meinem Handy, um nachzusehen. Mit zittrigen Fingern wische ich eilig über das Display. Doch all meine Hoffnungen auf eine schnelle Versöhnung werden jäh zerschlagen. Stella hat mir weder eine Nachricht geschickt noch versucht mich anzurufen. Enttäuscht lege ich mein Handy zur Seite.

Vielleicht sollte ich einen Schritt auf sie zugehen. Andererseits weiß ich nicht, was ich sagen sollte. Mein Entschluss steht fest und daran wird sich auch nichts ändern. Frustriert seufze ich auf und zwicke mir in die Nasenwurzel in der Hoffnung, der Schmerz in meinem Kopf würde endlich nachlassen.

Nanu. Was ist das denn auf meinem Unterarm? Eine Zahlenreihe, die wohl zusammengenommen eine Handynummer ergibt. Darunter befindet sich in krakeliger Handschrift eine Nachricht:

Ruf mich an, falls du jemanden zum Reden brauchst. Oder einfach, falls du dich doch noch übergeben musst und ich deine Haare halten soll. Davylein

So langsam setzen sich die Erinnerungen an die vergangene Nacht zu einem Gesamtbild zusammen. Und was sich da in meinem Kopf zusammenbraut, gefällt mir ganz und gar nicht. Habe ich Dave gestern allen Ernstes »Davylein« genannt und mich anschließend in der Bahn auf seinen Schoß gelegt, um dort zu schlafen? Oh, nein. Wie peinlich ist das denn bitte? Wer weiß, was ich mir sonst noch habe zuschulden kommen lassen. Je länger ich darüber nachdenke, desto mehr frage ich mich, ob es irgendwo ein Erdloch gibt, in dem ich mich verkriechen kann. Ich meine, nachdem er mich so gesehen hat, kann ich ihm doch unmöglich wieder unter die Augen treten. Mal ganz zu schweigen davon, dass ich den Pakt mit mir selbst, keinem Mann mehr zu nahe zu kommen, gebrochen habe.

Gut, eigentlich ist nichts passiert. Wir haben uns nicht mal geküsst. Trotzdem durchfährt ein angenehmer Schauer meinen gesamten Körper bei der Erinnerung an Dave und mich. Und das ist ganz und gar nicht gut. Aber wie gesagt: Noch ist ja nichts passiert und das soll auch genau so bleiben. Dementsprechend vernünftig sollte ich jetzt sein und seine Nummer von meinem Arm abwaschen, ohne ihm zu schreiben. Schließlich reicht der Kontakt mit ihm auf der Arbeit vollkommen aus.

Ich strample die Bettdecke von meinen Beinen und mache mich auf den Weg ins Bad, bevor ich es mir noch anders überlege. Im Spiegel über dem Waschbecken fange ich den Blick meines Spiegelbilds auf. Der Kopfschmerz und die Müdigkeit scheinen sich auch auf mein Äußeres übertragen zu haben. Ich wirke blass. Die Augen liegen tief in den Höhlen. Gestern habe ich es nicht mal mehr geschafft, mich abzuschminken, weshalb die Reste meiner Mascara vollkommen verschmiert sind und mir etwas Zombieartiges verleihen.

Ich gähne herzhaft, wende mich von meinem Spiegelbild ab und drehe den Wasserhahn auf. Doch bevor ich meinen beschriebenen Arm unter den Strahl halte, zögert etwas in mir. Was, wenn ich es später bereue, Daves Nummer nicht wenigstens abgespeichert zu haben? Vielleicht brauche ich sie mal der Arbeit wegen. Unschlüssig stehe ich da, mit der Hand auf halbem Weg zum Seifenspender. Während ich überlege, sticht mir der erste Teil von Daves Nachricht ins Auge: *Ruf mich an, falls du jemanden zum Reden brauchst.* Was meint er damit eigentlich genau? Plötzlich muss ich schlucken. Kann es etwa sein … besteht die Möglichkeit, dass ich ihm im Suff von Mom erzählt habe? Panik durchströmt mich. Das darf nicht wahr sein. Angestrengt versuche ich mich an den gesamten Verlauf des Abends zu erinnern. Aber alles, was mir einfällt, hat nichts mit meiner Mom zu tun. Okay, das ist schon mal gut. Andererseits muss das nichts bedeuten, ich bin schließlich auch irgendwie in meinem Bett gelandet, ohne mich daran zu erinnern.

Die einzige Möglichkeit herauszufinden, ob ich so dämlich war, mich zu verplappern, besteht darin, Dave zu fragen. Entschlossen stelle ich das Wasser aus und gehe zurück in mein Bett. Dort greife ich nach meinem Handy und füge Daves Nummer zu meinen Kontakten hinzu. Anschließend öffne ich das Chatfenster. Mein Daumen schwebt unschlüssig über der Tastatur. Ich habe keine Ahnung, was ich ihm schreiben soll, ohne dass er dahinterkommt, was ich eigentlich wissen möchte. Keine Frage, ich muss es indirekt angehen. Aber wie fragt man jemanden indirekt, ob man ihm betrunken versehentlich sein dunkelstes Familiengeheimnis anvertraut hat?

Ich tippe verschiedene Variationen von *Wie geht's? Habe ich gestern irgendetwas Seltsames gesagt?* in mein Handy ein, nur um sie allesamt wieder zu löschen. In einer Mischung aus Frustration und Genervtheit seufze ich auf. Warum muss das alles so kompliziert sein? Und warum bin ich nüchtern nicht wenigstens halb so mutig wie in betrunkenem Zustand?

Ich drehe mich auf die Seite und bemerke Mister Mau, der es sich in meinem Bett bequem gemacht hat. Er liegt wie eine Kugel zusammengerollt da, tief und fest schlafend. Ich lege mein Handy beiseite und beginne ihn vorsichtig zwischen den Ohren zu kraulen. Schon zu beneiden, so ein Katzenleben. Den ganzen Tag fressen, schlafen und gestreichelt werden. Unvermittelt springt der Kater auf, um es sich am anderen Ende des Bettes gemütlich zu machen, weit weg von Frauchens nervigen Streicheleinheiten. *Okay, dann gib mir eben keine moralische Unterstützung. Ich schaffe das auch so.*

Es rauszuzögern bringt sowieso nichts. Ich schreibe Dave jetzt einfach das Erstbeste, was mir in den Sinn kommt, und warte ab, wie er darauf reagiert. Mit diesem Entschluss setze ich mich im Bett auf und ziehe meine Knie an. Dann schnappe ich mir erneut mein Handy und beginne zu tippen. Ohne ein zweites Mal hinzuschauen, klicke ich auf Senden. Nachdem ich die Nachricht abgeschickt habe, sehe ich doch noch mal darauf, um herauszufinden, was ich damit eigentlich genau meine.

Valerie: Hey. Eventuell komme ich sogar auf dein Angebot zurück. (12.13 Uhr)

Dann fällt mir ein, dass Dave ja meine Nummer nicht hat und somit gar nicht wissen kann, wer ihm geschrieben hat. Schnell sende ich eine zweite Nachricht mit meinem Namen hinterher. Gerade als ich den Chat schließen möchte, wechseln die Häkchen unter meinen Nachrichten von Grau in Grün. Ein eindeutiges Zeichen dafür, dass Dave sie in dieser Sekunde gelesen hat. Ohne es zu wollen, macht mein Herz einen aufgeregten Hüpfer. Dabei habe ich doch überhaupt keinen Grund, nervös zu sein, oder?

Während ich angespannt auf seine Antwort warte, rücke ich möglichst unbemerkt näher an Mister Mau heran. Mir egal, ob er gerade in Ruhe von seinem Mäusebraten träumen möchte, ich brauche ihn jetzt zur Beruhigung. Kaum berühre ich sein weiches Fell, fühle ich mich entspannter und wage einen vorsichtigen Blick auf das Display meines Handys. Dort bekomme ich seine Antwort zu lesen:

Dave: Welches von beiden Angeboten meinst du jetzt genau? 😶‍🌫️
PS: Bemerkenswert, dass du nach all den Cocktails schon fit genug bist, um mir zu schreiben. (12.15 Uhr)

Die Nachricht zu lesen fühlt sich an, als würde Dave direkt vor mir stehen und sich mit mir unterhalten. Vor meinem inneren Auge zeichnet sich sein schelmisches Lächeln ab, welches er sicherlich aufgesetzt hätte, würden wir uns in die Augen sehen. Bestimmt hat er es sich auch jetzt, während des Schreibens, nicht verkneifen können. Mit einem Mal fällt die Anspannung von mir ab. Ohne zu zögern antworte ich ihm.

Valerie: Ähm … sicherheitshalber beide. Man kann ja nie wissen, was passiert. 🙈 Und ehrlich gesagt bin ich überhaupt nicht fit. Mein Kopf fühlt sich an, als würde er jeden Moment explodieren. 🦝😅 (12.15 Uhr)

Dave: Dann bleibt mir jetzt nur zu hoffen, dass du dich in nächster Zeit nicht übergeben musst. (12.16 Uhr)

Valerie: Oh, zu spät 🤢🤢🤢 😂😂. (12.16 Uhr)

Dave: Haha. Sieh es als gerechte Strafe, weil du versucht hast, mich schamlos auszunehmen. 😊 (12.16 Uhr)

Valerie: Ich habe überhaupt nichts versucht und bevor du es vergisst: Es war ganz allein deine Idee, mich in den Club zu schmuggeln. 😅 (12.16 Uhr)

Dave (*Antwort auf Valerie: „Oh, zu spät"*): Urgh. 🤮 😅 Tut mir leid, aber von hier aus ist es mir unmöglich, deine Haare zu halten. Ich hoffe, du verzeihst mir? 👀 (12.16 Uhr)

Valerie: Okay. Ich denke, jetzt sind wir quitt. 🤔 😅 (12.17 Uhr)

Dave: Einverstanden. Aber keine Sorge: Das erste Angebot gilt natürlich noch immer. 😘 😏 (12.17 Uhr).

Überrascht von seinem küssenden Emoji, halte ich inne. Hat das etwa zu bedeuten, dass er mich mag, oder war ich gestern schlichtweg so mitleiderregend? Noch bin ich mir nicht einig, mit welchen der beiden Varianten ich das größere Problem hätte. Ich ignoriere das kleine Feuerwerk, welches sich bei der Vorstellung, Dave würde auf mich stehen, in meinem Bauch entzündet. Stattdessen konzentriere ich mich darauf, die Chance zu ergreifen, ihn endlich danach zu fragen, ob ich ihm gestern etwas über Mom erzählt habe. Mit pochendem Herzschlag tippe ich meine nächste Antwort ein.

Valerie: Weshalb hast du den Eindruck, ich sei so redebedürftig? (12.19 Uhr)

Die Finger fest in Mister Maus Fell vergraben, warte ich nervös darauf, dass Dave zu schreiben beginnt. Gleich werde ich erfahren, ob er irgendeine Ahnung von meinen seelischen Abgründen hat. Ganz langsam schiele ich immer wieder zum Display, aber die Anzeige schaltet einfach nicht von *online* in *schreibt* um. Wieso braucht er so lange? Waren meine Erzählungen womöglich so beunruhigend, dass er jetzt nicht weiß, wie er sich mir gegenüber verhalten soll? Vielleicht sucht er auch nur nach den richtigen Worten, um mich nicht vor den Kopf zu stoßen. Das ist doch ein gutes Zeichen, oder?

Vorsichtig wage ich einen erneuten Blick auf mein Handy und kann nicht glauben, was ich sehe: Er ist offline. Mein Herz setzt einen Schlag aus. Was soll das? Ich meine: Das kann er doch nicht machen. Von Panik ergriffen, checke ich mehrmals, ob mit meiner Verbindung alles in Ordnung ist. Ist es. Dave bleibt trotzdem offline. Das kann doch nicht wahr sein. Ich war so kurz davor, meinen Verrat an mir selbst aufzudecken.

Bestimmt weiß er jetzt, wie grauenhaft diese Geschichte ist, und möchte nicht mehr darüber reden. Oder auch nur irgendetwas mit mir zu tun haben. Der Gedanke erzeugt Panik in mir, die von jeder Zelle meines Körpers Besitz zu ergreifen droht. Derweil strömt aus der Küche der Duft von Dads frisch gekochtem Mittagessen zu mir herein und macht alles nur noch schlimmer. Unweigerlich spüre ich, wie mir schlecht wird. Ich fasse mir an den Bauch, der zu rebellieren beginnt. Bevor es zu spät ist, sprinte ich ins Bad, reiße den Klodeckel hoch und beginne zu würgen. Leider habe ich seit gestern Mittag nichts mehr gegessen, was ich jetzt erbrechen könnte, und so lasse ich mich kraftlos auf den Boden sinken. Seufzend lehne ich mich an die kalten Fliesen der Badezimmerwand.

Es ist zum Verrücktwerden. Die Angst aufzufliegen verfolgt mich ständig und wird nie verschwinden. Ich muss wohl weiterhin lernen, damit zu leben, beschließe ich. Folglich wird der erste Schritt sein, so zu tun, als wäre nichts gewesen. Das habe ich bisher ja auch prima hinbekommen. Energisch drücke ich mich vom Boden ab und gehe zum Waschbecken, um mir mein Gesicht zu waschen. Allerdings fühle ich mich noch immer nicht besser, nachdem ich mir mehrmals mit dem Waschlappen über das Gesicht gefahren bin. Deshalb beschließe ich zu duschen.

Die abwechselnd heißen und kalten Wasserstrahlen strömen über meinen Körper und wecken ganz langsam meine Lebensgeister. Eine gefühlte Ewigkeit verbringe ich in der Dusche, weil ich mich so länger vor der Realität verstecken kann. Irgendwann stelle ich doch das Wasser ab und schlinge mir mechanisch ein

Handtuch um die Haare. Ein zweites benutze ich, um meinen Körper einzuhüllen. Auf leisem Fuß tapse ich in mein Zimmer zurück, denn Dad soll nicht wissen, dass ich schon wach bin. Ich glaube, ich brauche noch einen Moment für mich, bevor ich mich unter Menschen begeben kann.

Ich schließe die Tür und lehne mich dagegen. Gleichzeitig kündigt mein Handy das Eintreffen einer neuen Nachricht an. Wie vom Blitz getroffen, stürme ich auf mein Bett zu, wo mein Handy noch immer liegt. Das veranlasst Mister Mau dazu, verärgert aufzuspringen. In Gedanken entschuldige ich mich bei ihm. Ich greife nach meinem Handy und beginne mit angehaltenem Atem zu lesen.

Dave: Ich glaube, du warst so redebedürftig wegen des Streits mit deiner besten Freundin . . oder weil dieser Typ dir an die Wäsche wollte. Kam mir vielleicht nur so vor, aber das hat dich mehr mitgenommen, als du zugibst, oder? (12.50 Uhr)

Erst nach mehrmaligem Lesen wird mir die Bedeutung dieser Worte bewusst. Es ging ihm einfach um gestern Abend. Gut, zugegebenermaßen zerrt das auch an meinen Nerven, aber viel wichtiger ist mir in diesem Moment die Erkenntnis: Dave scheint nichts von meiner Vergangenheit zu ahnen.

Ich stoße die angehaltene Luft aus. Die langersehnte Erleichterung stellt sich trotzdem nicht ein. Erst jetzt wird mir klar, dass mein eigentlicher Wunsch darin bestand, es ihm erzählt zu haben, damit er mich von dieser ewigen Flucht vor der Vergangenheit und den nutzlosen Versuchen, alles zu vergessen, endlich befreien kann. Mit einem Mal fühle ich mich sehr einsam. Ich habe Stella von mir gestoßen und Dave vertraue ich offenbar nicht mal betrunken genug. Mit Ginny zu reden ist ausgeschlossen, da sie sofort Dad davon erzählen würde. Er darf aber unter gar keinen Umständen erfahren, was zwischen Mom und mir passiert ist. Und so bleibe ich am Ende allein. Es ist ein ewiger Teufelskreis, dem ich nicht entkommen kann. Nur dass ich langsam das Gefühl habe, es nicht mehr länger auszuhalten.

Ohne es zu bemerken, haben sich Tränen an meinen Augenwinkeln gebildet, die mir jetzt warm über die Wangen laufen. Ich wische sie nicht fort. Durch meinen Tränenschleier hindurch kann ich die Buchstaben auf der Tastatur nur verschwommen erkennen. Irgendwie schaffe ich es trotzdem, Dave zu antworten.

Valerie: Keine Sorge. Es ist alles in Ordnung. (12.56 Uhr)

Ich weiß nicht, wen ich mit dieser Nachricht mehr belüge: Dave oder mich selbst.

Samstag, 27.04.2019

Valerie

Die Woche vergeht wie im Flug. Durch das Voranschreiten des Semesters und mit der Arbeit auf dem Markt bin ich ausreichend beschäftigt. So habe ich wenigstens kaum Zeit, über Mom nachzudenken. An den Tagen, an denen ich nicht zur Arbeit muss, stehe ich trotzdem früh auf, um joggen zu gehen. Anfangs war es der reinste Horror und ich fragte mich mehr als einmal, unter quälendem Seitenstechen, weshalb ich mir das antue. Doch mittlerweile fühlt es sich schlichtweg gut an, etwas für meinen Körper zu tun. Mit Stolz betrachte ich täglich die ansteigende Kurve der gelaufenen Kilometerzahl in meinem Bullet Journal.

Stella und ich haben uns, Gott sei Dank, wieder vertragen. Ich habe sie ja schon vermisst, als sie mir vergangenen Samstag vor dem *Sunset Delights* den Rücken zugedreht hat. Doch mein Stolz verbot es mir, mich sofort bei ihr zu melden. Glücklicherweise ist sie nicht so stur wie ich und hat sich noch am Sonntag bei mir am Telefon entschuldigt. Kurze Zeit später lagen wir uns erleichtert in den Armen. Nichtsdestotrotz werde ich das Gefühl nicht los, dass sich unsere Freundschaft seit dem Streit verändert hat. Stella wirkt distanzierter als zuvor und auch ich schaffe es nicht, völlig unbefangen mit ihr umzugehen. Zu tief sitzt ihr Vorwurf, ich hätte einen Vater-komplex. Und auch die Angst, etwas zu sagen, das einen erneuten Streit auslösen könnte, schwingt in jeder Unterhaltung zwischen uns mit. Mir ist völlig klar, dass wir nicht ewig so weitermachen können, sondern irgendwann darüber reden müssen. Aber gerade ist es okay so. Immerhin kann ich mir sicher sein, Stella ebenso wichtig zu sein wie sie mir und dass sie das mit uns ebenfalls wieder hinbekommen möchte. Ganz im Gegensatz zu Dave, der mich mit seinem wider-sprüchlichen Verhalten mehr als verwirrt. Manchmal chatten wir bis spät in die Nacht. Unsere Gespräche reichen von Wettbewerben darüber, wer die witzigeren Memes findet, bis zu ernsthaften, nahezu tiefgründigen Gesprächen über Gott und die Welt. Ich weiß nicht, wie er das macht, aber irgendwie schafft er es in diesen Momenten, mir Stück für Stück das Gefühl zu geben, dass ich mich ihm anver-trauen kann. Aber im nächsten Atemzug stößt er mich mit fiesen Sprüchen und abweisendem Verhalten wieder völlig vor den Kopf. Während ich daraufhin in Gedanken wutentbrannt über ihn herziehe, schleicht er sich mit seinen kleinen, beiläufigen Berührungen zurück in mein Herz. Das macht mich so wahnsinnig, dass ich es einerseits keine Sekunde länger als nötig in seiner Nähe aushalte, andererseits jedoch kaum genug davon bekomme, Zeit mit ihm zu verbringen.

Gerade warten wir, bis die ersten Kunden ihren Weg auf den Marktplatz finden. Wie üblich verstecke ich meine Nase zwischen den Seiten eines Romans. Derzeit ist es der zweite Teil der *After*-Reihe. Tessa und Hardin ziehen mich mit ihrer Leidenschaft völlig in den Bann und ich weiß jetzt schon, wie sehr mir die beiden fehlen werden, wenn ich alle Bände gelesen habe.

Ohne Vorwarnung schiebt Dave meine Haare zur Seite und fragt überschwänglich fröhlich: »Was liest du da schon wieder, Prinzes-sin?«

Obwohl ich mit so etwas hätte rechnen müssen, zucke ich er-schrocken zusammen und sehe auf. Meine Vorliebe für New Adult und Liebesromane sollte mir nicht peinlich sein, doch mich mit Dave darüber zu unterhalten, ist mir unangenehm. Sicher gibt es ihm An-lass, mich auszulachen.

»Nichts, was dir gefallen würde«, wiegle ich ab in der Hoffnung, ihn mit dieser Antwort zufriedenzustellen. Aber natürlich wäre Dave nicht Dave, wenn er nicht nachbohren würde.

»Woher willst du das wissen? Ich lese gerne und viel. Warum also nicht auch dasselbe wie du?«

Seine Worte machen mich hellhörig. »Moment mal. Habe ich das gerade richtig verstanden? Du liest? Bücher?«

»Na klar, was spricht dagegen?« In Daves Augen blitzt etwas auf, das ich nicht deuten kann. Ist es Belustigung über meine Verwunderung oder doch eher Verärgerung?

Er stützt sich am Verkaufstresen zu meiner Rechten ab und beugt sich gefährlich nahe über mich. Unweigerlich wünsche ich mir, tiefer in meinen Hocker zu sinken, um die Distanz zwischen uns wiederherzustellen. Als das nicht funktioniert, lehne ich mich nach hinten, bis mein Hinterkopf auf die kalte Eisenstange des Sonnenschirms trifft. Mein Herz beginnt wild zu schlagen. Um mich davon nicht aus dem Konzept bringen zu lassen, räuspere ich mich.

»Gar nichts. Es ist nur … die meisten Leute, die so sind wie du, haben nicht besonders viel übrig fürs Lesen.«

»Wie bin ich denn deiner Meinung nach?« Daves Augen funkeln diabolisch, wodurch ich mich noch mehr bedrängt fühle. Vielleicht war es doch keine gute Idee, mit meiner Aussage so vorzupreschen. Jetzt besteht die Gefahr, dass er dahinterkommt, welche Anziehungskraft er auf mich ausübt. Ausweichend hefte ich meinen Blick auf seinen Bizeps und versuche möglichst neutral klingend aufzuzählen: »Männlich, sportlich … cool.« … *gutaussehend* – nein, ich meinte natürlich, *ein oberflächlicher Frauenheld.* Zur Unterstützung dieses Gedankens rufe ich mir die verärgerte Frau im *Utopia* vor Augen. Bestimmt hat er mit ihr rumgemacht, sonst hätte sie ihn nicht als Fremdgänger bezeichnet. Die Vorstellung schnürt mir die Kehle zu und macht mich rasend. – Atmen, Valerie. Es gibt keinen Grund eifersüchtig zu sein. Dave ist schließlich nicht dein Freund und kann daher machen, was er will.

»Deine Bezeichnungen für mich gefallen mir, aber du solltest schleunigst damit aufhören, durch Stereotype alle Leute über einen Kamm zu scheren.«

Obwohl das gar nicht meine Absicht war, fühle ich mich ertappt. Mein Gehirn bastelt noch an einer entschuldigenden Antwort, während Dave von mir ablässt und anfängt, in seiner Tasche nach etwas zu suchen. Kurz darauf hält er triumphierend ein Buch in die Höhe. Es hat ein dunkles Cover mit blutverschmierter Schrift darauf.

»Sieht ziemlich düster aus.«

»Je mehr Blut fließt, desto besser.«

»Okay«, sage ich gedehnt. »Da bleibe ich lieber bei meinen Liebesromanen.«

Dave lässt das Buch wieder sinken und schaut mich herausfordernd an. »Warum habe ich mir das nicht gleich gedacht? Das passt so gut zu dir.«

»Mach du mir noch einmal Vorwürfe wegen meiner stereotypen Denkweise. Du bist kein Stück besser.« *Wow. Gut gekontert, Valerie.* Innerlich klopfe ich mir selbst auf die Schulter.

Doch Dave schießt unvermittelt zurück: »Ich sage das auch nur, weil ich recht habe. Du bist die typische schüchterne, unschuldige Kleine, die sich ständig in den Fiktionen von Romanzen verliert und dann in ihrem Bett liegt, um davon zu träumen, eine der Protagonistinnen zu sein, anstatt rauszugehen und selbst Abenteuer zu erleben.«

Seine Worte treffen mich wie ein unvorbereiteter Schlag mitten ins Gesicht. Vielleicht, weil er recht hat. Ja, ich bin schüchtern und ich träume oft davon, Dinge zu machen, für die mir der Mut fehlt. Aber das gibt ihm noch lange nicht das Recht, so zu tun, als hätte er mich und mein ganzes Leben innerhalb von zwei Wochen durchschaut und es stünde ihm jetzt frei, darüber zu urteilen. In Wahrheit weiß er nämlich absolut gar nichts.

Ich spüre Wut in mir aufkochen. Heftig krallen sich meine Finger um das Buch auf meinem Schoß, sodass die Knöchel weiß hervortreten. Mit zu Schlitzen verengten Augen zische ich: »Oh, schön zu wissen, was du über mich denkst. Und nur zu deiner Information: Ich habe in meinen zwanzig Jahren so viel erlebt, das reicht für ein ganzes Leben!«

Immer noch in Hochspannung, erhebe ich mich von meinem Hocker. Ich habe dem Gesagten nichts hinzuzufügen und möchte mich

Dave und der Situation entziehen. Gegen meinen Willen hindert er mich aber an einem perfekten Abgang, indem er mich nicht gewaltsam, aber dennoch bestimmt an den Schultern packt und zurück auf meinen Platz drückt.

»Tut mir leid, es war nicht meine Absicht, dich zu verärgern. Ich sollte in Zukunft wohl besser aufpassen, was ich sage. Außerdem finde ich deine Schüchternheit auf eine gewisse Art ja auch süß.«

Kann er bitte damit aufhören, mich so entschuldigend anzusehen und mir zu sagen, ich sei süß? Das gefährdet nämlich ganz schön meine Wut auf ihn. Aber ich möchte ihm nicht so ohne Weiteres durchgehen lassen, mich im Grunde als naives Dummchen bezeichnet zu haben. Zwischen zusammengepressten Zähnen stoße ich hervor: »Jetzt tu nicht so unschuldig. Du wolltest mich mit voller Absicht verletzen.«

»Vielleicht klangen meine Worte härter als beabsichtigt, aber im Grunde wollte ich dir nur verständlich machen, wie wichtig Bücher und Geschichten sind, damit wir an unseren eigenen Träumen festhalten und sie irgendwann Realität werden lassen.«

Verwirrt ziehe ich die Augenbrauen nach oben. »Ziemlich verquere Art, mir das mitzuteilen.«

Dave verstärkt den Druck, den er mit seinen Händen auf meine Schultern ausübt. Wie immer, wenn er mich berührt, durchrieselt mich ein angenehmer Schauer.

»Ich weiß. Aber hast du dich nicht auch schon mal beim Lesen in einem der Charaktere total wiedergefunden und konntest nicht aufhören zu lesen, weil die Geschichte dich so in ihren Bann gezogen hat und du unbedingt wissen wolltest, wie sie zu Ende geht? Auch um eine Antwort auf die Frage zu finden, was du selbst machen sollst.«

Meine Wut verebbt nun doch so langsam und weicht einem Gefühl tiefer Zuneigung. Was Dave eben gesagt hat, hört sich an, als würde er mir aus der Seele sprechen. Natürlich kenne ich dieses Gefühl. Vorsichtig nicke ich, unfähig zu antworten, während Dave unaufhaltsam weiterspricht. »Lesen ist ohne Frage das beste Hobby überhaupt. Abgesehen von der Leere, die sich jedes Mal einstellt, wenn man ein Buch beendet hat und weiß, dass es keine Fortsetzung mehr geben wird.«

In seinem Gesichtsausdruck liegt so viel Enthusiasmus wie in meinem Unglauben. Ich weiß, ich hatte gerade beschlossen, sauer auf ihn zu sein, aber wie soll das unter diesen Umständen funktionieren? Was er gerade gesagt hat, drückt genau das aus, was ich beim Lesen fühle, und bisher konnte ich diese Leidenschaft noch nie mit jemandem teilen.

Dave sieht nicht nur unglaublich gut aus, er scheint auch vom Lesen genauso begeistert zu sein wie ich. *Eine bessere Kombination gibt es gar nicht,* flüstert mir eine Stimme in meinem Kopf zu. Und ich fürchte, sie hat recht. Mit dieser Aussage hat er mich dazu gebracht, mein Herz ein kleines Stück mehr an ihn zu verlieren. Ganz egal, ob das der Valerie 2.0 gefällt oder nicht.

Nach der Arbeit entdecke ich eine Nachricht von Stella auf meinem Handy.

Stella: Kommst du nachher noch bei mir vorbei? (Bitte sag ja. Zur Erinnerung: Es warten Netflix und deine heißgeliebten Käseflips auf dich.) (10.38 Uhr)

Unwillkürlich beginne ich zu schmunzeln. Stella kennt meine Schwächen nur zu gut. Und Käseflips gehören definitiv dazu. Vorfreude macht sich in meinem Bauch breit. Sieht so aus, als könnte es zwischen Stella und mir doch wieder wie vor dem Streit werden. Schnell fliegen meine Finger für eine Antwort über die Tastatur des Handys.

Valerie: Bin quasi schon unterwegs. (12.11 Uhr).

Ohne jegliche Vorwarnung schleicht Dave sich von hinten an und macht sich bemerkbar, indem er mich in die Seiten zwickt. Mir entfährt ein erschrockenes Quietschen. Ich werde mich wohl nie an seine Attacken gewöhnen. Und an die Selbstverständlichkeit, mit der er ständig Körperkontakt zu mir aufbaut. Für ihn scheint das völlig normal zu sein, aber ich habe jedes Mal das Gefühl, ich würde unter seiner Berührung verbrennen. In meinem Bauch beginnt etwas freudig-nervös zu flattern, aber Valerie 2.0 erstickt diese Empfindung bereits im Keim.

Dave quittiert meinen Aufschrei mit einem Lachen und lässt dann von mir ab. Interessiert schaut er über die Schulter auf mein Handy, um zufrieden festzustellen:»Stella und du habt euch wieder vertragen? Das freut mich ernsthaft für dich.«

Ich drehe mich um und gehe ihn scheinbar grundlos an:»Wow. Echt erstaunlich, wie du ohne Weiteres meine Privatsphäre missachtest und es dir auch noch komplett egal ist, es offen zuzugeben!«

Der aufrichtige Ausdruck auf Daves Gesicht verrutscht und weicht einer finsteren Miene. Abwehrend hebt er die Hände und geht ein paar Schritte rückwärts, um die emotionale Distanz, die ich eben zwischen uns aufgebaut habe, auch körperlich herzustellen.»Sorry. Ich habe nur Stellas Namen auf deinem Handydisplay gesehen. Offensichtlich habt ihr noch Kontakt. Das freut mich ernsthaft für dich, nachdem du Samstag wegen dem Streit so fertig warst. Wieso regst du dich deswegen so auf?«

Das frage ich mich gerade selbst. Wahrscheinlich hat mein Kopf einen automatischen Abwehrmechanismus in Gang gesetzt, der dafür sorgen soll, dass Daves Nähe, gepaart mit seiner anhaltenden Freundlichkeit, mir nicht komplett den Verstand raubt. Andernfalls würde ich mich höchstwahrscheinlich nur noch von meinem Herz leiten lassen, welches jedes Mal wie wild in meiner Brust zu schlagen beginnt, sobald er auftaucht. Das kann ich aber nicht zulassen. Deswegen erhalte ich meine zickige Fassade aufrecht.

»Weil du einfach die Nachrichten auf meinem Handy gelesen hast, obwohl dich das gar nichts angeht!«

»Jetzt übertreib mal nicht. Es ist ja jetzt nicht so, als hätte ich vorsätzlich dein Handy genommen, um darin rumzuschnüffeln. Ich habe nur zufällig etwas aufgeschnappt.«

Ich halte dagegen:»Versuch nicht, dich rauszureden! Gelesen ist gelesen.«

Aufgebracht funkelt Dave mich an. »*Non t'allargare!* Kein Grund, so zickig zu sein. Es war keine Absicht und kommt nicht wieder vor. Zufrieden, Prinzessin?«

Die Art, wie er versucht, mich zu beschwichtigen, macht mich erst recht wütend. »Wenn du glaubst, du kommst mit dieser lahmen Entschuldigung davon, hast du dich geschnitten!«

Dave entfährt ein ungläubiges Schnauben. »Was willst du denn noch? Ich kann's nun mal nicht mehr ungeschehen machen.« Er zieht sein Handy aus der Hosentasche hervor und hält es mir hin. »Hier. Lies zum Ausgleich auch in meinen Nachrichten, wenn es das ist, was du willst.«

Verwirrt starre ich auf das Telefon in seiner Hand. Er kann doch unmöglich wollen, dass ich einfach so nachschaue, mit wem er sich so schreibt. Augenblicklich blitzt die Frau vom *Utopia* wieder vor meinem inneren Auge auf und ich beginne mich zu fragen, ob ich das überhaupt wissen möchte.

Ein eifersüchtiger und besitzergreifender Teil von mir würde zu gerne einen kontrollierenden Blick auf sein Handy werfen, doch Valerie 2.0 übernimmt wieder die Oberhand über mein Handeln und Denken. Abwehrend wedle ich mit den Händen der Luft herum: »Nein, danke. Auf deine Cybersex-Geschichten verzichte ich gerne.«

»Cybersex?« Höhnisch lacht er auf. »Als ob ich so etwas notwendig hätte. Wann immer mir danach ist, habe ich Sex, und zwar in real life! Aber ist ja logisch, dass du von so was keine Ahnung hast. Und so verkrampft und unentspannt, wie du ständig drauf bist, bleibt das wahrscheinlich auch den Rest deines Lebens so.«

In mir zerspringt etwas wie ein Glas in tausend Scherben. Bevor ich es verhindern kann, schießen Tränen aus meinen Augenwinkeln. Schnell wende ich mich ab, damit Dave nicht bemerkt, wie sehr seine Worte mich verletzen.

Etwas Ähnliches hat Marvin einmal zu mir gesagt in dem Versuch, mich dazu zu überreden, endlich mit ihm zu schlafen. Ich hatte solche Angst, ihn zu verlieren, weshalb ich mir schließlich einredete, ich könne ihn nicht ewig hinhalten, nur weil meine Mom mich emotional verkorkst hat. Deshalb stimmte ich eines Tages zu, obwohl ich noch nicht bereit dafür war. Und ehrlich gesagt weiß ich auch nicht, ob ich es jemals sein werde. Es ist nicht so, dass ich mich nicht ebenfalls nach seiner Nähe und den Berührungen gesehnt hätte, aber ich konnte nie wirklich loslassen und es genießen. Ständig war ich auf der Hut für den Fall, er könnte mir genauso wehtun wie meine Mutter.

Wieder mal von der Vergangenheit eingeholt, fühle ich mich zu schwach für eine Fortführung dieser Auseinandersetzung. Das hier führt ohnehin zu nichts. Ich atme tief durch, um mich zu sammeln. Nachdem ich mich innerlich einigermaßen wieder beruhigt habe, nehme ich meine Handtasche und schiebe mich ohne ein weiteres Wort an Dave vorbei. Er lässt mich gewähren, während er jeden meiner Schritte genaustens beobachtet. Sein Blick verschafft mir einen unangenehmen Schauer, der meine Wirbelsäule entlangkriecht. Ich ignoriere seine Versuche, Augenkontakt herzustellen, absichtlich und sehe stumm auf den Boden.

»Wo willst du jetzt hin?«, fragt er mich nun doch, mit bebender Stimme.

»Nach Hause.« Meine Stimme hört sich brüchiger an, als mir lieb ist. Ich muss schleunigst von hier verschwinden, bevor ich doch noch anfange, vor ihm zu weinen.

»Ach, so läuft das hier also. Die kleine arrogante Prinzessin darf sich aufspielen, aber sobald man gegen sie austeilt, rennt sie beleidigt davon!«

Eigentlich möchte ich es nicht, aber Daves Anschuldigung lässt mir keine andere Wahl und so drehe ich mich doch noch einmal zu ihm um. »Ich bin überhaupt nicht beleidigt! Nur ...« Mist! Jetzt geschieht genau das, was ich vermeiden wollte. Meine Stimme bricht. Die ersten Tränen laufen bereits über meine Wangen, als ich mit zittriger Stimme meinen Satz beende. » ... verletzt. Wenn du nicht so unsensibel wärst, hättest du das schon längst mitbekommen.«

Hastig drehe ich mich um und möchte davonlaufen, doch Dave kommt mir nach. Oh, natürlich tut er das, weil er ja so verflucht perfekt sein muss.

Seine Stimme erklingt laut und aggressiv hinter mir: »Valerie, warte. So war das nicht gemeint. Scheiße, Mann! Ich mach's wieder gut, versprochen!«

Ich drehe mich zu ihm um. »Ach ja, und wie?«

Er überlegt einen Moment. Dann sagt er vorsichtig: »Du wolltest doch zu Stella. Ich kann dich mit dem Auto mitnehmen. So bist du viel schneller als mit der Bahn.«

Ich lasse meine Tasche auf den Boden sinken und denke kurz nach. Was Dave zu mir gesagt hat, kann er niemals wiedergutmachen, indem er mich in der Gegend rumfährt. Allerdings wäre eine Fahrt mit dem Auto wirklich schneller und um einiges angenehmer. »Einverstanden.«

Wie aufs Stichwort gerufen, erscheint in diesem Moment Evy, um uns für die Mittagsschicht abzulösen. Dave schnappt seine Sachen und wir laufen schweigend zum Parkhaus. Dabei schaut er mich alle paar Minuten von der Seite an, als wolle er etwas zu mir sagen. Ich starre jedoch stur geradeaus, um ihm klarzumachen, dass ich unsere Auseinandersetzung nicht noch einmal aufgreifen möchte.

Vor dem Parkhaus angekommen, scheint Dave die Stille zwischen uns nicht mehr auszuhalten. Während er das Parkticket in den Automaten steckt und diesen mit Münzen füttert, räuspert er sich: »Valerie, was ich vorhin zu dir gesagt habe, war dumm. Ich wollte dir nicht zu nahe treten.«

»Schon okay«, schneide ich ihm schnell das Wort ab. Das Letzte, was ich möchte, ist eine öffentliche Diskussion über mein, wie Dave findet, mitleidiges und verkrampftes nicht existierendes Sexleben. »Schüchternheit bedeutet ja nicht zwangsläufig Unschuld«, füge ich leise hinzu, aber offenbar laut genug, dass Dave es hören konnte. Er taxiert mich von oben bis unten, als wolle er überprüfen, ob ich ihn anlüge. Dank meiner jahrelangen Übung, meine Gefühle zu verstecken, hat er allerdings keine Chance zu erkennen, wie aufwühlend seine Worte tatsächlich für mich waren. Sein Gesichtsausdruck verändert sich von kritisch prüfend zu frech, gemischt mit Vergnügen.

»Na, wenn das so ist, musst du mir unbedingt mehr davon erzählen. Was sind deine Vorlieben?«

Er kommt nahe an mich heran. Intuitiv gehe ich einige Schritte rückwärts, aber er folgt mir. Sein abwartender Blick fühlt sich an, als würde er mich damit erdolchen.

Warum fragt er mich so etwas? Es ist mir äußerst unangenehm und eine nervöse Hitze steigt in mir auf, die mein komplettes Gesicht mit der Röte einer Tomate überzieht. Diese Erkenntnis lässt mich noch verlegener werden und ich sehe weg. Von meinem Schweigen erhoffe ich mir, dass Dave das Thema ein für alle Mal auf sich beruhen lässt, doch so viel Glück habe ich nicht.

»Nun sag schon. Oder willst du es mir nicht verraten?«

Ich möchte weitere Schritte rückwärtsgehen, werde aber von der Aufzugstür aufgehalten, an die ich mich anlehne. In diesem Moment springt sie auf und ich stolpere hinein. Dave folgt mir und schafft es irgendwie sofort, mich wieder zwischen sich und einer Wand einzuklemmen. Seine Hände stützt er rechts und links von mir ab. Zu allem Überfluss wird mir bewusst, dass ich mich in einem kleinen stickigen Fahrstuhl befinde. Keine Sekunde später nimmt meine Klaustrophobie von mir Besitz. Meine Sicht vernebelt sich, Dave verschwimmt vor meinen Augen. Er sagt etwas, aber seine Worte kommen nicht bei mir an. Alles, was ich höre, ist das rauschende Blut in meinen Ohren. Schnell schließe ich meine Augen und balle meine Hände zu Fäusten. Ich muss mich beruhigen. *Es ist nur ein Aufzug, nicht das dunkle Kellerzimmer in unserem Haus. Es ist alles in Ordnung.* Ich hole tief Luft. Ich muss mich auf etwas anderes konzentrieren, auch wenn dieses Andere eine Unterhaltung mit Dave über meine sexuellen Vorlieben beinhaltet.

Ich überlege einen Moment. Habe ich die überhaupt? Jedenfalls geistert kein abstruser Fetisch oder etwas Ähnliches in meinem Kopf herum. Während meine Gedanken Achterbahn fahren und ich mich frage, wie lange wir noch in diesem verfluchten Fahrstuhl aushalten müssen, nähert sich Dave meinem Ohr. Sein Atem kitzelt meine Haut und sendet ein aufregendes Kribbeln durch meinen Körper.

»Vielleicht hilft es dir ja auf die Sprünge, wenn ich etwas nachhelfe.« Seine Hand schiebt sich in meinen Nacken und packt zu. Diese unvorhergesehene Handlung entlockt mir ein Keuchen. Dave lacht leise, bevor er weiterspricht. »Gefällt dir das?«

Unvermittelt öffne ich die Augen und das Blaugrün seiner Iris nimmt mich sofort gefangen. Die Spannung ist da zwischen uns, ich kann sie deutlich spüren. Ich weiß nicht, ob es genau diese Art der Berührung ist, die ich mag, oder es eher mit der Tatsache zu tun hat, dass sie von Dave ausgeht. Jedenfalls sendet mein Körper deutliche Signale, mehr davon zu wollen. Deshalb beantworte ich Daves Frage mit einem Nicken.

Plötzlich springt die Fahrstuhltür auf und katapultiert mich in die Realität zurück. Die leidenschaftliche Spannung zerplatzt wie eine Seifenblase und weicht einer hektischen Atmosphäre. Dave und ich fahren auseinander, während eine Frau mit schreiendem Baby in einem Kinderwagen und zwei weiteren Kindern, die sich gerade streiten, zu uns einsteigt. Entschuldigend sieht die Frau uns an, während sie gleichzeitig versucht, das Baby und die beiden Streithähne zu beruhigen. Ich schenke ihr ein aufmunterndes Lächeln. Dave stellt sich neben mich und schnappt meine Hand, um mich an sich heranzuziehen. Er bückt sich zu mir hinunter und flüstert: »Das eben war nur ein kleiner Vorgeschmack. Wenn du mehr willst, sag jederzeit Bescheid.«

Sein Angebot bringt mich wieder dazu, rot zu werden. Schnell sehe ich zu der Frau, um zu sehen, ob sie etwas davon mitbekommen hat, doch sie ist noch immer mit ihren Kindern beschäftigt.

»Dave, was soll das? Hier sind Kinder!«, zische ich zurück und drücke seine Hand fester, weil mir in diesem Moment wieder die Enge des Fahrstuhls bewusst wird.

»Na und? Was hat das denn damit zu tun? Mein Angebot steht jedenfalls. Du solltest nur nicht zu lange überlegen«, antwortet er unbeschwert und so laut, dass es jeder mitbekommt. Dann hält der Aufzug erneut an und er lässt meine Hand los, um auszusteigen. Kopfschüttelnd gehe ich schnell hinter ihm her. Sagt er so etwas, weil er auf mich steht oder nur, weil er ein sexistisches Arschloch ist, das Frauen wie Objekte betrachtet? So oder so finde ich es ziemlich anmaßend.

Ich versuche noch immer zu verarbeiten, dass er mir ernsthaft vorgeschlagen hat, mit ihm zu schlafen, da überrascht er mich schon erneut. Wir kommen vor seinem Auto zum Stehen, einem schwarzen

BMW 116i. An sich ist das nichts Besonderes, auf der Straße sieht man zigtausende davon. Aber es ist nun mal genau das Auto, von welchem ich träume, seit ich meinen Führerschein habe. Leider bin ich meilenweit davon entfernt, es mir leisten zu können, doch so eine kleine Probefahrt wäre nicht schlecht. Von einer Minute auf die andere packt mich der Übermut.

»Hättest du was dagegen, wenn ich fahre?«

Dave schaut mich an, als hätte ich behauptet, die Erde sei eine Scheibe.

»Sorry, Prinzessin, aber da hast du keine Chance. Das ist mein Baby. Mit dem fahre nur ich und sonst niemand.«

Warum habe ich mit dieser Antwort gerechnet? Auch wenn ich nicht vorhabe, komplett aufzugeben, gebe ich mich fürs Erste geschlagen. Ich stemme die Hände in die Hüften. »Okay, Muchacho. Dann zeig mal, was du und dein Baby so draufhabt.«

Die Verrücktheit von Dave schlägt sich auch in seinem Fahrstil nieder. Offenbar ist er der Meinung, Vorfahrtsregeln und von Gelb zu Rot umschaltende Ampeln würden für ihn nicht gelten. Dazu noch diese ohrenbetäubende Musik, falls man diese Art von Deutschrap überhaupt als Musik anerkennen möchte. In meinen Ohren klingt es eher wie eine sinnlose Aneinanderreihung von möglichst asozialen Begriffen.

Irgendwie schaffe ich es trotz allem, Dave durch die Stadt zu navigieren. Mit quietschenden Reifen kommen wir schließlich vor Stellas Elternhaus zum Stehen. Die Fassade des modern renovierten Bungalows, der mit grauen Bruchsteinen und Holz verkleidet ist, ragt zu meiner Rechten auf. Ich betrachte das Grundstück, als würde ich es zum ersten Mal sehen. Die Einfahrt ist gesäumt von kleinen kugelförmigen Hecken und Sträuchern. Zusammen mit dem englischen Rasen spiegelt der Vorgarten sofort den Wohlstand der Bewohner wider. Verglichen mit meinem eigenen Zuhause, welches eher schlicht gehalten ist, wirkt hier alles sehr imposant. Nichtsdestotrotz ist mir der Anblick des Hauses so vertraut, als wäre es mein eigenes Heim. Kein Wunder, immerhin bin ich seit meiner Kindheit mindestens einmal in der Woche hier, um mit Stella abzuhängen.

Dave pfeift anerkennend durch die Zähne. »Krasses Haus. Hat die Familie deiner Freundin etwa im Lotto gewonnen? Oder nein, lass mich raten: Sie haben eine Bank überfallen.«

Ich wende mich ihm grinsend zu.

»Nope, kein Banküberfall. Stellas Eltern sind bloß Anwälte und betreiben sehr erfolgreich eine eigene Kanzlei.« Ich winke ab, als wäre das viel unspektakulärer als ein Banküberfall. »Aber apropos Lottogewinn: So, wie du fährst, könnte man meinen, du hättest deinen Führerschein im Lotto gewonnen.«

Ich löse den Sicherheitsgurt mit einem verschmitzten Grinsen auf den Lippen. Doch Dave lässt sich von meiner vermeintlichen Beleidigung nicht aus dem Konzept bringen.

»Von wegen! Aber es ist dein Problem, wenn dir mein Fahrstil nicht gefällt. Ich wollte dir nämlich gerade anbieten, dich zukünftig zur Arbeit mitzunehmen.«

»Das kannst du gerne machen, wenn du mich fahren lässt. Dann zeige ich dir, wie das richtig geht.« Es fühlt sich riskant an, so forsch gegen ihn zu kontern. In meiner Magengegend flattert etwas aufgeregt umher, aber ich habe diese Diskussion angezettelt, also werde ich sie jetzt auch austragen. Dave soll ruhig wissen, dass ich genauso selbstbewusst sein kann wie er.

Und was macht er? Er beginnt zu lachen.

»Oh, *Dolcezza*. Du kannst ja richtig frech sein, wenn du willst. Aber wie gesagt: Mein Auto fährt niemand außer ich.«

Offensichtlich nimmt er mich nicht ernst. Wütend ziehe ich die Augenbrauen zusammen. Da sagt Dave: »Warum ist es dir überhaupt so wichtig, mit meinem Auto zu fahren? Hast du kein eigenes, das du kaputt machen kannst?«

Ich erlaube mir einen Scherz, der mir selbst ein Lachen entlockt.

»Nein, genau deshalb brauche ich ja deins.«

Seine Augen weiten sich und in ihnen liegt die Frage, ob ich das eben Gesagte ernst meine.

Schnell füge ich hinzu: »Das war natürlich nicht wirklich so gemeint. Du hast schlichtweg das Auto, von dem ich schon lange träume. Allerdings muss ich noch eine Weile sparen, bis ich es mir leisten kann.«

Die Verwirrtheit in seinem Gesicht weicht einem freudigen Unglauben. »Ernsthaft? Sieht so aus, als hätten wir schon wieder denselben Geschmack.«

Ich nicke.

Bei seinen nächsten Worten umspielt ein teuflisches Grinsen seinen Mund. »Trotzdem musst du dich wohl damit begnügen, meine Beifahrerin zu sein.«

Ich seufze auf. Innerlich rolle ich mit den Augen. *Okay, ich habe verstanden. Wäre auch zu schön gewesen, wenn meine Bettelei ihn weichgekocht hätte.* Diesen Schlagabtausch werde ich trotzdem für mich gewinnen. Mit Schwung öffne ich die Autotür und sage auf halbem Weg nach draußen: »Das werden wir dann am Dienstag sehen, Muchacho.« Ich beginne Gefallen an diesem Wort zu finden. Es erinnert mich an die italienischen Begriffe, die Dave manchmal verwendet.

Natürlich lässt er diese Anspielung nicht auf sich sitzen. Er ruft hinter mir her: »Unter keinen Umständen lasse ich dich fahren. Und nur damit du es weißt: Muchacho ist Spanisch und nicht Italienisch!«

Kann er Gedanken lesen? Ich tue so, als hätte ich seine letzte Bemerkung nicht gehört, und schlage siegesbewusst die Autotür zu. Somit geht dieser Punkt eindeutig an mich.

Dann laufe ich die Einfahrt hinauf, ohne mich nochmals umzudrehen. Auf halbem Weg kommt Ben mir entgegen, der mit einer Sporttasche über der Schulter sein Fahrrad neben sich herschiebt. Wohl wissend, dass Daves Auto noch immer am Straßenrand parkt und er uns vermutlich beobachtet, fahre ich mir durch die Haare und begrüße Stellas Bruder überschwänglich. »Hi, Ben, alles klar? Bist du auf dem Weg zum Fußballtraining?«

Ben hebt den Kopf. Bei meinem Anblick überzieht sofort ein Strahlen sein Gesicht. Er bleibt stehen und fährt sich unbewusst durch die blonden Haare, obwohl diese eigentlich viel zu kurz dafür sind. »Hey, Valerie. Schön, dich zu sehen. Stella wartet bereits auf dich.«

»Das kann ich mir denken. Mit Sicherheit hat sie vor Langeweile die gesamten Käseflips schon aufgegessen.«

Wir lachen beide. Dann entsteht eine kurze Stille. Zu gerne würde ich wissen, ob Dave die Situation tatsächlich beobachtet, aber ich werde einen Teufel tun, mich umzudrehen und nachzusehen.

Ben unterbricht das Schweigen. »Und um deine Frage zu beantworten: Ja, ich gehe zum Training.« Seine Stimme klingt etwas schüchtern.

»Cool.« *Wow, Valerie. Ich weiß, deine Small-Talk-Skills sind miserabel, aber das ist selbst für dich unterirdisch.* Allerdings sind meine Gedanken auch immer noch bei Dave.

Ich kann förmlich sehen, wie es in Bens Kopf arbeitet und er versucht, die Konversation aufrechtzuerhalten. Das ist womöglich mein Stichwort, zu gehen. Ganz nach der Devise: immer schön höflich bleiben, aber niemals falsche Hoffnungen wecken, sage ich: »Dann will ich dich mal nicht länger aufhalten. Nicht, dass du meinetwegen noch zu spät kommst.«

»Keine Sorge. Und wenn, dann hätte ich wenigstens einen Grund, für den es sich lohnen würde.«

Ich lächle schief. *Immer höflich bleiben.*

Plötzlich schaltet mein Hirn für eine Sekunde aus und ich mache etwas, das eindeutig unter die Kategorie *falsche Hoffnungen wecken* fällt. Ich gehe einen großen Schritt auf Ben zu und umarme ihn stürmisch. Offensichtlich überrumpelt, gerät er ins Straucheln, fängt sich aber schnell und erwidert meine Umarmung. Ich spüre seinen schlaksigen Körper an meinem. Gleichzeitig höre ich einen Motor aufheulen. Aus den Augenwinkeln sehe ich Daves schwarzen BMW davonrauschen. Genugtuung erfüllt mich, weil ich ihn eifersüchtig machen wollte und es allen Anschein nach funktioniert hat. Ich weiß nicht, warum ich das gemacht habe, aber es fühlt sich an wie ein zusätzlicher Sieg. Doch augenblicklich wird mir bewusst, dass ich ihn auf Kosten von Ben errungen habe. Schnell löse ich die Umarmung und nuschle eine wirre Verabschiedung, ehe ich ihn stehen lasse und auf das Haus zulaufe.

Stella öffnet mir die Haustür in der Sekunde, in der mein Finger über der Klingel schwebt.

»Hallöchen, meine Liebe. Komm rein und erzähl mir alles, was ich verpasst habe.«

Verwundert ziehe ich die Stirn kraus. »Hä, was meinst du?«

»Jetzt tu nicht so unschuldig. Wer ist der Unbekannte, der dich in deinem Traumauto durch die Gegend kutschiert und den du mit Umarmungen meines Bruders eifersüchtig machen willst?«

Stella platzt fast vor Neugier. Sie zerrt mich in die Eingangshalle, die genauso feinsäuberlich gepflegt ist wie der Garten. Ein silberner Kronleuchter hängt in der Mitte des Raumes. An der weißen Wand prangt ein Familienportrait mit allen Mitgliedern: Stella, ihre Eltern sowie in der Mitte ihre beiden Brüder Ben und Dominik. Früher habe ich mir das Bild oft heimlich angesehen und davon geträumt, meine Familie wäre ebenfalls so *perfekt*. Jetzt wende ich mich schnell davon ab.

Ich hatte völlig vergessen, dass Stellas Zimmer einen Ausblick zur Straße hat. So konnte sie alles mitansehen. Wegen unserer Schwierigkeiten hatte ich noch keine Gelegenheit, ihr zu erzählen, dass aus Dave alias Mister Ich-verschwinde-spurlos-von-der-Wohnheimparty Ginnys krankheitsbedingte Vertretung wurde. Geschweige denn von allem anderen, was seither passiert ist. Es ist dringend an der Zeit, das zu ändern. Viel zu lange habe ich es vermisst, mich meiner besten Freundin anzuvertrauen und mit ihr herumzualbern.

Statt direkt zu antworten, schlüpfe ich erst mal aus meinen Schuhen und spüre sogleich den kalten Marmorfußboden an meinen Zehen. Als ich aufsehe, schaut Stella mich noch immer erwartungsvoll an. Mein spitzbübisches Grinsen lässt sie fast platzen vor Neugier.

»Erst die Käseflips, vorher sage ich gar nichts«, spanne ich sie weiter auf die Folter und genieße, wie sie fast verrückt wird.

»Das kann nicht dein Ernst sein. Jemanden vor Spannung zappeln zu lassen ist eigentlich mein Part in unserer Freundschaft.«

Ich lache vergnügt. »Dann ist heute wohl Rollentausch-Tag.«

Mit einem Satz stürzt sich Stella auf mich. »Argh, du kleines Biest. Wer bist du und was hast du mit meiner besten Freundin gemacht?«

»Hilfe, tu mir nichts. Ich bin bloß ein kleines verhungertes Käseflips-Monster«, quietsche ich.

Stella schiebt mich den Flur entlang. »Dann komm mal schnell in mein Zimmer, damit ich dich füttern kann. Und danach erzählst du mir jedes noch so kleine Detail, von dem ich in der letzten Zeit nichts mitbekommen habe, verstanden?«

Ich bringe kein Wort heraus, weil ich so sehr lachen muss. Deshalb nicke ich bloß.

Endlich habe ich meine beste Freundin zurück.

Montag, 29.04.2019

Valerie

Ein paar Tage später verbringe ich den Nachmittag erneut bei Stella. Ich habe mich bereiterklärt, sie an mir eine Frisur ausprobieren zu lassen, welche sie auf Pinterest entdeckt hat.

»Okay, ich denke, ich wäre so weit fertig. Du darfst jetzt gucken.«

Stella klingt sehr euphorisch, weshalb ich gespannt auf das Ergebnis bin. Ich betrachte mich in dem Spiegel, der an Stellas Schminktisch angebracht ist. Von meiner Stirn beginnend, verläuft seitlich über die linke Seite meines Kopfes ein französischer Zopf, der in einen offenen Pferdeschwanz mündet. Meine zu Locken eingedrehten Haare streifen meine Schulter.

Vor Freude rufe ich aus: »Wow, danke, Stella. Es sieht fantastisch aus!«

»Ich sollte eher dir danken. Ohne dich als Versuchskaninchen wäre ich völlig aufgeschmissen.«

Weil ich so begeistert bin, mache ich ein Foto von mir und poste es auf Instagram. Danach schaue ich erneut in den Spiegel und fahre vorsichtig über die Flechtfrisur. Dabei entfährt mir ein Seufzen: »Ich wünschte, ich könnte das auch.«

»Komm, ich zeige es dir.«

Das lasse ich mir nicht zweimal sagen. Ich erhebe mich von dem mit rosa Kunstleder überzogenen Hocker, damit Stella meinen Platz einnehmen kann. Während ich ihre Haare durchzukämmen beginne, fängt sie an, mir wild gestikulierend zu erklären, wie ich ihre blonde Mähne in eine elegante Flechtfrisur verwandeln soll. Hoch motiviert folge ich ihren Anweisungen. Leider mit wenig Erfolg. Der Zopf wirkt schief und unordentlich, einige Strähnen stehen wirr von ihrem Kopf ab. Nach mehreren Fehlversuchen gebe ich frustriert auf.

»Das hat keinen Sinn. Ich bin wohl völlig talentfrei, was das Frisieren angeht.«

Stella schüttelt ihre Haare aus, um sie von dem Chaos zu befreien, das ich auf ihrem Kopf angerichtet habe. Tröstend meint sie: »Ach, komm schon, so schrecklich war es gar nicht. Mit ein bisschen Übung schaffst du das auch.«

Ich lege den Kopf schief und betrachte sie kritisch. »Haben wir uns nicht versprochen, immer ehrlich zueinander zu sein, egal wie schwer die Wahrheit zu ertragen ist?«

Daraufhin prustet Stella los und hebt abwehrend die Hände. »Okay, okay. Was du da auf meinem Kopf angestellt hast, war furchtbar. Überlass das mit den Frisuren in Zukunft lieber mir und kümmere dich stattdessen um deine Gesangskarriere.«

Na toll, dieses Thema hat mir gerade noch gefehlt. Die eindeutige Anspielung auf *das* Youtube-Video trägt nicht gerade dazu bei, mich zu ermutigen.

»Oh, bitte hör mir damit auf«, stöhne ich genervt.

»Aber du singst wie eine zweite Beyoncé. Lass dir das ja nie von irgendwelchen Arschlöchern aus dem Internet ausreden.«

Ich wünschte, ich könnte das so leicht sehen wie sie, denn ich singe für mein Leben gern. Ich dachte sogar, ich sei richtig gut darin, bis Stella mich vor ein paar Wochen dazu überredet hat, ein Video, in dem ich *Drops of Jupiter* von *Train* zum Besten gebe, auf Youtube hochzuladen. Statt schallendem Lob oder gar einer Entdeckung als neue Berühmtheit erntete ich bloß einige fiese Kommentare. Es fühlt sich noch immer schrecklich an, von völlig Fremden gedemütigt worden zu sein. Ich schämte mich so sehr, dass ich seitdem gar nicht mehr gesungen habe. So versuche ich die Blamage aus meinem Kopf zu verbannen. Das Video hat Stella auf meinen Wunsch hin sofort wieder gelöscht. Mit meiner Erinnerung daran funktioniert das leider nicht so einfach.

»Meinetwegen hast du recht, aber ich möchte trotzdem nicht weiter darüber reden«, sage ich, um das Thema schnellstmöglich fallen zu lassen.

»Aber du hast mittlerweile über fünftausend Aufrufe.«

»Ist mir egal, wie viele Aufrufe ich habe. Ich habe dir gesagt, dass ich nichts mehr damit zu tun haben möchte.« Noch während ich meinen Satz beende, erreicht mich eine Erkenntnis, die in meinem Inneren Hitze erzeugt und mich gleichzeitig frieren lässt. »Wie kann ich fünftausend Aufrufe haben, wenn du das Video gelöscht hast?«

Schuldbewusst weicht Stella meinem Blick aus.

»Stella?! Ich habe dich ausdrücklich darum gebeten, das Video zu löschen! Was hast du daran bitte nicht verstanden?«

»Ich wollte es wirklich löschen, ich schwöre es. Aber dann habe ich die positiven Kommentare gelesen, denen wir bis dahin viel zu wenig Beachtung geschenkt hatten. Und o mein Gott, Valls, die Leute lieben dich. Sie fragen ständig, wann es ein neues Video gibt.«

»Gar nicht!«, platzt es wütend aus mir heraus. »Und das erste hätten sie wahrscheinlich niemals gesehen, wenn du einmal gemacht hättest, worum ich dich gebeten habe.«

Stella erhebt sich, aber statt zurückzuschießen, sieht sie mich beschwichtigend an. »Bitte lass uns nicht schon wieder streiten. Ich habe es doch nur gut gemeint.«

Ich schnaube abfällig. Das kann doch unmöglich ihr Ernst sein. »Mich zur Lachnummer im Internet zu machen verstehst du also unter *es gut meinen.*«

»Du bist doch keine Lachnummer. So etwas würde ich niemals zulassen. Aber ich konnte doch unmöglich diese einmalige Chance verstreichen lassen. Die Welt soll ruhig sehen, was in dir steckt.«

»So ein Bullshit. Dir ging es doch bloß wieder darum, über meinen Kopf hinweg Dinge zu entscheiden. Das scheinst du ja in letzter Zeit zu lieben!«

Uns ist beiden klar, dass ich von der Wohnungsbesichtigung spreche. Stella funkelt mich daraufhin böse an.

Ohne jegliche Vorwarnung platzt Ben ins Zimmer und schaut verunsichert zwischen uns hin und her. »Man hört euch im ganzen Haus schreien. Alles in Ordnung bei euch?«

Stella und ich antworten zeitgleich: »Ja!«

Unter anderen Umständen hätte unsere Synchronität mich zum Lachen gebracht, doch jetzt bin ich zu aufgebracht. Wieso übergeht Stella mich ständig bei wichtigen Entscheidungen, die auch mich betreffen? Eine angespannte Stille breitet sich im Raum aus, die kaum zu ertragen ist. Ich sehe überall hin, nur nicht zu Stella. Ihr vorwurfvolles Gesicht würde mich wahrscheinlich zum Einlenken bewegen, aber das möchte ich noch nicht. Sie soll erst verstehen, weshalb ich so wütend bin.

Ben räuspert sich, was Stella und mich wiederum dazu veranlasst, gleichzeitig in seine Richtung zu sehen.

»Na, dann gehe ich mal wieder rüber«, sagt er und zeigt in die Richtung seines Zimmers. Das nehme ich als Anlass, ebenfalls zu verschwinden. Ich bücke mich nach meiner Handtasche und streife sie mir über die Schulter.

»Da ja alles gesagt zu sein scheint, gehe ich jetzt wohl auch lieber.« Meine Stimme klingt bissiger als beabsichtigt.

»Du kannst doch jetzt nicht einfach mitten im Gespräch verschwinden.« Stella hört sich fast flehend an, was mir sofort ein schlechtes Gewissen verschafft. Trotzdem bleibe ich stark.

»Und ob ich das kann. Du weißt ja schließlich, was du zu tun hast. Lösch endlich das verdammte Video!«

Mit diesen Worten marschiere ich erst aus dem Zimmer und dann aus dem Haus. Mit jedem Schritt fühle ich mich mieser und gleichzeitig verratener. Ich laufe immer weiter, ohne einmal stehen zu bleiben. Denn würde ich das tun, würde ich garantiert auf der Stelle umdrehen und Stella alles verzeihen.

Nach mehrmaligen Momenten der Schwäche, in denen ich stehen bleibe und überlege, zurückzugehen und alles mit Stella zu klären, komme ich schließlich zu Hause an. Sicherlich hat Stella mich bereits mit Textnachrichten überschwemmt. Ich widerstehe dem Drang, diese zu lesen, indem ich mein Handy absichtlich zur Seite lege. Stattdessen ziehe ich meine Sportsachen an. Für meine übliche Joggingrunde ist es jetzt ohnehin Zeit und die frische Luft wird mir hoffentlich helfen, meinen Kopf freizubekommen.

In der Sekunde, in der ich meine Hand an die Türklinke lege, um ins Freie zu treten, vernehme ich den Klingelton meines Handys. Das ist mit Sicherheit Stella! Hin- und hergerissen von meinem Bauchgefühl und meiner Sturheit, überlege ich fieberhaft, ob ich rangehen soll. Dabei fällt mein Blick auf ein gerahmtes Foto in unserem Flur. Darauf sind Stella und ich als Kinder in unserem Garten zu sehen. Dad hatte uns gerade ein Planschbecken aufgebaut. Die schöne Erinnerung versetzt mir einen Stich ins Herz. Aber auf einmal weiß ich, was zu tun ist.

Es ist, als würden sich meine Füße verselbstständigen, während ich die Treppenstufen zu meinem Zimmer emporrenne. Hastig ergreife ich das Handy und nehme Stellas eingehenden Anruf entgegen.

»Hi, es tut mir leid. Ich wollte eigentlich nicht so eingeschnappt sein, aber du weißt, was das mit dem Video für eine große Sache für mich war.«

»Ich weiß. Es war echt doof von mir, dir nicht zu sagen, dass das Video noch online ist, ich habe befürchtet, du würdest so reagieren«, antwortet Stella zerknirscht.

»Na klar wusstest du das. Ich meine, niemand kennt mich so gut wie du. Fragt sich nur, weshalb du es trotzdem gemacht hast.«

»Ehrlich gesagt, weiß ich auch nicht, was ich mir dabei gedacht habe. Ich finde einfach, du solltest dein Talent nicht verschwenden.«

Mir entfährt ein grunzendes Geräusch. Glaubt Stella wirklich, ich sei begabt im Singen? Nachdenklich setze ich mich aufs Bett und spiele mit meinem Zopf.

Irgendwann höre ich sie sagen: »Ich könnte trotzdem verstehen, wenn du immer noch sauer auf mich wärst.«

»Bin ich nicht. Du weißt doch, ich würde dir alles verzeihen. Und du hast nichts Besseres zu tun, als das schamlos auszunutzen«, sage ich scherzhaft.

Jetzt klingt auch Stella wieder fröhlicher. »Ertappt. Dann darf ich dich in Zukunft also weiter zu deinem Glück zwingen, wenn du es nicht erkennst?«

Ich spüre, wie durch die Versöhnung ein Stein von mir abfällt. Eine Sache wäre da allerdings noch. »Unter einer Bedingung: Du löschst endlich das Video und ich sehe dir diesmal dabei zu.«

»Einverstanden. Möchtest du gleich noch mal vorbeikommen?«

Ich überlege. Auf jeden Fall möchte ich das Video so schnell wie möglich gelöscht wissen. Andererseits lasse ich auch ungern meine Joggingrunde ausfallen, so diszipliniert, wie ich bin. Da habe ich eine Idee.

»Ich möchte noch joggen gehen, aber wir könnten uns doch auf der halben Strecke am Waldsee treffen.«

Schelmisch erwidert Stella: »Gerne. Auch wenn ich für deine selbstauferlegten Qualen, die zu nichts außer Seitenstechen führen, immer noch kein Verständnis habe.«

»Pass auf, was du sagst. Unsere Versöhnung ist noch in der Probezeit.«

»Die ist schon längst abgelaufen, als Wiedergutmachung für den Schokoriegel, den du mir in der fünften Klasse aus meinem Osternest geklaut hast.«

Lachend schnaube ich: »Das wirst du mir wohl ewig vorhalten.«

»Ähm, ja ... der war mit Nougatfüllung. Das ist meine Lieblingssorte.«

Ich lache.

Wir albern noch ein wenig herum, bevor wir uns verabschieden. Eine Melodie summend verlasse ich schließlich das Haus und laufe los. So motiviert wie heute war ich noch nie.

Wie sein Name verrät, liegt der Waldsee auf einer Lichtung inmitten des Waldes, welcher an die Freiburger Stadtteile Littenweiler und Wiehre grenzt. Der See eignet sich nicht zum Baden. Dennoch herrscht hier an sonnigen Tagen reger Betrieb, was dem am See gelegenen Restaurant zu schulden ist. Dies öffnet unter der Woche jedoch erst Abends. Somit liegt der See, an einem wolkenverhangenen Tag wie heute, ruhig und verlassen da.

Gerade dann war hier für Stella und mich schon immer der perfekte Ort, um all die Dinge zu tun, von denen unsere Eltern lieber nichts erfahren sollten. Beispielsweise haben wir hier mit dreizehn zum ersten Mal Alkohol getrunken. Es ist also mehr als symbolträchtig, genau hier das Video zu löschen und unsere Freundschaft auf diese Weise weiter zusammenwachsen zu lassen.

Schwer atmend komme ich auf der Lichtung zum Stehen. *Puh, das war anstrengend.* Trotzdem bin ich stolz auf mich, denn das könnte durchaus meine neue Bestzeit gewesen sein. Ich werde gleich auf meinem Fitnesstracker nachsehen, doch davor beuge ich mich nach vorn und drücke meine Hände gegen meine Knie, um meinen Puls zu beruhigen. Ich atme die frische Waldluft tief ein und aus. Das fühlt sich gut an und das Atmen fällt mir sogleich leichter. Schließlich sehe ich wieder auf und nehme mir einen Moment Zeit, das idyllische Bild, welches sich mir bietet, in mich aufzusaugen. Auch heute liegt der See verlassen da. Das sich durch die Wipfel der Bäume schlängelnde Sonnenlicht lässt das von den Algen grün wirkende Wasser glitzern. Ich halte mein Gesicht in die Sonne und genieße die Frühlingswärme auf meinen Wangen.

Der Frühling ist ungefragt meine Lieblingsjahreszeit. Die Welt erwacht zu neuem Leben und setzt so ein Symbol, dass sich das Schöne immer gegen das Kalte und Böse durchsetzen wird. Wie zur Bestätigung fangen ein paar Vögel zu zwitschern an. Gleichzeitig höre ich aus dem Gebüsch ein Rascheln. Neugierig sehe ich in die Richtung des Geräusches, kann aber nichts entdecken. Schulterzuckend wende ich mich wieder ab und schenke die Aufmerksamkeit meinem Fitnesstracker. Wollen wir doch mal sehen: Ich bin zweieinhalb Kilometern in … verwundert ziehe ich die Nase kraus. Statt der Zeit, die ich für die Strecke gebraucht habe, zeigt der Fitnesstracker mir nur drei blinkende Striche an. Wie kann das sein? Ist das Ding etwa schon kaputt? Bisher hat es doch immer einwandfrei funktioniert. Ich drücke ein paar Tasten, erreiche damit aber überhaupt nichts. Abgesehen davon, dass ich langsam meine Geduld verliere und ärgerlich werde.

In der nächsten Sekunde passiert alles ganz schnell und unvorbereitet. Wie aus dem Nichts packt mich jemand von hinten. Meine

Genervtheit verpufft schlagartig und wandelt sich in Panik. Sofort möchte ich schreien, doch die Angst schnürt meine Kehle zu und alle Laute, die aus meinem Hals kommen, ersticken im Keim. Der Angreifer umschlingt mit beiden Armen fest meinen Bauch und drückt mich gegen sich. Trotz der unbändigen Angst, die ich in diesem Moment verspüre, bleibt mein Verstand messerscharf. Intuitiv kommen mir die Selbstverteidigungstechniken in den Sinn, die ich von Dad gelernt habe. Ich lasse mein Körpergewicht nach unten fallen und lehne mich mit dem Ellenbogen auf seinen Unterarm. Der Angreifer wirkt kurz überrascht, lässt aber nicht locker. Deshalb grätsche ich mit meinem Fuß zwischen seine Beine und treffe hart seinen Oberschenkel. Das zwingt ihn in die Knie und er beginnt zu fluchen. Ich nutze meine Chance und befreie mich endgültig, komme durch den rutschigen Waldboden aber selbst ins Straucheln. In dieser Zeit richtet sich der Mann auf und drängt mich mit dem Rücken gegen einen Baum. Er hält mich an den Oberarmen fest. So stehe ich ihm gegenüber und habe zum ersten Mal die Gelegenheit, ihn zu mustern. Er hat eine schlanke, hochgewachsene Gestalt und ist komplett in Schwarz gekleidet. Über seinem Gesicht trägt er eine Skimaske, die ebenfalls schwarz ist und nur seine Augen freigibt. Das wirkt zwar einschüchternd auf mich, aber es ist etwas anderes an ihm, das mich bis ins Mark erschüttert. Das Ankertattoo auf seinem Unterarm, welches unter den hochgekrempelten Ärmeln seines Pullovers hervorschaut. Es ist dasselbe, welches der Mann im Bus trug.

Das kann nur eins bedeuten: Ich bin kein Zufallsopfer. Das hier war geplant und der Täter hat es schon die ganze Zeit auf mich abgesehen. Aber wieso? *Womöglich ist er ein ehemaliger Straftäter, der sich wegen seiner Verurteilung an meinem Vater rächen möchte,* schießt es mir durch den Kopf. *Oder ...* – der Gedanke ist zu angsteinflößend, um ihn zu Ende zu denken, aber ich tue es trotzdem – *... er ist der gesuchte Serienmörder und ich bin die Nächste auf seiner Liste.*

Ich schlucke. Meine Knie werden weich. Er kommt mir gefährlich nahe. Der Duft seines herben Aftershaves dringt mir in die Nase. Ich erschaudere.

»Diesmal entkommst du mir nicht«, flüstert er dicht an meinem Ohr.

Das Blut rauscht in meinen Ohren und eine Stimme in meinem Kopf schreit mir unaufhörlich zu, dass ich etwas unternehmen muss, wenn ich nicht hier und heute sterben will. Aber mein Körper reagiert nicht darauf. Ich bin wie erstarrt. Und mein Kopf ist leer.

Angestrengt schließe ich die Augen. *Valerie, denk nach, verdammt!* Plötzlich trifft mich ein Geistesblitz. Stella muss jede Minute eintreffen. Ich muss den Mann also ablenken, damit er sie nicht bemerkt, wenn sie sich nähert. So hat sie die Chance, unbemerkt zu verschwinden und Hilfe zu holen. In der Zwischenzeit muss ich irgendwie an mein Handy gelangen und Dad anrufen. Ein sehr provisorischer Plan, bei dem viel schiefgehen kann, aber es ist das Einzige, was mir jetzt helfen könnte.

Vorsichtig werfe ich einen Blick auf den Täter, der mich noch immer zwischen sich und dem Baum gefangen hält. Er sieht aus, als würde er über etwas nachdenken, lässt mich jedoch keine Sekunde aus den Augen. Wahrscheinlich überlegt er gerade, ob er mich erst noch vergewaltigen oder direkt umbringen soll.

Langsam schiebe ich meine Hand in die Seitentasche meiner Yogapants und ziehe mein Handy hervor. Sofort schießen seine Augen in die Richtung meiner Hände und registrieren, was ich vorhabe. Wutschnaubend schlägt er mir das Handy aus der Hand und es landet mit einem dumpfen Plopp auf dem Waldboden.

»Verflucht, du kleine Schlampe. Hast du wirklich geglaubt, du könntest damit durchkommen?«

Das war's. Ich bin ihm wehrlos ausgeliefert. Ich werde sterben, das ist alles, was ich noch fähig bin zu denken.

Aber das Schicksal ist gnädig und bietet mir eine letzte Chance. Der Mann bückt sich. Ich reagiere schnell und nutze die Gelegenheit, mein Handy vom Boden aufzuheben. Mit zittrigen Händen bekomme ich es zu fassen. Hektisch versuche ich einen Notruf abzusetzen, aber meine Finger verfehlen vor Nervosität die Tasten.

»Valerie, pass auf! Er hat einen Stein!«

Ruckartig sehe ich auf. Fast fühle ich so etwas wie Erleichterung, als Stella hinter dem Angreifer auftaucht. Auch wenn sie mit ihrem lauten Aufschrei alles andere als unbemerkt bleibt und somit meinen ursprünglichen Plan durchkreuzt. Auf ihrem Gesicht spiegelt sich blankes Entsetzen. Kurz erkenne ich diesen Ausdruck auch in dem Blick des Mannes. Ihm scheint bewusst geworden zu sein, dass mit Stella nun eine Zeugin aufgetaucht ist.

Leider verschafft mir der kurze Anfall seiner Verunsicherung keinen Vorteil, weil die Bedeutung von Stellas Worten erst zu mir durchdringt, als er sich wieder unter Kontrolle hat. Mit einer ausladenden Handbewegung holt er aus und zielt mit dem Stein auf meinen Kopf. Obwohl alles in mir danach schreit, mich schützend hinunterzubücken, bleibe ich wie versteinert stehen. Etwas Kühles und Hartes trifft meinen Kopf. Ich befinde mich in einer Trance. Aus weiter Ferne höre ich Stellas Schreie. Sie rennt auf uns zu. Ich merke noch, wie ich falle.

Dann wird alles schwarz.

Dave

Noch während des Lesens lässt sich Claudia auf den Zweisitzer unseres Ecksofas sinken.

»Gib's endlich zu. So einen Liebesbrief würdest du auch gerne mal bekommen«, sage ich mit neckischem Unterton. Dabei zwicke ich sie unvorsichtig in die Seite, wodurch sie ins Straucheln gerät.

»Ey, lass das, du Idiot. Das hat wehgetan«, kreischt sie auf und verpasst mir ihrerseits einen Schubs. Die Augen hält sie jedoch weiterhin fest auf den Liebesbrief gerichtet, den Sophia mir heute nach dem Training feierlich überreicht hat. Ich hatte ein solches Attentat auf mich schon länger befürchtet. Doch jetzt, da sie es tatsächlich getan hat, fühle ich mich gleichermaßen geschmeichelt wie peinlich berührt. Um meine Gefühle zu kompensieren, habe ich den Brief Kevin und Claudia präsentiert.

»Von wegen. Claudia weiß auch ohne so ein Stück Papier, wie viel sie mir bedeutet«, meldet sich Kevin zu Wort.

Statt zu antworten, grummelt diese nur etwas vor sich hin, gefolgt von einem *Du-musst-es-ja-wissen-Blick* in Kevins Richtung. Belustigt schnippe ich mit den Fingern. »Wusste ich es doch. Ihr Frauen seid eben alle gleich: Sensibel, erwartet von uns Männern, eure Gedanken lesen zu können, und seid beleidigt, wenn wir es nicht tun. Aber vor allem seid ihr ja so romantisch.«

Ich lasse mich flapsig aufs Sofa fallen. Claudia wirft mir einen vernichtenden Blick zu.

»Ach halt doch endlich die Klappe. Wenn diese Sophia wüsste, was du in Wirklichkeit für ein Arsch bist, hätte sie dir diesen Brief sicher nicht geschrieben.«

»Falsch, meine Liebe. Tief in ihrem Inneren weiß sie das längst, aber meinem Charme kann eben keine Frau widerstehen. Geschweige denn dem hier.« Mit einer Handbewegung mache ich sie auf meinen Körper aufmerksam.

»Ähm … doch. Ich zum Beispiel!«

»Du hast ja auch generell einen eigensinnigen Geschmack.«

Daraufhin schnappt sich Claudia ein Kissen und wirft es nach mir. Entgegen ihrer erhofften Reaktion, mich mit dieser Aktion zu provozieren, fange ich es auf und mache es mir damit auf der Couch bequem. »Danke, sehr hilfsbereit von dir. Ein Kissen war genau das, was mir noch für ein gemütliches Nickerchen gefehlt hat.«

Ich kann förmlich sehen, wie sie innerlich austickt und gleichzeitig versucht, die Fassung zu bewahren. Eigentlich möchte ich gar nicht so vorwitzig sein, aber so bin ich eben. Und zugegebenermaßen macht es auch irrsinnigen Spaß, andere Leute auf die Palme zu bringen.

»Kannst du vielleicht auch mal etwas sagen?« Hilfesuchend blickt Claudia zu Kevin, der sich schon seit längerer Zeit aus dem Gespräch ausgeklinkt hat und mit verschränkten Arme vor sich hinstarrt. Jetzt schaut er Claudia direkt an. »Warum hast du mir nie gesagt, dass du dir Briefe von mir wünschst?«

»Müssen wir das ausgerechnet jetzt besprechen?«

»Ja!«

»Okay. Meinetwegen. Weil …« Claudia wirft einen Blick in meine

Richtung, den ich mit einem *Tu-dir-keinen-Zwang-an*-Gesichtsausdruck erwidere. « ... ich möchte ja nicht bloß einen süßen Liebesbrief von dir bekommen, weil ich es von dir verlange, sondern weil du von selbst auf die Idee kommst, dass ich so etwas mag. «

»Woher soll ich bitte wissen, was du magst, wenn du nicht mit mir darüber sprichst? «

Damit wären wir dann beim Thema Gedankenlesen. Ich sag's doch ...

Wütend erhebt sich Claudia. »Wir sind seit fünf Jahren zusammen. Da kann ich doch erwarten, dass du mich langsam gut genug kennst, um alleine darauf zu kommen! «

Der Streit scheint zu eskalieren. *Oh ragazzo.* Um unbeteiligt zu wirken, greife ich nach meinem Handy auf dem Couchtisch und scrolle durch Instagram, ohne mir wirklich die Fotos dort anzusehen. Aber die beiden scheinen meine Anwesenheit ohnehin schon vergessen zu haben. Lautstark und wild gestikulierend werfen sie sich alles Mögliche an den Kopf, selbst Dinge, die mit dem ursprünglichen Konflikt überhaupt nichts zu tun haben.

Mit halbem Ohr dem Streit lauschend und halber Aufmerksamkeit für mein Handy verharre ich auf der Couch und frage mich, wann der richtige Augenblick ist, sich zu verziehen. Da öffnet sich unsere Wohnungstür und Derek kommt herein. Ich war noch nie so froh, ihn zu sehen, bis ich bemerke, wie er aussieht. Seine Kleidung ist von oben bis unten mit Erde beschmiert. Sogar in seinem Gesicht prangt ein dicker Erdklumpen und in seinen raspelkurzen Haaren haben sich Blüten eines Haselnussbaums verfangen. Statt uns zu begrüßen, zieht er seine Jacke aus und hängt sie an die Garderobe neben der Wohnungstür. Mit seinen Gedanken scheint er weit weg zu sein. Ich springe auf und gehe zu ihm hinüber.

»*Buona sera.* Hast du etwa mit den Wildschweinen im Schlamm gebadet? «

»Ach, lass mich in Ruhe. «

Ohne mich anzusehen, trollt er sich in sein Zimmer. Ich folge ihm. Im Türrahmen bleibe ich stehen und sehe ihm dabei zu, wie er sich die dreckigen Kleider vom Leib streift.

»Hey, was ist denn los?«, probiere ich es etwas diplomatischer. Wütend schleudert Derek sein T-Shirt in meine Richtung. Reflexartig fange ich es auf. Aus zusammengekniffenen Augen sieht er mich an. »Du willst wissen, was los ist? Ich hatte einen verfickten Scheißtag und anstatt mir jetzt auch noch dein Gequatsche anhören zu müssen, will ich einfach in Ruhe duschen!« Mit diesen Worten lässt er mich perplex zurück. Wenige Sekunden später höre ich die Badezimmertür mit einem lauten Knall ins Schloss fallen.

O Mann, was ist dem denn für eine Laus über die Leber gelaufen? Die schlechte Laune scheint sich in der WG wie ein Lauffeuer zu verbreiten. Apropos ... Claudia und Kevin sind verdächtig still geworden. Ich werfe Dereks Shirt auf sein Bett und gehe zurück in den gemeinschaftlichen Wohnbereich, nur um festzustellen, dass die beiden nicht mehr da sind. Dafür dringen aus Kevins Zimmer eindeutige Geräusche, die auf eine Versöhnung hindeuten.

Oh, là, là. Das ging schneller als erwartet.

Auf der Couch entdecke ich Sophias Liebesbrief und stecke ihn in die Hosentasche. Dann höre ich etwas auf den Boden fallen und kurz darauf Claudias lustvollen Aufschrei. Gleichermaßen grinsend wie kopfschüttelnd gehe ich in mein Zimmer. Dort angekommen, tausche ich meine Jeans gegen eine Jogginghose, anschließend verfrachte ich den restlichen Haufen getragener Kleider von meinem Bett auf meinen Schreibtischstuhl, ehe ich mich selbst auf die Matratze sinken lasse.

Etwa eine halbe Stunde später liege ich immer noch genau so da und starre an die Decke. So sehr ich es liebe, in Gesellschaft zu sein, umso schwerer ertrage ich es, wenn ich alleine bin. Denn dann habe ich niemanden mehr um mich herum, der mich von den immer wiederkehrenden Gedanken in meinem Kopf ablenkt. Um es präzise auszudrücken, von dem Gedanken an eine bestimmte Person. Josephina. Ich habe immer behauptet, ich würde sie lieben und alles für sie geben. Aber als sie mich am meisten gebraucht hat, habe ich sie im Stich gelassen. Wie jedes Mal beginnen Schuldgefühle an mir zu nagen. Das Gefühl, versagt zu haben, mischt sich dazu.

Josephinas Lachen erklingt in meinem Kopf. Erst ist es wunderschön, doch dann verwandelt es sich immer mehr in einen Hilfeschrei. Panik durchströmt mich in Form von Adrenalin. Mein Puls beschleunigt sich und meine Hände werden feucht. In Gedanken versuche ich ihr zu helfen, aber es geht nicht, weil ich derjenige bin, der sie ins Unglück treibt.

Die Situation ist nicht real, versuche ich mir in Erinnerung zu rufen. *Du liegst nur in deinem Bett und Josephina ist bereits seit einem Jahr ...*

Bevor ich den Satz zu Ende denken kann, schrecke ich auf. Diesen Zustand von ihr kann ich immer noch nicht aussprechen. Nicht mal in meinem Kopf. Ich spüre mein Herz, das noch immer so heftig schlägt, als wäre ich gerade einen Marathon gelaufen. Um mich zu beruhigen, greife ich nach meinem Handy in der Hoffnung, mich dadurch abzulenken. Ich öffne Instagram und scrolle durch dieselben Fotos wie vorhin schon. Plötzlich taucht Valeries Gesicht auf meinem Display auf. Auf dem Foto zeigt sie sich seitlich, sodass ihre Flechtfrisur besonders zur Geltung kommt. Ihr Lächeln wirkt ehrlich und lässt ihre Augen strahlen.

Sie sieht wirklich hübsch aus.

Ich denke den Satz, bevor mir seine Bedeutung bewusst wird. Aber jetzt spüre ich deutlich, wie sich durch Valeries Anblick meine innere Unruhe auflöst. In meinem Bauch macht sich ein warmes Gefühl breit. Erschrocken stelle ich fest: Kann es sein, dass ich Valerie mehr mag, als ich mir bisher eingestehen wollte? Aber das kann ... nein, das darf nicht sein, denn dieser Platz in meinem Herzen ist auf ewig Josephina vorbehalten. Wenigstens das bin ich ihr schuldig.

Noch aufgewühlter als zuvor lege ich mein Handy beiseite. Da ich das Schlafen jetzt endgültig vergessen kann, gehe ich in die Küche. Dort hole ich mir ein Red Bull aus dem Kühlschrank und lasse mich anschließend auf der Couch nieder.

Ich mache mich auf eine weitere elende schlaflose Nacht gefasst, da setzt sich Derek neben mich.

»Na, auch im Tal der Schlaflosen?«

»Ja, kein Wunder bei dem Lärm«, entgegne ich bemüht belustigt und nicke mit dem Kopf in Richtung von Kevins Zimmer.

»Was du nicht sagst. Das ist sicherlich die dritte Versöhnungsrunde an diesem Abend.«

Ich füge schmunzelnd hinzu: »Das ist wohl auch die mindeste Wiedergutmachung für die ganzen versäumten Liebesbriefe.«

Fragend zieht Derek eine Augenbraue hoch, aber ich winke ab. »Frag nicht. Claudia hat aus einer Mücke mal wieder einen Elefanten gemacht.«

»Okay.«

Nach einer Minute des Schweigens räuspert Derek sich: »Du, sorry wegen vorhin, war nicht so gemeint. Meine schlechte Laune ist wohl mit mir durchgegangen.«

»Kein Problem.« Neugierig, wie ich bin, füge ich hinzu: »Woher kam denn deine schlechte Laune?«

Bei seiner Antwort rutscht Derek beschämt auf dem Sofa hin und her. »Das ist eine total bescheuerte Geschichte. An der Uni hypen doch gerade alle die Videos von diesem Extremsportler.«

Ich nicke zustimmend. Die krassen Stunts des Influencers Nick Spacy habe ich auch schon gesehen. Mit seinem Mountainbike rast er die steilsten Abhänge hinunter und überquert nebenbei alle Arten von Hindernissen. Das sieht ziemlich beeindruckend aus.

Derek fährt fort: »Ich war angepisst von diesem ständigen *Die-Sportler-sind-die-Coolsten*-Gehabe, deshalb habe ich mein Maul zu weit aufgerissen und behauptet habe, so was könne doch jeder. Daraufhin haben mich ein paar meiner Kommilitonen herausgefordert zu wetten, ob ich es ebenfalls mit dem Fahrrad über einen Baumstumpf schaffe. Wie das Ganze ausgegangen ist, kannst du dir ja denken.«

Ich lache auf. »Dein Ernst? Wie kann jemand wie du, der in etwa so sportlich ist wie ein Sack Mehl, nur so bescheuert sein und sich darauf einlassen?«

»Das Einzige, was noch peinlicher gewesen wäre, als auf der Fresse zu landen, wäre gewesen zu kneifen.«

»Du warst sehr tapfer. Ich bin stolz auf dich.«

Daraufhin fällt Derek in mein Lachen ein. Der Moment fühlt sich gut an. So, als wäre alles in bester Ordnung. Bei genauerer Betrachtung ist es das auch. Ich lache gemeinsam mit meinem besten Freund. Und Josephina ist zwar nicht mehr hier, aber sie bleibt dennoch die einzige Frau, für die ich eine tiefe Zuneigung empfinde. Das kann auch Valerie nicht ändern. Wie konnte ich nur eine Sekunde daran zweifeln?

Valerie

Ich erwache, doch alles ist verschwommen. Ich blinzle ein paar Mal, um meine Sicht zu schärfen. Vorsichtig erkunde ich meine Umgebung. Um mich herum sind viele Bäume. An einem von ihnen sehe ich ein Eichhörnchen hinaufklettern. Ein Vogel kreist in der Luft auf der Suche nach Beute. Unvermittelt schaue ich nach links und erkenne den Waldsee inmitten der Lichtung.

Langsam setze ich mich auf und sofort überkommt mich ein überdimensionaler Schwindel. Die Welt dreht sich weiter, nur mit dem Unterschied, dass ich es auf einmal spüren kann. Ich schließe die Augen und versuche mich zu fokussieren. Als es einigermaßen funktioniert, beginne ich, mir den Dreck von der Kleidung zu wischen.

»Hallo?«, rufe ich in die Stille hinein, aber niemand antwortet.

Ich bin alleine, stelle ich fest, worauf mich ein Gefühl der Einsamkeit überschwemmt. Ich sollte nicht alleine im Wald unterwegs sein. Mit voller Kraft versuche ich mich zu erinnern, wie ich hierhergekommen bin. Und vor allem, warum ich allem Anschein nach auf dem Waldboden eingeschlafen bin.

Doch in meinem Kopf herrscht ein großer Nebel. Ich versuche angestrengt nachzudenken, aber außer einem großen Fragezeichen erhalte ich keine Antwort. Das Letzte, an das ich mich erinnere, ist der Streit mit Stella wegen des Videos. Und dann ... Ich drücke meine Finger gegen die Schläfen, um besser nachdenken zu können. Plötzlich fällt mir etwas ein.

Richtig. Ich wollte mich ja hier mit Stella treffen. Nur anscheinend ist sie nicht hier.

Ich entdecke mein Handy neben mir im Matsch und hebe es auf. Stella müsste längst da sein, verrät mir ein Blick auf die Uhr des Displays. Das ist seltsam. Ich versuche sie anzurufen, aber nur die Mailbox meldet sich. Dann werde ich wohl bei ihr vorbeigehen müssen.

Entschlossen rapple ich mich auf, was sich als Fehler entpuppt, denn als ich auf den Beinen bin, beginnt mein Kopf wieder Karussell zu fahren. Der Schwindelanfall bringt mich ins Taumeln. Außerdem hat sich ein stechender Schmerz in meinem Kopf breitgemacht. Panisch halte ich mich an einem Baumstamm fest und versuche mich zu beruhigen, ehe ich es wage, ein paar Schritte zu gehen. Weit komme ich nicht. Der Schwindel und die Kopfschmerzen werden so unerträglich, dass ich mich übergeben muss. Nachdem auch der letzte Essensrest draußen ist, fühle ich mich kurzzeitig besser. Trotzdem bin ich müde und erschöpft. Der Nebel in meinem Kopf wird immer dichter.

Tapfer gehe ich weiter. Setze einen Fuß vor den anderen und fixiere dabei meine Schuhe, um weitere Schwindelanfälle zu vermeiden. Auf dem Weg zu Stella lege ich einen Zwischenstopp bei mir zu Hause ein. Mit letzter Kraft schleppe ich mich ins Bad und spritze mir Wasser ins Gesicht. Die Nässe wirkt erfrischend auf meiner Haut und ich fühle mich sogleich besser. Anschließend gehe ich in mein Zimmer, um mich umzuziehen. Dort erwartet mich mein Bett, das mich verführerisch weich und bequem anlächelt.

Nur fünf Minuten, sage ich mir. Fünf Minuten, in denen ich mich ausruhe, bevor ich zu Stella gehe.

Vor Erleichterung lasse ich mich seufzend in die Kissen sinken und strecke mich aus. Ich schwöre, mein Bett war noch nie so gemütlich. Und das Beste ist, sobald ich die Augen schließe, hört alles auf, sich so fürchterlich zu drehen. Ohne dass ich etwas dagegen unternehmen kann, wird der Nebel in meinem Kopf immer dichter und dichter, bis er mich schließlich in einen traumlosen tiefen Schlaf davonträgt.

Dienstag, 30.04.2019

Valerie

Mein Handyweckruf, unser Telefon unten und die Haustürklingel haben offenbar ein Komplott gegen mich geschmiedet. Anders kann ich mir nicht erklären, weshalb sie alle gleichzeitig lostönen.

»Bin ja schon wach«, murmle ich schlaftrunken und schalte die Weckfunktion meines Handys aus. Mein Kopf brummt. Doch ohne zunächst weiter Notiz davon zu nehmen, stolpere ich hastig aus dem Bett. Auf dem Weg nach unten möchte ich mir schnell etwas überziehen. Dabei wird mir bewusst, dass ich noch immer die Sportsachen von gestern trage. O mein Gott, das kann nur eins bedeuten: Anstatt zu Stella zu gehen, bin ich wohl eingeschlafen. Sie wird bestimmt auf mich gewartet haben. Am besten, ich rufe sie gleich an.

Das Telefon und unsere Klingel läuten weiter erbarmungslos um die Wette. Okay, ich sollte wohl zuerst schnell nach unten gehen und diesem Lärm ein Ende bereiten.

Im Vorbeigehen öffne ich die Haustür. Dahinter erscheint Dad, der mir eine Tüte mit frischen Brötchen entgegenstreckt. »Guten Morgen. Ich habe uns Frühstück besorgt.«

»Danke, echt lieb von dir. Aber wo hast du schon wieder deinen Schlüssel gelassen?«

»Vergessen. Und irgendwie muss ich dich ja aus dem Bett kriegen.« Mit teils gespielter, teils echter Genervtheit rolle ich mit den Augen. Statt etwas zu erwidern, nehme ich ihm die Tüte ab und marschiere weiter, auf der Suche nach unserem Telefon. Auf dem Küchentisch finde ich es schließlich. Die Nummer ist mir nur allzu bekannt und verpasst mir unmittelbar ein mulmiges Gefühl. Es ist Stellas Festnetznummer. Seit sie ein Handy besitzt, hat sie mich nicht mehr über diese Nummer angerufen und das ist immerhin schon fast zehn Jahre her. Irgendetwas ist hier seltsam. Verwundert nehme ich ab.

»Hi, Stella. Sag bloß, du hast dein Handy verlegt. Du, wegen gestern, ich …«

Eine aufgeregte Stimme unterbricht mich: »Valerie, bist du das? Hier ist nicht Stella, sondern Helena.«

Oh, Stellas Mom. Und sie klingt ziemlich besorgt. Sofort läuten bei mir die Alarmglocken. »Ja, ich bin's. Ähm … Weshalb rufen Sie mich an? Ist etwas mit Stella passiert?«

»Ja. Nein. Das heißt, ich weiß es nicht. Deswegen rufe ich dich ja an.« Sie klingt wirklich durcheinander. »Stella ist die ganze Nacht nicht nach Hause gekommen, ohne sich bei uns zu melden. Ich weiß, sie ist erwachsen, aber so etwas sieht ihr gar nicht ähnlich. Eigentlich hatte ich gehofft, sie wäre bei dir … ich mache mir wirklich große Sorgen.«

In meinem Hals hat sich ein riesiger Kloß gebildet. Wenn Stella nicht zu unserer Verabredung gekommen ist, aber auch nicht zu Hause ist, wo steckt sie dann bloß?

»Tut mir leid, ich weiß leider auch nicht, wo sie sein könnte. Wir wollten uns am See treffen, aber sie ist dort nicht aufgetaucht«, quetsche ich nach einer gefühlten Ewigkeit hervor.

»Okay, wann war das ungefähr?«

»Später Nachmittag. So gegen fünf vielleicht.«

»Alles klar. Ich bin im Moment dankbar für jeden Hinweis. Könntest du mir bitte sofort Bescheid geben, sobald sie sich bei dir meldet?«

Ich nicke mechanisch. Als mir klar wird, dass Stellas Mom das nicht durchs Telefon sehen kann, füge ich hinzu: »Selbstverständlich.« Nach einer kurzen Verabschiedung legt Helena auf. Anstatt es ihr gleichzutun, lausche ich dem Freizeichen im Telefonhörer. Mein Kopf ist wie leergefegt. Stella ist weg und niemand weiß, wo sie ist. Es ist, als wären Helenas Worte noch gar nicht richtig bei mir angekommen und ich müsste erst noch versuchen, sie zu verstehen. Eigentlich möchte ich verzweifelt sein, doch stattdessen fühle ich gar nichts. Das muss am Schock liegen.

Stella ist weg, dieser Gedanke kreist weiter in meinem Kopf, doch diesmal halte ich dagegen. Es ist, als würden meine Lebensgeister zurückkehren und mich aus meiner Schockstarre befreien. Ich beende das Freizeichen des Telefons und wähle Stellas Handynummer.

Bitte geh ran!, flehe ich inständig, aber mein Bitten wird nicht erhört. Nach dem vierten Läuten meldet sich die Mailbox. Das darf doch nicht wahr sein. Ich versuche es erneut, habe aber wieder keinen Erfolg.

»Verdammt, wo steckst du nur?!« Mit einem lauten Fluch knalle ich das Telefon unsanft auf den Küchentisch.

»Bin schon da. Ich wollte vor dem Essen eben nur noch mal schnell ins Bad«, sagt Dad und erscheint im selben Moment im Türrahmen.

»Ich meine doch nicht dich, sondern Stella! Sie ist seit gestern spurlos verschwunden.«

In Kurzform erzähle ich ihm von den gestrigen Ereignissen und dem Telefonat eben. Am Ende bricht meine Stimme weg.

Besorgt kommt Dad auf mich zu. »Na, komm mal her, meine kleine Große. Du brauchst dir keine Sorgen zu machen. Sicher war alles nur ein Missverständnis und sie taucht ganz schnell wieder auf.«

Zu gern würde ich ihm glauben, aber mein Bauchgefühl sagt mir etwas anderes. Ich lasse mich in seine Umarmung sinken. Wärme und Geborgenheit breiten sich in mir aus, wodurch ich das Gefühl habe, alles loslassen zu können. So bahnen sich die ersten Tränen ihren Weg an die Oberfläche.

»Ich habe einfach Angst, dass ihr etwas Schreckliches passiert

ist. Kannst du denn gar nichts machen? Du bist immerhin Polizist.«
Hilfesuchend sehe ich ihn an.

»Da Stella erwachsen ist, gestaltet sich das schwierig. Sie darf sich ohne jegliche Erlaubnis einer anderen Person aufhalten, wo immer sie möchte. Die Polizei nimmt die Ermittlungen erst auf, sobald der Verdacht auf ein unfreiwilliges Verschwinden beziehungsweise eine Straftat besteht.«

»Sie wollte sich mit mir treffen und ist nicht aufgetaucht. Und sonst scheint sie auch nirgends zu sein. Das sollten ja wohl genug Verdachtsmomente sein.«

»Valerie, dafür kann es auch zahlreiche andere Gründe geben. Beispielsweise einen Verkehrsunfall. Ich denke, wir sollten erst mal bis heute Abend abwarten.«

Ein Unfall. Dad sagt das, als wäre es etwas Harmloses. Aber der Kloß in meinem Hals vergrößert sich nur bei dem Gedanken daran. Trotzdem vertraue ich meinem Vater. Wenn er der Meinung ist, es sei das Beste, abzuwarten, dann kann ich wohl erst mal nur hoffen, dass sich Stella bald meldet. Ich atme tief durch, um mich zu beruhigen. Immer gleich den Teufel an die Wand zu malen bringt schließlich auch nichts.

Unerwartet klingelt es an der Tür. Vielleicht ist sie das. Hoffnungsvoll schaue ich zu Dad auf. Ich sehe ihm an, dass er dasselbe denkt.

»Na, geh schon.«

Ich löse mich aus seiner Umarmung und eile zur Haustür. Gleich hat der ganze Spuk ein Ende. Mit Schwung öffne ich die Tür, aber es ist nicht Stella, die vor mir steht, sondern Dave. Ernüchterung und Verwirrung machen sich in mir breit. »Was machst du denn hier?«

»Hey erst mal. Und danke für diese freundliche Begrüßung. Ich habe dir doch versprochen, dich mit dem Auto zur Arbeit mitzunehmen. Schon vergessen?«

Oh, stimmt, vor lauter Aufregung habe ich gar nicht mehr daran gedacht.

»Nein, natürlich nicht. Ich hatte nur jemand anderen erwartet«, gestehe ich.

Dave lehnt sich lässig an unseren Türrahmen. »Also bitte. Ich bin der Typ, der dich in deinem Lieblingsauto herumkutschiert. Wer soll das toppen können?«

»Ein Typ, der mich mit seinem Lieblingsauto fahren lässt, beispielsweise.« Der Konter geht über meine Lippen, bevor ich es verhindern kann. Durch den ganzen Wirbel heute Morgen scheine ich ziemlich durcheinander zu sein und spreche, ohne vorher nachzudenken. In gewisser Weise fühlt sich das gut an.

»*Bella mia,* das hatten wir doch schon. Aber sehr bewundernswert, mit wie viel Ausdauer du an die Sache herangehst.«

»Hmpf«, ist alles, was ich rausbringe. Na, super. Das war's dann wohl schon mit meiner Schlagfertigkeit. Aber so, wie Dave mich anschaut, ist das auch kein Wunder. Heute wirken seine Augen mehr blau als grün und er mustert mich eingehend von oben bis unten. Das macht mich nervös und mein Herz beginnt kräftig zu schlagen. Ich versuche, seinem Blick standzuhalten, aber dadurch wird mir nur noch flauer im Magen und ich sehe weg. Warum sieht er mich so eindringlich an?

»Interessantes Outfit. Aber willst du wirklich so zur Arbeit gehen?«

Oh, deshalb. Ich trage noch immer meine figurbetonende Sportkleidung, die einen ziemlich deutlichen Blick auf meinen Körper zulässt. Zudem haben sich meine Haare in den Überresten der Flechtfrisur verknotet. Ich fühle mich unwohl und gehe in die Offensive. »Ich war gerade dabei, mich fertig zu machen, du bist viel zu früh dran.«

Dave zieht sein Handy aus seiner hinteren Hosentasche und wirft einen prüfenden Blick darauf. »Nichts für ungut, aber um ehrlich zu sein, bin ich sogar zehn Minuten zu spät.«

Wie ich es hasse, wenn er recht hat. Aber im Moment finde ich die Aussicht, zu spät zu kommen und Onkel Hannes mit den ganzen Aufbauarbeiten alleine zu lassen, noch viel schlimmer. Durch den Aufruhr, mit dem dieser Tag begonnen hat, muss ich wohl völlig die Zeit vergessen haben.

Keine Panik, Valerie. Wenn du dich beeilst, können wir immer noch pünktlich ankommen, beruhige ich mich. An Dave gewandt sage ich: »Gib mir fünf Minuten.«

Dann schlage ich ihm ohne jegliche Vorwarnung die Tür vor der Nase zu und renne eilig die Treppe hinauf. Auch wenn ich es mir anders wünsche, bleibt mir keine Zeit, um zu duschen. So muss ich mich mit einer Katzenwäsche und dem allernötigsten Make-up begnügen. Anschließend tausche ich Sport-BH und Yogahose gegen einen schwarzen Pullover mit transparenten Puffärmeln und einer Leggings im Leopardenprint. Schnell löse ich noch die Überreste des Zopfes auf. Während ich meine Haare kämme, zucke ich unwillkürlich vor Schmerzen zusammen. Intuitiv halte ich inne. Ich lege die Bürste beiseite und fahre vorsichtig über die schmerzende Stelle an meiner linken Kopfhälfte. Ich spüre eine Erhebung, die definitiv nicht dort sein sollte. Deshalb auch die Kopfschmerzen. Aber woher kommt diese Beule? An einen Unfall, der eine derartige Kopfverletzung auslöst, müsste ich mich doch erinnern. Ein mulmiges Gefühl überkommt mich. Leider habe ich durch das Voranschreiten der Zeit jetzt nicht die Gelegenheit weiter darüber nachzudenken.

Ein letzter Blick in den Spiegel verleitet mich zu dem Gedanken, dass ich passabel genug aussehe, um Dave vor die Augen zu treten. Obwohl, eigentlich ist es mir doch egal, ob er mich hübsch findet, schiebe ich schnell hinterher. Ich verdränge die beiden widersprüchlichen Stimmen aus meinem Kopf und packe in Windeseile meine Sachen zusammen.

»Ich muss los. Ciao, Dad!«, rufe ich im Hausflur.

»Warte, ich dachte, ich fahre dich. Und wer war das an der Haustür?«

»Jemand von der Arbeit. Er nimmt mich mit. Aber ich bin echt spät dran. Wir reden später, okay?«

Dad streckt seinen Kopf zur Küchentür raus. »Einverstanden. Verrate mir nur eins: Sieht er gut aus?«

»Paps! Er ist nur ein Kollege. Du bist ja schlimmer als Stella.« Noch während die Worte meinen Mund verlassen, erfüllt eine drückende Schwere die Luft bei der Erwähnung von Stellas Namen.

»Mach dir wirklich keine Sorgen. Wir finden deine Freundin schon«, sagt Dad tröstend.

»Das hoffe ich.«

Mit einem beklemmenden Gefühl verlasse ich das Haus. Die kurze Ablenkung, die Daves unerwartetes Erscheinen ausgelöst hat, ist vorbei. Stellas Verschwinden kreist unaufhörlich in meinem Kopf. Dave hat sich bereits hinters Steuer gesetzt und tippt auf seinem Handy herum. Als ich die Tür öffne, legt er es erschrocken beiseite, als hätte ich ihn bei etwas Verbotenem erwischt. An jedem anderen Tag würde ich mich vermutlich darüber wundern, doch heute erinnert es mich nur daran, einen raschen Blick auf mein eigenes Handy zu werfen. Das führt jedoch nur dazu, noch frustrierter zu werden, denn Stella hat sich noch immer nicht gemeldet.

Die Fahrt verläuft schweigend. Abgesehen von der Musik, die aus dem Radio dringt und genauso schrecklich ist wie beim letzten Mal.

»Du bist so still heute. Erzähl doch mal was«, fordert Dave mich nach einiger Zeit auf.

Mir ist aber absolut nicht nach einer Unterhaltung zumute. Deshalb starre ich angestrengt durch die Windschutzscheibe und lasse es so aussehen, als hätte ich ihn nicht gehört.

»Okay, eigentlich ist das ja nichts Neues. Du bist immer ziemlich schweigsam«, fügt er seiner letzten Äußerung hinzu.

Ich weiß, er meint es bestimmt nicht abwertend, aber wenn ich eins hasse, dann ist es, von anderen auf meine Schüchternheit angesprochen zu werden. Mir ist durchaus bewusst, dass ich diese Art an mir habe, doch es von anderen ständig auf die Nase gebunden zu bekommen, macht es nicht gerade besser. Im Gegenteil, ich fühle mich im Zugzwang, wenn genau diese negativ deklarierte Eigenschaft, die ich ständig zu verstecken versuche, mal wieder auffliegt. Denn dann muss ich gezwungenermaßen handeln, um das Gegenteil zu beweisen.

Aus dieser Bedrängnis heraus bringe ich hervor: »Bei diesem Lärm ist es auch unmöglich, sich zu unterhalten.«

Dave dreht die Lautstärke herunter. »Sag bloß, dir gefällt meine Musik nicht.«

»Ich sagte lediglich, dass sie laut ist ... okay, und vielleicht ein bisschen nervig.«

»Du bist ganz schön frech heute Morgen.«

Mir egal, ob er mich für frech hält. Hauptsache, er ist still und ich kann in Ruhe weiter darüber nachdenken, wo Stella sein könnte. Oder weshalb ich im Wald eingeschlafen bin.

Unvermittelt zwickt Dave mich in die Seite und seine Berührung hinterlässt an dieser Stelle ein Kribbeln auf meiner Haut. Fuck. So kann ich mich definitiv nicht konzentrieren.

»Was hörst du denn für Musik?«, fragt Dave.

»Ähm ... nur so Allgemeines aus den Charts.«

»Ach, komm schon. Das ist doch langweilig.«

Auffordernd sieht er in meine Richtung. Wieso möchte er sich so dringend über meinen Musikgeschmack unterhalten? Wahrscheinlich sucht er nur wieder etwas an mir, über das er sich auslassen kann.

»Ed Sheeran höre ich gerne«, gebe ich schließlich doch nach. Mit gesenktem Blick füge ich hinzu: »*Thinking out loud* ist mein Lieblingslied.«

Wie ich es erwartet habe, prustet Dave daraufhin los. Sein dummer Kommentar geht allerdings in einem Rauschen, das sich in meinem Kopf ausbreitet, unter, denn gleichzeitig entdecke ich den Fitnesstracker an meinem Handgelenk. Eine bruchstückhafte Erinnerung kehrt zurück. Bevor ich auf unerklärliche Weise eingeschlafen bin, wollte ich den Tracker reparieren. Da bin ich mir auf einmal ganz sicher. Aber was ist danach passiert? Die Antwort darauf könnte der Schlüssel zu Stellas Verschwinden sein. Angestrengt versuche ich noch mehr Erinnerungen zu rekonstruieren, doch es gelingt mir nicht. Frustriert starre ich weiter auf meinen Fitnesstracker.

Plötzlich hält Dave an. Als ich hochsehe, bemerke ich, dass wir bereits im Parkhaus angekommen sind.

Auf dem Weg zum Marktplatz beginnt Dave wie üblich wild draufloszuplappern. Obwohl ich es versuche, gelingt es mir nicht wirklich, ihm zuzuhören. Mit meinen Gedanken bin ich noch gestern am Waldsee. Mein Unterbewusstsein sagt mir, dass irgendetwas vorgefallen sein muss, aber ich schaffe es einfach nicht, mich zu erinnern. Das macht mich verzweifelt und wütend. Wenn ich nicht so verdammt schüchtern wäre, würde ich losschreien. Aber wie immer bleibe ich still. Auch noch beim Aufbauen des Marktstandes, beim

Ausladen der Kisten, selbst als Dave und Hannes fragen, ob mit mir alles in Ordnung sei, presse ich nur die Lippen aufeinander und nicke. Dazu diese höllischen Kopfschmerzen. Ich fühle mich schrecklich. Dann kommt der Zeitpunkt, an dem ich eigentlich immer mein Buch hervorhole. Doch jetzt entspannt zu lesen wäre undenkbar. Deshalb greife ich zu meinem Bullet Journal und beginne, auf der nächsten freien Seite die Monatsübersicht für den Mai zu zeichnen. Akribisch achte ich darauf, alle Kästchen akkurat nebeneinander anzuordnen. Das ist eindeutig einer meiner *Durch-Ordnung-kontrolliere-ich-mein-Leben*-Momente. Aber solange Stella nicht wieder auftaucht, kommt rein gar nichts in Ordnung. Und das Schlimmste daran ist: Solange ich mich nicht daran erinnere, was passiert ist, kann ich absolut nichts an der Situation ändern.

Dave

Mittlerweile sollte ich mich an Valeries verstockte Art gewöhnt haben, aber an diesem Morgen verhält sie sich besonders seltsam. Schon seit ich sie in der Früh abgeholt habe, wirkt sie, als wäre sie nicht richtig anwesend. Passend zu ihrem merkwürdigen Verhalten liest sie, entgegen ihrer Gewohnheit, heute nicht in einem Roman, sondern kritzelt etwas in ein Notizbuch.

Ich werfe einen vorsichtigen Blick über ihre Schulter. »Na, heute gar nicht am Lesen?«

Sie zuckt erschrocken zusammen, wodurch die Linie verwackelt, die sie gerade in ihr Notizbuch zeichnet. Sie wirft mir einen vernichtenden Blick zu. »Besten Dank auch. Sieh nur, was du angerichtet hast.« Vorwurfsvoll deutet sie auf die verschmierte Seite.

»Tut mir leid«, sage ich, mehr aus Reflex, als dass ich es wirklich so meine.

»Deine Entschuldigung bringt mir nun auch nichts mehr«, giftet sie zurück und kramt gleichzeitig in ihrem Federmäppchen nach einem Tipp-Ex, mit dem sie den Fehler auszubügeln versucht.

»Was machst du da eigentlich genau?«, frage ich, weil ich den Zweck hinter diesen Kästchen nicht erkennen kann.

»Ich male die Monatsübersicht für Mai in meinem Bullet Journal.« Valerie spricht, als wäre das auf einen Blick zu sehen. In ihrem Unterton schwingt sogar ein leiser Vorwurf mit, weil ich das nicht sofort erkannt habe. Aber ich kann mich deswegen nicht schlecht fühlen, denn genau genommen habe ich trotz ihrer Erklärung noch immer keine Ahnung, von was sie spricht.

»Ein Bullet-was?«

»Ein Bullet Journal. Das ist eine Art individualisierter Kalender.«

Aha.

Argwöhnisch ziehe ich eine Augenbraue nach oben. »Und warum kaufst du dir nicht einfach einen Kalender?«

Valerie schaut mich an, als wäre ich schwer von Begriff, aber ehrlich gesagt verstehe ich wirklich nicht, warum sie Zeit damit verschwendet, hunderte von Kästchen zu malen, wenn sie ganz einfach eine vorgedruckte Version nutzen könnte.

»Weil ich mir hier die Seiten so einteilen kann, wie ich es gerade brauche. Schau her, ich zeig's dir.«

Sie klingt ziemlich enthusiastisch, während sie das Notizbuch durchblättert und mir unzählige To-do-Listen und andere Übersichten unter die Nase hält. Warum man für gefühlt jede Tätigkeit in seinem Leben eine eigene Auflistung benötigt, bleibt mir zwar immer noch unklar, aber Valerie blüht durch ihre Freude, mir all das zu zeigen, zum ersten Mal an diesem Morgen so richtig auf. Deshalb unterbreche ich sie nicht, sondern lasse sie weitererzählen. Dabei beobachte ich das Lächeln, welches sich auf ihr Gesicht geschlichen hat. Und ohne es zu wollen, fange ich dadurch auch an zu grinsen.

»Valerie, warte! Du hast dein Handy vergessen!«, rufe ich hinter ihr her, aber es ist zu spät. Sie ist bereits in der Menschenmasse untergetaucht und hört mich nicht mehr. Obwohl ich es geschafft habe, sie kurzzeitig aufzuheitern, gewann danach wieder ihre seltsame Stimmung die Oberhand. Und nun, nach Feierabend, ist sie ohne ein weiteres Wort davongerauscht.

Unschlüssig starre ich auf ihr Handy. Sicher wird sie es bald vermissen, so oft, wie sie den ganzen Morgen daraufgeschaut hat. Mit wem sie wohl so schreibt? Gegen jede Vernunft siegt meine Neugier. Ich drücke auf die Home-Taste und das Display leuchtet auf. Es erscheint ein Feld mit der Mitteilung über drei neue Nachrichten auf WhatsApp und eine Benachrichtigung auf Instagram. Um die Absender sichtbar zu machen, müsste ich allerdings einen vierstelligen Zahlencode eingeben, der das Handy entsperrt. Das rosa schattierte Hintergrundbild zeigt in schwarzen Lettern den Spruch: *Hahaha, you don't know my password!* Das bringt mich zum Schmunzeln. Der Text könnte fast von mir sein. Andererseits fühle ich mich ertappt. Valeries Nachrichten gehen mich gar nichts an. *Eigentlich interessieren die mich auch gar nicht,* beschwöre ich mich in Gedanken.

Schließlich wird das Display wieder schwarz. Ich stecke das Handy in meine Hosentasche. Dann verabschiede ich mich von Evy und mache mich auf den Weg zu Valerie.

Kurze Zeit später stehe ich vor ihrer Haustür. Allerdings frage ich mich plötzlich, ob es so eine gute Idee wäre, bei ihr zu klingeln. Wie sie immer dicht macht, sobald ich sie etwas Persönliches frage, wird sie einen unangekündigten Besuch bei sich zu Hause wohl als übergriffig empfinden. Als Alternative könnte ich das Handy einfach in den Briefkasten werfen.

Bevor ich mich für eine der beiden Varianten entscheiden kann, öffnet sich schon die Haustür. Im nächsten Moment steht mir eine ziemlich gestresste Valerie gegenüber. Ohne sie zu Wort kommen zu lassen, sage ich: »Entweder du hast einen Röntgenblick oder du lauerst den ganzen Tag hinter deiner Haustür nach Geräuschen. Was von beidem stimmt?«

»Weder noch. Stell dir vor, es gibt hier im Haus Fenster, durch die ich auf die Straße sehen kann. Außerdem war deine laute Musik mal wieder kaum zu überhören.«

Ich lege den Kopf schief und tue so, als würde ich überlegen. »Fenster, sagtest du, heißt das Ding, durch das du andere Leute beobachtest? Hört sich interessant an.«

Noch bevor sie genervt mit den Augen rollen kann, huscht ein

Grinsen über ihr Gesicht, ehe ihre Miene wieder angespannt wirkt. »Komm zum Punkt, Dave. Was willst du von mir? Ich habe gerade echt keine Zeit für deine dummen Scherze. Ich suche mein Handy und kann es nirgends find …«

»Meinst du zufällig dieses hier?«, frage ich. Dabei ziehe ich ihr Handy aus meiner Hosentasche und halte es in die Höhe. Valeries Augen weiten sich und sie schaut mich wie ein kleines Kind an, das endlich sein lang ersehntes Geschenk vom Weihnachtsmann bekommt. Vor lauter Freude fällt sie mir um den Hals und quietscht vergnügt: »Wow. Danke. Danke. Danke. Und ich dachte schon, jemand hätte es gestohlen.«

Mit solch einer offensiven Reaktion hätte ich nicht gerechnet. Ich nehme den Honigduft ihrer Haare wahr. In Kombination mit ihren Händen in meinem Nacken löst das ein angenehmes Kribbeln in meinem Bauch aus. Unwillkürlich erwidere ich Valeries Umarmung und versenke meine Nase noch tiefer in ihre wunderbar duftenden Haare Das Kribbeln in meinem Bauch verstärkt sich. Vermutlich sollte ich jetzt alarmiert sein und mich fragen, wo das auf einmal herkommt oder was es zu bedeuten hat. Aber ich genehmige mir, kurz meinen Kopf auszuschalten, und genieße die Wärme, die von Valeries zierlichem Körper ausgeht. Meine Hände haben bei meinen Kitzelattacken zwar schon oft ihre schmale Taille berührt, aber sie auf diese Art festzuhalten, hat eine viel intimere Dimension der körperlichen Nähe.

Wie aus dem Nichts löst Valerie sich aus der Umarmung. Vermutlich, weil sie sich nicht mehr länger auf den Zehenspitzen halten kann. Damit katapultiert sie mich wieder in die Realität zurück. Sofort schaltet mein Gehirn von sinnloser Gefühlsduselei in einen abwehrenden Modus. *Ich brauche keine Kuscheleinheit. Das habe ich schon lange hinter mir. Das Einzige, was ich von Frauen jetzt noch brauche, ist, dass sie sich von mir flachlegen lassen. Aber nicht mal das will ich von Valerie,* schilt mich mein Verstand.

Härter als beabsichtigt sage ich: »Jetzt übertreib mal nicht so, nur weil ich dir dein Handy hinterhergetragen habe. Würde schließlich jeder machen, der es gefunden hätte. Und was das Klauen angeht: Als ob das alte Ding jemand haben möchte.«

Durch meinen schlagartigen Stimmungswechsel irritiert, verfliegt auch Valeries gute Laune rapide. Verärgert zieht sie die Augenbrauen zusammen. »So alt ist es nun auch wieder nicht. Immerhin funktioniert es noch einwandfrei.«

Anstelle einer Antwort kann ich mich nur auf Valeries schwarze Haare konzentrieren, die gerade von einem Windstoß aufgewirbelt werden. Diese Haare, die so schön weich sind und so gut duften. Am liebsten würde ich meine Hand austrecken und hindurchfah ... *Schluss jetzt damit!* Ich ärgere mich, weil ich meine Gedanken offensichtlich noch immer nicht unter Kontrolle habe. Meine Wut lasse ich stattdessen an Valeries Handy aus, indem ich es auf die Steintreppe fallen lasse. Valerie schaut entsetzt dabei zu und zuckt zusammen, als es mit einem Klacken am Boden aufkommt.

Mein Grinsen ist teuflisch, als ich sage: »Ob es jetzt wohl immer noch so einwandfrei funktioniert?«

»Du bist so ein Idiot. Warum machst du so was?«, schreit sie mich an und bückt sich, um ihr Handy aufzuheben.

Während sie kontrolliert, ob es einen Schaden genommen hat, erfüllt mich die Genugtuung, sie geärgert zu haben. Wahrscheinlich hat sie recht und ich bin wirklich ein Idiot. Aber wenn das nun mal der einzige Weg ist, die Oberhand über meine Gefühle zu gewinnen, dann bin ich das gerne.

»Ach, weißt du was? Lass mich einfach in Ruhe!«, schreit Valerie mich an. Ihre Stimme bebt. Mit einem Satz knallt sie die Tür vor mir zu. Nur wenige Sekunden später höre ich ihr Schluchzen. Ein Impuls sagt mir, ich solle gegen die Tür klopfen und mich bei ihr entschuldigen. Aber wie gesagt: Ich bin ein Idiot. Deshalb stehe ich nur da und mache gar nichts. Andernfalls müsste ich sie wahrscheinlich in den Arm nehmen und würde riskieren, mich wieder von meinen Gefühlen leiten zu lassen. Das darf aber auf gar keinen Fall passieren.

Ich bin so ein egoistischer Idiot. Und dafür hasse ich mich.

Valerie

Ich weine und weiß noch nicht einmal richtig, warum. In meinem Kopf herrscht ein großes Durcheinander. Da ist zum einen Stella, von der ich noch immer nichts gehört habe. Andererseits überschwemmt mich ihre Mutter ständig mit Nachrichten, in denen sie mich fragt, ob ich etwas Neues weiß. Dann ist da auch noch Dave, dessen Gegenwart alles in mir auf den Kopf stellt. Ich weiß inzwischen, dass ich ihn mehr mag, als ich zugeben würde, und gerade habe ich kurz geglaubt, er würde mich auch mögen. Aber dann hat er mit der Handy-Aktion wieder das Gegenteil bewiesen. Immer wieder sehe ich das Handy vor meinem inneren Auge zu Boden fallen. Allein der Gedanke lässt mich zusammenzucken. Es liegt aber nicht daran, dass er mir auf diese Weise gezeigt hat, was für ein Arschloch er ist. Vielmehr habe ich das Gefühl, ich hätte diese Situation in der letzten Zeit schon einmal erlebt. Mir fällt aber nicht mehr ein, wann und wo. Es ist wie heute Morgen mit dem Fitnesstracker. Ein Schleier liegt über meiner Erinnerung und verdeckt alles. Angestrengt schließe ich die Augen, aber da kommt nichts. Es ist zum Verrücktwerden.

Ich fühle mich total klein und verletzlich. Aber vor allem habe ich gerade keine Kraft aufzustehen und so zu tun, als sei alles in Ordnung. Deshalb bleibe ich einfach sitzen.

Ich verliere jegliches Zeitgefühl. Es können also erst fünf Minuten vergangen sein oder bereits mehrere Stunden, als es erneut an der Tür klingelt. Schnell wische ich mit dem Handrücken meine Tränen fort, bevor ich mich erhebe.

Vor mir steht Stellas Mom mit Ben im Schlepptau. Sie sieht mindestens genauso aufgelöst aus, wie ich mich fühle. Ben hat ihr tröstend eine Hand auf den Rücken gelegt. Die wimmelt sie allerdings ab, während sie entschlossen zu mir sagt: »Ich gehe jetzt zur Polizei. Und ich bin der Ansicht, du solltest mitkommen, weil du die Letzte bist, die Stella lebend gesehen hat.«

Zögernd erwidere ich: »Sind Sie sicher? Mein Vater meinte, es wäre sinnvoller, noch zu warten.«

»Es ist mir vollkommen egal, was dein Vater sagt. Immerhin geht es hier um meine Tochter, die verschwunden ist, und ich halte es keine Sekunde länger aus, nichts zu tun.«

Kaum hat sie es ausgesprochen, wird mir bewusst, dass Stellas Mom recht hat. Dieses ewige Warten, ohne dass etwas passiert, macht mich ebenfalls verrückt.

»Okay, ich komme mit. Ich muss nur eben meine Sachen holen.«

In Anbetracht der Tatsache, dass ich noch nie straffällig geworden bin, mag es auf den ersten Augenblick seltsam erscheinen, wie vertraut mir das Polizeirevier ist. Aber so ist das eben, wenn man die Tochter eines alleinerziehenden Hauptkriminalkommissars ist.

Damals, als Mama schon weg war und Dad es nicht geschafft hat, mich bei Ginny oder Stellas Familie zu parken, hat er mich oft mit hierhergenommen. Ein Polizeirevier ist wahrlich kein Ort, an dem sich ein achtjähriges Kind aufhalten sollte, aber auf mich hat es nie einen bedrohlichen Eindruck gemacht. Eher im Gegenteil, alle waren sehr freundlich zu mir und von den Strafverfolgungen habe ich so gut wie nichts mitbekommen. Stattdessen saß ich in der Cafeteria, um meine Hausaufgaben zu machen oder zu lesen. Margarethe, die Frau hinter der Essensausgabe, hat mich immer mit heißer Schokolade versorgt. Ich liebte es, wenn sie den dampfenden Becher vor mir abstellte, und das, obwohl ich grundsätzlich jegliche Form von aufgewärmter Milch verabscheue. Aber ich mochte die Tatsache, dass sich jemand um mich kümmerte, mir bei den Hausaufgaben half und einfach zuhörte. Ich sah in Margarethe meine Ersatzmom, weil sie all die Dinge tat, die Mom hätte tun sollen. Eine Zeit lang ging das auch gut, aber eines Tages brachte sie ihre Tochter mit, damit ich jemanden zum Spielen hätte. Das war durchaus nett gemeint und ihre Tochter war wahrlich ein nettes Mädchen, aber es öffnete mir auch die Augen. Denn Margarethe sprach so liebevoll mit ihrer Tochter, in ihren Augen lag stets ein Ausdruck von unbändigem Stolz, wenn sie eine ihrer Hausaufgaben richtig gelöst hatte. Zwar freute Margarethe sich auch für mich, jedoch nicht auf diese Weise. Da begriff ich, dass ich immer nur das andere Mädchen sein würde. Ich gehörte schlichtweg nicht dazu. Ich passte nicht ins Bild so einer perfekten Mutter-Tochter-Beziehung. Und das Schlimmste war: Ich würde niemals eine Mom haben, die genauso stolz auf mich wäre.

Seit diesem Tag wollte ich nicht mehr mit aufs Polizeirevier. Obwohl ich kein Recht dazu hatte, fühlte ich mich verstoßen. Deshalb behauptete ich vor Dad, Margarethe sei *gemein* zu mir gewesen, und überzeugte ihn, dass ich alt genug sei, um alleine zu Hause zu bleiben.

Nach all den Jahren nun wieder dieses Gebäude zu betreten, fühlt sich an, als wäre ich mit einer Zeitmaschine in die Vergangenheit katapultiert worden. Gedankenverloren gehe ich hinter Helena und Ben her. Doch kaum haben wir die Eingangshalle erreicht, holt mich eine Stimme in die Gegenwart zurück.

»Valerie, bist du das? Mein Gott, bist du groß geworden.« Ein Uniformierter mit Halbglatze mustert mich von oben bis unten.

Ich lächle schief, obwohl ich keine Ahnung habe, woher mich der Mann kennt.

»Ich erinnere mich noch an die Weihnachtsfeier, als du ungefähr so warst.« Er deutet mit der Hand eine Körpergröße an, die circa der Hälfte meiner jetzigen entspricht. »Du warst müde und bist mit dem Gesicht auf deinem Essen eingeschlafen.«

Oh ja, daran erinnere ich mich auch, obwohl ich es lieber vergessen hätte. Das ist wohl der Nachteil einer Kindheit auf dem Polizeirevier: Jeder hier scheint mindestens eine peinliche Geschichte aus deiner Vergangenheit zu kennen, während du dich fragst, wer um Himmels willen all diese Menschen sind. Damit muss ich offensichtlich leben. Ich beschließe jedoch, einen Vorteil aus meiner Bekanntheit zu schlagen, um Helena eine lange Wartezeit zu ersparen. Sie gibt zwar ganz die gefasste Anwältin, aber wenn man genau hinsieht, erkennt man, wie angespannt sie ist.

An den Beamten gewandt sage ich: »Ja, das ist echt lange her.«

»Du möchtest sicher zu deinem Vater. Ich kann dich zu ihm bringen«, unterbricht er mich.

»Nein, ehrlich gesagt bin ich hier, um jemanden als vermisst zu melden.« Der Satz geht mir erstaunlich leicht über die Lippen. »Das hier sind die Angehörigen der Vermissten.« Ich deute zu Helena und Ben hinüber. Der Polizist folgt mir mit den Augen.

»Oh … ähm«, seine Miene wechselt von freundlich zu einer Mischung aus Ernsthaftigkeit und Mitleid. »Na, dann komm mal mit.« Schweigend gehen wir einen langen Flur entlang, von dem zahlreiche Büros abgehen. Hinter jeder Tür scheint die Jagd nach Verbrechern auf Hochtouren zu laufen. Die weißen Wände sind schmucklos und verdeutlichen mir, wie trostlos dieser Ort ist, obwohl ich ihn früher als eine Art Zuflucht empfunden habe. Damals war das wohl auch so, denn alles war besser, als bei Mom zu sein. Nun aber bin ich im Begriff, Stella als vermisst zu melden. Bisher konnte ich so tun, als sei alles nur ein schlechter Traum, aber bei der Polizei zu sein, lässt die Sache mit einem Mal sehr real erscheinen. Das macht mir plötzlich Angst. Der blaue Teppichboden unter meinen Füßen scheint bei jeder Bewegung nachzugeben. Meine Knie zittern und ich habe das Bedürfnis abzuhauen.

Ich sehe mich nach allen Seiten um und entdecke ein Schild, welches den Weg zur Cafeteria weist. Ich könnte zu Margarethe gehen und mich dafür entschuldigen, dass ich sie vor Paps fälschlicherweise als gemein tituliert habe. Ich habe mein schlechtes Gewissen deswegen nie wirklich überwunden und alles wäre mir jetzt recht, um mich dieser Situation zu entziehen. Zu spät. Der Beamte führt uns in ein kleines Büro. Durch die Lamellen an den Fenstern scheint die Sonne herein und an einer Wand befindet sich ein Regal, das vollgestopft ist mit Akten und Büchern. Davor steht ein Schreibtisch mit Stühlen auf beiden Seiten.

Der Beamte bedeutet uns, Platz zu nehmen. Anschließend setzt er sich auf die andere Seite.

Es fühlt sich an, als sei es der beklommenste Moment meines Lebens. Ohne auf die Fragen des Polizisten zu warten, zieht Helena ein Foto von Stella aus der Handtasche und beginnt wild gestikulierend alles zu erzählen, was sie über den Verlauf der letzten Stunden vor Stellas Verschwinden weiß.

Unterdessen spielt Ben nervös mit seinem Handy herum, indem er es ununterbrochen von einer in die andere Hand gleiten lässt. Und ich sitze verzweifelt daneben. Ich fühle mich schuldig, Stella und ihrer Familie nicht weiterhelfen zu können, denn mir fehlen noch immer die entscheidenden Minuten zwischen meiner Ankunft im Wald und dem Aufwachen auf dem matschigen Waldboden. Oder waren es Stunden? Nicht einmal das kann ich sagen. Und was es um einiges schlimmer macht, ist, dass ich bisher noch niemandem von meinem Blackout erzählt habe. Zu meiner Verteidigung füge ich an, dass ich fest davon überzeugt bin, mich bald wieder erinnern zu können, doch so langsam zweifle ich daran, zumal mir nur noch wenige Minuten bleiben, bis Helena ihre Erzählung beenden und der Polizist sich mir zuwenden wird. Wie soll ich etwas erzählen, wenn ich nicht genau weiß, was passiert ist? Niemand wird mir glauben. Womöglich werde ich noch verdächtigt, etwas mit Stellas Verschwinden zu tun zu haben. Aber ich würde ihr niemals etwas antun. Da bin ich mir zu einhundert Prozent sicher. Stellas Familie hoffentlich auch.

Siedend heiß fällt mir ein, dass Ben unseren Streit mitbekommen hat. Er wird das doch nicht gegen mich verwenden, oder? Panik steigt in mir auf. Nervös rutsche ich auf meinem Stuhl hin und her. Dann ist es so weit.

»Valerie, kannst du mir erzählen, was aus deiner Sicht gestern genau passiert ist?«

Der Polizist sieht mich direkt an. Trotzdem oder gerade deshalb bin ich nicht in der Lage zu sprechen. Ich habe das Gefühl, als wäre meine Kehle zugeschnürt. Statt zu antworten, starre ich auf Stellas Foto, das vor mir auf dem Schreibtisch liegt. Sie hat es erst letzte Woche auf Instagram gepostet. Es zeigt sie genau so, wie sie war: aufgeschlossen, lebenslustig und humorvoll. Jetzt ist sie spurlos verschwunden und ich kann nicht dabei helfen, sie zu finden, weil mein blödes Gehirn versagt. Mir wird speiübel. Alle sehen mich erwartungsvoll an, was die Situation nur noch verschlimmert. Der Druck lastet wie Blei auf meinen Schultern und drückt mich immer tiefer in den Stuhl hinein.

Unvermittelt verliert Ben die Kontrolle über sein Handy und es rutscht ihm aus der Hand. Das Geräusch, das entsteht, als es auf dem Boden aufkommt, lässt mich zusammenzucken. Etwas in mir wird angetriggert. Vor meinem inneren Auge sehe ich mein Handy auf den matschigen Waldboden fallen. In meinen Ohren ertönt ein schrilles Piepsen. Dann verliere ich mein Bewusstsein, erneut …

Alles um mich herum ist weiß. Ich vernehme schon wieder ein Piepsen. Diesmal kommt es aber nicht aus meinem Inneren, sondern von dem Gerät, an das ich angeschlossen bin. Eine Nadel steckt in meiner Handoberfläche. Ich befinde mich offensichtlich in einem Krankenhaus.

»Valerie, Gott sei Dank, du bist wach.« Erst durch seine Worte bemerke ich Dad, der sich jetzt aus seinem Stuhl erhebt und zu mir ans Bett eilt.

Ich fühle mich unglaublich erleichtert, ihn zu sehen.

»Mir wäre es lieber, ich könnte weiterschlafen. Mein Kopf tut so höllisch weh«, beschreibe ich, wie ich mich fühle.

»Kein Wunder. Du hast eine riesige Beule am Kopf.«

Automatisch greife ich an die schmerzende Stelle an meiner linken Kopfhälfte. Und da ist sie noch immer. Die riesige Beule, von der ich nicht weiß, wie ich sie mir zugezogen habe. Den ganzen Morgen habe ich sie ignoriert, um irgendwie zu funktionieren. Seufzend lasse ich meine Hand sinken und gebe mich dem Schmerz hin.

»Die Ärzte sagen, du hast sie dir durch einen Schlag oder einen Zusammenstoß zugezogen und dadurch eine Gehirnerschütterung erlitten. Deshalb bist du auch bei der Polizei ohnmächtig geworden.«

Oh, stimmt, die Polizei. Ich erinnere mich an mein Vorhaben, Stella als vermisst zu melden. Und wie ich daran gescheitert bin, weil mein Gedächtnis nicht richtig funktioniert hat, als ich es am meisten benötigte. Unwillkürlich fühle ich mich deswegen wieder schlecht und die Sorge um Stella ergreift erneut Besitz von mir.

»Was ist mit Stella? Weißt du etwas Neues?«

Dad schüttelt nur bedauernd den Kopf. »Nein, aber meine Kollegen suchen bereits nach ihr. Ich weiß, es geht dir nahe, aber mach dir bitte nicht so viele Gedanken. Du brauchst deine Energie jetzt, um wieder gesund zu werden.«

Seine Aussage macht mich stutzig. »Warte … heißt das, die wollen mich hierbehalten?«

»Ja, damit die Ärzte beobachten können, ob sich ein schlimmerer Verlauf deiner Gehirnerschütterung abzeichnet.«

»Aber ich kann doch hier nicht sinnlos herumliegen, während Stella vermisst wird.«

»Und ob du das kannst. Oder möchtest du etwa eine Hirnschwellung riskieren?«

Eine Hirnschwellung? Du meine Güte. Mein Kopf fühlt sich jetzt schon an, als würde er gleich platzen.

»Ben hat gesagt, er hätte dich bei deinem Sturz auf dem Polizeirevier aufgefangen. Weshalb hast du also überhaupt diese Beule?«, fragt Dad unvermittelt.

Wenn ich das nur wüsste, würde ich ihm am liebsten antworten. Aber ein fürsorglicher Teil in mir möchte ihn nicht beunruhigen.

Deshalb erfinde ich eine Notlüge: »Vor ein paar Tagen bin ich auf unserer Treppe ausgerutscht. Die Kopfschmerzen waren nicht so heftig. Und sonst hatte ich keine Anzeichen für eine Gehirnerschütterung. Ich schwör's.«

»Oh, Valerie. Ich habe dir schon so oft gesagt, dass du langsam machen sollst, wenn du sowieso ständig in Socken unterwegs bist.«

Seine Worte verpassen mir direkt ein schlechtes Gewissen. Nicht zuletzt, weil ich ihn angelogen habe.

Gleichzeitig suche ich in Gedanken fieberhaft weiterhin nach einer Erklärung für meine Kopfverletzung.

Und dann, mit einem Schlag, fügen sich zwei Puzzleteile zusammen. Plötzlich ergibt es einen Sinn, weshalb ich mit einer Gedächtnislücke im Wald aufgewacht bin. Ich habe mir dort die Beule und in deren Folge die Gehirnerschütterung zugezogen. Jetzt muss ich nur noch herausfinden, durch welche Umstände ich zu der Beule gekommen bin. Dann habe ich sicher auch die Antwort darauf, was mit Stella passiert ist. Ich hoffe nur, ich erinnere mich schnell. Zeit, darüber nachzudenken, habe ich ja jetzt genug.

Donnerstag, 02.05.2019

Valerie

*D*ie letzten achtundvierzig Stunden habe ich damit verbracht, in meinem Krankenhausbett zu liegen und an die Decke zu starren. Normalerweise habe ich nichts dagegen, faul herumzuliegen und nichts zu tun. Trotzdem waren die letzten zwei Tage die Hölle für mich. Ich frage mich ununterbrochen, was im Wald passiert ist. Ich finde keine Antwort, bin aber fest überzeugt, ein erneuter Ausflug dorthin würde meinem Gedächtnis auf die Sprünge helfen. Deshalb muss ich so schnell wie möglich hier raus. Nur blöd, dass die Ärzte mich frühestens am Samstag entlassen wollen. Wie auch immer ich mir diese Kopfverletzung zugezogen habe, es muss ziemlich heftig gewesen sein.

Ich beschließe, meine Gedächtnislücke für mich zu behalten, bis ich mir sicher sein kann, was passiert ist. Es würde die Ermittlungen in eine völlig falsche Richtung lenken, wenn die Polizei davon in Kombination mit meinem und Stellas Streit wüsste. Deshalb bleibe ich bei meiner Version, ich hätte beim See gewartet und Stella sei nie aufgetaucht. Aber was, wenn sie doch dort war? Ist es möglich, dass wir uns noch mal gestritten haben, ich mich dabei am Kopf verletzt habe und sie dann erschrocken davongelaufen ist? Aber das kann nicht sein. Sie hätte mich niemals einfach so liegen lassen, egal wie wütend sie auf mich gewesen wäre.

Ich seufze auf, weil ich zu keinem Ergebnis komme. Nicht mal Dad kann ich einweihen, weil er verpflichtet wäre, es an seine Kollegen weiterzugeben. Und in die missliche Lage, sich zwischen seinem Beruf und seiner Tochter entscheiden zu müssen, will ich ihn auf keinen Fall bringen.

Die Ermittlungen haben bisher nur so viel ergeben, dass Stellas Auto und ihr Handy seit ihrem Verschwinden unauffindbar sind.

Mein Handy vibriert. Wie immer in den letzten Tagen sehe ich darauf in der Hoffnung, eine Nachricht von Stella zu erhalten. Oder von Dave. Denn obwohl er bei unserer letzten Begegnung eine riesige Arschlochnummer abgezogen hat, vermisse ich es, mit ihm zu schreiben. Jedenfalls ist er mein angenehmer Tauschgedanke, wenn ich es nicht mehr aushalte, über Stella nachzudenken.

Ich habe tatsächlich eine Textnachricht bekommen. Anstatt von Stella oder Dave ist sie allerdings von Lara.

Lara: Hey, Valerie. Du warst gar nicht in der Vorlesung. Alles klar bei dir? (13.15 Uhr)

Zuerst spiele ich mit dem Gedanken, sie anzulügen und mit einem *Ja, alles klar, habe nur mal eine Pause gebraucht* abzuspeisen. Dann wird mir bewusst, wie sehr ich jetzt eine Freundin gebrauchen könnte.

Valerie: Bin seit gestern im Krankenhaus. Hast du Lust, mich zu besuchen? (13.17 Uhr)
Lara: OMG! Was ist passiert? Klar kann ich vorbeikommen. (13.17 Uhr)
Valerie: Erzähle ich dir lieber, wenn du da bist. (13.18 Uhr)

Keine halbe Stunde später öffnet sich die Tür zu meinem Krankenhauszimmer und Lara kommt herein.

»Hey«, sagt sie, während sie ihre Handtasche auf dem Boden abstellt und sich einen Besucherstuhl heranzieht.

Ich begrüße sie ebenfalls. Dann entsteht eine seltsame Stille zwischen uns. Ich habe den Eindruck, es könnte daran liegen, dass wir uns bisher nur im Setting der Uni gesehen haben. Doch bevor ich weiter darüber nachdenken kann, räuspert Lara sich. »Auf welche wundersame Weise hast du es denn nun geschafft, hier zu landen?« Ich habe mir fest vorgenommen, Lara in alles einzuweihen. Die Wahrheit endlich auszusprechen könnte so erlösend sein. Aber nun erwachen im unsicheren Teil von mir Zweifel, dass ich die Unverfänglichkeitsgrenze zwischen uns dadurch für immer überschreiten würde. Die Nervosität nagt an mir, weil es mir so verdammt schwerfällt, andere Leute in mein Leben zu lassen. Aber ich muss das machen. Für die Wahrheit. Um herauszufinden, was mit Stella passiert ist. Vielleicht fällt Lara etwas auf, das ich bisher übersehen habe.

Für Stella, sage ich mir nochmals in Gedanken.

Dann springe ich über meinen Schatten und erzähle Lara alles, was ich weiß und was ich schon hundertmal durchgegangen bin: den Streit wegen des Youtube-Videos und die anschließende Versöhnung; den Defekt an meinem Fitnesstracker, den ich reparieren wollte; dass ich mit Gedächtnislücke auf dem Waldboden aufgewacht bin und Stella scheinbar nie im Wald angekommen ist; und schließlich das Bild von meinem Handy, wie es auf den Boden fällt.

Laras Augen weiten sich mit jedem neuen Detail, das ich ihr preisgebe.

»Wow, das ist … krass«, sagt sie, nachdem ich meine Erzählung beendet habe.

»Ja, aber das eigentlich Schlimme ist, ich habe keine Ahnung, wie ich es noch zwei Tage hier drin aushalten soll, ohne etwas zu tun.«

»Vielleicht kannst du ja auch von hier aus etwas unternehmen«, erwidert Lara. »Hast du schon nachgesehen, ob das Video noch online ist? Dann könnten wir ausschließen, dass Stella und du euch wie geplant am See begegnet seid.«

»Ja, ist es«, antworte ich und schiebe schnell hinterher: »Aber komm ja nicht auf die Idee, es dir anzusehen.«

Lara lacht auf: »Jetzt hast du mich erst recht neugierig gemacht.«

Ich quittiere ihre Aussage mit einem alarmierten Gesichtsausdruck. Es ist schon schlimm genug, von Fremden deswegen fertiggemacht zu werden. Wenn sich das jetzt auch noch Leute ansähen, die ich kenne, würde ich vor lauter Scham nie wieder mein Bett verlassen.

»Keine Sorge. Ich seh's mir nicht an. Vorerst jedenfalls, bis wir deine Freundin gefunden haben.«

Erleichtert atme ich auf. Mit dieser Antwort kann ich leben. Zunächst einmal.

Lara spekuliert weiter: »Jedenfalls wissen wir jetzt, dass Stella irgendetwas dazwischengekommen sein muss.«

Obwohl Lara enthusiastisch klingt, kann ich mich nicht davon anstecken lassen. »Das sind doch alles nur Vermutungen. Es könnte zahlreiche andere Gründe geben, weshalb das Video noch online ist.«

»Ich weiß. Aber wir sollten jeder Spur nachgehen, die wir haben. Hast du schon nachgesehen, ob auf dem Fitnesstracker irgendetwas Auffälliges zu erkennen ist?«

Ihr Tatendrang überwältigt mich. Niemals hätte ich erwartet, dass sie sich so für mich ins Zeug legt. Und daran, den Fitnesstracker zu überprüfen, habe ich noch gar nicht gedacht.

»Wow, Sherlock, wirklich beeindruckend. Soll ich meinen Vater mal nach einer Stelle für dich fragen?«

Wir fallen in Gelächter ein.

»Nein, danke. Ich bleibe lieber bei meinem Sozialpädagogikstudium. Obwohl so eine Karriere als Cop auch ziemlich verlockend klingt«, antwortet Lara schließlich.

In dieser Zeit habe ich mir den Fitnesstracker von dem Tisch geschnappt, der sich neben meinem Bett befindet. Hm. Wo könnte ich anfangen zu suchen? Wahllos klicke ich mich durch die verschiedenen Funktionen und Anwendungen, bis ich zu der Herzfrequenzmessung gelange. Unvermittelt sticht mir etwas Auffälliges ins Auge. Zwar war mein Puls während des Joggens leicht erhöht und hat sich nach meiner Ankunft wieder beruhigt, jedoch ist er kurz darauf erneut in die Höhe geschnellt.

»Hier, sieh mal!« Ich winke Lara heran, um ihr meine Entdeckung zu zeigen. Sie eilt ans Bett und wirft sogleich einen Blick auf das Display. Auf ihrer Stirn bildet sich eine nachdenkliche Falte. »So, wie die Kurve ausartet, musst du in einer ziemlichen Stresssituation gewesen sein.«

Hat es doch noch mal einen Streit mit Stella gegeben?

Von einer Erkenntnis getroffen, weicht die nachdenkliche Falte auf Laras Gesicht einem entsetzten Ausdruck.

»Was wäre, wenn außer dir und Stella noch jemand im Wald gewesen ist?« Ihre Stimme klingt mit einem Mal schriller als üblich.

»Du meinst, eine dritte Person?«, hake ich nach, weil ich nicht so recht verstehe, worauf sie hinauswill.

»Ja … ich meine, das klingt total verrückt, aber wäre es nicht möglich, dass Stella diesem Serienmörder zum Opfer gefallen ist? Ich meine, es würde zumindest erklären, weshalb sie sich nicht mehr meldet, und vielleicht hast du ja etwas gesehen, das dich traumatisiert hat. Dies könnte der Grund sein, warum du dich nicht mehr erinnerst. Oder er war es sogar, der dich niedergeschlagen hat, und dabei ist dein Handy zu Boden gefallen.«

Lara spricht so schnell, dass ich kaum mitkomme. In meinen Ohren rauscht es. Stella und ich sollen dem Serienmörder begegnet sein, nach dem Dad die ganze Zeit sucht? Sie hat recht, das klingt total verrückt. Andererseits würde es einiges erklären. Aber mein Verstand wehrt sich gegen diese Theorie, denn das würde bedeuten, dass … Stella womöglich tot ist. Der Gedanke ist so abstrus, er kann einfach nicht wahr sein. Doch nun, da ich ihn einmal zugelassen habe, nistet er sich wie ein lästiger Parasit in meinem Gehirn ein.

Mir wird schwindelig. Ich habe das Gefühl, als hätte mir jemand den Boden unter den Füßen weggezogen. Weil ich mich dagegen wehren möchte, leugne ich alles, was für diese Vermutung spricht. »Das kann überhaupt nicht sein. Mein Vater ermittelt in diesem Fall. Er hat das unter Kontrolle. Er ist kurz davor, diesen Serienmörder zu überführen.«

»Das hat sich heute Morgen in der Zeitung aber anders angehört.«

Zur Untermauerung ihrer These holt Lara ihr Handy hervor. Kurz darauf hält sie mir einen Artikel unter die Nase. *Der Ladykiller,* prangt da in großen Lettern als Überschrift. Ach herrje, jetzt hat dieser Verrückte also schon einen Namen. In Windeseile überfliege ich den Bericht, der leider nicht viel enthält, was mir nicht schon bekannt wäre. Nur das Übliche: vier weibliche Leichen seit Februar, alle Anfang zwanzig, aufwendig drapiert und geschminkt. Und die Polizei hat noch immer keine heiße Spur.

Aber wenn Stella oder ich diesem Killer begegnet wären, dann würde ich das doch nicht einfach vergessen haben. Irgendwo im hintersten und düstersten Winkel meines Gedächtnisses müsste diese Erinnerung sich doch eingegraben haben. Es gibt nur einen Weg, das herauszufinden …

»Mein Freund lässt mich deswegen seit Wochen nicht mehr abends allein mit den Hunden raus«, berichtet Lara gerade aufgekratzt, die die letzten fünf Minuten alles über die Morde erzählt hat, wovon ich nichts mitbekommen habe, weil ich so in meine Gedanken vertieft war.

»Ich muss auf jeden Fall noch mal zum Waldsee zurück, sobald ich hier raus bin«, platzt es aus mir heraus.

Lara wirkt alarmiert. »Was?! Aber doch nicht alleine. Stell dir vor, du erinnerst dich an etwas Traumatisches. Es wäre besser, wenn ich mitkomme.«

Unvorhergesehen klopft es an der Tür. Abrupt unterbrechen wir unser Gespräch. Mit der Erwartung, eine Krankenschwester möchte sich nach meinem Befinden erkundigen, bitte ich sie einzutreten. Entsprechend überrascht bin ich, als stattdessen Dave den Raum betritt. Obwohl er nur eine gewöhnliche Jeans und einen blauen Pullover trägt, sieht er unverschämt gut aus. Viel besser, als ich ihn in Erinnerung habe. Mein Herz fängt gegen meinen Willen heftig zu schlagen an. Ich schlucke. Durch Daves perfektes Erscheinungsbild wird mir mein eigenes Äußeres bewusst und das ist gerade alles andere als makellos. Weil ich sowieso nur hier im Bett herumliege, habe ich es nicht für nötig gehalten, mir die Haare zu kämen, was ich jetzt bereue. Ganz zu schweigen von diesem

Krankenhausnachthemd, das ich anhabe. Zu allem Überfluss wird mir bewusst, dass ich nicht mal einen BH trage. Automatisch rutsche ich ein Stückchen tiefer in mein Kissen und ziehe die Decke nach oben. Gleichzeitig schilt mich Valerie 2.0. Ihre Stimme ist in letzter Zeit in Daves Gegenwart immer leiser geworden, doch nun ist sie wieder deutlich zu hören. Und das ist auch gut so. Immerhin muss ich mich jetzt darauf konzentrieren, Stella zu finden. Dabei kann ich keine Ablenkung gebrauchen.

»Hey, Ladys«, begrüßt Dave uns schwungvoll und lässt seinen Blick zwischen Lara und mir hin und her schweifen.

Anstatt ihm zu antworten, starren wir ihn beide mit großen Augen an.

»Wenn ich störe, kann ich auch später wiederkommen.«

»Nein, du störst überhaupt nicht«, sage ich etwas zu schnell. So eine kleine Ermittlungspause kann ja nicht schaden. Valerie 2.0 dreht bei diesem Gedanken förmlich durch, aber ich habe wohl gerade einen schwachen Moment, weswegen ich sie ignoriere. Dies mache ich mit der Rechtfertigung, heute ohnehin nichts mehr ausrichten zu können, was Stella weiterhelfen würde.

»Ich wollte sowieso gerade gehen. Mein Parkticket läuft sicher gleich ab.« Lara packt eilig ihre Sachen zusammen. Dann wendet sie sich mir noch mal zu: »Melde dich einfach wegen Samstag. Ich habe auf jeden Fall Zeit.«

Ich versichere ihr, sie anzurufen, und wir verabschieden uns, bevor Lara mich mit Dave alleine zurücklässt. Wieso veranlasst diese Tatsache mein Herz dazu, einen freudigen Hüpfer zu vollführen und sich gleichzeitig angstvoll zusammenzuziehen?

»Erst einen verstauchten Knöchel und nun fällst du die Treppe hinab? So langsam frage ich mich, ob ich dir noch mal das Laufen beibringen muss.«

Dave lässt sich schmunzelnd auf der Bettkante nieder. Seine Anwesenheit macht mich nervös. Aber eindeutig nicht auf die ungute und beängstigend nervöse Art, sondern auf die aufgeregte, vorfreudige, die alles in einem kribbeln lässt. Das ist ganz und gar nicht gut. Ich muss so schnell wie möglich etwas Abstand zwischen uns bringen. Deshalb sage ich:»Dave, du darfst nicht auf dem Bett sitzen. Wenn jemand vom Krankenhaus dich erwischt, bekommst du sicherlich Ärger.«

Das beeindruckt ihn wenig. In seiner selbstbewussten Manier antwortet er scherzhaft:»Und ob ich das darf. Ich würde mich auch neben dich legen, wenn du es mir erlaubst.«

Süffisant und auffordernd schaut er mich an. Sein Blick durchzuckt mich wie ein Blitz. Allein der Gedanke, meinen Kopf auf seine Brust legen zu können und seine Wärme zu spüren, verstärkt das nervöse Kribbeln in meinem Bauch. Mit aller Macht kämpfe ich dagegen an. »Lass das mal lieber«, entfährt es mir. Nach außen hin klinge ich überzeugter, als ich mich fühle.

Dave schiebt gespielt beleidigt seine Unterlippe nach vorne.»Du wagst es ernsthaft, mir eine Abfuhr zu erteilen, nachdem ich mich aufgerafft habe, dich zu besuchen? Und das, obwohl ich Krankenhäuser so sehr verabscheue wie du Aufzüge.«

Seine Worte machen mich stutzig. Kurzzeitig erholt sich mein Verstand von dem Feuerwerk in meinem Bauch. Eine Reihe von Fragen bahnt sich in meinem Kopf an, die mein Mund einfach ausspricht, ohne mir noch mal die Chance zu geben, darüber nachzudenken. »Woher weißt du von meiner Klaustrophobie? Wer hat dir eigentlich gesagt, dass ich hier bin? Und was findest du an Krankenhäusern so abscheulich?«

Nachdem er einen Moment über meine Fragen nachgedacht hat, greift er nach meiner Hand, formt sie zu einer Faust und streckt für jede seiner Antworten einen meiner Finger aus.»Erstens: So, wie du dich jedes Mal ängstlich an die Wand des Fahrstuhls drückst, ist das ja wohl kaum zu übersehen. Zweitens: Deine Tante hat mich angerufen, weil du morgen und Samstag bei der Arbeit ausfällst. Und drittens: Das ist eine längere Geschichte.«

Seine Art mir zu antworten erinnert mich an ein Erstens-zweitens-drittens-Frage-Antwort-Spiel aus einem Buch, welches ich mal gelesen habe. Dort führte es dazu, dass sich die Spannung zwischen den beiden Protagonisten immer weiter auflud, bis sie schließlich übereinander herfielen, was ein loderndes Feuers freisetzte: höllisch heiß, zerstörerisch, unaufhaltsam. Trotz der Stimme in meinem Kopf, die dies für keine gute Idee hält, bin ich gerade sehr empfänglich für ein Spiel mit dem Feuer. Deshalb entschließe ich mich, das Spielchen fortzusetzen.

»Erstens: Ich habe das eigentlich bestens unter Kontrolle. Du beobachtest mich wohl sehr aufmerksam. Zweitens: Okay, das hätte ich mir eigentlich denken können. Drittens: Ich würde sie gerne hören ... ich meine, ich habe genug Zeit.«

Bei meiner letzten Äußerung entfährt Dave ein Seufzen. Er neigt seinen Kopf und mustert mich. Kaum merklich beugt er sich ein Stück nach vorne. Okay, entweder kommt jetzt der Teil, bei dem er anfängt, mich zu küssen, oder er teilt erneut mit passiv-aggressiver Bosheit gegen mich aus. Genau wie vor ein paar Tagen, als er mein Handy auf den Boden geschleudert hat. In angespannter Erwartung verknotet sich mein Magen.

»Erstens: Ganz recht. Mir entgeht nichts, was du tust. Zweitens: Ohne dich wird es sicher nur halb so viel Spaß machen. Drittens: Nenn mir einen Grund, weshalb ich mich ausgerechnet dir anvertrauen sollte.«

Hat er gerade gesagt, dass er mich auf der Arbeit vermissen wird? Also nicht direkt gesagt, aber so gemeint. Wie passt dann diese Geheimniskrämerei dazu, die er im selben Atemzug um seine Abneigung gegenüber Krankenhäusern veranstaltet? Einerseits fühle ich mich von ihm vor den Kopf gestoßen und die kleine Zicke in mir holt schon zu einem Gegenanschlag aus. Doch meine Neugier siegt und verleitet mich zu einer schmeichelhafteren Antwort.

»Alle deine Geheimnisse sind bei mir sicher und zudem bin ich die beste Zuhörerin, die du kriegen kannst.«

Einen Moment lang sehe ich ihn zögern. Dann beginnt er zu sprechen.

»Also, gut. Du weißt ja von meinen italienischen Wurzeln.«

Ich nicke. Allein sein schwerer Tonfall verrät mir, dass es ihm nicht leichtfällt, darüber zu sprechen. Deshalb möchte ich ihn nicht unterbrechen.

»Genau genommen wurde ich in Italien geboren. In der Region

um Neapel. Dort habe ich auch die ersten fünf Jahre meines Lebens verbracht. Meine Oma hat mit uns im selben Haus gelebt. Sie war der herzlichste Mensch, den ich jemals gekannt habe. Wir haben viel zusammen gespielt und gelacht.«

Er legt eine kurze Pause ein. Dass er von seiner Oma in der Vergangenheit spricht, lässt mich darauf schließen, dass diese Geschichte kein gutes Ende nimmt. Sofort fühle ich mich schlecht, weil ich ihn quasi dazu gedrängt habe. Gerade will ich Dave sagen, dass es völlig in Ordnung wäre, wenn er nicht darüber sprechen möchte, doch er redet bereits weiter.

»Eines Tages wurde sie krank. Zunächst war es nur ein harmloser Schnupfen, der sich jedoch in eine ernsthafte Lungenentzündung verwandelte. Schließlich musste sie deshalb ins Krankenhaus. Ich war noch klein und die ganzen Maschinen, an die sie angeschlossen war, jagten mir Angst ein. Trotzdem wollte ich tapfer sein und begleitete meine Eltern jedes Mal dorthin. Irgendwann hörten wir auf, sie zu besuchen, was mich erleichterte. Gleichzeitig schämte ich mich dafür, dass ich so empfand. Einige Zeit später gingen wir nach Deutschland, in das Heimatland meiner Mutter. Aber ich war noch zu jung, um zu verstehen, was geschah. Ich hatte das Gefühl, wir würden meine Oma mit den Kabelmonstern allein lassen, und ich habe mich ständig gefragt, weshalb wir das taten. Dass sie zu diesem Zeitpunkt schon tot und dies für sie eine Erlösung war, habe ich erst viel später realisiert.«

Gebannt hänge ich an seinen Lippen. Mir kommen so viele Fragen zu seiner Auswanderung in den Sinn und dazu, wie er damit klarkam. Gleichzeitig weiß ich, dass jetzt nicht der richtige Zeitpunkt ist, um darüber zu reden. Schließlich geht es in erster Linie um den Verlust seiner Oma. Dieser Teil seiner Geschichte stimmt mich sehr traurig. Zwar kann ich nicht nachempfinden, wie es ist, seine Großeltern zu verlieren, denn meine eigenen väterlicherseits sind beide kurz nach meiner Geburt gestorben und die meiner Mom wollten genauso wenig von mir wissen wie ihre Tochter. Jedoch kenne ich den Schmerz über den Verlust eines geliebten Menschen nur allzu gut.

»Das tut mir leid.«

»Schon okay. Ich denke, ich komme klar damit.« Nachdenklich schweift Daves Blick durch den Raum, bis er wieder bei mir landet. »Solange ich nicht wieder in so einem schrecklichen Krankenhauszimmer sein muss.« Seine ernste Miene wird von einem scherzhaften Gesichtsausdruck abgelöst, während er hinzufügt: »Du verlangst mir echt viel ab.«

»Das weiß ich zu schätzen. Ich bin froh, dass du da bist«, flüstere ich.

Dave drückt meine Hand fester und zeichnet mit dem Daumen kleine Kreise auf meinen Handrücken. Er sieht mich an. Dabei legt sich ein leichtes, aber ehrliches Lächeln auf seine Lippen. »Ich auch.«

Mein Herz pocht heftig gegen meine Rippen, während wir uns in die Augen sehen. Unsere ineinander verschränkten Finger scheinen miteinander zu verschmelzen. Einen Wimpernschlag lang bleibt die Welt stehen und es existieren nur wir beide. Doch dann reißt uns Dave mit einem Räuspern aus dem Moment und das, was da eben zwischen uns war, verpufft wie eine Seifenblase, sodass wir auf unsere gewohnte freundschaftliche Ebene zurückkehren.

»Oh, bevor ich es vergesse. Ich habe dir etwas mitgebracht.« Er lässt meine Hand los, um in seiner Hosentasche nach etwas zu kramen. Kurz darauf befördert er einen kleinen violetten Edelstein ans Tageslicht. Feierlich überreicht er ihn mir.

»Wow, er ist ... wunderschön.« Behutsam fahre ich mit meinen Fingern über die glatt geschliffene Oberfläche. Dadurch, dass Dave ihn nah am Körper getragen hat, fühlt sich der Stein angenehm warm auf meiner Haut an. Begeistert drehe ich ihn hin und her, sodass das Sonnenlicht darauffällt und die violette Farbe noch mehr zum Glänzen bringt.

»Ein Amethyst. Freut mich, wenn er dir gefällt. Eigentlich wollte ich dir Blumen mitbringen, aber dann habe ich den hier gesehen und ich wusste sofort, dass es das passendere Geschenk für dich ist. Außerdem sagte die Dame, die ihn mir verkauft hat, er habe heilende Kräfte.« Ein Schmunzeln zupft an Daves Lippen. »Vielleicht kann er dich dabei unterstützen, endlich richtig laufen zu lernen.«

»Du Idiot«, entfährt es mir kichernd. Ohne die Absicht, Dave ernsthaft wehzutun, hole ich mit der freien Hand nach ihm aus. Reflexartig wendet er seinen Kopf ab und erhebt abwehrend seine Hände.

Noch während ich lache, kommt er mir immer näher, bis er sich schließlich über mich beugt. Mit den Händen hält er meine Oberarme fest und drückt mich auf das Bett. Sein Kopf ist nun direkt über meinem. Zuerst stockt mein Lachen, dann auch mein Herzschlag. Das ist er: der Moment, in dem er mich küssen wird. Endlich.

Warum wünsche ich mir heute ständig, von ihm geküsst zu werden? Das kann nicht gut ausgehen.

Obwohl ich mir dessen bewusst bin, spüre ich dennoch eine Welle der Enttäuschung in mir heraufschwappen, als Dave an meinem Gesicht vorbeizieht. Dicht an meinem Ohr verweilt er jedoch erneut und haucht:»Du kleine freche Hexe. Leider ist es schon spät und ich muss jetzt zum Training. Sonst würde ich dir zeigen, was mit Leuten passiert, die versuchen, mich zu schlagen.«

Sein Atem kitzelt mein Ohr und verursacht mir eine Gänsehaut, die die Wirbelsäule hinunterkriecht. Seine Worte mögen wie eine Warnung klingen, aber der Blick, mit dem er mich bedächtig ansieht, lässt keineswegs darauf schließen, dass er mir wehtun wollte. Vielmehr breitet sich die knisternde Stimmung von eben erneut aus. Mein Kopf verwandelt sich in eine Kinoleinwand, die mir lebhaft die verruchtesten Dinge präsentiert, die Dave mit mir anstellen könnte. Jede Zelle meines Körpers sehnt sich nach Hingabe, doch mein Verstand verlangt nach Aufgebehren. Von diesen sich widersprechenden Gefühlen wird mir schwindelig. Ich schlucke.

Langsam, aber ohne mich aus den Augen zu lassen, zieht Dave sich zurück. Er genießt es sichtlich, mich so paralysiert zu sehen. Schritt für Schritt entfernt er sich von mir. An der Tür bleibt er noch mal stehen und lächelt mich bittersüß an:»*Guarisci presto,* Prinzessin.«

Bevor ich nachfragen kann, was das bedeutet, ist er schon verschwunden. Zurück lässt er ein heftiges Gefühlschaos, das sich anfühlt wie ein Sturm, der das Meer in tosende Wellen verwandelt. Und Valerie 2.0 scheint hoffnungslos darin zu ertrinken.

Dave

Seit einer halben Stunde drücke ich mich bei den Kurzhanteln herum, um nicht an Sophia vorbeigehen zu müssen. Sie säubert die Laufbänder auf der anderen Seite des Fitnessstudios und hat mich Gott sei Dank noch nicht hier hinten entdeckt. Wahrscheinlich möchte sie mich im Augenblick auch gar nicht sehen.

Gleich nach dem Betreten des *Feelfit* habe ich sie zur Seite genommen und ihr erklärt, dass aus uns beiden niemals etwas werden wird. Zu ihr ehrlich zu sein, erschien mir der einzig richtige Weg zu sein. Auch wenn ich genau sehen konnte, wie mit jedem meiner Worte ihr kleines Herz in Stücke zerrissen wurde. Da das für keinen von uns beiden leicht war, habe ich beschlossen, ihr vorerst aus dem Weg zu gehen. In gewisser Weise ist das schade, weil ich sie echt gernhabe, nur eben nicht auf die Art wie sie mich.

Porca puttana, *warum müssen zwischenmenschliche Beziehungen immer so kompliziert sein?*

In Gedanken versunken, stemme ich die zwanzig Kilogramm schwere Kurzhantel ein weiteres Mal nach oben. Diesmal jedoch etwas zu ruckartig. Sogleich fährt ein gleißender Schmerz durch mein Schulterblatt. Fuck! Aus Reflex lasse ich die Hantel sinken und greife an die schmerzende Stelle. Vorsichtig lasse ich meine Schulter in beide Richtungen kreisen. Meine Bewegungsfähigkeit scheint nicht eingeschränkt zu sein, dann kann es sich nicht um eine allzu starke Zerrung handeln. Für heute sollte ich es wohl trotzdem mit dem Training gut sein lassen.

Zurück in der Umkleide, checke ich als Erstes mein Handy nach neuen Nachrichten. Die erste von zwei ist von Daniella. Sie fragt mich, ob wir uns für den anstehenden Muttertag zu einem Geschenk zusammenschließen wollen. Über diesen Vorschlag muss ich schmunzeln. Meine Schwester weiß nur allzu gut, dass ich ohne sie solche Dinge schlichtweg verschwitzen würde. Deshalb hat es sich zwischen uns etabliert, dass ich ihr Geld gebe und sie sich im Gegenzug um die Besorgung der Geschenke kümmert. Aber Daniella wäre keine Pagano, wenn sie nicht einen Vorteil für sich aus der Sache ziehen würde. Jedes Mal gebe ich ihr mehr Geld, als sie letztendlich ausgibt. Und jedes Mal behält sie das Wechselgeld, anstatt es mir zurückzugeben. Sie glaubt, ich würde es nicht bemerken. Dabei übersehe ich es großzügig, weil es mich amüsiert, wie sie davon überzeugt ist, mich überlistet zu haben. Ich nehme mir vor, meine Schwester heute Abend anzurufen.

Mit ein paar Klicks wische ich zu der zweiten Nachricht. Mein Herz setzt einen Moment aus, als ich sehe, wer der Absender ist: die nicht eingespeicherte Nummer.

Unbekannter Absender: Zieh dich nicht selbst so runter. Was geschehen ist, ist geschehen und kann nicht mehr rückgängig gemacht werden. Es war ein Unfall. Du solltest nach vorne sehen. (15.28 Uhr)

Zuvor hatte ich ihr von meinen Schuldgefühlen wegen Josephina erzählt. Immer und immer wieder schaue ich nun auf das, was sie mir geantwortet hat. Lese Zeile um Zeile und sauge jedes Wort in mich auf. Könnte sie recht haben? War es tatsächlich nur ein blöder Unfall und nicht meine Schuld? Dies würde etwas Unglaubliches für mich bedeuten: die Möglichkeit, neu anzufangen. Noch wage ich kaum davon zu träumen, dafür ist die Last auf meinen Schultern zu groß. Immerhin wäre Josephina ohne mich und diesen dämlichen Streit niemals wütend ins Auto gestiegen. Andererseits möchte ich den Worten auf meinem Display so gerne Glauben schenken.

Mit einem Mal fühle ich gegenüber der Absenderin eine tiefe Vertrautheit. Bis jetzt wollte ich sie verstecken und aus meinem Leben heraushalten, genau wie den dunklen Teil meiner Vergangenheit, der uns für immer miteinander verbindet. Nun aber spüre ich Dankbarkeit, weil sie mir wieder Hoffnung gibt, mir immer zuhört und für mich da ist. Und vielleicht bleibt sie die Einzige, die mich zumindest ansatzweise verstehen wird. Sie hat es verdient, einen Platz in meinem Leben zu haben. Und in den Kontakten meines Handys.

Langsam tippe ich die Buchstaben ihres Namens ein. Nachdem ich geendet habe, klicke ich auf *Neuen Kontakt speichern*. Im nächsten

Moment wird aus der anonymen Zahlenabfolge „Jolene Guerra".
Neben ihrem Namen erscheint nun ihr Profilbild. Ich halte die Luft
an. Die Ähnlichkeit zwischen Josephina und Jolene war schon immer
verblüffend, deshalb hatte ich mich davor gefürchtet, durch Jolenes
Foto zu sehr in meiner Trauer um Josephina zurückgeworfen zu
werden. Doch was ich nun sehe, macht mich auf andere Art stutzig.
Jolene hat offenbar alles Menschenmögliche unternommen, um sich
von ihrer Zwillingsschwester zu unterscheiden. Sie trägt ihr Haar
jetzt länger, fast bis zur Brust statt schulterlang. Zudem wird ihr
natürliches Dunkelbraun von einem künstlichen Hellbraun über-
deckt, das an manchen Strähnen ins Blonde übergeht.

Etwas an ihrem Umstyling macht mich wütend. Ich habe den Eindruck, als wolle sie Josephina verleugnen. Von diesem Gedanken
angesäuert, schreibe ich Jolene eine Nachricht.

Dave: Eine neue Haarfarbe macht dich noch lange nicht zu einem
anderen Menschen. (16.10 Uhr)
Es hört sich anklagender an, als von mir beabsichtigt. Sie reagiert
prompt.
Jolene: Weißt du, wie es sich anfühlt, bei jedem Blick in den Spiegel
das Abbild seiner toten Schwester zu sehen? Ich habe es nicht mehr
ertragen. (16.11 Uhr)

Von dieser Perspektive aus habe ich es noch gar nicht betrachtet.
Während ich die Möglichkeit hatte, alle Bilder von Josephina weg-
zupacken, wird Jolene jedes Mal bei ihrem eigenen Anblick an ihre
Schwester erinnert. Das muss schrecklich sein. In mir regt sich das
schlechte Gewissen.

Dave: Jolene, tut mir leid. Das war doof von mir. Natürlich kannst
du mit deinen Haaren machen, was du willst. (16.13 Uhr)
Jolene: Ich heiße nicht mehr Jolene. Mein Name ist jetzt Olivia.
(16.13 Uhr)

Ist das etwa alles, was sie dazu zu sagen hat? Jolene benutzt jetzt also ihren zweiten Vornamen, um nicht mehr an ihren Zwilling, die andere Hälfte der J&J-Twins, denken zu müssen. Früher waren sie stolz darauf, Namen mit denselben Anfangsbuchstaben zu haben. Sie trugen sogar jede eine Kette mit einem silbernen J-Anhänger. Josephina war diese Kette so wichtig, dass sie sie nicht mal für eine neue ablegen wollte, die ich ihr zu unserem ersten gemeinsamen Weihnachten geschenkt hatte. Aber Jolene misst dem allem nun keine Bedeutung mehr bei. Ihr schmuckfreier Hals verdeutlicht es mir allzu sehr.

Das kann nicht ihr Ernst sein. Vor ein paar Minuten habe ich noch geglaubt, sie würde mich verstehen und gemeinsam mit mir über Josephinas Tod trauern. Offenbar habe ich mich getäuscht, denn wie es aussieht, unternimmt sie alles, um jede Erinnerung an Josephina zu vernichten. Sie hat beschlossen, einfach weiterzuleben, als hätte Josephina niemals existiert. Das meinte sie also mit *Du musst nach vorne sehen.* Wie kann sie nur so kaltherzig und abgebrüht sein?

Ich weiß jedenfalls genau, dass ich Josephina nie völlig aus meinem Leben aussperren kann. Und dass ich das auch gar nicht möchte.

Angestrengt starre ich Jolenes Foto an. Darauf ist neben ihr eine weitere, mir unbekannte junge Frau zu sehen. Ihre blonden Haare wehen mit ihren Federohrringen im Wind. Die beiden haben ihre Köpfe aneinandergelegt und strahlen um die Wette. Fast könnte man meinen, Jolene sei glücklich, doch das Lachen erreicht ihre Augen nicht. Mich wundert es nicht, denn was sie macht, ist ein zwanghaftes Verdrängen der Ereignisse und das kann niemals gut sein. Ich weiß das, weil ich viel zu lange selbst so gehandelt habe. Erst durch den Kontakt mit Jolene hat sich das geändert. Ohne es zu wissen, hat sie mir geholfen. Nun liegt es an mir, dasselbe für sie zu tun.

Samstag, 04.05.2019

Valerie

Frustriert starrt mich mein Spiegelbild aus der Wasserober-
fläche des Waldsees an. Seit einer Stunde bin ich damit beschäftigt, auf der Lichtung auf und ab zu laufen, jeden Stein
nach einem Hinweis umzudrehen und konzentriert meine Augen zu
schließen, um mich an irgendetwas zu erinnern. Aber da ist nichts.
Jedenfalls nichts, was ich nicht schon wüsste. Zu allem Überfluss hat
der Regen der letzten Tage den Waldboden aufgeweicht und so mögliche Spuren vernichtet. Es ist, als wäre ich an dem Tag von Stellas
Verschwinden niemals hier gewesen.

»Es kann doch einfach nicht wahr sein, dass ich mich an absolut
gar nichts erinnere!« Ich gebe einen Seufzer der Ernüchterung von
mir.

Lara kommt auf mich zu. Nun stehen wir gemeinsam am Ufer des
Sees. Tröstend legt sie einen Arm um meine Schultern. »Sei nicht so
streng mit dir. Vielleicht braucht dein Unterbewusstsein noch ein
bisschen Zeit, um sich zu regenerieren.«

»Ich habe aber keine Zeit. Ich muss so schnell wie möglich Stella
finden. Und das geht nur mit meiner Erinnerung.«

»Ich weiß.« Lara klingt ebenfalls niedergeschlagen. Eingeholt von einer Welle der Aussichtslosigkeit, blicken wir schweigend auf unsere Spiegelbilder, die der See von uns zeichnet.

»Und was hast du jetzt vor?«, fragt Lara unvermittelt.

Ein Gedanke, der schon länger in meinem Kopf herumschwirrt, bahnt sich erneut einen Weg an die Oberfläche. »Ich gehe nochmals zur Polizei und erzähle ihnen von meiner Gedächtnislücke, mit der ich im Wald aufgewacht bin, und dass ich somit keine Ahnung habe, ob Stella jemals hierhergekommen ist. Dann müssen sie Stellas Verschwinden als Verdachtsfall einstufen und weitere Ermittlungen einleiten.«

»Bist du dir wirklich sicher? Ich meine, danach gibt es kein Zurück mehr und sie werden sicher auch gegen dich ermitteln. Dann ist es nur noch eine Frage der Zeit, bis sie von eurem Streit erfahren und du als Hauptverdächtige dastehst.«

Obwohl ich mir dessen bewusst bin, schnüren mir Laras Worte die Kehle zu. »Du kannst dir nicht ausmalen, wie sehr mich allein die Vorstellung ängstigt. Aber wenn es der einzige Weg ist, um herauszufinden, was mit Stella passiert ist, dann muss ich da durch.«

»Das ist sehr mutig. Soll ich dich begleiten?«

Ich schätze Laras Angebot sehr. Sie hat in den letzten Tagen so viel für mich getan und mir dabei geholfen, nicht vollends durchzudrehen. Jedoch möchte ich sie in die Sache nicht noch mehr hineinziehen.

»Danke, aber nein. Das muss ich alleine machen.«

»Ich möchte zu meinem Vater. Ist er in seinem Büro?«

Misstrauisch musterte mich die junge Frau hinter dem Schalter am Eingangsbereich des Polizeireviers.

»Entschuldigung, aber wer sind Sie?«

Oh, wie beruhigend. Anscheinend gibt es hier doch noch Leute, die die Geschichte von meinem Suppenschlaf bei der Weihnachtsfeier nicht kennen.

»Valerie Schubert. Die Tochter von Hauptkriminalkommissar Wilfried Schubert.« Zur Bestätigung hole ich meinen Personalausweis hervor und schiebe ihn ihr unter der Glasscheibe hindurch, die unsere Gesichter voneinander trennt.

Die Polizistin wirft einen kritischen Blick darauf, winkt mich dann aber durch. »Er müsste noch in einer Besprechung sein, aber du kannst oben auf ihn warten.«

»Alles klar, vielen Dank.«

Ich wende mich von der Dame ab und steuere auf das Treppenhaus zu. Meine anschwellende Nervosität verleitet mich dazu, zügig zu gehen. Deshalb komme ich, immer zwei Stufen auf einmal nehmend, viel zu schnell im dritten Stock an. Das Büro meines Vaters liegt am Anfang des Flures. Die Tür ist angelehnt, dennoch klopfe ich an. Als ich keine Antwort erhalte, schiebe ich die Tür vorsichtig ein kleines Stückchen auf, weit genug, um zu erkennen, dass der Raum verlassen ist. Wie angekündigt, befindet sich Dad wohl noch in besagter Besprechung. Ich trete ein.

Das Zimmer hat sich kaum verändert, seit ich zum letzten Mal hier gewesen bin. Zu meiner Rechten befindet sich ein großer weißer Eckschreibtisch, auf dem ein Computer steht, eingekreist von zahlreichen Akten, welche sicher nach einem System geordnet sind, das sich mir nur nicht erschließt. An der Wand dahinter hängt ein Kalender, der neben dem aktuellen Monat auch den vorherigen sowie den folgenden anzeigt. Von meiner Position an der Tür aus blickt man direkt auf eine Fensterfront, an der einige Grünpflanzen das hereinscheinende Sonnenlicht genießen.

Ich beschließe, es ihnen gleichzutun, und durchquere den Raum. Nachdenklich schaue ich aus dem Fenster. Unten auf der Straße hat sich vor einer roten Ampel eine lange Schlange gebildet. In Gedanken sortiere ich die Worte, die ich mir in meinem Kopf zurechtgelegt habe. Gleichzeitig sehe ich den Autos dabei zu, wie sie sich in Bewegung setzen, als die Ampel auf Grün umspringt. Merkwürdig, wie alles auf der Welt seinen gewohnten Gang geht, während das eigene Leben kurz davor ist, aus den Fugen zu geraten.

Dad wird nicht erfreut sein, dass ich ihn angelogen habe, was den vermeintlichen Treppensturz angeht. Aber um ehrlich zu sein, habe ich nichts getan, was mich belasten könnte. *Jedenfalls nichts, an das du dich erinnerst,* schiebt eine fiese Stimme in meinem Kopf hinterher. Schnell verdränge ich sie. Als könnte ich den Gedanken so besser verbannen, wende ich mich vom Fenster ab. Dabei fällt mein Blick auf einen Bilderrahmen, der auf Dads Schreibtisch steht. Sofort verkrampft sich mein Herz. Er hat das Foto also immer noch. Entgegen jeder Vernunft greife ich danach und sehe es mir an. Eine scheinbar glückliche Familie blickt mir entgegen. Tatsächlich war es einer der wenigen Tage, an denen sich das Leben mit Mom unbeschwert angefühlt hat. Letztendlich war das nur so, weil sie an diesem Tag im Mittelpunkt stand. Wir waren zusammen zu ihrem Geburtstag in den Freizeitpark gegangen. Wie konnte es auch anders sein? Susanne Schubert verlangt, dass sich die Welt nur um sie dreht, und wenn das nicht der Fall ist, wird sie einen Weg finden, dass sich alle Augen auf sie richten. Wie es den Leuten um sie herum dabei ergeht, spielt überhaupt keine Rolle. Nicht einmal, wenn es sich um ihre eigene Tochter handelt. Oder um ihren Ehemann.

Wut keimt in mir auf bei dem Gedanken daran, was sie Dad und mir angetan hat. Energisch stelle ich das Foto an seinen Platz zurück. Dadurch fällt eine daneben liegenden Akten auf den Boden. Der gesamte Inhalt breitet sich vor meinen Schuhspitzen aus.

Verfluchter Mist.

Ich bücke mich und beginne schnell, alles einzusammeln. Ohne es zu wollen, springen mir die Fotos eines Mordopfers ins Auge. Eine blonde Frau in meinem Alter. Ihr Anblick ist erschreckend, um es milde auszudrücken, und verschiebt sämtliche Eingeweide in mir. Sie liegt unnatürlich verrenkt auf dem Boden. Nein, nicht wirklich auf dem Boden. Vielmehr hat ihr Mörder sie auf ein Bett aus Ästen und Blättern gebettet. Auffällig ist auch, dass sie nach ihrem Tod frisch geschminkt worden sein muss, denn ihr Make-up sieht für die qual-vollen letzten Minuten, die sie erlebt haben muss, ziemlich frisch aus. Auf ihrem Kopf sitzt eine Spielzeugkrone, wie sie kleine Mädchen oft zu Fasnacht tragen.

Die Inszenierung, mit der der Mörder das Opfer aufgebahrt hat, wirkt makaber. Eine Gänsehaut überkommt mich. Wie kann Dad jemals nachts zur Ruhe kommen, wenn er täglich mit solch schreck-lich zugerichteten Menschen konfrontiert wird? Und mit denjenigen, die das zu verantworten haben.

Ich möchte meinen Blick von dem zweiten Foto abwenden, doch dann halte ich inne. Irgendetwas an diesem Foto ist anders. Bei längerer Betrachtung wird es mir bewusst: Es sind die Haare. Sie sind kürzer als auf dem ersten Foto. Ich halte beide Fotos vergleichend nebeneinander und kann es kaum glauben: Zwar ist die Frau auf beiden Fotos blond, auch sind beide etwa im selben Alter, haben ähnliche Verletzungen und wurden nach ihrem Tod identisch hingerichtet, jedoch handelt es sich tatsächlich um zwei verschiedene Frauen. Schnell greife ich nach den restlichen beiden Fotos und erkenne auch hier jeweils feine Unterschiede zu den anderen Opfern.

Der Anblick der jungen Frauen lässt mich frösteln. Mir wird speiübel. In meinem Gehirn braut sich eine schreckliche Erkenntnis zusammen. Erschrocken stoße ich einen halblauten Schrei aus, um gleich darauf meine Hände vor den Mund zu pressen. Das ist eine Ermittlungsakte über den Ladykiller. Und diese Frauen ... blond, jung, attraktiv ... sie haben totale Ähnlichkeit mit Stella. Sie passt somit genau in das Schema, nach dem sich der Ladykiller offensichtlich seine Opfer aussucht. Das ändert alles! Die Polizei muss sofort etwas unternehmen!

Mechanisch greife ich nach einem Papier, welches ebenfalls aus der Mappe gefallen ist, und versuche das dort Aufgeschriebene nach Informationen zu filtern, die mir wichtig erscheinen. Doch bevor ich das Gelesene aufnehmen kann, vernehme ich Schritte auf dem Flur. Hektisch schiebe ich alle Unterlagen zurück in die Akte und lege sie zurück auf den Stapel. Keine Sekunde später kommt mein Vater zur Tür herein.

»Oh, hallo, Valerie. Was machst du denn hier?«

Mir gelingt es nicht, einen klaren Gedanken zu fassen. Und schon gar nicht, Worte zu einer Begrüßung zu formen. Zu perplex bin ich angesichts dessen, was ich eben gesehen habe. Ich schaffe es kaum, mir ein Lächeln abzuringen. Kurz denke ich daran, weswegen ich eigentlich hier bin, aber dann schweift mein Blick unweigerlich zu der Ermittlungsakte auf dem Schreibtisch. Kurzerhand verwerfe ich meinen ursprünglichen Plan.

»Es geht um Stella«, sprudelt es aus mir heraus. »Ich glaube, sie ist ein Opfer des Ladykillers geworden.«

Dad sieht mich mitfühlend an und kommt auf mich zu, um mich in den Arm zu nehmen. »Ich weiß, du machst dir schreckliche Sorgen. Aber es gibt absolut keinen Anlass, so etwas zu befürchten.«

Ich löse mich aus seiner Umarmung und schaue zu ihm auf. »Doch!« Ich gerate ins Stocken. Es gibt keinen anderen Weg, als ihm zu beichten, dass ich die Fotos aus der Ermittlungsakte kenne. »Ich habe die Fotos in der Akte gesehen … es scheint, als habe der Täter es auf genau solche Frauen abgesehen, die Stellas Typ entsprechen.«

Dads Miene wirkt erst verwundert, dann beginnt er zu verstehen und seine Augenbrauen ziehen sich verärgert zusammen. »Du kannst nicht herkommen und hier herumschnüffeln! Ich habe großes Verständnis für deine Sorge, aber das geht zu weit!«

»Das habe ich doch gar nicht. Die Akte ist auf den Boden gefallen!«

Er scheint mir nicht zu glauben. Ich erkenne es an seinem Seufzen und dem verständnislosen Kopfschütteln. »Wieso sollte dir ausgerechnet diese eine Mappe herunterfallen?«

Seine Aussage macht mich wütend. Er nimmt mich überhaupt nicht ernst. Stattdessen behandelt er mich wie ein kleines Kind, aber das bin ich nicht mehr. Es wird Zeit, härtere Geschütze aufzufahren.

»Wegen diesem beschissenen Foto hier!« Ich deute auf das Familienfoto. »Ich wollte es mir ansehen, weil ich nicht glauben konnte, dass es noch immer auf deinem Schreibtisch steht!«

Dad fährt sich mit der Hand über die Stirn, um sich zu sammeln. »Am besten, du gehst jetzt nach Hause und ruhst dich aus.«

Das ist so typisch für ihn. Immer wenn ich versuche, mit ihm über Mom zu sprechen, blockt er ab. Seit sie weg ist, haben wir es nie wirklich geschafft. Die Wut in meinem Bauch verknotet sich mit Frustration. Ich möchte ganz bestimmt nicht nach Hause und mich ausruhen. Das hier führt aber wohl vorerst zu nichts mehr. Und wenn er mir nicht helfen möchte, dann muss ich eben selbst herausfinden, was mit Stella passiert ist.

»Okay, Paps«, gebe ich deshalb klein bei und laufe an ihm vorbei.

Als ich an der Tür ankomme, drehe ich mich noch mal zu ihm um.

»Es tut mir leid.«

»Ich weiß, meine Kleine ... Große. Schon gut.«

Ohne es zu sagen, wissen wir beide, dass ich nicht von der Ermittlungsakte gesprochen habe.

Wie betäubt verlasse ich das Polizeirevier. Draußen scheint mir die Sonne direkt ins Gesicht. Statt es wie sonst zu genießen, erscheint sie mir heute viel zu grell. Ich kneife meine Augen zusammen. Dann setze ich mich langsam in Bewegung und laufe scheinbar ziellos durch die Stadt. Völlig in meinem Gedankenkarussell gefangen, bemerke ich erst, als ich schon angekommen bin, dass meine Füße sich verselbstständigt und mich geradewegs zum Marktplatz getragen haben. Selbst wenn ich mich schrecklich fühle, ist Dave offensichtlich die eine Person, bei der ich sein möchte.

Schon von Weitem erkennt er mich und ruft mir zu: »Na, hat da jemand Sehnsucht?«

»Von wegen. Mein Heimweg führt mich bloß hier vorbei.«

»Ach, gib's doch zu, du hast mich vermisst.« Diabolisch grinst er mich an. Unterdessen tauscht er eine leere Kiste mit Salatköpfen gegen eine neue. Ich beobachte, wie die Muskeln seiner Oberarme sich dabei abwechselnd an- und entspannen. Dieser Anblick lässt mich zumindest für den Moment alles andere vergessen. Himmel, was würde ich alles geben, um zu testen, ob diese Muskeln sich so gut anfühlen, wie sie aussehen. Ich blinzle den Gedanken beiseite.

»Das hättest du wohl gerne.«

»Wie dem auch sei, könntest du kurz die Stellung halten? Ich muss mal eben auf die Toilette.«

»Kein Problem.«

Ich komme um die Warenauslage herum und Dave entfernt sich ohne ein weiteres Wort. Erst stehe ich etwas unschlüssig herum. Die Auseinandersetzung mit Dad hat mich aufgewühlt. Da tritt ein Mann auf mich zu, der die kleinsten und rotbackigsten Äpfel kaufen möchte. Ich suche sie ihm heraus und lege sie in eine braune Papiertüte, die ich erst abwiege und dem Mann anschließend im Tausch gegen das Geld überreiche. Die gewohnten

Arbeitsschritte auszuführen beruhigt mich. Langsam fühle ich mich besser.

Aus einem kleinen Radio, das Dave offensichtlich unterhalb der Warenauslage aufgestellt hat, dringt gerade Mabels *Don't call me up*. Ich liebe diesen Song. Könnte ich es wagen … ich sehe mich um, aber niemand scheint Notiz von mir zu nehmen. Daraufhin beginne ich leise und zögerlich mitzusingen. Meine Angst, beobachtet zu werden, wird mit jedem Ton kleiner und ist gänzlich verschwunden, als meine Lieblingsstelle einsetzt. Inbrünstig schmettere ich den Refrain. Für ein paar Sekunden gelingt es mir, mich von allem Kummer zu lösen, bis ich hinter mir plötzlich eine Stimme höre.

»Wow, Prinzessin. Du vertreibst mir mit deinem Geträllere noch die ganzen Kunden.« Ich zucke zusammen und höre abrupt auf zu singen. Das ist eindeutig Daves Stimme. Und er steht direkt hinter mir. Meine Wangen beginnen zu glühen. Seit wann steht er schon da? Wie viel hat er wohl gehört? Wahrscheinlich genug, um mich ewig damit aufzuziehen. *Du vertreibst mir mit deinem Geträllere noch die ganzen Kunden.* Seine Worte hallen schal in meinem Kopf nach. Genau wie die Leute im Internet ist er offensichtlich der Meinung, ich solle das Singen lieber bleiben lassen. Es fühlt sich an wie eine erneute Niederlage, gleichzusetzen mit einem Faustschlag direkt in die Magengrube.

Am liebsten würde ich auf der Stelle im Erdboden versinken, aber da das nicht möglich ist, wende ich mich Dave zu, die Lippen fest aufeinandergepresst …

Dave

Natürlich habe ich mir mit meinem Kommentar über Valeries Gesang nur einen Scherz erlaubt. Leider schaut sie mich jetzt aber nicht sonderlich belustigt an. Ganz große Klasse, Dave. Jetzt, da sie endlich begonnen hat, sich dir gegenüber zu öffnen, machst du mit einer unsensiblen Bemerkung alles zunichte. Dabei hätte ich wissen müssen, wie unsicher sie das wieder werden lässt.

Sofort rudere ich zurück. »Das war bloß ein Scherz. Du singst toll.« Mit bettelndem Unterton schiebe ich hinterher: »Bitte sing noch mal für mich.« Das ist mein voller Ernst. Zugegebenermaßen war ich in Wahrheit nämlich ziemlich davon beeindruckt.

Doch es ist bereits zu spät. Valerie macht dicht. Sie verschränkt beleidigt die Arme vor der Brust, sodass ihre Minimöpse aus dem Ausschnitt herausquellen.

Okay, Dave, nicht hinsehen.

Unvermittelt mache ich einen Satz nach vorne, packe sie an der Taille und wirble sie herum. Unter lautem Gekicher versucht sie sich aus meinen Armen zu winden, während ich sie durchkitzle.

»Dave, hör auf!«, quiekt sie, aber ich lache bloß.

»Erst, wenn du noch mal für mich singst.«

»Niemals!«, ruft sie und krümmt sich dabei, weil ich sie wieder in die Seite zwicke.

Jetzt versucht sie mir wehzutun, indem sie auf meinen Fuß tritt, jedoch ist sie nicht ansatzweise stark genug, um mich ins Straucheln zu bringen. Da muss ich wieder lachen, weil es so verdammt süß ist, wie sie versucht, sich zu wehren.

»Bitte hör auf«, fleht sie mich weiter an, was mich allerdings nur dazu bringt, sie noch mehr zu kitzeln.

Valeries Körper windet sich unter meinen Händen und ihre Haare, die so wunderbar nach diesem Honig-Shampoo duften, das sie immer benutzt, verdecken mein Gesicht, sodass ich kaum noch etwas sehe.

»Versuch ruhig, dich zu wehren, aber gegen mich hast du keine Chance«, sage ich lachend.

Plötzlich spüre ich, wie sich ihre kleine Hand auf meine legt, um sie wegzuschieben. Ihre Haut fühlt sich weich an und obwohl sie eiskalte Finger hat, scheint meine Haut unter ihrer Berührung zu verbrennen. Dieses Gefühl bringt mich für einen Moment aus dem Konzept, was dazu führt, dass ich meinen Griff etwas lockere. Valerie nutzt diese Gelegenheit, um sich von mir zu befreien.

Hochmütig schaut sie mich an. »Ha, ich bin wohl doch stärker als du.«

Jetzt bin ich es, der die Arme verschränkt. »Von wegen. Du hast mich manipuliert.«

»Ach ja, und wie habe ich das deiner Meinung nach angestellt?« *Indem du mit einer einzigen Berührung ein Inferno in mir auslösen kannst.*

Der Gedanke kommt so schnell, wie ich ihn wieder verdränge. Stattdessen weiche ich auf unverfängliches Terrain aus. »Deine Haare. Sie waren überall in meinem Gesicht und haben mich abgelenkt. Ich konnte gar nicht mehr sehen, was ich da mache.«

Valerie schnaubt: »Du suchst doch nur nach einer Ausrede, weil du dir nicht eingestehen willst, dass ich recht habe.«

Mein männliches Ego fühlt sich angegriffen, deshalb sage ich etwas, wofür mich meine angeschlagene Schulter jetzt schon hasst: »Du glaubst doch nicht ernsthaft, du seist stärker als ich. Ich wette, du schaffst es noch nicht einmal, diese Kiste fünf Minuten hochzuheben.« Während ich spreche, deute ich auf eine der Kisten, die randvoll mit Kartoffeln ist.

»Du weißt schon, dass ich quasi mit diesem Job und sozusagen mit dem Schleppen von solchen Kisten aufgewachsen bin?«

»Schon. Aber das bedeutet noch lange nicht, dass du sie länger halten kannst als ich.«

Sie sieht mich mit hochgezogenen Augenbrauen an. »Du forderst mich ernsthaft heraus?«

»*Sì, bella mia*. Und wenn ich gewinne, dann singst du noch mal für mich.«

Zu meiner Überraschung willigt sie ein. »Okay, von mir aus, wenn du dich durch ein Kräftemessen mit einer Frau besser fühlst, bitteschön. Aber in dem Fall, dass ich gewinne, darf ich mit deinem Auto fahren. Mit Vollgas. Auf der Autobahn.«

Ich stimme ihr zu. Mein Auto kann sie ohnehin vergessen. Gegen Valerie zu gewinnen wird ein Kinderspiel.

Sie zieht ihr Handy aus der Handtasche hervor und stellt den Timer auf fünf Minuten.

»Möchtest du zuerst oder soll ich?«

»Ladys first«, räume ich großzügig ein.

»Okay.« Valerie bringt sich in Position. Sie stemmt die Kiste in die Höhe und ich starte gleichzeitig den Timer. Nach etwa einer halben Minute verzieht sich ihr Gesicht vor Anstrengung, doch sie hält bis zum Anbruch der dritten Minute durch. Erschöpft setzt sie die Kiste ab.

»Nicht schlecht. Aber nun sieh her und schau, wie es richtig geht.« Mit viel Schwung reiße ich die Kiste vom Boden. Im selben Moment macht sich meine Schulter durch ein Knacksen bemerkbar. Der Schmerz dringt in das umliegende Gewebe und scheint mich zu durchbohren. Am liebsten würde ich aufschreien, doch ich unterdrücke den Schmerz. Nie und nimmer werde ich mich vor Valerie geschlagen geben.

Verstohlen blicke ich auf den Timer. Fuck, es ist noch nicht einmal eine Minute vergangen.

Ich versuche weiterhin gegen das Pochen in meiner Schulter anzukämpfen. Das gelingt mir auch erst recht gut. Gleich habe ich es geschafft, denke ich und sehe nochmals auf den Timer. Der zeigt mir zu meiner Ernüchterung, dass erst zwei Minuten vergangen sind.

Warum müssen fünf Minuten so furchtbar lang sein?

Mein Rücken verspannt sich vor Schmerzen. Ich halte es nicht mehr aus. Genervt stelle ich die Kiste auf den Boden zurück.

Mit einem triumphierendem Gesichtsausdruck stoppt Valerie den Timer. »Wuhu, ich habe gewonnen.« Nach dem ersten freudigen Aufschrei ebbt ihre Ausgelassenheit ab. »Du hast mich doch nicht absichtlich gewinnen lassen, oder?«

Ich bin im Begriff, ihr klarzumachen, dass ich ohne eine gezerrte Schulter locker gewonnen hätte, doch das klingt bereits in meinem Kopf nach einer billigen Ausrede, selbst wenn es der Wahrheit entspricht.

»Das würde ich doch niemals machen.« Ich ziehe sie in eine Umarmung. »Herzlichen Glückwunsch, starke Frau.«

Meinetwegen erkenne ich ihr diesen Sieg an. Mein Auto wird sie trotzdem niemals fahren.

Montag, 06.05.2019

Dave

Der grässliche Piepston meines Weckers reißt mich aus dem Schlaf. Eines Tages werde ich das Ding einfach gegen die Wand schleudern. Heute lasse ich es allerdings damit gut sein, dass ich meine Hand ausstrecke, um den Wecker auszuschalten. Danach drehe ich mich noch mal im Bett um. Aus der Küche dröhnen die Stimmen von Kevin und Pascal. Genervt ziehe ich mir die Decke über den Kopf, um das Gelabere der beiden auszublenden. Warum müssen die so verdammt gut gelaunte Frühaufsteher sein?

Nur noch fünf Minuten, dann stehe ich auch auf. Versprochen, sage ich zu mir selbst, aber eine kleine Stimme in meinem Kopf lacht mich bereits aus: *Haha, wers glaubt.*

Als ich meine Augen das nächste Mal aufschlage, herrscht totale Stille in der ganzen Wohnung. Ein Blick auf mein Handy verrät mir, dass es mittlerweile schon Viertel vor zehn ist. Die erste Vorlesung habe ich somit also längst verschlafen und auch zur nächsten würde ich es niemals rechtzeitig schaffen. Das macht die Sache wesentlich entspannter und ich beschließe spontan, den ganzen Tag zu schwänzen.

Immer noch verschlafen, reibe ich mir über die Augen, ehe ich mich endlich überwinde, aufzustehen und mich in Richtung Bad zu bewegen.

Unter der Dusche beginne ich mich zu fragen, was ich mit meiner neu gewonnenen Freizeit alles anstellen könnte. Hm, wenn ich in den Vorlesungen sitze und mich langweile, fallen mir immer tausend Sachen ein, die ich unbedingt noch erledigen muss, aber jetzt, da ich endlich die Zeit dafür hätte, habe ich keinen Plan, was das alles so Dringendes gewesen sein könnte. Sicherlich würde das Valerie nie passieren. Ich sehe sie genau vor mir, wie sie akribisch all ihre Termine und To-dos in ihrem Kalender, oh, *scusa,* ich meinte natürlich in ihrem *Bullet Journal* festhält. Ich glaube, diese Frau hat einen ernsthaften Zwang, alles in ihrem Leben zu planen. Sicher notiert sie sich auch, wann sie auf Toilette geht.

Sorry, ich weiß, ich sollte aufhören, so fies zu sein. Der Gedanke bringt mich allerdings trotzdem zum Lachen und ein bisschen mehr Spontanität könnte ihr echt nicht schaden. Aber was geht mich das eigentlich an? Wieso denke ich überhaupt über sie nach?

Ich stelle das Wasser ab, als könnte ich so auch meine Gedanken an Valerie abschalten. Anschließend schnappe ich mir ein Handtuch, wickle es mir um die Hüften und trete aus der Dusche. Ein Blick in den Spiegel verrät mir, dass meine Haare schon wieder viel zu lang sind. Ich sollte echt mal wieder zum Friseur gehen. Ich beginne mir die Haare zu kämmen und gebe danach Gel hinein, um sie wie gewohnt zu stylen.

So gehe ich Stück für Stück meiner üblichen Morgenroutine nach, jedoch kehren meine Gedanken immer wieder, gegen meinen Willen, zu Valerie zurück. Während ich das Müsli in mich reinschaufle, erinnere ich mich an ihr herzhaftes Lachen, welches sie seit dem Morgen, an dem sie ins Krankenhaus eingeliefert wurde, leider viel zu selten von sich gibt. Das wirft wiederum die Frage auf, was sie seither so bedrückt. Wie immer, wenn es um Valerie geht, regt sich in mir der Wunsch, ihr zu helfen.

Da fällt mir urplötzlich wieder diese dämliche Wette ein. Zwar gefällt mir die Aussicht darauf, jemand anderen mit meinem Auto fahren zu lassen, ganz und gar nicht, aber wenn es dazu beiträgt,

Valerie für ein paar Stunden ihren Kummer vergessen zu lassen, erfüllt die Sache einen guten Zweck. Ohne weiter darüber nachzudenken, lasse ich den Löffel klirrend in meine mittlerweile leere Müslischale fallen und scrolle durch die Kontakte meines Handys, um Valerie anzurufen. Im letzten Augenblick entscheide mich dann aber doch dagegen. So, wie ich sie kenne, sitzt sie gerade in einer ihrer Vorlesungen und schreibt fleißig mit, ihr Handy auf stumm geschaltet und in ihrer Tasche verstaut, um ja keine Aufmerksamkeit zu erregen. Und selbst wenn sie rangehen würde, würde sie mich einfach abwimmeln.

Nein, wenn das hier funktionieren soll, muss ich sie persönlich überreden. Ich stehe auf und stelle das Geschirr in die Spüle. Anschließend gehe ich noch mal in mein Zimmer, um meine Jogginghose gegen eine schwarze Jeans auszutauschen. Das weiße T-Shirt, das ich trage, behalte ich an. Nach einem letzten prüfenden Blick in den Spiegel schnappe ich mir die Schlüssel von meinem Schreibtisch, schlüpfe in meine weißen Adidas-Sneaker und mache mich auf den Weg.

Auf dem Parkplatz der Uni muss ich mehrmals im Kreis fahren, bis endlich jemand wegfährt und ich mich auf seinen Platz stellen kann. Was zur Hölle ist heute nur los? Es ist Montag um halb zwölf und man sollte verdammt noch mal meinen, dass ein Großteil der Studenten um diese Zeit noch im Bett liegt und sich von irgendeiner Party am Wochenende erholt. Die hier umherschwirrenden vielen Menschen suggerieren mir allerdings ein völlig anderes Bild.

Ich steige aus dem Wagen und steuere den sozialwissenschaftlichen Trakt der Uni an. Außer dass Valerie Sozialpädagogik studiert, habe ich keine Ahnung, wann sie welche Kurse belegt. Sie könnte also gerade so ziemlich überall in diesem riesigen Gebäude sein.

Na super, das habe ich mir ja gut überlegt.

Während ich darüber nachdenke, wo ich am besten mit meiner Suche anfangen soll, strömt eine Gruppe von jungen Frauen, etwa in meinem Alter, aus der Eingangstür. Fröhlich plappernd und wild gestikulierend bleiben sie vor dem Gebäude stehen und bilden einen Kreis, um sich zu unterhalten. Dabei sticht mir der rote Pompon-Anhänger an einer der Handtaschen ins Auge. Er kommt mir bekannt vor und ich habe Glück: Es ist tatsächlich Valerie, der diese Handtasche gehört. Sie steht mit dem Rücken zu mir, sodass sie noch keine Gelegenheit hatte, mich zu bemerken.

Sie trägt ein weinrotes T-Shirt, das eine ihrer zierlichen Schultern freigibt. Außerdem eine Nylonstrumpfhose mit Leopardenmuster und einen engen schwarzen Rock, der ihren runden Hintern perfekt zur Geltung bringt. *Diesen Rock sollte sie unbedingt auch mal bei der Arbeit tragen.*

Ich wende meinen Blick von ihrem Hintern ab, obwohl mir das ziemlich schwerfällt, und gehe geradewegs auf sie zu. Als eines der anderen Mädchen, eine Kleine mit Brille und riesigen Titten, bemerkt, dass ich auf ihre Gruppe zusteuere, gebe ich ihr ein Zeichen, still zu sein, und sie befolgt Gott sei Dank meine Anweisung. Dann umfasse ich Valerie an der Hüfte und wirble sie zu mir herum, wobei mir ihre Haare ins Gesicht wehen. *»Buon giorno, bella mia.* Lust auf eine kleine Spritztour?«

Völlig überrascht schaut sie erst in mein Gesicht, dann wandert ihr Blick kurz zu meinen Händen, die noch immer auf ihren Hüften liegen, und wieder zurück, sodass unsere Blicke sich treffen. Ich setze mein charmantestes Lächeln auf, aber anstatt dieses zu erwidern, starrt sie mich nur mit großen Augen an.

»Dave? Was machst du denn hier?« Ihre Stimme klingt wie ein Zischen und ist nicht lauter als ein ersticktes Flüstern. Gleichzeitig merke ich, wie sich ihr Körper unter meiner Berührung anspannt, woraufhin ich meine Hände sinken lasse.

Mich beschleicht das Gefühl, als sei es ihr unangenehm, vor ihren Freundinnen mit mir zu reden. Allerdings verstehe ich nicht, wieso. Ich mein, zwar bin ich ein Naturtalent darin, anderen auf die Nerven zu gehen, aber ein so *vollkommener Idiot,* wie sie mich immer betitelt, bin ich nun auch wieder nicht.

»Ich schätze mal, ich kenne jemanden, der am Samstag eine Wette verloren hat und diese jetzt einlösen möchte«, fahre ich unbeirrt fort.

Meine Vermutung, dass sie nicht im Beisein ihrer Kommilitoninnen mit mir reden möchte, bestätigt sich, als sie mich ein Stück zur

Seite zieht, bevor sie mir antwortet. Ich beschließe, diese Tatsache fürs Erste auf sich beruhen zu lassen.

»Was, aber doch nicht jetzt sofort, oder? Ich meine, ich habe gerade gar keine Zeit. Gleich beginnt meine Vorlesung über Entwicklungspsychologie.«

Ich ziehe meine Augenbrauen hoch. Mit so etwas habe ich gerechnet, aber so leicht werde ich nicht aufgeben. »Na gut, ganz wie du meinst. Aber vergiss nicht, das hier ist ein einmaliges Angebot, meine Wettschulden bei dir einzulösen.«

Verärgert verschränkt sie die Arme vor ihrer Brust, was sie irgendwie ziemlich häufig macht. Das könnte allerdings auch daran liegen, dass ich es stets darauf anlege, sie zur Weißglut zu bringen. Vor lauter Wut vergisst sie dann nämlich kurzfristig ihre Schüchternheit und kommt endlich mal aus sich heraus.

»Dave, das ist nicht fair!«, erhebt auch sie jetzt ihre Stimme.

»Wieso? Du hast nicht gesagt, dass ich mir nicht selbst aussuchen darf, wann du mein Auto zu Schrott fährst.« Provozierend verengen sich meine Augen zu Schlitzen, während mein Mund sich zu einem teuflischen Grinsen verzieht, bei dem Valerie aus einem mir unbekannten Grund jedes Mal anfangen muss zu lachen. Auch dieses Mal wandern ihre Mundwinkel nach oben, jedoch nur für einen kurzen Moment, bevor ihre Miene wieder ernst wird.

»Oh, du bist so verdammt sexistisch. Nur weil ich eine Frau bin, hat das noch lange nichts damit zu tun, ob ich gut Auto fahren kann oder nicht.« Aufgebracht funkeln ihre braunen Augen und auf ihrem Hals breiten sich rote Flecken aus, die ihre Wut verdeutlichen.

Mich überkommt eine perverse Art der Genugtuung, dass ich es wieder mal geschafft habe, sie rasend zu machen. Wenn ich jedoch erreichen möchte, dass sie sich dazu entschließt, den Tag mit mir zu verbringen – und das war ja schließlich der Plan –, dann sollte ich wohl jetzt besser damit anfangen, sie zu beruhigen.

»Aber das hat doch niemand behauptet, Prinzessin. Außerdem hast du jetzt die Gelegenheit, mich vom Gegenteil zu überzeugen«, schlage ich deshalb einen sanfteren Tonfall an. Dabei schnappe ich eine ihrer Haarsträhnen, um sie um meinen Finger zu wickeln, doch Valerie schiebt meine Hand weg. »Nenn mich nicht so.«

»Warum? Wir wissen doch beide, wie sehr dir das gefällt.« Valerie senkt den Blick und ihre Wangen färben sich rot, diesmal vor Verlegenheit. Ein eindeutiges Zeichen für mich, dass ich recht habe. Warum zum Teufel freut mich das so?

Mittlerweile leert sich der Innenhof des Campus, da in wenigen Minuten die nächsten Vorlesungen und Seminare beginnen. Andere Studenten ziehen sich zum Mittagessen in die Mensa zurück.

Ich krame meinen Schlüsselbund, an dem sich auch der Autoschlüssel befindet, aus meiner Hosentasche und wedle Valerie damit vor der Nase herum. »Was ist jetzt? Kommst du nun mit oder nicht?«

Unschlüssig schaut sie zwischen mir und dem Eingang des Uni-Gebäudes hin und her. Ihre Freundinnen stehen noch immer davor und werfen verstohlene Blicke zu uns herüber. Doch sobald sie bemerken, dass ich sie ebenfalls im Blick habe, lassen sie es erscheinen, als seien sie in eine angeregte Unterhaltung vertieft.

»Na komm schon. Es wird sicher lustig und das Wichtigste aus der Vorlesung kannst du sowieso später auf den Skripts der Profs nachlesen.«

Valerie zögert immer noch. Dann fährt sie sich durch ihre dunklen Locken und verkündet: »Okay, lass uns fahren. Aber glaub ja nicht, dass du mich jetzt immer zum Schwänzen bringen kannst. Das ist eine absolute Ausnahme und ich mache das nur, um dir zu zeigen, dass Frauen sehr wohl Auto fahren können.«

Bingo! »Keine Sorge, Prinzessin, kommt nicht wieder vor. Um mir irgendwas beweisen zu können, solltest du allerdings erst mal den Autoschlüssel haben«, necke ich sie und wedle erneut mit dem Schlüssel herum. Als Valerie danach greifen will, ziehe ich ihn weg und halte ihn außerhalb ihrer Reichweite in die Höhe.

»Dave, was soll das jetzt schon wieder?« Valerie stellt sich auf die Zehenspitzen, aber sie ist trotzdem zu klein.

»Hol ihn dir, oder bist du etwa zu klein?«, spreche ich das Offensichtliche aus, während ich ihr immer wieder die Schlüssel hinhalte, um sie im letzten Moment wegzuziehen.

Valerie japst und zieht an meinem Arm, um ihn nach unten zu drücken. Ihre rot lackierten Fingernägel krallen sich in mein Fleisch, aber ich unterdrücke den aufkeimenden Schmerz. Stattdessen befreie ich mich aus ihrem Griff und renne lachend in Richtung Parkplatz. »Du musst dich schon ein bisschen beeilen, sonst fahre ich doch selbst.« Valerie stürmt kreischend hinter mir her. »Das würde dir so passen!« Kurz bevor ich das Auto erreiche, holt sie mich ein. Ihre Hand packt den Saum meines T-Shirts. Völlig außer Atem komme ich zum Stehen und drehe mich um. »Puh, Sprinten war noch nie meine Stärke«, keuche ich und versuche meinen Puls zu beruhigen.

Valerie gibt sich völlig unbeeindruckt. Sie sieht längst nicht so fertig aus, wie ich mich gerade fühle. »Jetzt lenk nicht ab, sondern gib mir endlich den Schlüssel.« Ohne meine Reaktion abzuwarten, entwindet sie ihn mit einer geschickten Handbewegung meinen Fingern und marschiert an mir vorbei in Richtung Auto. Überrumpelt blicke ich ihr nach, folge ihr aber schließlich.

Unbehaglich lasse ich mich auf den Beifahrersitz gleiten. Diese neue Perspektive in meinem eigenen Wagen einzunehmen, fühlt sich seltsam an. So, als würde man gezwungen werden, mit rechts zu schreiben, obwohl man Linkshänder ist. Ich beginne mich zu fragen, ob es eine gute Idee war, überhaupt hier aufzukreuzen und Valerie ans Steuer zu lassen.

Misstrauisch beobachte ich, wie sie den Schlüssel ins Zündschloss steckt und den Motor startet.

Okay, ich sollte mich beruhigen, schließlich würde sie ja nicht fahren wollen, wenn sie nicht davon überzeugt wäre, dass sie es kann. Stimmt doch, oder? Sicherlich reagiere ich viel zu panisch, aber was mein Auto angeht, verstehe ich echt keinen Spaß. Schließlich habe ich lange bevor ich überhaupt einen Führerschein hatte, angefangen, dafür zu sparen, und jetzt, da ich es mir endlich leisten konnte, ist es wie ein Baby für mich.

Um meine Nervosität zu überspielen, lege ich betont übertrieben den Sicherheitsgurt um. »Den werde ich wohl brauchen.«

Valerie lacht laut auf und zieht eine Augenbraue in die Höhe. Sie sieht mir direkt in die Augen. »Ernsthaft? Wenn ich uns gleich mit hundertzwanzig Sachen gegen die nächste Leitplanke lenke, hilft dir das auch nicht viel.«

O mein Gott, das hat sie gerade nicht wirklich gesagt. Wie kann sie über so etwas einen Scherz machen? Manche Leute sterben tatsächlich bei einem Autounfall. Josephina zum Beispiel ... Ich muss ziemlich erschrocken aussehen, denn Valerie lacht schon wieder. »Keine Angst, das war nur ein Witz.«

»Weiß ich doch«, erwidere ich schnell und versuche, ebenfalls zu lachen.

Sie schaltet in den Rückwärtsgang und setzt dazu an, aus der Parklücke zu fahren. Dabei würgt sie prompt den Motor ab. *Alles klar, fängt ja super an.*

Entschuldigend blickt sie zu mir. »Auch wenn es gerade nicht so aussieht: Ich habe alles im Griff.«

Jetzt bin ich an der Reihe, skeptisch die Augenbrauen zu verziehen. »Bist du dir sicher, dass du einen Führerschein hast?«

»Hey! Natürlich habe ich einen. Das sind bloß ... ein paar Startschwierigkeiten.« Sie boxt mich an die Schulter. Das war süß. Glaubt sie wirklich, dieser zaghafte Stoß würde mir wehtun?

Langsam schlägt mein Unmut in Belustigung um. Lachend sage ich: »Okay, Prinzessin, dann sieh mal zu, dass du deine *Startschwierigkeiten* überwindest. Ich habe nämlich absolut keine Lust, den ganzen Tag auf diesem Parkplatz rumzuhängen.«

Valerie schnaubt nur. Dann startet sie erneut den Motor und manövriert meinen Wagen aus der Parklücke, ehe sie sich in den Verkehr einfädelt und in Richtung Autobahn fährt.

Die ersten zehn Minuten fahren wir schweigend. Nachdem ich mich ausgiebig versichert habe, dass Valerie alles im Griff hat, drehe ich etwas die Musik auf. Auf meine Playlists bei Spotify verzichte ich bewusst, weil Valerie neulich angedeutet hat, dass sie nicht sonderlich viel von dieser Art Musik hält. Deshalb bleibe ich vorerst bei dem allgemeinen Chartgedudel des Radios.

Als ein bekannter Song von Ed Sheeran und Justin Bieber gespielt wird, fange ich an mitzusingen. Das bringt Valerie automatisch zum Lachen.

»Du singst total schief.«

»Stimmt überhaupt nicht. Ich bin ein total begabter Sänger. Du hast mein Talent nur noch nicht erkannt«, verteidige ich mich, wohl wissend, dass Singen so ziemlich das Letzte ist, wozu ich begabt bin.

Valerie wendet den Blick kurzzeitig von der Straße und schaut mich neckisch an. »Ja, ist klar.«

»Sing doch mit, dann fallen meine falschen Töne nicht mehr auf«, fordere ich sie heraus.

»Das kannst du vergessen. Ich singe nicht vor anderen Leuten und außerdem habe ich im Gegensatz zu dir die Wette gewonnen.«

Touché, bella mia! »Schade, dabei hat sich das neulich bei der Arbeit so schön angehört.«

Unbeschwert trällere ich weiter den Liedtext mit. Gleichzeitig beobachte ich, wie Valerie den Blick stur geradeaus hält und ihre Wangen sich mal wieder rot färben. Vermutlich erinnert sie sich gerade an den Moment, als ich am Samstag ihr ungebetenes Ein-Mann-Publikum war. Ich verstehe echt nicht, warum sie sich deshalb schämt. Im Gegensatz zu meinem hört sich ihr Gesang großartig an. Irgendwann bringe ich sie schon noch dazu, zu singen.

Wir erreichen die Autobahn und Valerie wechselt sogleich auf die Überholspur. Ich beobachte, wie die Tachonadel immer weiter nach rechts schnellt. Klar, das war schließlich unsere Abmachung: Wenn Valerie gewinnt, darf sie mit meinem Auto über die Autobahn heizen.

Ich dachte eigentlich immer, ich hätte kein Problem damit, mit hohem Tempo zu fahren. Als wir schließlich 185 Stundenkilometer erreichen, bemerke ich jedoch, dass sich meine Hände unbewusst an den Sitz klammern. In meinem Kopf kreist unaufhörlich nur noch ein Gedanke: So müssen sich die letzten Minuten für Josephina angefühlt haben. Nein, nicht ganz, wie ich sie kenne … gekannt habe, wie auch immer … sie wäre nie so gerast. Trotzdem ist sie auf der Autobahn gefahren, als sie von der Straße abkam. Und sie war wütend. Meinetwegen. Vielleicht fuhr sie deshalb schneller als sonst.

Ich schlucke.

»Das macht so einen Spaß!«, jubelt Valerie neben mir. Sie reißt mich mit ihrem Ausruf zurück in die Gegenwart.

Mittlerweile zeigt der Tacho 190, aber Valerie sieht nicht so aus, als wolle sie aufhören, Gas zu geben.

Meine Gedanken kehren zurück zu Josephina. Vor meinem inneren Auge sehe ich sie am Lenkrad sitzen. Ich versuche das Bild zu verdrängen, doch es geht nicht. Ich halte das nicht mehr aus. Verdammt, ich muss so schnell wie möglich aussteigen. Wir rauschen an einem Straßenschild vorbei, da kommt mir plötzlich eine Idee.

»Ich unterbreche dich ja nur ungern bei deiner Fahrbegeisterung, aber könntest du bei der nächsten Gelegenheit kurz anhalten? Ich müsste mal für kleine Jungs und so ...«

Immer noch völlig in ihrem Adrenalinkick gefangen, schaut Valerie kurz zu mir herüber. »Oh. Okay.«

Sie verringert die Geschwindigkeit und wechselt schließlich auf die rechte Spur. Erleichtert normalisiert sich mein Herzschlag, wobei ich erst jetzt bemerke, dass er sich verdoppelt hatte.

Bei der Ausfahrt zum nächsten Parkplatz blinkt Valerie und biegt ab. Auf dem Gelände befinden sich keine Tankstelle oder sonstige Shops, lediglich zwei Tische aus Stein mit passenden Bänken laden dazu ein, sein mitgebrachtes Essen während einer kleinen Pause zu verzehren. Gerade sind wir allerdings die Einzigen, die hier parken.

Kaum dass wir angehalten haben, reiße ich die Beifahrertür auf und verschwinde außer Sichtweite, um so zu tun, als müsste ich pinkeln. Ich merke gleich, wie die frische Luft mich beruhigt. Mit tiefen Atemzügen sauge ich sie in meine Lungen.

Es war nicht die Realität. Nur deine Gedanken.

Ich sage mir die Worte mehrmals hintereinander wie ein Mantra auf. Als ich das Gefühl habe, mich wieder im Griff zu haben, gehe ich zu Valerie zurück. Auf ihren Lippen liegt ein für sie untypisch freches Grinsen. »Gib's zu, dir war es viel zu schnell und du hast dir vor Angst fast in die Hose gemacht.«

Meine Maske sitzt perfekt. »Ich und Angst? Von wegen. Du möchtest jetzt doch nur davon ablenken, dass es dich davor graut, beim Anfahren gleich wieder den Motor abzuwürgen.« Ich werfe ihr eine Kusshand zu und steige ein. Valerie beobachtet mich dabei. »Das war so klar, dass du jetzt ewig darauf herumhackst.« Genervt verdreht sie die Augen und ich fange ihren Blick ein.

Plötzlich geschieht etwas Unvorhergesehenes: Valerie klettert über die Mittelkonsole und setzt sich rittlings auf meinen Schoß. Ich öffne meinen Mund, um sie zu fragen, was sie vorhat, jedoch lässt sie mich nicht zu Wort kommen, sondern sie legt einen Finger auf meine Lippen und gibt ein leises »Psst« von sich. Dann scheint sie jedoch zu überlegen, ob sie fortfahren soll. Ich erkenne es, als sich unsere Blicke treffen und ich in ihren Augen eine Mischung aus Aufregung und Unentschlossenheit sehe. Vorsichtig hebe ich eine Hand, um ihr eine lose Haarsträhne hinters Ohr zu schieben. So möchte ich ihr signalisieren, dass sie zu Ende führen soll, was auch immer sie vorhat. Es scheint zu funktionieren, denn als meine Finger über ihre Wange streichen, beginnen ihre Augen wieder selbstbewusst zu strahlen. Ihr Mund verzieht sich zu einem Lächeln, das ich automatisch erwidern muss.

Wie von selbst bewegen wir uns aufeinander zu, doch erst als ihre Lippen ganz sachte meine berühren, merke ich, wie sehr ich mich die ganze Zeit nach diesem Kuss gesehnt habe. Es fühlt sich an, als würde sich ein Feuerwerk in mir entzünden, und ihre Hände auf meiner Brust sorgen für tausend kleine Stromschläge, die durch meinen Körper jagen.

Berauscht von diesem Gefühl, lege ich meine Hände um ihre Hüften, um sie noch näher an mich zu ziehen. Währenddessen wird ihr Kuss immer fordernder. Ich lasse mich davon leiten und teile ihre Lippen. Sie gewährt mir Einlass und unsere Zungen beginnen einen leidenschaftlichen Tanz zu vollführen. Valerie reagiert darauf und legt ihre Hände in meinen Nacken, während sie sich langsam auf mir zu bewegen beginnt.

Ich spüre, wie ich hart werde, und dränge meine Erektion zwischen ihre Beine. Gleichzeitig wandern meine Hände unter ihr T-Shirt. Oh fuck, ihre nackte Haut heiß und pulsierend unter meinen Fingern zu spüren, fühlt sich so gut an. Augenblicklich weiß ich, dass ich unbedingt mehr davon brauche. Wie von selbst gehen meine Hände auf Erkundungstour und wandern an ihrer Taille empor.

Da beendet Valerie plötzlich abrupt unseren Kuss und versucht sich aus meinen Armen zu winden.

»Tut mir leid ... sorry, ich wollte nicht – alles okay mit dir?«, bringe ich sofort hervor, um herauszufinden, ob ich etwas falsch gemacht habe. Vielleicht hätte ich das Ganze langsamer angehen sollen, aber immerhin war sie es, die damit begonnen hat. Ich versuche Valeries Blick aufzufangen, doch sie sieht nur stur auf den Boden.

»Ja, alles super. Es ist nur, ich ... lass uns zurückfahren«, stammelt sie vor sich hin.

»Was, aber wieso denn auf einmal? Habe ich etwas falsch gemacht?« Bei ihren ständigen Stimmungswechseln komme ich langsam echt nicht mehr mit. Frustriert fahre ich mir durch die Haare und lasse meinen Kopf in den Nacken fallen.

»Nein. Es liegt nicht an dir. Es ist bloß ... ich kann das gerade nicht.«

»Was denn genau? Soweit ich mich erinnere, hast du dich freiwillig auf meinen Schoß gesetzt. Ich habe dich nicht dazu gezwungen.«

»Ich weiß, aber bitte lass uns jetzt einfach gehen.«

An der Art, wie sie das sagt, kann ich erkennen, dass sie wieder ihre Schutzmauern um sich errichtet hat, von denen ich dachte, sie bereits zum Einsturz gebracht zu haben. Somit werde ich wohl oder übel vorerst nichts mehr aus ihr herausbekommen. Deshalb gebe ich mich geschlagen. »Okay. Möchtest du fahren oder soll ich?«

»Du.« Das ist alles, was sie von sich gibt, ehe sie die Beifahrertür öffnet und aussteigt, um mich ebenfalls aus dem Wagen zu lassen.

Ich gehe um das Auto herum, steige ein und starte den Motor. Während der gesamten Fahrt sagt keiner von uns beiden ein Wort. Valerie schaut ununterbrochen aus dem Fenster und erweckt dadurch den Eindruck, als wäre sie in Gedanken versunken. Dieses Aus-dem-Fenster-Starren könnte allerdings auch einfach ein Ablenkungsmanöver sein, damit ich nicht auf die Idee komme, sie anzusprechen. Trotzdem bin ich mehr als einmal kurz davor, irgendetwas zu sagen, aber ich habe schlichtweg keine Ahnung, wie ich die Anspannung ein bisschen auflockern könnte. Für einen dummen Witz ist jetzt definitiv nicht der richtige Augenblick, aber auch für ein ernsthaftes

Gespräch fehlen mir einfach die passenden Worte. Und so schweige auch ich, der vorlaute, niemals um eine Antwort verlegene Dave Guiliano Pagano. Verstohlen sehe ich immer wieder zu Valerie hinüber, weil ich nicht glauben kann, dass sie es tatsächlich geschafft hat, mich sprachlos zu machen. Noch niemals war ich mir so unsicher, wie ich mich verhalten soll. In einem Punkt bin ich mir allerdings mehr als sicher: Ich muss sie unbedingt noch mal küssen.

Valerie

O mein Gott, wie kann ich nur so bescheuert sein und ihn einfach küssen? Beziehungsweise erst damit anfangen und den Kuss dann so abrupt unterbrechen, als hätte ich mich an einer Herdplatte verbrannt … oder als hätte ich diesen Kuss nicht genossen (was absolut nicht der Fall war!).

Warum bin ich nur so verdammt gut darin, immer das Falsche zu tun? Aber woher soll ich bitte vorher wissen, was richtig und was falsch ist?

Ich denke mal wieder zu viel.

Falls Dave mich bisher noch nicht für eine unberechenbare Irre gehalten hat, dann tut er das spätestens jetzt und ich kann es ihm kaum verdenken. Wie auch, wenn ich nicht mal selbst in der Lage bin, mein Verhalten zu verstehen?

Ich schlinge die Arme um meinen Körper und wünsche mir, Dave würde mich wieder berühren. Noch immer kann ich den Geschmack seiner Lippen auf meinen spüren. Gleichzeitig schaue ich aus dem Fenster seines Autos und beobachte, wie die Landschaft an mir vorbeifliegt. Irgendwo da draußen ist Stella und muss Gott weiß was durchstehen und ich kann verdammt noch mal nichts tun, um ihr zu helfen. Ganz im Gegenteil: Ich schwänze einfach die Uni, um mit diesem Wichtigtuer – okay, ich ergänze, diesem durchaus attraktiven Wichtigtuer, der nebenbei bemerkt verdammt gut küssen kann – sinnlos die Autobahn entlangzubrettern und anschließend auch noch auf einem verlassenen Parkplatz rumzumachen. Aber das Schlimmste an der Situation ist: Ich habe es genossen. Wie kann ich mich bitte amüsieren, während meine beste Freundin irgendwo in einem finsteren Loch von einem Perversen festgehalten wird? Und ich bin mir leider ziemlich sicher, dass dies der Fall ist oder ihr irgendetwas Ähnliches zugestoßen sein muss.

Stellas Eltern sind gleichwohl bekannte sowie renommierte Anwälte, bei denen es durchaus viel Geld zu holen gäbe. Die Polizei hält eine Entführung, bei der es darum geht, Lösegeld zu erpressen, mittlerweile jedoch für unwahrscheinlich, da die Entführer sich in diesen Fällen bereits in den ersten Tagen mit ihren Forderungen melden. Mein Bauchgefühl sagt mir aber, dass da etwas nicht stimmt. Niemals würde Stella freiwillig einfach so verschwinden, ohne sich bei mir, geschweige denn ihrer Familie, zu melden. Das passt nicht zu ihr. Plötzlich keimt wieder der schlimme Verdacht auf, der mir schon seit Tagen im Kopf herumspukt: Was, wenn sie von demselben Typen entführt wurde, der in den vergangenen Wochen die Mädchen ermordet hat? Allein bei diesem Gedanken wird mir schwindelig. Ich balle meine Hände zu Fäusten und presse meine Fingernägel in die Handinnenflächen, damit ich mich auf den Schmerz konzentrieren kann und nicht an die Tatortfotos in der Ermittlungsakte meines Vaters denken muss. Vergeblich. Ich beginne mir auszumalen, man würde Stella ebenfalls so auffinden: aufgebahrt auf einem Bett aus Zweigen, mit zerrissenen Kleidern und einer Plastikkrone auf dem Kopf. Blass und leblos. Tot. Meine Augen beginnen sich mit Tränen zu füllen. Ich unternehme nichts dagegen, sondern lasse sie einfach an meinen Wangen hinunterlaufen.

»Valerie?«

Dave rüttelt mich an der Schulter. Oh, hat er etwa etwas gefragt? Ich habe keine Ahnung, was er gesagt hat, deshalb weiß ich auch nicht, was ich antworten soll.

Mir fällt auf, dass wir gar nicht mehr unterwegs sind, durch meinen Tränenschleier hindurch erkenne ich die Häuser in meiner Straße. Sind wir etwa schon bei mir zu Hause? Für mich fühlt es sich an, als wären wir gerade erst losgefahren. Ich gebe mir Mühe, mich zu sammeln, in der Hoffnung, den Sturm der Verzweiflung, der in mir tobt, vor Dave verbergen zu können. Schnell blinzle ich die Tränen weg, bevor ich mich zu ihm umdrehe.

Er mustert mich mit seinem typischen Grinsen, das sich jedoch in eine besorgte Miene verwandelt, als er meine geröteten Augen wahrnimmt.

»Weinst du etwa? Also, wenn das wegen vorhin ist …«

»Vergiss doch mal diesen dummen Kuss«, fahre ich ihn an, harscher als beabsichtigt. Wieso glaubt dieser Typ immer, alles dreht sich um ihn und sein aufgeblasenes Ego?

»Was ist denn dann dein Problem? Fuck, Valerie! Rede endlich mit mir, sonst kann ich dir nicht helfen!« Dave schreit mich regelrecht an und schlägt mit geballter Faust gegen das Lenkrad. Die Hupe ertönt laut und schrill. Ich weiche erschrocken zurück. Statt ihm zu antworten, kullern noch mehr Tränen über meine Wangen und ich beginne heftig zu schluchzen.

Sofort wird sein Tonfall weicher. »Tut mir leid. Ich wollte dich nicht anschreien, aber es macht mich einfach total fertig zu sehen, wie schlecht es dir geht und du trotzdem niemanden an dich heranlässt.«

»Das ist eben nicht so einfach für mich«, bringe ich leise unter Tränen hervor und hasse mich dafür, dass es mir so schwerfällt, über meine Gefühle zu sprechen.

Dave zieht mich in seine Arme und hält mich einfach nur fest. Augenblicklich nehme ich den Duft seines sportlich-frischen Duschgels wahr. Ich vergrabe meinen Kopf an seiner Brust, während mein Körper von heftigem Schluchzen durchzuckt wird. Diese Umarmung tut so unendlich gut, dass ich mir wünsche, er würde mich nie wieder loslassen.

Als ich genug Mut gesammelt habe, schaue ich zu ihm auf. Seine Augen erwarten mich bereits und blicken teils traurig, teils erwartungsvoll auf mich herab.

»Stella« ist das einzige Wort, das ich hervorbringe, bevor ich wieder in Tränen ausbreche.

»Was ist mit ihr?«, fragt mich Dave. »Habt ihr euch wieder gestritten?«

Ich schüttle den Kopf und antworte leise:»Sie ist weg.«

Dave scheint verwirrt.»Wie, weg?«

Eigentlich hasse ich es, wenn er so mit seinen Fragen nachbohrt, aber im Moment fällt es mir dadurch leichter, ihm alles zu erzählen.

»Weg eben. Verschwunden. Und ich glaube ... sie wurde entführt«, spreche ich die Worte endlich aus.

Auf Daves Gesicht erscheint ein schockierter Ausdruck, ich sehe ihm an, wie es in seinem Gehirn arbeitet.

»Bist du dir sicher? Ich meine, vielleicht ist das alles nur ein Missverständnis und sie taucht wieder auf«, versucht er mich zu beruhigen.

»Nein, nein, nein, dafür ist sie schon viel zu lange verschwunden. Wir wollten uns letzten Montag am See treffen, aber sie kam nie dort an. Beziehungsweise ich weiß es nicht, da ich aus unerklärlichen Gründen ohnmächtig geworden bin und seither eine Gedächtnislücke habe. Aber seitdem hat niemand sie gesehen oder von ihr gehört. Das ist überhaupt nicht typisch für sie. Ich befürchte, sie wurde vom Ladykiller entführt, aber mein Vater ... die Polizei glaubt mir nicht.«

»Oh ... dann bist du also gar nicht die Treppe hinuntergestürzt, sondern einem Verbrecher vor die Füße gelaufen? Und die Polizei sieht einfach zu und macht gar nichts?«

»Ja und nein. Natürlich suchen sie nach Stella, aber solange es keinen handfesten Beweis dafür gibt, dass sie ebenfalls ein Opfer des Serienmörders ist, arbeiten sie mit weniger Hochdruck. Schließlich möchten sie die Bevölkerung nicht noch mehr verunsichern. Und die Presse steigt ihnen sowieso schon aufs Dach.«

»Das ist schrecklich. Ich verstehe, dass du dich um sie sorgst.«

Dave schluckt und wirkt unsicher. Wäre die Situation eine andere, würde ich mich darüber freuen, seine überhebliche Art einmal durchbrochen zu haben.

»Aber das Schlimmste ist, dass ich nichts tun kann, außer zu warten«, spreche ich leise weiter.

»Ich weiß, es ist nicht viel, was ich dir anbieten kann, aber falls ich etwas für dich tun kann, dann lass es mich wissen.«

Ich wische mir über die Augen und raufe mich zusammen. Warum sitze ich hier bei Dave im Wagen und belästige ihn mit meinen Problemen? Wahrscheinlich interessiert es ihn nicht einmal und er fragt sich, wie er am geschicktesten aus dieser Situation herauskommt. Mit einem Mal komme ich mir ziemlich bescheuert vor. »Schon gut. Ich sollte jetzt wohl besser aufhören, dich vollzuheulen.«

Ich bin im Begriff, aus dem Auto zu steigen, doch Daves Hand umklammert meinen Oberarm und zieht mich zurück auf den Sitz.

»Nein, warte. Du musst jetzt nicht allein sein. Ich war zwar noch nie in solch einer Situation, trotzdem kann ich mir vorstellen, wie beschissen du dich gerade fühlst, und ich möchte dir irgendwie helfen. Selbst wenn diese Hilfe nur darin besteht, noch ein bisschen bei dir zu bleiben.« Die Worte sprudeln wild aus ihm heraus und seine Augen, die gerade mehr blau als grün sind, sehen mich direkt an. Was er zu mir sagt, hallt in meinem Kopf nach. Es bedeutet mir mehr, als er sich vorstellen kann. Ist es möglich, dass ich ihm doch nicht so egal bin, wie ich bisher dachte?

Im selben Moment stelle ich fest, dass er recht hat. Vielleicht ist es tatsächlich keine so gute Idee, jetzt allein zu sein. Ich würde nur in meinem Gedankenkarussell gefangen sein. Allerdings habe ich gerade keinen Nerv dafür, an einem Ort abzuhängen, an dem sich viele Menschen aufhalten. Andererseits möchte ich ihn auch nicht zu mir hineinbitten, für den Fall, dass mein Vater unerwartet früher nach Hause kommt. Es wäre irgendwie seltsam, in seiner Gegenwart Männerbesuch zu haben. Deshalb frage ich ihn: »Können wir zu dir gehen?«

Die Bitte scheint ihn zu überraschen, weshalb er in fragendem Tonfall antwortet: »Okay, wenn du möchtest.«

»Ja«, sage ich und er fährt los.

Wenige Minuten später kommen wir bei seiner WG an. Sobald man die Wohnung betritt, landet man direkt in einem weitläufigen Raum, der den Ess- und Wohnbereich darstellt. Eine Durchreiche gibt den Blick auf die dahinterliegende Küche frei.

Noch immer benommen, tapse ich hinter Dave her in ein angrenzendes Zimmer, das wohl ihm gehört. Die Wände sind in hellen Grautönen gehalten und vollkommen ungeschmückt. Ich kann nur ein einziges Foto entdecken, das sich auf der Kommode neben dem Bett befindet. Es zeigt eine jüngere Ausgabe von Dave sowie drei weitere Personen, vermutlich seine Eltern und seine Schwester. Auf dem Schreibtisch stapeln sich haufenweise Lehrbücher aus der Unibibliothek. Dazwischen liegen Stifte, Textmarker und herausgerissene Seiten eines Collegeblocks wild verstreut. Die Unordnung zieht sich weiter über den Schreibtischstuhl und den Fußboden, auf dem Klamotten und Red-Bull-Dosen herumliegen. Trotz meines Ordnungszwangs störe ich mich nicht weiter an dem Chaos. Dafür übt das große Bücherregal, welches sich gegenüber dem Bett befindet, eine starke Faszination auf mich aus. Es scheint vollgestopft mit Romanen aus den unterschiedlichsten Genres zu sein. Zwar erinnere ich mich daran, als Dave mir gegenüber erwähnte, dass er, ähnlich wie ich, gerne liest, jedoch war ich nicht davon ausgegangen, dass es ihm wirklich so ernst mit diesem Hobby ist. Beeindruckt bleibe ich vor dem Regal stehen und lese die Titel auf den Buchrücken.

Aus dem Nichts erklingt Daves Stimme hinter mir: »Hat sich da gerade jemand in meine hauseigene Bibliothek verliebt?«

Ich habe völlig vergessen, dass er auch noch da ist, und zucke zusammen. Als wäre ich bei etwas Verbotenem erwischt worden, drehe ich mich zerknirscht zu ihm um.

»Ist das so offensichtlich?«

Er lehnt sich mit verschränkten Armen gegen das Regal und grinst mich an. »Offensichtlicher geht's gar nicht.«

»Tut mir leid. Ich wollte nicht so neugierig sein und den Eindruck erwecken, als würde ich bei dir rumschnüffeln. Aber Bücher sind nun mal mein schwacher Punkt.«

»Kein Problem, das weiß ich doch längst und spätestens jetzt ist es nicht mehr zu übersehen.«

Ich wende meinen Blick wieder zum Regal. »Welches ist dein Lieblingsbuch?«

»Hm, schwierige Frage. Viele Bücher sind auf ihre eigene Weise besonders lesenswert.«

»Stimmt. Aber trotzdem muss dich doch irgendeins mehr begeistert haben als all die anderen.«

»Das hier war ganz gut.« Dave greift über meinen Kopf hinweg und zieht ein dickes Buch aus dem Regal. Dem Einband nach zu urteilen, handelt es sich um einen Fantasyroman. Eingehend betrachte ich den Drachen, der von violettem Nebel umgeben ist und dessen Körper um den Titel des Buches kreist.

»Was gefällt dir so daran?«

»Lies es und finde es selbst heraus.« Auffordernd streckt Dave mir das Buch entgegen.

Ich nehme es zögerlich an mich und beginne darin zu blättern. »Danke, aber mit Fantasygeschichten konnte ich noch nie wirklich etwas anfangen.«

»Das kannst du doch nicht ernst meinen.« Er klingt wirklich entrüstet.

Ich zucke bloß mit den Schultern. »Die sind mir irgendwie zu unrealistisch.«

»Aber genau darum geht es ja. Eine Welt zu erschaffen, in der das Unmögliche möglich wird. Fantasy ist ein super Genre und dieses Buch wird selbst dich davon überzeugen. Wenn du möchtest, lese ich dir das erste Kapitel vor.«

Bevor ich Einspruch erheben kann, nimmt Dave mir das Buch aus der Hand und marschiert damit in Richtung Bett. Er bedeutet mir, sich neben ihn zu setzen. Ich gebe mich geschlagen und komme seiner Aufforderung nach.

Es fühlt sich unwirklich an, neben ihm auf seinem Bett zu sitzen. Seltsam, aber auch gut. Ein bisschen habe ich den Eindruck, als wäre es zu intim. Mein Herz beginnt heftig gegen meinen Brustkorb zu schlagen, während ich versuche, bequem zu sitzen, und mein Rücken gegen das hölzerne Kopfende des Futonbettes sinkt.

Als würde mir seine Nähe nicht ohnehin schon jeglichen Verstand rauben, legt Dave einen Arm um meine Schultern.

»Bist du bereit?«

Ich sehe stumm zu ihm auf und nicke in der Gewissheit, dass ich garantiert kein einziges Wort von dieser Geschichte mitkriegen werde. Dafür bekomme ich eine exklusive Galavorstellung von den Schmetterlingen in meinem Bauch, die einen Salto nach dem nächsten ausführen.

Dave beginnt zu lesen. Mir ist bewusst, dass ich dieser Geschichte eine echte Chance geben sollte. Immerhin handelt es sich um sein Lieblingsbuch. Aber die Gedanken in meinem Kopf sind lauter als Daves Stimme und scheinen sich zu überschlagen. Ich werde förmlich zwischen der Frage nach meinen Gefühlen für Dave und der Sorge um Stella hin- und hergerissen. So lange, bis ich es nicht mehr aushalte.

Schluss jetzt!

Ich versuche, mein inneres Chaos zu verdrängen, indem ich meine Aufmerksamkeit nach außen richte. Ich sehe Dave an und beobachte, wie seine Lippen sich im Rhythmus des Textes bewegen. Mein Blick huscht weiter zu seinen Wangen. So zeichnen meine Augen Stück für Stück die feinen Konturen seines Gesichtes nach.

Dave bemerkt, wie ich ihn stumm von der Seite mustere. Er hört auf zu lesen, klappt das Buch zu und legt es beiseite. Als er seinen Kopf in meine Richtung wendet, treffen sich unsere Blicke und er beginnt zu lächeln. Nun hebt er seine Hand, um damit über meine Wange zu streichen, wie er es zuvor bereits im Auto getan hat, nur dass da diesmal gar keine Haarsträhne ist, die er mir hinters Ohr schieben könnte. Ich bemerke, wie diese Berührung mir die Röte ins Gesicht treibt, und senke verlegen den Blick, jedoch vergebens, da Dave meine geröteten Wangen längst wahrgenommen hat.

»Das ist echt süß, wie du immer rot wirst«, wispert er dicht an meinem Ohr, was meine Wangen nur noch heftiger glühen lässt.

Als ich endlich wieder aufzusehen wage, treffen sich unsere Blicke erneut und das Blaugrün seiner Augen erscheint mir so intensiv zu sein, dass ich glaube, nie wieder etwas anderes ansehen zu wollen als diese Augen.

Seine Hand, die noch immer auf meiner Wange ruht, wandert nun langsam unterhalb meines Ohres weiter, bis er sie schließlich in meinem Nacken ruhen lässt. Unsere Köpfe sind nur noch wenige Zentimeter voneinander entfernt. Ich schiebe meine Hände gleichermaßen in seinen Nacken und ziehe ihn noch näher zu mir heran. Dave blickt mir wieder in die Augen, als wolle er sich vergewissern, dass ich mit dem, was jetzt folgen wird, einverstanden bin. Und noch während ich kaum merklich nicke, um ihm meine Zustimmung zu signalisieren, senkt er seine Lippen auf meine herab.

Im Gegensatz zu dem Kuss im Auto, bei dem wir uns zunächst zärtlich gegenseitig erkundet haben, ist dieser viel leidenschaftlicher. Es fühlt sich an, als hätten wir beide, seit wir im Auto aufgehört haben uns zu küssen, nur darauf gewartet, es wieder zu tun. Tatsächlich spüre ich ein Gefühl der Erlösung in Form eines Feuers, das sich in mir entfacht und dessen Flammen immer heftiger lodern. Meine einzige Rettung scheint darin zu bestehen, sich diesem Gefühl hinzugeben.

Dave spielt mit meiner Zunge und er ist so verdammt gut darin, dass ich einfach immer mehr davon brauche. Seine Hände wandern zu meiner Taille und ziehen mich auf seinen Schoß. Ich folge ihm nur allzu gerne und klettere rittlings auf ihn. Sein Mund wandert zu meinem Hals und küsst mich dort weiter. Ich keuche und kann nur daran denken, ihn noch mehr spüren zu wollen, deshalb mache ich mich an seiner Hose zu schaffen und umfasse durch die Boxershorts hindurch seinen Schwanz. Dadurch entlocke ich ihm ein Stöhnen. Aber anstatt sich seiner Lust hinzugeben, hält er mein Handgelenk fest und hindert mich daran, weiter über seine aufkeimende Härte zu streicheln. Sofort breitet sich Unsicherheit in mir aus. Erschrocken ziehe ich meine Hand weg und sehe ihn an.

»Gefällt dir das denn nicht?«

Meine Frage verleitet Dave zu einem Seufzen, das sich in ein Lachen verwandelt. Es klingt bittersüß und fährt mir durch Mark und Bein. Ich beginne mich unwohl zu fühlen und möchte von seinem Schoß rutschen, aber sein starker Griff gibt mich nicht frei. Kurz sieht er zur Decke hinauf, als stünde dort die Antwort auf meine Frage. Dann wendet er sich mir wieder zu. Er scheint um die richtigen Worten zu ringen, bevor er langsam zu sprechen beginnt.

»Glaub mir eins: Du kannst dir gar nicht vorstellen, wie sehr es mir gefällt, wenn du mich berührst. Es ist nur … wenn wir jetzt damit weitermachen, dann weiß ich nicht, ob ich es noch mal schaffe, rechtzeitig aufzuhören. Und jetzt mit dir zu schlafen, wäre der denkbar schlechteste Zeitpunkt. Vielleicht hältst du es in diesem Moment für eine gute Idee, aber du bist traurig und durcheinander und spätestens morgen würdest du es bereuen … genau wie unseren Kuss im Auto vorhin. Und außerdem … ich … du sollst wissen, ich habe dich nicht mit *diesen* Absichten hergebracht.«

Uff. Ich stoße die angehaltene Luft aus. Meine Bedenken, ich hätte mich falsch verhalten oder ihm würde plötzlich klar werden, dass er mich nicht attraktiv findet, lösen sich in Luft auf. Stattdessen macht er sich Sorgen um mich. Ich bin erleichtert. Und auch ein bisschen gerührt.

»Um einige Dinge klarzustellen: Du hast mich nur mit zu dir genommen, weil ich dich darum gebeten habe. Und ja, Stellas Verschwinden wirft mich eindeutig aus der Bahn und ich fühle mich einsam und machtlos, aber einer Sache bin ich mir sicher: Das, was hier gerade zwischen uns passiert … es fühlt sich gut an. Ich will dich jetzt und im Auto wollte ich es auch schon. Ich musste nur an Stella denken und was sie womöglich gerade durchmacht …«

Meine Stimme bricht und ich senke den Blick, um wieder meine Tränen zu verbergen. Doch was ich gesagt habe, entspricht der Wahrheit. Ich habe meine Zuneigung und das Verlangen, Dave nahe zu sein, so lange verdrängt, dass ich beinahe geglaubt hatte, erfolgreich dagegen angekämpft zu haben. Doch spätestens seit unserem ersten Kuss weiß ich, dass es sinnlos ist, sich gegen diese übermächtigen Gefühle zu wehren. Dafür fühlt es sich zu gut an, wenn unsere Lippen miteinander verschmelzen.

Dave nimmt mein Gesicht in seine Hände und fängt meine Tränen auf. »Ich wünschte, ich könnte dir helfen.«

Er zieht mich an sich. Ich lasse es zu und schmiege meinen Kopf an seine Brust. Kurz darauf hebe ich meinen Kopf aber wieder, um seine Lippen zu suchen. Er lässt sich auf den Kuss ein, wispert jedoch: »Du musst das nicht machen, wenn dir gerade nicht danach ist. Wir können auch einfach ein wenig so sitzen bleiben.«

»Ich weiß. Aber hast du nicht gerade gesagt, dass du mir helfen möchtest? Du könntest mich ablenken und vielleicht ist das genau die Art von Ablenkung, die ich brauche«, hauche ich dicht an seinen Lippen.

Ich sehe ein Zögern über sein Gesicht huschen, welches ich mit einer vorgeschobenen Unterlippe quittiere. Darauf kann er nicht anders reagieren, als sich mir lächelnd zu ergeben.

»Einverstanden. In dieser Art von Ablenkung bin ich super.«

Unsere Lippen finden sich erneut. Ich genieße es und bin nicht mehr in der Lage, zu sagen, wo mein Mund aufhört und seine Zunge anfängt. Daves Hände wandern unter mein Shirt und schieben es hinauf. Geschickt bringe ich ihn davon ab, es mir auszuziehen, indem ich seine Hände zu meinem Hintern lenke. Er geht ungefragt darauf ein und knetet meinen Po. Trotzdem machen mir seine Berührungen unweigerlich bewusst, auf was ich mich eingelassen habe. Über kurz oder lang werde ich mein Oberteil oder gar meinen BH ausziehen müssen. Die Aussicht darauf erfüllt mich mit Angst und Scham.

Ich mag meinen Körper – mit Ausnahme meines Busens, falls dieser es überhaupt wert ist, so bezeichnet zu werden. Zwar war ich zu Schulzeiten eine der ersten Mädchen mit einem Brustansatz, leider hat sich dieser jedoch nie großartig weiterentwickelt. Ich versuche es zu akzeptieren und im Alltag kann ich es mit einem Push-up-BH kaschieren. Aber dennoch leidet mein Selbstwertgefühl als Frau sehr darunter. Mich vor jemand anderem, insbesondere einem Mann, auszuziehen, erscheint mir deshalb unvorstellbar.

Für einen Rückzieher ist es jetzt allerdings zu spät. Vor allem, nachdem ich Dave so gedrängt habe, weiterzumachen. Nun werde ich wohl auf mein altbekanntes Ausweichmanöver zurückgreifen müssen. Dieses hat bei Marvin darin bestanden, ihn so schnell wie möglich zum Kommen zu bringen. Dadurch habe ich bisher kaum selbst einen Höhepunkt erlebt, konnte so jedoch erfolgreich verhindern, mich vollkommen oben ohne zu zeigen.

Ich beginne mit meiner Offensive.

»Kannst du das ausziehen?«, bitte ich Dave zwischen zwei Küssen und ziehe an seinem Shirt. Er unterbricht unseren Kuss abermals und streift sich sein T-Shirt über den Kopf.

»Besser?« Er taxiert mich mit einem Grinsen und ich beiße mir unterbewusst auf die Unterlippe. Sein nackter Oberkörper sieht viel besser aus, als ich es mir je hätte vorstellen können. In meinem

Unterleib beginnt sich ein Kribbeln zu regen. Allzu gerne würde ich mich diesem Gefühl hingeben. Es geht aber nicht darum, was ich möchte, sondern nur darum, mich in Sicherheit zu wiegen.

Konzentrier dich, Valerie.

Vorsichtig lege ich einen Finger auf seinen Bauch und fahre über seine nackte Haut. Dave folgt mit seinem Blick jeder meiner Bewegungen.

»Viel besser«, antworte ich schließlich, gleite dann mit beiden Händen zum Bund seiner Hose und füge hinzu: »Obwohl, wenn ich es mir recht überlege, kannst du die hier gleich auch noch loswerden.«

Mit allem Selbstbewusstsein, das ich aufbringen kann, öffne ich die Schnalle seines Gürtels. Meine Hände gleiten unter den Bund seiner Boxershorts. Ich schiebe sie mitsamt seiner Jeans zu seinen Kniekehlen hinab. Dabei rutsche ich gleichzeitig von seinem Schoß. Vor mir ragt sein Penis groß und steif in die Höhe. Ein Keuchen entweicht seinen Lippen, als ich ihn umfasse und mich über ihn beuge. Zunächst lasse ich meine Zunge mit seiner Eichel spielen. Das entlockt Dave einen kehligen Laut, der aus seinem Innersten kommt.

»Fuck … Valerie.« Er lässt seinen Kopf in den Nacken fallen und kommt mir mit seinen Hüften entgegen. Zufrieden lege ich meine Lippen um seine Erektion und nehme ihn in meinen Mund auf. Ich spüre, wie sein Körper sich unter mir vor Verlangen aufbäumt. Das bestärkt mich darin weiterzumachen.

»*Cazzo!* … Prinzessin. Bitte hör auf. Sonst halte ich es keine Minute mehr länger aus.«

Genau das ist der Plan, Muchacho.

Unbeirrt mache ich weiter. Lasse meine Zunge kreisen, sauge und umfasse ihn. Bis mich Dave plötzlich an den Haaren packt und nach oben zieht.

»Dein Einsatz in allen Ehren, aber wir wollen das doch beide genießen.«

Sein Anblick benebelt meine Sinne. Irgendwo in mir kämpft das Bedürfnis, mich zu schützen, gegen das starke Verlangen, mich ihm vollends hinzugeben. Er zieht mich zurück auf seinen Schoß. In diesem Augenblick entgleitet mir die Kontrolle.

Bevor ich es verhindern kann, zieht mir Dave mein Shirt über den Kopf. Zum Vorschein kommt mein weißer, schwarzgepunkteter Push-up-BH. Ich liebe ihn, weil er der einzige ist, der es schafft, mir halbwegs ein Dekolleté zu zaubern. Nicht zuletzt, weil ich ihn aus der Kinderabteilung habe, ist er jedoch äußerst unsexy. Die kleine pinke Zierschleife in der Mitte der Cups tut ihr Übriges. Doch Dave scheint sich daran nicht zu stören. Mit zwei zielsicheren Bewegungen streift er die Träger des BHs über meine Schultern und entledigt mich seiner schließlich komplett. Mein Körper verspannt sich und die Scham steigt ins Unermessliche. Sofort verschränke ich meine Arme, um alles, was da ist – oder eben nicht –, zu verbergen.

»Nicht doch. Du hast keinen Grund, dich zu verstecken«, sagt Dave.

Er schiebt meine Arme beiseite und betrachtet mich. Unter seinem Blick fühle ich mich ihm ausgeliefert und schrecklich verletzlich. Verzweifelt sehe ich nach unten, während ich an die anderen Frauen mit ihren sicherlich fantastischen Rundungen denken muss, mit denen er schon geschlafen hat.

»Darf ich?«, fragt Dave. Seine Stimme klingt vorsichtig, mit einem Hauch Ehrfurcht.

Ich sehe auf und erkenne seine Hand, die er im Begriff ist auf meine Brust zu legen. Überrascht, weil die erwartete negative Reaktion ausbleibt, willige ich mit einem Nicken ein. Im nächsten Moment trifft die warme Haut seiner Handfläche auf die meiner linken Brust. Seine Berührung ist sanft und behutsam. Mein Atem stockt. Seine Hand umhüllt meine Brust. Direkt darunter befindet sich mein pochender Herzschlag. Ich spüre ihn so deutlich wie nie zuvor in meinem Leben. Langsam beginnt Dave Kreise auf meiner Brust zu zeichnen, deren Radius er mit jeder Runde verkleinert, bis er schließlich meinen Nippel streift. Ich erschaudere.

Das hier läuft in eine völlig andere Richtung, als ich es erwartet habe. Eigentlich bin ich diejenige, die dem anderen Lust verschafft, und nicht umgekehrt. Was ich möchte, hat bisher nie wirklich eine

Rolle gespielt. Nicht so bei Dave. Die Erkundung meines Körpers führt er fort, indem er sich jetzt meiner anderen Brust zuwendet. Die Auswirkung seiner Liebkosung spüre ich nicht nur dort, wo er mich berührt. Auch zwischen meinen Beinen sammelt sich die Lust. Er nimmt meine Brustwarzen abwechselnd zwischen seine Lippen, um daran zu saugen. Das ist endgültig zu viel für mich. Ich presse mir eine Hand vor den Mund, um ein aufkommendes Stöhnen zu unterdrücken. Das entgeht Dave nicht.

»Lass es raus. Zeig mir, wie sehr es dir gefällt«, ermutigt er mich. Im selben Atemzug schiebt er seine Hand unter mein Höschen, direkt ans Zentrum meiner Lust.

Ein genussvoller Laut drängt sich aus meiner Kehle, doch ich komme nicht über meine Scham hinweg und beiße mir auf die Unterlippe, um ihn zu unterdrücken.

»Schließ deine Augen. Hör auf zu denken und fang an zu fühlen«, wispert Dave unmittelbar in mein Ohr.

Er intensiviert den Druck und streicht an meiner pulsierenden Mitte auf und ab. Diesmal lasse ich alles, was er in mir auslöst, zu. Schließe meine Augen. Keuche. Finde kurzzeitig Erlösung, brauche kurz darauf aber unbedingt mehr von ihm und strecke mich seinen Fingern entgegen.

Ich bin völlig überwältigt von diesem bisher unbekannten Gefühl nach Verlangen. Ich meine zu explodieren, suche zittrig Halt und finde ihn, indem ich mich an Daves Schultern festklammere.

Unvorbereitet lassen seine Finger von mir ab. Ich beginne zu wimmern, weil ich nicht möchte, dass er aufhört. Mit einem Mal wirbelt er mich herum, sodass ich unter ihm liege. Im nächsten Moment streift er mir Rock, Strumpfhose und Höschen mit einer fließenden Bewegung vom Körper. Dann befreit er sich endgültig von seiner Jeans und den Boxershorts. Beides landet auf dem Boden. Aus seiner Kommode neben dem Bett holt er ein Kondom hervor. Ich sehe zu, wie er es sich überstreift. Danach gilt seine volle Aufmerksamkeit wieder mir. Er kommt zwischen meine Beine und beugt sich für einen Kuss zu mir hinunter. Ich spüre ihn bereits an meiner Öffnung und kann es kaum erwarten, ihn in mich aufzunehmen. Doch statt in mich einzudringen, hält er inne und fragt: »Ist es ... bist du dir ganz sicher, dass du es willst?«

»Ich wollte noch nie irgendetwas so sehr«, antworte ich und glaube, wahnsinnig zu werden, wenn er sich noch weiter Zeit lässt.

»Das ist gut. Ich glaube nämlich, selbst wenn ich meine gesamte Selbstbeherrschung zusammennehmen würde, könnte ich jetzt nicht mehr aufhören.«

»Bitte hör auf zu reden«, flehe ich ihn an. Dave lacht über mein Quengeln. Allerdings nur kurz. Dann schiebt er mir eine Hand in den Nacken. Unsere Lippen verschmelzen zu einem Kuss und er hält mich, während wir voll und ganz eins werden.

Er ist größer, als ich es erwartet habe, doch das bereitet mir keine Probleme. Im Gegenteil. Er füllt mich vollkommen aus, macht mich komplett. In einem gleichmäßigen Rhythmus gleitet Dave in mich hinein und hinaus. Ich folge seinen Bewegungen. Strecke mich ihm entgegen, denn ich brauche ihn so tief wie möglich. Süchtig nach den Empfindungen, die er in mir auslöst, vergrabe ich meinen Kopf an seiner Halsbeuge und schlinge meine Beine um ihn.

»Schau mich an«, bittet er mich, »Ich möchte dir in die Augen sehen, wenn du so weit bist.«

Ich gehorche ihm, werde von seinem Blick gefangen genommen. Kurz darauf kralle ich meine Fingernägel in seine Schulterblätter, als ich unter ihm erbebe und die Welt um mich herum sich in einem gigantischen Rausch auflöst. Es gibt nur noch Daves blaugrüne Augen und seinen harten Schwanz, die mich gleichermaßen durchdringen.

Wenige Stöße später wird er von seinem eigenen Höhepunkt übermannt. Ein kehliges Stöhnen entweicht seinen Lippen, während sich seine angestaute Lust in mir entlädt.

Ich halte sein Gesicht, bis die Welle, die über uns hinweggebrochen ist, abflacht. Dave beugt sich nach vorne und verteilt viele kleine Küsse auf meinem Gesicht. Augenblicklich nimmt das Kribbeln in meinem Bauch wieder Fahrt auf.

Langsam dreht er sich auf die Seite und zieht sich aus mir zurück. Als wäre es selbstverständlich, bette ich meinen Kopf auf seine Brust und schlinge ein Bein um seine Hüften. Mit kreisenden Bewegungen beginnt er mir über den Rücken zu streicheln.

»Wow, das war …«

» … unglaublich«, bringe ich den Satz zu Ende.

»Fantastisch war das Wort, das ich sagen wollte. Aber unglaublich trifft es auch ganz gut.«

Ich kichere nervös.

Nach einer Weile des Schweigens, in der wir gegenseitig unsere Nähe genießen, räuspert sich Dave.

»Wieso bist du dir so unsicher?«

Obwohl ich ahne, was er meint, stütze ich mich betont arglos auf meinen Ellenbogen, als ich zu ihm aufsehe.

»In Bezug auf was?«

»Auf dich selbst. Versteh mich nicht falsch, aber ich habe ständig das Gefühl, als würde dir das Vertrauen in dich selbst fehlen.«

»Wie kommst du darauf?«, reagiere ich ausweichend, obwohl ich weiß, dass er recht hat.

»Du bist oft ziemlich schüchtern. Manchmal schaffst du es kaum, mir in die Augen zu sehen. Und eben habe ich gespürt, wie du mit dir haderst. Du wolltest dich zwar fallen lassen, aber irgendetwas hat dich zurückgehalten.«

Langsam lasse ich mich zurück ins Kissen sinken. »Es ist bloß, weil …« Ich winke ab. Er würde es nicht verstehen. Er war von Geburt an mit Selbstbewusstsein gesegnet.

Zur Ermutigung zieht er mich näher an sich heran. Mit sanften Bewegungen fährt er mir durchs Haar. »Keine Angst. Du kannst mir alles sagen. Deine Geheimnisse sind bei mir sicher und ich werde auch nicht lachen, versprochen.«

Ehrlich gesagt, würde ich auf dieses Gespräch liebend gerne verzichten. Es ist mir unangenehm und zu persönlich. Gleichzeitig fühle ich mich bei Dave sicher genug, um mich ihm zumindest ein Stück weit zu öffnen. Deshalb wage ich den ungewissen Vorstoß in die Verletzbarkeit.

»Eigentlich war ich schon immer so. Zurückhaltend, meine ich. Obwohl mir klar ist, dass es oft keinen Grund dafür gibt, habe ich ständig Angst, etwas Beschämendes zu machen. Und das hier, mich dir nackt zu zeigen, ist eindeutig beschämend. Immerhin füllen meine Brüste noch nicht mal ein A-Körbchen aus. Bisher war meine Umgangsweise damit, dies zu verstecken. Marvin ... mein Ex-Freund, hat es akzeptiert, solange ich ihm sein Vergnügen trotzdem beschert habe. Dadurch konnte ich seine Aufmerksamkeit von mir ablenken. Ich dachte, es wäre in Ordnung so, aber das, was du heute mit mir gemacht hast ... mir war nicht bewusst, dass ich in der Lage bin, eine Berührung so intensiv zu erleben ... und dass sich etwas so gut anfühlen kann. Aber ich hatte gleichzeitig Angst vor deiner Reaktion, wenn ich dir durch undefinierbare Laute offenbare, wie sehr es mir gefällt.«

Mein restlicher Körper zittert genau so, wie meine Stimme es eben getan hat. Meine Wangen glühen. Eigentlich wollte ich gar nicht so viel sagen. Dass ich es jetzt doch getan habe, wirkt einerseits wie ein Befreiungsschlag, andererseits bin ich von Panik ergriffen, weil ich mich mit meiner Ehrlichkeit angreifbar mache.

Angespannt warte ich auf Daves Reaktion.

Mit zwei Fingern umfasst er mein Kinn und bittet mich: »Hey, Prinzessin. Sieh mich an.«

Obwohl es mir lieber wäre, meine Augen gesenkt zu halten, schaue ich zu ihm auf. Anders als erwartet, fühlt es sich nicht unangenehm, sondern vertraut an, in seine Augen zu sehen. Das beruhigt mich ein wenig.

»Du hast überhaupt keinen Grund, dich für irgendwas zu schämen, weil du toll bist, genau so, wie du bist. Ganz ohne riesige Brüste. Dein ganzer Körper ist zierlich. Alles andere würde überhaupt nicht zu dir passen. Und es muss dir auch nicht peinlich sein, wenn es dir gefällt, auf eine bestimmte Art angefasst zu werden. Im Gegenteil, ich steh drauf, wenn du für mich stöhnst.«

Sein letzter Satz lässt mich noch mehr erröten, falls das überhaupt möglich ist. Nichtsdestotrotz gehen mir seine Worte unter die Haut und treffen mich mitten ins Herz.

»Meinst du das ernst? Falls ja, war es das Schönste, was du hättest sagen können.«

»Natürlich meine ich es ernst. Wie gesagt, es war fantastisch mit dir. Mach dir nicht so viele Gedanken.«

»Okay«, flüstere ich.

»Okay wie okay oder okay wie einverstanden?«

»Okay wie okay, ich versuch's, obwohl es mir verdammt schwerfällt.«

»Das halte ich für einen guten Anfang.«

Er beugt sich nach vorne und haucht mir einen Kuss auf die Stirn. Spätestens jetzt brennt alles vor Glück und Zuneigung zu ihm in mir lichterloh.

Nach einiger Zeit fügt Dave hinzu: »Was dein Ex mit dir abgezogen hat, war echt scheiße, aber bei solch Wahnsinnsdingen, die du mit deinem Mund machst, ist es auch schier unmöglich, nicht eigennützig zu werden. Ich schwöre, du hast mich damit total um den Verstand gebracht.«

Es mag sich albern anhören, aber seine Worte machen mich stolz. Ein spitzbübisches Grinsen stiehlt sich auf mein Gesicht. Weil ich nichts darauf erwidere, setzt Dave noch eins obendrauf.

»Ich meine es ernst. Wo hast du solche Zungenkunststücke gelernt?«

Darauf gibt es für mich nur eine richtige Antwort. »Eine Lady schweigt und genießt.«

Daves neugieriger Gesichtsausdruck ist unbezahlbar. Vergnügt beginne ich zu lachen, doch in meinem Hinterkopf braut sich bereits eine erneute Gedankenspirale zusammen.

War ich für ihn nur eine von vielen oder hat es ihm etwas bedeutet? Bleibt es bei dieser einmaligen Sache oder werden wir wieder miteinander schlafen? Inwiefern verändert sich jetzt unsere Beziehung? Kann ich es zulassen, ihn vollständig in mein Herz zu lassen, oder wird er mich wie Marvin eines Tages verletzen?

So viele Unklarheiten schwirren durch meinen Kopf. Aber im Moment möchte ich nicht über eine einzige dieser Fragen nachdenken. Deshalb mache ich das, was Dave mir geraten hat, ich höre auf, mir Gedanken zu machen. Stattdessen bin ich einfach nur glücklich.

Dave

Einige Stunden nachdem Valerie gegangen ist, sitze ich vor dem Fernseher und zocke *Need for Speed Heat*. Erfolgreich bin ich dabei heute aber definitiv nicht. Obwohl ich mit beinahe 300 Sachen die Straße entlangbrettere, schaffe ich es zum wiederholten Mal nicht, den Cops zu entkommen. Die Anzeige, dass ich verloren habe, blinkt auf dem Bildschirm auf.

Na toll. Das kommt davon, wenn man mit seinen Gedanken ganz woanders ist. Ununterbrochen denke ich über den ungeahnten Verlauf dieses Tages nach. Je mehr ich die Einzelheiten hinterfrage, desto verworrener werden meine Gefühle. Der Sex mit Valerie war der erste seit Langem, bei dem ich mehr gefühlt habe als bloße Befriedigung. Um ehrlich zu sein, habe ich es mit jeder Faser meines Körpers genossen, ihr so nah sein zu dürfen. Allein die Erinnerung an ihren zarten Körper löst ein solches Glücksgefühl in mir aus, dass ich vor Freude platzen könnte. Gleichzeitig macht mir genau dieses Gefühl Angst. Ich dachte, es wäre vor einem Jahr für immer aus meinem Leben verschwunden. Zusammen mit Josephina.

Unvermittelt höre ich einen Schlüssel im Schloss. Keine zwei Sekunden später kommt Derek zur Tür herein. In der Hand hält er zwei Pizzakartons.

»Hi, Mann. Ich habe uns Abendessen besorgt.«

Ich pausiere das Spiel und er begrüßt mich mit einem Handschlag.

»Perfekt. Ich habe riesigen Hunger.« Mein lockerer Tonfall täuscht darüber hinweg, welches Chaos Valerie in mir hinterlassen hat.

Derek legt die Pizzaschachteln auf unserem Couchtisch ab. Anschließend verschwindet er hinter der Küchenzeile und macht sich am Kühlschrank zu schaffen. »Was möchtest du trinken?«

Ich zucke bloß abwesend mit den Schultern. »Egal. Dasselbe wie du.«

Daraufhin holt er zwei Colaflaschen heraus, von denen er mir eine entgegenstreckt, ehe er sich neben mich auf die Couch fallen lässt.

»Ich hatte Sex. Mit Valerie«, platzt es aus mir heraus. Gleich darauf wünschte ich, meine Worte zurücknehmen zu können. Kann ich nicht ein Mal nachdenken, bevor ich mein Maul aufreiße?

Dereks Miene verrutscht kaum merklich, jedoch nur für eine Sekunde, dann hat er sich wieder im Griff. »Die Valerie, die mit dir zusammenarbeitet und die noch nerviger ist als Claudia?«

»Genau die. Aber eigentlich ist sie gar nicht so zickig, wie ich am Anfang dachte.«

»Sag bloß, du stehst auf sie.«

Genau das versuche ich gerade herauszufinden. Um mir mit meiner Antwort Zeit lassen zu können, beiße ich ein großes Stück von meiner Pizza ab. Sie schmeckt lauwarm und pappig. Eine Farce für einen echten Italiener wie mich. Ich lege das restliche Pizzastück zurück in die Schachtel.

»Nein. Wahrscheinlich war es sowieso nur eine einmalige Sache.« Noch während ich die Worte ausspreche, bemerke ich, dass ich mir wünsche, sie wären nicht wahr.

»Okay, wie du meinst. Aber pass auf, dass sie dir nicht auf einmal so am Hals hängt wie diese Sophia.«

Das bringt mich zum Lachen. »Keine Sorge. Valerie macht nicht gerade den Eindruck auf mich, als hätte sie Ambitionen, mein Schoßhündchen sein zu wollen.«

Derek beginnt zu schmunzeln. »Na, hoffen wir's mal. Nicht, dass sie sich deinetwegen noch gegenseitig die Augen auskratzen.«

»So weit wird's nicht kommen. Wenn sie sich nicht einigen, können sie mir ja auch abwechselnd in meinem Bett Gesellschaft leisten.«

Derek sieht mich an, als hätte ich den Verstand verloren. Sex mit irgendwem nur so zum Spaß zu haben ist für ihn ein absolutes No-Go.

»War nur ein Scherz«, versuche ich die Situation zu entschärfen, aber ich weiß genau, was gerade in Dereks Kopf vorgeht. Freundschaftlich boxe ich ihn in die Schulter. »Eines Tages findet deine zukünftige Traumfrau schon noch den Weg zu dir … und in dein Bett.«

Derek schaut erst auf meine Faust auf seinem Oberarm und dann in mein Gesicht. »Du hast gut reden. Du kannst schließlich jede haben, die du willst. Aber für einen nerdigen Informatiker interessiert sich eben niemand.«

»Von wegen. Informatiker sind die Sportler der Zukunft. Quasi die aufgehenden Sterne am Womanizer-Himmel.« Ich lasse meine Hände verschwörerisch in der Luft schweifen.

Derek schüttelt nur den Kopf und zeigt mir einen Vogel. »Du hast echt 'nen Knall.«

»Ich weiß. Aber dafür auch jede Menge Spaß.« Ich deute auf die Konsole neben dem Fernseher. »Bock auf ein Duell?«

»Auf jeden, Bro.«

Wir liefern uns ein rasantes Rennen nach dem anderen. Irgendwann stoßen Pascal und Kevin zu unserer geselligen Runde und wir tauschen unsere Getränke von Cola in Bier. Mit jeder Flasche gelingt es mir ein Stück mehr, die Frage, wie ich Valerie und dieses bescheuerte Glücksgefühl einordnen soll, aus meinem Kopf zu verbannen.

Gegen halb eins beschließe ich, mich schlafen zu legen. Nachdem ich aus dem Bad komme, schnappe ich mir mein Handy und lege mich damit ins Bett. Ich finde eine Nachricht von Valerie vor.

Valerie: Danke noch mal😊. Das war der schönste Tag seit Langem. Und das lag nicht nur an deinem Ablenkungsmanöver. (23.16 Uhr)

Schmunzelnd tippe ich eine Antwort.

Dave: Vielleicht »nicht nur«, aber doch zum größten Teil? 😏 💧 (00.28 Uhr)

Valerie antwortet umgehend, als hätte sie mit dem Handy in der Hand auf meine Nachricht gewartet.

Valerie: Dave! Hör auf, so vulgär zu sein. (00.28 Uhr)
Dave: Was? So gut wie ich hat's dir noch niemand besorgt. Das hast du selbst gesagt. (00.29 Uhr)
Valerie: 😄 🙈 (00.29 Uhr)
Dave: Ich kann die Röte auf deinen Wangen förmlich auf dem Bildschirm meines Handys sehen. (00.30 Uhr)

Valerie: Erwischt 🙈🙈🙈. (00.30 Uhr)

Dave: Du bist so süß. Ich sollte dich meine kleine *pomodoro* nennen. (00.30 Uhr)

Valerie: ??? (00.30 Uhr)

Dave: Tomate 🍅 (00.31 Uhr)

Valerie: Nicht dein Ernst. 🙄 (00.31 Uhr)

Dave: 🍅 🍅 🍅 (00.31 Uhr)

Valerie: Du bist so ... argh ... dafür gibt es gar keinen Ausdruck. (00.31 Uhr)

Dave: Ich weiß. Aber du magst mich trotzdem 😇 😈 (00.32 Uhr)

Valerie: Gute Nacht! 😴😪 (00.32 Uhr)

Dave: Süße Träume, *cara mia* 💜 (00.32 Uhr)

Seufzend lasse ich mein Handy sinken und drücke es gegen meine Brust. Ein dümmliches Grinsen liegt auf meinen Lippen. Ich kann es einfach nicht unterdrücken, aber vielleicht möchte ich das auch gar nicht mehr.

Und so kommt es, dass zum ersten Mal seit langer Zeit die Frau, an die ich vor dem Einschlafen denke, nicht Josephina ist.

Sonntag, 12.05.2019

Valerie

*V*ierzehn Mal. Genau so oft haben Dave und ich in den letzten sechs Tagen miteinander geschlafen. Und ich bin jedes einzelne Mal gekommen. Das liegt nicht zuletzt daran, dass Dave es immer schafft, mich mit einer neuen Art, zu lieben, zu überraschen. Dennoch fällt es mir immer noch schwer, meine Scham beiseitezulassen. Glücklicherweise gibt er mir so viel Zeit, wie ich brauche, und drängt mich zu nichts, bei dem ich mich unwohl fühle. Trotzdem oder gerade weil er so aufmerksam ist, quält mich zunehmend die Frage, was das nun genau zwischen uns ist. Ständig nehme ich mir vor, ihn darauf anzusprechen, doch sobald sich eine Gelegenheit ergibt, verlässt mich der Mut. Zu groß ist meine Angst, dass er mehr möchte als eine Freundschaft plus. So sehr ich es mir auch wünsche, ich bin wohl noch nicht bereit, mich auf jemanden vollkommen einzulassen. Marvins Seitensprung hat einen größeren Schaden an meiner Fähigkeit, anderen Vertrauen zu schenken, angerichtet, als ich bisher angenommen habe.

»Bist du für die Darstellung in einem Kreis- oder Balkendiagramm?«

Auf meine Antwort wartend, schiebt mir Lara ihren Laptop vor die Nase, auf der das PowerPoint-Dokument, an dem wir gerade arbeiten, geöffnet ist. Wir sitzen in einem Gruppenarbeitsraum der Unibibliothek, um eine Präsentation für das Seminar über Kinder- und Jugendhilfe vorzubereiten. Nur blöd, dass ich mich absolut nicht auf die Aufgabe konzentrieren kann. Meine Gedanken sind zu gestern Mittag abgeschweift, als Dave und ich es nach der Arbeit direkt auf der Toilette im Parkhaus miteinander getrieben haben, weil wir nicht warten konnten, bis wir bei ihm zu Hause waren. Das Risiko, von jemandem gesehen zu werden, hat mich ungeahnt zusätzlich angeturnt, sodass allein die Erinnerung daran mir jetzt ein aufgeregtes Kribbeln zwischen meinen Oberschenkeln beschert.

»Wie wäre es mit den Balken?«, sage ich leicht abwesend in der Hoffnung, Lara zufriedenzustellen.

»Wenn du keinen Kopf dafür hast, können wir auch morgen weitermachen. Immerhin bleiben uns noch ein paar Tage bis zum Präsentationstermin.«

»Nein, alles gut.«

»Warum schaust du mich dann wie ein Auto an, während du deinen Radiergummi malträtierst?«

Oh. Erst jetzt bemerke ich, dass ich den Bleistift in meiner Hand in den Radierer, der vor mir auf dem Tisch liegt, gebohrt habe. Meine neue Lieblingsaktivität scheint sich in unterbewussten Handlungen niederzuschlagen. Obwohl das unmöglich ist, fühlt es sich an, als hätte Lara meine schlüpfrigen Gedanken erraten. Verlegen ziehe ich den Stift heraus und lege ihn vor mir auf die Tischplatte.

»Gibt es etwas Neues von deiner vermissten Freundin?«, fragt sie und sieht mich mitfühlend an.

Ich schüttle den Kopf. »Nein. Aber ehrlich gesagt habe ich gerade gar nicht an Stella gedacht.«

»Sondern?«

Ist es eine gute Idee, mit Lara über Dave zu sprechen? Andererseits hatte sie bereits bei Stella ein offenes Ohr für mich. Weshalb dann nicht auch bei ihm?

»Erinnerst du dich noch an Dave? Ihr seid euch kurz begegnet, als du mich im Krankenhaus besucht hast.«

Lara überlegt kurz, dann beginnt sie eifrig zu nicken. Verschwörerisch lehne ich mich nach vorne, damit uns niemand der anderen Studierenden belauschen kann. »Wir, also er und ich, wir haben so ein Friends-with-benefits-Dings am Laufen. Jedenfalls glaube ich, dass es das ist und nicht mehr, weil wir bisher noch nicht wirklich über uns geredet haben, was ich aber unglaublich gerne machen würde. Gleichzeitig habe ich Angst, dass wir mit unterschiedlichen Erwartungen an die Sache herangehen und dadurch alles noch komplizierter wird.«

»Okay.« Lara zieht das Wort künstlich in die Länge. Zu recht wirkt sie etwas überrumpelt, weil ich ohne Vorwarnung mit einem solch intimen Thema aufwarte. Dennoch versucht sie diplomatisch an das Problem heranzugehen. Genau für diesen Persönlichkeitszug schätze ich sie sehr.

»Und weißt du denn, was du willst? Also magst du ihn?«

»Das ist genau das Problem. Ich mag ihn. Sehr sogar. Aber meine Angst, verletzt zu werden, ist größer.«

Als wüsste sie genau, wovon ich spreche, pflichtet sie mir bei: »Das kann ich verstehen. Aber vielleicht ist es ja gar nicht seine Absicht, dich zu verletzen.«

Das lässt mich aufseufzen. »Läuft es am Ende nicht immer darauf hinaus, verletzt zu werden?«

»Das Risiko bleibt wohl oder übel bestehen. Ich kann dir nicht abnehmen, wie du dich entscheidest, aber ich an deiner Stelle würde dringend mit ihm darüber reden. Wenn er dich auch mag, wird er deine Bedenken sicher verstehen und ihr werdet zusammen einen Weg finden, damit umzugehen.«

Wenn Lara das so sagt, hört es sich ziemlich einfach an. In meinem Kopf spielen sich aber unzählige Wenn- und Aber-Szenarien ab, wie es anders ablaufen könnte. Sie sorgen dafür, dass die Angst mich schon lähmt, wenn ich nur daran denke, das Thema Dave gegenüber zu erwähnen. Trotzdem machen Laras Worte mir eins klar: Egal wie unangenehm es werden wird, ich muss auf jeden Fall versuchen, mit Dave darüber zu sprechen. Andernfalls werde ich nie die Gewissheit bekommen, die ich so dringend brauche.

»Danke für deinen Arschtritt. Ich sollte tatsächlich schleunigst mit ihm reden. Und danke, dass du dir ständig meine Probleme anhörst.«

»Kein Ding. Dafür sind Freundinnen doch da.«

Sie hat mich ihre Freundin genannt. Dann sind wir inzwischen wohl wirklich mehr als bloß Kommilitoninnen. Der Gedanke bringt mich zum Lächeln. Lara erwidert es.

Den Rest der Zeit nutzen wir, um konzentriert an unserem Referat zu arbeiten. Wir kommen erstaunlich gut voran. Nach zwei Stunden steht die gesamte Präsentation.

»Wow. Wer hätte gedacht, dass wir heute schon komplett fertig werden?«, meint Lara zufrieden, während sie sämtliche Lernmaterialien in ihre Tasche packt.

»Wir sind eben unschlagbar«, erwidere ich und wir fallen in ein kurzes Gelächter ein. Danach bietet sie mir an: »Soll ich dich mitnehmen? Ich bin mit dem Auto da.«

»Nein, danke, ich denke, ich bleibe noch. Bei mir ist in letzter Zeit einiges liegen geblieben.«

»Da ist aber heute jemand besonders ambitioniert und das am Muttertag. Oder hast du deine Mom schon heute Morgen mit Geschenken beehrt?«

Ach ja, der Muttertag. Den hatte ich bis eben so wunderbar verdrängt. Meine Geburtstage und Weihnachten ohne Mom zu feiern ist schon schlimm genug, aber der Muttertag ist wahrlich der reinste Horror. Überall Werbeplakate von Frauen, die in ihrem Mutterglück schwelgen, und Kinder, die ihre Mütter für ihre großartigen Mühen beschenken. Aber daran, wie sich diejenigen fühlen, für die von diesem Bild in der Realität nichts übrig bleibt, denkt niemand. Diejenigen wie mich zum Beispiel.

Ich schlucke den Kloß, der sich in meinem Hals gebildet hat, hinab. »Meine Mom steht nicht so auf Blumensträuße und Pralinen«, reagiere ich ausweichend. So schnell wie die Gedanken an den Muttertag in meinem Kopf aufgekeimt sind, verdränge ich sie wieder in die hinterste und dunkelste Schublade meines Gehirns. Meine Mom braucht mich nicht. Dann brauche ich sie genauso wenig.

Ich fokussiere mich wieder auf das Hier und Jetzt.

Lara erhebt sich von ihrem Stuhl, der über den Boden scharrt. »Okay, dann bis morgen.«

Ich verabschiede mich ebenfalls von ihr. Nachdem sie gegangen ist, öffne ich mein Bullet Journal, um meine anstehenden To-dos zu checken. Zufrieden hake ich den Punkt *Präsentation mit Lara vorbereiten* ab. In Bezug auf die Uni bleiben mir jetzt noch zwei Fachtexte zu lesen. Außerdem sollte ich endlich mit meiner Hausarbeit, die ich als Prüfungsleistung für dieses Semester abgeben muss, beginnen. Bis zur Abgabe bleiben mir nur noch wenige Wochen. Bei dem Gedanken daran verfalle ich langsam, aber sicher in ein Gefühl der Zeitnot. Trotzdem muss all das vorerst warten. Nun ist es nämlich an der Zeit, an etwas anderem weiterzuarbeiten: der Suche nach dem Ladykiller. Und damit der Suche nach Stella.

Seitdem mein Vater mir jegliche Hilfe vonseiten der Polizei verwehrt hat, nutze ich jede freie Minute, um Informationen über den Ladykiller in Erfahrung zu bringen. Um den Überblick zu behalten, habe ich eine Mindmap angelegt, die sich in drei Bereiche gliedert. Links auf dem Papier notiere ich alles, was mir über Stellas Verschwinden bekannt ist. Rechts befinden sich die gesammelten Stichpunkte über die Mordserie und in der Mitte stelle ich einen Zusammenhang zwischen beiden Rubriken her. Leider wirkt das Papier noch ziemlich leer. Das soll sich endlich ändern.

Mit Feuereifer mache ich mich auf den Weg zu den Arbeitsplätzen, die über einen Computer verfügen. Dort setze ich mich an einen Rechner neben dem Fenster. Während ich darauf warte, dass das System hochgefahren wird, spiele ich mit dem Amethyst herum, den Dave mir geschenkt hat. Eigentlich bin ich nicht abergläubisch, aber ich betrachte ihn als meinen Glücksbringer bei der Suche nach Stella, deshalb nehme ich ihn überallhin mit. Ich lächle kurz bei der Erinnerung daran, wie Dave ihn mir überreicht hat. Behutsam lege ich den Stein an einen sicheren Platz in meinem Mäppchen.

Endlich ist auf dem Computerbildschirm der vollständig geladene Desktop zu sehen. Ohne Umschweife wähle ich mich im Internet ein und durchforste die Suchmaschine anhand sämtlicher Schlagworte über die Mordfälle. Zu meinem Bedauern ist das Netz voll von Berichten mit reißerischen Überschriften und gehaltlosem Inhalt. Mein Verdruss steigert sich von Artikel zu Artikel. Wenn Dad mir doch bloß glauben würde, dann müsste ich nicht diese mühselige Detektivarbeit machen. Die Polizei hat sicherlich all die kärglichen Infos, die ich auf mein Blatt gekritzelt habe, schon längst gesichtet, und darüber hinaus zahlreiche weitere Hinweise.

Ich betrachte erneut meine Mindmap und überlege, welcher Zusammenhang mir bisher entgangen ist. Da habe ich eine Idee. Ich könnte nachsehen, ob in dem Viertel, in dem die Leichen gefunden wurden, schon zuvor junge Frauen als vermisst gemeldet wurden. So könnte ich zum einen mehr über deren Identität erfahren und herausfinden, ob die Opfer sich eventuell sogar kannten. Andererseits würde es mir Aufschluss über die Strategie des Täters geben. Wenn die anderen Frauen zuvor vermisst wurden, stimmt das mit Stellas Verschwinden überein und sie schwebt womöglich noch in Lebensgefahr.

Von neuem Eifer gepackt, starte ich meine Suche. Zu den ersten beiden ermordeten Frauen lassen sich keine Hinweise über deren vorheriges Verschwinden finden. Auch über die dritte kann ich nichts herausbekommen. Bleibt nur noch eine. Ohne große Hoffnungen gebe ich *vermisste/tote Frau in Betzenhausen* in die Suchleiste ein. Zuerst erscheinen Berichte über die am Seepark gefundene Leiche von vor vier Wochen. Doch dann entdecke ich einen Artikel, aus dem hervorgeht, dass die Tote kurz vor dem Fund ihres Leichnams als vermisst gemeldet war. Durch einen Link gelange ich zu einem Beitrag bei Facebook. Dort ist ein Foto von einer jungen Blondine zu sehen. Mit angehaltenem Atem lese ich den dazugehörigen Text.

Wer hat unsere Anni gesehen?

Seit Mittwoch, den 03.04.2019, wird unsere Tochter Annika Meyer (22) vermisst. Sie war am Mittwochabend gegen halb elf auf dem Weg in ihre Wohnung im Stadtteil Betzenhausen, nachdem sie eine Freundin im Stühlinger besucht hatte. Leider kam sie nie zu Hause an. Wir sind dankbar für jeden Hinweis.

Ausnahmsweise denke ich vor meinem Handeln nicht lange nach. Ich öffne das Chatfenster und schreibe Annikas Mutter, die den

Beitrag gepostet hat. Zunächst bekunde ich ihr mein Beileid. Dann leite ich zu Fragen in Bezug zu dem Hergang des Verschwindens sowie den Tod von Annika über und beschreibe, dass meine beste Freundin ebenfalls vermisst ist und ich die Befürchtung habe, sie sei in den Händen des Ladykillers. Zuletzt bitte ich sie, mir bei meiner Suche zu helfen und die Morde so zu stoppen.

Ohne zu zögern, klicke ich auf Senden. Anschließend kopiere ich den Text und sende ihn an ein paar Leute, die mit Annika befreundet gewesen zu sein scheinen. Zusätzlich teile ich den Beitrag auf meinem Profil. Mein Herz flattert. Jetzt gilt es abzuwarten. Je mehr Zeit verstreicht, desto unsicherer werde ich, ob die Nachrichten meiner Suche nach Stella zum Erfolg verhelfen werden.

Einige von Annikas Freundinnen kommen online, doch niemand antwortet mir. Manche blockieren mich direkt. Kein Wunder. Ich an deren Stelle würde mir auch nicht vertrauen. Wahrscheinlich halten die mich für eine Journalistin auf der Suche nach einer heißen Story. Mutlos greife ich nach dem kleinen Edelstein und drehe ihn unablässig zwischen meinen Fingern.

Wieso verlaufen sich alle Spuren meiner Suche im Sand?

»Stella, wo bist du bloß?«, flüstere ich verzweifelt.

Am liebsten würde ich losheulen, aber meine Selbstbeherrschung ist zu groß. Und so starre ich nur ausdruckslos vor mich hin.

Plötzlich kündigt mein Handy das Eintreffen einer neuen Nachricht an und durchbricht damit die Stille der Bibliothek. Ich zucke zusammen und sehe auf. Ein Typ, der schräg gegenüber von mir sitzt, sieht mich anklagend an. Mit einem zerknirschten Gesichtsausdruck bitte ich ihn um Entschuldigung. Gleichzeitig mache ich mir eine gedankliche Notiz, mein Handy zukünftig auf lautlos zu stellen, sobald ich die Bibliothek betrete. Unterdessen greife ich nach meinem Handy, um die Nachricht zu lesen.

Dave: So spät noch fleißig? Du siehst süß aus, wenn du konzentriert bist. Dann bildet sich eine nachdenkliche Falte auf deiner Stirn. Und du spielst ständig mit dem Amethyst in deiner Hand. Ich könnte dir noch stundenlang zusehen 😊😊 (21.26 Uhr)

Valerie: Bist du etwa hier und beobachtest mich? (21.27 Uhr)

Suchend sehe ich mich in alle Richtungen um. Von Dave fehlt allerdings jede Spur. Es befinden sich nur noch wenige Studierende in der Bibliothek, da sie in etwa einer halben Stunde schließt, wie ich mit einem Blick auf die Uhr feststelle. Entsprechend dunkel ist es draußen bereits. Ich war so in meine Recherchen vertieft, dass mir gar nicht bewusst war, wie schnell die Zeit verflogen ist.

Weil Dave mir nicht auf meine Frage antwortet, sende ich ihm erneut eine Nachricht.

Valerie: Wo bist du? Das ist ganz schön creepy. (21.30 Uhr)

Statt einer Antwort erscheint ein Foto auf meinem Display. Darauf bin ich mit dem Handy in der Hand an meinem Arbeitsplatz zu sehen.

Valerie: Okay, ich nehme alles zurück. *Das* hier ist creepy. (21.31 Uhr)

Ich lege mein Handy zur Seite. Entschlossen erhebe ich mich von meinem Stuhl und gehe in die Richtung, aus der das Foto gemacht worden sein muss. Außer verwaisten Gängen zwischen den Buchregalen entdecke ich aber nichts.

Haha, sehr lustig, Dave. Du kannst jetzt rauskommen. Das Versteckspiel ist vorb …

Unvorbereitet packt mich jemand am Handgelenk und zieht mich zwischen zwei Bücherregale. Im nächsten Moment stehe ich Dave gegenüber. Mit beiden Händen stützt er sich links und rechts von mir an dem Regal in meinem Rücken ab.

Ich blicke in sein mittlerweile vertrautes Gesicht, aber etwas an seinem Anblick irritiert mich und stoppt die Schmetterlinge in meinem Bauch, die ich sonst automatisch verspüre, sobald ich ihn ansehe. Es liegt an seiner Kleidung. Er trägt ausschließlich Schwarz.

Die Synapsen in meinem Kopf signalisieren mir, eine solche

Situation schon mal erlebt zu haben. Ich, eingekesselt zwischen den Armen eines schwarz gekleideten Mannes, ohne Möglichkeit zur Flucht. Nur schaffen die Nervenstränge in meinem Gehirn es nicht, dieses erste Ereignis zu rekonstruieren. Das verunsichert mich. Alles in mir ist auf Alarmbereitschaft eingestellt, als Dave zu sprechen beginnt.

»*Buona sera*, Prinzessin. Du siehst irgendwie ängstlich aus. Habe ich dich erschreckt? Das wollte ich nicht.«

»Dann solltest du vielleicht damit aufhören, mir solche stalkerhaften Nachrichten zu schicken.«

Er lacht. »Okay, versprochen. Aber lustig war's schon, wie du dich nach allen Seiten umgedreht hast.«

Meine Augen verengen sich zu wütenden Schlitzen.

»Ja, sehr witzig. Was machst du überhaupt hier? Und sag jetzt bitte nicht, du würdest mich stalken.«

»Und wenn das die Wahrheit wäre?«

Mir ist bewusst, dass das sein schräger Humor ist, dennoch lösen seine Worte eine Gänsehaut bei mir aus. Statt zu antworten, kann ich nur schwer schlucken.

»Jetzt schau nicht so entsetzt. Das war bloß ein Scherz. In Wahrheit bin ich hier, um für eine Klausur relevante Literatur auszuleihen.« Er zeigt auf einen kleinen Bücherstapel, den er auf dem Regal abgelegt hat. Ich kann nicht sagen, wieso, aber das beruhigt mich ungemein. Einen Moment lang war mir die Sache ziemlich unheimlich, doch seine Erklärung erscheint mir plausibel.

»Bist du noch sauer auf mich?«

»Nein, ich war überhaupt nicht … okay, vielleicht ein bisschen«, räume ich ein.

»Ich mach's wieder gut, versprochen.«

Um es ihm etwas schwerer zu machen, gebe ich mich beleidigter, als ich es in echt bin. Er ist nicht der Einzige von uns beiden, der Spielchen spielen kann. Trotzig verschränke ich meine Arme.

»Auf diese Entschuldigung bin ich aber mal gespannt.«

»Solltest du auch sein«, sagt Dave und kommt noch näher. Der unverkennbare Geruch seines Parfums steigt mir in die Nase. Er beugt sich zu mir hinab und drückt mir einen Kuss auf den Mundwinkel. Langsam arbeitet er sich mit weiteren Küssen von meinem Kiefer in Richtung meines Ohres vor. Schließlich erreichen seine Lippen meinen Hals. Sofort verflüchtigen sich alle Bedenken von eben. An ihre Stelle tritt die süße Lust des Begehrens. Ich lege meine Hände in seinen Nacken und fahre durch sein kastanienbraunes Haar, das an dieser Stelle kurz rasiert ist.

Ohne Vorwarnung greift Dave mir unter meinen Rock. Seine Finger finden meine empfindsamste Stelle und streicheln mich dort. Als Antwort sammelt sich Nässe in meinem Höschen und meinen Lippen entschlüpft ein leises Keuchen.

Überhaupt scheint mein Körper wie auf ihn gepolt zu sein. Ich bin empfänglich für jede seiner Berührungen. Es ist für mich unmöglich, dem, was er mit mir anrichtet, zu widerstehen. Im Gegenteil. Ich gebe mich ihm hin. Wärme und Adrenalin durchströmen mich. Der Reiz der Vorstellung, bei etwas Unsittlichem gesehen zu werden, ergreift wie bereits gestern im Parkhaus Besitz von mir. Dennoch bin ich auch auf der Hut. Nur allzu bewusst ist mir, dass uns tatsächlich jederzeit jemand erwischen könnte. Zwar gefällt mir die Fantasie, beobachtet zu werden, aber eben nur so lange es bei der Vorstellung in meinem Kopf bleibt. Vor meinem inneren Auge sehe ich schon den Typ, der mich wegen meines klingelnden Handys schief angeschaut hat, unvermittelt im Gang stehen.

»Dave … nicht hier«, zische ich, unternehme jedoch keinen Versuch, ihn zu unterbrechen.

Er lacht nur leise. Es hört sich an, als wüsste er genau, welche quälende Macht er über mich besitzt.

»Dave! Du musst sofort aufhören. Ich meine es ernst!«

Nun streift er mir meine Haare hinters Ohr und flüstert hinein: »Ich auch.«

Mit einer geschickten Bewegung schiebt er den dünnen Stoff meines Höschens beiseite und dringt mit zwei Fingern in mich ein.

Oh fuck … warum muss sich das so gut anfühlen? Ein Seufzen entschlüpft meinen Lippen. Nur fünf Sekunden. So lange genehmige ich mir, bis ich ihn dazu bringe, aufzuhören.

Fünf.

Vier.

Mit geschlossenen Augen lege ich meinen Kopf in den Nacken und genieße es, wie seine Finger in einem gleichmäßigen Rhythmus in mich stoßen.

Drei.

Nach Halt suchend, stütze ich mich mit einer Hand am Regal ab. Dabei trifft mein Ellenbogen auf den Buchrücken eines losen Buches, das laut polternd zu Boden fällt. Ich keuche erschrocken auf.

»Psst. Wir wollen doch nicht auffliegen«, wispert Dave und bringt mich zum Schweigen, indem er mein Keuchen in einem Kuss erstickt.

Zwei.

Unvermittelt nähern sich uns Schritte. Sofort werde ich panisch. Ich löse meine Lippen abrupt von Daves.

»Ich glaube, da kommt jemand.«

Er hält inne und horcht.

Die Schritte werden eindeutig lauter. Als er sie auch wahrnimmt hat, grinst er mich teuflisch an.

»Macht dich das etwa nervös?«

Die Art, auf die er mich ansieht, lässt mich erschaudern. Ich ertrinke im Blaugrün seiner Augen und bin unfähig, ihm zu antworten. Doch ich zeige ihm auf andere Art, wie ich mich fühle. Ich umklammere sein Handgelenk, ein eindeutiges Zeichen dafür, dass er aufhören soll.

»Wieso bedeutest du mir aufzuhören, wenn du eigentlich möchtest, dass ich weitermache?«

»Weshalb glaubst du zu wissen, was ich möchte?«

»Das ist ganz einfach, Prinzessin. Du bist so feucht wie noch nie.«

Seine Worte bringen meine Wangen zum Glühen.

Er erhöht das Tempo, mit dem er sich in mir bewegt. Mein Herz rast. In meinem Inneren tobt ein Kampf zwischen einer Stimme der Vernunft, die sich keine größere Blamage vorstellen kann, als in flagranti erwischt zu werden, und dem brennenden Verlangen nach mehr, das Dave in mir entfacht.

»Gib es zu. Du stehst total darauf, wenn ich es dir heimlich in der Öffentlichkeit besorge.«,

Ich schlucke. Er hat recht. Diese verborgene Berührung im öffentlichen Raum macht mich unglaublich an. Aber zu wissen, dass sich uns jemand nähert, hemmt das aufgeregte Kribbeln in meinem Bauch.

»Nicht, wenn uns jemand sieht.«

»Keine Sorge, niemand wird etwas merken.«

»Aber ...«, versuche ich ihn an die Person zu erinnern, die nur wenige Schritte von uns entfernt zu sein scheint.

Doch Dave fällt mir ins Wort: »Vertrau mir. Es wird alles gut.«

Und genau das mache ich dann. Eine andere Möglichkeit habe ich auch nicht. Dafür fühlt es sich zu gut an, was er mit mir anstellt. Ich lockere den Griff um sein Handgelenk und halte mich stattdessen an seinen Schultern fest. Ohne mich zur Wehr zu setzen, gleite ich davon wie ein loses Blatt in den Stromschnellen eines reißenden Flusses.

Dann finde ich endlich meine Erlösung und erbebe unter seiner Berührung. Die angestaute Lust entlädt sich und rollt wie eine Lawine über mich hinweg. Ich halte es kaum aus, keinen Laut von mir zu geben, der uns verraten würde, doch all die überwältigenden Empfindungen wollen nach draußen. In meiner Ekstase gefangen, kralle ich meine Finger in sein Shirt und die darunterliegenden Schulterblätter. Mein aufkeimendes Stöhnen unterdrücke ich, indem ich meinen Mund an seinen Hals presse. Als ich mit meinen Lippen an seiner Haut sauge, entfährt ihm ein kehliges Seufzen. Ich strecke mich seinen Fingern entgegen, um das süße Glücksgefühl, das er mir bereitet, so lange wie möglich auszukosten.

Nachdem es verebbt ist, sinke ich an seinen Körper gelehnt in mich zusammen. Die Anspannung fällt von mir ab. Jedoch nur für einen Moment. Dann geht alles ganz schnell.

Dave zieht seine Finger aus mir zurück. Ich rücke hektisch meine Kleider zurecht. Während ich meine Haare glattstreiche, frage ich: »Wie sehe ich aus?«

»Wie eine Frau, die gerade gefingert wurde.«

»Dave!« Ich laufe puterrot an. »Das war die falsche Antwort.«

Er lacht bloß.

Keine Sekunde später biegt eine hochgewachsene Frau, die kaum älter ist als wir, in unseren Gang ein. Bei jedem Schritt wippt ihr brünetter Pferdeschwanz. An ihrem beigen Cardigan weist ein kleines silbernes Namensschild sie als Mitarbeiterin der Bibliothek aus.

O mein Gott, das war's! Der Handyphobiker hat uns doch gesehen, aber anstatt selbst etwas zu sagen, hat er sich direkt bei der nächsthöheren Instanz über uns beschwert. Jetzt bekomme ich sicher für den Rest meiner Studienzeit Hausverbot in der Bibliothek. Wie soll ich mich jemals wieder adäquat auf eine Prüfungsleistung vorbereiten?

Die Frau taxiert uns argwöhnisch, als wisse sie genau, was Dave und ich getan haben. In einiger Entfernung von uns bleibt sie stehen.

Ich mache mich auf das Schlimmste gefasst.

Ihr Ton ist freundlich, aber bestimmt, als sie sagt: »Ich muss Sie bitten, die Bibliothek zu verlassen. Wir schließen in wenigen Minuten.«

Uff, das war alles? Ich atme erleichtert aus.

»Kein Problem. Wir haben nur noch nach einem Buch gesucht«, erwidert Dave. Mit einem verschwörerischen Blick auf mich fügt er hinzu: »Es war ziemlich versteckt. Aber mit viel Fingerspitzengefühl konnte ich es von ganz tief hinten aus dem Regal fischen.«

In meiner Vorstellung erwürge ich ihn für diese Worte. In echt sehe ich bloß vor Verlegenheit zu Boden. Da bemerke ich das Buch, das Dave sich betont unauffällig vor den Schritt hält. Auf einmal erscheint mir die Situation urkomisch. Ich beiße mir auf die Unterlippe, um nicht laut loszulachen.

»Okay. Seien Sie einfach in fünf Minuten am Ausgang.«

Falls die Bibliothekarin seine Anspielung kapiert hat, lässt sie sich zumindest nichts anmerken. Sie wendet sich ab und geht wieder. Sobald sie um die Ecke verschwunden ist, kann ich nicht mehr an mich halten und pruste los. Dave fällt in mein Lachen ein.

»Meinst du, sie hat etwas gemerkt?«

Er nimmt den Stapel an Büchern, die er sich ausleihen möchte, in die Hand. »Die Frage lautet eher, wie bescheuert müsste sie sein, um nicht zu kapieren, was Sache ist?« Er zuckt mit den Schultern.

»Aber was will sie machen? Rausgeschmissen hat sie uns ohnehin schon.«

Sein trockener Humor bringt mich erneut zum Lachen. »Du schämst dich wohl für gar nichts, oder?«

»Nope.« Er greift nach meiner Hand. »Komm, lass uns gehen.« Unsere Finger verschränken sich ineinander. Es ist nur eine kleine Geste, aber sie bedeutet so viel, denn dadurch zeigt er der ganzen Welt, dass wir zusammengehören. Ein aufgeregtes Kribbeln entzündet sich in meinem Bauch. Andererseits sind da noch immer die Zweifel in meinem Kopf, die mich daran hindern, mich vollständig auf ihn einzulassen. Als würde ich dadurch mehr Zeit gewinnen, um über alles nachzudenken, lasse ich seine Hand los.

»Ich muss aber erst noch meine Sachen zusammenpacken.«,

»Okay. Dann leihe ich in der Zwischenzeit diese Bücher aus. Wir treffen uns bei meinem Auto.«

Er sagt es, als wäre es eine Selbstverständlichkeit, dass ich bei ihm mitfahre. Ich nicke nur mechanisch, während ich daran denke, dass ich endlich mit ihm über uns sprechen muss.

Wie lange kann man bitte brauchen, um ein paar Bücher auszuleihen?

Seit einer gefühlten Ewigkeit warte ich vor Daves Auto, das verwaist auf dem Parkplatz der Uni herumsteht. Ungeduldig trete ich von einem Fuß auf den anderen, um mir die Zeit zu vertreiben. Und um mich warmzuhalten, denn mit Einbruch der Dunkelheit hat sich die warme Frühlingsluft erheblich abgekühlt.

In der Ferne nehme ich die Umrisse einer Gestalt war. Mir wird bewusst, dass ich hier draußen im Dunkeln alleine und schutzlos bin. Wenn der Ladykiller Stella am Waldsee gekidnappt hat, weiß er womöglich, dass ich auch dort war, und sucht jetzt nach mir. Der Gedanke flößt mir Angst ein.

Die herannahende Person tritt in den Schein der Straßenlaterne. Da erkenne ich, dass es Dave ist. Alle Anspannung fällt von mir ab. In den Händen hält er zwei To-go-Kaffeebecher sowie zwei Vespertüten.

»Ich weiß nicht, wie es dir geht, aber ich brauche nach dieser Aufregung erst mal Kohlenhydrate. Und Zucker.«

Bei der Aussicht auf Essen fängt mein Bauch blitzartig zu grummeln an. Vor lauter Lernen und der Suche nach Stella habe ich total vergessen, eine Pause einzulegen.

»Für Essen bin ich immer zu haben. Aber was ist mit den Büchern, die du ausleihen wolltest?«

»Liegen schon bei mir im Auto.«

Er kommt vor mir zum Stehen und übergibt mir eine der beiden Tüten.

»Hier, für dich.«

»Dankeschön.«

Neugierig – und hungrig –, wie ich bin, öffne ich die Tüte und angle nach dem darin befindlichen Essen. Heraus kommt ein Donut mit pinker Zuckerglasur. Er sieht köstlich aus. Herzhaft beiße ich ein großes Stück ab.

»Frühstück am Abend. Ich bin begeistert«, nuschle ich zwischen zwei Bissen. »Aber können wir das Essen bitte drinnen fortführen? Es ist echt kalt.«

»Du meinst, in meinem Auto?«

»Ich werde auch nicht krümeln. Versprochen.« Mit einem flehenden Gesichtsausdruck sehe ich Dave an. Doch an diesem scheint meine Unschuldsnummer abzuprallen.

»Du brauchst gar nicht so zu schauen, *cara mia*. In meinem Auto wird nicht gegessen. Nur über meine Leiche.«

»Na, wenn das so ist, dann muss ich dich wohl leider umbringen.« Ich gehe selbstbewusst auf ihn zu. Jetzt stehen wir so dicht voreinander, dass kaum eine Hand zwischen uns passt.

»Und, wie möchtest du das anstellen?«

Ich muss meinen Kopf in den Nacken legen, um Dave für meine Antwort in die Augen sehen zu können. »Oh, ich habe da meine ganz eigenen Methoden.«

Ohne seine Antwort abzuwarten, stelle ich mich auf die Zehenspitzen. Gleichzeitig schlinge ich meinen Arm mit dem Donut in der Hand um seinen Nacken und ziehe ihn zu einem Kuss zu mir heran. Während unsere Lippen miteinander verschmelzen, lasse ich meine freie Hand zu seiner Hosentasche wandern. Mit spitzen Fingern fische ich nach seinem Autoschlüssel. Als ich ihn zu fassen bekomme, zupft unwillkürlich ein breites Grinsen an meinen Lippen, sodass ich unseren Kuss unterbrechen muss. Bevor Dave kapiert, welches Spiel ich mit ihm spiele, bin ich schon dabei, sein Auto aufzuschließen und mich auf dem Beifahrersitz niederzulassen.

»Hey! Du kleine freche Hexe. Komm sofort da raus!«

»Nö. Vielleicht später. Zuerst muss ich aufessen.«

Provokativ beiße ich von meinem Donut ab.

»Sei froh, dass ich meine Hände nicht frei habe, sonst würde ich dich eigenständig wieder herauszerren.«

»Versuch's doch«, gebe ich bloß zurück und schließe die Autotür. Langsam verstehe ich, was Dave daran findet, ständig andere Leute zu ärgern. Es macht unglaublichen Spaß.

Anstatt sich in Bewegung zu setzen, bleibt er an Ort und Stelle stehen und beißt von seinem Croissant ab.

Ich lasse die Fensterscheibe des Wagens herunter. »Jetzt komm schon. Oder willst du da draußen etwa Wurzeln schlagen.«

Er bewegt seine Lippen, als wolle er mich nachäffen, kommt aber schließlich um das Auto herum und setzt sich auf den Fahrersitz.

»Wehe, ich finde später auch nur einen Krümmel, dann darfst du mein Auto putzen. Von Kaffeeflecken will ich gar nicht erst reden.«

»Beruhige dich. Es ist nur ein Auto.«

»Es ist *mein* Auto.«

»Schon gut. Ich hab's verstanden.«

Unser Wortgefecht geht noch eine Weile weiter, bis wir schließlich auf andere Themen zu sprechen kommen. Noch lange nachdem wir aufgegessen haben, unterhalten wir uns über alles Mögliche. Ich mag es total, wie Daves Augen zu leuchten beginnen, sobald er über etwas spricht, für das er richtig brennt. Oder wie er träumerisch in die Ferne blickt, wenn er von einer schönen Erinnerung erzählt. Und wenn ihm etwas nicht passt oder er absolut anderer Meinung ist als ich, bildet sich eine verärgerte Falte auf seiner Stirn.

Wann immer ich in mein altes Muster zurückfalle und um eine Antwort verlegen zu Boden schaue, sieht er darüber hinweg und gibt mir meine Sicherheit zurück, indem er etwas sagt, das mich zum Lachen bringt. Allein dafür könnte ich ihn umarmen und nie wieder loslassen.

Irgendwann lenkt er das Gespräch auf den heutigen Tag zurück. »Meine Schwester hatte für unsere Familie zum Muttertag das größte Picknick organisiert, das ich jemals gesehen habe. Ich glaube, davon wären noch mindestens zehn weitere Leute satt geworden.«

Dave zusammen mit seiner Familie. Eine schöne Vorstellung. Ob er dann auch so ist wie bei mir oder ganz anders?

»Hört sich auf jeden Fall an, als hättest du einen schönen Tag gehabt.«

»Das sicherlich. Und was hast du dir für den Muttertag einfallen lassen?«

Ein Kloß bildet sich in meinem Hals. Gleichzeitig aber auch Wut. Ich habe diesen Muttertag so dermaßen satt. Deshalb antworte ich trotzig: »Gar nichts. Ehrlich gesagt, habe ich meine Mom schon länger nicht mehr gesehen.«

Auf Daves Gesicht legt sich der mitleidige Gesichtsausdruck, den alle automatisch haben, sobald sie erfahren, dass ich keine Mutter mehr habe. »Oh, darf ich fragen, weshalb?«

Mit dieser Frage hätte ich rechnen müssen. Wieso habe ich nicht einfach gelogen? Wahrscheinlich, weil das nicht ohne Weiteres funktioniert, wenn man jemanden auf die Art mag, wie ich Dave gernhabe. Ich möchte immer aufrichtig zu ihm sein. Jetzt muss ich aber wohl oder übel die Suppe auslöffeln, die ich mir eingebrockt habe. Das wird schwierig, denn obwohl ich es gerne täte, bin ich noch nicht bereit, über meine Mom zu sprechen. Nicht mit Dave und auch nicht mit sonst irgendwem. Deshalb reagiere ich ausweichend.

»Lass uns bitte nicht weiter darüber reden. Ich habe eine viel bessere Idee.«

»Ach ja, und welche?«

In Anbetracht der Tatsache, dass ich die Fronten unseres Beziehungsverhältnisses noch immer nicht geklärt habe, sage ich das Unvernünftigste, was ich sagen könnte. Aber eben auch das Einzige, was mich von meiner Mom ablenkt. Und eine Ablenkung brauche ich ganz dringend.

»Ich wollte schon immer im Dunkeln auf dem Parkplatz der Uni Sex haben.«

»Ha, ich hatte doch recht. Du stehst total darauf, es an öffentlichen Orten zu treiben.«

»Schon möglich«, sage ich grinsend und sehe ihn mit schiefgelegtem Kopf an.

»Pass auf, das kann sich schnell zu einem Fetisch entwickeln.«

»Was wäre so schlimm daran? Mir fallen spontan noch zahlreiche Orte ein, die sich perfekt dafür eignen.«

»Oh, là, là, Prinzessin. Ich wette, du hast dazu schon eine Liste in deinem Bullet-Dingsda angelegt.«

Für diese Aussage verpasse ich ihm einen Klaps auf den Oberschenkel. »Es heißt Bullet Journal. Und hör lieber auf zu wetten. Du verlierst sowieso nur.«

Er wackelt mit den Augenbrauen. »Je nachdem, was der Wetteinsatz ist, lohnt es sich sogar zu verlieren.«

»Du sprichst jetzt aber nicht davon, mich noch mal mit deinem Auto fahren zu lassen?«

»Nein. Ich hatte gerade eher an eine andere Art von Wetteinsatz gedacht.« Er klettert auf die Rückbank und zieht mich am Handgelenk mit sich. »Komm, ich zeige dir, was ich meine.«

Ich kreische auf und lande rittlings auf seinem Schoß. Für den Bruchteil einer Sekunde geht mir der Gedanke durch den Kopf, dass ich erst mit ihm über uns reden sollte. *Aber alles an diesem Abend ist so unglaublich perfekt. Das darf ich nicht zerstören,* hält eine andere Stimme dagegen.

Da entschließe ich für mich einen Kompromiss: Nur noch dieses eine Mal. Und morgen rede ich mit ihm.

Kaum habe ich diese Gedanken zu Ende gedacht, treffen Daves Lippen auf die zarte Haut an meinem Hals. Unweigerlich entzündet sich eine Flamme der Lust in meinem Unterleib. Mit jedem Kuss, jeder Berührung und jedem Kleidungsstück, dessen wir uns entledigen, wird das Feuer größer. Unaufhaltsam breitet es sich in meinem Körper aus. Fiebrig erkunden meine Hände jeden Millimeter seiner Haut, während unsere Zungen abwechselnd in seinem und meinem Mund miteinander tanzen.

Dave hält mich fest in seinen Armen. Dort, wo er mich berührt, spüre ich das feurige Kribbeln ganz besonders. Eine seiner Hände wandert von meiner Taille hinauf zu dem Verschluss meines BHs. Nach all den vorherigen Malen sollte es mir nichts mehr ausmachen, aber ich fühle mich noch immer unwohl, wenn es darum geht, meine kleinen Brüste vor ihm zu entblößen. Entsprechend spannt sich mein Körper an. Dave entgeht meine Verunsicherung nicht. Als Reaktion darauf lässt er von meinem BH ab und unterbricht unseren Kuss. Mit einem Seufzen streichelt er über meine Wange und streift dabei eine lose Haarsträhne hinter mein Ohr. Anschließend greift er nach meinen Händen, um unsere Finger miteinander zu verschränken. Schwermütig sieht er mich an.

»Ich weiß nicht, wie oft ich es dir noch sagen muss, bis du mir endlich glaubst, aber für mich bist du wunderschön genau so, wie du bist.«

»Tut mir leid.« Eigentlich möchte ich so viel mehr sagen, zum Beispiel, dass es nicht an ihm liegt, sondern an mir. Und an der ständig nagenden Selbstzweifeln, die ich in mir trage, weil ich nicht mal für meine eigene Mom gut genug war. Aber nichts davon bringe ich über die Lippen.

»Du musst dich nicht entschuldigen. Und wenn Worte nicht ausreichen, dann zeige ich dir noch mal, wie toll ich dich finde. Falls du es mir erlaubst.«

Ich nicke, unfähig zu sprechen. Daraufhin drückt er mir einen Kuss zwischen meine Brüste. Genau über dem Steg meines BHs, an dem sich eine kleine schwarze Zierschleife befindet. Vorsichtig wandert sein Mund entlang dem Rand meines BHs hinauf zu meinem Schlüsselbein. Gleichzeitig streichelt er meine Brust.

Mir entfährt ein Keuchen.

Je länger er mir seine Zuneigung spendet, desto mehr fällt die Unsicherheit von mir ab. Vor Glück droht das Herz in meiner Brust zu zerspringen. Dave ist so rücksichtsvoll mir gegenüber. Ich frage mich, womit ich ihn verdient habe.

Nun widmet er sich erneut dem Verschluss meines BHs. Diesmal lasse ich es geschehen, dass er ihn öffnet und die Träger von meinen Schultern streift.

»Ist es okay für dich?«

»Ja«, hauche ich und sogleich befreit er mich vollends von dem letzten Stück Stoff, das meinen Oberkörper bedeckt.

Zumindest für heute fühle ich mich sicher genug, um mich fallen zu lassen. Schüchtern lächle ich ihn an, während ich seinem Blick ausgesetzt bin, und atme erleichtert auf, als er mich ebenfalls anlächelt.

Seine Erektion drängt gegen meine pulsierende Mitte. Nur der Stoff meines Höschens und der seiner Boxershorts trennen uns voneinander. Es ist nicht genug für mich. Mit einem Mal kann ich es kaum erwarten, ihn endlich in mir zu spüren.

»Hast du ein Kondom?«, wispere ich dicht an seinem Ohr.

»Im Handschuhfach.«

Kurzerhand löse ich mich von ihm und verrenke mich umständlich, um in den vorderen Teil des Wagens zu gelangen. Nachdem ich mit ausgestrecktem Arm endlich ein Kondom zu fassen gekriegt habe, klettere ich auf Daves Schoß zurück und halte ihm das kleine Päckchen hin. Doch er schiebt meine Hand von sich fort.

»Möchtest du das heute machen?«

Ein Schauer, der gleichermaßen Erregung wie Nervosität in mir hervorruft, durchjagt meinen Körper. »Ich habe noch nie ... aber ja.«

Meine Finger haken sich links und rechts unter den Bund seiner Boxershorts und ziehen sie hinunter. Dann öffne ich das Päckchen und hole das Kondom heraus. Unschlüssig drehe ich es in meiner Hand von einer auf die andere Seite.

Als Dave meine Unentschlossenheit bemerkt, zeigt er mir, wie ich es ansetzen muss. Stück für Stück rolle ich es über seinem steifen Glied ab. Mir entgeht nicht, wie er unter meiner Berührung zusammenzuckt und scharf die Luft einsaugt.

Mit Unschuldsmiene sehe ich ihn an. »Ist es so richtig?«

»Fuck, Valerie ... wenn du das noch langsamer machst, haben wir ein Problem.«

Ich lache teuflisch und verstärke den Druck, den meine Finger ausüben.

»Valerie!«

Wie er meinen Namen stöhnt, lässt einen angenehmen Schauer meine Wirbelsäule hinunterkriechen. Zwischen meinen Beinen schwillt die Lust an. Mit einer schnellen Bewegung ziehe ich ihm das restliche Kondom über. Anschließend stütze ich mich auf meine Knie, damit er mir meinen Slip ausziehen kann. Quälend langsam schiebt er den dünnen Stoff nach unten. Jetzt ist er derjenige von uns beiden mit dem diabolischen Grinsen. Ich erwidere seinen Blick mit einem flehenden Gesichtsausdruck, der ihn bittet, mich zu erlösen.

Das ist seine Rache, weil ich mir mit dem Kondom so viel Zeit gelassen habe, schießt es mir durch den Kopf.

Kaum hängt das Höschen endlich in meinen Kniekehlen, helfe ich Dave und entledige mich seiner vollständig.

Ich senke mich auf ihn hinab. Als er in mir versunken ist, seufzen wir beide auf und genießen das Gefühl, das wir einander so verschaffen. Ich reite ihn. Er stößt mit gleichmäßigen Bewegungen in mich. Wir finden unseren gemeinsamen Rhythmus. Ich verliere mich in dem berauschenden Gefühl, eins mit ihm zu sein, und sehne meinen Höhepunkt herbei.

Da packt Dave meinen Hintern und beginnt ihn zu kneten.

Mir entschlüpft ein wohliges Seufzen.

»Gefällt dir das?«

Meine Wangen färben sich rot. Wie er mein Verlangen nach ihm durch diese Berührung zusätzlich befeuert, ist enorm. Aber ich bringe es nicht über mich, es laut auszusprechen, deshalb nicke ich verhalten. Doch damit gibt er sich nicht zufrieden.

»Sprich mit mir. Sag etwas Unanständiges.«

»Dave ... ich ...« Meine Stimme versagt.

»Ja? Sprich weiter.«

»Ich brauche mehr davon«, schaffe ich es schließlich zu sagen.

»Von dem hier?« Er packt meinen Hintern fest an. »Oder hiervon?« Bei seinem nächsten Stoß dringt er heftiger ein als zuvor. Mir entfährt ein leiser Aufschrei.

»Von beidem«, bringe ich atemlos hervor und Dave geht auf meine Forderungen ein.

Wir haben schon öfter miteinander geschlafen, doch jedes Mal bin ich aufs Neue davon fasziniert, welche einzigartigen Gefühle es in mir auslöst. Ich schiebe eine Hand in seinen Nacken. Mit der anderen suche ich im Stoff der Rückbank Halt, während ich meinen sich aufbauenden Höhepunkt in vollen Zügen genieße.

Gleichzeitig habe ich Angst. Morgen werde ich mit ihm sprechen. Vielleicht ist es also das letzte Mal, dass wir uns so nah sind.

Dave

Valerie bringt mich um den Verstand. Wie sie sich mit durchgestrecktem Rücken, leicht geöffneten Lippen und geschlossenen Augen auf mir bewegt, sieht verdammt sexy aus. Das, was mich am meisten anmacht, ist allerdings, dass sie keine Ahnung davon zu haben scheint, wie heiß sie in Wahrheit ist. Vor allem ihre Zurückhaltung und die damit verbundene Unschuldsnummer wirken wie ein Brandbeschleuniger auf mich.

Ohne mich zurückzuhalten, stoße ich hart in sie. Sie reagiert jedes Mal mit einem Stöhnen, was mich noch mehr anheizt. Ich hoffe, sie ist bald so weit, denn ich glaube, lange halte ich das nicht mehr durch. So scharf wie heute war ich noch nie auf sie. Ich versuche mich auf ihre kleine Hand im meinem Nacken zu konzentrieren, um dem wachsenden Druck in meinem Schwanz standzuhalten.

»Dave, ich komme gleich.«

Endlich.

Wie sie meinen Namen seufzt, ist zu viel für mich. Ich kann nicht mehr an mich halten und explodiere in ihr. Während die Welle der Glückseligkeit über mich hinwegrauscht, halte ich mich an Valeries zierlichem Körper fest. Danach sinke ich atemlos in den Sitz zurück und ziehe sie mit mir, sodass ihr Kopf auf meiner Brust ruht.

»Wow, Prinzessin. Das nenne ich mal ein perfektes Timing. Ich hätte es nämlich keine Sekunde länger mehr ausgehalten.«

Ihr Körper verspannt sich unter meiner Umarmung. Fragend sehe ich zu ihr hinab. »Du warst doch so weit, oder?«

Statt zu antworten, schweigt sie weiter. Die Stille ist Antwort genug für mich.

»Hey, du kannst es mir ruhig sagen. Dann holen wir das nach.« Nun erhebt sie vorsichtig ihren Kopf und sieht mich schüchtern an. »Es ist … ähm … ich war kurz davor, aber dann bist du schon …«

»Es braucht dir nicht peinlich zu sein. Du hast nichts falsch gemacht. Außer dass du mich total verrückt machst und ich mich deshalb nicht zurückhalten kann.«

Sie lacht verlegen.

Ich gebe ihr einen schnellen Kuss. Gleichzeitig betätige ich den Hebel, um den Rücksitz umzuklappen. Wir sinken gemeinsam mit der Rückenlehne nach hinten. Anschließend halte ich Valerie an der Taille, wirble sie herum und lege sie auf dem Sitz unter mir ab. Sogleich versinke ich zwischen ihren Beinen.

Valerie keucht, als ich zarte Küsse auf der Innenseite ihrer Oberschenkel verteile. Langsam arbeite ich mich bis zu ihrer Mitte vor. Als meine Zunge auf das Zentrum ihrer Lust trifft, bäumt sie sich unter mir auf. Angetrieben von ihren unterdrückten Lauten, verwöhne ich sie weiter. Ihr Freude zu bereiten und sie zu schmecken macht mich an. Valerie windet sich unter meiner Zunge. Schließlich erbebt sie mit einem tiefen Seufzen unter mir, doch ich lasse erst von ihr ab, als sie wieder still daliegt.

»Danke«, flüstert sie leise und zufrieden.

Ihre Aussage entlockt mir ein Lächeln und den dringenden Wunsch, sie so nah wie möglich bei mir zu haben. Ich greife nach der Decke, die ich für das Picknick mit meiner Familie eingepackt hatte, und breite sie über uns aus. Währenddessen lasse ich mich neben ihr nieder und ziehe sie gleichzeitig in eine Umarmung.

»Du bist die erste Frau, die sich bei mir für den Orgasmus bedankt, den ich ihr beschert habe. Aber ich muss sagen, das ist so süß von dir. Und ich steh darauf, wenn du süß bist.«

Wegen der Dunkelheit kann ich Valeries Gesicht schlecht erkennen, aber ihr Körper spricht Bände, als sie sich angespannt von mir wegdreht. Sofort wird mir klar, dass es ein Fehler war, indirekt *die anderen Frauen* zu erwähnen. Valerie ist ohnehin total schnell verunsichert. Sie soll sich in meiner Gegenwart aber nicht schlecht oder gar herabgesetzt fühlen. Im Gegenteil, sie soll wissen, dass sie für mich begehrenswert ist.

Ich folge ihrer Bewegung und fange sie mit einem Kuss an der empfindsamsten Stelle ihres Halses wieder ein. Sie reagiert sofort darauf und ist kurz davor, sich mir hinzugeben, fängt sich jedoch wieder und schiebt mich beiseite. Ich habe es nicht anders verdient und fühle mich schlecht.

»Tut mir leid. Ich hätte das nicht sagen sollen, ich wollte nur etwas Schönes sagen und hab's letztendlich wieder versaut.«

Valerie dreht sich zu mir um. »Ich weiß. Also ich meine, es liegt weniger an dir, sondern an mir. Ich habe das Gefühl, du könntest jede haben. Da draußen gibt es tausende Frauen, die attraktiver und selbstbewusster sind als ich. Deshalb verstehe ich nicht, warum du deine Zeit mit mir verschwendest.«

Ihre Aussage schockiert mich. »Hier bei dir zu sein ist doch keine Zeitverschwendung für mich. Ja, in der Vergangenheit gab es einige andere Frauen, aber das ist vorbei und die sind ohnehin bedeutungslos gegen dich.«

»Aber wie kann ich mir da wirklich sicher sein?«

»Das kannst du nie zu hundert Prozent. Aber du kannst mir vertrauen. Und was viel wichtiger ist: Vertrau dir selbst. Du bist wunderschön und einzigartig. Warum sollte ich da jemand anderen wollen? Was lässt dich so an dir zweifeln?«

»Es ist … kompliziert.«

»Kannst du versuchen, es mir zu erklären? Vielleicht ist es gar nicht so schwierig, wie es dir jetzt erscheint«, bitte ich sie.

»Ich … ähm …«, beginnt sie, doch ihre Stimme bricht. Ich spüre, wie sie mit sich kämpft, und es tut mir weh, ihre Unsicherheit zu sehen, sie aber nicht davon erlösen zu können.

»Es muss ja nicht sofort sein, wenn du nicht möchtest«, wende ich ein. »Aber denk daran: Auch wenn es sich für dich kompliziert anfühlt, für mich ist es einfach. Du bist perfekt so, wie du bist.« Ich gebe Valerie einen sanften Kuss auf die Stirn. »Ich wünschte nur, du könntest das auch so sehen.«

»Deine Worte bedeuten mir mehr, als du dir vorstellen kannst«, erwidert Valerie und ich höre deutlich, wie ihre Stimme schon wieder bricht. Ich halte sie so fest in meinem Arm, wie ich nur kann. Auf diese Weise möchte ich sie wissen lassen, dass ich immer bei ihr bin.

Eine Weile herrscht Stille zwischen uns, in der jeder seinen eigenen Gedanken nachgeht.

Unvermittelt höre ich sie sagen: »Wenn du ein Cabrio hättest, könnten wir jetzt die Sterne sehen.«

»Stimmt«, sage ich lächelnd und starre weiter an die schwarze Decke meines Autos. Weil ich Valerie in diesem Moment aber keinen Wunsch der Welt abschlagen kann, füge ich hinzu: »Los, komm. Zieh dich schnell an, dann können wir von draußen in die Sterne schauen.«

Valerie lässt sich das nicht zweimal sagen und setzt sich begeistert auf. Allerdings gestaltet sich das Anziehen auf engstem Raum schwieriger als das Ausziehen. Nach einer gefühlten Ewigkeit, in der wir uns zigmal gegenseitig im Weg sind, was zu zahllosen Kollisionen unserer Arme und Beine führt, stehen wir schließlich gegen das Heck meines Autos gelehnt draußen und starren in den Himmel.

»Wahrscheinlich sollte ich dich jetzt beeindrucken und dir irgendwelche Sternbilder zeigen, aber um ehrlich zu sein, habe ich keine Ahnung von so etwas.«

Valerie lacht. »Puh, zum Glück. Ich habe schon befürchtet, mir einen Vortrag über Astronomie anhören zu müssen.«

Jetzt lache ich ebenfalls. Da bemerke ich Valeries Frösteln. »Du frierst ja. Komm, ich hole dir die Decke aus dem Auto.« Ich öffne die Tür, schnappe mir die Decke und lege sie Valerie über die Schultern. Dankend nimmt sie sie an. Ich ziehe sie von hinten in eine Umarmung und sie kuschelt sich an mich. Eine Bombe an Endorphinen platzt in meinem Bauch.

»Auch wenn wir beide wohl eine Wissenslücke zu haben scheinen, was Sternbilder betrifft, muss ich doch sagen, dass es wunderschön aussieht«, sagt Valerie.

Vor Glücksgefühlen unfähig zu sprechen, nicke ich bloß. Als ich meine Sprache wiedergefunden habe, zeige ich auf ein fliegendes Objekt am Himmel, um den romantischen Moment zwischen uns perfekt zu machen.

»Schau mal, eine Sternschnuppe.«

»Das ist ein Flugzeug, du Idiot.« Valerie lacht.

O mein Gott, wie ich es liebe, wenn sie lacht. Ich betrachte ihr rundes Gesicht und genieße es, der Auslöser für das Strahlen in ihren braunen Augen zu sein.

Nach allem, was letztes Jahr passiert ist, hätte ich nicht gedacht, jemals wieder solche Gefühle für eine Frau zu hegen. Trotzdem oder gerade deshalb kann ich meinen Blick einfach nicht von Valerie abwenden, während ich denke: Ich bin verrückt nach ihr.

Montag, 13.05.2019

Valerie

Mir kommt es so vor, als sei Ginny erst gestern abgereist, aber heute sind die vier Wochen ihrer Kur tatsächlich schon wieder vorbei. Aus diesem Anlass stehen Hannes, Papa und ich nun am Freiburger Hauptbahnhof, um sie gebührend in der Heimat zu empfangen.

Nach einer zehnminütigen Verspätung rollt der ICE endlich heran. In freudiger Erwartung halte ich in der aussteigenden Menschenmenge Ausschau nach dem vertrauten Gesicht meiner Tante. Als ich sie entdecke, gibt es für mich kein Halten mehr. Ausgelassen stürme ich auf sie zu. Im nächsten Augenblick fallen wir uns in die Arme.

»Schön, dich zu sehen.« Ginny drückt mich fest an sich.

»Die Freude ist ganz meinerseits.«

Nach der ausgiebigen Umarmung hält sie mich auf Armeslänge von sich fort und sieht mich mit besorgter Miene an. »Geht es dir gut?«

Mir ist sofort bewusst, dass es sich bei dieser Frage nicht um ein obligatorisches *Wie geht's?* handelt. Sie interessiert sich wirklich für mein Befinden. Denn während sie in Kur war, haben wir regelmäßig telefoniert und natürlich habe ich ihr auch davon erzählt, dass Stella vermisst wird.

Durch ein kräftiges Schlucken versuche ich gegen den Kloß anzu-kämpfen, der sich in meinem Hals bildet. Leider bin ich dabei nicht wirklich erfolgreich. Um ehrlich zu sein, fühle ich mich schrecklich. Ich denke jede Sekunde an Stella und frage mich unablässig, was mit ihr passiert ist. Meine Gedanken daran halten mich nachts wach und falls ich doch mal für einige Stunden in den Schlaf finde, lösen unruhige Träume, in denen der Ladykiller Stella schlimme Dinge an-tut, den üblichen Albtraum über Mom ab. Wenn ich dann aufwache und realisiere, dass alle meine Versuche, Stella zu finden, zu nichts geführt haben, weine ich stumm in mein Kissen. Die Machtlosigkeit, welche mich jedes Mal dabei überrollt, ist das Schlimmste an allem. Manchmal habe ich das Gefühl, es kaum auszuhalten und daran zu ersticken. Aber weil ich niemandem zur Last fallen möchte, gebe ich nach außen hin stets die toughe junge Frau.

»Ich komme schon zurecht.« Mir gelingt es sogar, etwas zu lä-cheln.

Bevor Ginny etwas erwidern kann, wird sie von Hannes und Dad begrüßt. Danach fahren wir gemeinsam zu Ginny und Hannes auf den Hof. Er befindet sich außerhalb der Stadt inmitten von weit-läufigen Wiesen und Feldern, auf denen die beiden das Obst und Ge-müse für den Marktstand anbauen. Der Großteil davon wird jedoch an einen Supermarkt in der Region geliefert. Entsprechend wächst hier von A wie Apfel bis Z wie Zwiebel so ziemlich alles, was die deutsche Landwirtschaft zu bieten hat.

Ich steige aus Dads SUV, doch anstatt auf das große Wohnhaus zuzugehen, bleibe ich einen Moment stehen, um das idyllische Bild, welches sich mir bietet, einzufangen. Einige der Obstbäume stehen noch in der Blüte und bilden ein Meer aus weißen und rosa Baum-kronen. Das Gegacker der Hühner dringt aus dem Gehege an mein Ohr und hinter einer Wassertonne sehe ich Mailo, den roten Kater, davonhuschen.

Obwohl Ginny und Hannes keine Kinder haben, leben sie nicht alleine auf dem Hof. Sie stellen ihren Angestellten und den Saison-arbeitern, die bei der Ernte helfen, Wohnungen zur Verfügung in einem separaten Neubau, der direkt an das eigentliche Wohnhaus grenzt. Es ist ein renoviertes Gebäude im ländlichen Stil, mit einer Holzverkleidung am ersten und zweiten Stock. Von beiden Etagen hat man jeweils Zugang zu einem großen Balkon, dessen Brüstung von zahlreichen Geranien geziert wird.

Sowohl als Kind als auch heute noch genieße ich jede Auszeit vom hektischen Stadtleben, die ich auf dem Bauernhof bekommen kann. Man hat automatisch das Gefühl, die Sonne würde ihre Strahlen hier kräftiger entfalten. Ich genieße es, wie sie mein Gesicht wärmt, und atme die frische Luft ein. Ein herrliches Gefühl.

»Valerie, wo bleibst du?«, höre ich meinen Vater drängeln.

»Bin schon unterwegs.«

Ich gehe auf die Terrasse zu. Noch vor unserer Abfahrt zum Bahnhof habe ich dort den runden Gartentisch mit Kaffee und Kuchen eingedeckt. Alle sitzen bereits, als ich die Terrasse betrete. Ich steuere den einzig noch freien Platz zwischen meiner Tante und meinem Onkel an.

Ginny macht sich daran, den Schoko-Bananen-Kuchen aufzuschneiden, den ich gestern in aller Eile gebacken habe, nachdem Dave mich zu Hause abgesetzt hat. Er hat meinen ursprünglichen Zeitplan gehörig durcheinandergewirbelt, aber das war es allemal wert. Bei diesem Gedanken muss ich ungewollt grinsen.

Wir reichen Teller sowie Kaffee- und Teekannen herum, bis jeder etwas zu essen und zu trinken hat. Hannes sticht mit der Gabel ein Stück von dem Kuchen auf seinem Teller ab und schiebt es sich in den Mund. Kurz darauf verzieht er angewidert das Gesicht. »Kann es sein, dass du den Zucker mit dem Salz vertauscht hast?«

»Was? O nein.« Schnell probiere ich selbst ein Stück von meinem Kuchen. Noch während der Teig auf meiner Zunge vergeht, wird mir bewusst, dass Hannes recht hat. Der Kuchen ist völlig versalzen. Ich spüle meinen Mund mit einem großen Schluck Tee aus, um den Geschmack aus meinem Mund zu bekommen. Wäre mir so etwas bei Fremden passiert, würde ich vor Scham am liebsten im Erdboden versinken. Bei meiner Familie ist es nicht ganz so schlimm. Trotzdem fühle ich mich schlecht.

»Tut mir leid. Ich weiß nicht, wie das passieren konnte.«

Vielleicht hat Dave mich doch zu sehr abgelenkt.

Als hätte mein Vater meine Gedanken erraten, scherzt er: »Scheint so, als wäre meine Tochter heimlich verliebt.«

»Heimlich? So wie sie und Ginnys Vertretung immer umeinanderturteln, ist das wohl kaum zu übersehen«, lacht Hannes nun. »Der Platz hinter dem Verkaufstresen ist kaum größer als ein paar Quadratmeter. Natürlich arbeiten wir da dicht beieinander«, versuche ich mich zu verteidigen. Allerdings ist es zwecklos, da meine geröteten Wangen mich längst verraten haben. Es ist mir äußert unangenehm, dass Hannes und Dad mein Liebesleben diskutieren. Was würden sie erst sagen, wenn sie wüssten, welche verrückten Dinge Dave in den letzten Tagen mit mir angestellt hat … Augenblicklich färben sich meine Wangen noch eine Spur röter. Jetzt würde ich am liebsten doch im Erdboden versinken.

Da schaltet sich meine Tante ein: »Na ja, jedenfalls ist das nicht so schlimm mit dem Kuchen. Heute Morgen habe ich für die Zugfahrt etwas von dem Frühstück mitgehen lassen. Da ist bestimmt für jeden was dabei.«

Dankbar nehme ich ihre Vorlage für einen Themenwechsel an. »Wow, sag bloß, du hast das Buffet geplündert. So viel kriminelle Energie hätte ich dir gar nicht zugetraut.«

»Das Leben steckt voller Überraschungen. Eine neue Seite an seinen Mitmenschen kennenzulernen gehört dann und wann dazu.«

Daraufhin meint Dad: »Wenn das so ist und du tatsächlich eine Kriminelle bist, muss ich dich leider verhaften.«

Daraufhin brechen wir alle in Gelächter aus.

Wir reden über alles und nichts. Auf diese Weise vergeht der Nachmittag wie im Flug. Die Ablenkung tut mir gut und zeitweise schaffe ich es sogar, die quälenden Gedanken an Stella abzuschalten.

Irgendwann gehen Hannes und Dad für eine Runde über den Hof. Hannes möchte meinem Vater seinen neuen Traktor vorführen. Unterdessen räume ich den Tisch ab und helfe Ginny, das dreckige Geschirr zu spülen.

Neugierig sieht sie mich von der Seite an. »Jetzt, da wir unter uns sind, kannst du ruhig ehrlich sein. Was läuft denn da zwischen dir und Dave?«

»Wir sind nur Freunde.« *Die durchschnittlich zweimal pro Tag miteinander im Bett landen.*

»Ach, komm schon. Ich habe gesehen, wie dein Gesicht geglüht hat, als Hannes vorhin eine Andeutung gemacht hat. Und du hast versucht, dein Grinsen zu verbergen. Jetzt machst du es übrigens schon wieder. Also?«

Ich fühle mich ertappt und gebe mich geschlagen. »Okay, wir sind definitiv mehr als befreundet …« Gerade möchte ich ausholen, um Ginny mein kompliziertes Verhältnis zu Dave zu schildern, doch sie schneidet mir das Wort ab.

»Super. Da macht es dir sicher nichts aus, dass ich beschlossen habe, Dave weiterhin zu beschäftigen, um auch in Zukunft etwas kürzertreten zu können.«

Ich lasse die Tasse, die ich bis eben abgewaschen habe, ins Spülbecken sinken und sehe Ginny an. »Nein, aber es kommt schon ein bisschen überraschend.«

»Weshalb?«

»Ich glaube, das liegt auf der Hand. Der Marktstand ist dein Ein und Alles. Seit ich denken kann, machst du nichts anderes, als dort zu arbeiten.«

»Eben. Ich denke, es wird so langsam Zeit für etwas Neues. Außerdem weiß ich den Stand bei euch in sicheren Händen. Und Evy schaukelt das Kind am Nachmittag auch ganz gut alleine.«

»Okay, und was hast du stattdessen vor?« Ich nehme meine Arbeit wieder auf, sehe aber weiterhin zu meiner Tante.

»Das weiß ich ehrlich gesagt noch nicht genau.«

»Du könntest stricken.«

»Na, hör mal. Ich bin zwar alt, aber so alt dann doch wieder nicht.«

»Wieso? Es gibt auch junge Leute, die stricken.«

»Meine Antwort bleibt trotzdem dieselbe.«

Ich lache. Meine Gedanken kehren zu Dave zurück. Bisher habe ich nie wirklich darüber nachgedacht, was aus ihm und mir wird, wenn Ginny wieder da ist und wir somit keinen offiziellen Grund mehr haben, uns regelmäßig zu sehen. Zunächst haben mich seine

Sticheleien so sehr genervt, dass ich ihn nicht öfter als nötig sehen wollte. Aber inzwischen ist er mir ans Herz gewachsen und versüßt meinen Alltag in jeder Sekunde, die wir zusammen verbringen. Ein Leben, in dem Dave nicht vorkommt, ist für mich unvorstellbar geworden. Zeit herauszufinden, ob es ihm mit mir genauso ergeht ...

Mittlerweile ist es Abend und ich bin wieder zu Hause. Dad musste noch mal dringend weg. Auf meine Nachfrage hin murmelte er nur irgendwas von *Arbeit*. Einerseits macht mich das stutzig, denn so viele Überstunden, wie er in der letzten Zeit macht, kann kein Mensch vertragen, ohne an einem Burn-out zu erkranken. Andererseits ist es mir ganz recht, heute das Haus für mich alleine zu haben. So kann ich Zeit mit Dave verbringen.

Nachdem mein Vater übereilt das Haus verlassen hat, habe ich Dave sofort eine Nachricht geschickt, in der ich ihn bitte, zu mir zu kommen, damit ich ihm Ginnys frohe Botschaft persönlich übermitteln kann. Bestimmt hat sie es ihm schon längst selbst gesagt, aber ich brauchte irgendeinen fadenscheinigen Grund, um ihn bei mir daheim zu treffen. Nur so kann ich in Ruhe mit ihm über uns sprechen.

In Erwartung des bevorstehenden Gesprächs steigt meine Nervosität, denn ich kann absolut nicht einschätzen, wie er reagieren wird. Was, wenn es ihm nie im Sinn kam, mehr als ab und an Sex zu haben, und er alles, was ich ihm zu sagen habe, als dämliche Gefühlsduselei abtut? Aber bin nicht ich selbst diejenige, die es bei einer Freundschaft belassen möchte, um nicht später irgendwann verletzt zu werden? Die Gedanken überschlagen sich in meinem Kopf. Um mir die Wartezeit zu überbrücken, lese ich noch mal unseren letzten Chatverlauf.

Valerie: Hi. Kannst du kurz vorbeikommen? Ich habe gute Neuigkeiten für dich. (19.40 Uhr)
Dave: Und die kannst du mir nicht übers Handy verraten, weil ...? (19.45 Uhr)

Valerie: ... ich es besser finde, es dir persönlich zu sagen. Außerdem habe ich sturmfrei 😌 (19.47 Uhr)

Dave: Ich bin in zehn Minuten da 👀 🐱 (19.47 Uhr)

Okay, zugegebenermaßen habe ich Dave mit meiner letzten Anspielung falsche Hoffnungen gemacht. Denn heute möchte ich ausnahmsweise nicht mit ihm im Bett landen. Außer natürlich, das Gespräch verläuft so positiv, wie ich es mir erhoffe. Fragt sich nur, was genau ich eigentlich erwarte. Etwa, dass alles zwischen uns so bleibt wie bisher und mein Herz dadurch vor einer erneuten Enttäuschung bewahrt bleibt? Tief in meinem Inneren weiß ich längst, dass ich mir mehr wünsche als das.

Das Klingeln an der Tür unterbricht meine verworrenen Gedanken. Ich eile auf die Haustür zu. Das Herz schlägt mir bis zum Hals und meine Beine fühlen sich an, als wären sie aus Pudding. Zwar bin ich als schüchterne Person häufig nervös, aber so intensiv habe ich das Gefühl von Aufregung kaum zuvor gespürt. Meine Anspannung erfährt einen erneuten Schub, als Dave mir gegenübersteht. Er trägt ein weißes T-Shirt und eine schwarze kurze Jeans.

»Hey.«

»*Buona sera, bella mia.*« Er hält kurz inne und sieht an mir herunter. »Hübsches Kleid.«

»Danke.« Ich trage noch immer das, das ich heute Morgen bei Ginny anhatte. Ein lockeres Sommerkleid mit Meshbesatz an den ärmellösen Trägern und oberhalb der Brust. Danach verläuft der schwarze Stoff eng anliegend über meinen Oberkörper und endet in einem fließenden, gelbgeblümten Rock, der bis zu meinen Knien reicht.

Dave wackelt anzüglich mit den Augenbrauen. »Das war also deine Überraschung. Die ist dir gelungen. Du siehst fabelhaft aus. Trotzdem kann ich es kaum erwarten, dir dieses Kleid wieder auszuziehen.«

Ohne Zeit zu verschwenden, tritt er über die Türschwelle und lässt die Haustür hinter sich ins Schloss fallen. Er geht auf mich zu und senkt seine Lippen auf meine. Wir verschmelzen zu einem Kuss, der mich mein Vorhaben kurzzeitig vergessen lässt. Seine Hand wandert sogleich unter den Rock meines Kleides und streicht an der Innenseite eines Oberschenkels hinauf. Ich taumele einige Schritte rückwärts.

Entgegen meinem Wunsch, mich seinen Berührungen hinzugeben, höre ich auf meinen Verstand und löse mich von ihm.

»Ich muss dir etwas beichten.«

Fragend schießen Daves Augenbrauen in die Höhe. »Oh. Was hast du angestellt, Prinzessin?«

»Das Kleid war gar nicht meine Überraschung.«

»Sondern?«

»Dass du weiterhin bei meiner Tante arbeiten darfst.«

Obwohl Dave zunächst auf locker getan hat, spüre ich jetzt, wie Erleichterung in ihm aufsteigt. Er atmet tief aus. »Ach, das. Das weiß ich doch längst.« Sein Gesicht wird von einem Grinsen überzogen. »Und? Freust du dich schon darauf, dich auch zukünftig von mir ärgern zu lassen?«

Weil ich das eigentliche Thema noch nicht zur Sprache gebracht habe, ist mir bei meinem Lächeln unbehaglich zumute. Dave fasst dies als typische Reaktion von mir auf, mich zu freuen, aber zu schüchtern zu sein, um etwas zu sagen. Er lächelt ebenfalls und küsst mich erneut, diesmal ganz zärtlich, mit einer Hand an meiner Wange. Mein Herz droht zu schmelzen. Trotzdem reiße ich mich zusammen.

»Nicht hier. Lass uns erst hochgehen.«

»Okay. Dein Wunsch ist mir Befehl, schöne Frau.« Dave salutiert vor mir.

Daraufhin verdrehe ich belustigt die Augen. »Komm jetzt, du Spinner.«

Hand in Hand gehen wir die Treppe hinauf. Die Luft knistert vor Anspannung. Dave ist immer noch in dem Glauben, dass wir gleich Sex haben werden. Ich fühle mich deshalb schlecht. Er denkt, zwischen uns sei alles gesagt, während ich mir vorkomme, als wäre ich im Begriff, mit ihm Schluss zu machen. Und das, obwohl wir nie offiziell zusammen waren.

In meinem Zimmer angekommen, bleibt er mitten im Raum stehen und sieht sich um. Augenblicklich beginne ich mich zu fragen, wie diese mir so vertrauten vier Wände auf jemanden wirken, der sie zum ersten Mal sieht. Mein Sinn für Ordnung schlägt sich auch hier nieder. Alles befindet sich an seinem eigens dafür bestimmten Platz. Auf meinem Bett liegt fein säuberlich ausgebreitet die Tagesdecke. In meinem Bücherregal, das nur halb so groß ist wie Daves, sind die Bücher alphabetisch nach Autoren sortiert. Und meine Lernunterlagen für die Uni habe ich, den Seminaren entsprechend, in verschiedenen Ordner abgeheftet, die auf meinem Schreibtisch stehen.

In dieser Ordentlichkeit wirkt die große Fotocollage neben meinem Schreibtisch nahezu skurril. Trotzdem ist sie mein besonderes Highlight, weil sie diesem Raum meine persönliche Note einhaucht.

»Hier hast du als Kind also mit deinen Puppen gespielt«, sagt Dave.

Ich räuspere mich. »Um ehrlich zu sein, mochte ich damals schon lieber Autos.«

»Du warst eben schon immer eine kleine Raserin.«

Daraufhin lächle ich nur schwach.

Stella ist die einzige Person außerhalb meiner Familie, die mein Zimmer je betreten hat. Dementsprechend bin ich ziemlich schlecht darin, Gäste zu empfangen. Noch schwerer fällt es mir jetzt allerdings, ein ernstes Gespräch zu beginnen. Fiebrig lasse ich meinen Blick herumschweifen, um überall hinzusehen, nur nicht zu Dave. Währenddessen frage ich mich verzweifelt, welche Worte ich zum Einstieg wählen soll.

Dave spürt scheinbar meine Unruhe, denn er kommt einen Schritt auf mich zu. »Hey, alles gut? Es gibt keinen Grund, nervös zu werden.«

»Es ist alles in Ordnung.« Doch entgegen meiner Aussage weiche ich einen Schritt zurück. »Ich habe bloß plötzlich so einen Durst. Möchtest du auch etwas trinken?«

Zu meiner Erleichterung gewährt Dave mir, mit dieser Ausrede durchzukommen. »Gerne. Überrasche mich, ich nehme dasselbe wie du.«

»Okay.«

Beinahe fluchtartig verlasse ich den Raum. In der Küche angekommen, lehne ich meinen Kopf gegen die Kühlschranktür.

Was war das denn bitte? Wie soll ich jemals mit Dave eine Beziehung führen, wenn ich jetzt schon vor den Problemen davonlaufe? Ich verfluche mich für die ewige Schüchternheit und die Selbstzweifel, die an mir nagen. Warum muss ich mir ständig so viele Gedanken darüber machen, wie das, was ich sagen möchte, bei meinem Gegenüber ankommt? Warum kann ich nicht einfach so furchtlos sein wie Dave? Es ist bewundernswert, wie er geradeheraus alles sagt, was ihm durch den Kopf geht, ungeachtet dessen, was andere davon halten. Wenn ich doch nur ein kleines Stückchen wie er sein könnte, würde das mein Leben um ein Vielfaches erleichtern.

Jetzt ist aber Schluss mit dem ewigen Selbstmitleid, meldet sich Valerie 2.0 in meinem Kopf. Ich atme tief durch. Sie hat recht. Ich bekomme das hin.

Mit neuem Mut hole ich zwei Dosen Sprite aus dem Kühlschrank und trete entschlossen den Rückweg an.

Zurück in meinem Zimmer, sehe ich Dave vor meiner Fotowand stehen. Er scheint total in das Betrachten der Fotos vertieft zu sein, aber kaum betrete ich den Raum, wendet er sich mir zu.

»Die Blonde, die hier überall auf den Bildern zu sehen ist, ist das etwa deine Freundin Stella?«

Ich nicke und bringe ein verstohlenes »Ja« über die Lippen. Die Konfrontation mit den Erinnerungen an Stella verdrängt zwar meine Nervosität vor dem anstehenden Gespräch, löst jedoch eine ganz neue emotionale Achterbahnfahrt in mir aus. Dadurch nehme ich Daves geschockte Reaktion kaum wahr. Aber sie ist unweigerlich da. Mit weit aufgerissenen Augen haftet sein Blick auf den Fotos und seinem Mund entschlüpft ein tonloses »Fuck«, das den Anschein erweckt, als hätte er gerade eine schockierende Erkenntnis gemacht.

Das macht mich hellhörig. »Wieso, kennst du sie?«

Meine Worte führen dazu, dass seine entgleisten Gesichtszüge sich schlagartig normalisieren. Es ist, als wäre ihm bewusst geworden, dass er durch seine unkontrollierte Reaktion etwas von sich preisgegeben hat, das er eigentlich lieber für sich behalten hätte. Das alles spielt sich im Bruchteil einer Sekunde ab, ehe er seine gewohnte Selbstsicherheit wiedererlangt.

»Nein. Ich meine nur … sie hier auf diesen ganzen Fotos zu sehen, das lässt alles, was du mir über Stella und ihre Entführung erzählt hast, so real werden.«

Ich verstehe nur zu gut, wovon er spricht. Seitdem Stella weg ist, habe ich es vermieden, die Fotos anzusehen, da mir sonst zu schmerzlich bewusst geworden wäre, wie katastrophal die Situation ist. Und wie sehr ich sie vermisse. Nun aber geselle ich mich neben Dave und lasse meinen Blick über die Fotowand streifen. Eine Weile ist es still und wir beide hängen unseren Gedanken nach. Dann zeige ich auf ein Bild.

»Sieh mal hier. Das war einer der ersten Sommer, die wir zusammen verbracht haben. Wir hatten jeden Tag beide denselben Hut auf und haben so getan, als wären wir Zwillinge.«

Dave folgt meinem Blick und schmunzelt bei dem Abbild meines siebenjährigen Ichs, das gemeinsam mit einer jüngeren Version von Stella in die Kamera lächelt. Beide haben wir Strohhüte mit einem blauen Band auf und strahlen mit einem Eis bewaffnet in die Kamera.

Um nicht zu lange in dieser Erinnerung zu verweilen, zeige ich schnell auf ein anderes Foto, auf dem Stella im Vordergrund zu sehen ist und den Mittelfinger in die Kamera hält. Ich selbst halte mich eher im Hintergrund und habe die Hände in die Hüften gestemmt.

»Da waren wir ungefähr dreizehn und Stella hatte gerade beschlossen, dass alle Jungs scheiße sind, weil ihr Schwarm mit einer anderen Händchen gehalten hat.«

Melancholisch denke ich an dieses Drama zurück. Ich weiß noch, wie ich mich insgeheim darüber gefreut habe, dass aus den beiden kein Paar wurde, weil ich befürchtete, Stella hätte andernfalls keine Zeit mehr für mich. Im Nachhinein finde ich das ziemlich bescheuert von mir.

»Und wo war das hier in der Mitte?« Dave zeigt auf ein Bild, auf dem Stella ein blaues, bodenlanges Abendkleid trägt, gesäumt mit

Diamanten an den Trägern. Ich selbst habe ein schwarz-silbernes Cocktailkleid an.

»Das war auf unserem Abiball.«

»Ihr saht richtig hübsch aus. Und du bist natürlich besonders schön.« Er schaut mich an und lächelt.

Ich erwidere es. Automatisch werde ich mit Wärme erfüllt. Diese bleibt jedoch getrübt, vor allem als Dave mit seinen nächsten Worten die Unterhaltung zurück auf Stella lenkt.

»Es muss schön sein, jemanden an seiner Seite zu wissen, der mit einem durch dick und dünn geht.«

Ich seufze. »Ja, das ist es wirklich.«

Erschrocken stellt Dave fest: »Valerie, du weinst ja.«

Erst nachdem er es ausgesprochen hat, bemerke ich die Tränen, die meine Wangen hinunterlaufen. Verstohlen wische ich sie beiseite.

»Mir geht es gut. Es ist nur … ich vermisse sie so. Und ich habe eine wahnsinnige Angst um sie.«

Dave nimmt mir die Getränke aus der Hand und stellt sie auf meinem Schreibtisch ab. Dann zieht er mich in eine Umarmung. Weil es sich tröstlich anfühlt, halte ich mich an ihm fest und schmiege meinen Kopf an seine Brust.

»Tut mir leid, dass ich uns mit meinem Rumgeheule den Abend verderbe.«

»Das macht doch nichts. Sie war deine beste Freundin, natürlich beschäftigt dich, was mit ihr passiert ist.«

»Sie *ist* meine beste Freundin«, korrigiere ich ihn und sehe zu ihm auf. »Oder glaubst du etwa …« Meine Stimme bricht.

Erschrocken zieht er mich noch enger an sich. »Nein! Ich wollte damit auf keinen Fall sagen, dass sie … dass sie womöglich nicht wieder auftaucht. Aber im Moment ist sie einfach … weg.«

»Schon okay. Ich weiß, was du meinst.« Traurig lasse ich mich gegen Daves Schulter sinken und vergieße heiße Tränen. Der angestaute Kummer der letzten zwei Wochen bricht sich endgültig Bahn und ich beginne hemmungslos zu schluchzen. In meinem Kopf kreist unaufhörlich nur ein Gedanke: Ich habe alles Mögliche versucht, um herauszufinden, wo Stella ist, aber nichts davon hat mich auch nur ein Stück weitergebracht. Ich habe versagt. Und es fühlt sich fürchterlich an.

Ich weiß nicht, wie lange wir so dastehen. Ich bekomme noch nicht einmal mit, als Dave mich hinüber zum Bett schiebt. Aber nun sitzen wir dort. Er hält mich fest in seinen Armen und streicht mir beruhigend über den Rücken. Meinen Kopf habe ich noch immer an seiner Brust vergraben. Ein Schwall neuer Tränen kullert über meine Wangen.

Dave sagt nichts. Er ist einfach nur da. Für mich ist das aber mehr als genug. Sachte drückt er mir einen Kuss ins Haar. Das fühlt sich gut an und mir geht es augenblicklich ein kleines bisschen besser. Vom vielen Weinen ausgelaugt, sehe ich zu ihm auf.

Aus seiner Hosentasche zaubert er ein Taschentuch, das er mir überreicht. Dankend nehme ich es an und schnäuze mich.

An mein Ohr dringt ein Seufzen von Dave. Daraus entnehme ich dieselbe Hilflosigkeit, die ich in mir selbst fühle. »Liebend gerne würde ich dir versprechen, dass es deiner Freundin gut geht und sie bald gefunden wird, aber leider kann ich das nicht.«

»Ich weiß. Wenn ich mir bloß nicht so nutzlos vorkommen würde.«

»Tu das nicht. Gib dir nicht die Schuld für Dinge, die du nicht ändern kannst.«

»Aber vielleicht könnte ich das, wenn ich mich doch bloß endlich erinnern könnte, was am See passiert ist.«

Dave seufzt erneut. »Es ist schon spät. Du solltest dich hinlegen und versuchen zu schlafen.«

Ich nicke. Zwar bin ich müde, doch an Schlaf kann ich jetzt nicht denken. Dafür bin ich zu aufgewühlt.

Wie so vieles im Leben ist auch dieser Abend nicht nach Plan verlaufen. Ich habe Dave zu mir eingeladen, um endlich Klarheit über unsere Beziehung zu bekommen. Stattdessen habe ich ihm mein Herz wegen Stella ausgeschüttet. Ich stelle aber fest, dass es gut getan hat, meine Gefühle mit jemandem zu teilen. Doch nun übermannt die Müdigkeit mich doch und ich kuschle mich erschöpft unter meine Bettdecke.

»Kann ich dir noch etwas Gutes tun, bevor ich gehe? Möchtest du vielleicht einen Tee?«

Von Daves Worten angefeuert, ergreift mich Panik. Ruckartig schrecke ich auf und umklammere sein Handgelenk. »Ich brauche nichts, aber bitte geh nicht.«

In seinen Augen erscheint ein nachdenklicher Ausdruck. »Ich weiß nicht, ob das so eine gute Idee wäre.«

Er hat recht. Regelmäßig miteinander Sex zu haben, ist eine Sache. Über Nacht zu bleiben und gemeinsam nebeneinander aufzuwachen, eine ganz andere. Vermutlich ist ihm klar, dass dies unsere Beziehung in eine bestimmte Richtung lenken würde. Und vielleicht ist er genauso hin- und hergerissen wie ich, ob er das wirklich möchte.

»Bitte«, flehe ich trotzdem, weil allein die Vorstellung, jetzt alleine zu sein, unerträglich für mich ist.

»Nur wenn es wirklich das ist, was du möchtest.«

»Stella ist weg und mein Vater ist auch nicht zu Hause. Bitte verlass du mich nicht auch noch.«

»Keine Sorge. Das werde ich nicht, Prinzessin.«

Um seiner Aussage Nachdruck zu verleihen, legt er sich zu mir. Wir kuscheln uns aneinander, sodass ich mit dem Rücken zu ihm liege. Dave umschließt mich mit seinen Armen. Sofort fühle ich mich bei ihm wohl und beschützt.

Mein Atem wird immer entspannter. Schließlich schlafe ich mit dem beruhigenden Wissen ein, dass ich nicht völlig einsam auf dieser Welt bin, obwohl es sich manchmal so anfühlt.

Dienstag, 14.05.2019

Valerie

Sonnenstrahlen kitzeln meine Nase und holen mich sanft aus dem Schlaf. Trotzdem möchte ich noch nicht aufstehen. Müde drehe ich mich auf die andere Seite. Ich bin schon fast wieder weggenickt, als ich erneut ein Kitzeln auf meinem Gesicht spüre. Diesmal ist es aber nicht die Sonne, die versucht, mich aus dem Schlaf zu reißen, sondern Dave. Sanft streicheln seine Finger meine Wange entlang. Ich gebe ein zufriedenes Brummen von mir, während ich die Wärme genieße, die seine Berührungen hinterlässt.

»*Buon giorno, cara mia.*«

»Guten Morgen, Dave«, gebe ich müde zurück. Ich bin froh, dass er da ist. Ein Teil von mir hatte befürchtet, er würde verschwinden, sobald ich eingeschlafen bin. Bei dem Gedanken an meinen gestrigen Gefühlsausbruch fühle ich mich noch immer erschöpft. Und leer. Aber Dave schafft es, diese Leere zu füllen. Dennoch bin ich noch nicht bereit, mich der Realität zu stellen. Einer Realität, in der meine beste Freundin spurlos verschwunden ist. Deshalb halte ich weiter meine Augen geschlossen.

»Ich hoffe, deine Tante ist nicht wirklich so streng, wie du zu Anfang behauptest hast. Sonst will ich gar nicht wissen, was sie mit uns anstellt, wenn sie erfährt, dass wir die gesamte Schicht verschlafen haben.«

Mit einem Schlag bin ich hellwach. Erschrocken fahre ich hoch. Dave sitzt auf der Bettkante und schaut mich amüsiert an. Wie kann er nur so gelassen bleiben? Für mich kommt zu verschlafen einer mittleren Katastrophe gleich.

»Ich muss sie sofort anrufen und mich bei ihr entschuldigen.« Panisch greife ich nach meinem Handy und scrolle durch meine Kontakte. Ginny hat Dave und mir doch gestern erst mehr Verantwortung und Selbstständigkeit für den Marktstand übertragen. Und was machen wir? Wir haben nichts Besseres zu tun, als es direkt zu versauen. Hannes muss ihr längst davon erzählt haben. Sie wird mächtig sauer und enttäuscht sein.

»Warte! Deine Tante muss ja nicht sofort davon erfahren. Lass uns noch ein bisschen unsere Zweisamkeit genießen, bevor sie uns killt.« Ehe ich überhaupt die Chance habe, mich zu wehren, nimmt Dave mir das Handy aus der Hand und wirft es aufs Bett. Anschließend zieht er mich auf seinen Schoß. Das ungute Gefühl in meinem Bauch vermischt sich mit den Glücksgefühlen, die Daves Nähe in mir auslöst. Trotzdem bleibe ich kritisch.

»Dave, lass das. Du weißt genau, dass ich mich erst entspannen kann, wenn ich das mit Ginny geklärt habe.« Ich versuche mich aus seiner Umarmung zu befreien, aber seine Hände umklammern meine Hüften zu fest. Mein Handy liegt auch außer Reichweite, sodass ich nicht mal darankäme, wenn ich meinen Arm ganz austrecken würde.

Daves Grinsen ist diabolisch, als er sagt: »Du bist meine Gefangene und es gibt nichts, was du dagegen machen kannst.«

Warum findet er das alles so verdammt witzig? Wütend boxe ich mit meiner Faust gegen seine Brust. »DAVE! Lass. Mich. Los. Sofort!«

»Ähm … nein.« Sein lautes Lachen macht mich noch wütender, aber ich bin machtlos. Er ist eindeutig stärker als ich. Meine Augen verengen sich zu schmalen Schlitzen, durch die ich ihn beobachte. Sein Lachen nimmt sein ganzes Gesicht ein, das siegessicher strahlt.

Dann erholt er sich von seinem Lachanfall und schaut mir direkt in die Augen. »Weißt du, Prinzessin, wenn du aufhörst, mich zu schlagen, dann verrate ich dir etwas.«

»Ach ja, was denn?«

»Vielleicht wäre es nicht so klug von dir, deine Tante anzurufen. Sonst erfährt sie völlig unnötig, dass ihre Nichte verschlafen und den armen Aushilfstyp einfach mit der ganzen Arbeit alleingelassen hat.«

»Das ist nicht dein Ernst!« Fassungslos schaue ich Dave an. »Wieso hast du mich nicht geweckt? Ich hätte dir doch geholfen.«

Dave nimmt eine Hand von meinem Rücken und streicht mir eine ins Gesicht gefallene Haarsträhne hinters Ohr. »Ich weiß. Aber ich dachte, ein bisschen Schlaf würde dir guttun nach gestern Abend. Und generell wegen allem.«

Ohne es auszusprechen, weiß ich, dass er von Stella spricht. Meine Wut löst sich auf und verwandelt sich in Dankbarkeit. »Das ist so lieb von dir«, flüstere ich und kuschle mich an ihn.

»Immer wieder gerne, wenn du mal eine Pause brauchst.«

Sanft haucht er mir einen Kuss ins Haar. Ich drücke mein Ohr gegen seine Brust und lausche mit geschlossenen Augen seinem Herzschlag. Ich könnte mich darüber aufregen, dass er mich erst in dem Glauben gelassen hat, wir hätten tatsächlich beide verschlafen. Mache ich aber nicht. Viel zu sehr freue ich mich darüber, wie sensibel er sich mir gegenüber verhalten hat angesichts meines Kummers wegen Stella. Mich nicht zu wecken, damit ich überhaupt mal wieder etwas Schlaf bekomme, ist mit Abstand das Süßeste, was jemand in der letzten Zeit für mich getan hat. Vielleicht könnte ich ihm sogar so weit vertrauen und ihm von dem Streit zwischen Stella und mir erzählen und dass ich das gegenüber der Polizei verschwiegen habe.

Außer der Stimme in meinem Kopf, die hin und her überlegt, und Daves gleichmäßigem Herzschlag ist es eine Zeit lang vollkommen still. Keine Ahnung, wie lange wir so aneinandergekuschelt dasitzen, als von unten aus der Küche plötzlich Geräusche zu hören sind. Dad! Mit einem Ruck springe ich von Daves Schoß auf, der mich diesmal glücklicherweise nicht daran hindert. Eilig sprinte ich auf die Tür zu und schließe sie ab.

»Oh, là, là, hast du etwa was Unanständiges vor?«, fragt mich

Dave. Sein Tonfall lässt eindeutig darauf schließen, welche wilden Fantasien sich gerade in seinem Kopf abspielen. Ich drehe mich zu ihm um und begegne seinem erwartungsvollen Blick. Süffisant wackelt er mit den Augenbrauen. Ohne es zu wollen, macht mich diese Geste noch nervöser, als ich ohnehin schon bin. Ich richte die Augen auf meine Füße, als eine Röte meine Wangen überzieht.

»Um Himmels willen, nein. Mein Vater ist unten und es wäre irgendwie seltsam, wenn er uns zusammen sieht.«

»Sag bloß, du schämst dich für mich.«

»Nein!« Meine Stimme klingt schriller als beabsichtigt.

Ich höre, wie Dave sich vom Bett erhebt und auf mich zukommt. Als er vor mir steht, legt er seine Hände auf meine Schultern und fährt meine Arme hinab, bis er bei meinen Händen angekommen ist und unsere Finger miteinander verschränkt. Obwohl ich mich schon längst an seine Berührungen gewöhnt haben sollte, flammt ein Prickeln auf meiner Haut auf.

Dave tut es mir gleich und schaut ebenfalls auf den Boden. Mit seinem in einen weißen Socken gekleideten Fuß stupst er meine nackten rotlackierten Zehen an. »Was ist dann das Problem, Prinzessin?«

Ich stupse ihn zurück, während ich nach den richtigen Worten suche.

»Ich habe noch nie jemanden meinem Vater vorgestellt. Das wäre ein großer Schritt für mich. Vor allem, weil ich das Gefühl habe, dass er mich noch immer als sein kleines Mädchen sieht.«

»Das kann ich verstehen. Aber jetzt ist es leider zu spät, mich in deinem Schrank zu verstecken. Ich habe deinen *papà* nämlich schon kennengelernt.«

»Was?!«

Als mir bewusst wird, dass mein Ausruf durch das gesamte Haus zu hören gewesen sein muss, schlage ich mir die Hände vor dem Mund zusammen. Zu spät. Prompt höre ich Dad von unten rufen: »Valerie? Alles in Ordnung?«

»Ja, alles super!«, gebe ich schnell zurück.

Dave greift wieder nach meinen Händen und versucht Blickkontakt herzustellen. »Hey, jetzt entspann dich mal. Ich kann verstehen, dass du Bedenken hast und dich eventuell sogar unwohl dabei fühlst, diesen Schritt zu wagen. Aber es gibt überhaupt keinen Grund zur Sorge. Dein Dad und ich haben uns heute früh eigentlich ganz nett unterhalten und offenbar fand er mich so sympathisch, dass er mich heute Mittag, nach der Arbeit, wieder ins Haus gelassen hat. Ach, und bevor ich's vergesse: Für Samstag hat er mich zum Abendessen eingeladen.«

Entgeistert schaue ich Dave an. »Bitte sag, dass das wieder einer deiner blöden Witze ist.«

Doch diesen Gefallen tut er mir nicht. Langsam schüttelt er den Kopf und hebt seine Hände. »Das ist die Wahrheit. Ich schwöre es.«

Dad und Dave an einem Tisch. Allein der Gedanke daran ist so skurril, dass ich mir nicht im Geringsten vorstellen kann, wie das gut gehen soll. Vor allem nachdem Dad bereits mitbekommen hat, dass Dave bei mir übernachtet hat. Dieses Abendessen würde einfach nur schrecklich peinlich werden.

Als hätte Dave meine Gedanken gelesen, legt er mir aufmunternd eine Hand auf die Wange. »Keine Sorge, das wird super. Ich zeige mich auch von meiner besten Seite. Versprochen.«

Daraufhin kann ich nicht anders, als zu lachen. »Hast du so etwas überhaupt?«

Dave knufft mich neckisch in die Seite. »Hey, werd' jetzt bloß nicht frech.«

Ich beginne zu kichern und Dave fällt über mich her. In diesem Moment höre ich meinen Vater sagen, dass er noch mal los müsse. Kurze Zeit später fällt die Haustür ins Schloss.

Eigentlich wollte ich Dave noch danach fragen, über was er mit meinem Dad genau geredet hat, aber ich beschließe, das auf später zu verschieben und meine sturmfreie Zeit anderweitig zu nutzen. Diesmal bin ich diejenige, die nach Daves Händen greift und sie festhält, hauptsächlich damit er aufhört, mich zu kitzeln. Mit einem entschlossenem Blick in seine blaugrünen Augen sage ich: »Hast du heute schon geduscht? Ich glaube, es ist eindeutig an der Zeit, etwas Unanständiges zu machen.«

Ich sitze lesend auf der Couch. Jedenfalls sieht es von außen so aus. In Wahrheit lausche ich angestrengt, ob ein Schlüssel im Schloss herumgedreht wird. Vergeblich. Alles bleibt stumm.

Dave ist schon vor einer Weile gegangen, weil ihm urplötzlich eingefallen ist, dass er eine superwichtige Vorlesung hat, die er nicht verpassen möchte. Ich für meinen Teil lasse die Uni heute sausen, denn ich muss unbedingt daheim sein, wenn mein Vater nach Hause kommt. Dann werde ich ihm sofort das Abendessen mit Dave ausreden. Ich habe kein gutes Gefühl bei der Sache. Wir haben noch immer nicht über uns gesprochen und jetzt soll Dave schon meinen Vater kennenlernen? Das geht mir eindeutig zu schnell.

Um es diesmal wirklich durchzuziehen, habe ich Dave bereits eine Nachricht geschickt mit der Info, dass mein Vater doch keine Zeit dafür gefunden habe. Bisher hat er nicht darauf reagiert.

Es klingelt. Mister Mau, der bis eben selig neben mir auf der Couch geschlafen hat, schreckt auf. »Ganz ruhig, Kleiner«, rede ich ihm gut zu. Meine Versuche, ihn beschwichtigend zu streicheln, lehnt er aber nur bissig ab. *Na gut, dann eben nicht.*

Ich lege das Buch auf der Couch ab und eile zur Haustür. Davor steht kein Geringerer als mein Vater. Oh, das ging jetzt doch schneller als erwartet. Mein Körper spannt sich an. Vor Nervosität begrüße ich ihn gereizter als beabsichtigt.

»Papa, das muss aufhören. Du kannst nicht andauernd deinen Schlüssel vergessen.«

Ohne sich beirren zu lassen, betritt er den Hausflur. »Du bist doch zu Hause und kannst mir die Tür öffnen. Wo liegt also das Problem?«

»Und was hättest du gemacht, wenn ich nicht zu Hause gewesen wäre?«

»Dich angerufen und gefragt, ob du schnell vorbeikommen und mir aufschließen kannst.«

Ich schnaube und schüttle lachend den Kopf. Was seinen Schlüssel angeht, wird Dad wohl unbelehrbar bleiben. Weil ich weiß, dass ich ansonsten kneifen würde, belasse ich es dabei und komme ohne Umschweife zum Punkt.

»Wegen des Abendessens am Samstag. Du weißt schon, mit Dave. Das muss leider ausfallen. Er hat keine Zeit.«

»Habt ihr euch etwa gestritten?« Mit besorgter Miene streckt er den Kopf zur Gästetoilette heraus, wo er sich bis eben die Hände gewaschen hat. »Hat er Schluss gemacht und dir das Herz gebrochen? Ich könnte ihn sicher für irgendwas drankriegen und in eine Zelle stecken.«

»Paps. Beruhige dich. Niemand wird in eine Zelle gesteckt. Es ist alles gut. Dave hat bloß keine Zeit. Ein anderes Mal klappt es bestimmt.«

Wir gehen gemeinsam in die Küche und setzen uns an den Esstisch. Prüfend sieht Dad mich an.

»Sicher, dass alles gut ist? Zurzeit habe ich ziemlich viel um die Ohren mit dieser Ladykillersache und wir sehen uns kaum noch. Aber du weißt, dass du immer zu mir kommen kannst, wenn du reden möchtest.«

»Ja«, sage ich mit Engelsstimme. Die Erleichterung darüber, dass das Abendessen mit Dave und meinem Vater nun vorerst vom Tisch ist, bessert meine Laune erheblich. Doch Dad verpasst mir mit seiner nächsten Aussage einen erneuten Dämpfer.

»Das soll jetzt keine dieser unangenehmen Vater-Tochter-Unterhaltungen werden, aber Dave hat offensichtlich bei dir übernachtet. Deshalb sehe ich mich als dein Vater in der Pflicht, dich darauf hinzuweisen, dass du dir über Verhütung Gedanken machen solltest.«

Ich stöhne auf: »Erstens ich bin schon zwanzig und weiß sehr wohl, wie ein Kind entsteht oder die Ansteckung von Geschlechtskrankheiten verhindert werden kann. Zweitens ist Dave nicht mein erster ...« Ich stocke, weil ich wieder am selben fragwürdigen Punkt ankomme: Ist Dave nun mein Freund oder nicht?

Unterdessen stutzt Dad über eine andere Tatsache.

»Moment mal. Ich weiß, du hast diesen Jungen aus deiner Klasse sehr gemocht, aber ich wusste nicht, dass es so ernst war zwischen euch ... das heißt ... mein kleines Mädchen ist schon längst zur Frau geworden und ich habe nichts davon mitbekommen.«

»O mein Gott, Paps. Bitte. Das hast du zum letzten Mal zu mir gesagt, als ich meine Periode bekommen habe.« Peinlich berührt schlage ich die Hände vor mein Gesicht.

»Da ist doch nichts Schlimmes daran. Das ist der normale Lauf der Dinge.«

»Können wir jetzt bitte einfach das Thema wechseln, bevor du doch noch beginnst, mir etwas über Bienchen und Blümchen zu erzählen?«

Dad lacht auf, scheint aber ebenfalls erleichtert zu sein, das Thema hinter sich zu lassen. »Also gut. Hast du unseren vierbeinigen Freund heute schon gesehen oder treibt er sich mal wieder den ganzen Tag im Garten herum?«

Wie aufs Stichwort kommt Mister Mau um die Ecke geschlichen. Dad holt ihn zu sich auf den Schoß und wir verwöhnen ihn mit Streicheleinheiten. Diesmal lässt der Kater sie schnurrend über sich ergehen. Auf diese Weise genießen wir eine Weile in schweigendem Einvernehmen unsere Dreisamkeit.

Nach einiger Zeit beginnt mein Vater mir von seiner Arbeit zu erzählen. Weil er nicht konkret über den Fall sprechen darf, beschränkt sich unsere Unterhaltung aber auf Nebensächlichkeiten. Währenddessen gehe ich zur Arbeitsplatte hinüber und hole die Leckerlis für Mister Mau aus dem Küchenschrank. Mit einem Satz springt dieser von Dads Schoß und verschlingt gierig die kleinen Happen, kaum dass ich sie ihm auf einem kleinen Tellerchen serviert habe. Wir lachen über unseren verfressenen Kater.

Unvermittelt legt mein Handy auf dem Küchentisch mit dem Refrain von *Castle on the Hill* los.

»Du solltest rangehen. Es ist dein Freund«, sagt mein Vater mit verheißungsvollem Unterton in der Stimme, nachdem er einen raschen Blick auf das Display meines Handys geworfen hat.

»Papa!«, ermahne ich ihn, weil mir seine Anspielungen unangenehm sind. Mit großen Schritten gehe ich hinüber zum Küchentisch und nehme mein Handy an mich. Gleichzeitig spüre ich das Herz in meiner Brust heftig schlagen.

Bisher haben wir nur miteinander getextet. Welcher triftige Grund verleitet Dave nun dazu, mich anzurufen? Um ungestört zu telefonieren, laufe ich nach oben in mein Zimmer. Noch auf der Treppe nehme ich ab.

»Hey, was gibt's?«

»Das fragst du noch. Ich habe deine Nachricht gelesen. Glaub ja nicht, dass ich dir diese Ausrede auch nur eine Sekunde abnehme.« Schuldbewusst beiße ich mir auf die Unterlippe, auch wenn Dave das im Moment natürlich nicht sehen kann.

»Tut mir leid. Es ist bloß … das geht mir alles ein wenig zu schnell. Wir sind doch gerade erst dabei, uns kennenzulernen.«

»Ich denke, wir kennen uns inzwischen richtig gut. Es gibt kaum eine Stelle an deinem Körper, die ich noch nicht erkundet habe.« Mittlerweile bin ich in meinem Zimmer angekommen. Seufzend lasse ich mich aufs Bett fallen. »Genau das meine ich. Wir schlafen ständig miteinander, aber ich weiß überhaupt nicht, wie wir zueinander stehen. Um ehrlich zu sein, wollte ich schon länger mit dir darüber reden.«

»Ich mag dich. Du magst mich. Wir haben viel Spaß zusammen, und damit meine ich nicht nur im Bett. Ich wüsste also nicht, was es da großartig zu besprechen gibt. Es sei denn … du magst mich doch, oder, Prinzessin?«

Er hat gesagt, dass er mich mag. Diese Tatsache zusammen mit seiner besorgten Nachfrage, ob es mir mit ihm genauso ergeht, beschwören ein Kribbeln in meinem Bauch herbei.

»Ja, natürlich mag ich dich«, antworte ich wahrheitsgemäß. »Ich weiß aber nicht, ob ich schon bereit bin, mich auf dich einzulassen, falls mehr daraus werden sollte.« Nach einer kurzen Pause füge ich hinzu: »Außerdem hatten wir noch nicht mal ein richtiges Date.«

In Daves Stimme klingt mit einem Schlag Betrübtheit mit. »Wie kannst du gleichzeitig sagen, dass du mich magst und dass du dir aber nicht sicher mit uns bist?« Kurzerhand gibt er sich selbst die Antwort. »Lass mich raten: dein Ex. Was hat der Kerl diesmal mit dir angestellt?«

»Ich rede nicht gerne darüber. Es hat damals ziemlich unschön mit uns geendet … Er hat mich betrogen mit einer anderen.«

»Oh.«

»Und jetzt hab ich einfach totale Angst davor, jemandem mein

Vertrauen zu schenken … weil ich nicht erneut verletzt werden möchte.«

Meine Stimme bricht. Tränen kullern meine Wangen hinunter. Die Wahrheit auszusprechen tut weh. Vor allem, da Dave nun einen meiner verwundbarsten Punkte kennt, fühle ich mich klein und schutzlos.

Beruhigend redet er auf mich ein: »Hey, Prinzessin. Weine nicht. Nicht, wenn ich nicht bei dir bin, um dich zu trösten. Was dir in der Vergangenheit passiert ist, ist schrecklich. Aber ich würde dich nie auf diese Art verletzen.«

»Das weiß ich doch. Aber die Angst ist nun mal da. Es ist, als hätte sie sich wie ein Stachel fest in mein Herz gebohrt.«

»Das verstehe ich. Gibst du mir trotzdem eine Chance, dir zu zeigen, dass ich nicht so ein Arschloch bin?«

»Ja«, hauche ich, weil mein Herz mir zuflüstert, dass dies die einzig richtige Antwort ist. Heftig pocht es gegen meinen Brustkorb und zu dem Kummer gesellen sich weitere Gefühle: Aufregung und unbändige Freude. Bedeutet das nun, dass wir es ernsthaft miteinander versuchen werden?

»Das ist schön. Ich werde dich nicht enttäuschen«, sagt Dave mit einem Lächeln in der Stimme. »Und wegen des Dates … Hast du schon mal Italienisch gegessen? Und damit meine ich nicht die Pizza vom Lieferdienst um die Ecke.«

Ich lasse mich automatisch von seiner Unbeschwertheit mitreißen. »Wenn du so fragst, nein. Heißt das etwa, du möchtest für mich kochen? Ich wusste nicht mal, dass du das kannst.«

»Glaub mir, ich kann so einiges, von dem du noch nichts weißt. Lass dich überraschen. Um acht bei mir?«

»Das ist schon in drei Stunden.«

»Ist das ein Problem?«

»Nein. Ja. Ich meine, wie soll ich in dieser kurzen Zeit etwas zum Anziehen finden?«

Ich vernehme sein Lachen am anderen Ende der Leitung. »Das schaffst du. Ich weiß, dass du sehr hübsch aussehen wirst. Du kannst gar nicht anders.«

Kaum nachdem er aufgelegt hat, hechte ich zu meinem Kleiderschrank hinüber. Hektisch öffne ich die Türen und reiße einige meiner Lieblingsteile heraus. Ich kombiniere Tops mit verschiedenen Röcken und Hosen, schlüpfe in Kleider und überlege, welche Schuhe dazu passen. Doch keins dieser Outfits scheint mir für den Anlass angemessen zu sein. Entweder sind sie mir zu elegant oder zu verführerisch, ein anderes Mal nicht schick genug. So ziehe ich mich alle fünf Minuten um und verteile die getragenen Klamotten achtlos in meinem Zimmer. Der Kleiderhaufen auf meinem Boden wächst mit jedem neuen Teil, das hinzukommt.

Nach einigen Minuten gebe ich auf und betrachte mich resigniert im Spiegel. Das Schwarz meines Bleistiftrocks wirkt ausgeblichen, die Ärmel des zartblauen Off-shoulder-Shirts zu aufgebauscht.

Die berühmte *Ich-habe-nichts-zum-Anziehen-obwohl-mein-Kleiderschrank-voll-ist*-Überzeugung befällt mich, während ich mir eine Strähne hinters Ohr streiche. Durch diese Geste ergibt sich für mich die nächste Frage: Was mache ich eigentlich mit meinen Haaren?

Mir ist durchaus bewusst, dass es in einer Beziehung auf weitaus mehr ankommt als auf Äußerlichkeiten. Dave und ich kennen uns nun schon eine Weile und er hat mir öfter gezeigt, dass er mich so schätzt, wie ich bin. Vielleicht sollte ich mir also nicht so sehr den Kopf über mein Aussehen zerbrechen. Trotzdem kann ich nicht anders, schließlich handelt es sich um unser erstes richtiges Date. Dieser Abend hat somit das Potenzial, der Beginn von etwas Großem zu werden. Dave ist der erste Mann, mit dem ich mir eine gemeinsame Zukunft vorstellen kann. Er lässt mein Herz höherschlagen und bringt mich zum Lachen. In seinen starken Armen fühle ich mich sicher und geborgen. Meine Zuneigung zu ihm setzt sich über all die Ängste hinweg, die tief in mir verankert sind. Noch nie wollte ich etwas so sehr wie das mit uns. Deshalb möchte ich, dass alles so perfekt wie möglich ist.

Die Strähne, die ich mir eben hinters Ohr geschoben habe, rutscht erneut in mein Gesicht. Ich streiche sie abermals beiseite. *Kannst du deinen widerspenstigen Haaren sagen, dass sie gefälligst da bleiben sollen, wo ich sie haben möchte?*, hallt automatisch Stellas Stimme in meinem Kopf. Bei den unzähligen Malen, als ich ihr zum Ausprobieren einer neuen Frisur zur Verfügung gestanden habe, witzelte sie ständig über meine Haare, die offenbar ein Eigenleben entwickelten, sobald sie versuchte, sie in Zöpfen zusammenzuhalten. Stella! Sie wüsste mit Sicherheit, wie ich mich für das Date zurechtmachen sollte. Alles, was Mode und Beauty betrifft, ist absolut ihr Ding. Wenn es nach ihr ginge, hätte sie eine Ausbildung zur Friseurin oder Make-up-Artistin begonnen und nicht das von ihren Eltern aufgezwungene Jurastudium.

Trauer überflutet mich, wie immer, wenn ich an meine beste Freundin denke. Nun mischt sich ein neues Gefühl dazu: Wut. Stella sollte hier bei mir sein und mit mir gemeinsam freudig und hibbelig zugleich dem Date entgegenfiebern. Sie sollte Spaß haben, unbekümmert sein und sich höchstens über Lappalien den Kopf zerbrechen. Eben so, wie es für Leute in unserem Alter üblich ist. Stattdessen muss sie womöglich irgendwo um ihr Überleben kämpfen. Wer nimmt sich verdammt noch mal das Recht heraus, darüber zu entscheiden, wer gewaltsam aus seinem Leben gerissen wird und wer nicht? Wieso ausgerechnet Stella? Sie hat doch niemandem etwas getan. Sie wollte einfach nur leben.

Um meine Wut über diese Ungerechtigkeit zu kompensieren, suche ich nach dem Amethyst. Er hat mir immer Kraft gegeben bei meiner Suche nach Stella. Doch als ich ihn jetzt aus meinem Federmäppchen herausnehmen möchte, ist er nicht da. Ich hole alle Stifte einzeln aus der Mappe heraus und sehe auf meinem Schreibtisch nach, ob er irgendwo zwischen meine Ordner gerutscht ist, aber der kleine Edelstein bleibt verschwunden.

Dadurch wächst meine Wut. Panisch sehe ich mich im Raum um und überlege, wo ich noch suchen könnte. Dabei streift mein Blick die Fotowand und ich bemerke, dass das Bild von Stella und mir auf dem Abiball ebenfalls verschwunden ist. Es muss wohl heruntergeflogen sein und jetzt hinter dem Schreibtisch liegen. Da meine Nerven sowieso schon zum Zerreißen gespannt sind, bringe ich nicht die Kraft auf nachzusehen. Stattdessen schreie ich all die in mir angestaute Wut in die Welt hinaus. Ich greife nach einem Top auf dem Boden und werfe es durch den Raum. Das fühlt sich gut an. Deshalb nehme ich noch mehr Kleidungsstücke und schleudere sie herum. Das mache ich so lange, bis meine Wut in Verzweiflung umschlägt. Schlagartig beginne ich heftig zu schluchzen und sinke auf den Boden. Der Schmerz droht mich zu zerreißen. Wieso ist das Schicksal nicht auf Stellas und meiner Seite?

»Valerie, was ist denn los?«

Ich hebe meinen Kopf. Wie aus dem Nichts kommend, lehnt mein Vater am Türrahmen und sieht mich besorgt an.

»Dave hat mich auf ein Date eingeladen, aber ich habe absolut nichts anzuziehen«, flüstere ich tonlos.

»Das hört sich in der Tat nach einem Weltuntergang an.«

Ich nicke. Mein Vater tritt auf mich zu und zieht mich in seine Arme. Ich lasse ich mich einen Moment lang von ihm trösten. Seinen vertrauten Geruch einzuatmen beruhigt mich.

Dad streicht mir über den Hinterkopf. »Und jetzt erzählst du mir, was wirklich los ist.«

Fragend sehe ich auf: »Woher weißt du …«

»Ich bin dein Vater. Außerdem ist es mein Job zu erkennen, wann Menschen mich anlügen.«

Ich seufze auf und beginne von dem Kummer und der Wut wegen Stellas Verschwinden zu erzählen. Auch wenn ich meinen Frust erst gestern bei Dave abgeladen habe, tut es unendlich gut, erneut darüber zu sprechen. Erleichterung stellt sich ein, dass ich mein Leid endlich mit meinem Vater geteilt habe. Er sieht mich aus traurigen Augen an.

»Ich kann nachempfinden, wie du dich fühlst. Einen Menschen zu verlieren, den man liebt, ist das Schrecklichste, was einem passieren kann. Ich würde dich so gerne vor allen negativen Erfahrungen beschützen, aber so funktioniert das Leben nicht. Es wird immer Dinge geben, die uns nicht gefallen oder auf deren Verlauf wir keinen Einfluss haben. Es steht aber in unserer Macht, zu entscheiden, wie wir damit umgehen. Du bist stark. Ich weiß, dass du es schaffst.«

»Was lässt dich glauben, ich sei stark?«

»Du hast schon mal eine ähnliche Situation durchgestanden. Wie du die Lücke gefüllt hast, die deine Mom hinterlassen hat, ist einzigartig. Und du bist trotz allem – oder gerade deshalb - zu einer wundervollen, selbstständigen jungen Frau herangewachsen.«

»Danke, Papa«, flüstere ich.

»Außerdem ist es immer noch möglich, dass Stella gefunden wird oder von selbst auftaucht.«

»Ich hoffe es so sehr.« Es ist nett von ihm, dass er mir Hoffnung gibt, auch wenn wir beide genau wissen, dass die Chance, Stella zu finden, mit jedem Tag kleiner wird.

Unvermittelt sage ich: »Ich glaube, ich sollte das Date absagen.«

»Nein, das wirst du nicht tun.«

»Ehrlich gesagt, fühle ich mich nicht in der Verfassung, um auf ein Date zu gehen. Schau mich doch an: Ich sehe total verheult aus. Und zudem, zu was für einer schlechten Freundin würde es mich bitte machen, wenn ich jetzt sorglos ausgehe?«

»Stella war die Fröhlichkeit in Person. Sie hätte sich für dich gefreut und gewollt, dass du hingehst.«

»Okay. Vermutlich hast du recht.« Das Gespräch mit meinem Vater lässt mich einiges klarer sehen. Es ist, als wäre das Chaos in meinem Kopf strukturierter geworden. Sogleich fühle ich mich optimistischer. »Das ändert aber nichts an der Tatsache, dass ich nichts zum Anziehen habe.«

»Wenn das so ist, dann kaufen wir dir eben etwas.«

Dads Vorschlag lässt mich aufhorchen. »Du möchtest doch nicht etwa mit mir shoppen gehen?«

»Was spricht dagegen?«

»Dein Einsatz in allen Ehren, aber ich glaube nicht, dass du die geeignete Person dafür bist.«

Gespielt beleidigt hebt er anklagend seinen Zeigefinger. »Zweifelst du etwa an meinem Urteilsvermögen?«

»Nein. Eher an deiner Geduld. Aber das macht nichts. Ich kenne genau die richtige Kandidatin für diesen Job.«

Ohne Umschweife nehme ich mein Handy zur Hand und wähle Laras Nummer. Bereits nach dem ersten Klingeln nimmt sie ab.

»Hi, Valerie.«

»Hast du gerade Zeit? Wir müssen shoppen gehen.«

Mit alarmiertem Unterton in der Stimme fragt sie: »Warum hört sich das wie ein Notfall an?«

»Erzähle ich dir unterwegs. Ich nehme die nächste Straßenbahn. Treffen wir uns in fünfzehn Minuten in der Innenstadt?«

Lara willigt ein und wir verabschieden uns.

In Aufbruchstimmung blicke ich zu Dad. »Die Mission perfektes Ausgehoutfit hat soeben begonnen.«

Mein Herz pocht heftig gegen meine Rippen. Nicht vor Nervosität, sondern weil ich die letzten Meter von der Straßenbahn zu Daves Wohnung im Eiltempo zurückgelegt habe. Dennoch bin ich eine Viertelstunde zu spät. Das richtige Outfit zu finden hat sich als zeitintensiver erwiesen als angenommen. Lara und ich mussten sämtliche Bekleidungsgeschäfte der Innenstadt abklappern, bis ich *das* Kleid fand. Es ist dunkelblau und ärmellos mit einem Rundhalsausschnitt. Oben wird es von Schmucksteinen und Spitze geziert, während der Rock aus Chiffon meine Knie umspielt. Doch leider war es mit dem Kauf des Kleides und den dazu passenden silbergrauen Heels nicht getan. So fuhren wir anschließend ohne Umschweife zu Lara, die mir in Windeseile ein ausgehtaugliches Make-up verpasste. Was meine Haare angeht, beschloss ich, sie einfach offen und wie üblich zu Locken eingedreht zu tragen.

Ich atme tief durch und gebe meinem Puls einige Minuten, um sich zu beruhigen. Da ich nun aber tatsächlich nervös werde, funktioniert das nur mittelmäßig bis gar nicht. Jetzt ist keine Zeit für falsche Zurückhaltung, ermahne ich mich mit Blick auf meine Armbanduhr. Sicher fragt sich Dave schon, wo ich bleibe.

Entschlossen drücke ich auf die Klingel. Keine zwei Sekunden später ertönt ein Summen und ich drücke die Haustür des modernisierten Altbaus auf. Mit schnellen Schritten gehe ich die Holzstufen im Treppenhaus empor, das mir inzwischen vertraut ist. Im zweiten Stock angekommen, lehnt er bereits am Türrahmen seiner Wohnungstür, die er hinter sich geschlossen hat, sodass ich nicht ins Innere der Wohnung sehen kann.

»Hey, Prinzessin. Da bist du …« Als ich vor ihm zum Stehen komme, verschluckt er sich an seinen letzten Worten. Er mustert mich von meinen Schuhspitzen aufwärts, bis seine Augen die meinen treffen. In seinem Blick liegt Bewunderung. »Wow. Ich wusste zwar, dass du wunderschön aussehen wirst, aber du hast es geschafft, meine Erwartungen weit zu übertreffen.«

»Danke. Dieses Kompliment gebe ich gerne zurück.«

Dave hat ein weißes, kurzärmeliges Hemd und eine beige Chino an. Ein Grinsen überzieht mein Gesicht, als ich sehe, dass er lediglich Socken trägt. Noch bevor ich weiß, wie mir geschieht, durchschaut er den Grund für das Lächeln auf meinen Lippen.

»Sorry, aber es kam mir seltsam vor, in meiner eigenen Wohnung mit Straßenschuhen herumzulaufen. Ich hoffe, das mindert nicht die romantische Stimmung?«

Ich schüttle den Kopf. »Ich denke, das kann die romantische Stimmung gerade so verkraften.« Gleichzeitig spüre ich meine kleinen Zehen, die schmerzhaft gegen die Innenseite der Riemchen meiner Heels gedrückt werden. Da kommt mir eine Idee: »Dann hast du sicher nichts dagegen, wenn ich die hier so schnell wie möglich loswerde.« Ich deute auf meine Schuhe.

Allen Schuhen, die darauf ausgelegt sind, mich künstlich zu vergrößern, werde ich in diesem Leben wohl nie positiv gesinnt sein.

»Tu dir keinen Zwang an.«

Ich nehme ihn beim Wort und streife mir die Heels von den Füßen. Vor Erlösung seufze ich auf, während ich auf meine Normalgröße zurückschrumpfe. Meine Zehen genießen noch ihre neugewonnene Freiheit, da zaubert Dave wie aus dem Nichts ein Tuch hervor, mit dem er mir die Augen verbindet.

»Muss das sein?«, quengle ich.

»Ja.«

»Na schön.«

Ich warte in vollkommener Dunkelheit erwartungsvoll darauf, was als Nächstes passiert. Da spüre ich Daves Hand auf meinem Rücken. Sein Atem kitzelt meinen Nacken. Daraus schließe ich, dass er hinter mir stehen muss. Ein Schauer durchfährt mich, als mir bewusst wird, dass ich die gesamte Kontrolle über das Geschehen an ihn abgegeben habe.

»Du kannst jetzt loslaufen«, bittet er mich.

Daraufhin setze ich mich mit kleinen Schritten vorsichtig in Bewegung. Die kalten Fliesen des Hausflurs verwandeln sich in den glatten Laminatfußboden der WG. Je weiter ich voranschreite, desto mehr steigt mir der köstliche Duft von frisch gekochtem Essen in die Nase. Aus einem Radio erklingt leise Musik.

Aufgeregt wage ich es, schneller zu gehen, doch Dave hindert mich daran mit einem »Stopp«. Unwillkürlich bleibe ich stehen. Kurz darauf lösen seine Finger mit geschickten Bewegungen den Knoten meiner Augenbinde. Das Tuch gleitet von meinem Gesicht und was ich dann zu sehen bekomme, ist einfach atemberaubend.

Durch heruntergelassene Rollläden hat Dave das Tageslicht ausgesperrt. Dafür durchfluten unzählige Lampions und Teelichter den Raum mit warmem Licht. Inmitten des Wohnzimmers ist der Esstisch, der eigentlich in der Küche steht, für zwei Personen eingedeckt. Mit der Tischdeko hat er sich alle Mühe gegeben. Ein roséfarbenes Tischtuch bildet die Grundlage. Darauf sind Rosenblätter verstreut und weitere Kerzen erleuchten einen Strauß roter Rosen, der sich am Rand des Tisches in einer Vase befindet. Daneben wartet eine Flasche Rotwein darauf, geöffnet zu werden.

»Und, gefällt es dir?«, vernehme ich Daves Stimme hinter mir.

Ich drehe mich zu ihm herum. »Ob es mir gefällt? Es ist großartig.« Vor Freude falle ich ihm um den Hals. Ich drücke ihn fest, weil ich Angst habe, dies alles könnte nur ein schöner Traum sein, aus dem ich gleich erwache. Doch dann erwidert Dave meine Umarmung und sein vertrauter Duft hüllt mich ein. Sofort setzt sich in meinem Bauch ein Kribbeln frei, weil mir bewusst wird, dass es kein Traum ist. Es ist wahr. Ein Gefühl unbändiger Freude breitet sich in meinem Körper aus und ich meine, jeden Moment vor Glück zu platzen. So etwas Schönes hat noch nie jemand für mich organisiert.

Dave löst die Umarmung, um näher an den Esstisch heranzutreten. »Die Blumen sind übrigens für dich.«

Ich gehe nun ebenfalls zum Tisch, nehme den Rosenstrauß ein Stück weit aus der Vase und atme tief dessen Duft ein.

»Ich habe gerade das Gefühl, ich könnte tausendmal Danke sagen und es wäre noch immer nicht genug.«

»Es ist nicht nötig, dich so oft zu bedanken. Ich gebe mich auch mit einem einzelnen Kuss zufrieden.«

Ich lächle ihn an: »Ach ja, ist das so?«

»Die ganze Zeit über warte ich auf nichts anderes.«

»Na, dann.« Ich lasse von dem Blumenstrauß ab und widme Dave meine volle Aufmerksamkeit. Eine Hand lege ich auf seine Brust, die Finger der anderen streifen sanft über seine Wange. Er gibt sich meiner Berührung hin, lässt mich jedoch keine Sekunde aus den Augen. Ich versinke in dem grünblauen See seiner Iris und genieße die Wärme, die mich durchflutet, als er mich an der Taille zu sich heranzieht. Quälend langsam beugt er sich zu mir hinab. Seine Lider senken sich in der freudigen Erwartung, unseren Kuss mit dem Herzen zu fühlen und alles andere auszublenden. Ich würde es ihm so gerne gleichtun. Mich einfach von dem sehnsuchtsvollen Ziehen in meinem Unterleib treiben lassen und dem Verlangen, den Geschmack seiner weichen Lippen zu kosten, nachgeben. Doch etwas hält mich zurück.

Er legt seine Stirn an meine, wodurch sich unsere Nasenspitzen berühren und sein Mund nur noch Millimeter von meinem entfernt ist. Ich spüre seinen warmen Atem und seine Hand, die sich in meinen Nacken schiebt. Ein warmer Schauer durchrieselt mich und meine Brustwarzen richten sich auf. Augenblicklich weiß ich, dass meine Lippen mit seinen zu vereinen nicht ausreichen würde. Ich brauche seine Berührung an jeder Stelle meines Körpers, muss ihn in mir spüren. Und dieser Kuss wäre die Eintrittskarte, mit der ich ihm dies alles erlauben würde. Es gäbe kein Halten mehr, weil es mir dann unmöglich wäre, die Begierde zu stoppen, die mich immer weiter vorantreibt, bis die erlösende Woge des Höhepunkts über mich hineinbricht. So wie jedes Mal.

Doch genau mit diesem Verhalten würde der Sinn dieses Dates verloren gehen und wir wären wieder am gleichen Punkt, wie zuvor.

Nackt. In seinem Bett. Was prinzipiell ja nichts Schlechtes ist, nur habe ich mir vom heutigen Abend etwas anderes erwartet.

»Wir können uns nicht küssen«, flüstere ich.

Irritiert öffnet Dave seine Augen. »Wieso? Hast du seit Neuestem einen fiesen Herpes, von dem ich nichts weiß?«

»Nein.« Ich lache verlegen und wende meinen Blick ab, bevor ich weiterspreche. »Wenn wir uns jetzt küssen, dann kann ich möglicherweise nicht mehr damit aufhören, was folglich dazu führt, dass wir Dinge machen, die erst fürs zweite oder dritte Date bestimmt sind.«

»Wer legt fest, bei welchem Date was erlaubt ist?«

»Die Date-Etikette für die ersten fünf Male, bei denen man miteinander ausgeht.« Schüchtern sehe ich zu ihm auf.

Amüsiert zieht Dave die Augenbrauen nach oben. »Und wiesc habe ich noch nie etwas von dieser Etikette gehört?«

»Weil ich sie gerade erfunden habe«, gestehe ich ein, füge jedoch schnell hinzu: »Versteh mich nicht falsch, aber gäbe es tatsächlich solche Ausgehregeln, dann hätten wir sie quasi rückwärts befolgt. Das bereue ich auch nicht, aber heute sollte es darum gehen, außerhalb des Schlafzimmers Zeit zu verbringen ... und außerdem wäre es doch schade um das leckere Essen.«

Der anfänglich belustigte Ausdruck in Daves Augen wirkt nun ernster. Er greift nach meiner Hand, die noch immer auf seiner Brust liegt, und hält sie fest.

»Ich habe dir ein romantisches Date versprochen und das sollst du auch bekommen.« Nun wird seine Miene wieder weicher. »Das mit dem Kuss und den Folgen, die er mit sich bringt, müssen wir aber auf jeden Fall nachholen. Das hört sich interessant an. Und ich bin vollkommen deiner Meinung: Nachdem ich stundenlang in der Küche gestanden habe, sollten wir wenigstens probieren.«

Ein Lächeln stiehlt sich auf mein Gesicht.

Seufzend streicht Dave mir meine Haare hinter die Ohren. »Darf ich dich wenigstens auf die Stirn küssen? Ich glaube, sonst überlebe ich diesen Abend nicht.«

»Okay«, willige ich ein. »Aber nur, weil ich nicht möchte, dass du vor dem zweiten oder dritten Date stirbst und wir somit nie wieder die Chance haben, uns richtig zu küssen – mit all seinen Folgen.«

Noch bevor ich zu Ende gesprochen habe, spüre ich Daves Lippen auf meiner Stirn. Auf diese Weise hat er mich noch nie geküsst. Es fühlt sich toll an. So, als wolle er sagen: *Ich beschütze dich.* Nun schließe ich doch meine Augen und gebe mich dem intensiven Gefühl von Geborgenheit hin. Viel zu schnell endet der Kuss und als ich meine Augen wieder öffne, sehe ich direkt in die von Dave. Über sein Gesicht huschen im Bruchteil von Sekunden tausend verschiedene Emotionen, die seine Mimik ständig ändern. Schließlich bleibt er bei seinem üblichen selbstbewussten Gesichtsausdruck und dem zu Scherzen aufgelegten Unterton in der Stimme.

»Ich hoffe, du hast großen Hunger mitgebracht. Ich habe ein Drei-Gänge-Menü vorbereitet.«

»Drei Gänge? Soll das ein Witz sein? Wo soll ich denn so viel Essen hinpacken?«

»Na, genau hier hin«, sagt Dave und zwickt mich ohne Vorwarnung in den Bauch, sodass ich aufkreische. Weil ich es von ihm nicht anders gewöhnt bin, mache ich mich auf weitere Attacken gefasst, aber heute belässt er es bei dem einen Angriff. Während ich darüber gleichermaßen erleichtert und enttäuscht bin, drängt sich Dave an mir vorbei. Ganz in Gentlemanmanier schiebt er einen der beiden Stühle nach hinten, damit ich mich setzen kann. Nachdem ich Platz genommen habe, füllt er unsere Gläser mit dem Wein. Anschließend verschwindet er in die Küche. Als er zurückkommt, hält er ein Backblech voll gerösteter Ciabattascheiben, die mit Tomate, Basilikum und Mozzarella belegt sind, in der Hand.

»Darf ich vorstellen, die Vorspeise. Bruschetta con pomodoro e mozzarella.«

»Immer her damit.«

Das Essen schmeckt so köstlich, wie es aussieht, und noch besser, als es riecht. Zum Hauptgang serviert Dave mir eine Lasagne oder wie er es nennt, Lasagne pasticciate. Als Dessert gibt es ein Tartufo di pizzo. Dahinter verbirgt sich eine Eisspezialität, bestehend aus Nuss- und Schokoladeneis mit einem flüssigen Schokoladenkern in der Mitte. Von außen ähnelt die Süßigkeit einer Trüffelpraline, die in Kakao gewälzt wurde.

Während des Essens unterhalten wir uns prächtig. Mit seinen Witzen bringt Dave mich ständig zum Lachen. Obwohl, eigentlich weiß ich nicht, ob es ausschließlich daran liegt, denn wenn ich es mir recht überlege, reicht bereits sein Anblick aus, um mich zum Strahlen zu bringen. Und mein Herz, dieses verräterische Ding, es lacht einfach mit.

Schließlich lehne ich mich, vom vielen Essen vollgestopft und müde, aber dennoch zufrieden, in meinem Stuhl zurück.

»Wer hat dir eigentlich beigebracht, so fantastisch zu kochen?«

»Genau genommen ich selbst und auch wieder nicht.«

»Wie soll ich das verstehen?«

»Ich habe dir doch im Krankenhaus von meiner *nonna* erzählt. Also von meiner Oma.« Dave hält inne, bis ich ihm zustimme. Die Geschichte von ihm und seiner Oma berührt mich noch immer zutiefst. Deshalb erwarte ich gespannt seine nächsten Worte. »Als ich wegen des Studiums von zu Hause ausgezogen bin, hat meine *mamma* mir das Kochbuch meiner Oma geschenkt in der Hoffnung, dass ich so nicht verhungere. Und weil sie wusste, wie viel *nonna* mir bedeutet hat. So fühlt es sich an, als hätte *nonna* mir das Kochen beigebracht, obwohl ich es letztendlich in einem Learning-by-doing-Prozess gelernt habe, bei dem ich auf mich allein gestellt war.«

»Das ist schön.« Wie immer, wenn es um Familiengeschichten geht, wird mir ganz schwer ums Herz. Meine Gedanken kreisen um Daves Familie, die den Anschein erweckt, nicht so zerrüttet zu sein wie meine. Weil der Wein mich redselig macht, spreche ich eine der Fragen aus, die mir in den Kopf kommen.

»Vielleicht hört es sich komisch an und das eine hat auch nicht zwangsläufig etwas mit dem anderen zu tun, aber mir erscheint es so, als ob deiner Familie und dir eure italienischen Wurzeln recht wichtig sind. Wie kommt es dann, dass du einen englischen Vornamen hast?«

»Da hatte meine Mutter mal wieder ihre Finger im Spiel. Sie ist totaler Fan von diesem Autor, Dave Duncan. Sie wollte mich unbedingt nach ihm benennen. Ist sicher so ein Deutschlehrerding, seinem Kind den Namen eines Schriftstellers zu geben.« Dave lacht.»Dafür heiße ich mit zweitem Vornamen Giuliano. Da hat mein Vater drauf bestanden.«

»Interessant. Du hattest vorhin am Telefon recht. Es gibt tatsächlich einiges, was ich noch nicht über dich weiß.«

Dave stützt den Kopf auf seiner Hand ab und zwinkert mir zu. »Wie auch? Ist ja schließlich erst unser erstes Date.«

Ich grummle und lache halb, weil er mich nun ständig damit aufzieht.

Nach einer Pause fügt er hinzu:»Und was ist mit dir? Hast du auch einen zweiten Vornamen?«

Ich nicke zustimmend.»Marie. Nach meiner Großmutter väterlicherseits.«

»Schön. Das passt irgendwie zu dir.« Ein leichtes Lächeln umspielt seine Lippen.»Seid ihr euch ähnlich, du und deine *nonna?*«

»Oh, das ist schwer zu sagen. Sie ist kurz vor meiner Geburt gestorben.«

Sofort legt sich ein Schatten auf Daves Gesicht.»Das tut mir leid. Ich wollte nicht …«

»Schon okay«, wende ich hastig ein.»Da ich sie nie kennengelernt habe, wäre es vermessen zu behaupten, ich würde sie vermissen.«

Obwohl ich gesagt habe, dass es okay für mich ist, droht die Stimmung zu kippen. Ich merke es an dem nachdenklichen Blick, mit dem Dave mich mustert. Unvermittelt beschleicht mich die Angst, er könne weitere Fragen zu meiner Familie stellen. Deshalb lenke ich das Gespräch auf unverfänglicheres Terrain.

»Wo sind eigentlich deine Mitbewohner?«

Augenblicklich hellt sich seine Miene auf und der angespannte Moment scheint vorüber zu sein.»Ach, mach dir um die keine Sorgen. Die habe ich alle eigenständig rausgeschmissen, damit wir ungestört sind.«

Über seine typische flapsige Antwort rolle ich mit den Augen, bleibe jedoch belustigt.»Jetzt mal ernsthaft. Gibt's die überhaupt? Sie sind kein einziges Mal hier gewesen in der Zeit, in der ich dich besucht habe.«

»Das dürfte dir ganz recht gewesen sein.« Verschwörerisch und mit diabolischem Grinsen beugt er sich zu mir über den Tisch. »Die Wände hier sind sehr dünn. Man hört jedes Geräusch, das jemand von sich gibt. Wobei … du stehst ja darauf, beobachtet zu werden.«

Sofort spüre ich ein Pochen zwischen meinen Beinen und den dringlichen Wunsch, von Dave dort berührt zu werden. Dass ich auf seine Äußerung so heftig reagiere, bringt meine Wangen dazu, sich dunkelrot zu färben, ähnlich dem Wein in meinem Glas vor mir. Ich hoffe inständig, dass die Röte durch die gedimmten Lichtverhältnisse nicht zu erkennen ist. Falls Dave etwas bemerkt haben sollte, lässt er es sich nicht anmerken, denn er spricht einfach weiter.

»Aber um deine Frage zu beantworten: Derek ist für einige Zeit zu seinen Eltern gefahren, Kevin verbringt den Abend bei seiner Freundin und Pascal … nun ja, den habe ich mehr oder weniger tatsächlich rausgeschmissen. Ich denke aber, er kommt für heute Nacht bei einem Kumpel unter.«

»Da bin ich ja beruhigt, dass niemand meinetwegen eine Nacht ohne Dach über dem Kopf verbringen muss.«

Wir lachen und unser Gespräch plätschert weiter mit Witzen und Belanglosigkeiten vor sich hin. Irgendwann stehe ich auf, um den Abwasch zu erledigen. Dave möchte mich daran hindern, weil er der Meinung ist, das könne bis morgen warten, aber ich bestehe darauf. Mit dem Wissen im Hinterkopf, dass sich in der Küche ein Berg dreckigen Geschirrs stapelt, kann ich einfach nicht entspannen. Deshalb stehen wir jetzt in der Küche und führen unsere Unterhaltung hier fort. Ich sollte es von der Arbeit auf dem Markt gewöhnt sein und dennoch beeindruckt es mich heute besonders, wie viel Spaß ich mit Dave selbst bei unliebsamen Aufgaben habe. Er spritzt mich immer wieder mit Spülwasser nass und ich räche mich an ihm, indem ich das Geschirrhandtuch nach ihm werfe.

Nachdem wir fertig sind und alle Töpfe und Teller wieder an Ort und Stelle stehen, möchte ich zurück ins Wohnzimmer gehen, doch Dave hält mich an der Türschwelle auf.

»Valerie, ich muss mit dir reden.«

Automatisch bildet sich ein Kloß in meinem Hals. Diese Worte haben noch nie etwas Gutes bedeutet.

»Was ist los?«, stelle ich mich dem Unausweichlichen und drehe mich in seine Richtung.

Er hängt das nasse Spültuch zum Trocknen auf und kommt dann einige Schritte auf mich zu, bis er direkt vor mir stehen bleibt.

»Ich kann nicht aufhören, daran zu denken, was du zu mir am Telefon gesagt hast.«

»Oh, das.« Ich hatte gehofft, wir könnten einfach einen unbeschwerten Abend verbringen, aber natürlich müssen wir uns auch darüber unterhalten, wie es mit uns weitergeht. Immerhin war meine Unsicherheit über unseren Beziehungsstatus ein Grund für dieses Date. Jetzt ist der Moment der Wahrheit gekommen, in dem es sich entscheidet, wie unsere Zukunft verläuft, gemeinsam oder getrennt voneinander. Ich schlucke die Angst herunter und öffne mich Dave erneut.

»Wie gesagt: Ich mag dich, aber meine Angst dabei, zu vertrauen, ist nun mal da. Und das ist noch nicht alles. Nachdem ich meinen Ex mit dieser anderen Frau gesehen hatte, habe ich mich ständig gefragt, was sie hat, das ich nicht habe. So lange, bis ich völlig von Selbstzweifeln durchbohrt war und zu dem Schluss kam, dass ich es einfach nicht wert bin, geliebt zu werden. Deshalb konnte ich wohl nicht glauben, dass du es ernst mit mir meinst.«

Auf Daves Stirn bildet sich eine tiefe Sorgenfalte. In seinen Augen erkenne ich Traurigkeit und Wut. »Jetzt hör mir mal gut zu. Weißt du noch, als wir neulich über Bücher geredet haben?«

Ich nicke.

»Ich war der Meinung, jedes Buch sei auf seine Weise einzigartig. Du hast mir zugestimmt, aber darauf bestanden, dass es ein Buch geben müsse, welches mich mehr begeistere als all die anderen. Ich finde, dies lässt sich ganz gut auf Menschen übertragen. Wir alle sind verschieden und das ist auch gut so.« Er macht eine kurze Pause und hält meinen Blick dabei fest. »Aber weißt du was? Du wärst dieses eine besondere Buch für mich. Denn abgesehen von deiner äußeren Schönheit verzauberst du mich mit deiner Art. Ich mag dein Lachen und finde es unglaublich süß, wenn du vor Verlegenheit rot wirst. Du bist wahnsinnig schlau. Wahrscheinlich könnte ich noch endlos Dinge an diese Liste anfügen, also glaube bitte niemals wieder, du seist es nicht wert, geliebt zu werden. Denn das bist du.«

Ich bin es wert. Ich bin genug. Die Wucht seiner Aussage lässt ohne Vorwarnung alle Dämme bei mir brechen.

»Du weinst ja«, stellt Dave bestürzt fest.

Schnell wische ich über meine Wangen. »Das sind nur Freudentränen, weil das, was du gesagt hast, so schön war.«

Das ist nur die halbe Wahrheit. Tief in mir haben Daves Worte die zerbrochenen Teile meiner verletzten kindlichen Seele aufgewirbelt. Es ist nicht fair von mir, die gesamte Schuld meiner Vertrauensängste und Selbstzweifel Marvin in die Schuhe zu schieben. In Wahrheit reicht der Ursprung meiner Angst weit über Marvin hinaus bis zu meiner Mom. Ihr habe ich nie genügt. Was ich auch getan habe, es war das Falsche. Von Dave nun das Gegenteil zu hören, ist, als könnte ich nach zwanzig Jahren zum ersten Mal ausatmen.

»Darf ich dich jetzt küssen?«, fragt Dave, nichts von meinem turbulenten Innenleben ahnend.

»Ja, aber nur kurz. Du weißt ja, erstes Date und so«, versuche ich mich an einem Witz, um die in mir aufkommenden Gefühle zu überdecken.

»Selbstverständlich. Sonst verpasst du ja den nächsten Programmpunkt dieses Abends.«

»Und was wäre das?«

Anstatt mir zu antworten, streift Dave mit seinen Lippen die meinen. Kurz löst er sich von mir, ehe er unsere Münder erneut sachte miteinander vereint. Dies wiederholt er einige Male, bis ich es nicht mehr aushalte und ihn fester an mich ziehe, um ihn richtig zu küssen. Es ist nur ein zarter Kuss, ohne Zunge, aber er bringt alles in mir zum Erbeben. Wenn ich wählen müsste, dann wäre dies definitiv der beste Kuss von allen, die wir je miteinander geteilt haben. In ihm steckt so viel Liebe und Zärtlichkeit, wie ein Kuss nur ausdrücken kann.

Dave öffnet seinen Mund und ich tauche tief in ihn ein. Doch ehe unsere Zungen sich finden können, löst er sich von mir. In seinen Augen erkenne ich, dass ihm das genauso schwerfällt wie mir.

»Ein Tanz.«

Verwirrt blinzle ich ihn an.

»Der nächste Programmpunkt. Es ist ein Tanz.«

Er geht zu der Anlage im Wohnzimmer hinüber und unterbricht die leise Hintergrundmusik. Im nächsten Augenblick erklingen die ersten Takte von *Thinking out loud*.

Mein Herz setzt einen Schlag aus. Fasziniert sehe ich ihn an.

»Wow, du hast es dir gemerkt.«

»Was?«, fragt er unschuldig, obwohl er ganz genau weiß, wovon ich spreche.

»Dass das mein Lieblingslied ist.«

»Wie könnte ich jemals irgendwas vergessen, das du zu mir gesagt hast?«

Er kommt auf mich zu und streckt mir seine Hand entgegen. »Darf ich bitten?«

Noch immer völlig überwältigt, verschränke ich unsere Finger und lasse mich von Dave in die Mitte des Raumes führen. Genau unter dem Meer aus Lampions bleibt er stehen und legt seine Hände auf meinen Rücken. Ich lasse meine Hände über seine Brust zu seinem Nacken hinaufwandern. Gemeinsam beginnen wir uns im Takt der Musik zu wiegen. Wir verschmelzen langsam zu einer Einheit. Dave. Die Musik. Und ich.

»Bist du glücklich?«, vernehme ich seine Stimme als ein Flüstern an meinem Ohr.

»Ja«, hauche ich und spüre, wie ich durch meine Antwort in jeder Zelle meines Körpers mit Glück ausgefüllt werde. So, als würde laut auszusprechen es noch realer machen.

»Wetten, ich schaffe es, dich noch glücklicher zu machen.«

»Wie willst du denn das anstellen?« Ich kann mir beim besten Willen nicht vorstellen, dass dieser Abend durch irgendetwas zu toppen wäre.

Abrupt bleibt Dave stehen und nimmt seine Hände von meinem

Rücken. Aus seiner Hosentasche zieht er eine blaue Schmuckschatulle hervor. Das wird doch nicht etwa …

Er hebt den Deckel an und zum Vorschein kommt der Amethyst, eingefasst in einen silbernen Kettenanhänger. So sieht er noch wertvoller aus als zuvor.

Völlig aus der Fassung, schlage ich die Hände vor meinem Mund zusammen. Der Edelstein war die ganze Zeit bei Dave. Deshalb konnte ich ihn nirgends finden.

»Tut mir leid, falls du ihn vermisst hast. Ich habe gehofft, du würdest nicht merken, wenn er für ein paar Stunden weg ist.«

Oh, habe ich etwa gerade laut gedacht?

»Ja, hast du.« Dave lächelt mich an, ehe wir unsere Blicke wieder auf die Kette zwischen uns richten. »Ich habe bemerkt, wie du ständig nachgesehen hast, ob der Stein noch an seinem Platz ist. Deshalb dachte ich, es würde dir gefallen, wenn du ihn auf diese Weise immer bei dir tragen könntest.«

»Das ist wunderschön. Die Idee und dass du dir solche Gedanken machst. Die Kette natürlich auch.« Meine Stimme ist brüchig, weil ich kurz davor bin, wieder zu weinen. Diesmal ausschließlich Freudentränen.

»So ist das eben, wenn einem jemand wichtig ist. Aber daran wirst du dich auch noch gewöhnen. Vorausgesetzt, du beantwortest meine nächste Frage mit Ja.«

»Welche Frage?«

Dave räuspert sich.

»Du warst dir so unsicher wegen uns. Nicht nur, was deine Gefühle angeht, sondern auch meine. Ich hoffe, ich konnte dir mit dem heutigen Abend zeigen, wie viel du mir bedeutest. Aber um alle Missverständnisse ein für alle Mal aus der Welt zu räumen, frage ich dich jetzt ganz direkt …« Er legt eine Pause ein, bevor er weiterspricht. Mein Herz pocht heftig gegen meinen Brustkorb, weil ich ahne, was nun kommt. »Valerie Marie Schubert, möchtest du meine Freundin sein?«

Die Freudentränen, die schon darauf gewartet haben auszubrechen, bahnen sich jetzt endgültig ihren Weg an die Oberfläche.

Ich nicke heftig, ehe ich Dave um den Hals falle. »Ja, das will ich, Dave Guiliano Pagano.«

Er erwidert meine Umarmung, so gut es mit der Schatulle in der Hand geht. »Auf diese Antwort hatte ich gehofft.« Unsere Körper werden durchschüttelt von einem erleichterten Lachen. Kurz darauf finden sich unsere Lippen zu einem Kuss. Als ich unseren vorherigen Kuss als *voller Liebe und mit Zärtlichkeit aufgeladen* beschrieben habe, war mir noch nicht klar, wie berauschend dieser hier sein würde. Ein warmes Prickeln durchströmt meinen Körper und das Gefühl unendlicher Erfüllung ergreift mich. Es ist, als hätte ich jahrelang bloß existiert und in diesem Moment fange ich nun endlich an zu leben.

Zwischen zwei Küssen wispert Dave: »Eins noch, bevor wir es gleich vergessen: Soll ich dir helfen, die Kette anzuziehen?«

»Ja, bitte.«

Ich wende Dave den Rücken zu, fasse meine Haare zusammen und schiebe sie beiseite, sodass er mir die Kette anlegen kann. Einen Augenblick später spüre ich das kühle Metall auf meiner Haut. Unbewusst fahre ich mit meinen Fingern über den Edelsteinanhänger. Mit einem Lächeln auf den Lippen betrachte ich ihn eingehend. Er ist wirklich das schönste Geschenk, das ich jemals bekommen habe. Und das nun schon zum zweiten Mal.

Unvermittelt zieht Dave mich von hinten in eine Umarmung und bedeckt meinen Hals mit Küssen. »Schön zu sehen, dass du Freude mit deinem Geschenk hast, aber dein frischgebackener Freund würde sich ebenfalls über ein wenig Aufmerksamkeit freuen.«

Ich lasse von dem Anhänger ab und widme mich Dave: »Bist du gerade etwa eifersüchtig auf eine Kette?«

»Hm … vielleicht ein kleines bisschen.«

Mit süffisantem Grinsen frage ich: »Und was schlägst du vor, das wir dagegen unternehmen?«

»Was hältst du davon, wenn ich dich über die Schwelle meines Zimmer trage und wir dann so lange wilden Sex haben, bis du nicht mehr weißt, wo vorne und hinten ist? Etikette hin oder her.«

»Das klingt nach einem guten Plan.«

Kaum habe ich meine Worte ausgesprochen, hebt er mich in die Höhe. Vergnügt kreische ich auf.

In seinem Zimmer lässt mich Dave wieder herunter. Sofort fallen wir übereinander her. Wo vorhin noch sanfte Liebe und Zärtlichkeit waren, sind jetzt wildes Verlangen und Leidenschaft. Küssend taumeln wir durch den Raum, bis ich die kühle Spiegelfront von Daves Kleiderschrank in meinem Rücken spüre. Er presst mich dagegen, fährt mir durchs Haar und drängt sich zwischen meine Beine, indem er meinen Oberschenkel packt. Daraufhin schlinge ich mein Bein um ihn, recke mich seiner Erektion entgegen und genieße es zu fühlen, wie er auf mich reagiert. Gleichzeitig mache ich mich daran, sein Hemd aufzuknöpfen. Voller Hast und Ungeduld widme ich mich jedem Einzelnen der Knöpfe, bis ich es endlich geschafft habe, auch den letzten zu öffnen. Ich streife den Stoff über seine Schultern und er hilft mir, das Hemd vollends loszuwerden. Ohne Anstrengung schält er sich heraus und keine Sekunde später landet es neben uns auf dem Boden. Endlich haben meine Hände freie Bahn, um über die warme Haut seines Oberkörpers zu gleiten. Millimeter für Millimeter erkunden meine Finger seine harten Bauchmuskeln, von denen ich niemals genug bekommen werde.

Unterdessen knetet Dave meinen Hintern. Damit heizt er mich so richtig an. Ich seufze in unseren Kuss hinein. Ein heißes Prickeln durchströmt meinen Körper und sammelt sich als feuchte Lust zwischen meinen Beinen. Da beschließe ich, keine Zeit mehr zu verschwenden. Ich brauche ihn in mir. Jetzt. Sofort.

Von diesem Verlangen gepackt, ertasten meine Hände die Schnalle seines Gürtels und machen sich daran, sie zu öffnen. Dave scheint es ebenso wenig erwarten zu können wie ich. Schwer atmend löst er sich von meinen Lippen und übernimmt es kurzerhand selbst, sich seiner Hose und der Boxershorts zu entledigen. Ihn gänzlich nackt zu sehen, während ich noch immer mein Kleid trage, bringt mich schier um den Verstand.

Seine Lippen sind von unserem Kuss rot und geschwollen. Eine Strähne hat sich aus seinen perfekt gestylten Haaren gelöst und fällt ihm wirr in die Stirn.

»Zieh das Kleid aus«, befiehlt er und betrachtet mich dabei eingehend mit einem diabolischen Blick.

Mich macht es an, wie er mich dominiert. Deswegen gehorche ich seiner Anweisung allzu gerne. Unter seiner Beobachtung öffne ich umständlich den Reißverschluss und schlüpfe durch die Träger. Daraufhin rutscht das Kleid in einer fließenden Bewegung zu Boden und ich trete heraus.

Dave verschlingt mich mit seinen Blicken. Selbst ohne eine einzige Berührung von ihm fühlt sich meine Haut an, als würde sie Feuer fangen. Anders als sonst, ist dies kein schlechtes Gefühl. Im Gegenteil. Ich fühle mich attraktiv und sexy. Von dieser Erkenntnis gepackt, beginne ich meinen BH zu öffnen, doch Dave hindert mich daran.

»Halt! Das mache ich.«

Geschickt haken sich seine Finger unter die Träger meines BHs und schieben sie über meine Schultern. Anschließend widmet er sich dem Verschluss an meinem Rücken. Mit einem dumpfen Geräusch landet der BH auf dem Laminatfußboden. Wir sehen uns an und zum ersten Mal verspüre ich weder Angst noch Scham, vor ihm entblößt zu sein. Alles, was ich fühle, ist Vertrauen. Nach dem heutigen Tag ist mir bewusst, dass er mich absolut so akzeptiert, wie ich bin. Dafür bin ich unendlich dankbar. Und glücklich.

Ein Lächeln stiehlt sich auf mein Gesicht. Dave erwidert es. In die hitzige Leidenschaft mischt sich eine liebevolle Atmosphäre.

»Hast du einen Wunsch?«, wispert er nun.

»Meinst du etwa …« Ich bin nicht in der Lage, meine Frage zu beenden, aber Dave versteht mich auch so.

»Ganz genau. Wo soll ich dich berühren? Wie möchtest du heute von mir zum Höhepunkt gebracht werden?«

Das hat er mich bisher noch nie gefragt. Aber ich mag es. Dadurch fühle ich mich wertgeschätzt. Zu meiner Überraschung regt sich in meinem Kopf sofort eine Fantasie. Vor Verlegenheit beiße ich mir auf die Unterlippe. Zwar weiß ich, dass er mich nicht verurteilt, das bedeutet aber noch längst nicht, dass ich mein langgehegtes soziales Unsicherheitsgefühl mit einem Schlag gänzlich ablegen kann. Und von ihm etwas zu fordern, benötigt deutlich mehr Mut, als mich vor ihm auszuziehen.

»Na los, sag schon. Sonst stelle ich mit dir an, wonach mir gerade ist.« Er streichelt meine Wange und beginnt an meinem Hals zu saugen.

Oh, das fühlt sich toll an, ist aber nichts im Vergleich zu dem Bild in meinem Kopf. Mein Herz schlägt heftiger in meiner Brust als nach einem Marathon. Ich schlucke mein Unbehagen herunter und greife nach seiner Hand. Langsam, aber bestimmt schiebe ich sie zu meiner Vulva.

»Ich liebe es, wenn du mich dort unten küsst.«

Sein Atem kitzelt meinen Hals, als er ein Lachen von sich gibt. »Das ist schön. Und was machen wir jetzt mit dieser Information?«

»Ich möchte … ähm … kannst du …« Meine Stimme bricht.

»Ja?«

Wieso lässt er mich so leiden, wo er doch genau weiß, wie unwohl ich mich gerade fühle? Unwillkürlich entziehe ich mich seinen Lippen an meinem Hals. Er sieht zu mir auf, doch ich senke den Blick.

»Wo ist das Problem, Prinzessin? Sag mir, was du möchtest, und du bekommst es. So einfach ist das.«

»Ich kann nicht.« Meine Stimme zittert.

Fürsorglich nimmt er mein Gesicht zwischen seine Hände. »Natürlich kannst du. Schon vergessen? Ich bin dein Freund. Du kannst mir alles sagen.«

Ich nehme seine Hände von meinem Gesicht und halte sie fest. Resigniert seufze ich auf. Er hat ja recht. Mit allem Mut, den ich aufbringen kann, und glühenden Wangen stoße ich hervor: »Kannst du es mir mit der Zunge besorgen? Zwischen meinen Beinen.«

»Ja, klar.« Er lacht. »War doch gar nicht so schwer, oder?«

Ich schüttle den Kopf und füge hinzu: »Aber es ist mir peinlich.«

»Kein Grund, sich zu schämen. Ich muss doch wissen, wie ich meine Freundin glücklich machen kann.«

Ohne meine Antwort abzuwarten, beugt er sich hinab, um einen Kuss auf meinen Bauchnabel zu hauchen. Unwillkürlich sauge ich scharf die Luft ein. Genießerisch schließe ich meine Augen, während er mit weiteren Küssen eine sanfte Linie in Richtung meines Höschens zeichnet. Je weiter er sich abwärts bewegt, umso intensiver fühlen sich seine Lippen auf meiner Haut an, was mir eine Gänsehaut beschert.

Am Bund meines Höschens hält er für den Bruchteil einer Sekunde inne. Mir erscheint es wie eine Ewigkeit, bis er den dünnen Stoff endlich nach unten schiebt und den nächsten Kuss auf meine Scham drückt. Vor Erlösung keuche ich auf. Doch die Genugtuung hält nur kurz an, denn die Spannung am Zentrum meiner Lust steigt weiter. Dave befeuert das verlangende Pochen, indem er die Innenseite meines Oberschenkels liebkost. Seufzend bäume ich mich auf und verschaffe ihm mehr Platz zwischen meinen Beinen. Vorsichtig streift er über die Außenseite meiner Schamlippen.

»Dave, bitte, ich …«, keuche ich, weil ich glaube, jeden Moment vor Verlangen zu explodieren.

Gott sei Dank erhört er mein Flehen, trifft auf meine Mitte und findet genau den richtigen Punkt. Das bringt mich dazu, zu erzittern. Meinem Mund entschlüpft ein kehliges Seufzen. Als Antwort darauf wirft Dave sich mein Bein über die Schulter und erhöht den Druck seiner Zunge. Nach Halt suchend, kralle ich meine Hände in sein Haar.

Seine Zunge spielt mit meiner Klitoris, verwöhnt mich und treibt mich dem Höhepunkt entgegen. In meiner Lust gefangen, schließe ich die Augen und werfe meinen Kopf in den Nacken. Laut stöhnend gebe ich mich genießerisch allen Empfindungen hin, die er in mir auslöst.

Als ich schließlich unter ihm erbebe, schreie ich laut seinen Namen.

Nachdem der Orgasmus versiegt ist, sinke ich zufrieden gegen den Spiegel. Dave lässt von mir ab und richtet sich auf. Zwischen uns ragt sein erigierter Penis empor, dessen Anblick mich sofort wieder feucht werden lässt. Ich umfasse das steife Glied und bewege meine Hand auf und ab.

Erregt keucht er auf. »Fuck, Valerie. Was tust du da?«

»Du hast etwas für mich gemacht. Ich würde mich dafür gerne revanchieren.«

Teuflisch sieht er mich an. »Das kannst du, Prinzessin. Aber anders, als du gedacht hast.«

Unvorbereitet packt er mich und wirft mich aufs Bett, sodass ich bäuchlings darauf lande. Nachdem er sich ein Kondom übergezogen hat, folgt er mir und beugt sich von hinten über mich. Ohne zaghaft zu sein, umfasst er meine Oberschenkel und richtet meinen Hintern auf.

In dieser Stellung haben wir es bisher noch nie getrieben. Ein aufgeregtes Prickeln durchströmt mich bei dem Gedanken daran, was mich erwartet. Dave verliert keine Zeit und dringt sofort in mich ein. Ich spüre ihn tiefer als sonst und stöhne genussvoll auf. Im selben Moment zieht er sich zurück, um erneut in mich zu stoßen. In kurzer Zeit findet er seinen Rhythmus. Dabei ist er so schnell und heftig wie nie zuvor. Mit den Händen liebkost er zusätzlich meine Brüste.

So hart von ihm durchgenommen zu werden, entfacht eine neue Dimension der Sinnlichkeit in mir. Ich lasse meiner Lust freien Lauf. Meine Hände krallen sich in das Laken, während ich Dave mit meinem lauten Stöhnen anflehe, nicht aufzuhören.

»Fass dich an. Ich habe keine Hand mehr frei, um es selbst zu tun«, keucht er unmittelbar.

Obwohl er es nicht näher erläutert, verstehe ich sofort, was er meint. Meine empfindlichste Zone wird in dieser Position kaum verwöhnt. Deshalb lege ich meine Hand an meine Klitoris und stimuliere mich selbst. Zunächst zögerlich, doch schnell verstärkt es meine Lust und ich werde forscher. Seltsamerweise erscheint es mir nicht komisch, dass Dave mich dabei beobachtet. Es erregt mich nur noch mehr. Ihm geht es offensichtlich ähnlich.

»Es macht mich geil, zu sehen, wie du dich reibst. Machst du's dir oft selbst?«

»Ab und zu«, gestehe ich ein. »Aber seitdem wir Sex haben, gar nicht mehr.«

»Dann besorg ich es dir also gut, hm?«

»Ja«, presse ich hervor. Unser Gespräch macht mich heiß und ich keuche heftig.

Kurze Zeit später rollt der ersehnte Höhepunkt wie eine Lawine über mich hinweg und bedeckt mich mit dem Gefühl der vollkommenen Ekstase. Dave kommt beinahe zur gleichen Zeit wie ich und wir kosten unseren Sinnesrausch aus, bis er sich allmählich lichtet.

Dave steigt von mir ab und entfernt das Kondom, ehe er sich zu mir legt. Wir rollen uns zu einer Kugel aus zwei ineinander verschlungenen Körper zusammen. Nach einem Moment, in dem die befriedigte Stille zwischen uns den Raum erfüllt, lehne ich meine Stirn an seine und glucke:»Deine Koch- und Tanzkünste in allen Ehren, aber das hier war mit Abstand das Beste am heutigen Abend.«

»Sicher, dass du dich schon festlegen möchtest? Die Nacht ist noch jung und wir haben gerade erst angefangen, sie zu genießen.«

Das schelmische Grinsen auf seinem Gesicht spricht Bände. Ich lache.»Gerne lasse ich mich davon überzeugen, meine Meinung zu ändern.«

Dave

»Wie würde sich dein Leben verändern, wenn du einen Roboter als Haustier haben könntest?« Auf eine Antwort wartend, fahre ich Valerie durchs Haar.

Mittlerweile ist es weit nach Mitternacht. Wir liegen eng aneinandergekuschelt in meinem Bett. Unsere Körper scheinen wie zwei Puzzleteile zu sein, die sich perfekt zusammenfügen. Ich habe meine Arme um sie gelegt und ihr Kopf ruht auf meiner Brust. Valeries eiskalte Füße kitzeln meine Zehen. Obwohl ihre Füße sich wie Eisklötze anfühlen, löst das Gefühl von ihrer Haut auf meiner ein Inferno in mir aus, besonders in meiner unteren Körperregion. Kein Wunder also, dass wir uns in dieser Nacht schon drei Mal geliebt haben. In den Pausen dazwischen stellen wir uns abwechselnd die verrücktesten Fragen, die uns gerade in den Sinn kommen.

»Das ist eine einfache Frage«, beginnt Valerie mir zu antworten, ohne lange darüber nachzudenken.»Ich könnte den ganzen Tag faul herumliegen, während der Roboter sich um den nervigen Haushaltskram kümmert.«

Ich lache. »Der Roboter soll dein Haustier sein und nicht dein Sklave.«

»Keine Sorge. Wenn er brav ist, bekommt er auch ab und zu ein Leckerli.« Sie gähnt.

»Bist du etwa langsam müde, Prinzessin?« Ich drücke ihr liebevoll einen Kuss ins Haar.

Valerie rappelt sich auf, sodass sie mich ansehen kann. Ihre braunen Augen wirken tatsächlich erschöpft.

»Von wegen, ich bin hellwach. Schließlich will ich keine Sekunde verpassen, in der du bei mir bist.«

»Das ist süß von dir, aber wir werden ja in Zukunft noch richtig viel Zeit zusammen verbringen. Da wird es nichts ausmachen, wenn wir jetzt ein paar Stunden schlafen.«

»Vermutlich hast du recht. Aber ich glaube, ich werde dich im Schlaf trotzdem vermissen.«

Ich lache erneut auf. »Wahrscheinlich nur so lange, bis ich dir auch im Traum mit meinen blöden Sprüchen auf die Nerven gehe.«

»Hey! Ich dachte, das hätten wir hinter uns.« Valerie boxt mich spielerisch in die Seite.

Daraufhin löse ich unsere Umarmung und beginne sie durchzukitzeln. »Von wegen. Anderen Leuten auf die Nerven zu gehen ist meine Lebensaufgabe.«

Valerie beginnt heftig zu kichern. Sie liegt unter mir und hat keine Chance, sich zu wehren. Ihr Körper krümmt sich unter meinen Fingern und ich liebe es, sie so überschwänglich lachen zu sehen. Allein das wäre ein Grund, niemals damit aufzuhören, sie zu kitzeln.

»Dave!« Valerie kreischt und schlägt mit ihren Armen wild um sich. Ich muss aufpassen, dass sie mich nicht im Gesicht trifft. »Dave, hör auf!«

Anstatt auf ihr Flehen einzugehen, pieke ich sie mit meinen Fingern abermals in die Seite, was zur Folge hat, dass sie erneut aufkreischt.

»Dave, wenn du nicht sofort aufhörst, dann …« Vor lauter Lachen und den vergeblichen Versuchen, sich zu wehren, kann sie nicht weitersprechen.

»Ja, was ist dann?«, fordere ich sie heraus.

»Dann …« Valerie japst nach Luft. »Dann werfe ich dich eigenhändig aus dem Bett und du musst die ganze Nacht auf dem Boden schlafen.«

»Glücklicherweise ist die Nacht ja nicht mehr so lang«, setze ich an und starte gleichzeitig eine neue Attacke auf sie. »Aber riskieren möchte ich es trotzdem nicht.«

Die Bewegungen meiner Hände verlangsamen sich, bis ich schließlich ganz aufhöre, sie zu kitzeln.

Valerie liegt reglos unter mir. Einzig ihre Brust hebt und senkt sich schnell und versucht sich von der Kitzelattacke zu erholen. Im Schein der Nachttischlampe sieht sie wie ein Engel mit zerzausten Haaren aus: ein bisschen mitgenommen, aber trotzdem wunderschön. Meine linke Hand wandert hinauf zu ihrem Gesicht. Mit den Fingerspitzen fahre ich behutsam ihre Konturen nach. Als ich auf der Höhe eines Ohres ankomme, schiebe ich eine Strähne dahinter.

»Würde ein Kuss dich dazu veranlassen, eventuell doch das Bett mit mir zu teilen?« Meine Stimme ist jetzt nur noch ein Flüstern.

»Ja, vielleicht. Wenn es ein guter Kuss ist.«

Valerie lässt mich nicht aus den Augen, während unsere Lippen sich langsam nähern. Wenige Millimeter vor ihrem Mund halte ich in der Bewegung inne. »Das wird eindeutig der beste Kuss deines Lebens.«

»Das hoffe ich für dich«, wispert sie.

Ich spüre ihren Atem bereits an meinen Lippen, als sie ihre Hände in meinen Nacken legt. Dann treffen unsere Münder endlich aufeinander und alles in mir beginnt euphorisch zu prickeln. Hitze durchströmt meinen Körper. Mit der Zunge teile ich vorsichtig ihre Lippen und sie empfängt mich leidenschaftlich. In diesen Kuss lege ich alles, was ich für sie empfinde. Valerie soll spüren, dass sie die Einzige ist, die ich küssen möchte.

Urplötzlich meldet sich eine Stimme in meinem Kopf: *Seit Josephina nicht mehr da ist, hast du doch den Entschluss gefasst, dich niemals mehr zu verlieben. Was zum Teufel ist nur aus diesem Entschluss geworden?*

Hastig verbiete ich mir diesen Gedanken und verbanne ihn in die hinterste Ecke meines Gehirns, wo er hoffentlich nie wieder ausbricht. Ich habe lange genug mit mir gehadert. Habe ich nicht das Recht, endlich wieder glücklich zu sein? Und Valerie macht mich glücklich. Definitiv. Mein Kuss wird fordernder, um auch die letzten Zweifel zu verbannen. Valerie reagiert, indem ihr ein Seufzen entfährt. Ihre Hände vergraben sich in meinen Haaren. Grinsend sagt sie in unseren Kuss hinein: ›Ich denke mal, du hast es geschafft, mich zu überzeugen.‹

»Mein Schlafplatz ist also gerettet. Das sind doch mal gute Nachrichten.«

Valerie zieht die Augenbrauen hoch. Ihr Tonfall klingt amüsiert, als sie sagt: »Oh, ich hätte wissen müssen, dass es dir die ganze Zeit nur darum ging.«

»Zu spät, *bella mia.*« Ich greife zum Lichtschalter und knipse die Nachttischlampe aus. Mit einem Ruck rolle ich mich neben Valerie und ziehe sie dabei in meine Arme. Glückselig kuschelt sie sich an mich.

»*Buona notte e sogni d'oro*, Prinzessin«, flüstere ich in ihr Haar.

»Was hast du gesagt?« Valeries Stimme klingt bereits schläfrig.

»Ich meinte: Gute Nacht und süße Träume, meine Prinzessin.«

Inständig hoffe ich, dass das auch für mich gilt und meine fiesen Gedanken sich nicht wieder ihren Weg an die Oberfläche bahnen. Vielleicht habe ich meine Schuldgefühle wegen Josephinas Tod ja jetzt unter Kontrolle. Sie sind aber nur die Spitze des Eisbergs. Schließlich ist ihr Leben nicht das einzige, das ich beendet habe.

Mitten in der Nacht werde ich durch einen Tritt gegen mein Schienbein geweckt. Noch gefangen in einem Dämmerzustand, wundere ich mich, wie das passiert sein kann. Nach einer Erklärung suchend, sehe ich mich um. Da bemerke ich, wie sich etwas neben mir regt. Augenblicklich erinnere ich mich an das fantastische Date mit Valerie, den noch fantastischeren Sex und wie wir schließlich eng umschlungen eingeschlafen sind. Euphorische Glückswellen durchströmen meinen Körper bei dem Gedanken daran, dass ich derjenige sein darf, der mit ihr ein Bett teilt. Selbst wenn das bedeutet, dass sie mir im Schlaf einen Tritt verpasst.

Sofort schwindet die Müdigkeit und mein Blut sackt ab, direkt in meinen Schwanz. Wenn ich Valerie zärtlich wecke, bekommt sie vielleicht ebenfalls Lust und ich kann sie in der Löffelchenstellung nehmen. Angetrieben von meiner Sexfantasie, taste ich nach ihrem kleinen Körper, der sich vor ein paar Stunden noch so perfekt an meinen geschmiegt, sich mittlerweile aber ein gutes Stück entfernt hat. Da meine Augen sich inzwischen an die Dunkelheit gewöhnt haben, sehe ich nun deutlich die Umrisse von Valerie, die seitlich und von mir abgewandt schläft. Sogleich rücke ich an sie heran und streife mit meinen Fingern über die weiche Haut ihres Oberarms. Ihre Atemzüge gehen ruhig und gleichmäßig. Ich halte kurz inne und beobachte sie beim Schlafen. Sie sieht wunderschön aus. Ich nehme ihre Schönheit in mich auf, wodurch sich mein Wunsch, tief in sie einzudringen, verstärkt. Von Lust durchflutet, dränge ich meine anschwellende Erektion gegen ihren Hintern, schiebe vorsichtig ihr Haar beiseite und beginne leicht an ihrem Ohrläppchen zu knabbern. Ohne Umschweife bemerkt sie meine Nähe und beginnt etwas Unverständliches zu murmeln.

»Hey, Prinzessin«, flüstere ich dicht an ihrem Ohr, lasse meine Lippen an ihrem Hals hinabwandern und streichle ihre Brüste.

Entgegen meiner Erwartung geht Valerie nicht auf meine Annäherungsversuche ein. Stattdessen windet sie sich aus meinen Armen und rollt sich zu einer Kugel zusammen. Immer noch leise, aber diesmal verständlicher gibt sie wiederholt ein »Hör auf« von sich, während sie anfängt, sich hin und her zu wälzen. Von dieser Reaktion überrascht, weiche ich zurück.

Zuerst bin ich verärgert und frustriert über ihre Abweisung. Dann beginne ich zu verstehen und setze mich alarmiert im Bett auf. Mit Nachdruck rüttle ich Valerie an der Schulter, um sie aus ihrem Albtraum zu wecken.

Erst windet sie sich wild, als würde sie sich gegen etwas wehren. Mein Rütteln wird fester. »Wach auf, Valerie! Es ist nur ein Traum.«

»Lass das, du tust mir weh!« Mit einer groben Handbewegung wischt sie meine Finger von ihrer Schulter und ich fahre erschrocken zurück.

Sie schlägt die Augen auf. Sie braucht einen Moment, um sich zu orientieren. Als sie mich erkennt und realisiert, dass sie nur geträumt hat, atmet sie erleichtert auf. Dann klammert sie sich an mich und drückt ihren Kopf an meinen Oberschenkel. Unmittelbar danach spüre ich ihre heißen Tränen auf meiner Haut.

Meine Finger fahren durch ihre Haare und ich versuche sie zu beruhigen. »Alles wird gut, das war nur ein Traum. Aber jetzt bist du in Sicherheit.«

Valeries Schluchzen wird noch heftiger.

Ein Blitz durchzuckt mich, als ich zu einer Erkenntnis komme: Wahrscheinlich hat sie von ihrer besten Freundin geträumt, die alles andere als in Sicherheit ist.

»Stella wird sicher bald gefunden«, sage ich schnell und fühle mich im selben Atemzug deswegen schlecht. Schließlich verspreche ich ihr etwas, für das ich ihr keine Garantie geben kann.

Als meine Worte zu ihr durchdringen, richtet sie ihr tränenverschmiertes Gesicht auf. Der von Traurigkeit durchsetzte Ausdruck, der darauf liegt, versetzt mir einen Stich ins Herz. Ich lege meinen Arm um sie und ziehe sie hoch, sodass sie, wie ich, mit dem Rücken am Kopfteil des Bettes lehnt.

»Ich habe nicht von Stella geträumt«, vernehme ich unvermittelt ein Flüstern aus Valeries Mund.

Verwundert sehe ich sie an. »Oh, ich dachte, weil du mir gestern von deinen Albträumen ihretwegen erzählt hast. Und das gerade sah definitiv so aus, als hättest du einen Albtraum.«

Sie nickt. »Stimmt. Nur nicht von Stella.« Valeries Blick streift mich kurz, aber eingehend, bevor sie unsicher zur Seite sieht. »Dave, kann ich dir etwas anvertrauen?«

»Aber klar doch.«

Angespannt warte ich auf ihre nächsten Worte, aber Valerie lässt sich Zeit. Die gebe ich ihr, weil sie sichtlich mit sich ringt. Das, was sie sagen möchte, scheint ihr nur schwer über die Lippen zu gehen und ich bin froh, dass sie überhaupt dazu bereit ist, sich mir zu öffnen.

»Niemand weiß davon. Nicht mal Stella oder mein Vater. Aber du bist mein Freund und ich vertraue dir. Außerdem möchte ich, dass du besser verstehst, weshalb ich bin, wie ich eben bin.« Als ich nichts erwidere, fügt sie hinzu: »Du weißt schon. Meine Zweifel und Unsicherheiten.«

Ich nicke nur, um sie nicht zu bedrängen. Inzwischen habe ich gelernt, dass ihre Schüchternheit ein sensibles Thema für sie ist. Am besten gehe ich damit um, indem ich ihr den nötigen Raum gebe, anstatt ständig darauf herumzuhacken.

Nach ein paar Minuten des Schweigens holt sie tief Luft, ehe sie leise weiterspricht, während sie nervös ihre Hände knetet. »Die Wurzel für meine Ängste liegt bei meiner Mutter. Als ich sieben Jahre alt war, hat sie meinen Vater und mich verlassen. Meinetwegen. Weil sie mich hasst.«

Valeries Worte erschüttern den Raum, als wäre eine Handgranate detoniert. Eine Mutter, die aus Abscheu vor ihrem Kind ihre Familie verlässt – das ist gleichermaßen unvorstellbar wie schrecklich. Ich hätte mit vielem gerechnet, aber nicht damit. Trotzdem kann ich Valerie noch nicht ganz folgen, wie der Albtraum, ihre Schüchternheit und der Verlust ihrer Mutter zusammenhängen.

»Du warst noch ein Kind. Was hast du bitte so Schwerwiegendes verbrochen, um in lebenslange Ungnade bei deiner eigenen Mom zu fallen?«

»Genau diese Frage habe ich mir unzählige Male selbst gestellt. Aber um ehrlich zu sein, ich weiß es nicht.« Das Ende des Satzes erstickt in Valeries Tränen.

Tröstend ziehe ich sie an meine Brust, doch sie wehrt sich dagegen. »Lass mich bitte erst zu Ende erzählen, sonst weiß ich nicht, ob ich jemals wieder den Mut aufbringen werde, darüber zu reden.«

Verständnisvoll lasse ich von ihr ab. Verstohlen wischt sie sich die Tränen aus dem Gesicht, bevor sie weiterspricht. »Seit ich denken kann, hat meine Mom mich ihre Abneigung spüren lassen. Zwar hat sie sich um mich gekümmert, mich immer mit Essen versorgt und mir beim Anziehen geholfen, aber sie tat all das nicht aus Mutterliebe, sondern weil es eben ihre Pflicht war. Sie hat mir nie einen Kuss gegeben oder mich umarmt, selbst wenn ich traurig war. Stattdessen hielt sie mir ständig vor, wie anstrengend und unnütz ich doch sei. Und dass ich ihre Karrierepläne zerstört hätte. Dennoch habe ich nie aufgehört, um ihre Zuwendung zu buhlen. Ziemlich naiv von mir.«

Aus Valeries Kehle dringt ein bitteres Lachen. Es beschert mir eine Gänsehaut. Ihre Worte machen mich sprachlos. Gebannt hänge ich an ihren Lippen, als sie weiterspricht.

»Mein Albtraum handelt immer von einer solchen Situation. An einem Tag hatte ich mir etwas Besonderes ausgedacht und geglaubt, wenn ich für meine Mama ein schönes Bild male, würde sie sich freuen und wir könnten endlich zueinanderfinden. Also setzte ich mich an den Schreibtisch und malte ein Bild von unserer Familie mit einem Regenbogen im Hintergrund. Ich gab mir extrem viel Mühe und verwendete sogar meine Glitzerstifte, die damals sehr wertvoll für mich waren. Nachdem ich fertiggezeichnet hatte, ging ich stolz mit meinem Gemälde nach unten ins Wohnzimmer, um es meiner Mom zu überreichen. Doch anstatt sich für mich Zeit zu nehmen, sagte sie nur tonlos *Schön*, ohne auch nur einmal von der Zeitschrift aufzusehen, in der sie gerade las. Bei ihr mal wieder gegen eine Wand gelaufen zu sein, machte mich traurig, aber vor allem war ich wütend. Aus lauter Zorn riss ich ihr die Zeitschrift aus der Hand und warf ihr vor, dass ich ihr egal sei. Das ließ auch sie rasend werden. Natürlich stritt sie meinen Vorwurf ab, indem sie all die Dinge aufzählte, die sie täglich für mich mache oder wegen mir aufgegeben hätte, und da dürfe sie doch jetzt wenigstens für fünf Minuten in Ruhe lesen. Sie meinte, ich solle mich beruhigen und könne ja noch ein Bild malen. Mich zu beruhigen war aber das Letzte, was ich in diesem Moment wollte. Schließlich hatte ich mich zu diesem Zeitpunkt schon sechs Jahre vor ihr weggeduckt. Ich schrie und schlug um mich in der Hoffnung, dass sie mich besänftigen und endlich in den Arm nehmen würde. Doch selbst das brachte nichts. Im Gegenteil. Sie packte mich unsanft am Handgelenk und zerrte mich gegen meinen Willen in unsere kleine Abstellkammer. Dort schloss sie mich für mehrere Stunden ein. Daher auch meine Klaustrophobie im Fahrstuhl.

Na ja, jedenfalls verfolgt mich diese Szene noch immer regelmäßig nachts im Traum. Und das Schlimme daran ist, manchmal überkommt mich das Gefühl, sie habe mich zu Recht weggesperrt. Weil ich nicht brav gewesen war. Ich bin dann überzeugt, wenn ich mich mehr bemüht hätte, eine gute Tochter zu sein, hätte ich ihren Ansprüchen genügen und mir ihre Liebe verdienen können. Doch leider waren alle meine Anstrengungen vergeblich, denn sonst wäre sie ja jetzt nicht weg.«

Valerie senkt den Kopf auf ihre angezogenen Knie und schluchzt stumm.

Ich bin fassungslos und weiß nicht, was ich auf dieses entsetzliche Geständnis erwidern soll. Aus der Zeit unmittelbar nach Josephinas Tod erinnere ich mich daran, wie ich es gehasst habe, von allen zu hören, wie leid es ihnen tue. Wirklich jeder behandelte mich wie ein rohes Ei. Im Nachhinein ist mir bewusst, dass die Leute einfach unsicher waren, wie sie mit mir umgehen sollten. Genau so fühle ich mich jetzt. Ich möchte Valerie auf keinen Fall das Gefühl geben, bemitleidenswert zu sein. Dennoch verspüre ich den Drang, ihr mein Mitgefühl zu zeigen. Ich schwöre, wenn ich könnte, würde ich in der Zeit zurückreisen und verhindern, dass sie diese Qualen durchleben muss. Aber da dies nicht möglich ist, nehme ich sie in meine Arme. Tröstend streiche ich ihr über den Rücken.

»Hat sie dich öfter körperlich angegriffen?« Erschrocken über mich selbst, weiche ich von Valerie zurück. Ich will diese Frage eigentlich nicht stellen und ihr so womöglich zu nahe treten, aber der quälende Gedanke hat meinen Mund verlassen, bevor ich es verhindern konnte.

Heftig schüttelt Valerie den Kopf. »Nein. Als sie mich gepackt und in die Abstellkammer gezerrt hat, war es das einzige Mal, dass sie körperliche Gewalt angewendet hat. Ansonsten waren ihre Angriffe ausschließlich verbal oder durch Ignoranz gekennzeichnet. Was nicht bedeutet, dass es weniger wehgetan hat.«

»Natürlich.« Ich nicke verständnisvoll. Dennoch geht mir eine

Sache nicht aus dem Kopf. »Wie kann dein Vater nichts davon mitbekommen haben?«

»In seiner Anwesenheit hat sie sich von ihrer besten Seite gezeigt, die fürsorgliche Mutter gemimt. Als ich noch ein Kind war, konnte ich ihr Verhalten nicht richtig einordnen und habe mir deshalb immer wieder Hoffnung auf Besserung gemacht. Gleichzeitig drohte sie mir, wenn ich Dad von dem Vorfall mit der Abstellkammer erzählte, würde er enttäuscht von mir sein, dass ich mich so danebenbenommen habe, und mich nicht mehr mögen. Ich hatte Angst und wollte das gute Verhältnis zu meinem Vater unter keinen Umständen aufs Spiel setzen. Deshalb habe ich geschwiegen.«

»Das ist schrecklich.«

»Als sie eines Tages weg war und lediglich eine Nachricht hinterlassen hatte, auf der stand, dass sie ein neues Leben beginnen und nicht kontaktiert werden wolle, verspürte ich pure Erleichterung. Schließlich konnte sie mir von nun an nichts mehr anhaben. Andererseits schämte ich mich für meine Gefühle, weil es meinem Vater sehr schlecht ging. Wahrscheinlich dachte er, es liege an ihm, dass sie uns im Stich gelassen hat. Auch wenn er es niemals vor mir zugeben würde, weiß ich, wie sehr er darunter gelitten hat. Nachts, wenn er dachte, ich schlafe schon, hat er sich die alten Fotoalben angesehen und dabei geweint. Noch immer habe ich deshalb schreckliche Schuldgefühle. Ich meine, wenn es mich nicht gäbe, hätte meine Mom keinen Grund gehabt abzuhauen und die beiden wären womöglich noch immer glücklich. Deswegen darf mein Vater nie etwas von alledem erfahren. Ich habe Angst, dass er dann wütend auf mich wird und mich ebenfalls von sich stößt.«

»Aber Valerie, das ist doch Quatsch! Deine Mutter hat eine Reihe falscher Entscheidungen getroffen, aber das ist allein ihre Schuld und nicht deine. Ich bin der Meinung, dein Vater sieht das genauso. Und vielleicht kennt er auch noch andere Gründe, weshalb deine Mom euch verlassen hat.«

Meine Aussage macht Valerie stutzig. »Um ehrlich zu sein, haben wir nie wirklich über Moms Abgang geredet. Es ist ein Thema, das wir beide lieber umgehen.«

»Auch wenn es dir schwerfällt, solltest du das dringend nachholen. Sonst wird diese Sache womöglich für immer zwischen euch stehen.«

»Vermutlich hast du recht. Aber die Angst vor seiner Reaktion ist wie ein unbändiges riesiges Monster in meinem Kopf.« Ein tiefes Seufzen entfährt ihr. Sie nimmt erneut all ihren Mut zusammen, ehe sie weiterspricht. »So fühlt es sich für mich auch in vielen anderen Situationen an, wenn es darum geht, für mich selbst einzustehen. Ich hoffe, du kannst jetzt besser nachvollziehen, weshalb mein Selbstwertgefühl so gering ist. Wie kann ich mich selbst lieben, wenn nicht mal die Person, die mich von Natur aus bedingungslos lieben sollte, dazu in der Lage ist? Das wünsche ich wirklich niemandem.«

Ich nehme Valeries Hand und zeichne beruhigende Kreise auf ihren Handrücken. Währenddessen hallen ihre Worte wie ein Echo in meinem Kopf nach. Mit einem Schlag erreicht mich eine Erkenntnis.

»Deshalb das Sozialpädagogikstudium«, flüstere ich und sehe sie fragend an.

Valerie nickt. »Mein Ziel ist es, Kindern und Jugendlichen, die sich in ähnlichen Situation befinden, zu helfen. Aber nicht nur das. Durch das Studium habe ich viel gelernt, was mir hilft, meine eigene Vergangenheit besser zu verstehen. Es fühlt sich ein bisschen wie eine Therapie an.«

Ich schlucke. Valeries letzter Satz beschwört ein ungutes Gefühl in mir herauf. Das Päckchen, das sie mit sich herumträgt, belastet sie seit Jahren enorm. Deshalb wage ich einen vorsichtigen Vorstoß in eine bestimmte Richtung.

»Hast du je in Betracht gezogen, mit jemandem darüber zu reden, der dir helfen kann, all das zu verarbeiten?«

Valerie reagiert mit einem heftigen Kopfschütteln. »Lange Zeit habe ich versucht, diesen Teil meines Lebens und die damit verbundenen Probleme zu verdrängen. Als ich es mir endlich eingestanden habe, habe ich viel darüber gelesen. Zu einem Psychiater zu gehen und mit einem Fremden über mein Geheimnis zu sprechen, erscheint mir undenkbar.« Besorgt weiten sich ihre Augen. »Du wirst doch mit niemandem darüber reden, oder?«

»Keine Sorge. Alles, was du mir anvertraut hast, werde ich für mich behalten. Ich möchte nur, dass du weißt, es ist völlig in Ordnung, sich Hilfe zu holen, wenn man sie benötigt.«

»Als angehender Psychologe bleibt dir gar nichts anderes übrig, als so etwas zu sagen.«

Es wirkt, als wolle Valerie meine Aussage herunterspielen oder als würde sie mich abweisen wollen, weil ich sie zu sehr in eine Ecke dränge. Das enttäuscht mich, da ich ihr nichts aufzwingen möchte, vielmehr bin ich ernsthaft um sie besorgt. Deshalb lege ich viel Nachdruck in meine nächsten Worte.

»Ich sage das vor allem als dein Freund. Weil ich möchte, dass es dir gut geht.«

Nun huscht ein leichtes Lächeln über ihre Lippen. »Okay. Ich denke darüber nach.«

»Das ist ein guter Anfang. Ich unterstütze dich, egal, wie du dich entscheidest.« Nach einer Pause füge ich hinzu: »Und danke, dass du mir von deiner Mom erzählt hast. Das war sehr mutig von dir.«

»Danke, dass du mir zugehört hast.«

Valerie schmiegt sich an mich. Wir halten uns gegenseitig fest, spenden uns auf diese Weise Trost und Geborgenheit. Allmählich sinken wir wieder tiefer in die Kissen. Ich streiche ihr so lange über den Hinterkopf, bis ihre Atemzüge ruhig und gleichmäßig werden.

Doch mein eigener Schlaf wird mir durch einen unerträglichen Gedanken geraubt. Von all den Dingen, die Valerie mir hätte anvertrauen können, ist das das Schlimmste. Ich bin keinen Deut besser als ihre Mom. Josephina und das Baby hätten mich gebraucht. Und ich habe sie weggestoßen. Wenn Valerie diese eine Wahrheit über mich wüsste, würde sie mich verachten. Darum darf sie niemals erfahren, was ich getan habe.

Montag, 20.05.2019

Valerie

Stella ist jetzt seit zwanzig Tagen spurlos verschwunden. Ohne jegliches Lebenszeichen. Meine Suche nach ihr verläuft weiterhin ergebnislos. Der Polizei geht es ähnlich. Dementsprechend ist die Sorge um meine beste Freundin nach wie vor riesig. So gut es geht, versuche ich mit meinem Kummer klarzukommen, aber nicht immer gelingt es mir. Neulich habe ich in der Schlange an der Supermarktkasse angefangen zu weinen, als ich sah, dass die Kundin vor mir Stellas Lieblingsschokolade auf das Band legte. Und manchmal starre ich minutenlang auf unseren Chatverlauf und kann nicht glauben, dass sie seit dem Tag ihres Verschwindens nicht mehr online war.

Gleichzeitig bin ich so glücklich wie nie zuvor. Zeit mit Dave zu verbringen ist das Beste, was mir je passiert ist. Wir sehen uns quasi in jeder Sekunde, die wir freischaufeln können. Oft führt er mich zum Essen aus oder wir kochen gemeinsam.

Ich habe ihn dazu gebracht, auf einer abgelegenen Wiese im Park sowie in der Umkleide bei H&M mit mir Sex zu haben. Und im Kino haben wir es uns gegenseitig mit der Hand besorgt. Jeder neue Ort, den ich auf die Liste setzen kann, heizt meine Vorliebe, in der

Öffentlichkeit Sex zu haben, weiter an. Das Einzige, was ich noch mehr liebe, ist, wenn wir uns im Bett einkuscheln und Dave mir aus einem Buch vorliest.

Heute möchte er mir bei einem Spieleabend seine WG-Mitbewohner Pascal und Kevin vorstellen. Derek ist noch immer bei seinen Eltern. Dafür kommt Kevins Freundin Claudia.

Aufgrund meiner Schüchternheit bereitet mir die Aussicht darauf, gleich mehrere neue Leute kennenzulernen, großes Unbehagen. Eigentlich habe ich mich auch nur darauf eingelassen, weil es Dave wichtig ist. Und weil er mir versprochen hat, dass wir uns zurückziehen, sobald es mir zu viel wird.

Meine Handtasche fest umklammernd, sitze ich auf der Steinbank vor unserem Haus und warte darauf, dass Dave mich abholt. Angstvoll kreisen meine Gedanken um den Verlauf dieses Abends. Was, wenn mir etwas Peinliches passiert oder ich etwas Blödes sage? Alle werden sich fragen, wie Dave nur mit jemandem wie mir zusammen sein kann.

Lauter Deutschrap und ein abbremsender Automotor durchbrechen meine Befürchtungen. Keine fünf Sekunden später gerät Daves BMW in mein Blickfeld, der am Straßenrand zum Stehen kommt. Er steigt aus dem Wagen und kommt auf mich zu.

Mein Herz macht einen Satz. Sein vertrautes Gesicht lässt mich meine Aufregung kurzzeitig vergessen. Freudig springe ich von der Bank auf, um ihn zu umarmen. »Hey.«

»*Ciao, cara mia.*« Er beugt sich für einen Begrüßungskuss zu mir herab. »Bist du bereit?«

Missmutig murmle ich eine unverständliche Antwort. Ich würde wirklich lieber etwas zu zweit mit ihm unternehmen.

Doch Dave lässt sich von seiner Abendplanung nicht abbringen. »Ach, komm schon. Das wird super. Meine Mitbewohner sind wirklich nett. Du wirst sie mögen.«

»Und was, wenn sie mich nicht ausstehen können?«

»So was ist überhaupt nicht möglich. Dafür strahlst du viel zu viel Sympathie aus.«

»Das ist nett von dir. Aber ich weiß wirklich nicht …«

Mitten im Satz fällt Dave mir ins Wort: »Du hältst es ununterbrochen mit mir aus und ich bin die größte Nervensäge der Welt. Da wirst du wohl ein paar Stunden mit einer Handvoll wohlgesonnener Menschen auskommen.«

Unwillkürlich bringt mich seine Aussage zum Lachen. »Das ist das beste Totschlagargument, das ich jemals gehört habe.«

»Siehst du. Schon überredet.« Er greift nach meiner Hand und zieht mich zu seinem Auto. »*Andiamo!*«

Eine knappe Viertelstunde später stehe ich im Wohnzimmer der WG einem hochgewachsenen Typen gegenüber, der noch durchtrainierter ist als Dave. Abgesehen von den lockeren Sportklamotten trägt er einen gepflegten Bart. Seine dunkelblonden Haare sind aufwendig nach oben gestylt. Das freundliche Lächeln, das er mir schenkt, wirkt aufrichtig. »Hi, ich bin Pascal. Aber wir haben uns ja bereits kurz an dem Abend im *Utopia* gesehen.«

»Ähm ... ja.« Ich nicke, während ich versuche, mich an die Freunde zu erinnern, mit denen Dave damals im Club gewesen ist. Mehr als die schemenhaften Umrisse zweier Personen an einer Bar bekomme ich aber nicht zustande. Ich schiebe es auf den Alkohol, die schlechten Lichtverhältnisse und darauf, dass mein Fokus an diesem Abend eindeutig auf Dave lag. Noch bevor ich weiter darüber nachdenken kann, streckt mir Pascal seine Hand entgegen. Aus Höflichkeit halte ich ihm meine ebenfalls hin. Im nächsten Augenblick finde ich mich in einer dieser für Männer typischen Begrüßungen aus Handschlag und Umarmung wieder. Weil ich mit so etwas nicht gerechnet habe, gelange ich ins Straucheln. Meine Bewegungen müssen peinlich und unbeholfen wirken. Zu allem Überfluss wird mir bewusst, dass ich vergessen habe, mich selbst vorzustellen. Die Gelegenheit, dies nachzuholen, habe ich jedoch verpasst, weil Pascal sich bereits von mir abwendet, um seinen Bruder herbeizurufen.

Meine Wangen beginnen zu glühen. Glücklicherweise scheint niemand außer Dave es zu bemerken. Beruhigend legt er mir eine Hand auf den Rücken. Ich sehe zu ihm auf und danke ihm stumm.

Kevin ist kleiner als sein Bruder und hat dunkleres Haar. Auf seiner Nase sitzt eine Brille mit rechteckigen Gläsern. Er scheint ein ruhigeres Wesen zu haben, ist aber keinesfalls weniger gastfreundlich. Nachdem wir uns einander vorgestellt haben, ruft Dave durch die gesamte Wohnung: »Claudia, sei nicht unhöflich und hör auf, dich vor meiner Freundin zu verstecken.«

»Mache ich gar nicht, aber irgendwer muss sich ja schließlich um das Essen kümmern«, schallt es aus Richtung der Küche zurück. Kurz darauf erscheint im Türrahmen eine junge Frau. Ihr brünettes Haar hat sie zu einem strengen Zopf nach hinten gebunden. In Kombination mit ihrer weißen Bluse und dem rot-schwarz karierten Rock erinnert mich ihr Outfit an Britney Spears in *Baby one more time*. Ein Schmunzeln huscht über mein Gesicht.

In der Hand hält Claudia eine riesige Schale, die randvoll mit Kartoffelchips ist. Diese stellt sie auf dem Wohnzimmertisch ab, ehe sie zu mir herüberkommt und mich in eine schwungvolle Umarmung zieht, als würde sie mich schon ewig kennen. Ich fühle mich ein wenig überrumpelt, jedoch im positiven Sinne.

»Schön, dass du da bist, Valerie.« Claudia hält mich auf Armeslänge von sich fort und mustert mich freundlich. »Endlich wieder eine Frau im Haus, die nicht vor dem Frühstück verschwindet.«

Ich lächle schief. Einerseits, weil ich nicht weiß, was ich auf eine solche Aussage erwidern soll. Andererseits, um den Stich in meiner Brust zu überdecken. Zwar weiß ich, dass Dave in der Vergangenheit nichts hat anbrennen lassen. Es aber von außen noch einmal bestätigt zu bekommen, entfacht dennoch ungewollt meine Eifersucht. Ich rufe mir ins Bewusstsein, dass diese unbegründet ist, weil es keine andere Frau mehr gegeben hat, seit wir angefangen haben, miteinander zu schlafen. Und alles andere spielt keine Rolle.

Doch nicht nur ich scheine mich an Claudias Worten aufzuhängen. So werfen sich Dave und Pascal erst gegenseitig einen vielsagenden Blick zu, ehe sie Claudia ansehen, als wollten sie sie vernichten. Diese lässt sich davon jedoch nicht beirren, sondern zieht mich am Handgelenk mit sich zur Couch. »Wir spielen *Activity*. Du bist in meinem Team. Kevin spielt mit Pascal.«

»Und Dave?«, frage ich verwirrt. Ich hatte eigentlich gehofft, ich könnte mich den Abend über an ihn halten.

Claudia winkt bloß ab. »Er kann meinetwegen Schiedsrichter sein. Ansonsten schummelt er sowieso nur.«

»Ich schummle überhaupt nicht, bloß weil ich die Regeln anders definiere als du«, verteidigt sich Dave.

»Pff, von wegen. Aber wenn du es so nennen willst, bitte sehr.« Zwischen den beiden existiert unübersehbar eine dynamische Schwingung, gepaart mit Streitlust und Ironie. Allerdings kann ich noch nicht entscheiden, ob das amüsant ist oder zum Problem werden wird.

Wir versammeln uns um den Couchtisch, auf dem bereits das *Activity*-Spielbrett samt Karten und Spielfiguren bereitsteht. Claudia und ich teilen uns die kurze Seite des Sofas. Zu meiner Rechten lässt sich Pascal nieder, neben ihm sein Bruder. Am Ende der langen Sitzbank nimmt Dave Platz, von wo aus er mir Blicke und Grimassen zuwerfen kann, die für die anderen unverständlich sind. Das gibt mir mehr Sicherheit, mich zu entspannen.

Pascal beginnt das Spiel. Selbstbewusst deckt er eine Karte aus dem Stapel mit den schwierigen Begriffen auf. Er nimmt sich Zeit, das Wort zu lesen und zu überlegen, wie er es pantomimisch darstellen kann. Dann legt er die Karte beiseite. Dave startet die Sanduhr. Unterdessen tut Pascal so, als würde er etwas von seinem Gesicht abziehen.

Sofort beginnt Kevin zu raten: »Ein Roboter!«

Sein Bruder verneint, ehe er fortfährt und einen unsichtbaren Gegenstand auf dem Tisch ablegt. Danach hebt er etwas anderes auf, das er aufreißt und dessen Inhalt er mit dem ersten Gegenstand in Verbindung bringt.

»Kochen!« Offenbar liegt Kevin wieder daneben. »Kochtopf? Maler!«, probiert er es weiter, doch Pascal schüttelt jedes Mal den Kopf.

So geht das einige Zeit hin und her. Kevin wirft ununterbrochen Wörter in den Raum, während Pascal wild gestikuliert. Es ist schwer zu sagen, wer von beiden mehr verzweifelt. Nichtsdestotrotz können Claudia und ich nicht aufhören zu lachen. Dafür ist das Bild, welches sich uns bietet, zu witzig.

Da schaltet sich Dave ein: »Jungs, die Zeit ist abgelaufen.«

»Was? Wir haben doch gerade erst angefangen.«

»Na und? Die Sanduhr lügt nicht.« Zur Bestätigung hält Dave Kevin den Zeitmesser direkt vors Gesicht.

Dieser winkt ab. »Okay, okay. Und was wäre das Wort denn jetzt gewesen?« Er wirkt ehrlich interessiert.

»Brillenputztuch«, kommt es von Pascal.

»Das war alles Mögliche, nur kein Brillenputztuch«, beschwert sich Kevin.

»Von wegen. Meine Darstellung war eins a. Aber wenn du dein Gehirn nicht einschaltest, nützt das leider gar nichts.«

»Ich glaube, du solltest eher an deinen schauspielerischen Fähigkeiten arbeiten.«

Pascal setzt zur erneuten Gegenwehr an, doch Dave geht dazwischen. »Ach ja, Geschwisterliebe in ihrer schönsten und reinsten Form.« Er seufzt amüsiert.

Wir anderen lachen auf.

Nun ist unser Team an der Reihe. Claudia überlässt es mir, die erste Karte zu ziehen. *Lebkuchenherz,* lese ich. Ich entscheide mich, das gesuchte Wort zu zeichnen, und male ein Herz auf das Papier vor mir.

»Liebe!«, ruft Claudia aus.

Ich schüttle den Kopf und füge meiner Zeichnung ein Band hinzu.

»Herzkette!«

Mit einer vagen Kopfbewegung deute ich ihr an, dass sie auf dem richtigen Weg ist.

»Schmuck! Anhänger?«

Erneut schüttle ich den Kopf und umrande das Herz noch einmal, um ihr zu verstehen zu geben, dass dies Teil des Wortes ist. Dann zeichne ich kleine Punkte als Zuckerperlen in das Herz und Wellenlinien anstelle der Schrift.

»Jetzt hab ich's: ein Lebkuchenherz!«

»Ja, perfekt!«, rufe ich freudig aus.

»So geht das«, frotzelt Claudia in Richtung ihres Freundes. Dafür erntet sie von ihm einen gespielt vernichtenden Blick zusammen mit einem: »Geh mir nicht auf den Sack, Schatz!«

Wir Mädels lachen bloß und klatschen uns ab.

Das Spiel nimmt seinen Lauf. Abwechselnd erraten, beschreiben und zeichnen wir die verschiedenen Wörter oder stellen sie pantomimisch dar. Die Zeit vergeht wie im Flug. Und mit ihr verfliegen meine Bedenken, die ich zu Beginn diesen Abends hatte. Dave hatte recht, was seine Mitbewohner betrifft. Sie sind alle sehr nett, sodass ich mich wohlfühle und es mir gelingt, mich ihnen zu öffnen. Claudia und ich entpuppen uns als eingespieltes Team. Dennoch gewinnen am Ende knapp Kevin und Pascal, die sich nach ihren anfänglichen Startschwierigkeiten doch noch als würdige Gegner erweisen.

Entspannt lehne ich mich zurück und werfe einen Blick in die Runde. Dave fängt meinen Blick auf. Ich gebe ihm mit meinen Augen und einem leichten Nicken zu verstehen, dass ich Spaß habe. Er lächelt zufrieden zurück. Dadurch überkommt mich das Bedürfnis, ihm nahe zu sein und seine Küsse an jeder Stelle meines Körpers zu spüren. Dumm nur, dass ich in einem Raum voller Menschen nicht besinnungslos über ihn herfallen kann. Doch ich werde das ausgiebig nachholen. Dieser Gedanke beschert mir ein heißes Kribbeln in meinem Bauch und das Lächeln auf meinem Gesicht wird wie von selbst noch eine Spur breiter.

Wir wechseln zu *UNO*. Pascal klinkt sich aus, um weitere Getränke im Spätkauf zu besorgen.

»Was haltet ihr von *UNO* im Pärchenmodus?«, schlägt Kevin vor.

»Au ja«, antwortet Claudia. Zu Daves und meiner Erklärung fügt sie hinzu: »Das Spiel haben wir gemeinsam mit meiner Schwester und ihrem Freund ins Leben gerufen. Man spielt jeweils zu zweit gegen die anderen Paare. Das Besondere daran ist, dass man zusammen mit einem Kartenblatt auskommen und entscheiden muss, welche Karte gespielt wird.«

»Klingt amüsant. Ich bin dabei«, erwidere ich.

»Super!«, ruft Claudia begeistert, »aber seid gewarnt, Kevin und ich sind schon um einiges länger zusammen als ihr und daher prima aufeinander abgestimmt.«

»Das hindert meine *principessa* und mich nicht daran, zu gewinnen«, hält Dave dagegen.

»Wir werden sehen«, schaltet sich Kevin ein.

Daraufhin wirft Dave mir einen *Keine-Sorge-das-wird-ein-Kinderspiel-für-uns*-Blick zu. Anschließend meint er: »Ich würde sagen: Challenge accepted.«

Claudia und Dave tauschen ihre Plätze miteinander. Kevin verteilt die Karten. Dann beginnt das Spiel. Schnell haben Dave und ich die Nase vorn. Ohne auch nur einmal eine Karte aufnehmen zu müssen, gelingt es uns, die Spielkarten nacheinander abzulegen. Doch durch einen Richtungswechsel holen Kevin und Claudia auf. Schließlich haben sie noch zwei Karten auf der Hand. Dave und ich eine, um genau zu sein, eine rote Zwei. In der Mitte liegt eine blaue Acht. Die anderen sind an der Reihe und brüten über ihrem nächsten Spielzug, der womöglich über den Sieg entscheidet. Nach einigem Hin und Her legt Kevin eine blaue Zwei.

»Yes! UNO, UNO!« Freudig wirft Dave unsere letzte Karte auf den Stapel und wirft zum Zeichen des Sieges seine leeren Hände in die Luft.

Ich lache vergnügt. Wir fallen uns in die Arme.

»Kevin, ich hab dir doch gesagt, du sollst die grüne Acht legen!«, blafft Claudia ihren Freund an.

»Sorry, ich dachte wirklich, mit dieser Variante würden wir besser fahren«, kommt es von diesem zurück.

»Dann überlass das Denken in Zukunft mir.«

»Wir hatten bloß Glück«, werfe ich zur Beruhigung ein.

»Von wegen«, behauptet Dave. »Setze ja nicht unsere geniale Spieltaktik herab.«

Er sammelt die Karten ein, um sie durchzumischen und für die nächste Runde auszugeben.

Während Kevin und Claudia lautstark weiterdiskutieren, ist Dave ungewohnt still. Ich beobachte, wie er den Kartenstapel durchsieht und hin und wieder eine Karte herauszieht, um sie gegen eine aus unserem Blatt einzutauschen.

»Claudia hatte recht. Du schummelst ja wirklich«, raune ich ihm zu.

»Ich verbessere nur unsere Gewinnchancen.« Nüchtern schiebt er mir eine *Plus-4-* und eine *Aussetzen-Karte* zu. Das übertrieben ernste Pokerface auf seinem Gesicht lässt mich stumm kichern. Amüsiert stecke ich die Karten zu unseren anderen.

Das ist so ... Dave ist eben niemand, der sich an Regeln hält, sondern derjenige, der sie aufstellt. Und wenn sie ihm nicht passen, verändert er sie einfach. Aber was er auch macht, ich würde es ihm nicht übel nehmen. Er könnte die ganze Welt in Flammen setzen und ich würde trotzdem hinter ihm stehen. Es ist, als hätte er mich verzaubert.

Verträumt mustere ich ihn von der Seite. Er bemerkt meinen Blick und wendet sich mir zu: »Was ist? Wieso siehst du mich so an?«

»Nur so. Mir ist gerade aufgefallen, wie wunderbar du bist und welches Glück ich hatte, dich zu treffen.«

Automatisch wird seine Miene weich. »Oh, Prinzessin, das hast du schön gesagt. Du weißt gar nicht, wie froh *ich* bin, dich gefunden zu haben.«

»Doch. Mir geht es mit dir nämlich genauso.«

Wir sehen uns tief in die Augen. Sein Blick und die Zuneigung, die darin liegt, erleuchten mein Herz. Ich rücke dichter an ihn heran und lasse meine Hand auf seinem Oberschenkel ruhen. Daraufhin legt er behutsam eine Hand an meine Wange und beugt sich für einen Kuss zu mir herab. In seinen Augen flackert auf, dass dies kein unschuldiger Kuss werden wird.

Ich weiche zurück und wispere: »Bist du dir sicher, dass das eine gute Idee ist, hier vor den anderen?«

Seine Antwort ist eindeutig: »Wenn ich Lust habe, meine Freundin zu küssen, dann küsse ich sie. Wem das nicht passt, der soll wegsehen.«

Beinahe im selben Atemzug verschmelzen unsere Lippen. Sogleich fliege ich mit Dave in einer rosafarbenen Seifenblase davon. Das Zimmer, Daves Mitbewohner und alles um mich herum lassen wir hinter uns.

Ich könnte ewig in diesem Traumschloss bleiben.

Leider holt mich Claudias Stimme viel zu schnell zurück in die Realität. »Ihr seid so ekelhaft süß. Wie lange seid ihr jetzt noch mal zusammen?«

Widerwillig, aber mit einem fetten Grinsen im Gesicht unterbreche ich den Kuss und wende mich ihr zu. »So richtig offiziell seit einer Woche. Aber genau genommen waren wir schon einige Zeit davor mehr als nur Freunde.«

Claudia drückt sich die Hände auf die Ohren und verzieht gespielt angeekelt das Gesicht. »Okay, schon gut. Erspart mir bitte die Details.«

Wir fallen in ein Gelächter ein. Nachdem wir uns beruhigt haben, starten wir in die nächste Runde *UNO*. Ohne große Überraschung gewinnen Dave und ich erneut. Wegen des Betrugs genieße ich diesen Sieg mit gemischten Gefühlen. Dave dagegen sieht höchst zufrieden aus.

»Gebt euch geschlagen. Gegen uns habt ihr keine Chance.«

»Niemals. Ich bestehe auf einer Revanche«, fordert Claudia. Ihre restlichen Spielkarten wirft sie auf den Tisch.

»Eigentlich gerne, aber nicht heute.« Dave wackelt anzüglich mit den Augenbrauen. »Wenn ihr uns entschuldigen würdet, Valerie und ich möchten unseren Sieg jetzt gerne zu zweit feiern.«

Oh, wollen wir das? In meinem Bauch entzündet sich eine Bombe aus Scham und Vorfreude. Ich sehe auf meine Schuhspitzen, um diese Gefühle vor den anderen zu verbergen.

»Na, da wollen wir euch nicht aufhalten.« Grinsend schiebt sich Kevin ein Kartoffelchip in den Mund.

Wir erheben uns von der Couch. Ich bedanke mich bei Kevin und Claudia für den schönen Abend, ehe Dave meine Finger mit seinen verschränkt und wir auf sein Zimmer zusteuern.

Auf halbem Weg ruft Claudia hinter uns her: »Tut nichts, was ich nicht auch tun würde. Aber zügelt eure Lautstärke. Ich muss morgen früh raus.«

Dave dreht sich angriffslustig zu ihr um. »Keine Sorge. Hier sind Experten am Werk.«

Das hat er gerade nicht wirklich gesa … – oh, doch. Ein Blick in die Gesichter von Claudia und Kevin genügt, um zu wissen, dass er tatsächlich Andeutungen über unsere Geschicklichkeit, in der Öffentlichkeit Sex zu haben, ohne erwischt zu werden, gemacht hat.

Ist es nicht schon peinlich genug, dass jeder hier weiß, dass Dave und ich gleich miteinander schlafen werden? Meine sozial unsichere Seite wünscht sich ein Loch, das sich auftut, um mich zu verschlucken. Aber kaum schließt sich die Tür hinter uns, vergesse ich meine Scham. Dave und ich sehen uns an und ohne ein einziges Wort ist alles gesagt. Mit seinen Händen umschließt er meine Taille und zieht mich zu sich heran. Sein Mund empfängt meinen warm und leidenschaftlich. Wie immer durchflutet mich pures Glück. Jedes Mal bin ich aufs Neue berauscht von diesem Gefühl.

Doch anders als erwartet fallen wir nicht wild übereinander her, sondern verweilen in diesem Kuss. Es fühlt sich gut an. Nach Geborgenheit und Zuhause. Apropos Zuhause ... Ich löse meine Lippen von Daves und sehe ihn entschuldigend an.

»Warte, lass mich kurz nachsehen, ob mein Vater mir geschrieben hat.«

Er nickt verständnisvoll, hält mich jedoch weiterhin in seinen Armen, anstelle sich diskret zurückzuziehen. Das ist okay, weil ich keine Geheimnisse vor ihm habe.

Aus meiner Handtasche, die ich noch umhängen habe, hole ich mein Handy hervor. Auf dem Display erwartet mich tatsächlich eine neue Nachricht. Allerdings nicht von meinem Vater. Und auch nicht auf WhatsApp, sondern über Facebook Messenger.

Sophia: Ich habe gehört, du suchst nach Informationen über Annikas Tod. Frag doch einfach deinen tollen Freund. Er kann dir da bestimmt weiterhelfen. Pass auf dich auf. (22.34 Uhr)

Ich bin verwirrt. Was hat das zu bedeuten? Mein Aufruf bei Facebook ist inzwischen über eine Woche her und blieb seither ohne Reaktionen. Jetzt doch noch eine Antwort zu erhalten, hätte ich nicht erwartet. Seltsam ist vor allem, was Dave damit zu tun haben soll. Fragend sehe ich zu ihm auf. Zwar hat er auf dem Display mitgelesen, doch auf seinem Gesicht sehe ich ebenfalls Unwissenheit.

»Das ist totaler Schwachsinn!« Seine Hände auf meinem Rücken versteifen sich. Er wirkt beinahe zornig. Ich kann das nachvollziehen, immerhin wird er von wildfremden Menschen beschuldigt, etwas mit einem Mord zu tun zu haben.

Dennoch kann ich nicht anders, als dem Hinweis nachzugehen. Um mehr über diese Sophia zu erfahren, klicke ich auf ihr Profil. Ohne zu wissen, weshalb, verspüre ich ein nervöses Kribbeln in meinem Bauch, während die Seite sich langsam aufbaut. Wie sich kurz darauf herausstellt, teilt sie die meisten Beiträge ausschließlich mit ihren Freunden. Auch auf ihrem Profilbild ist sie nur aus der Ferne zu erkennen. Eine durchschnittliche Teenagerin mit schulterlangem rotbraunem Haar. Nichts von dem, was ich finde oder was sie mir geschrieben hat, erweckt den Eindruck, dass es mich bei meiner Suche weiterbringen könnte. Vermutlich hat sie sich schlichtweg einen blöden Scherz erlaubt.

Ernüchterung stellt sich bei mir ein. Ich bin im Begriff, Sophias Profil zu schließen, da fällt mein Blick auf ihre Freundesliste. Dave wird als gemeinsamer Freund ausgewiesen.

»Woher kennst du sie?«, hauche ich und weiche, ohne es zu wollen, einen Schritt von ihm zurück. Auch wenn er mich nicht direkt angelogen hat, spüre ich Enttäuschung in mir aufsteigen, weil er es mir verschwiegen hat.

»Aus dem *Feelfit*. Wobei kennen eindeutig übertrieben ist. Sie arbeitet dort und wir grüßen uns gelegentlich.«

»Weshalb hast du das nicht gleich gesagt? Und wie kommt sie darauf, solche Dinge über dich zu behaupten?«

Dave wirkt jetzt leicht gereizt. »Ich wusste nicht, dass das relevant ist. Wie gesagt, wir kennen uns kaum. Aber ihre Anschuldigungen sind absurd, das ist dir hoffentlich selbst klar. Sie steht total auf mich. Wahrscheinlich will sie uns mit dieser Aktion bloß auseinanderbringen.«

»Möglich. Aber findest du das nicht ein kleines bisschen übertrieben für eine Eifersuchtsnummer bei jemandem, den man *kaum kennt*?«, erwidere ich.

»In blinder Eifersucht sind Menschen unberechenbar. Wenn du möchtest, lösche ich sie sofort aus meiner Freundesliste.«

»Nein, das musst du nicht.« Ich schüttle vehement den Kopf. »Ich will nicht diese eifersüchtige Freundin sein, die ihrem Freund alles verbietet. Ich vertraue dir.« Auch wenn mir die letzten Worte gerade schwerfallen, meine ich sie genau so.

»Und ich möchte dir zeigen, dass du das auch kannst.« Daves Miene wird weicher. Währenddessen tastet er seine Hosentaschen nach seinem Handy ab. Ohne Erfolg.

»Wie es aussieht, habe ich mein Handy im Wohnzimmer liegen lassen. Ich gehe es eben schnell holen.«

»Dave, du musst wirklich nicht …«

Es ist zwecklos. Dave hat bereits den Raum verlassen und hört mich nicht mehr. Natürlich schmeichelt es mir, dass er sich ohne zu zögern für mich und gegen eine andere Frau entscheidet. Andererseits lässt mich das komische Gefühl nicht los, welches diese Situation in mir heraufbeschworen hat. Es ist, als würde hier etwas vor sich gehen, von dem ich keine Ahnung habe, Dave aber offensichtlich schon.

Um meine Zweifel abzuschütteln, gehe ich unruhig im Zimmer umher. Da erweckt etwas auf Daves Schreibtisch meine Aufmerksamkeit. Eine aus einem Collegeblock herausgerissene Seite. Sie ist zusammengefaltet und jemand hat *Für Dave* 🩶 draufgeschrieben. Ich kann förmlich spüren, wie mir das Herz in die Hose rutscht. Sämtliche Alarmglocken in meinem Kopf beginnen zu schrillen. Obwohl ich es noch immer nicht wahrhaben möchte, spricht gerade so einiges gegen Daves Loyalität mir gegenüber.

Meine Finger greifen ohne mein Zutun nach dem Papier. Ich weiß, ich sollte das nicht tun. Es gibt tausend Gründe, die dagegensprechen. Mein Versprechen zu halten, nicht die eifersüchtige Freundin zu sein, ist nur einer davon. Doch gegen jede Vernunft falte ich das Papier auseinander und beginne zu lesen.

Hey Dave. Immer, wenn ich dich sehe, zaubert es mir ein Lächeln ins Gesicht. Ich mag dich wirklich sehr gerne. Gestern war ich mit meiner besten Freundin skaten und ich musste an dich denken, weil wir doch neulich über den Skatepark geredet haben. Möchtest du nächstes Mal mitkommen? Ich glaube, das würde dir gefallen und wir hätten viel Spaß zusammen. Deine Sophia.

Wie von Sinnen starre ich auf das Papier, vor allem auf den Namen am Ende des Briefes. Von wegen er kennt sie kaum. Sie schreiben sich Liebesbriefe.

Klar war sie eifersüchtig auf mich und wollte mich mit ihrer Nachricht aus dem Weg räumen. Fragt sich nur, wie lange das schon geht mit den beiden. Hatte er mit ihr bereits was am Laufen, bevor das mit uns angefangen hat?

Ich möchte irgendwas fühlen, Hass, Wut, Trauer, Verletztheit, egal was. Aber ich spüre absolut nichts. Stattdessen ist da einfach nur eine Leere an der Stelle, wo bis vor wenigen Minuten mein Herz war. Eine Träne kullert meine Wange hinab und tropft auf das Papier. Ich sehe zu, wie die Flüssigkeit sich mit der Tinte vermischt und dadurch die Schrift unleserlich wird.

Plötzlich fällt ein Schatten auf das Papier. Ich sehe auf. Es ist Dave, der zurückgekehrt ist. Er entdeckt den Brief in meinen Händen. Binnen einer Sekunde versteht er, was dies zu bedeuten hat.

»Oh nein, Valerie. Bitte nicht. Das ist nicht, wonach es aussieht.«

Die Wut packt mich nun doch mit aller Macht. Ich schreie ihm meinen Frust ins Gesicht: »Ach ja, und wie soll ich es dann verstehen? Ich fasse es einfach nicht, dass du mir das antust nach allem, was ich dir über Marvin und meine Mom anvertraut habe!«

»Valerie, ich würde dein Vertrauen niemals auf solche Weise ausnutzen. Gerade weil du mir all das erzählt hast. Und zudem bist du mir viel zu wichtig. Sophia hat mir den Brief schon vor Wochen überreicht. Ich habe ihr aber klar zu verstehen gegeben, dass ich keine Gefühle für sie habe. Weder diese Frau noch dieser Brief bedeuten mir irgendetwas. Bitte glaube mir.«

»Wenn er nichts bedeutet, wieso hast du den Brief dann aufgehoben?«

Nun erhebt auch Dave seine Stimme: »Weil ich schlichtweg vergessen habe, dass er überhaupt existiert. Glaubst du ernsthaft, ich wäre so doof, ihn hier offen herumliegen zu lassen, wenn ich etwas vor dir zu verbergen hätte?«

Das macht mich stutzig. »Willst du damit etwa andeuten, dass du grundsätzlich dazu in der Lage wärst, mich zu betrügen?«

»Scheiße, Valerie! Hör auf, mir jedes Wort im Mund herumzudrehen. Ich bin weder dein verdammter Ex-Freund noch deine Mutter. Also hör auf, mir vorzuwerfen, dass ich dich hintergehen würde. Und dieses Stück Papier hier beweist gar nichts!«

Er reißt mir den Brief aus der Hand und schleudert ihn in den Papierkorb. Aus Wut versetzt er ihm zusätzlich einen Tritt. Ich zucke erschrocken zusammen, weil ich diese aggressive Seite an ihm nicht kenne. Sie ängstigt mich. Davon, wie sehr er mich verletzt hat, weil er Mom in einem Streit gegen mich verwendet, möchte ich gar nicht sprechen.

Gleichzeitig löst der umgefallene Papiereimer eine Kettenreaktion aus, indem der danebenstehende Schuhkarton umfällt und seinen Inhalt zwischen Dave und mir auf den Fußboden ergießt. Mit angehaltenem Atem betrachten wir das Chaos zu unseren Füßen.

Unzählige Make-up-Produkte, darunter eine Foundation, Lippenstifte und Rouge, liegen kreuz und quer verstreut. Außerdem entdecke ich eine Halskette mit einem silbernen J-Anhänger. Daneben eine Spielzeugkrone, ein Klappmesser, ein Umschlag mit Fotos, wie man ihn an den Printautomaten in der Drogerie findet, und – ich traue meinen Augen kaum – das Foto von Stella und mir auf dem Abiball.

Wieso hat er es ohne mein Wissen von meiner Pinnwand genommen? Was hat es mit den anderen Gegenständen auf sich?

Ich möchte aufsehen, in seinem Gesicht nach einer Erklärung suchen. Doch stattdessen starre ich weiter auf das Chaos auf dem Fußboden. Je länger ich das mache, desto mehr ergibt sich ein Zusammenhang zwischen den einzelnen Utensilien. Entscheidend dafür ist die Erinnerung an die Tatortfotos von den Morden des Ladykillers, die sich bei diesem Anblick in meinem Gedächtnis auftut … geschminkte Frauen, mit einer Plastikkrone … getötet, möglicherweise mithilfe eines Klappmessers … Von einer Sekunde auf die andere wird mir speiübel. Und ich beginne zu zittern.

Pass auf dich auf, hallen Sophias Worte durch meinen Kopf. Was, wenn sie mir in Bezug auf Dave einen Schritt voraus ist und mich tatsächlich beschützen will? Andererseits klingt das komplett verrückt.

Dave ist alles Mögliche, aber doch kein Serienmörder! So langsam scheine ich wirklich durchzudrehen. Ich habe das Gefühl, nicht mehr zwischen Wahrheit und Lüge unterscheiden zu können. Doch fest steht, die Gegenstände auf dem Boden sprechen ihre eigene Sprache. Trotzdem werde ich es erst glauben können, wenn ich es aus seinem Mund höre.

»Dave, was sind das für Sachen?«, frage ich tonlos. Statt mir eine Erklärung zu liefern, sieht er mich nur ausdruckslos an. Aber auch ohne seine Antwort hat mich der Blitz der Erkenntnis bereits durchzuckt: Diese Sachen entsprechen den Utensilien, die dem Ladykiller zugeschrieben werden.

Die Gedanken in meinem Kopf rasen. Am Abend unseres Kennenlernens ist er spurlos von der Party verschwunden und nur wenige Stunden später hat sich ein Mord ereignet. War dies der Grund für seinen übereilten Abgang? Aber wie passt der Mann im Bus dazu? Welche Fotos verbergen sich in dem Umschlag? Etwa Aufnahmen der Mordopfer? Sind die Kette mit dem J-Anhänger und das Foto vom Abiball perverse Errungenschaften, um den Mordopfern das Letzte zu nehmen, was ihnen wichtig war? Und welche Rolle spiele ich dabei? Bin ich sein nächstes Opfer oder war ich womöglich nur ein Spielball, um herauszufinden, wie viel die Polizei über die Morde weiß? Das würde zumindest erklären, weshalb Dave so früh darauf gedrängt hat, meinen Vater kennenzulernen.

Aber die wichtigste und alles entscheidende Frage bleibt für mich: Wäre Dave wirklich dazu in der Lage, mir all seine Gefühle für mich bloß vorzuspielen, während er in Wahrheit womöglich etwas mit dem Verschwinden meiner besten Freundin zu tun hat? Erschrocken stelle ich fest, dass ich diese Frage nicht eindeutig verneinen kann. Zu sehr haben die Ereignisse dieses Abends mein Vertrauen in ihn erschüttert.

Noch vor wenigen Stunden habe ich behauptet, ich würde immer hinter ihm stehen. Mit einem Mal bin ich mir da nicht mehr so sicher. Stattdessen frage ich mich, auf wen ich mich da eingelassen habe …

Teil II

Weiterhin Montag, 20.05.2019

Valerie

D ie Schminke gehört meiner Schwester. Sie hat sie hier gelagert. So muss sie nicht so viel davon herumschleppen, wenn sie mich besucht.« Daves Stimme klingt ungewohnt schrill, geradezu hysterisch.

Wir wissen beide, dass er lügt. Trotzdem bleibe ich stumm und widerspreche ihm nicht. Denn jedes weitere Wort von ihm könnte ich im Moment nicht ertragen. Ich habe genug gehört. Und gesehen.

»Ich würde jetzt gerne gehen.«

Ohne seine Antwort abzuwarten, dränge ich mich an ihm vorbei und bin im Begriff, sein Zimmer zu verlassen, doch er versperrt mir den Weg. Ich versuche mich an ihm vorbeizuschieben, aber er drängt mich mit dem Rücken gegen den Türrahmen. Nun bin ich endgültig gefangen. Herrisch baut er sich vor mir auf.

»Hast du Angst vor mir?« Er steht so dicht vor mir, dass sein Atem meine Haut kitzelt.

Mein Herz pocht wie verrückt, jedoch möchte ich mir meine Nervosität auf keinen Fall anmerken lassen. Deshalb schaue ich ihm direkt in die Augen, in deren Blaugrün eine Mischung aus Ungläubigkeit und Belustigung aufblitzt. Dem Drang wegzusehen kann ich nur widerstehen, indem ich meine Hände zu Fäusten balle. Mit gepresster Stimme bringe ich hervor: »Nein.«

Dave stützt sich jetzt mit der einen Hand an der Tür oberhalb meines Kopfes ab und kommt mir noch näher. Die andere Hand führt er langsam zu meinem Kinn, um meinen Kopf festzuhalten. Seine Stimme ist nur ein Flüstern, als er mir antwortet: »Gut so. Es liegt auch nicht in meiner Absicht, dir etwas anzutun. Das glaubst du mir doch, oder?«

Mehr als ein Nicken bringe ich nicht zustande.

»Sehr schön. Wenn du jetzt immer noch gehen möchtest, dann bitte sehr.«

Er drückt die Klicke herunter und die Tür in meinem Rücken gibt nach. Noch immer panisch, wende ich mich von ihm ab und verlasse fluchtartig die Wohnung.

Im Treppenhaus kommt mir Pascal mit einer Bierkiste entgegen. Verdutzt weicht er mir aus, als ich fast mit ihm kollidiere.

»Valerie, was habe ich verpasst? Ist die Party etwa schon vorbei?«, höre ich ihn hinter mir herrufen.

Um stehen zu bleiben und ihm zu antworten, bin ich nicht in der Lage. Blindlings verlasse ich das Gebäude und laufe im Schein der Straßenlaternen immer weiter fort. Von Dave. Von dem schrecklichen Gedanken daran, wer er womöglich in Wirklichkeit ist. Von der entsetzlichen Wahrheit, mal wieder ausgenutzt anstatt wirklich geliebt worden zu sein.

Von allem schmerzt dies am meisten.

Dave

Wie paralysiert stehe ich im Türrahmen und starre auf die Wohnungstür, durch die Valerie gerade verschwunden ist. Wie kann es sein, dass sie weg ist? Ist es nun aus zwischen uns? Bis vor wenigen Stunden war doch noch alles gut.

So ein verdammter Bullshit. Wieso muss Sophias Eifersuchtswelle ausgerechnet jetzt über uns hereinbrechen? Und dieser blöde Brief. Ich hasse mich dafür, dass ich ihn nicht gleich weggeworfen habe.

Mit geballten Fäusten wende ich mich ab und betrachte das Chaos, welches noch immer auf meinem Fußboden herrscht.

Diese dämliche Kiste. Ich verpasse ihr einen Tritt, wodurch sie unter mein Bett geschleudert wird. Hätte ich sie nur dort aufbewahrt, dann wäre sie nicht in dem Moment umgekippt, in dem Valerie sowieso schon an mir gezweifelt hat. Ich ärgere mich darüber, dass ich sie wegen des Inhalts angelogen habe. Doch was hätte ich ihr sagen sollen? Etwa die Wahrheit? Wohl kaum. Das hier ist ein Teil meines anderen Lebens. Valerie soll damit nicht in Berührung kommen. Sie steht für all das Gute. Sie ist wie eine Sonne, die Licht und Wärme zu mir bringt. Sie ist meine Liebe. Und das hier … ist die dunkle Seite. Ein Zeugnis davon, wer ich wirklich bin. Abschaum. Ein Killer.

Dienstag,
21.05.2019

Valerie

Entschlossen trete ich durch die Eingangstür des *Feelfit*. Sogleich nehme ich die Jugendliche hinter dem Empfangstresen ins Visier. Ohne Zweifel handelt es sich bei ihr um Sophia. Sie unterhält sich mit einer Frau in Sportklamotten, vermutlich einer Kundin, und hat mich noch nicht bemerkt. Mir ist das nur recht, so bleiben mir noch einige Sekunden, um das Chaos in meinem Kopf zu sortieren.

Seit dem Vorfall gestern kann ich nicht aufhören daran zu denken, was in Daves Zimmer passiert ist. Ich brauche Antworten. Und ich hoffe, dass Sophia mir diese geben kann.

Es ist kurz vor drei, verrät mir ein nervöser Blick auf meinen Fitnesstracker. Für den bevorstehenden Besuch habe ich extra bis zum Nachmittag gewartet, da Sophia am Vormittag in der Schule ist. Zudem weiß ich, dass Dave jetzt eine Vorlesung hat. So kann ich sichergehen, ihm hier nicht über den Weg zu laufen, denn das ist gerade das Letzte, was ich möchte. Aus demselben Grund habe ich heute Morgen einen Migräneanfall vorgetäuscht, der es mir unmöglich mache, auf dem Markt zu arbeiten. Ich hasse mich dafür, Ginny und meinen Vater angelogen zu haben, aber noch mehr würde ich mich verurteilen, Dave aufgrund vager Vermutungen ans Messer zu liefern. Schließlich sind meine Gefühle für ihn nicht mit einem Schlag erloschen, obwohl er möglicherweise als Verdächtiger in einer Mordserie in Frage kommt. So klammere ich mich verzweifelt an den letzten Strohhalm in der Hoffnung, mich getäuscht zu haben. Und um dies mit Tatsachen zu untermauern, brauche ich Infos von Sophia. Auch wenn diese Konfrontation nicht einfach werden wird, weiß ich, dass ich sie herbeiführen muss.

Die Kundin hat das Gespräch mit Sophia beendet und wendet sich zum Gehen. Ich hole tief Luft. Dann trete ich auf Sophia zu. Sie erblickt mich in der Sekunde, in der ich vor ihr stehe. Ihr Gesicht verrät, dass sie mich erkennt. Sie schluckt.

»Hi. Bist du Sophia Kraimann?«, frage ich dennoch sicherheitshalber.

»Ja, wieso? Wer will das wissen?« Sie klingt kratzbürstig, als wolle sie mich mit ihrem Verhalten abschrecken.

Ohne es zu wollen, kreiert mein Kopf ein Bild davon, wie Dave sich mit dieser Zicke amüsiert. Automatisch werde ich rasend vor Eifersucht. Am liebsten würde ich sie an den Schultern packen und kräftig durchschütteln. Dass sie sich nicht anmerken lässt, mich längst erkannt zu haben, macht die Sache nicht gerade einfacher. Doch ich werde nicht so schnell aufgeben.

Schön ruhig bleiben, Valerie, ermahne ich mich.

»Ich möchte das wissen. Mein Name ist Valerie Schubert und wenn du Sophia bist, dann hast du mir gestern diese Nachricht geschickt.«

Ich lege mein Handy vor ihr auf den Tresen. Auf dem Display leuchtet das Chatfenster des Facebook Messengers auf.

Für den Bruchteil einer Sekunde huscht ein Ausdruck des Ertapptseins über ihr Gesicht. Kurz sieht es aus, als wolle sie kapitulieren, doch dann sammelt sie sich und gibt schnippisch zurück: »Tut mir leid, aber ich denke, du verwechselst mich mit einer anderen Sophia. Ich lese diese Nachricht gerade zum ersten Mal.«

Ihre Antwort treibt mich endgültig zur Weißglut. Offensichtlich komme ich mit der freundlichen Variante nicht voran. Mir bleibt also nichts anderes übrig, als ihr die Pistole direkt auf die Brust zu setzen.

»Hör auf zu lügen! Dave hat mir längst bestätigt, dass du die bist, die diese Nachricht geschickt hat. Außerdem hat er mir erzählt, dass du hier arbeitest und ihr euch gut kennt. Also verrate mir endlich, weshalb du solche Nachrichten versendest. Ich muss wissen, was an dem Gerücht dran ist!«

»Gar nichts!«, platzt es aus ihr heraus. »Ich habe das bloß erfunden. Dave hat mir einen Korb gegeben, obwohl ich mir total viel Mühe mit dem bescheuerten Brief gemacht habe. Kurz darauf wusste ich auch, warum, als er die Beziehung zu dir auf Social Media veröffentlicht hat. Ich war eifersüchtig und wollte dir eins auswischen. Da kam mir dein geteilter Beitrag gerade recht. Ich wusste schon gleich nachdem ich die Nachricht abgeschickt hatte, dass es ein Fehler war, aber da war es schon zu spät. Es tut mir leid. Es ist nur … Bevor ich Dave kennengelernt habe, war ich noch nie verknallt oder so was in der Art. Du hast so ein Glück, dass du seine Freundin sein darfst.«

»Moment mal«, unterbreche ich sie, »bedeutet das etwa, Dave und du, ihr hattet nie was miteinander?«

»Ich wünschte, es wäre anders, aber nein, da ist absolut nichts zwischen uns gelaufen.«

Eine riesige Last fällt von meinen Schultern. Das alles war nichts weiter als ein schlechter Scherz. Dennoch kann ich Sophia nicht so ohne Weiteres davonkommen lassen.

»Jemanden eines Mordes zu bezichtigen, ist kein Kavaliersdelikt. Ich könnte dich wegen übler Nachrede oder gar Verleumdung anzeigen. Mal ganz zu schweigen davon, dass es sich hier um die aufsehenerregendste Mordserie der letzten Jahre handelt.«

Schuldbewusst wendet Sophia sich ab. »Ich weiß, was ich getan habe, war echt drüber. Ich werde nun mit allen rechtlichen Konsequenzen leben müssen.«

»Keine Sorge, ich habe nicht vor, dich anzuzeigen. Aber nur, weil ich weiß, wie scheiße Liebeskummer ist und dass er einen auf die abartigsten Fantasien bringen kann.«

Bei meinen Worten blickt sie schüchtern auf. »Danke. Ich verspreche dir, ich werde euch zukünftig nicht mehr im Weg stehen.«

»Das würde unser beider Leben besser machen.« Ich lächle sie versöhnlich an. Sie gibt sich Mühe, es zu erwidern. Wie unwohl sie sich gerade in ihrer Haut fühlt, steht ihr deutlich ins Gesicht geschrieben. Unwirsch murmelt sie eine Verabschiedung.

Ich entscheide mich, ihr die Ruhe zu geben, die sie jetzt braucht, und sie nicht weiter zu bedrängen. Während ich mich von ihr abwende, atme ich erleichtert auf. Dave ist nie fremdgegangen und es gibt überhaupt keine Anzeichen, die dafür sprechen, ihn für einen skrupellosen Mörder zu halten. Ich hätte ihm von Anfang an glauben müssen, stattdessen war ich blind vor Eifersucht. Zudem hat die Suche nach Stella und die Identifikation des Ladykillers seit Wochen an meinen Nerven gezehrt und mich komplett in den Wahnsinn getrieben. Kein Wunder, dass der kleinste Verdacht mich verunsichert hat.

Doch jetzt sehe ich endlich wieder klar und bin von Daves Unschuld überzeugt. Für die Gegenstände in der umgefallenen Kiste gibt es sicher ebenfalls eine plausible Erklärung. Und die werde ich mir jetzt in Ruhe von ihm anhören.

Zurück auf der Straße, scrolle ich in meinen Kontakten zu Daves Nummer. Seit gestern Abend hat er zehn Versuche unternommen, mich anzurufen, und ich habe jeden davon ignoriert, weil ich nicht wusste, wie ich mich ihm gegenüber verhalten soll. Das ist nun anders. Ich fühle mich für eine Aussprache bereit. Entschlossen drücke ich auf das kleine grüne Hörer-Zeichen. Sogleich ertönt das Freizeichen an meinem Ohr.

Während ich darauf warte, dass er rangeht, kicke ich einen kleinen Stein mit meiner Schuhspitze beiseite. Er landet wenige Meter weiter an einer abschüssigen Stelle auf dem Gehweg und kullert in einen Gullideckel. Nach einigem Klingeln meldet sich die Mailbox. Ernüchtert lege ich auf. Unmittelbar beschleicht mich Angst. Was, wenn Dave sich mittlerweile umentschieden hat und überhaupt nicht mehr mit mir zusammen sein möchte? Schließlich habe ich ihn ziemlich unfair behandelt. Eilig verbiete ich mir diesen Gedanken. So schnell gibt er nicht auf, wenn ihm etwas wichtig ist. Und ich bedeute ihm was. Der kleine violette Edelstein, der um meinen Hals hängt, ist ein Zeugnis dafür. Bestimmt hat er meinen Anruf gar nicht gehört, weil er noch in der Vorlesung sitzt. Später wird er auf sein Handy schauen, sehen, dass ich angerufen habe, und sich bei mir melden. Dann werden wir unseren Streit beilegen. Und unsere erste Krise gemeistert zu haben, wird uns noch enger zusammenschweißen.

Hoffnungsvoll gehe ich weiter die Straße entlang. Mit der Straßenbahn wäre ich deutlich schneller, doch zu Fuß kann ich das herrliche Wetter besser genießen.

In der Stadtmitte angekommen, umhüllt mich das geschäftige Treiben dort. Von allen Seiten kommen Menschen, um ihrer Arbeit nachzugehen, Einkäufe zu erledigen oder schlichtweg den Nachmittag zu genießen. Ich erreiche das Martinstor, eines der noch erhaltenen mittelalterlichen Stadttore, die früher in die Stadtmauer eingebunden waren, da streift mein Blick die Terrasse eines kleinen Cafés. Zuerst glaube ich, mich verguckt zu haben, doch beim zweiten Hinsehen gibt es keinerlei Zweifel. Dave sitzt an einem der Tische, vor ihm eine Tasse Kaffee. Was mich stutzig werden lässt, ist allerdings die Tatsache, dass er nicht alleine ist, sondern in Begleitung einer brünetten jungen Frau. Zudem ist die Frau, die ihm gegenübersitzt, keine Unbekannte. Im Gegenteil. Es handelt sich um keine Geringere als Olivia von der Wohnheimparty, mit der Stella sich auf Anhieb seltsam gut verstanden hat. Woher kennen sich die beiden?

Vorsichtig trete ich näher heran und suche Schutz hinter einem überdimensionalen Blumenkübel, um zu verhindern, von einem der beiden entdeckt zu werden. Unterdessen lasse ich keine Sekunde meine Augen von ihnen, was wiederum dazu führt, dass ich mich wie eine verrückte Stalkerin fühle. Ich habe ein schlechtes Gewissen, weil ich Dave erneut so wenig vertraue. Vermutlich steckt mehr von einer übereifersüchtigen Freundin in mir, als ich bisher angenommen habe.

Zunächst erscheint die Situation ziemlich ungefährlich zu sein. Dave und Olivia unterhalten sich und sehen dabei weder sonderlich amüsiert noch verliebt aus. Doch plötzlich scheint sich das Warten doch noch gelohnt zu haben. Dave greift über den Tisch hinweg nach Olivias Hand und öffnet sie, ehe er eine Kette in ihre Handfläche legt.

Mein Atem stockt. Ich kenne die Kette. Es ist die mit dem silbernen J-Anhänger aus der umgestoßenen Kiste.

Wieso verschenkt Dave sie an Olivia? Oder gibt er sie ihr zurück, nachdem er sie für sie aufbewahrt hat? Aber weshalb überhaupt ein J? Moment mal, aus der Kiste sind doch haufenweise Make-up-Produkte gefallen. Gehören die womöglich auch Olivia? Dann müssen sie und Dave sich ziemlich gut kennen. Nur, weshalb habe ich das bisher nicht mitbekommen?

Unmittelbar durchzuckt mich ein Blitz bei der Erinnerung an die Worte, die Dave mir gestern an den Kopf geschleudert hat: von wegen, er wäre geschickt genug, etwas vor mir zu verbergen, um keinen Verdacht zu erregen. Mein Herz zieht sich schmerzhaft zusammen, als es versteht, was mein Verstand noch nicht fassen kann. Ich sehe meinem Freund gerade dabei zu, wie er seine Affäre beendet oder Olivia zumindest darauf hinweist, zukünftig vorsichtiger zu sein, bevor ich Wind von der Sache bekomme.

Aber nicht mit mir!

Wutgeladen trete ich aus dem Schatten des Blumenkübels heraus und stürme mit großen Schritten auf den Tisch zu. Gleichzeitig erheben sich Dave und Olivia von ihren Stühlen, um sich mit einer Umarmung zu verabschieden. Sie sind so vertieft, dass sie mich erst bemerken, als ich direkt vor ihnen stehe und regelrecht losschreie: »Hältst du mich wirklich für so bescheuert? Ich weiß genau, was hier abgeht. Du betrügst mich mit Olivia! Und jetzt versuchst du das Ganze zu vertuschen, weil du gestern beinahe aufgeflogen wärst. Wahrscheinlich kam dir Sophias Eifersuchtsnummer gerade recht. So konntest du jeden Verdacht von ihr ablenken!«

Erschrocken fahren die zwei auseinander. Dave wirkt überrumpelt, mich zu sehen. Zuerst fährt er sich durchs Haar und ringt nach Worten, doch er fängt sich schnell.

»Valerie?! Bitte hör mir zu! Es ist wirklich anders, als du denkst!«

»Nein, jetzt hörst du mir zu. Ständig tischst du mir Versprechungen auf, aber ich habe keine Ahnung, was ich dir davon glauben kann. Marvin und meine Mom haben immerhin zugegeben, dass sie keinen Bock auf mich haben, aber selbst das bekommst du nicht auf die

Reihe. Wahrscheinlich hattest du sogar Spaß daran, mich zu verarschen. So ganz nach dem Motto: Die schüchterne, idiotische Kuh hat ein wenig Aufmerksamkeit nötig. Aber weißt du was, darauf verzichte ich gerne!«

Innerlich jubelt Valerie 2.0 mir mit Pompons zu, weil ich es Dave so richtig gezeigt habe, wie sie es von Anfang an vorhatte.

»Nein, so war das nicht. Ich habe dich nie verarscht oder für idiotisch gehalten.«

Dave kommt auf mich zu und streckt beschwichtigend seine Hand nach mir aus.

Ich weiche zurück. »Fass mich nicht an!«, zische ich.

»Ich kann verstehen, dass es für dich nach einem Betrug aussieht und du sauer bist, aber ...«

»Weißt du was, ich möchte deine Ausrede gar nicht hören!«, falle ich ihm ins Wort. Dann mache ich auf dem Absatz kehrt und stürme davon. Die Wut in meinem Bauch brodelt heftig und treibt mich voran.

Ohne zu zögern, rennt Dave hinter mir her. »Fuck, Valerie! Bleib doch stehen und lass es mich erklären! Nur eine Minute, bitte!«

Anstatt auf ihn zu hören, beschleunige ich meine Schritte. Mein Herz hämmert gegen meine Rippen. Es ist unmöglich zu sagen, ob dies an dem Sprint oder dem Adrenalin liegt. Wahrscheinlich von beidem etwas. Blindlings steuere ich eine Straßenbahn an, die an der nächsten Haltestelle steht. Im letzten Moment flitze ich durch die sich schließenden Türen. Keine Sekunde später setzt sich die Bahn in Bewegung und lässt Dave zurück. Verzweifelt versucht er hinterherzulaufen, um schwer atmend zu kapitulieren, als die Bahn ihr volles Fahrttempo erreicht.

Ich schließe die Augen, weil sein Anblick zu schmerzhaft für mich ist. Mein Kopf sinkt gegen die kühle Fensterscheibe. Eine Leere erfüllt mich. Dave hat mich angelogen. Ich beginne an jeder schönen Erinnerung zu zweifeln. Hat er je dasselbe für mich gefühlt wie ich für ihn? Heiße Tränen bilden sich an meinen Augenrändern und bahnen sich ihren Weg an meinen Wangen hinab. Verstohlen wische ich sie fort.

Zu weinen bringt dich auch nicht weiter, schilt mich Valerie 2.0. Aber ich möchte weinen, denn ich bin verletzt worden. Zutiefst. Mir kommt es vor, als habe Dave mir ein Messer in mein verdammtes Herz gerammt und zusätzlich darin herumgestochert.

Vor meinem inneren Auge erscheint Olivia, die während der gesamten Auseinandersetzung sensationslustig zwischen Dave und mir hin- und hergeschaut hat, als wäre sie live bei einen dieser Trash-TV-Konflikte dabei. Mein Groll gegen sie nimmt unwillkürlich zu. Die blöde Kuh war mir von Anfang an unsympathisch.

Plötzlich beginnt ein neuer Gedanke in mir zu gären. Olivia hat sich mit Stella angefreundet und zur selben Zeit habe ich Dave kennengelernt. Dann ist da noch das Bild von Stella und mir, welches Dave offensichtlich gestohlen hat. Er hat es in derselben Kiste aufbewahrt wie Olivias Kette. Kann das Zufall sein? Ein Blitz der Angst durchzuckt mich und erfasst mich mit voller Macht. Stecken Dave und Olivia gemeinsam hinter den Morden des Ladykillers?

Freitag, 24.05.2019

Dave

Bin ich mit einer Zeitmaschine zu dem Moment zurückkatapultiert worden, als man mir von Josephinas Tod berichtete? Jedenfalls spüre ich denselben Schmerz wie damals. Und auch wieder nicht, denn immerhin lebt Valerie noch. Trotzdem durchlaufe ich die gleiche verfickte Gefühlsachterbahn aus Wut, Trauer und Ohnmacht wie vor gut einem Jahr. Wut auf mich, weil ich es wieder verbockt habe, anstatt Valerie von Anfang an die Wahrheit zu sagen. Trauer um alles, was wir hatten und was jetzt unwiederbringlich verloren zu sein scheint. Und Ohnmacht, weil ich absolut nichts an meiner Scheiß-Situation ändern kann.

Valerie ignoriert mich. Ich habe sie seit Tagen nicht gesehen, geschweige denn mit ihr gesprochen. Auf meine Nachrichten und Anrufe reagiert sie ebenfalls nicht. Zur Arbeit erscheint sie auch nicht. Ihre Tante vertritt sie, die behauptet, die Uni würde Valerie derzeit zu sehr einspannen. Eine Lüge. Es ist zum Verrücktwerden. Ich wünschte, sie würde mir eine Chance geben, mich ihr zu erklären, doch offenbar ist sie endgültig durch mit mir. Vor lauter Verzweiflung könnte ich laut aufschreien. Weil ich das schon gemacht und damit nichts bewirkt habe, außer dass meine Mitbewohner mich mitleidig angesehen haben, treibt mich die Bewältigung dieser Abwärtsspirale in ein altes Verhaltensmuster, von dem ich geglaubt hatte, es endlich hinter mir gelassen zu haben.

Ich stehe auf der Tanzfläche des *Utopia,* umgeben von einer Unmenge verschwitzter Körper. Mein Ziel: mich besinnungslos zu betrinken und eine Frau abzuschleppen, um den Schmerz des Verlusts wenigstens kurzfristig zu betäuben.

Teil eins meines Vorhabens habe ich bereits erfolgreich umgesetzt, wie ich mit einem Blick auf das leere Cuba-Libre-Glas in meiner Hand, das dritte an diesem Abend, feststelle. Nun mache ich mich daran, Teil zwei Realität werden zu lassen.

Kurz sehe ich mich um, da erblicke ich auch schon meine Auserwählte für heute Nacht. Eine blonde junge Frau mit einem Kleid, das über und über mit silbernen Glitzerpailletten bestickt ist. Sie sitzt ohne Begleitung an der Bar. Dadurch erweckt sie den Eindruck, genauso einsam zu sein wie ich. Die perfekte Voraussetzung für mein Vorhaben.

Ohne weiter nachzudenken, gehe ich auf sie zu und lasse mich auf dem Hocker neben ihr nieder.

»Warum sitzt eine schöne Frau wie du hier alleine herum?«

Die Blondine wendet sich mir zu. Ihre grauen Augen gleiten von oben bis unten über mich hinweg, als wolle sie mich scannen. Offenbar gefällt ihr, was sie sieht, denn als sich unsere Blicke treffen, huscht ein Lächeln über ihr Gesicht. »Vermutlich, um dir zu begegnen.«

»Und was machen wir jetzt, da wir uns gefunden haben?«

»Was hältst du davon, zu tanzen?«

Mir wäre es lieber, die Sache abzukürzen und sie direkt in einer Ecke des Clubs zu vögeln, aber dabei würde sie vermutlich nicht mitmachen. Deshalb willige ich ein.

Zurück auf der Tanzfläche, schwingt sie ihre Hüften im Rhythmus des Beats. Ich folge ihren Bewegungen und ziehe sie von hinten in eine Umarmung. Bereitwillig schmiegt sie ihren Körper an meinen. Ich kann nur darüber schmunzeln, wie leicht sie es mir macht. Sie wollte noch nicht einmal meinen Namen wissen. Unfassbar, wie billig manche Frauen sich anbieten.

Zeit für den nächsten Schritt. Unbeirrt greife ich nach ihrer Hand und wirble sie zu mir herum. Sie blickt zu mir auf. In ihren Augen leuchtet ein vergnügtes Funkeln. Ein eindeutiges Zeichen für mich, mein Vorhaben mit ihrer Zustimmung voranzutreiben. Ohne zu zögern, lege ich meine Hand an ihre Wange und küsse ihre von kirschrotem Lippenstift überzogenen Lippen. Zunächst wirkt sie überrascht, doch kurz darauf weicht die Anspannung aus ihrem Körper und sie teilt bereitwillig ihre Lippen für mich. Unsere Lippen treffen aufeinander und unser Kuss vertieft sich.

Irgendwann lösen wir uns voneinander, um Luft zu holen.

»Du könntest mehr davon haben, wenn du mich an die frische Luft begleitest«, raune ich dicht an ihrem Ohr.

»Einverstanden.«

Wir gehen gemeinsam nach draußen. Im Hinterhof des Clubs drücke ich die Blondine zwischen zwei Mülleimern gegen eine Hauswand und presse meinen Körper gegen ihren. Sie beginnt nervös zu kichern. Weil ich keine Zeit mehr verstreichen lassen möchte, ersticke ich ihre Laute in einem Kuss.

Ich schließe die Augen und versuche mir vorzustellen, es wäre Valerie, die ich küsse, aber es funktioniert nicht. Die Blondine ist größer und weniger zierlich als sie.

Obwohl unsere Zungen miteinander verschmelzen, fühle ich nicht diese zärtlich fordernde Leidenschaft, die immer von Valerie ausging und alles in mir in einen euphorischen Brand gesteckt hat. Das Ausbleiben dieses Glücksgefühls macht mich wütend.

Ich habe mich dazu entschieden, mit dieser Frau zu vögeln, um Valerie zu vergessen, und nicht, damit ich sie noch mehr vermisse.

Entschlossen möchte ich die Sache voranbringen, um Valerie so schnell wie möglich aus meinen Gedanken zu vertreiben. Aus diesem Grund fasse ich der Blonden forsch an ihre riesigen Brüste. Wenigstens in dieser Hinsicht ist sie Valerie überlegen, auch wenn das bis jetzt keine Rolle für mich gespielt hat. Jedoch muss es mir irgendwie gelingen, Valerie aus dem Kopf zu bekommen.

Ich unterbreche den Kuss und frage sie: »Darf ich die hier aus dem engen Oberteil befreien?«

Unmissverständlich massiere ich weiter ihre Brüste und die Blonde beginnt wieder zu kichern. Das werte ich als Zustimmung und mache mich sogleich ans Werk, die Träger ihres Tops sowie des BHs gleichzeitig nach unten zu schieben. Ihr Atem geht schwer, als ich meine Hand in ihren BH gleiten lasse, um erst die eine und dann die andere Brust hervorzuholen. Nackt scheinen sie noch riesiger zu sein, als unter dem Top zu erkennen war. Bei diesem Anblick schießt mir das Blut sofort in den Schwanz, den ich erregt gegen sie presse. Als sie meine Härte spürt, keucht sie. Das Keuchen verwandelt sich in ein Stöhnen, als ich an ihrem Hals sauge und gleichzeitig ihre Brüste knete.

Doch gegen meinen Willen spukt noch immer Valerie in meinem Kopf herum. Das macht mich rasend. Kann ihr süßes Lächeln nicht wenigstens so lange vor meinem inneren Auge verschwinden, bis ich hier fertig bin?

Mit aller Gewalt versuche ich mich auf die Frau vor mir zu konzentrieren, aber je mehr ich mich anstrenge, desto mehr schiebt sich Valerie in mein Bewusstsein.

»Halt! Lass mich los! Du tust mir weh!« Der Ausruf der Blondine holt mich zurück in die Realität.

Weil ich so darauf konzentriert war, Valerie zu verdrängen, habe ich nicht bemerkt, wie meine Hand sich würgend um ihren Hals geschlungen hat. Erschrocken fahre ich zurück. Ihr Körper ist noch immer angespannt und ich sollte sie vermutlich fragen, ob alles okay mit ihr ist.

»Tut mir leid. Ich wollte dir nicht wehtun«, bringe ich hervor. Das ist der blöde Versuch einer Rechtfertigung, wie mir im nächsten Moment klar wird.

Tränen glitzern in ihren Augen. Dennoch kann ich die Erleichterung darüber, dass es vorbei ist, darin erkennen. Kein Wunder, so grob, wie ich zu ihr war, muss sie ziemliche Schmerzen gehabt haben.

Mit einem Mal komme ich mir unendlich mies vor. Es fühlt sich an, als hätte ich sie vergewaltigt. Gegen meine Stirn dröhnt ein pochender Kopfschmerz, während ich fieberhaft überlege, was ich jetzt machen soll, um die Scheiß-Situation für sie weniger scheiße zu machen. Doch von all den Dingen, die ich jetzt tun kann, entscheide ich mich für das Dümmste. Ich überlasse sie einfach sich selbst.

Zusammengekrümmt steht sie vor mir, die Arme fest um ihren Körper geschlungen. Das blonde Haar steht wirr in alle Richtungen ab. Den Blick hat sie schmerzverzerrt in die Leere gerichtet. Ihre Schminke ist von den Tränen völlig verschmiert. Kurz ausgedrückt: Ihr Anblick ist erbärmlich und ich bin derjenige, der daran schuld ist. Meine Wut auf mich selbst kocht erneut in mir hoch. Ich wollte nicht mehr dieser Mann sein, der andere aus purem Egoismus verletzt, doch nun bin ich wieder einmal dafür verantwortlich, dass eine Frau sich fühlt, als wäre etwas in ihr zerbrochen. Am liebsten möchte ich wegsehen. Ich könnte einfach davonlaufen und ignorieren, was ich angerichtet habe, aber das kann ich nicht. Zu sehen, wie sie so völlig am Ende ist, lähmt mich.

Vor meinem inneren Auge tauchen plötzlich die geschockten Gesichter von Josephina, Valerie und Sophia auf, als ich ihre Welt zerstört habe. In meinem Kopf dreht sich alles. Ein Schauer fährt durch mich hindurch und ein furchteinflößender Gedanke überschwemmt mich: Ich habe sie alle innerlich getötet.

Erst Josephina, der ich deutlich zu verstehen gegeben habe, dass ich unser gemeinsames Kind nicht möchte. Dann Valerie, die davon überzeugt ist, dass ich was mit einer anderen hatte, obwohl ich ihr versprochen hatte, sie niemals auf diese Art zu verletzen. Schließlich Sophia, deren Hoffnungen und Gefühle ich ein für alle Mal zerstören musste, um sie begreifen zu lassen, dass aus uns beiden niemals ein Paar wird. Und nun sie: eine einsame junge Frau, deren Aussicht auf einen belanglosen One-Night-Stand sich durch mich in einen Albtraum verwandelt hat.

Ich bin ein verfickter Seelenmörder.

Samstag, 25.05.2019

adykiller schlägt erneut zu – Ermordet nach Diskobesuch

Die Leiche einer jungen Frau wurde im Hinterhof des Freiburger Nachtclubs Utopia aufgefunden. Bei der Toten handelt es sich um die 19-jährige Susanna W. Die genauen Umstände ihres Todes sind noch ungeklärt, jedoch berichten Zeugen, gesehen zu haben, dass die junge Frau den Nachtclub gegen halb eins gemeinsam mit einem ca. 18- bis 25-jährigen mitteleuropäischen Mann verlassen habe. Da der Zustand der Leiche auf einen Zusammenhang mit den zuvor verübten Morden an jungen Frauen hindeutet, steht der Mann unter dringendem Tatverdacht. Die Polizei bittet um Hinweise, die zur Identifikation und somit zur Ergreifung des Mannes führen.

Valerie

Meinen Vater habe ich in den letzten Tagen kaum noch zu Gesicht bekommen, weil er sich ununterbrochen auf dem Polizeirevier befindet. Dort laufen die Ermittlungen nach dem Ladykiller auf Hochtouren. Mir ist das allerdings nur recht. Ich glaube, in meinem jetzigen Zustand könnte ich die Anwesenheit eines anderen Menschen ohnehin nicht ertragen. Meine Gedanken wechseln ständig zwischen Stellas Verschwinden und Daves Betrug hin und her. Wie ein Wrack wandere ich durch unser Haus, während das Gefühl von Hoffnungslosigkeit sich in jede Zelle meines Körpers frisst.

Die Nachricht an diesem Morgen über den neuesten Mord verbreitet sich in der Stadt wie ein Lauffeuer. Man hört die Menschen von nichts anderem mehr sprechen. Alles liegt unter einer Glocke aus Schock und Angst. Dementsprechend skurril ist die Tatsache, dass der Fund dieser neuen Leiche für mich gleichbedeutend mit einem Hoffnungsschimmer ist. Ich habe das Muster des Ladykillers genaustens studiert. Er mordet aus reiner Lust und legt keinen Wert darauf, dies zu vertuschen. Im Gegenteil, er möchte, dass die ermordeten Frauen schnellstmöglich gefunden werden, um die Aufmerksamkeit der Gesellschaft auf sich zu ziehen. Dies bedeutet im Umkehrschluss, dass Stella, sollte sie ihm zum Opfer gefallen sein, schon längst hätte aufgefunden werden müssen. Vielleicht ist sie also doch noch am Leben und sonnt sich an irgendeinem Strand. Womöglich erhalte ich in den nächsten Tagen eine Postkarte von ihr, darauf eine verschlüsselte Botschaft mit der Nachricht, wo sie sich befindet und dass es ihr gut geht. Ziemlich illusorisch, aber das ist es, woran ich im Moment glauben möchte.

Die Annahme, bald etwas von Stella zu hören, macht mich euphorisch, wodurch ich singend durchs Haus zu tanzen beginne. Ich schnappe mir einen Eimer und fülle ihn in der Küche unter der Spüle mit Wasser. Heute ist der perfekte Tag, um das Haus zu putzen. Mit einem Lappen und dem Eimer bewaffnet mache ich mich daran, die Fenster zu putzen. Singend arbeite ich mich von Scheibe zu Scheibe. Anschließend nehme ich mir das Bad vor, bevor ich staubsauge, immer mit einer am Sandstrand entlangspazierenden Stella vor Augen.

Als mein Vater am späten Nachmittag überraschend nach Hause kommt, glänzt das gesamte Haus wie seit Jahren nicht mehr.

»Hi, Dad. Ich habe saubergemacht. Aber wenn ich gewusst hätte, dass du früher kommst, wäre ich für das Abendessen einkaufen gegangen«, trällere ich in den Hausflur hinaus.

Mein Vater geht nicht darauf ein. Seine Miene wirkt ernst, als er die Küche betritt und unsere Blicke sich treffen. »Valerie, ich muss mit dir reden.«

»Was gibt's denn?«

»Es wäre besser, wenn du dich hinsetzt.«

»Papa, was ist los? Nun sag schon.« Jetzt bin ich ebenfalls besorgt. Nervös folge ich seiner Anweisung und lasse mich auf einem Küchenstuhl nieder.

Er setzt sich zu mir und räuspert sich mehrmals, als wisse er nicht, wie er anfangen soll. Schließlich greift er über den Tisch hinweg nach meiner Hand. Sein Blick ist starr, als ich ihn sagen höre: »Wir haben Stella gefunden. Sie ist tot. Wir haben sie inmitten des Waldes gefund …«

Der Rest des Satzes geht in einem Rauschen unter. Stella ist … Das kann nicht sein. Es muss sich um eine Verwechslung handeln. Vielleicht ist es die Leiche einer anderen Frau, die ihr ähnlich sieht. Leider sieht mein Vater nicht so aus, als würde er irgendwas verwechseln. Er wirkt bleich. Und sind das etwa Tränen, die sich da an seinen Augenwinkeln gebildet haben? Ich habe ihn zuletzt weinen sehen in der Nacht, als er um Mom getrauert hat.

»Es tut mir so leid, Valerie.« Flüsternd geht er auf mich zu und nimmt mich in den Arm. Der Stoff seines Pullovers kratzt an meiner Wange.

Nein, nein, nein! Das alles muss ein böser Traum sein, aus dem ich gleich erwache. Ist es aber nicht, wie mir nach mehrmaligen vergeblichen Versuchen aufzuwachen klar wird.

Ich schlucke heftig. Mir wird schwindelig.

Auf einmal dringt ein lauter Schrei an mein Ohr. Erst viel später wird mir bewusst, dass dieser Schrei aus meiner eigenen Kehle kommt. Mein ganzer Körper zittert. Vor meinen Augen wird alles unscharf. Ich habe das Gefühl, zu fallen. Immer tiefer und tiefer. Meine Knie zittern, bis meine Füße und der Boden unter mir tatsächlich nachgeben.

Samstag, 01.06.2019

Valerie

Gerädert erwache ich aus einem traumlosen Schlaf. Der Versuch, meine Augen zu öffnen, scheitert kläglich, weil sie vom vielen Weinen geschwollen sind. Mir ist das egal. In einer Welt, in der meine beste Freundin nicht mehr existiert, gibt es für mich sowieso nichts mehr, wofür es sich aufzustehen lohnt. Deshalb halte ich meine Augen geschlossen, drehe mich auf die andere Seite und ziehe mir die Decke über den Kopf. Ich konzentriere mich darauf, wieder einzuschlafen, denn das ist die einzige Möglichkeit, der tristen Realität zu entfliehen.

Vor einer Woche habe ich von Stellas Tod erfahren, doch daran zu denken schmerzt noch genauso höllisch wie in den ersten Sekunden. Ein Suchtrupp an Polizisten und Spürhunden fand ihre Leiche etwa zwanzig Kilometer von unserem Treffpunkt am Waldsee entfernt, im Nirgendwo des Schwarzwaldes. Sie war vergraben worden, weshalb die Polizei vermutet, dass ihr Tod nicht in Verbindung mit dem Ladykiller steht. Allerdings ist die Obduktion noch nicht abgeschlossen.

Ich schlucke. Mir auszumalen, was Stella in ihren letzten Minuten durchlebt haben muss, bringt mich beinahe um.

Von unten dringen die gedämpften Stimmen von Dad, Ginny und

Hannes an mein Ohr. Sie machen sich Sorgen um mich, weil ich mein Zimmer nur noch verlasse, um auf Toilette zu gehen, zu trinken oder mühevoll ein paar Bissen von dem Essen herunterzuwürgen, das Ginny für uns kocht. Sie bereitet extra all meine Lieblingsgerichte zu, aber ich habe leider absolut keinen Appetit. Zu ihrer Entlastung sollte ich anfangen, mit ihnen darüber zu reden, wie ich mich fühle, und ihren Trost annehmen. Aber ich kann das noch nicht. Allein ihre mitfühlenden Blicke würden mich erdolchen und ich weiß nicht, wie ich das aushalten soll. Deshalb ziehe ich mich bis auf Weiteres in mein Schneckenhaus zurück.

Ich kneife meine ohnehin geschlossenen Augen noch fester zu und konzentriere mich darauf, meinen Kopf freizubekommen, aber so sehr ich mich auch bemühe, meine Gedanken sind zu laut. Frustriert lege ich den Versuch, wieder in den Schlaf zu finden, vorerst auf Eis und reibe mir die Augen. Langsam öffne ich sie. Als meine Sicht sich schärft, erkenne ich mein Handy neben mir im Bett. Obwohl ich keine Lust habe, mich mit der Außenwelt zu beschäftigen, greife ich danach.

Ich drücke auf den Home-Button, doch das Display bleibt schwarz. Seit ich das letzte Mal auf mein Handy geschaut habe, ist offensichtlich so viel Zeit vergangen, dass der Akku schlapp gemacht hat. Ich nehme das Ladekabel von meinem Nachttisch und stöpsle mein Handy ein. Kurz darauf leuchtet das Display und die Benachrichtigung über drei entgangene Anrufe von Dave springt mir entgegen. Sofort spüre ich ein Stechen in meiner Brust. Trotz allem, was passiert ist, vermisse ich ihn schrecklich. Seine Anrufe werden seltener. Und um ehrlich zu sein, fürchte ich mich vor dem Tag, an dem sie komplett ausbleiben. Andererseits kann ich nicht über seinen Betrug hinwegsehen. Mein Stolz verbietet mir, auf seine Kontaktaufnahme einzugehen. Seufzend wische ich die Meldung mit dem Daumen beiseite. Anschließend widme ich mich einer Mail meiner Dozentin, die für mich ein Gespräch mit einer Studienberaterin anberaumt hat, da ich unentschuldigt zwei Prüfungen versäumt habe. Ich schrecke auf. Zugegebenermaßen hat das Studium unter meinem privaten Stress tatsächlich sehr gelitten. Doch wer könnte mir das, unter den gegebenen Umständen, verdenken? Mal abgesehen von mir selbst. Wie konnte ich so fahrlässig sein und diese beiden Prüfungen vergessen? Waren meine bisherigen Bemühungen für das Studium jetzt umsonst? Aufgekratzt antworte ich meiner Dozentin, dass ich den Termin wahrnehmen werde.

Zu guter Letzt bleiben zwei Nachrichten von Lara übrig.

Lara: Ich habe das von deiner besten Freundin gehört. Wenn du jemanden zum Reden brauchst, bin ich für dich da. (Montag, 14.25 Uhr)
Lara: Valerie, weshalb kommst du nicht mehr online? Muss ich mir Sorgen machen? (Donnerstag, 18.27 Uhr)

Ich lese die Nachrichten so lange, bis die Worte vor meinen Augen verschwimmen. Erstaunlicherweise lösen sie den dringlichen Wunsch in mir aus, meinen angestauten Kummer bei jemandem abzuladen. Seltsamerweise erscheint mir das bei einer Person, die nicht zu meiner Familie gehört, einfacher zu sein. Schnell fliegen meine Finger über die Tastatur.

Valerie: Hey, Lara. Sorry, dass ich so lange nichts habe von mir hören lassen, aber mir geht es wirklich beschissen. Steht dein Angebot noch? Wie wär es in einer halben Stunde am Schlossberg? (19.38 Uhr)
Lara: O mein Gott. Du weißt gar nicht, wie froh ich bin, von dir zu hören. Klar, ich werde da sein. 👍 (19.41 Uhr)

Zum ersten Mal seit Tagen spüre ich so etwas wie Zuversicht. Davon angetrieben, bewege ich mich aus meinem Bett. Ich schlüpfe in eine saubere Yogahose und ein frisches, blaues Tanktop. Anschließend ziehe ich meine Chucks an und greife nach einer kleinen Umhängetasche, in der ich alle wichtigen Utensilien verstaue. Dann wage ich etwas, wofür ich in meiner gesamten Kindheit und Jugend zu vernünftig war: Ich schleiche mich aus dem Fenster. Ein Unterfangen, dessen Schwierigkeit ich unterschätzt habe, wie sich keine drei Sekunden später herausstellt. Auf wackeligen Beinen steige ich auf die Unterseite des Fensterrahmens. Wow, plötzlich wirkt der erste Stock viel höher als sonst. Vorsichtig und darauf bedacht, nicht nach unten zu sehen, greife ich nach der Regenrinne. Wie ein Äffchen halte ich mich daran fest. Unter großer Kraftanstrengung strecke ich mein Bein nach dem angrenzenden Garagendach aus, um darauf Halt zu finden. Vergeblich. Mein Bein ist zu kurz. Gleichzeitig spüre ich, wie die Kraft in meinen Armen nachlässt. Lange werde ich mich nicht mehr halten können. Somit bleibt mir nur eine Möglichkeit: Ich muss springen.

Okay, ich zähle bis drei, dann werde ich es wagen. Eins, zwei … Adrenalin jagt durch mich hindurch. Ich lasse die Regenrinne los und stoße mich mit den Füßen ab. Für den Bruchteil einer Sekunde segle ich durch die Luft, um kurz darauf eine harte Landung auf allen Vieren hinzulegen. Langsam erhebe ich mich und wische mir kleine Kiesel von Händen und Knien, die sich bei der Landung schmerzhaft in meine Haut gebohrt haben. Als mir bewusst wird, dass ich unbeschadet davongekommen bin, steigt Erleichterung in mir auf. Zum ersten Mal seit Tagen umspielt ein leichtes Lächeln mein Gesicht. Puh, den schwierigsten Teil habe ich überstanden.

Von der Garage aus gelange ich mit einem Satz auf das Dach unseres Schuppens. Es ist niedrig genug, um unbeschadet herunterzuspringen. Unten empfängt mich Mister Mau, der mich aus großen Katzenaugen mit einem *Seit-wann-hast-du-solche-Klettermoves-drauf*-Blick anstarrt. Ich beuge mich für eine Streicheleinheit zu ihm hinab. So viel Zeit muss sein.

»Seitdem es die einzige Möglichkeit ist, das Haus zu verlassen, ohne von mitleidigen Blicken und nervigen Fragen durchlöchert zu werden«, antworte ich dem Kater, während ich ihn zwischen den Ohren kraule.

Er erwidert meine Worte mit einem Schnurren, als wolle er sagen: »Von mir erfährt niemand etwas.«

Als ich die Aussichtsplattform des Schlossbergs erreiche, sitzt Lara dort bereits auf einer Bank. Sie genießt sichtlich die geniale Aussicht von Freiburgs Hausberg auf die gesamte Stadt und wärmt ihr Gesicht in der Abendsonne.

Vergangene Woche hat das Sommerwetter ordentlich an Fahrt aufgenommen. So sind die Temperaturen auf über zwanzig Grad geklettert. Weil ich in meinem Zimmer verschanzt war, habe ich davon aber nichts mitbekommen. Entsprechend ärgere ich mich bereits den gesamten Weg hierher über meine Kleiderauswahl. Das Synthetikmaterial meiner Yogahose klebt an meinen Beinen wie eine zweite Haut. Besonders seit den letzten Metern. Der Fußweg den Berg hinauf hatte es echt in sich.

Mit einer Handbewegung wische ich mir die Schweißperlen von der Stirn. Zögerlich bleibe ich ein paar Schritte von Lara entfernt stehen. Was, wenn ich ihr mit meinem Gejammere bloß auf die Nerven gehe?

Wie durch eine Eingebung dreht sie sich in meine Richtung. »Hey.« In ihrem Gesicht zeigt sich eine Mischung aus Freundlichkeit und aufrichtiger Anteilnahme, wodurch meine Zweifel auf einen Schlag verschwinden.

Ich versuche mich an einem Lächeln, das eher schlecht als recht auf meinen Lippen liegt. Dann gehe ich die letzten Meter zu ihr hinüber und lasse mich stumm neben ihr auf die Bank sinken. Unmittelbar wendet sie sich mir zu.

»Es tut mir so, so leid. Ich habe mir wirklich ein glücklicheres Ende für die Suche nach Stella gewünscht.«

»Schon okay. Es ist ja nicht deine Schuld«, erwidere ich. Meine Stimme gleicht einem Flüstern. Mit den Schuhspitzen male ich Kreise in den Sand unter uns. Äußerlich versuche ich gefasst zu wirken. Doch innerlich fühle ich mich, als würde ich jede Sekunde von Traurigkeit zerrissen werden.

Lara spürt den Schmerz, der mich erdrückt, denn sie breitet ihre Arme für mich aus. »Na, komm mal her.«

Dankbar, das Gefühl der Einsamkeit abschütteln zu können, lasse ich mich in die Umarmung hineinsinken. Sogleich strömen Tränen aus meinen Augenwinkeln. Nachdem ich bereits tagelang geweint habe, ist es verwunderlich, dass mein Körper überhaupt noch Flüssigkeit produzieren kann. Aber diese stammt aus meinem Innersten, einem zerbrochenen Teil meines Herzens, der meiner Freundschaft zu Stella vorbehalten war. Kein Staudamm auf der Welt wäre in der Lage, solche Tränen aufzuhalten.

In diesem gewaltigen Fluss an Emotionen ist Lara der Fels, an dem ich mich festhalte, um nicht zu ertrinken. Sie riecht angenehm nach Apfel und Zimt. Der Duft wirkt beruhigend auf mich, als er an meine Nase dringt. Zudem erleichtert sie mir die Situation, indem sie mir die Zeit gibt, die ich brauche, anstatt mich mit Fragen zu bombardieren.

So sitzen wir einige Zeit in stillem Einklang auf der Bank. Wie lange genau, kann ich nicht sagen, da ich mein Zeitgefühl schon vor Tagen verloren habe. Lara hält mich tröstend im Arm. Eine laue Sommerbrise weht durch unser Haar. Irgendwann reicht sie mir ein Taschentuch. Dankend nehme ich es an. Nachdem ich kräftig hineingeschnäuzt habe, räuspere ich mich.

»Weißt du, manchmal kann ich noch immer nicht glauben, dass das alles wirklich passiert ist. Dann überkommt mich das Gefühl, Stella sei nur mal kurz weg. Und wenn mir dann bewusst wird, dass ich sie nie wiedersehen werde, schnürt es mir vor Panik die Kehle zu.«

Beruhigend streicht sie mir über den Rücken. »Deine beste Freundin ist gestorben. Ist doch klar, dass du Zeit brauchst, um das zu verarbeiten.«

Ihre Worte ermutigen mich, weiterzusprechen. »Manchmal fühlt es sich an, als hätte ich sie auf ihrem letzten Weg im Stich gelassen. Ich meine, offensichtlich waren wir zu zweit am Waldsee aber ich habe nicht genug unternommen, um sie zu retten. Sonst wären wir jetzt beide noch hier.«

»Sage so etwas nicht, solange du nicht weißt, was wirklich passiert ist. Außerdem glaube ich nicht, dass sie sich jemals von dir im Stich gelassen gefühlt hat. Ich habe euch nie zusammen erlebt, doch so lange, wie ihr schon befreundet seid ... wart, kann ich mir gar nichts anderes vorstellen, als dass ihr immer füreinander dagewesen seid. Und nun, so schrecklich es sich auch anhört, kannst du nichts mehr für sie machen.«

Ich seufze auf. »Ich wünschte, wir hätten weniger Zeit damit verbracht, uns zu streiten. Gerade in den letzten Wochen vor ihrem Tod.«

»Du konntest nicht wissen, dass so etwas passiert. Niemand konnte das.«

»Ist es aber. Und ich könnte dazu beitragen herauszufinden, was vorgefallen ist, wenn ich bloß endlich in der Lage wäre, mich zu erinnern.«

»Mach dir wegen deines Gedächtnisverlusts keine Vorwürfe. Dein Körper schützt dich. Wenn du bereit bist, die Wahrheit zu erfahren, wirst du dich erinnern.«

»Dasselbe hat Dave zu mir gesagt.« Oh shit. Ich hatte nicht vor, über Dave zu sprechen, aber die Worte sind draußen, bevor ich es verhindern kann.

Nichts ahnend geht Lara darauf ein: »Na bitte, da hast du's. Wenn du mir nicht glaubst, meinetwegen. Aber doch bitte deinem Freund. Immerhin studiert er Psychologie.«

Ich schlucke heftig. Mein Herz zuckt schmerzhaft zusammen. Mal wieder.

»Dave ist nicht mehr mein Freund. Wir haben Schluss gemacht.« Besser gesagt: *Ich* habe Schluss gemacht. Eine Tatsache, die ich verschweige. Dadurch gelingt es mir besser, mich nicht so zu fühlen, als wäre ich diejenige, die uns unsere letzte Chance verbaut hat, weil sie zu stolz war, Dave sich erklären zu lassen. Außerdem klingt es in meinen Ohren so weniger dramatisch, mehr einvernehmlich.

Für meine Aussage ernte ich einen schockierten Seitenblick von Lara. »Was?! Wieso das denn? Ihr saht immer so glücklich aus. Und er war jedes Mal so süß zu dir, wenn er dich von der Uni abgeholt hat.«

Ich lache bitter auf. »Wohlgemerkt nicht nur zu mir.«

Mein letzter Satz lässt sie aufhorchen. »Wie meinst du das?«

»Er hat mich betrogen.« Ich spreche die Worte so nüchtern wie möglich aus. Meine Mühe ist jedoch vergebens, denn Laras Wut ist entfacht.

»Dieses Arschloch. Wenn ich den in die Finger kriege, verknote ich seine Eier, reiße sie ihm eigenhändig ab und verarbeite sie zu Hackfleisch.«

Die Vorstellung entlockt mir ein Schmunzeln. »Sag so etwas nicht. Das ist fies und barbarisch.«

Lara grinst nun ebenfalls. »Wieso? Etwas anderes hat er nicht verdient.« Prüfend schaut sie mir in die Augen. Ihr Blick fällt auf meinen Hals, um den noch immer der Amethyst hängt. Obwohl ich es sollte, bringe ich es nicht übers Herz, die Kette abzulegen. Da geht ihr ein Licht auf. »Oh nein, bitte nicht. Du liebst ihn noch.«

Mein Schweigen ist Antwort genug.

Lara steht das Bedauern ins Gesicht geschrieben. »O Valerie. In deiner Haut möchte ich gerade wirklich nicht stecken. Und was hast du jetzt vor? Du wirst ihm doch nicht etwa verzeihen?«

»Nein. Das heißt, im Moment nicht. Dafür hat er mich zu sehr verletzt. Andererseits vermisse ich ihn manchmal so sehr, dass ich die ganze Fremdgehsache am liebsten auf sich beruhen lassen würde, nur damit wieder alles gut wird.«

Endlich auszusprechen, was mir schon tagelang im Kopf herumschwirrt, fühlt sich unendlich befreiend an. Dennoch bleibt ein Wermutstropfen zurück. Schließlich verschweige ich einen Teil der Wahrheit.

Ich hätte es niemals für möglich gehalten, doch die Tatsache, dass Dave hinter meinem Rücken eine Affäre mit Olivia hatte und womöglich mit ihr im Bett war, ist mein kleinstes Problem. Viel schwerwiegender ist ein anderes Rätsel, vor das die beiden mich stellen. Der Zusammenhang zwischen ihrem Auftauchen in meinem und Stellas Leben, Stellas Tod und die Indizien, die auf eine Verbindung der beiden mit den Morden des Ladykillers hindeuten, lassen mir keine Ruhe. Mein Gespür sagt mir, dass da ordentlich etwas faul ist. Trotzdem sind die Vermutungen zu groß und ungeheuerlich, um jemandem davon zu erzählen. Deshalb bewahre ich Stillschweigen. Nicht zuletzt, weil ich mich nicht damit auseinandersetzen möchte, womöglich in einen Killer verliebt zu sein.

Stattdessen bringe ich eine andere schwerwiegende Erkenntnis hervor: »Das Schlimme an meiner jetzigen Situation ist: Alles erscheint so aussichtslos und endgültig. Und da ist nichts, was ich dagegen unternehmen kann.«

Lara seufzt, während sie mich von der Seite mustert. Dann wendet sie sich wieder nach vorne und sieht in die Ferne. Ich kann deutlich erkennen, wie es in ihr arbeitet, um die passenden Worte zu finden. Entsprechend ernst und bedacht klingt ihr Tonfall, als sie schließlich sagt: »Jedes Ende erscheint zunächst schrecklich und unheimlich schmerzhaft. Aber denke daran, dass ein Sonnenuntergang nicht nur das Ende des Tages bedeutet, sondern auch der Beginn einer wundervollen sternenklaren Nacht sein kann.«

Ich schaue hinauf in den Himmel, der sich am Horizont bereits blutrot verfärbt. Vielleicht werde ich es nie wirklich schaffen, über all das Geschehene hinwegzukommen. Und vielleicht werde ich niemals erfahren, was am Waldsee passiert ist oder ob Dave und Olivia wirklich etwas damit zu tun haben.

Laras Worte klingen bedeutungsvoll und legen sich wie Blei auf meine Schultern. Gleichzeitig spüre ich, wie sie Hoffnung in mir wecken. Hoffnung, dass der Verlust von Stella und meine gescheiterte Beziehung mit Dave sich eines Tages zumindest nicht mehr ganz so schmerzlich anfühlen werden. Und diese Hoffnung ist alles, woran ich im Moment glauben möchte.

Dienstag, 11.06.2019

Valerie

Vierundfünfzig, fünfundfünfzig, sechsundfünfzig … um meine Nervosität zu lindern, zähle ich die Schritte, die ich auf dem Weg zu Stellas Elternhaus zurücklege. Das Treffen mit Lara vorletzte Woche tat mir gut. Viele Dinge, die sie gesagt hat, haben mich aufgebaut. Jedoch lag sie in einer Sache falsch, denn da ist durchaus etwas, das ich noch für Stella tun kann.

Mittlerweile ist die Obduktion abgeschlossen. Ich weiß nicht, ob es das besser macht, doch jetzt steht zweifelsfrei fest, dass der Mord an ihr nicht auf die Rechnung des Ladykillers geht. Dafür weichen zu viele Beweise von den bisherigen Fällen ab.

Jedenfalls möchte ich nun bei den Vorbereitungen für ihre Beerdigung helfen. Dadurch bin ich allerdings gezwungen, mich mit Stellas Familie in Verbindung zu setzen. Grundsätzlich spricht nichts dagegen, ich frage mich nur, wie ich den Kummer in ihren Augen aushalten soll, wo ich doch meine eigene Trauer kaum bewältigen kann. Außerdem befürchte ich, ihre Eltern werden meine Vorschläge für die Trauerfeier missverstehen. Sie sind sehr konservativ und haben einen genauen Plan für so ziemlich jeden Schritt im Leben ihrer Kinder. Nicht selten hat Stella sich über die Kontrolle und Fürsorge ihrer Mutter ausgelassen. Sie fühlte sich davon eingeengt. Natürlich konnte ich sie in dieser Hinsicht nicht verstehen. War es doch immer mein sehnlichster Wunsch gewesen, genau diese Mutterliebe zu empfangen und meinetwegen auch von ihr erdrückt zu werden.

Dennoch kann ich mir denken, dass Stellas Vorstellung davon, wie ihre Beerdigung ablaufen sollte, von der Trauerfeier, die ihre Eltern nun für sie ausrichten werden, abgewichen wäre. Das möchte ich ihren Eltern gerne mitteilen.

Dreiundneunzig, vierundneunzig, fünfundneunzig ... Plötzlich stehe ich vor dem Haus der Grafs. Nach einem tiefen Atemzug drücke ich auf die Klingel. Mit angehaltenem Atem warte ich auf eine Reaktion. Fünf Sekunden vergehen. Aus fünf werden zehn. Alles bleibt still. Ich stoße die angehaltene Luft aus und sehe mich um. Seltsam, der Mercedes von Stellas Mom steht in der Einfahrt. Demzufolge müsste sie zu Hause sein. Möglicherweise ist ihr nicht danach, Besuch zu empfangen. Nachempfinden könnte ich das. Vielleicht sollte ich zu einem späteren Zeitpunkt wiederkommen.

Mit einem Knoten aus Mitgefühl und Bedauern bin ich bereits im Begriff, mich abzuwenden und wieder nach Hause zu gehen, da öffnet sich die Tür. Überrascht fahre ich herum. Ben steht mir gegenüber. Er wirkt blasser und schlaksiger als üblich. Seine blonden Haare sind seit unserem letzten Aufeinandertreffen deutlich gewachsen und stehen wirr in alle Richtungen ab. Vom Sonnenlicht geblendet, kneift er die Augen zusammen. Es wirkt, als hätte er seit Längerem kein Tageslicht mehr gesehen.

Trotz aller Umstände scheint er sich über meinen Besuch zu freuen. Jedenfalls lächelt er mich zur Begrüßung an.

»Hi, Valerie.«

»Hey«, erwidere ich. »Darf ich reinkommen?«

Ben sieht hinter sich, als wolle er abschätzen, ob jetzt ein geeigneter Zeitpunkt sei, mich ins Haus zu lassen. Nach kurzem Zögern willigt er ein. Er macht mir Platz und ich trete in die Eingangshalle.

Wir stehen uns erneut gegenüber, doch anstatt zu sprechen legt sich ein unangenehmes Schweigen über uns. Das liegt jedoch nicht etwa an Ben oder mir, vielmehr scheint die Trauer sich im gesamten

Haus wie ein schwarzes Tuch, das alles in Stille hüllt, auszubreiten. Unbehagen überkommt mich. Glücklicherweise erinnere ich mich an den Blumenstrauß aus weißen Lilien und Rosen in meiner Hand, den ich als kleine Aufmerksamkeit auf dem Weg hierher gekauft habe. Froh darüber, mich dahinter verstecken zu können, halte ich ihn Ben vor die Nase.

»Ich möchte euch mein aufrichtiges Beileid aussprechen. Was passiert ist, ist schrecklich. Du musst dich furchtbar fühlen. Das denke ich jedenfalls, denn wenn es mir schon schlecht geht, wie schlimm muss es dann erst für dich als ihr Bruder sein? Na ja, genau genommen kann ich es mir schon vorstellen, denn in gewisser Weise war Stella auch für mich wie eine Schwester. Auch wenn wir natürlich nicht blutsverwandt waren.«

Vor Nervosität plappere ich einfach drauflos, was ziemlich ungewöhnlich ist in Anbetracht der Tatsache, dass ich normalerweise vor Aufregung keinen Ton herausbringe. Aber was ist in den letzten Tagen schon noch normal gewesen?

Ben nimmt mir die Blumen ab und unterbricht meinen Monolog. »Ich weiß deine Anteilnahme sehr zu schätzen. Danke, Valerie.«

Oh shit! Was fasele ich da nur für unsensibles Zeug? Ich sollte wohl am besten die Klappe halten.

Mit einem Blick auf die Blumen fügt Ben hinzu: »Ich werde die mal ins Wasser stellen.«

»Mhm.«

Ich nicke und folge ihm unauffällig in die Küche. Dort holt Ben eine gläserne Vase aus einem der oberen Küchenschränke und stellt sie in das Spülbecken, um Wasser hineinlaufen zu lassen.

Vorsichtig wage ich einen Vorstoß, um mein Anliegen zur Sprache zu bringen: »Habt ihr schon über die Beerdigung gesprochen? Ich habe ein paar Vorschläge, die ich gerne einbringen möchte.«

Jetzt ist Ben derjenige, der sich hinter den Blumen versteckt. »Um ehrlich zu sein, nein. Mom packt das noch nicht. Sie ist völlig fertig. Dad und Dominik dagegen verdrängen alles, indem sie sich in die Arbeit stürzen.«

Seine Antwort versetzt mir einen Stich in die Brust. Schnell rudere ich zurück.»Oh, das tut mir leid. Ehrlich. Ich wollte nichts überstürzen.«

»Schon okay. Jeder geht eben anders mit seiner Trauer um.«

Nach außen hin versucht Ben sich stark zu geben. Dennoch spüre ich, wie die Situation ihn innerlich zerreißt.

Augenblicklich ärgere ich mich über mich selbst, weil ich so direkt gefragt habe. Zudem fühle ich mich mit einem Mal unglaublich fehl am Platz. Wer bin ich eigentlich, dass ich meine, hier mir nichts, dir nichts aufkreuzen und mich in Stellas Beerdigung einmischen zu können? Natürlich vermisse ich sie ebenfalls, aber das hier ist eine Familienangelegenheit. Und das sollte es auch bleiben.

»Wahrscheinlich ist es besser, wenn ich jetzt gehe.«

Noch während ich die Worte ausspreche, blitzt Panik in Bens Augen auf.»Nein! Bleib ruhig noch eine Weile«, ruft er laut aus. Um seine übereilige Reaktion abzumildern, fügt er schnell hinzu:»Es tut gut, mal wieder ein anderes Gesicht zu sehen.«

Aufmunternd lächle ich ihn an. Er erwidert es, doch danach verfallen wir wieder in Schweigen.

Daraufhin beginne ich, mich im Raum umzusehen. Sonnenstrahlen fluten durch die bodentiefen Fensterscheiben und tauchen die Kochinsel in der Mitte des Raumes in warmes Licht. Die dunklen Arbeitsflächen der modernen Küche glänzen, als hätte hier noch nie jemand etwas gekocht. Oxana, die Haushälterin, hat wie üblich gute Arbeit geleistet. Sofort erweckt das eine Erinnerung in mir, die mich schmunzeln lässt. Stella und ich haben hier vor einigen Jahren versucht, Marshmallows herzustellen. Die Betonung liegt hierbei eindeutig auf *versucht,* denn die Küche glich danach einem Schlachtfeld. Wirklich überall klebte die schmierige Zuckerpaste. Ohne Oxanas Hilfe hätten wir es nie rechtzeitig geschafft, das Chaos aufzuräumen, bevor Stellas Mom etwas davon mitbekommen hätte.

Seufzend lasse ich die Erinnerung los. Ich war unzählige Male in diesem Haus und verbinde mindestens genauso viele Geschichten damit. Das wird sich vermutlich in Zukunft ändern, da Stella nicht mehr da ist.

Verstohlen sehe ich durch die Tür den Flur entlang.

»Ist es okay, wenn ich kurz in ihr Zimmer gehe?«

Ben nickt.

Mit weichen Knien setze ich mich in Bewegung. Weshalb bin ich plötzlich so aufgeregt? Was erwarte ich zu sehen?

Die Tür zu Stellas Zimmer ist angelehnt. Unschlüssig bleibe ich davor stehen und werfe Ben, der direkt hinter mir steht, einen zögerlichen Blick zu. Mit einem erneuten Nicken ermuntert er mich. Langsam öffne ich die Tür. Der Raum liegt ruhig und verlassen vor mir. Eine seltsame Mischung aus Erleichterung und Vertrautheit durchflutet mich. Alles sieht aus wie immer. Vorsichtig trete ich ein.

Auf dem Schminktisch entdecke ich Stellas Haarbürste. Sie liegt noch genau so da, wie ich sie am Tag ihres Verschwindens dort abgelegt habe, als ich bei meinem Unterfangen, ihr die Haare zu frisieren, kapitulierte. Ist das wirklich erst zwei Monate her? Das Gefühl der Sorglosigkeit, die wir damals an den Tag gelegt haben, scheint mir in weite Ferne gerückt zu sein. Ich würde alles geben, um in der Zeit zurückreisen zu können und die Lawine der Zerstörung, die an diesem Tag über uns hereingerollt ist, abzuwenden. Vor allen Dingen würde ich keinen Streit wegen des Videos beginnen. Dann wäre Stella nie zu unserer Versöhnung im Wald aufgebrochen. Und das wiederum hätte ihr womöglich das Leben gerettet … Die zarte, aber hässliche Pflanze der Schuld keimt in mir auf. Nein, ich darf nicht anfangen, so zu denken. Niemand konnte ahnen, dass Stella auf einen Mörder treffen würde.

Ruckartig wende ich meinen Blick von der Bürste ab und versuche mich auf eine schöne Erinnerung zu konzentrieren, die sich in diesem Raum versteckt hält. Doch wo ich auch hinsehe, alles scheint mir zuzurufen, dass der Verlust meiner besten Freundin unwiderruflich ist. Da ist ihre rote Kuscheldecke auf dem Bett, in die sie sich nie mehr einwickeln kann. Daneben liegen Kleider, die Stella nun nicht mehr in ein stylisches Outfit verwandeln wird. Und auf einer Kommode fällt mir ihre Musiksammlung ins Auge, deren Melodien nun auf ewig für sie verstummt sind. Bedauern steigt in mir auf. Und aus diesem Bedauern wird Schmerz. Er ist so überwältigend, dass ich auf dem beigen Langflorteppich vor Stellas Bett zu Boden sinke. Tränen schießen in meine Augen. Denn erst jetzt, da ich in ihrem leeren Zimmer bin, von all ihren persönlichen Gegenständen umringt, denen sie nie wieder Leben einhauchen wird, begreife ich es richtig.

»Sie kommt nie mehr zurück, oder?«, flüstere ich.

»Nein, das tut sie nicht.«

Ben setzt sich neben mich. Etwas unbeholfen zieht er mich in seine Arme. Mein Kopf sinkt gegen seine Brust. Voller Verzweiflung lasse ich meinen Tränen freien Lauf. Das Schluchzen, welches meiner Kehle entweicht, ist laut und heftig.

Nachdem der größte Schwall an Tränen versiegt ist, wage ich einen Blick in Bens Gesicht. Es ist ein Spiegelbild meiner eigenen Emotionen. Schwermütig erwidert er meinen Blick. Auch in seinen Augen haben sich Tränen gebildet. Augenblickblich werde ich mir bewusst, dass zwar jeder für sich trauert, aber uns doch ebendieser Schmerz des Verlusts verbindet. Durch diese Gemeinsamkeit fühle ich mich unmittelbar zu ihm hingezogen. Als hätte er meine Gedanken gelesen, legt er seine Stirn an meine. Wir sind uns so nah, dass sich unsere Tränen vermischen. Ein tröstliches Gefühl.

Das Bedürfnis nach noch mehr Nähe und Trost überfällt mich. So denke ich nicht weiter darüber nach, als ich meine Lippen auf seine hinabsenke. Wie auf Knopfdruck versteift sich Bens Körper. Er ist eindeutig überfordert mit der Situation. Doch nachdem er die Schrecksekunde der Überraschung verarbeitet hat, erwidert er den Kuss. Seine Lippen fühlen sich weich an. Langsam, aber bestimmt teilt seine Zunge meinen Mund.

Insofern ich das beurteilen kann, ist Ben eindeutig ein guter Küsser. Dennoch entfacht der Kuss nicht ansatzweise das Feuer in mir, das ich verspüre, wenn Dave mich küsst.

Dave!

Fuck!

Wie vom Blitz getroffen, durchzuckt mich eine Wahrheit, die ich mir bis jetzt nicht eingestehen wollte: Das, was ich hier mache, ist vollkommen falsch. Vielleicht ist es ein Test meines Unterbewusstseins, ob ich über ihn hinweg bin. Jedoch bin ich meilenweit davon entfernt und um ehrlich zu sein, möchte ich das auch gar nicht. Ja,

Dave hat mich verletzt, aber ich liebe ihn zu sehr, um ihn für immer aus meinem Leben zu streichen. Selbst das, was zwischen Olivia und ihm abgeht, hält mich nicht mehr davon ab, ihm eine weitere Chance zu geben.

Statt mir in meinem Kopf zusammenzuspinnen, Dave und Olivia seien in die Morde des Ladykillers verwickelt, sollte ich aktiv werden und der Sache auf den Grund gehen. Vielleicht liegt meinem Verdacht nur eine Verstrickung von Zufällen zugrunde. Immerhin hat auch die Obduktion eindeutig gezeigt, das Stella nicht von dem Ladykiller getötet wurde, obwohl ich davon felsenfest überzeugt war. Wie dem auch sei, ich muss versuchen, das zwischen Dave und mir wieder in Ordnung zu bringen.

Ohne Vorwarnung stoße ich Ben von mir.

»Tut mir leid. Es war ein Fehler, dich zu küssen!«

Hektisch richte ich mich auf. Noch während ich meine Kleider glattstreiche, verlasse ich mit großen Schritten das Zimmer.

»Warte!«

Ben geht hinter mir her. Logisch. Wahrscheinlich versteht er die Welt nicht mehr. Unbeirrt steuere ich auf die Haustür zu. In der Eingangshalle holt er mich ein.

»Valerie, bleib bitte für eine Sekunde stehen! Es ist okay, dass es sich für dich nicht richtig anfühlt, aber ich muss dir noch etwas geben. Hier, das Passwort.«

Ich werde hellhörig und bleibe abrupt stehen. Er streckt mir ein zusammengefaltetes Stück Papier entgegen. Fragend sehe ich ihn an.

»Für Stellas Youtube-Account. Damit du das Video löschen kannst, obwohl du das meiner Meinung nach nicht notwendig hast, weil deine Stimme atemberaubend ist.«

Automatisch bildet sich ein Kloß in meinem Hals.

»Woher weißt du, dass ich das Video löschen wollte?«

»Der Tag, an dem Stella verschwand … euer Streit war so laut, dass ich jedes einzelne Wort verstanden habe.«

Der Kloß in meinem Hals wächst weiter. Der Streit um dieses bescheuerte Video ist in gewisser Weise die Ursache für Stellas Tod und Ben weiß das. Ich möchte nichts sehnlicher, als dass das Video endlich gelöscht wird. Jedoch verstehe ich nicht, weshalb Ben auf meiner Seite steht. Immerhin habe ich ihm gerade eine derbe Abfuhr verpasst.

»Wieso hilfst du mir? Ich meine, du könntest genauso gut zur Polizei gehen und denen erzählen, was du gehört hast. Schließlich macht mich das tatverdächtig.«

Seine Augen wandern zu meinem Mund. »Du weißt, weshalb ich das mache.«

Automatisch brennen meine Lippen wie Feuer. Natürlich weiß ich es. Ben ist in mich verliebt. Er wäre immer auf meiner Seite. Bei dem Gedanken daran, was der Kuss für ihn bedeutet und wie sehr ich ihn mit meinem Verhalten verletzt habe, fühle ich mich elend. Ich komme nicht gegen den Knoten an, der sich in meinem Bauch bildet, und setze seufzend zu einer Entschuldigung an.

Doch bevor ich etwas sagen kann, spricht Ben weiter: »Außerdem weiß ich einfach, dass du unschuldig bist. Das sagt mir mein Bauchgefühl. Und nun nimm endlich das Passwort.«

Ich befolge seine Anweisung. Mit nervösen Fingern falte ich das Papier auseinander. Darauf stehen Stellas E-Mail-Adresse und das Wort *Weltenbummlerin1907*. Ich schmunzle. Das Passwort beschreibt sie haargenau. Ihr größter Traum war es, die Welt zu bereisen.

»Danke«, flüstere ich.

»Gern geschehen.« Nach einer Minute des Schweigens fügt Ben hinzu: »Und, was hast du jetzt vor? Du gehst zu *ihm*, habe ich recht?«

Ich setze erneut zu einer Entschuldigung an: »Das hört sich für dich mit Sicherheit bescheuert an, aber ich habe durch den Kuss herausgefunden, zu wem ich gehöre. Und solange auch nur der kleinste Funken Hoffnung besteht, dass er dasselbe fühlt, werde ich um uns kämpfen.«

Ben wirkt niedergeschlagen, als hätte er einen Kampf verloren. Dementsprechend klingen seine Worte überraschend versöhnlich: »Du musst dich nicht dafür rechtfertigen. Ich würde an deiner Stelle dasselbe machen.«

Auch wenn ich weiß, dass ich für mich die richtige Entscheidung getroffen habe, nagt das schlechte Gewissen an mir. Es hindert mich daran, etwas zu erwidern. Stattdessen sehe ich verstohlen auf meine Schuhspitzen.

Nachdem Ben klar geworden ist, das meine Antwort ausbleibt, fügt er hinzu: »Und wegen der Sache mit der Beerdigung … ich rede mit meinen Eltern.«

Unvermittelt sehe ich zu ihm auf.

»Danke.«

Wir verabschieden uns voneinander. Dann trete ich durch die Haustür ins Freie. Draußen wärmt die Sonne meine Haut. Ich atme tief durch und fühle mich auf unsagbare Weise befreit. Sofort mache ich mich auf den Weg zu Dave. Ich möchte keine Sekunde mehr verlieren, denn dafür ist das Leben zu kurz.

Dave

Sono cosi stanco …

Und trotzdem liege ich jede Nacht aufs Neue wach und frage mich, wie ich es immer wieder schaffe, mein Leben in einen Haufen Scheiße zu verwandeln. Tagsüber ist es nicht besser. Da vegetiere ich statt im Bett auf der Couch herum. So wie just in diesem Moment.

Lethargisch starre ich auf die große Uhr an der Wand, als würde die Zeit dadurch schneller vergehen. Dabei gibt es für mich gar nichts, auf das ich warte. Seit Valerie Schluss gemacht hat und mein Versuch, Trostsex zu haben, gescheitert ist, bin ich zu einer Art antriebsloser Kreatur mutiert. Ich habe auf nichts Bock. Alles ist mir zu viel. Aber solange mich alle einfach in Ruhe lassen, ist das okay für mich.

Unerwartet klingelt es an der Haustür. Der schrille Ton unterbricht die schneidende Stille und das Chaos in meinem Kopf. In der Hoffnung, jemand meiner Mitbewohner möge sich erbarmen, die Tür zu öffnen, bleibe ich legen. Leider vergeblich. Somit rapple ich mich auf und schlurfe zur Tür.

Wer auch immer mich beim Nichtstun stört, soll meinen Unmut zu spüren ... Ich schwöre, mein Herz setzt einen Schlag aus, als ich realisiere, wer da vor mir steht.

Bella principessa mia.

Valerie.

Obwohl sie mir in einem Wettbewerb um die tiefsten Augenringe ernsthaft Konkurrenz machen würde, sieht sie wunderschön aus. Das Bedürfnis, sie nach all der Zeit des Getrenntseins in den Arm zu nehmen, überfällt mich. Es ist so übermächtig, dass ich mit aller Macht dagegen ankämpfen muss. Ich vergrabe meine Hände in den Taschen meiner Jogginghose, um diesen Kampf nicht zu verlieren.

»Hi«, bringe ich mit heiserer Stimme hervor.

Statt zu antworten, mustert sie mich von oben bis unten. Ihre Blicke machen mich nervös. Ich hoffe inständig, mein verwahrlostes Äußeres möge sie nicht zu sehr abschrecken. Gleichzeitig frage ich mich, was sie dazu verleitet, mich zu besuchen.

Nachdem sie offensichtlich genug davon hat, mich mit Blicken zu erdolchen, denn genau so empfinde ich ihr Starren, wandert ihr Blick zu meinen Augen und bleibt dort hängen. Von dem glänzenden Braun ihrer Iris fühle ich mich wie hypnotisiert, sodass ich ihre Stimme zunächst nur im Hintergrund wahrnehme.

»Wir müssen reden.«

Die Worte hallen in meinem Kopf nach, bis ich ihre Bedeutung richtig aufnehmen kann. *Wir müssen reden.* Oh, wow. Anstatt meine Begrüßung zu erwidern, überspringt sie jede Höflichkeitsfloskel und kommt direkt zum Wesentlichen. Noch weiß ich nicht, ob ich das gut finden soll oder nicht. Zumindest ist es ein Anfang.

»Lass uns in mein Zimmer gehen«, höre ich mich sagen.

Valerie geht an mir vorbei. Etwas Glitzerndes an ihrem Hals erweckt meine Aufmerksamkeit. Sie trägt die Amethystkette. Eine Tatsache, die mich unheimlich erleichtert. Das ist ein gutes Zeichen, oder? Eine leise Hoffnung beschleicht mich. Stopp! Ich sollte mich nicht zu früh freuen. Schließlich weiß ich noch immer nicht, was sie mir sagen möchte.

Mein Herz schlägt wild gegen meine Rippen, während ich ihr

folge. Niemals zuvor war ich so nervös in der Gegenwart einer Frau. Kein Wunder angesichts des Drucks, unter dem ich stehe. Immerhin habe ich nur diese eine Chance, alles zwischen uns wiedergutzumachen, ich darf es also unter keinen Umständen versauen.

In meinem Zimmer angekommen, bedeute ich Valerie, auf dem Bett Platz zu nehmen. Ich selbst bleibe unschlüssig in der Tür stehen. Mein Bauchgefühl sagt mir, dass der räumliche Abstand zwischen uns angebracht ist. Darüber hinaus fühlt es sich seltsam an, wieder mit ihr hier zu sein, an dem Ort, wo vor zweiundzwanzig Tagen alles auseinandergebrochen ist.

Valerie streicht sich mehrmals eine Haarsträhne hinters Ohr, bevor sie die Arme verschränkt und zu Boden sieht. Es ist mehr als eindeutig, wie nervös sie ist. Ich muss fast lachen, weil ich ihre Gesten in- und auswendig kenne. Gleichzeitig ist mir zum Heulen zumute, weil mir bewusst wird, wie sehr ich es vermisst habe, ihre Körpersprache zu lesen, nicht zu reden davon, ebendiesen Körper mit meinen Händen und meinem Mund zu erkunden. Gedanklich überfalle ich Valerie mit einem Kuss und drücke sie auf die Matratze.

Ihre leise Stimme holt mich zurück in die Realität.

»Warum?«

Sofort schäme ich mich dafür, anzügliche Gedanken zu haben, während sie verletzt vor mir sitzt und sich fragt, an welcher Stelle unsere Beziehung aus dem Ruder gelaufen ist.

Schnell konzentriere ich mich wieder auf mein eigentliches Ziel. Und das besteht darin, diese Beziehung zu retten. Falls das noch möglich ist.

»Es tut mir leid, wenn ich dir auch nur eine Sekunde das Gefühl vermittelt habe, ich würde dich betrügen. Denn das ist definitiv nicht der Fall.«

Valerie lacht bitter auf und winkt ab. »Nein, bitte. Ich bin nicht hergekommen, um mir weitere Entschuldigungen anzuhören. Wieso sie? Erzähl's mir einfach. Die ganze Geschichte. Vielleicht kann ich es dann verstehen.«

Die ganze Geschichte. Nicht mehr und nicht weniger hat sie verdient. Ich hätte es ihr von Anfang an sagen sollen. Nun ja, lieber jetzt als nie.

Ich schlucke schwer. Die Karten offen auf den Tisch zu legen, bedeutet auch, von Josephina zu erzählen. Außer mit Jolene habe ich seit ihrem Tod noch nie mit jemandem über sie gesprochen. Allein der Gedanke bereitet mir körperliche Schmerzen. Aber da muss ich jetzt durch. Das bin ich Valerie schuldig.

Ich steure mein Bett an und hole den Schuhkarton darunter hervor, der am Abend unseres Streits umgekippt war. Damit bewaffnet, setze ich mich neben Valerie. Unvermittelt rückt sie ein Stück zur Seite. Obwohl ich mit solch einer Reaktion hätte rechnen müssen, tut es weh.

Ich ignoriere den Stich in meiner Brust, hole tief Luft und beginne mit meiner Erzählung.

»In der Oberstufe hatte ich eine Freundin. Ihr Name war Josephina. Sie war zwar nicht das erste Mädchen, mit dem ich zusammen war, aber die Einzige, die mir bis dahin etwas bedeutet hat. Es ist nicht übertrieben, wenn ich sage, dass sie meine erste große Liebe war.«

Valerie

Ich setze mich auf meine Hände und sehe Dave verstohlen von der Seite an, während ich seinen Worten lausche. Das, was er mir erzählt, geht in eine völlig andere Richtung als erwartet. Noch verstehe ich nicht, worauf er hinauswill. Sein Blick ist geradeaus, in die weite Ferne gerichtet. Er erweckt den Eindruck, als würde er direkt in ein Fenster der Vergangenheit schauen, in dem sich das Erlebte erneut abspielt.

»Selbst nachdem ich für das Studium nach Freiburg gezogen bin und aus unserer Beziehung eine Fernbeziehung wurde, lief es perfekt. Bis zu jenem verhängnisvollem Tag im April vergangenen Jahres. Josephina überraschte mich in der WG. Jedoch war ihr Besuch nicht unbegründet. Sie eröffnete mir, dass sie schwanger sei. Und das trotz Pille. Statt mich zu freuen, war ich überfordert. Ich weiß, das ist keine Entschuldigung, aber ich war gerade neunzehn und fühlte mich noch nicht bereit dazu, Vater zu werden. Deshalb schlug ich eine Abtreibung vor. Es war eine Kurzschlussreaktion. Gleich nachdem die Worte meinen Mund verlassen hatten, bereute ich sie, doch da war es bereits zu spät. Wir stritten uns fürchterlich, bis Josephina irgendwann wutentbrannt davonstürmte. Auf der Heimfahrt verunglückte sie beim Zusammenstoß mit einem Lkw. Sie und das Baby waren sofort tot. Bis heute fühle ich mich schuldig.«

Seine Geschichte berührt mich. Vor allem das Bedauern in seiner Stimme erzeugt eine tiefe Traurigkeit in mir. Auch das, was er mir angetan hat, kann mich nicht davon abhalten, Mitgefühl für Dave zu empfinden.

»Dave, das ist mit Abstand eines der tragischsten Schicksale, von denen ich jemals gehört habe. Wenn ich gewusst hätte ... wieso hast du mir das bisher verschwiegen?«

Ohne zu zögern antwortet er. Mir erscheint es fast so, als hätte er schon vor unserem Gespräch ausgiebig darüber nachgedacht. »Am Anfang kannten wir uns zu wenig und später hatte ich Angst, du würdest mich dafür hassen. Ich meine, ich habe mein eigenes Kind verstoßen, genau wie deine Mom dich abgelehnt hat.«

Die Worte treffen mich ebenso unvorbereitet wie heftig. Mom ist mein wunder Punkt. Dave weiß das. Natürlich hatte er Angst, durch das Eingeständnis seiner Vergangenheit unsere Beziehung zu gefährden. Und wer weiß, möglicherweise wäre meine Reaktion tatsächlich anders ausgefallen, wenn ich früher und unter anderen Umständen davon erfahren hätte. Ich weiß es wirklich nicht. Ich kann nur für jetzt sprechen. Und wenn ich genau in diesem Moment tief in mich hineinhöre, dann ist es okay. Schließlich gibt es einen entscheidenden Unterschied zwischen Dave und meiner Mom, wie mir klar wird, als ich nun in seine Augen schaue.

»Das ist was völlig anderes. Meine Mom war ein egoistischer Eisklotz, der sich selbst am nächsten stand. Doch falls Josephina und du noch mal die Chance bekommen hättet, miteinander zu sprechen, und ihr euch dazu entschieden hättet, das Baby zu bekommen, hättest du dich gekümmert. Du wärst ein guter Vater gewesen. Davon bin ich überzeugt.«

»Danke. Es bedeutet mir viel, das von dir zu hören.«

Der Blick aus seinen blaugrünen Augen, mit dem er mich bedenkt, geht mir durch und durch. Ein altbekanntes Prickeln entsteht in meinem Bauch und jagt Endorphine durch meinen Körper. Ich besinne mich, um davon nicht mitgerissen zu werden, denn auch wenn seine Vergangenheit uns kurzzeitig den Konflikt der Gegenwart hat vergessen lassen, habe ich noch immer keine Antwort auf meine Frage.

»Es ist schön, dass du dich mir anvertraut hast, aber was hat das Ganze mit Olivia zu tun? Oder dem Inhalt aus dem Schuhkarton?«

Daves Adamsapfel hüpft angespannt, während er tief Luft holt, ehe er weitererzählt.

»Die Sachen in der Kiste. Sie gehören Josephina. Es ist alles, was mir von ihr geblieben ist.«

Oh. Und ich dämliche Kuh habe geglaubt, der Inhalt würde mich zum Ladykiller führen. Eine Woge der Scham überrollt mich. Wie konnte ich nur so verblendet von diesem beschissenen Mörder sein?

Vorsichtig hebt Dave den Deckel an. Er greift nach dem Klappmesser und reist sogleich gedanklich zurück in die Vergangenheit. Ich erkenne es an dem verklärten Ausdruck in seinem Gesicht.

»Wir waren bei gemeinsamen Spaziergängen oft zusammen im Wald. Irgendwann fing ich an, kleine Hölzer und Äste zu sammeln, um daraus Figuren zu bauen. Zu meinem Geburtstag schenkte sie mir dann das Messer, damit ich die Figuren besser schnitzen konnte.«

Nach und nach nimmt er die Gegenstände aus der Kiste und erzählt mir die Geschichten, die er dazu mit Josephina verbindet. Ich sitze schweigend daneben und versuche ihm den Raum zu geben, über das Erlebte zu sprechen, ohne ein ungutes Gefühl in mir aufwallen zu lassen. Doch das wird mit jedem seiner Worte schwerer und ich beginne mich zu fragen, wie ich gegen ein solch makelloses Mädchen ankommen soll. Ein makelloses, totes Mädchen. Sie hat quasi den Status einer Heiligen. Hatte ich jemals eine ernsthafte Chance neben ihr?

Zu guter Letzt nimmt Dave ein Foto aus dem Umschlag. Darauf ist eine junge Frau mit schwarzem, schulterlangem Haar zu sehen. Sie hat volle, geschwungene Lippen, die mit einem kirschroten Lippenstift überzogen sind. Ihre eisblauen Augen werden von langen, geschwungenen Wimpern geziert.

Genau wie Schneewittchen, fährt es mir durch den Kopf. Aber da ist noch etwas. Seltsam, auch wenn es nicht möglich ist, habe ich den Eindruck, sie schon mal gesehen zu haben.

»Ist sie das?«, frage ich.

Dave nickt.

»Sie ist wunderschön.«

»Ja, das war sie.«

Seine Aussage macht die Luft schwer zwischen uns. Sofort rudert er zurück: »Das soll aber nicht heißen ... du bist mindestens genauso hübsch.«

Sein Zugeständnis an mich ist mit Sicherheit aufrichtig. Trotzdem hält es mich nicht davon ab, meine Fassade zum Einsturz bringen.

»Liebst du sie noch? Hat es deswegen nicht zwischen uns funktioniert, weil du noch um sie trauerst? Ehrlich, das wäre okay. Aber bitte sag mir die Wahrheit.«

Ich möchte stark sein, aber in Wahrheit bin ich unübersehbar kurz davor, in Tränen auszubrechen. Innerlich verfluche ich mich für meinen Charakterzug, so nahe am Wasser gebaut zu sein.

Dave sieht mich eindringlich an.

»Nein, das ist es nicht. Eher im Gegenteil. Seit Josephinas Tod habe ich versucht, meinen Kummer zu verdrängen, indem ich einem belanglosen One-Night-Stand nach dem nächsten nachgejagt bin. Ich habe geglaubt, die ganze Gefühlsduselei sei unsinnig und ich würde sowieso nie wieder eine Frau finden, die mir so viel bedeutet wie Josephina. Zeitweise fühlte sich sogar allein der Gedanke daran, jemand anderen in mein Herz zu lassen, wie ein Verrat an. Ich wollte mich durch das Alleinsein bestrafen, weil ich davon überzeugt war, nicht mehr glücklich sein zu dürfen, da ich doch sie und unser Kind in den Tod gestürzt habe. Doch dann traf ich auf dich. Du hast die Leichtigkeit zurück in mein Leben gebracht. Ohne es zu wissen, hast du mir gezeigt, dass ich es trotz allem verdient habe, glücklich zu sein, und ich habe mich daran erinnert, wie wunderbar sich das anfühlt. Meine Gefühle für dich waren zu jeder Zeit aufrichtig. Und das sind sie noch immer. Ich weiß, wir beide haben unser Päckchen zu tragen, aber zusammen schaffen wir das. Zusammen können wir alles schaffen. Bitte gib uns noch eine Chance.«

»Oh, wow, Dave. Ich weiß gar nicht, was ich sagen soll.«

Die Tränen haben sich durchgesetzt und laufen in stummen Strömen über mein Gesicht. Und das, ohne dass ich genau weiß, was mich zum Weinen bringt. Daves Geschichte, die noch immer so unheimlich traurig klingt, oder die Tatsache, dass dieser so unerschrockene Mann, der sich stets bemüht, vor allen den Starken zu spielen, mir seine verletzliche Seite zeigt und seine Gefühle voll und ganz offenbart. Wahrscheinlich ist es eine Mischung aus beidem.

Allem Anschein nach hat er von Anfang an die Wahrheit gesagt. Zudem bin ich ihm so wichtig, dass er nach allem, was ich ihm an den Kopf geworfen habe, noch immer eine Chance von mir möchte. Ich fühle mich schlichtweg überwältigt. Liebend gerne würde ich ihm in die Arme fallen und unseren Streit beilegen. Aber mein Instinkt empfindet das als zu einfach und unvernünftig. Zudem fehlt mir noch immer ein Puzzleteil, um das Geschehene klar zu sehen.

Weil ich ihm zeigen möchte, dass er mir dennoch wichtig ist, wage ich es, näher an ihn heranzurücken. Ich strecke meine Hand aus und platziere sie auf seinem Oberschenkel. Angestrengt versuche ich, nicht zu sehr auf die vertraute Wärme zu achten, die von dieser Berührung ausgeht, sondern mich auf die richtige Wortwahl zu konzentrieren.

»Natürlich möchte ich das mit uns nicht verlieren. Es ist nur: Im Moment passiert alles auf einmal. Und diese ganzen neuen Informationen überfordern mich. Ich brauche Zeit, um das alles zu verarbeiten.«

Dave legt seine Hand auf meine und hält sie fest. Von dieser Geste ausgelöst, macht mein Herz einen heftigen Sprung in meiner Brust.

»Das verstehe ich. Du musst dich auch nicht sofort entscheiden. Aber bitte denk wenigstens darüber nach. Ich vermisse dich.«

Ich vermisse dich. Jedes einzelne Wort dieses Satzes dringt tief in mein Herz.

Ich vermisse dich auch, Dave. Sehr sogar. Aber ich bin nicht in der Lage nachzugeben, ohne zu verstehen, welche Rolle Olivia in der ganzen Sache spielt.

Ich brauche eine Pause von der Gefühlsachterbahn, der ich ausgesetzt bin, seit ich mich auf Daves Bett gesetzt habe. Deshalb senke ich meine Lider. Dadurch erhasche ich einen erneuten Blick auf das Foto von Josephina. Plötzlich fällt meine Aufmerksamkeit auf ein kleines Detail. Josephina trägt eine Kette mit einem J-Anhänger. Es ist dieselbe Kette, die Dave Olivia gegeben hat. Dieselbe Kette, die in der Kiste war und jetzt fehlt.

Eingehend betrachte ich das Mädchen auf dem Foto. Wieder habe ich das Gefühl, ihr schon mal begegnet zu sein. Meine Synapsen arbeiten auf Hochtouren, bis sich endlich ein Schalter in meinem Gehirn umlegt. Ich habe das entscheidende Puzzleteil gefunden. Mein Kopf schießt nach oben und ich schaue Dave direkt in die Augen, als ich meine Annahme in die Welt hinausschleudere: »Olivia ist Josephinas Schwester!«

»Genauer gesagt, ihre Zwillingsschwester, aber ja, im Grunde hast du recht.«

»Das bedeutet, du bist nie fremdgegangen, sondern hast bloß ... « Ich höre mitten im Satz auf, weil ich nicht weiß, wie ich ihn beenden soll. Was hat Dave mit der Schwester seiner toten Freundin zu schaffen?

Fragend und erwartungsvoll zugleich sehe ich ihn an.

Er beantwortet meine unausgesprochene Frage: »Ihr richtiger Vorname ist Jolene. Sie hat ihn abgelegt, gemeinsam mit ihrer äußeren Ähnlichkeit mit Josephina und der J-Kette, um nicht ständig an sie erinnert zu werden. An Josephinas erstem Todestag im April habe ich in der Zeitung eine Anzeige zu ihrem Gedenken entdeckt. Zuerst war ich wütend und fassungslos, doch dann habe ich es als Zeichen gesehen, meine Trauer nicht länger zu verdrängen. Ich schrieb Jolene, um sie zu fragen, wie sie mit der Situation umgeht. Erst wollte sie keinen Kontakt zu mir und hat versucht, mich mit einer lahmen

Textnachricht abzuwimmeln. Das war am Tag der Wohnheimparty, auf der wir uns kennengelernt haben. Ich meinte auch, sie dort gesehen zu haben und bin ihr hinterher gelaufen. Das war übrigens der Grund, weshalb ich dich habe stehen lassen. Leider habe ich sie an diesem Abend nicht mehr erwischt. Damit konnte ich mich nicht zufriedengeben und verspürte den Drang, sie anzurufen, um sie zu bitten, wenigstens einmal mit mir zu sprechen. Sie ging zwar nicht ans Telefon, doch später hat sie ihre Meinung geändert. Gemeinsam haben wir es geschafft, viel aufzuarbeiten. Als du uns zusammen gesehen hast, habe ich ihr Josephinas Kette zurückgegeben, da sie meiner Meinung nach als verbliebener Teil der J-Twins einen größeren Anspruch darauf hat.«

»Wenn Jolene wirklich die Olivia ist, die ich kenne, dann war sie tatsächlich auf der Wohnheimparty«, erinnere ich mich.

Dave nickt zustimmend. »Woher kanntest du Jolene, also Olivia, eigentlich?«

»Sie hatte Ambitionen, mir den Rang als Stellas beste Freundin abzulaufen.« Mein Tonfall klingt verbitterter als beabsichtigt.

Für den Bruchteil einer Sekunde verrutscht Daves Gesichtsausdruck. Dann fängt er sich wieder, ehe ihm ein anderer unschöner Gedanke in den Sinn kommt. »Oh, shit! Vor lauter Erklärungen und Offenbarungen habe ich völlig vergessen, dir mein Beileid wegen Stella auszusprechen. Ich habe es in den Nachrichten gehört. Kommst du klar?«

Emotionslos zucke ich mit den Schultern: »Schon gut. In den letzten Wochen habe ich mehr als genug Mitleidsbekundungen bekommen.«

Mich interessiert jetzt viel mehr etwas anderes, nämlich die Aufklärung des letzten Indizes, das Dave hat verdächtig erscheinen lassen. Und da wir nun sowieso bei Stella angekommen sind und Dave gerade dabei ist, die Karten auf den Tisch zu legen, könnte der Zeitpunkt, die Frage zu stellen, nicht passender sein.

»Weshalb war das Foto von meinem Abiball in der Kiste? Du hast es ohne zu fragen von meiner Pinnwand genommen.«

Erneut ringt Dave mit sich, die komplette Wahrheit zu erzählen.

Gott sei Dank weiß er, dass ich mich mit weniger nicht zufriedengeben werde. Das bringt ihn letztendlich zum Sprechen: »Eigentlich habe ich Jolene mein Wort gegeben, Stillschweigen über die Sache zu bewahren. Andererseits habe ich dir auch versprochen, dich nicht mehr anzulügen.« Er macht eine kurze Atempause und fährt dann fort: »Deine beste Freundin Stella und Jolene … Olivia, wie auch immer … sie waren ein Paar. Nachdem Stella plötzlich von der Bildfläche verschwunden ist, hat Jolene sich riesige Sorgen gemacht. Zunächst war mir die Verbindung nicht klar, doch dann habe ich die Fotos von Stella auf deiner Pinnwand entdeckt. Ich habe sie von Jolenes Profilfoto wiedererkannt und Jolene das Foto von eurem Abschlussball gezeigt. Nur so konnte ich sichergehen, dass es sich bei Stella um dieselbe Person handelt, und Jolene Aufschluss darüber geben, weshalb ihre Freundin sich nicht mehr bei ihr meldet.«

Ich hätte mit allem gerechnet, aber nicht mit so was. Mein Kopf ist voll mit Fragen und gleichzeitig leergefegt. Ich schwöre, dass man von außen hören kann, wie es jetzt in meinem Gehirn rattert.

»Stella war lesbisch. Wieso hat sie mir das nicht erzählt?«, ist alles, was mir schließlich über die Lippen kommt. Meine Stimme klingt ungläubig und enttäuscht. Es ist nicht die Tatsache, die mich stört, sondern der Umstand, dass Stella ein solch wesentliches Detail über sich nicht mit mir geteilt hat.

Dave fängt mich auf.

»Wahrscheinlich aus demselben Grund, aus dem du ihr die Geschichte über deine Mom verschwiegen hast und ich dir nichts von Josephina gesagt habe: Sie hatte Angst vor deiner Reaktion. Sei nicht so streng mit ihr. Auch beste Freundinnen dürfen Geheimnisse voreinander haben. Hat nicht jeder von uns etwas, das er vor allen anderen verbirgt? Diese Geheimnisse, die wir niemandem erzählen, sind das Spiegelbild unserer Seele.«

Seine ungewohnt tiefgründige Aussage ringt mir ein Lächeln ab

»Oh, woher kommt denn diese poetische Eingebung, *signore mio?*«

»Oh, hast du etwa Italienisch gelernt?«, fragt er scherzhaft zurück.

»Nein. Du färbst bloß auf mich ab.«

Wir sehen uns an und brechen sogleich in Gelächter aus. Trotz allem, was ich soeben erfahren habe, überfällt mich eine wunderbare Leichtigkeit. Zwischen Dave und mir ist es fast wie früher. Das allein ist Grund genug, um sich gut zu fühlen.

Doch die strenge Stimme meines Verstandes warnt mich, weiterhin vorsichtig zu sein. Aber wenn ich ehrlich zu mir bin, ist genau dieser Moment, in dem ich gemeinsam mit Dave auf dem Bett sitze und lache, das Schönste, was ich seit Wochen erlebt habe. Wieso sollte ich es also nicht genießen, wenn das genau der Augenblick ist, der mein Herz mit Glück nährt?

Die Antwort erhalte ich prompt. Mit einem Bombeneinschlag wird meine Welt erneut zertrümmert … Um genau zu sein, ist es eher ein Klingeln an der Haustür. Aber alles, was danach geschieht, kommt einem Bombeneinschlag schon ziemlich nahe.

Ich vernehme lautes Stimmengewirr aus dem Wohnzimmer. Keine Sekunde später stürmen drei Polizeibeamte in Daves Zimmer. Einer davon ist mein Vater.

»Dave Pagano, ich verhafte Sie wegen des dringenden Verdachts des Mordes an Susanna Winsberg und in vier weiteren Fällen. Sie haben das Recht, zu schweigen. Alles, was Sie sagen, kann und wird gegen Sie verwendet.«

Er gibt seinen Kollegen ein Zeichen. Daraufhin zerren sie Dave unsanft vom Bett und legen ihn in Handschellen.

Panisch springe ich auf.

»Papa! Was geht hier vor? Du kannst das nicht machen. Dave ist unschuldig!«

»Die Beweislage spricht eine andere Sprache. Es tut mir leid, Valerie.«

Die Polizisten führen Dave ab. Ungläubig laufe ich hinterher. Mein Gehirn arbeitet vergeblich an einer Lösung, dieses Szenario zu beenden.

Zeitweise habe ich selbst daran geglaubt, Dave könnte der Ladykiller sein. Doch alle Indizien ließen sich widerlegen. Was weiß die Polizei, was mir entgangen ist?

Im Gegensatz zu mir wirkt Dave wie die Ruhe selbst.

»Mach dir keine Sorgen. Es wird sich alles aufklären.«

Was? Wie kann er nur so gelassen bleiben? Ich selbst fühle mich, als würde die Panik mich Stück für Stück von innen heraus auflösen. Claudia, die den Polizisten offenbar die Tür geöffnet hat, geht es nicht besser. Wie zur Salzsäule erstarrt, steht sie im Wohnzimmer und verfolgt ungläubig das Geschehen.

Unter Protest der Beamten bleibt Dave stehen. Er versucht sich aus dem festen Griff der Polizisten zu lösen. Es gelingt ihm nicht. Dennoch bleiben ihm zwei Sekunden, bis sie ihn wieder unter Kontrolle gebracht haben. Die Zeit reicht, dass er etwas aus seiner Hosentasche fischen und mir zuwerfen kann. Reflexartig strecke ich meine Hände nach dem kleinen schwarzen Gegenstand aus, der durch die Luft direkt auf mich zusegelt. Es ist Daves Autoschlüssel.

»Er gehört dir, solange ich weg bin. Pass gut darauf auf.«

Perplex starre ich auf den Schlüssel in meinen Händen. Es war immer eine amüsante Neckerei von mir, nochmals mit seinem Auto fahren zu dürfen. Jetzt, da er es mir höchstpersönlich anvertraut, würde ich nichts lieber machen, als die Gelegenheit dazu gegen Daves Freiheit einzutauschen.

Ich sehe auf und stelle fest, dass die Polizisten ihn bereits hinausgezerrt haben. An der Wohnungstür wehrt er sich noch einmal und dreht den Kopf in meine Richtung. In seinen Augen erkenne ich Sehnsucht und Aufrichtigkeit, aber auch eine Bitte um Entschuldigung, dass er mir die Situation lieber erspart hätte. Unsere Blicke verbinden sich und für eine Weile gelingt es mir, die Beamten auszublenden. Es gibt nur noch Dave und mich.

»Ich liebe dich«, offenbart er sich mir.

In meinem Herzen explodiert ein Feuerwerk. So oft habe ich davon geträumt, dass er das zu mir sagt. Natürlich waren die Umstände, unter denen er zum ersten Mal die drei magischen Worte aussprechen würde, in meiner Vorstellung anders. Glücklicher und romantischer. Trotzdem verlieren sie dadurch nicht an Wert.

Er muss unbedingt wissen, dass ich dasselbe fühle.

»Ich liebe dich auch!«, rufe ich, doch es ist bereits zu spät. Dave hört mich nicht mehr. Die Polizisten haben ihn zur Tür hinausgezerrt.

Unschlüssig wandert mein Blick zwischen dem leeren Rahmen der Wohnungstür und dem Autoschlüssel in meiner Hand hin und her, während ich über meinen nächsten Schritt nachdenke. Dave und ich haben gerade erst wieder zueinandergefunden, ich werde nicht zulassen, dass die zarte Pflanze unserer Liebe erneut einer Zerreißprobe unterzogen wird.

Claudia holt mich aus meiner Schockstarre. »Weißt du, was an den Vorwürfen dran ist?«

»Gar nichts!«, zische ich empört.

»Wie kannst du dir da so sicher sein?«

»Wie kannst du nur zweifeln?«

»Wenn du so hinter Dave stehst, wieso hast du dich dann von ihm getrennt?«

»Das hatte überhaupt nichts mit den Anschuldigungen zu tun, die die Polizei jetzt gegen ihn erhebt!«

Eine Lüge. Doch das Bedürfnis, Dave in Schutz zu nehmen, ergreift Besitz von mir. Schlimm genug, dass ich jemals an seiner Unschuld gezweifelt habe, doch Claudia als seine langjährige Mitbewohnerin müsste es besser wissen.

Mein Ausruf lässt Claudia zusammenzucken und sie verstummt erneut. Sie greift nach ihrem Handy und beginnt zu tippen. Aller Wahrscheinlichkeit nach schreibt sie Kevin, was passiert ist. Das bringt mich dazu, meine Wut weiter zu entfalten. Am Spieleabend hatte es so gewirkt, als wären Daves Mitbewohner Leute, die hinter ihm stehen und auf die er sich verlassen kann. Doch sobald ein Problem auftaucht, ist es das wohl mit der Loyalität.

Nun gut, wenn seine sogenannten Freunde nicht dazu bereit sind, Dave zu helfen, dann muss ich es eben alleine machen.

Aktionismus überkommt mich. Ohne Claudia eines weiteren Blickes zu würdigen, stürme ich mit dem Autoschlüssel aus der Wohnungstür. Unten finde ich Daves Wagen auf einem Parkstreifen vor dem Haus. Ich entriegele die Tür und lasse mich wie selbstverständlich auf der Fahrerseite nieder. Gekonnt setze ich aus der Parklücke und fahre zum Polizeirevier.

Dort angekommen, ignoriere ich die Koordinatorin am

Eingangsbereich und stürme geradewegs auf Dads Büro im dritten Stock zu. Mit jedem Schritt wächst meine Wut. Ich mache mir gar nicht erst die Mühe anzuklopfen. Schwungvoll stoße ich die Tür auf. Dad sitzt an seinem Schreibtisch und brütet über den Ermittlungsakten.

»Was zum Teufel soll das? Wieso verhaftest du Dave und gehst nun weiter deiner alltäglichen Arbeit nach, als sei nichts gewesen?«

Sein Kopf fährt erschrocken hoch. Um Verständnis bittend, sieht er mich an. Gleichzeitig lese ich Schuldgefühle in seinem Blick. Gut so.

»Ich kann verstehen, dass du aufgebracht bist, und ich wünsche mir für dich, wir würden falsch liegen, aber Daves Festnahme war nicht unbegründet. Wir haben hinreichende Beweise. Leuten eine begangene Straftat nachzuweisen und sie zu überführen, gehört zu meinem Job, also bitte entschuldige, wenn ich auf dich auf den ersten Blick nüchtern und routiniert wirke. Aber natürlich fühle ich mich befangen, wenn derart schwere Anschuldigungen gegen den Freund meiner Tochter gerichtet werden. Deshalb habe ich die Vernehmung an einen Kollegen abgegeben. Wenn ich gewusst hätte, dass du bei ihm bist, hätte ich bereits die Verhaftung jemand anderem übertragen.«

»Was habt ihr überhaupt gegen ihn in der Hand?« Meine Stimme ist noch immer laut. Ich kann und will mich nicht beruhigen.

Die Diplomatie meines Vaters stößt an ihre Grenzen. Nun erhebt auch er seine Stimme. »Valerie, ich bitte dich. Ich kann mit dir nicht darüber reden!«

Oh, das ist so typisch für ihn. Ständig weicht er mir aus. Doch davon habe ich genug. »Du kannst nie reden! Du schaffst es ja noch nicht mal, über Mom zu sprechen!«

Der Satz hängt im Raum und verbreitet sich wie ein Gift, das die Luft verpestet und uns das Atmen schwer macht. Wenngleich es die Wahrheit ist. Ungeachtet dessen, wie gut unsere Beziehung sein mag, seit dreizehn Jahren wird sie von einem unausgesprochenen Schatten überlagert. Zugegebenermaßen sind wir wohl beide Perfektionisten darin, Stillschweigen über unangenehme Themen zu bewahren. Aber ich war noch ein Kind, dem zuvor jahrelang von der eigenen Mutter eingetrichtert worden war, dass es nichts wert sei, und dessen Meinung niemanden interessierte. Kein Wunder, dass ich es kaum über mich gebracht habe, das Thema anzuschneiden. Und bei den wenigen Versuchen, die ich unternommen habe, ist Dad jedes Mal ausgewichen.

Dabei brauche ich dieses Gespräch so dringend, um die vielen Fragezeichen in meinem Kopf endlich aufzulösen. Das könnte mir seine Sicht der Dinge ermöglichen, um mich von der ewigen Last auf meinen Schultern zu befreien. Und um zu heilen. All das hängt nun zwischen uns im Raum. Die jahrelang unterdrückten Gefühle stoßen an den Deckel der Kiste, in dem ich sie sicher verwahrt habe, und wollen nach draußen.

Dad sieht mich entschuldigend an, als wolle er erklären, dass er mit dem Weg der Verschwiegenheit bloß versucht habe, mich vor einer unschönen Wahrheit zu beschützen.

Vielleicht ist da aber noch so viel mehr, von dem ich nichts weiß. Bevor einer von uns das Gespräch in die eine oder andere Richtung lenken kann, klopft es an die Tür.

»Herein«, sagt Dad.

Mein verächtliches Schnauben, weil er erneut die Chance der Ausflucht nutzt, anstatt sich mir zu stellen, ignoriert er geflissentlich.

Eine kleine blonde Frau in mittlerem Alter erscheint im Türrahmen. Es ist Andrea Krain, die langjährige Arbeitskollegin meines Vaters. Nachdem sie mich kurz gemustert hat, widmet sie sich Dad.

»Wilfried, die Vernehmung beginnt in wenigen Minuten.«

»Gut, ich komme gleich.«

Verwirrt sehe ich in Dads Richtung. »Sagtest du nicht, du hättest die Befragung abgegeben?«

»Das habe ich auch. Da ich schon seit Monaten mit dem Fall vertraut bin, ist es jedoch unverzichtbar, dass ich das Verhör in einem Nebenraum verfolge.«

Mit dieser Erklärung lässt er mich in seinem Büro zurück.

Ich stelle mir vor, wie Dave von den Beamten verhört wird. Sie werden ihn so lange in die Mangel nehmen, bis er womöglich einknickt und einen Mord gesteht, den er nicht begangen hat. Nur damit sie ihn endlich in Ruhe lassen.

Von Panik getrieben, gehe ich zum Schreibtisch hinüber. Hier muss es doch irgendwo Informationen darüber geben, was Dave zur Last gelegt wird. Die Akte, in der Dad gelesen hat, bevor ich ihn unterbrochen habe, liegt noch offen auf dem Schreibtisch. Sofort fällt mir ein Phantombild ins Auge. Das Gesicht des gezeichneten Mannes würde ich aus einer Menschenmenge von Hunderttausenden wiedererkennen. Es gehört Dave.

Mein Herz setzt aus. Wer auch immer dabei geholfen hat, diese Zeichnung anzufertigen, hat Dave sehr genau beschrieben und ihn womöglich aus nächster Nähe beobachtet. Ich atme tief ein und versuche, mich davon nicht aus der Ruhe bringen zu lassen. Vielleicht lässt das Bild darauf schließen, dass er am Tatort war, es sagt jedoch nichts darüber aus, was er dort getan hat.

Vorsichtig lege ich das Phantombild beiseite und greife nach einem beiliegenden Polizeibericht.

Bericht über die Befragung des Zeugen Johannes Lechner
Datum und Uhrzeit der Befragung: 07.06.2019 um 9:34 Uhr
Anwesende Personen: Herr Johannes Lechner (Zeuge); Herr Wilfried Schubert (Kriminalhauptkommissar und leitender Ermittler); Andrea Krain (Kriminalkommissarin)
Nach vorangegangener Belehrung des Zeugen äußerte dieser sich zum Mordfall Susanna Winsberg (Aktenzeichen ZSW40311) wie folgt: Herr Lechner arbeitet seit drei Jahren als Barkeeper in dem Nachtclub Utopia, in dessen Hinterhof die Leiche von Susanna aufgefunden wurde. Auch am Freitagabend des 24.05.2019 hatte Herr Lechner Schicht. Der Nachtclub war gut besucht und die Stimmung der Gäste wie üblich ausgelassen. Entsprechend hatte Herr Lechner an der Bar viel zu tun. Gegen 23:30 Uhr setzte sich Susanna zu ihm an den Tresen. Sie war ihm im Gedächtnis geblieben, da sie ein auffällig mit Pailletten besticktes Kleid trug, jedoch nachdenklich und nicht in Feierlaune wirkte. Der Barkeeper versuchte sie aufzuheitern, aber Susanna war nicht zu Scherzen aufgelegt und signalisierte Herrn

Lechner mit einsilbigen Antworten, nicht an einem Gespräch inte-
ressiert zu sein. Dies respektierte der Zeuge und ging weiter seiner
Arbeit nach. Nach circa einer Viertelstunde gesellte sich ein hoch-
gewachsener Mann mit muskulöser Statur im Alter zwischen 18
und 25 Jahren und dunkelbraunem, kurzem Haar zu Susanna. Er
verwickelte sie in ein Gespräch und nach kurzer Zeit gingen sie ge-
meinsam auf die Tanzfläche. Der Zeuge verlor die beiden aus den
Augen. Er dachte sich nichts weiter dabei, selbst als er Susanna und
den Mann im Hinterhof sah, wo sie Intimitäten austauschten. Die
Handlungen wirkten einvernehmlich. Zudem sei dies, zum Leid-
wesen der Angestellten, ein von Paaren und Clubbesuchern häufig
aufgesuchter Platz, um vermeintlich ungestört schnellen Geschlechts-
verkehr zu haben. Er selbst sei dort gewesen, um leere Getränke-
kisten nach draußen zu bringen. Dies war gegen halb eins. Vier
Stunden später fand seine Arbeitskollegin Leonie Rosenthal Susan-
nas Leiche. Der Zeuge versuchte seine Kollegin zu beruhigen und
alarmierte die Polizei.

Herr Lechner erinnerte sich gut an den jungen Mann, weil dieser
regelmäßig ins Utopia *kam. Manchmal mit Freunden, aber auch*
häufig alleine. An besagtem Abend kam er nach einer längeren Aus-
zeit ohne Begleitung in den Nachtclub. Auf den Zeugen wirkte er
angetrunken und draufgängerisch.

Herr Lechner erklärte sich bereit, gemeinsam mit den zuständigen
Beamten ein Phantombild des Mannes anzufertigen.

Meine Kehle wird ganz trocken während des Lesens des Berichts.
Es sieht wahrlich nicht gut aus für Dave. Dad muss ihn anhand des
Phantombildes identifiziert und daraufhin seinen Haftbefehl bewirkt
haben.

Die Tatsache, dass er in der kurzen Zeit unserer Trennung bereits
etwas mit einer anderen hatte, blende ich vorerst komplett aus. Anders schaffe ich es nicht, ihm zu helfen. Stattdessen konzentriere ich
mich auf die restlichen Fakten.

Vier Stunden.

So viel Zeit liegt zwischen dem Zeitpunkt, an dem Dave zuletzt mit Susanna gesehen wurde, und dem Auffinden ihrer Leiche. Das ist nicht genug. Ich brauche mehr Informationen.

Ich krame weiter in den Unterlagen, bis ich auf den Obduktionsbericht stoße. Hastig überfliege ich die Zeilen mit unendlichen Fachbegriffen, von denen ich nur die Hälfte verstehe. Im unteren Drittel des Berichts finde ich endlich, wonach ich suche. Der Pathologe hat Susannas Todeszeitpunkt auf etwa eine Stunde vor dem Fund ihrer Leiche bestimmt.

Somit bleiben drei Stunden, von denen niemand weiß, was Dave in dieser Zeit getan hat. Möglicherweise hatte er den Tatort schon längst verlassen.

Eine Idee pflanzt sich in mein Gehirn, keimt dort und blüht auf. Sie ist gleichermaßen beflügelnd wie angsteinflößend. Dave braucht für die restliche Zeit vor und während dem Mord ein Alibi. Dann würde die Beweiskette der Polizei wie ein Kartenhaus in sich zusammenfallen und sie müssten Dave fürs Erste gehen lassen.

Und wer käme in Frage, ihm dieses Alibi zu verschaffen, wenn nicht ich?

Nach einer gefühlten Ewigkeit kommt mein Vater von der Vernehmung zurück. Er wirkt verdutzt, mich zu sehen.

»Valerie, du bist ja immer noch hier.«

Unbeirrt von dem Argwohn in seiner Stimme, bringe ich mein Anliegen vor. »Ich möchte eine Aussage machen. Dave kann überhaupt nicht der Mörder gewesen sein, weil er an dem Abend bei mir war.«

Ein müdes Seufzen entschlüpft meinem Vater. »Es bringt niemandem etwas, wenn du deinen Freund schützen möchtest.«

»Mache ich doch gar nicht. Ich versuche nur bei der Aufklärung einer Straftat mitzuhelfen.«

»So ein Prozess ist eine ernste Angelegenheit. Wenn es zur Anklage oder gar einem Prozess kommt, musst du unter Eid aussagen. Die Staatsanwaltschaft wird unzählige Fragen stellen und dir jedes Wort im Mund herumdrehen. Möchtest du wirklich in so etwas mit reingezogen werden?«

Ich schlucke den fahlen Beigeschmack hinunter, den Dads Warnung in mir heraufbeschwört.

»Ich bleibe dabei, ich möchte aussagen.«

Ein junger Polizist mit dunklen Haaren und karamellfarbener Haut, der sich mir als Kommissar Karim Hammadi vorstellt, geleitet mich zu einem Raum abseits des Geschehens. Durch die großen Fenster scheint die heiße Nachtmittagssonne, doch dank der Klimaanlage ist es angenehm kühl. Zimmerpflanzen und Fotos von Betriebsausflügen sorgen für eine angenehme Atmosphäre. Ich frage mich, ob das Zimmer, in dem Dave verhört wird, ebenfalls so freundlich aussieht. Wohl kaum.

An einem länglichen Besprechungstisch mit ovalen Enden erwartet uns Kommissarin Andrea Krain. Hammadi bittet mich, Platz zu nehmen, ehe er sich auf dem Stuhl neben Krain niederlässt. Anschließend unterrichtet er mich über meine Rechte und Pflichten als Zeugin.

»Das gesamte Gespräch wird aufgezeichnet«, beendet er seinen Vortrag, den er in seiner jungen Karriere bereits ein dutzend Mal aufgesagt haben muss.

Ich erkläre mich damit einverstanden und bestätige, auch die restlichen Hinweise verstanden zu haben.

Ein Klacken ertönt, als Kommissarin Krain das Aufnahmegerät einschaltet. Der Kommissar räuspert sich und wendet sich mir zu.

»Frau Schubert, schildern Sie uns bitte, wie Sie die Nacht von Freitag, den 24.05.2019, auf Samstag, den 25.05.2019, erlebt haben.«

Bis eben war ich noch völlig ruhig und entschlossen. Nun aber schlägt mein Herz bis zum Hals. Kein Wunder.

Jetzt.

Wird.

Es.

Ernst.

Ich, Valerie Marie Schubert, einer der ehrlichsten Menschen auf diesem Erdball, möchte vorsätzlich eine Falschaussage bei der Polizei machen. In einem Mordfall. Das kann nur schiefgehen.

Nervös reibe ich meine feuchten Handflächen an meinen

Oberschenkeln ab und lege meine Hände anschließend auf dem Tisch zusammen. So wirke ich überzeugender. Das hoffe ich jedenfalls. Ich beschließe, so nah wie möglich bei der Wahrheit zu bleiben, um einen Fallstrick an Lügen zu umgehen.

»Dave und ich hatten uns in den Tagen zuvor gestritten. Es ging um einen vermeintlichen Seitensprung seinerseits. Er hat mich ständig angerufen, aber ich war zu verletzt, um mit ihm zu sprechen. Eigentlich wollte ich überhaupt niemanden sehen, deshalb habe ich mich zu Hause verkrochen. So auch an diesem Abend. Ich war allein und habe gelesen. Plötzlich klingelte es an der Tür. Ich weiß noch, wie ich mich gewundert habe, da ich niemanden erwartete. Umso größer war meine Verblüffung, als sich herausstellte, dass Dave vor meiner Tür stand.«

Ich sehe währenddessen an den Polizisten vorbei. Im Zuge dieses Ausweichmanövers streifen meine Augen eines der gerahmten Fotos an der Wand hinter ihnen. Es ist ein Gruppenfoto des gesamten Polizeireviers, aufgenommen auf einem Sommerfest im Jahr 2006. Unten links erkenne ich ein kleines, zierliches Mädchen mit schwarzen Haaren. Das bin ich.

In mir regt sich mein schlechtes Gewissen. Bin ich gerade im Begriff, mich gegen meinen Vater zu stellen? Andererseits weiß ich nicht, ob das überhaupt noch eine Rolle spielt. Dad war sehr aufgebracht wegen des Streits über Mom und weil er weiß, dass ich lüge. Dafür fehlten ihm jedoch die Beweise und das macht ihn noch wütender. Dave ist also der Einzige, der mir noch bleibt. Ich werde das hier jetzt durchziehen. Für uns beide.

Entschlossen lenke ich meine Aufmerksamkeit von dem Foto weg zurück zu Hammadi. Ich sehe ihm direkt in die Augen, als ich mit meiner Erzählung fortfahre.

»Erst wollte ich ihn nicht reinlassen, aber ihn wiederzusehen muss mich wohl irgendwie überwältigt haben. Jedenfalls habe ich mich dazu hinreißen lassen, mir anzuhören, was er zu sagen hatte. Wir haben uns ausgesprochen und anschließend die restliche Nacht zusammen verbracht.«

»Wie spät war es ungefähr, als Dave Pagano bei Ihnen eintraf?«, fragt Kommissar Hammadi nach.

»Das müsste so circa gegen 1.15 Uhr gewesen sein.«

»Wie war Ihr Freund an dem Abend drauf? War irgendetwas anders als sonst?«

»Er war angetrunken«, räume ich ein, da ich annehme, dass Dave im *Utopia* sicherlich nicht nüchtern geblieben ist. »Jedoch nicht so sehr, dass er ausfallend oder gar gewalttätig geworden wäre.«

»Weshalb erwähnen Sie das? Waren Gewaltausbrüche ein typisches Verhaltensmuster Ihres Freundes?«

Ich schüttle vehement den Kopf.

»Valerie, Sie müssen die Antwort aussprechen, damit sie aufgezeichnet werden kann«, schaltet sich nun Kommissarin Krain ein.

»Nein. Dave war zu keiner Zeit in unserer Beziehung aggressiv oder gewalttätig.«

»Sie haben sich an diesem Abend also wieder vertragen. Hat Dave Ihnen auch erzählt, dass er, kurz bevor er bei Ihnen aufgetaucht ist, etwas mit einer anderen hatte? Das dürfte nicht so förderlich gewesen sein, da es bei Ihrem Streit doch um einen Seitensprung ging.«

Innerlich knurre ich wütend. Krain, diese Schlange, versucht ernsthaft, Dave gegen mich auszuspielen. Gott sei Dank bin ich durch meine Schnüffelei nicht unvorbereitet.

»Das weiß ich bereits. Dave und ich haben in jener Nacht auch darüber geredet. Es war nichts weiter als eine belanglose Knutscherei. Wie gesagt, Dave war angetrunken und er wollte sich von mir ablenken, aber es ist ihm nicht gelungen. Deshalb kam er auch anschließend zu mir.«

Krain sieht mich mit hochgezogenen Augenbrauen an. Entweder kauft sie mir meine Lügengeschichte nicht ab oder sie hält mich für ein naives Dummchen, das auf einen Fuckboy hereingefallen ist, ohne es zu merken. In jedem Fall wirkt sie verärgert, weil sie es nicht geschafft hat, mich aus der Reserve zu locken. Vermutlich versucht sie deshalb einen neuen Ansatz.

»Wie haben Sie beide sich eigentlich kennengelernt?«

Endlich eine Frage, die sich einfach beantworten lässt.

»Auf einer Studentenparty Mitte April diesen Jahres. Ich bin in ihn reingelaufen, als ich gerade dabei war, mich vor meinem Ex zu verstecken.« Die Erinnerung lässt mich beinahe lächeln. Blöd nur, dass Krain mir keine Zeit gibt, in Erinnerungen zu schwelgen.

»Sie kennen Dave folglich erst seit zwei Monaten. Das ist wahrlich nicht viel Zeit, um einen Menschen wirklich zu durchschauen.«

»Zeit ist nicht die wichtigste Komponente, um einen Menschen kennenzulernen. Vielmehr kommt es auf die Intensität der Begegnung an. Dave und ich haben in diesen zwei Monaten mehr miteinander geteilt als manche Menschen, die sich bereits ihr gesamtes Leben lang kennen. Ich vertraue ihm mehr als sonst irgendwem.«

Zur Bestätigung meiner Worte greife ich nach dem Amethyst, aber er ist nicht mehr da. Wenn alles gut geht, sorgt er dafür, dass diese Geschichte hier ein gutes Ende nimmt.

Die beiden Polizisten sehen sich an und tauschen Blicke aus. Es ist so eine Art von nonverbaler Konversation, bei der nur die Beteiligten verstehen, um was es geht, während der Rest der Welt mit Fragezeichen zwischen den Augenbrauen zurückbleibt. Alles, was ich aus ihrem Blickkontakt herauslesen kann, ist, dass sie sich anscheinend darüber einig sind, nichts aus mir herauszubekommen, was Dave belasten oder ihn zumindest in ein negatives Bild rücken könnte.

»Okay, danke. Das war's fürs Erste.« Kommissar Hammadi beendet die Tonaufnahme.

»Darf ich jetzt gehen?«, frage ich dennoch vorsichtig.

Er bejaht meine Frage.

Daraufhin erhebe ich mich aus dem Stuhl und steuere die Tür an, ohne mich nochmals umzudrehen. Bis zuletzt glaube ich aufzufliegen, aber niemand hält mich auf. Ich verlasse den Raum als freie Frau.

»Eine heiße Schokolade, bitte.«

Die Frau hinter der Cafeteriatheke des Polizeireviers dreht sich herum. Sobald sie den Blickkontakt zu mir hergestellt hat, scheint sie zu überlegen, woher sie mich kennt. Allerdings dauert es keine fünf Sekunden, bis mein schelmisches Grinsen in Kombination mit meiner Bestellung mich verrät.

Margarethes Mundwinkel verschieben sich zu einem erfreuten

Lächeln. »Valerie, Liebes! Oh, wie schön, dich zu sehen. Wie lange ist es her? Fünf Jahre? Zehn?«

»Zwölf«, erwidere ich. Das Grinsen auf meinem Gesicht breitet sich unweigerlich aus. Margarethe zu sehen, erweckt das innere Kind in mir und ihre Nähe bedeutet noch immer Geborgenheit für mich. Sie kommt um den Tresen herum und öffnet ihre Arme. »Komm, lass dich drücken.«

Gleich darauf liegen wir uns in den Armen. Anschließend schiebt sie mich auf Armeslänge von sich und betrachtet mich.

»Groß bist du geworden. Und hübsch. Eine richtige junge Dame.« Ihr Kompliment macht mich verlegen. Schnell murmle ich ein Dankeschön.

Sie geht nicht weiter darauf ein. Stattdessen fragt sie: »Was führt dich her?«

Sofort weicht die Behaglichkeit den Erinnerungen an die Ereignisse des Tages. Seufzend sacke ich zusammen. »Es ist zu kompliziert. Und ehrlich gesagt möchte ich nicht darüber reden. Aber jetzt, da ich schon mal da bin, wollte ich nicht die Gelegenheit verpassen, dich wiederzusehen.« Ich gerate ins Stocken. »Und mich bei dir zu entschuldigen. Was ich damals über dich gesagt habe, war eine Lüge. Natürlich warst du nie gemein zu mir.«

Margarethe winkt ab. »Ach, das ist bereits vergeben und vergessen. Du hattest sicher deine Gründe. Schließlich gibt es für eine Achtjährige Cooleres, als ständig in einer Cafeteria abzuhängen.«

Ich lache auf, froh darüber, diese Angelegenheit ein für allemal aus der Welt geschafft zu haben. Weil Margarethe meine Entschuldigung ohne Weiteres akzeptiert, beschließe ich, es hierbei zu belassen. Alle weiteren Ausführungen über meine ungerechtfertigte Eifersucht oder Mom wären mir im Moment zu kräftezehrend.

Die eingefleischte Caterin rückt ihre Schürze zurecht und nimmt ihren Platz hinter der Theke wieder ein.

»Gerade ist nicht viel los. Wie wäre es, wenn ich uns eine heiße Schokolade mache und wir uns zum Quatschen an einen Tisch setzen?«

»Das halte ich für eine ausgezeichnete Idee.«

Noch während ich spreche, macht sich Margarethe ans Werk, uns die Heißgetränke zu zaubern. Wenig später nehme ich den ersten Schluck Kaba seit zwölf Jahren. Nur um festzustellen, dass ich noch immer nichts für aufgewärmte Milch übrig habe. Gleichzeitig liebe ich den schokoladig-milchigen Geschmack auf meiner Zunge. Von außen betrachtet, muss man das nicht verstehen.

Derweil mustert mich Margarethe mit einem nachdenklichen Ausdruck in ihren Augen.

»Du sagtest, du möchtest nicht darüber reden, aber du bist doch nicht hier, weil du in Schwierigkeiten steckst, oder?«

Ergeben stelle ich die Tasse auf dem Tisch ab und lege meine Hände an das Porzellan. Die Wärme heizt meine Handflächen auf. »Ich nicht, aber mein Freund.« Missmutig füge ich hinzu: »Dad hat ihn verhaften lassen und ich habe eine Aussage gemacht. Zudem haben Dad und ich uns gestritten. Zum einen wegen der Festnahme, aber auch darüber hinaus. Manchmal verstehe ich einfach nicht, warum er so handelt. Er lässt mich außen vor, anstatt mich einzubeziehen. So, als sei ich noch ein Kind.«

Margarethe legt ihren Kopf schief und sieht mich tröstend an. »Für ihn bist du das auch. Aller Wahrscheinlichkeit nach wirst du in gewisser Weise immer sein kleines Mädchen bleiben. Nimm es ihm nicht übel. Er versucht bloß, dich zu beschützen. Aus eigener Erfahrung kann ich sagen, dass es nicht einfach ist, sein Kind alleine großzuziehen. Auch wenn du manche seiner Entscheidungen nicht verstehst, so hat er doch einiges richtig gemacht. Und was deinen Freund betrifft: Wenn er unschuldig ist, wird er sicher bald entlassen.«

»Und was, wenn ich nicht länger beschützt werden will? Ich brauche endlich Antworten darauf, weshalb Mom uns verlassen hat.«

»Rede mit ihm. Er wird es verstehen.«

Wenn Dad nur einmal nicht davonlaufen würde, wenn ich genau das vorhabe. Seufzend lasse ich meine Schultern sinken und nippe an meinem Getränk. Wir unterhalten uns noch eine Weile über mein Studium und andere unverfängliche Themen, bis Margarethe sich wieder an die Arbeit macht.

Die Zeit plätschert dahin. So sitze ich noch Stunden, nachdem meine Tasse leer ist, in der Cafeteria. Leute kommen und gehen, doch ich kann mich nicht überwinden aufzustehen, denn das würde bedeuten, hinaus in die Welt zu gehen und mit den Konsequenzen zu leben, die dieser Tag mir auferlegt hat. Sowohl die Aussicht auf eine erneute Auseinandersetzung mit meinem Vater als auch die Vorstellung von Dave in einer Gefängniszelle bereiten mir Kopfschmerzen. Ganz zu schweigen von den Dingen, die ich heute über Olivia und Stella erfahren habe, und dem Kuss mit Ben.

Wie viel kann an einem einzelnen Tag noch passieren?

Müde stütze ich meinen Kopf auf meine Hand, während ich vor mich hin sinniere. Gedankenverloren greife ich nach dem Anhänger meiner Kette – doch wie bereits während des Verhörs vergebens. Der kleine violette Stein ist mein Glücksbringer und mein liebstes Besitztum, weil er mich mit Dave verbindet. Aus genau diesem Grund musste ich ihn opfern. Auf diese Weise soll Dave von meiner Aussage erfahren, um sein eigenes Alibi bestätigen zu können. Deshalb habe ich die Kette als Zeichen, dass ich ihm helfen würde, in die Ermittlungsakte gelegt. Es bleibt nur zu hoffen, dass Kommissarin Krain die Akte zum Verhör mitgenommen und Dave verstanden hat, was ich ihm dadurch sagen möchte. Andernfalls würde mein gefälschtes Alibi gnadenlos auffliegen und was dann passiert, darüber möchte ich gar nicht nachdenken.

Ich lasse meinen Blick schweifen, um diesen unheilvollen Gedankengang zu unterbrechen. Am Eingang der Cafeteria erscheint unvermittelt die Silhouette eines Mannes. Erst glaube ich zu halluzinieren, doch je näher er kommt, desto sicherer bin ich mir: Es ist Dave. Mein gesamter Körper beginnt vor Aufregung zu vibrieren.

»Du bist frei!« Erleichtert springe ich auf und stürme direkt auf ihn zu. Mit dem tröstlichen Gefühl, ihn in Sicherheit zu wissen, schmiege ich meinen Kopf an seine Brust. Ich nehme ein paar tiefe Atemzüge und inhaliere seinen vertrauten Duft. Meine Hände greifen in den Stoff seines T-Shirts. Ganz so, als könnte ich dadurch verhindern, ihn fortgehen zu lassen in dem Fall, dass plötzlich Krain oder sonst wer auftaucht, um ihn wieder in Gewahrsam zu nehmen.

»Hi, Prinzessin. Schön, dich zu sehen«, stößt Dave überrascht aus. Er drückt mich fest an sich, als hätte er ebenfalls Angst, jeden Moment erneut von mir getrennt zu werden. Seine Lippen finden mein Ohr. Darauf bedacht, nicht belauscht zu werden, flüstert er: »Danke fürs Retten. Zwar ist ein Video einer Überwachungskamera aufgetaucht, welches mich entlastet, doch ohne dein Alibi würde ich wohl noch immer festsitzen.«

Ich löse meinen Kopf von seiner Brust und sehe zu ihm auf. »Gern geschehen. Ich würde das jederzeit wieder für dich machen.«

Die altbekannte Vorwitzigkeit drängt sich wieder an seine Oberfläche. »Ist das etwa mein Freifahrtschein, um Scheiße zu bauen?«

»Untersteh dich! Und hör auf, Witze darüber zu machen. Die Sache ist ernst.«

Mit bemüht ernstem Gesichtsausdruck sieht er mich an. »Ich weiß. Aber der hier musste einfach sein. Und ich habe es vermisst, dich aufzuziehen.«

Angesichts von Daves Art, mit der Situation umzugehen, könnte ich wütend aufschreien und ihn schlagen. Andererseits bringt mich sein schwarzer Humor unweigerlich zum Lachen. Und genau das mache ich jetzt. Ich lache. Gleichzeitig strömen Tränen über mein Gesicht. Es ist unglaublich: Keine zwei Minuten mit diesem Mann und ich befinde mich schon wieder in einer Ekstase.

»Hey, *cara mia*. Nicht weinen. Schließlich bin ich jetzt hier und das ist auch dein Verdienst.« Tröstend streicht er mir über den Hinterkopf. Mit der anderen Hand zieht er eine Packung Taschentücher aus seiner Hosentasche. Mit sanftem Tupfen beginnt er die Tränen auf meinen Wangen zu trocknen. Ich halte still und lasse es geschehen. Obwohl es eine unschuldige Geste ist, spüre ich die Intimität dieses Moments deutlich. Mein Gesicht ist nur Millimeter von seinem entfernt, sodass ich seinen Atem spüre.

Meine Augen beginnen seine Gesichtszüge nachzuzeichnen. Wie von selbst beschließen meine Finger, dasselbe zu tun. Vorsichtig lege ich meinen Daumen an seinen Unterkiefer und zeichne eine unsichtbare Linie von seinem Kinn zu seinem Ohr.

Von meiner Berührung lässt sich Dave scheinbar nicht aus der

Ruhe bringen. Gewissenhaft trocknet er Träne für Träne. Derweil kribbelt es heftig in meinem Inneren. Der dringliche Wunsch, ihn endlich wieder zu küssen, nimmt mich restlos ein. Ich starre auf seinen Mund und versuche mich zu erinnern, wie seine Lippen geschmeckt haben. Meine Eingeweide ziehen sich vor Sehnsucht zusammen, als es mir wieder einfällt.

Leider habe ich Dave heute Vormittag darum gebeten, mir Zeit zum Nachdenken zu geben, bevor wir wieder ein Paar sein können. Und daran hält er sich wohl gerade. Er knüllt das Taschentuch zusammen und schiebt es zurück in seine Hosentasche, ohne auf meine Annäherungsversuche einzugehen.

Ich beschließe, mich ebenfalls zu besinnen, und schiebe die Gelüste meiner Libido weit zurück in den Keller meines Unterbewusstseins. Nach einem Räuspern knüpfe ich an seine letzte Aussage an. »Dafür ist der Stein wohl diesmal endgültig weg.«

»Da wäre ich mir nicht so sicher.«

Daves Hand verschwindet abermals in seiner Hosentasche. Diesmal zieht er die silberne Kette mit dem Edelsteinanhänger hervor. Meine Kette.

»O mein Gott. Du bist unglaublich. Wie hast du es nur geschafft, wieder an die Kette zu kommen?«

»Ich dachte, mittlerweile wüsstest du, dass ich nicht zu unterschätzen bin, aber ich werde dich gerne bei jeder Gelegenheit daran erinnern.«

Vor Aufregung klatsche ich in die Hände. »Eigentlich ist es auch vollkommen egal, wie du es gemacht hast. Hauptsache, die Kette ist wieder da. Kannst du mir helfen, sie anzuziehen?«

»*Ma certo.*«

Dave wirbelt mich herum. Wenige Sekunden später trage ich den Amethyst wieder um meinem Hals. Das Edelmetall auf meiner Haut zu spüren macht mich vollständig. Es fühlt sich gut an. Da gesellt sich zu meiner Freude urplötzlich Verwunderung.

»Woher wusstest du eigentlich, dass ich in der Cafeteria bin?«

»Gar nicht«, räumt Dave ein. Zerknirscht fügt er hinzu: »Ehrlich gesagt, habe ich dringend etwas zu essen gesucht. Die Gelegenheiten, etwas zwischen die Zähne zu bekommen, waren heute echt rar und mein Hunger bringt mich bald um. Aber jetzt, da du da bist, ist das nicht mehr so wichtig.«

»Von mir aus kannst du gerne etwas essen.«

»Nein, schon gut. Mir ist gerade aufgegangen, dass ich gar kein Geld dabeihabe. Außerdem es ist bereits spät. Ich begleite dich nach Hause. Lass uns zur S-Bahn gehen.«

Ein Blick aus der großen Fensterfront verrät mir, dass Dave recht hat. Die Abenddämmerung setzt bereits ein.

»Okay, ganz wie du willst. Aber wer braucht schon eine S-Bahn, wenn wir den hier haben?« Nun bin ich an der Reihe, in meiner Tasche zu kramen. Mit spitzbübischem Grinsen bringe ich Daves Autoschlüssel zum Vorschein und halte ihn zwischen uns in die Luft.

Angriffslustig greift Dave danach. »Wieso habe ich mir das nicht gleich gedacht? Du nutzt die erstbeste Gelegenheit, mein Auto zu fahren.«

»Es ist ja jetzt nicht so, dass ich eine Spritztour gemacht hätte. Ich bin bloß zu deiner Verteidigung hergeeilt.«

»Schon gut. Hätte ich an deiner Stelle nicht anders gemacht. Aber ab nun übernehme ich wieder.«

Ich lache bloß. Dave setzt sich in Bewegung. Bevor ich ihm folge, verabschiede ich mich von Margarethe.

Die Autofahrt verläuft schweigend. Dave manövriert den Wagen in eine Parklücke vor seinem Wohnhaus. Er stellt den Motor ab, aber keiner von uns beiden macht Anstalten auszusteigen. Ich bat ihn, mich nicht bei mir abzusetzen, denn für ein mögliches Zusammentreffen mit meinem Vater fühle ich mich zu aufgewühlt. Außerdem kann ich nicht garantieren, ihm noch mehr Sachen an den Kopf zu werfen, die ich im Nachhinein bereuen würde. Darüber hinaus flacht meine anfängliche Freude über das Gelingen meines Plans allmählich ab. So habe ich es zwar geschafft, Dave vorerst aus der Sache herauszuboxen, aber es ist noch nicht vorbei. Die Polizei wird so lange versuchen, ihn als Täter festzunageln, bis sie einen anderen Hauptverdächtigen gefunden haben. Jedoch weiß ich nicht, ob ich es dann noch mal schaffe, ihn vor einer Untersuchungshaft zu bewahren. Zumal Dave mir gegenüber noch immer kein Sterbenswörtchen darüber verloren hat, was in besagter Nacht wirklich passiert ist. Ein Umstand, der mich enttäuscht. Nachdem ich das große Risiko aufzufliegen auf mich genommen habe, hätte ich mir mehr Offenheit von ihm gewünscht.

Doch offensichtlich bin ich mit meinen Sorgen alleine. Ich beobachte, wie er genüsslich von seinem Burger abbeißt, den er sich bei einem Drive-in gekauft hat.

»Hmmm, o mein Gott, ist das gut. Ich wusste, es würde sich eines Tages auszahlen, einen Zwanziger im Handschuhfach aufzubewahren.«

Kurz schwebt mir vor, ihn scherzhaft an seine Einstellung zum Thema *Essen im Auto* zu erinnern. Aber weil mir nicht nach Scherzen zumute ist, besinne ich mich eines Besseren und presche mit der Frage vor, welche mir schon die ganze Zeit im Kopf herumspukt.

»Was hast du wirklich in der Nacht gemacht?«

Dave weiß sofort, von welcher Nacht ich spreche. Der entspannte Ausdruck auf seinem Gesicht weicht kaum merklich ernsteren Zügen. Er lässt sich mit dem Kauen und Schlucken seines letzten Bissens besonders viel Zeit, ehe er den restlichen Burger zurück in die Verpackung legt und mir antwortet.

»Ich bin von Club zu Club gezogen und habe versucht, dich aus meinem System zu löschen. Was übrigens nicht funktioniert hat.«

»Und Susanna …«

»Valerie, ich weiß nicht, was du von der Polizei bereits gehört hast, aber ich kann es mir schon denken. Und ja, es stimmt. Ich habe mit Susanna im Hinterhof des *Utopia* geknutscht. Doch alles, woran ich währenddessen denken konnte, warst du.«

Obwohl ich es bereits wusste, wirkt die Bestätigung aus Daves Mund niederschmetternd. Mir ist klar, dass dieser Kuss nichts zu bedeuten hat, und dennoch fühle ich mich verletzt und den Tränen nahe. Doch da überkommt mich eine schwere Schuld, die mich noch tiefer nach unten drückt. Ich bin nicht in der Position, mich hintergangen zu fühlen. Was ich zwischen Ben und mir heute Morgen zugelassen habe, war keinen Deut besser. Es wäre nur fair, Dave davon zu erzählen. Nervös fummle ich an dem Sicherheitsgurt, der sich plötzlich zu eng um meinen Körper schlingt und mir die Brust abschnürt.

»Ich habe auch jemanden geküsst.«

Meine Stimme ist leise und zittrig. Dennoch erfasst Dave die Bedeutung meiner Worte. Sein Blick verfinstert sich umgehend. Mit seinen Händen umklammert er fest das Lenkrad, sodass seine Fingerknöchel weiß hervortreten. Unmittelbar fühlt es sich an, als hätte er sich Meilen von mir entfernt, und das, obwohl er noch immer direkt neben mir sitzt.

»Wen?«, knurrt Dave. Seine Stimme klingt unterkühlt.

»Stellas Bruder, Ben. Aber es war nicht so, wie du denkst. Es ist einfach aus der Situation heraus passiert, weil wir beide um Stella getrauert haben. Es hatte nichts zu bedeuten.« Nach einer kurzen Pause füge ich betreten hinzu: »Jedenfalls für mich.«

»Fuck, Valerie! Wieso bist du so bescheuert und küsst einen Kerl, der auf dich steht?«

»Was soll das denn jetzt? Wenn du fremdküsst, ist es okay, aber bei mir nicht?!«

»Ja! Nein! Scheiße, Mann, natürlich nicht. Es ist bloß … allein die Vorstellung, dich an einen anderen zu verlieren, macht mich wütend.«

»Du brauchst dir keine Sorgen zu machen. Ich will nur dich.«

Meine Aussage legt einen Schalter bei Dave um. Weniger aufgebracht, fast ein bisschen stolz, bringt er hervor: »Ich weiß.«

»Wieso bist du dir plötzlich so sicher?«

»Du hast mich vor der Polizei gerettet. Das sollte Grund genug sein. Darüber hinaus habe ich es gehört. Die Bullen hatten mich schon zur Tür hinausgezerrt, aber du hast mir hinterhergerufen, dass du mich ebenfalls liebst.«

»Das ist die Wahrheit. Ich liebe dich, Dave.«

»Und ich liebe dich, Valerie.«

Wir sehen uns tief in die Augen. Wärme durchflutet mich.

Endlich habe ich ihn bekommen, den romantischen Moment der

Zweisamkeit, in dem wir uns gegenseitig unsere Liebe gestehen. Er ist gepaart mit dem Wunsch, die Schatten der Vergangenheit hinter uns zu lassen.

»Dann lass uns ab jetzt nur noch nach vorne sehen«, schlage ich vor.

»Ich schätze, das ist das Beste, was wir tun können.«

Dave lächelt mich versöhnlich an. Ich löse den Sicherheitsgurt und schmiege mich über die Mittelkonsole hinweg an seine Brust. Er empfängt mich in einer Umarmung. Immer wieder drückt er mir einen Kuss auf den Scheitel und flüstert: »*Ti amo.*«

Ich lasse es geschehen, bin aber noch nicht in der Lage, mich Dave vollends hinzugeben. Stattdessen funkt mir mein Kopf mal wieder dazwischen, indem mich ein Gedanke beschleicht. Auch wenn ich ihm vertraue und im Grunde an seine Unschuld glaube, muss ich es einmal aus seinem Mund hören, um es vollständig zu glauben. Deshalb lehne ich mich eine Armeslänge von ihm fort und sehe ihn direkt an.

Die alles entscheidende Frage verlässt meinen Mund, bevor ich daran zweifeln kann, ob es richtig ist, sie zu stellen: »Ich frage dich das jetzt nur einmal und ich verlange, dass du mir die Wahrheit sagst: Hast du etwas mit dem Mord an Susanna und denen der anderen Frauen zu tun?«

Statt mich anzusehen, starrt Dave geradeaus. Bevor er in der Lage ist zu antworten, klopft es an die Fensterscheibe des Autos. Wir werden aus unserer Blase zurück in die Wirklichkeit katapultiert und zucken beide zusammen. Vor der Fahrerseite steht ein Typ in unserem Alter.

Dave sieht ebenfalls auf. Sogleich werden seine Gesichtszüge weicher und er lächelt den Mann an. Er lässt die Fensterscheibe runter und johlt eine Begrüßung: »Hey, Derek. Na, endlich aus dem Kurzurlaub von deinen Eltern zurück?«

»Klar doch.«

Sie stoßen kameradschaftlich ihre Fingerknöchel gegeneinander, ehe Dave mich vorstellt. »Das ist meine Freundin, Valerie.« Und an mich gewandt fügt er hinzu: »Valerie, das ist Derek. Mein bester Freund und Mitbewohner.«

Zum Gruß hebt dieser seine Hand und lächelt mich schief an. »Hi.«

Für meine Begrüßung lehne ich mich hinüber, so kann ich Daves Freund besser sehen. Ein Tattoo an seinem linken Unterarm erregt meine Aufmerksamkeit. Es zeigt einen Anker, um den sich ein abgerissenes Schiffstau rankt. Darunter steht in geschwungenen Buchstaben: *I refuse to sink.* –

Wie aus dem Nichts durchfährt mich ein Geistesblitz. Ich kenne dieses Tattoo. Flashbacks dringen aus den Untiefen meines Unterbewusstseins ungefiltert in meinen Verstand. Langsam beginne ich zu verstehen. Ängstlich krallen sich meine Finger in den Stoff des Autositzes. Meine Erinnerung ist wieder da und zwar mit jedem klitzekleinen Detail. Dieser Mann vor uns hat mir sowohl im Bus als auch im Wald aufgelauert. Er hat mich mit einem Stein niedergeschlagen.

Bei meinem nächsten Gedanken wird meine Kehle ganz trocken und schnürt sich zu: Aller Wahrscheinlichkeit nach ist dieser Mann Stellas Mörder.

Meine Sinne sind vor Schock wie betäubt und gleichzeitig messerscharf. Wie in Zeitlupe bewege ich meine Hand, lege sie auf Daves Oberarm und schüttle ihn, um seine Aufmerksamkeit auf mich zu lenken.

»Er ist es.« Meine Stimme klingt monoton.

Ich bin zu leise. Dave nimmt mich nicht wahr, weil er zu sehr in das Gespräch vertieft ist.

Ich rüttle heftiger an seinem Arm. Mit energischerer Stimme wiederhole ich: »Er ist es!«

Nun habe ich die ungeteilte Aufmerksamkeit beider Männer.

»Wovon sprichst du, Valerie?« Dave sieht mich fragend an.

»Ich kann mich wieder erinnern. Derek, er … er hat mich am Waldsee mit einem Stein niedergeschlagen. Stella war auch dort. Sie wollte ihn aufhalten, doch sie konnte ihn nicht rechtzeitig stoppen. Danach muss ich bewusstlos geworden sein. Wer weiß, was er mit Stella angestellt hat. Wahrscheinlich hat er sie … ist er ihr Mörder!«

»Was … wie … was macht dich so sicher?« Dave sieht mich entgeistert an.

»Das Tattoo. Es ist dasselbe wie das, das der Mann trug, der mir aufgelauert hat. Dazu seine Stimme, seine Augen, der Duft seines Aftershaves. Es ist alles wieder da und so real, als würde er mich jetzt in diesem Moment gegen den Baum pressen!« Vor Aufregung vergesse ich beinahe, Luft zu holen.

Für eine Sekunde bleiben wir drei völlig regungslos. Doch von jetzt auf gleich kehren die Lebensgeister in Derek zurück. Er scheint zu realisieren, was das Zurückerlangen meines Gedächtnisses für ihn bedeutet. Er macht auf dem Absatz kehrt und hechtet davon.

»Fuck, er haut ab!« Dave reagiert unmittelbar, er springt aus dem Wagen und stürmt hinter Derek her. Mit wenigen großen Schritten holt er ihn ein, packt ihn am T-Shirt und wirbelt ihn zu sich herum.

»Ist es wahr, was Valerie sagt? Denn wenn ja, dann vermöble ich dich so dermaßen, dass du nicht mehr geradeaus schauen kannst!«

»Ja, verdammt noch mal, es stimmt! Aber deine kleine Schlampe ist selbst schuld. Nach der Wohnheimparty habe ich sie gewarnt, aber sie wollte nicht hören. Da musste ich noch deutlicher werden. Und was die blonde Tussi betrifft, das war ein Unfall. Ich hatte nie vor, irgendjemanden umzubringen. Sie war plötzlich da und ich musste reagieren, sonst wäre sie direkt zur Polizei gelaufen. Ehrlich gesagt, war es leichter als gedacht. Nachdem Valerie bereits am Boden lag, habe ich ihre Freundin ebenfalls mit dem Stein erschlagen. Danach musste ich sie einzeln wegschaffen. Das einzige Problem war, dass Valerie bereits verschwunden war, als ich zurückkehrte. Ich dachte, es wäre das Beste, für eine Weile zu verschwinden, um nicht von ihr erkannt zu werden, und bin zu meinen Eltern gefahren.«

»Du Wichser!« Dave verpasst Derek ein Veilchen. Dieser revanchiert sich mit einem Tritt in den Bauch. Dadurch gerät Dave kurzzeitig ins Straucheln.

Die Männer werfen sich weitere Beleidigungen an den Kopf. Es dürfte nicht mehr lange dauern, bis die Nachbarschaft auf sie aufmerksam wird, so laut sind sie.

Ungeachtet dessen wird meine eigene Welt ganz leise. Derek hat es getan. Er hat Stella umgebracht und es einfach so zugegeben, als sei es nichts. Doch in Wahrheit bedeutet es alles. Meine beste Freundin ist gestorben, um mich zu beschützen. Sie war mutig genug, sich ohne zu zögern Derek in den Weg zu stellen. Wäre sie nur ein paar Minuten später aufgetaucht, wäre ich jetzt tot und nicht sie.

»Du Schwein! Was bringt dich überhaupt dazu, meine Freundin zu bedrohen und niederzuschlagen?« Das ist wieder Dave, der sich erneut auf Derek stürzt.

»Du kapierst es noch immer nicht. Ich habe das für dich getan. Für uns! Ich bin verliebt in dich, Dave, und das schon seit der Schule. Es war kein Zufall, dass wir in dieselbe WG gezogen sind. Leider hattest du nur Augen für Josephina. Doch nach ihrem Tod hast du endlich mehr Zeit mit mir verbracht. Deine One-Night-Stands haben mich nicht gestört, da sie nichts bedeuteten. Doch als ich dich auf der Wohnheimparty mit Valerie beobachtet habe und wie du sie angesehen hast, da wusste ich, dass sie eine Bedrohung für mich darstellt. Ich konnte nicht zulassen, dich erneut an jemand anderen zu verlieren.«

Tränen mischen sich zu der Wut in Dereks Augen. Unter anderen Umständen würde er mir fast leidtun.

»Was soll der Scheiß? Was du abgezogen hast, hat absolut nichts mit Liebe zu tun. Das ist eine krankhafte Obsession. Nach Josephinas Tod habe ich einen Freund gebraucht, aber du hast das nur ausgenutzt, um an mich heranzukommen! Merkst du nicht, wie abgefuckt das ist? Und nur damit das klar ist: Du konntest mich nie verlieren, weil du mich nie besessen hast!«

Die Schlägerei eskaliert. Dave gerät außer Kontrolle und schlägt mehrmals auf Derek ein. Panisch springe ich aus dem Auto.

»Dave! Hör auf damit, das bringt doch nichts. Du steckst schon genug in Schwierigkeiten mit der Polizei!«

Ich muss etwas unternehmen, bevor sie sich gegenseitig umbringen. Hektisch greife ich nach meiner Handtasche, die auf dem Boden des Beifahrersitzes liegt, und wühle nach meinem Handy. Der Akku ist leer. Verflucht, ausgerechnet jetzt. Kurzerhand entwickle ich einen Alternativplan und renne auf das Haus der WG zu. Ich klingle so oft hintereinander, bis ich Claudias Stimme über die Freisprechanlage höre. »Hallo?«

»Claudia, Gott sei Dank! Hier ist Valerie. Derek hat den Mord an Stella zugegeben. Jetzt prügelt er sich mit Dave. Du musst die Polizei rufen, schnell!«

»Was?«

»Stell jetzt bitte keine Fragen, sondern mach einfach, was ich dir sage. Wir können später reden.«

»Die Polizei. Okay. Kein Problem.«

Claudia beendet das Gespräch. Vermutlich setzt sie gleich den Notruf ab. Ich wende mich wieder den kämpfenden Männern zu.

»Für das, was du Valerie und ihrer Freundin angetan hast, wird man dich jahrelang einsperren. Dafür werde ich sorgen!«, brüllt Dave. Er kniet über den am Boden liegenden Derek. Doch plötzlich wendet sich das Blatt. Von Zorn getrieben, befreit sich Derek aus seiner unterlegenen Position und richtet sich auf.

»Sicherlich gehe ich nicht in den Knast, nur weil du zu beschränkt bist, zu erkennen, wer wirklich zu dir gehört. Nun gut. Du hast es nicht anders gewollt. Wenn du nicht mit mir zusammen sein willst, dann bekommt dich auch sonst niemand!«

Er zückt ein Taschenmesser. Ehe Dave oder ich ahnen können, wie ihm geschieht, holt Derek mit dem Messer aus. Erschrocken versucht Dave auszuweichen. Vergeblich. Das Messer durchdringt den weißen Stoff seines T-Shirts und schneidet in sein Fleisch. Zwei, drei Schritte taumelt Dave rückwärts. Dann geht er zu Boden.

Ein Schrei des Entsetzens verlässt meine Kehle.

Sofort renne ich zu ihm. Gleichzeitig versucht Derek zu fliehen. Aus dem Nichts tauchen Pascal und Kevin auf, die Dereks Verfolgung aufnehmen. Claudia bleibt an meiner Seite. Ich falle vor Dave auf die Knie. Seine Augen flattern. Er drückt eine Hand auf die Einstichstelle, ein aussichtsloser Versuch, die Blutung zu stoppen. Es ist schwer zu erkennen, wie tief die Wunde tatsächlich ist. Das blutgetränkte T-Shirt sieht jedenfalls schrecklich aus. Verzweifelt nehme ich seinen Kopf zwischen meine Hände.

»Hör mir gut zu, Dave. Du darfst jetzt nicht sterben. Dafür liebe ich dich zu sehr. Der Krankenwagen kommt gleich. Alles wird gut. Versprochen.«

Ich glaube, ich sage diese Worte mehr, um mich selbst zu beruhigen. Vor wenigen Wochen musste ich mit Stellas Tod klarkommen. Ein weiterer Verlust wäre mehr, als ich ertragen könnte.

»Keine Angst, Prinzessin. Ich werde nicht sterben. Wer soll dich denn sonst dein restliches Leben lang zur Weißglut bringen?«

Ich lache und weine gleichzeitig.

Claudia geht nun zwischen Dave und mir ebenfalls in die Knie. Schuldbewusst sieht sie mich an. »Tut mir leid, dass ich dir heute Morgen nicht geglaubt habe, was Daves Unschuld betrifft. Ich war bloß geschockt, die Polizei im Haus zu haben.«

»Schon okay«, lenke ich ein.

Kevin gelingt es, Derek zu überwältigen. Er hält ihn im Schwitzkasten und presst ihn gegen Daves BMW. Aus der Ferne ertönt lauter werdendes Sirenengeheul. Binnen Sekunden kommen zwei Polizeiautos mit quietschenden Reifen neben uns zum Stehen. Die Uniformierten steigen aus und verschaffen sich einen Überblick über das Geschehen.

Kurz darauf treffen auch die Rettungssanitäter ein. Sie scharen sich um Dave und versorgen seine Verletzung. Einer von ihnen kommt auf mich zu und fragt, ob ich auch behandelt werden müsse.

»Nein, bei mir ist alles in Ordnung«, erwidere ich apathisch. Das trifft wenigstens auf meine körperliche Verfassung zu.

Nach Abschluss der ersten Befragung wird Derek verhaftet. Mit einer gewissen Genugtuung beobachte ich, wie er in Handschellen gelegt und abgeführt wird. Das Gefühl des Triumphs flacht jedoch schlagartig ab, als ich Dave auf einer Krankenliege sehe. Die Sanitäter machen ihn für den Transport bereit und schieben ihn in einen Rettungswagen.

Der Rettungssanitäter von vorhin fragt mich, ob ich mitfahren möchte. Ich nicke und folge ihm.

Da wird mir etwas bewusst: Es ist noch nicht vorbei. Dave kämpft noch immer ums Überleben. Außerdem werde ich nochmals bei der Polizei aussagen müssen und später vor Gericht. Gedanklich werde ich immer wieder die Hölle, in der ich mich am Waldsee befunden habe, durchlaufen müssen, so lange, bis Stellas Mörder endlich rechtskräftig verurteilt und weggesperrt ist. Die Aussicht auf diesen Kampf macht mich unglaublich müde. Trotzdem bin ich fest entschlossen, für sie zu kämpfen und für Gerechtigkeit zu sorgen.

Es ist kurz vor Mitternacht. Dave schläft in seinem Bett. Ich selbst finde keine Ruhe. Seit einer gefühlten Ewigkeit wälze ich mich von einer auf die andere Seite. Letztendlich gebe ich es auf und lehne mich an das Kopfteil des Bettes. Seufzend schlinge ich meine Arme um meine angezogenen Beine, während die Eindrücke der letzten vierundzwanzig Stunden für ein unnachgiebiges Rauschen in meinem Kopf sorgen. Endlich verstehe ich, was Leute meinen, wenn sie sagen, sie seien an einem einzelnen Tag um zehn Jahre gealtert.

Meine müden Augen wandern zu Dave. Die Angst, ihn für immer zu verlieren, ist zwar vorbei, aber erst wenige Stunden her und steckt mir nach wie vor in den Knochen. Gott sei Dank schwebt er nicht mehr in Lebensgefahr. Er hatte großes Glück, durch den Einstich wurden keine inneren Organe verletzt. Dennoch musste die Wunde genäht werden. Nun prangt ein großes Pflaster zwischen seinem Bauchnabel und seinem linken Beckenknochen.

Nach der Behandlung hat Dave sich gegen den Rat der Ärzte selbst entlassen. Seine Abneigung gegen Krankenhäuser ist wohl ernster, als ich dachte. Das ist ein weiterer Grund für meine Schlaflosigkeit. Ich darf nicht verpassen, falls es ihm schlechter geht und er meine Hilfe benötigt.

Seitdem ich mich wieder erinnere, sehe ich ständig den maskierten Derek im Wald vor meinem inneren Auge, gefolgt von der zu Hilfe eilenden Stella, und schließlich Dave, der mit blutüberströmtem T-Shirt am Boden liegt. Die Bilder bereiten mir eine Gänsehaut, sie sind ständig begleitet von der Frage, weshalb das alles geschehen musste. Lag es tatsächlich an dem Streit wegen des Videos zwischen Stella und mir oder hätte Derek einen anderen Weg gefunden, zu versuchen, mich zu töten?

Apropos, das Video. Heute Morgen habe ich doch von Ben das Passwort zu Stellas Account bekommen. Ich empfinde es als guten

Zeitpunkt, es jetzt zu löschen, bevor es noch mehr Schaden anrichtet.

Leise schlüpfe ich aus dem Bett und gehe hinüber zu Daves Schreibtisch, auf dem sein aufgeklappter Laptop steht. Ich drücke auf die ON-Taste und der Rechner fährt hoch. Unterdessen hole ich den Zettel mit dem Passwort aus meiner Handtasche. Ohne Umschweife öffne ich Youtube und gebe Stellas Daten ein. Während die Seite sich aufbaut, werde ich plötzlich nervös. Kein Wunder, mit diesem Video verbinde ich eine Offenbarung meiner selbst. Ich habe meine Leidenschaft zu singen öffentlich gezeigt, ohne vorher zu wissen, wie es bei den Leuten ankommt, und mich dadurch angreifbar gemacht. Bedauerlicherweise war das ein Fehler. Aber ich habe daraus gelernt. Jetzt werde ich das Video ungesehen löschen und in Nullkommanichts wird meine Blamage vergessen sein.

Entschlossen klicke ich auf den Botton *Dieses Video löschen* Daraufhin ploppt ein weiteres Fenster auf, mit der Frage: *Sind Sie sicher, dass Sie das Video löschen möchten?* Der Mauszeiger schwebt bereits über dem *Ja*, doch wie aus dem Nichts erwacht Stellas Stimme in meinem Kopf zum Leben.

Ich wollte es wirklich löschen, ich schwöre es. Aber dann habe ich die positiven Kommentare gelesen, denen wir bis dahin viel zu wenig Beachtung geschenkt hatten. Und o mein Gott, Valls, die Leute lieben dich.

Das waren ihre Worte an dem Tag des Streits. Die Neugier packt mich. Ich kann nicht anders, als den Löschvorgang abzubrechen. Danach scrolle ich nach unten zu den Kommentaren.

Samantha04.09 schreibt: *Wunderschöne Stimme.*

Darunter steht von *sweety_bee*: *Bestes Cover dieses Songs. Höre es auf Dauerschleife.*

Und *Eliza.L* lässt mich wissen: *Ich liebe es. Du hättest viel mehr Aufrufe verdient.*

Die Einträge lassen sich endlos fortsetzen. Überwältigt von den vielen lieben Worten, werde ich noch eine Spur mutiger. Ich bücke mich erneut zu meiner Handtasche hinab und krame meine Kopfhörer heraus. Nachdem sie entknotet sind, stöpsle ich sie ein. Mit rasendem Herzschlag klicke ich auf *Play*.

Das Playback setzt ein. Ich sehe mich selbst in Stellas Garten. Wir haben uns damals wirklich viel Mühe mit dem Video gegeben. Ich kann mich noch genau daran erinnern. Doch bevor ich in dieser Erinnerung versinke, höre ich mich die erste Zeile singen. Überraschenderweise klinge ich besser als erwartet. Wie von selbst schließe ich meine Augen. Leise summe ich den Text mit, den ich in- und auswendig kenne. Die Musik entreißt mich der Realität und nimmt mich mit in eine andere Welt. Hier gehe ich auf, kann völlig ich selbst sein und gebe mich schlicht und ergreifend den Tönen hin. Ich bleibe so lange im Bann der Musik, bis der letzte Laut verklungen ist.

Vorsichtig öffne ich meine Augen. Ein Lächeln liegt auf meinen Lippen, weil die Musik mich noch immer beflügelt. Da wird mir augenblicklich klar, was Stella seit jeher wusste: Singen ist meine Leidenschaft. Ich liebe es. Und ich darf mir das von niemandem kaputt machen lassen. Stattdessen wird es Zeit, mutig zu sein. Ich werde meine Begeisterung fürs Singen nicht mehr verstecken und mich gleichzeitig bei Stella bedanken. Sprich, ich werde an ihrer Beerdigung für Stella singen.

Freitag, 28.06.2019

Valerie

Wird in Filmen jemand beerdigt, gleicht die Kulisse stets einem grauen Trübsal in strömendem Regen. Entgegen solcher Darstellungen wirken dieser stahlblaue Himmel und die zwanzig Grad um neun Uhr morgens bizarr. Allerdings könnte das Wetter für Stellas Beerdigung nicht passender sein. Schließlich war sie mit ihrer durchgängig guten Laune ein wahrer Sonnenschein. Weshalb sollte das also an ihrer Beerdigung anders sein?

Ich wende meinen Blick vom Fenster ab und nehme das schwarze Chiffonkleid vom Bügel, welches ich mir gestern rausgehängt habe. Mechanisch schlüpfe ich hinein. Die Aussicht darauf, was dieser Tag mit sich bringen wird, bedrückt mich. Als Kind habe ich hin und wieder an Beerdigungen von entfernten Verwandten teilgenommen, jedoch war mir davon niemand annähernd so wichtig wie meine beste Freundin. Entsprechend fürchte ich mich vor dem Moment, in dem ihr Sarg in die feuchte, dunkle Erde hinabgelassen wird.

Während ich diesen trüben Gedanken nachhänge, trage ich etwas Make-up auf. Nachdem ich fertig bin, gehe ich nach unten. Dave müsste jede Minute kommen, um mich abzuholen.

Noch bevor ich meinen Fuß auf die oberste Treppenstufe setze, halte ich inne. Von unten vernehme ich Stimmen. Offensichtlich ist Dave schon da und unterhält sich mit Dad. Seltsam, ich habe die Klingel gar nicht gehört. Doch es ist etwas anderes, das mir Bauchschmerzen bereitet und mein Herz sprichwörtlich in die Hose rutschen lässt. Das hier ist das erste Aufeinandertreffen der beiden, seitdem Dad Dave verhaftet hat. Wie reagieren sie darauf? Über was unterhalten sie sich?

Vorsichtig spähe ich zwischen den Stäben des Treppengeländers hindurch und sehe die zwei wichtigsten Männer in meinem Leben sich gegenüberstehen. Die Konversation ist wohl nach der Begrüßung im Sand verlaufen. Dad steht mit verschränkten Armen da und lässt seinen Blick umherschweifen. Seit unserem Streit gehen wir uns weitestgehend aus dem Weg. Das bedeutet auch, dass ich häufig bei Dave in der WG bin. Oft bleibe ich über Nacht weg. Kein Wunder, wenn Dad sich verraten fühlt, weil seine einzige Tochter lieber Zeit mit einem, in seinen Augen, Schwerverbrecher verbringt.

Die angespannte Stimmung belastet mich ebenfalls. Ich bin gewillt, alle Unstimmigkeiten zwischen Dad und mir ein für alle Mal aus dem Weg zu räumen. Dazu gehört auch, ihm von Moms kaltherzigem Verhalten mir gegenüber zu erzählen. Zuerst muss ich allerdings meine andere Aufgabe, diesen schweren Tag irgendwie halbwegs heil zu überstehen, hinter mich bringen.

Dave hat seine Hände in den Taschen seiner Anzughose vergraben. Er blickt auf seine Schuhspitzen, wodurch er den Anschein erweckt, lieber woanders sein zu wollen.

Ich setze meinen Weg fort, um die beiden aus ihrer unangenehmen Situation zu befreien. Aufgeschreckt durch das Geräusch meiner Schritte, sehen die Männer zu mir hoch. Daves Miene wird weich, als er mich sieht. Er nimmt seine Hände aus den Hosentaschen und winkt mir zum Gruß.

»Hey.«

Ich begrüße ihn ebenfalls und gehe direkt auf ihn zu. Vor ihm bleibe ich stehen, nehme seine Hände und gebe ihm vor Dads Augen einen Kuss. Er muss damit klarkommen, dass ich mit Dave zusammen bin. Dave ist unschuldig. Irgendwann wird Dad das auch verstehen.

Immerhin gab es seit seiner Entlassung keine neuen Beweise, die gegen ihn sprechen.

»Der Anzug steht dir. Ich wünschte nur, der Anlass, aus dem du ihn trägst, wäre ein anderer«, wispere ich, sodass nur Dave und ich es hören.

»Danke. Lass uns losgehen. Schließlich müssen wir noch deine Freundin Lara abholen.«

Dave gibt sich ungewohnt zurückhaltend. Die Nähe meines Vaters scheint ihm deutlich Unbehagen zu bereiten, auch wenn er das nie zugeben würde. Schnell geht er nach draußen und wartet am Auto. Ich verabschiede mich von meinem Dad. Er nimmt mich in seine Arme und wünscht mir viel Kraft. Sein Zuspruch ist wie ein Hoffnungsschimmer. Er bedeutet, die Verbindung zwischen uns ist noch nicht vollständig gekappt. Wir können an unseren Problemen arbeiten und wieder als Familie zusammenwachsen.

Am Friedhof angekommen, sehe ich, noch bevor wir aus dem Auto aussteigen, die Traube aus schwarz gekleideten Menschen. In ihrer Mitte mache ich Stellas Familie aus. Ihre Mutter weint bitterlich und stützt sich auf ihren Mann. Dominik und Ben stehen daneben und wirken verloren. Es ist ein schrecklicher Anblick.

Ich nehme einen tiefen Atemzug und löse den Sicherheitsgurt. Dann steige ich aus. Dave und Lara warten bereits auf mich. Gemeinsam steuern wir die Menschengruppe an. Ich nehme Daves Hand, der links von mir geht. Lara läuft zu meiner Rechten. Ich bin unglaublich froh, die beiden an meiner Seite zu wissen. Und überhaupt für die letzten Wochen und Monate, in denen sie für mich da waren.

Wir erreichen die Gruppe der Trauergäste und sprechen Stellas Familie unser Beileid aus. Ben lächelt mich aus traurigen Augen an. Sofort fühle ich mich schlecht, weil ich zu der Beerdigung seiner Schwester mit Dave auftauche und ihm dadurch doppeltes Leid beschere. Seit unserem Kuss haben wir ausschließlich über die Trauerfeier gesprochen und ich glaube, das ist der beste Weg. Mit ein wenig Abstand wird es ihm gelingen, sich mich aus dem Kopf zu schlagen. Das hoffe ich jedenfalls.

Etwas abseits des Geschehens entdecke ich Olivia. Sie steht allein vor dem Eingang der Einsegnungshalle. Trotz der brütenden Hitze trägt sie ein langärmeliges Oberteil aus schwarzer Spitze und dazu einen Lederrock mit Boots.

Dave folgt meinem Blick und sieht sie ebenfalls. Unmittelbar setzt er sich in Bewegung, um sie zu begrüßen. Lara und ich folgen ihm.

»Hi, Jolene. Schön, dich zu sehen.«

»Hallo. Geht mir genauso. Immerhin ein bekanntes Gesicht.«

Wie selbstverständlich breitet Dave seine Arme aus und umarmt Olivia. Es ist ungewohnt, die zwei so vertraut miteinander zu sehen. Aber ich beschließe, darüberzustehen. Schließlich weiß ich jetzt von der traurigen Vergangenheit, die sie miteinander verbindet.

Sie lösen sich voneinander. Daraufhin wendet sich Olivia mit einem Räuspern an mich.

»Valerie, es war nie meine Absicht, mich zwischen dich und Stella zu drängen. Oder zwischen dich und Dave. Ich hoffe, du verstehst das.«

»Zugegebenermaßen war ich am Anfang ziemlich eifersüchtig, als du plötzlich überall dort warst, wo ich mit Stella hingegangen bin. Aber mir hat eben ein Puzzleteil gefehlt ... wenn ich damals gewusst hätte, was ich jetzt weiß ... wir haben sie beide geliebt, wenn auch auf unterschiedliche Art.«

Olivia bestätigt meine Worte durch ein trauriges Nicken.

»Und was Dave und dich betrifft«, fahre ich fort, »kann ich nur sagen, dass es furchtbar ist, welches Schicksal ihr miteinander teilt. Ich bin froh, dass ihr euch nach all der Zeit gefunden habt, um darüber zu sprechen. Ich hoffe, du bist mir nicht böse wegen der Szene, die ich euch in dem Café gemacht habe.«

»Nein. Ich hätte an deiner Stelle nicht anders reagiert.«

Wir werfen uns ein versöhnliches Lächeln zu und zum zweiten Mal an diesem Tag empfinde ich so etwas wie Hoffnung.

Zusammen betreten wir die Einsegnungshalle und nehmen in einer der hinteren Reihen Platz. Die Trauerfeier beginnt. Abwechselnd spricht der Pfarrer und es werden Lieder gesungen. Schließlich hält Stellas Papa eine Rede über seine Tochter. Ich bin nicht fähig, irgendwas davon aufzunehmen. Stattdessen starre ich die ganze Zeit mit einem hohlen Gefühl in meiner Brust auf das große gerahmte Foto von Stella. Daneben ist ihr Sarg aufgebahrt, geschmückt mit zahlreichen Blumenarrangements. Ich darf nicht an ihren leblosen Körper denken, der sich in dieser Holzkiste befindet. Und dennoch tue ich es unaufhörlich. Es muss schrecklich einsam sein, wenn man tot ist. Tut es weh, zu sterben?

Ich merke nicht, dass ich weine, bis Dave mir ein Taschentuch reicht. Ich nehme es dankend an und schnäuze kräftig hinein.

Stellas Vater beendet mit Tränen in den Augen seine Rede. Erwartungsvoll sieht er in meine Richtung. Das ist mein Zeichen. Mit zittrigen Beinen trete ich aus der Sitzreihe und schreite nach vorne. Am Rednerpult angekommen, sehe ich hinab auf die Trauernden. Wow, sind das viele Menschen. Am liebsten würde ich kneifen. Aber das geht nicht. Stella hat an mich und mein Talent zu singen geglaubt. Sie war mutig genug, sich gegen einen Mörder zu stellen. Da werde ich doch wohl vor ein paar Leuten ein Lied singen können. Ich schließe kurz meine Augen, ehe ich nach dem Mikrofon greife und es aus der Halterung nehme.

»Ich war noch nie ein Freund großer Worte. Aber eines möchte ich loswerden: Gefühlt kenne ich Stella schon mein ganzes Leben lang. Seitdem wir uns im Kindergarten begegnet sind, haben wir beinahe jeden Tag miteinander verbracht. Wir haben zusammen gelacht und geweint. Sie hat an mich geglaubt, wenn ich meinen Mut verloren hatte. Für unsere gemeinsame Zeit bin ich unheimlich dankbar. Stella, das hier ist für dich.«

Die Musik startet. An der richtigen Stelle setze ich ein. Zunächst etwas unsicher, doch mit jedem gesungenen Wort gehe ich mehr in der Musik auf. Ich habe mich für *See you again* von Wiz Khalifa und Charlie Puth entschieden. Dieses Lied spiegelt exakt wider, was ich fühle. Ich habe eine Freundin verloren und dennoch ist sie immer bei mir, in meinen Gedanken und in meinem Herzen.

Während ich singe, läuft im Hintergrund eine Diashow mit Fotos, die Stella in schönen Momenten mit ihrer Familie und Freunden zeigt. Ich brauche nicht hinzusehen. In meinem Kopf spielt sich mein eigener Film mit meinen ganz persönlichen Erinnerungen ab. Sie verleihen meiner Stimme Kraft und Leidenschaft.

Schließlich verklingt der letzte Ton. Einen Moment lang herrscht völlige Stille, dann beginnt Helena zu applaudieren. Sie ist sichtlich gerührt von meinem Gesang. Nach und nach setzen immer mehr Leute ein. Für mich wirkt es zunächst unwirklich, bis mir klar wird, dass das hier gerade die Realität ist. Alle sind von meiner Stimme begeistert. Allerdings ist mir plötzlich allein die Tatsache, dass ich es geschafft habe, vor Leuten zu singen, viel wichtiger, als was diese von mir denken.

Wenn Stella mich sehen könnte, wäre sie unheimlich stolz auf mich. Das ist alles, was zählt.

Der restliche Teil der Zeremonie ist weniger zuversichtlich. In dem Trauerzug begleiten wir den Sarg und nehmen an der Beisetzung teil. Sie ist tatsächlich so schmerzlich wie in meiner Vorstellung. Einzig die Worte des Pfarrers, dass es keinen Abschied für immer gibt, sondern wir jederzeit auf einen Besuch zum Grab zurückkehren und mit Stella sprechen können, geben mir Halt.

Dann versammeln wir uns auf einer großen Wiese neben dem Friedhof zu einem gemütlichen Beisammensein. Ein Catering sorgt für Speisen und Getränke.

Lara unterhält sich mit Stellas Tante, die zufälligerweise eine begeisterte Followerin ihres Blogs ist. Ich bin noch mit meinen Gedanken bei Stella. Da tippt mich Dave an der Schulter an.

»Schau mal. Unsere Sidekicks haben sich gerade kennengelernt.«

Er bedeutet mir, einen Blick in Richtung des Buffets zu werfen. Ich sehe Ben, der sich mit Sofia unterhält. Sie arbeitet als Kellnerin für die Cateringfirma. In diesem Moment zeigt sie Ben, wie man eine Serviette zu einer Blume faltet. Ben probiert es ebenfalls und scheitert. Gemeinsam lachen sie herzhaft über seinen misslungenen Versuch.

»Und es sieht ganz danach aus, als würden sie sich richtig gut verstehen.«

»Wer weiß, vielleicht haben sie uns schneller vergessen, als uns lieb ist, und stürzen sich in ihr eigenes Abenteuer.«

»Also ich würde es Ben gönnen, nach der ganzen Scheiße, die er erlebt hat.«

»Solange er Sofia nicht das Herz bricht. Obwohl sie mir seit ihrem Liebesgeständnis vor Scham nicht mehr in die Augen sehen kann, bleibt sie wie eine kleine Schwester für mich. Sollte Ben ihr auch nur ein Haar krümmen, werde ich ungemütlich ihm gegenüber. Aber bis dahin lehne ich mich zurück und genieße in vollen Zügen die Zeit mit meiner wundervollen *principessa*.«

Zärtlich zieht Dave mich in seine Arme. Wir sehen uns verliebt an.

»Das würde Ben niemals tun. Dafür ist er viel zu aufrichtig. Aber ich schätze, das ist gut für mich. So bleibt dir auf ewig Zeit, mir deine volle Aufmerksamkeit zu schenken.«

»Ach, ist das so? Da hast du aber großes Glück.«

Ich lache. Kurz darauf küssen wir uns. Wie jedes Mal tanzen augenblicklich Schmetterlinge in meinem Bauch.

Unvermittelt nehme ich Gesprächsfetzen der umstehenden Gäste auf: »Es ist einfach entsetzlich. Wie kann man nur so gefühlskalt sein und eine unschuldige junge Frau mit einem Stein erschlagen.« – »Also in meinen Augen ist das einfach nur krank. Ich hoffe, der Kerl wird auf ewig weggesperrt und krepiert im Knast«, erwidert jemand aufgebracht.

Offensichtlich hat auch Dave das Gespräch mitbekommen. Sein Körper versteift sich. Verständlich. Für alle hier ist Derek der wahnsinnige Irre, der vor lauter Eifersucht ein Mädchen töten wollte und dabei dessen beste Freundin umgebracht hat. Doch Dave kannte auch seine anderen Seiten. Sie haben regelmäßig zusammen gefeiert und gezockt, sich gegenseitig unterstützt und gemeinsam gelacht. Sie hatten sogar ihre eigenen Insiderwitze. All das ist mit Dereks Geständnis und der anschließenden Verhaftung in weite Ferne gerückt.

»Bist du okay?«, frage ich vorsichtig.

»Ja. Ich brauche bloß einen Moment für mich. Bin gleich wieder da.« Mit diesen Worten lässt er mich stehen.

Bisher war ich zu sehr in meiner eigenen Trauer gefangen, aber nun wird mir eine Sache klar, die ich schon früher hätte begreifen müssen: Nicht nur ich habe einen Verlust zu betrauern, auch Dave hat seinen besten Freund verloren.

Dave

»Da bist du ja. Ich habe dich überall gesucht.«

Ich schaue auf und erblicke Jolene, die auf mich zukommt.

»Jep. Ich musste ein bisschen Abstand gewinnen.«

Mehr will ich im Augenblick von meiner Gefühlswelt nicht preisgeben. Wenn überhaupt, sollte ich als Erstes mit Valerie darüber sprechen, aber das gestaltet sich schwierig. Schließlich hasst sie Derek für das, was er getan hat. Zu Recht. Ich selbst habe in der Sekunde mit ihm gebrochen, als er mir in die Augen gesehen und den Mord an Stella gestanden hat. Niemals hätte ich ihm so etwas zugetraut.

Zwar versuchte der Psychologiestudent in mir, sein Verhalten zu ergründen, aber eigentlich war von Anfang an klar, wo sein Problem lag. Er ist krankhaft eifersüchtig.

Doch als ich die Leute schlecht über ihn reden hörte, traf mich das härter als angenommen. Deshalb bin ich zum Durchatmen hierher zum Friedhof gegangen, habe mich auf eine Holzbank gesetzt und starre seitdem gedankenverloren auf das Grab vor mir. Jolene sieht mich erwartungsvoll an, als warte sie auf weitere Erläuterungen zu meiner letzten Aussage.

Ich schneide ein anderes Thema an, welches mir durch den Kopf geht. »Schätze, die Beerdigung geht mir mehr unter die Haut, als sie sollte. Ich denke schon den ganzen Tag daran, wie es war, als wir Josephina beerdigt haben.«

»Geht mir genauso.« Jolene zeigt auf den freien Platz neben mir auf der Bank. »Darf ich?«

Ich nicke. Während sie sich setzt, pendelt der J-Anhänger ihrer Kette hin und her. Ich bin froh zu sehen, dass sie sich dazu entschieden hat, die Kette wieder zu tragen.

»Wusstest du eigentlich bereits vor dem Unfall von Josephinas

Schwangerschaft?« Die Frage rutscht mir unvorhergesehen heraus. Dennoch ist es etwas, das mich seit damals beschäftigt. Josephinas Eltern wirkten überrascht, als man ihnen sagte, dass ihre Tochter schwanger gewesen sei. Jolene dagegen starrte damals nur ins Leere und vermied es, mich anzusehen.

Jetzt allerdings wendet sie sich mir zu. »Ja. Sie hat mir als Erste davon erzählt. Das war ungefähr eine Woche vor dem Unfall. Ich erinnere mich noch gut daran, weil es an dem Tag war, als ich ihr eigentlich sagen wollte, dass ich nicht nur auf Männer, sondern auch auf Frauen stehe.«

»Oh. Das war sicher nicht einfach für dich. Schließlich hättest du auch jemanden zum Reden gebraucht.«

»Nein, gar nicht. Schließlich war ich mir meiner Sache sicher und bin es immer noch. Ich wollte mich ihr bloß mitteilen. Sie hingegen war ziemlich durch den Wind.«

Trotz all der Zeit, die seither vergangen ist, fühle ich mich unwohl bei dem Gedanken an eine aufgewühlte Josephina. Sofort hake ich nach. »Was hat sie genau gesagt? Hat sie sich auf das Baby gefreut?«

»Dave, bitte tu dir das nicht an. Das spielt doch jetzt sowieso keine Rolle mehr.«

»Für mich schon!«

»Klar hat sie sich gefreut. Doch ihr überwiegendes Gefühl war Angst«, platzt es aus Jolene heraus. »Sie erhoffte sich Unterstützung von dir.«

»Und anstatt für sie da zu sein, habe ich Idiot sie ebenfalls aus Angst von mir gestoßen«, stelle ich fest und sinke in mich zusammen.

»Es ist völlig okay, dass du mit der Situation überfordert warst und aus Angst erst mal abwertend reagiert hast. Wirklich niemand hätte erahnen können, was Josephina auf dem Heimweg passiert. Vielleicht musste auch alles genau so kommen, wie es jetzt ist. Sonst hättest du Valerie vermutlich nie kennengelernt. Und mit ihr bist du doch glücklich, oder?«

»Ja, das bin ich.« Bei dem Gedanken an Valerie muss ich breit grinsen. Natürlich entgeht das Jolene nicht. Sie bedenkt mich mit einem Lächeln, welches so viel sagt wie: *Ich freue mich wirklich für dich.*

»Siehst du. Außerdem hätte Josephina gewollt, dich wieder glücklich zu sehen. Erinnerst du dich noch an ihre Selbstlosigkeit und ihren Drang, anderen zu helfen?«

Ich nicke. »Deshalb war sie auch so fantastisch in ihrem Job als Krankenschwester.«

»Stimmt. Sie war eine gute Krankenschwester. Und ein noch viel besserer Mensch.«

Darauf erwidere ich nichts. Stattdessen lasse ich die Worte und deren Bedeutung tief in mich einsickern.

Wir versinken in Stille, während wir unseren Gedanken an Josephina nachgehen. Da fällt mir etwas ein.

»Weshalb hast du mich gesucht?«

»Mein Zug nach Zürich fährt gleich, aber ich wollte nicht gehen, ohne mich von dir zu verabschieden.«

Überrascht sehe ich Jolene an. »Oh, du fährst weg?«

»Ja. Ich schmeiße das Studium hin. Stattdessen möchte ich Flugbegleiterin werden. Die Welt zu bereisen war ein Traum, den ich mit Stella geteilt habe. Weißt du, es ist bereits schlimm, einen geliebten Menschen zu verlieren, aber wenn das gleich zweimal passiert … Die Ereignisse zeigen mir, wie schnell alles vorbei sein kann. Deshalb möchte ich nicht mehr länger damit warten, meine Ziele umzusetzen.«

»Das klingt aufregend. Alle paar Tage in einem anderen Land zu sein, hört sich für mich eher nach Urlaub als nach Arbeit an. Aber ist so ein Leben nicht auch ziemlich einsam?«

Energisch schüttelt Jolene mit dem Kopf. »Keineswegs. Dort draußen wartet die Welt darauf, von mir entdeckt zu werden. Was kann es Besseres geben? Zudem habe ich genug freie Tage, an denen ich meine Eltern besuchen kann.«

In ihren Augen liegt nun dasselbe Strahlen, welches ich vorhin aufgelegt habe, als sie mich nach Valerie fragte. Wenn ich sie so anschaue, lässt nichts darauf schließen, welche harten Verluste sie in den letzten anderthalb Jahren einstecken musste. Ich frage mich, woher sie diese innere Stärke nimmt. Das ist wirklich beeindruckend.

Prüfend wirft Jolene einen Blick auf ihr Handy. »Es ist schon spät. Jetzt muss ich wirklich los. Mach's gut, Dave.«

»Mach's besser. Und vergiss nicht, mir eine Ansichtskarte zu schicken, sobald du die entlegensten Ecken dieser Welt entdeckt hast.«

Sie lacht. »Das werde ich.«

Wir drücken uns zur Verabschiedung. Danach rutscht Jolene von der Bank und geht in die Richtung, aus der sie gekommen ist. Ich blicke ihr nach, bis ich sie nicht mehr erkennen kann. Obwohl das hier womöglich ein Abschied für immer ist, fühlt es sich nicht schlecht an. Eher, als hätten Jolene und ich endlich jeder einen Weg gefunden, mit der Vergangenheit abzuschließen und Frieden zu finden. Das lässt mich optimistisch nach vorne blicken.

Dienstag, 02.07.2019

Valerie

Gut gelaunt steige ich aus der Straßenbahn. Das Gespräch mit der Studienberaterin ist super verlaufen. Ich kann die versäumten Prüfungen in einem halben Jahr nachholen, ohne das komplette Semester zu wiederholen. Das bedeutet natürlich mehr Lernen in Eigenregie, aber mit Lara an meiner Seite habe ich die beste Motivatorin und Lehrerin.

Gemächlich schlendere ich die Straße entlang. An unserem Haus angekommen, erblicke ich Stellas Mini Cooper in der Einfahrt. Sofort halte ich erschrocken an. Was hat das zu bedeuten? Vorsichtig gehe ich weiter und schiebe mich an dem Wagen vorbei. Ich schließe die Haustür auf. Alles ist ruhig.

»Hallo, Papa. Bist du zu Hause?«, rufe ich in die Stille hinein.

»Im Wohnzimmer.«

Trotz der anhaltend angespannten Stimmung zwischen uns bin ich erleichtert, seine Stimme zu hören. Ich durchquere den Eingangsbereich und marschiere direkt auf unser Wohnzimmer zu. Dort erblicke ich Dad mit dem Handy in der Hand auf der Couch. Neben ihm liegt Mister Mau zu einer Kugel zusammengerollt. Noch in der

Tür stehend, frage ich: »Warum steht Stellas Auto in unserer Ein-fahrt?«

Er legt sein Handy beiseite und sieht mich erklärend an. »Ihre Eltern waren vorhin hier, um es vorbeizubringen. Sie brauchen es nicht mehr, da es damals ein Geschenk extra für Stella war. Aber sie würden sich freuen, wenn jetzt du als beste Freundin ihrer Tochter damit fährst.«

»Wow. Es ist supernett, dass sie sofort an mich denken. Ich hoffe nur, sie wollen es mir nicht einfach so schenken. Das könnte ich nicht annehmen.« Bei diesem Gedanken fühle ich mich unwohl.

»Nein, nicht ganz geschenkt. Jedoch zu einem Freundschaftspreis und der ist noch verhandelbar. Du musst auch nicht alles auf einmal bezahlen und dürftest ab sofort mit dem Wagen fahren.«

Mit solch einer Vereinbarung könnte ich schon eher leben. Zumal es mir eine Ehre wäre, die neue Besitzerin von Stellas Auto zu sein. »Angenommen, ich würde auf das Angebot eingehen, was wären die nächsten Schritte?«

Dads Mundwinkel verziehen sich zu einem leichten Grinsen. »Ich weiß, wie sehr du dir schon seit Jahren ein eigenes Auto wünscht Deshalb habe ich bereits zugesagt und den Grafs versichert, dass du dich in den nächsten Tagen mit ihnen wegen des Papierkrams in Verbindung setzt.«

Vor Freude kreische ich auf. »Danke, Papa. Du bist der Beste.«

Doch mein Ausruf verhallt, ohne von Dad erwidert zu werden. Augenblicklich verstumme auch ich, während die angespannte Stim-mung, die seit Wochen zwischen uns herrscht, erneut aufkeimt. Ich setze mich auf den freien Platz neben Mister Mau. Anschließend fasse ich mir ein Herz und spreche unsere Probleme offen an.

»Dad? Seit Daves Verhaftung ist die Atmosphäre zwischen uns seltsam und das läuft nun schon seit Wochen so. Ich bin der Ansicht, wir sollten reden. Über Dave. Und über Mom.«

»Das denke ich auch. Ich wollte dir bloß Zeit geben, bis du so weit bist.«

»Na gut. Nun bin ich so weit.«

Es entsteht eine Stille, die sich kontinuierlich auflädt, bis wir gleichzeitig zu sprechen beginnen. Ich entschuldige mich und gebe Dad den Vortritt.

Nach einem Räuspern sagt er:»Ich habe Dave nicht verhaftet, um dir wehzutun, denn das ist das Letzte, was ich möchte. Vielmehr schien es mir zum damaligen Zeitpunkt das einzig Richtige zu sein. Die Beweislage gegen ihn wirkte erdrückend. Durch das entlastende Videomaterial, auf dem zu sehen ist, wie er Susanna auf dem Hinterhof des *Utopia* stehen lässt, und deine Aussage hat sich das postwendend geändert. Auch wenn ich erleichtert über diese Wendung bin, bedeutete sie einen herben Rückschlag für die Ermittlungen. Ich musste einsehen, dass der Ladykiller mir erneut einen Schritt voraus war und ich in diesem Fall, mal wieder, in einer Sackgasse gelandet war. Das musste ich erst mal verdauen. Und wenn du nun nichts mehr mit mir zu tun haben möchtest, weil ich deinen Freund zu Unrecht beschuldigt habe, verstehe ich das.«

»Papa, nein, so ist das nicht. Natürlich möchte ich weiterhin etwas mit dir zu tun haben. Aber du solltest dich auch an den Gedanken von Dave und mir als Paar gewöhnen.«

»Persönlich hatte ich nie etwas gegen ihn. Dave ist hier immer herzlich willkommen. Falls er nach meiner Verhaftungsaktion überhaupt noch Zeit mit mir verbringen möchte.«

»Keine Sorge. Das werde ich wieder einrenken.«

Verschmitzt erwidert Dad:»Scheint, als hättest du deine Beziehung im Griff.«

»Sagen wir es so: Ich kenne Daves Schwächen ziemlich genau und zufällig bin ich eine davon.«

Wir lachen und verbleiben einen Moment in unserer neu gewonnenen Harmonie, bevor wir uns langsam an das ernstere Thema wagen. Diesmal liegt es an mir, zuerst das Wort zu ergreifen. Und auch wenn es mir schwerfällt, erzähle ich Dad endlich alles. Von Moms emotionaler Vernachlässigung, dem Vorfall in der Abstellkammer und meinen Selbstzweifeln und Schuldgefühlen.

Dad unterbricht mich an keiner Stelle, stattdessen hört er gebannt zu. Als ich geendet habe, erkenne ich Tränen in seinen Augen.

»Papa, warum weinst du?«, frage ich erschrocken.

»Es ist nichts. Ich bin bloß fassungslos, was sich jahrelang hinter meinem Rücken abgespielt hat. Ich hätte es merken und dich beschützen müssen.«

»Dich trifft keine Schuld. Mom war berechnend und eine gute Schauspielerin. Niemand, der nichts davon erfahren sollte, bemerkte etwas.«

Tröstend lege ich meine Hand auf seine Schulter. Er ergreift sie und sagt leise: »Ich bin froh, dass du mir jetzt alles erzählst, aber warum hast du dich mir nicht eher anvertraut?«

»Ich hatte Angst, wenn du die Wahrheit erfährst, würdest du mich ebenfalls hassen und weggeben. Immerhin ist Mom weggegangen, weil sie keine Mutter sein wollte, und ohne mich wärt ihr womöglich noch zusammen. Als sie uns verlassen hat, gab ich mir die Schuld daran.«

Entrüstet setzt Dad sich auf. »Aber Valerie, so etwas darfst du nicht einmal denken. Du bist kein Fehler für mich. Im Gegenteil. Du bist das größte Glück, das mir jemals passiert ist. Deine Mom war speziell und sie hatte ihre Probleme. Bereits vor deiner Geburt. Sie war sehr perfektionistisch, was sie in ihrem Job weit brachte, aber auch unter großen Druck setzte. Immer öfter machte sie Überstunden oder kam übellaunig nach Hause. Das zehrte auch an unserer Beziehung. Als sich der ganze Stress endlich auszuzahlen schien und sie Aussicht auf eine Position in der Chefetage hatte, wurde der Job an ihren größten Konkurrenten vergeben. Daraufhin fiel sie in ein tiefes Loch. Ich munterte sie damit auf, dass das Schicksal mit Absicht diesen Weg für uns gewählt habe, um uns darüber nachdenken zu lassen, ein Kind zu bekommen. Zu meiner Überraschung war sie euphorisiert von dieser Idee. Es dauerte nicht lange, bis sie mit dir schwanger war und mit demselben Ehrgeiz, mit dem sie zuvor ihre Karriere verfolgt hatte, alle Vorbereitungen für die Geburt sowie die Zeit danach traf. Doch als du endlich da warst, verpuffte ihre Freude schlagartig. Deine Mom musste einsehen, dass ein Baby, entgegen dem Verkauf von Immobilien, keinem festen Plan folgt. Mit Neid sah sie auf die Erfolge und luxuriösen Firmenfeiern ihrer Kollegen, während sie selbst Windeln wechselte. Trotz ihres anfänglichen

Missmuts war ich überzeugt, sie habe sich mit ihrer neuen Rolle als Mutter arrangiert. Eine Fehleinschätzung, wie mir jetzt klar wird. Dennoch, wegzugehen war ihre Entscheidung, nicht deine. Du hast nichts falsch gemacht.«

Es erleichtert mich auf ungeahnte Weise, endlich mehr über die damalige Situation zu erfahren.

»Deine Worte bedeuten mir viel. Ich denke, jetzt verstehe ich einiges besser. Hast du je nach ihr gesucht?«

»Zu Beginn ständig. Schließlich bedeutete sie mir etwas, auch wenn unsere Liebe nicht mehr so frisch wie am ersten Tag war. Außerdem wollte ich dir deine Mutter zurückbringen. Immerhin warst du noch so jung und ein siebenjähriges Mädchen braucht doch seine Mutter. Doch je älter du wurdest, desto mehr erkannte ich, wie stark und selbstständig du bist. Meine ohnehin ergebnislosen Bemühungen, sie zu finden, wurden weniger, bis ich vor ungefähr fünf Jahren komplett auf hörte nach ihr zu suchen. Ich bin zu dem Entschluss gekommen, dass wir auch zu zweit ein unschlagbares Team sind.«

Dad lächelt mich an und ich erwidere es.

Aus vollem Herzen stimme ich ihm zu. »Da hast du recht, Papa.« Nach einer kurzen Pause des Zögerns füge ich hinzu: »Allerdings, was unser Zusammenwohnen betrifft, hatte ich vor ihrem Tod eine Auseinandersetzung mit Stella.«

Ich erzähle Dad von Stellas Vorschlag, in eine WG zu ziehen, und meiner inneren Zerrissenheit wegen meines Freiheitsbedürfnisses einerseits und dem Pflichtgefühl, ihn nicht alleine lassen zu wollen, andererseits.

Daraufhin bedenkt Dad mich mit einem ernsten Blick. »Wenn du ausziehen möchtest, ist das völlig in Ordnung. Du sollst dich nicht von mir ausgebremst fühlen. Geh raus in die Welt und zeig allen, wie wundervoll du bist. Setze dir große Ziele. Ich bin mir sicher, du bist ehrgeizig und schlau genug, um alles zu erreichen, was du dir vornimmst. Aber mach dir um mich keine Sorgen. Ich komme schon alleine klar. Ich kann nur glücklich sein, wenn du glücklich bist. Aber dazu musst du lernen loszulassen und deinen eigenen Weg gehen. Das bedeutet natürlich nicht, dass du nicht ab und zu bei mir vorbeischauen und nach einem Rat fragen kannst. Wir beide werden immer füreinander da sein.«

»Versprochen?«, flüstere ich, ergriffen von seinen Worten.

»Versprochen.«

Wir fallen uns in die Arme. Tränen der Freude strömen über mein Gesicht, denn in diesem Augenblick wird mir klar, dass meine Familie nur halb so zerrüttet ist, wie ich bisher angenommen hatte. Im Gegenteil, Dad und mich verbindet ein starkes Band und als Familie sind wir einfach großartig.

Mein Vater schiebt mich auf eine Armeslänge von sich. Mit einem Augenzwinkern und dem dazu passenden Lächeln fügt er hinzu: »Und um ehrlich zu sein, bin ich gar nicht so alleine, wie du vielleicht glaubst.«

Überrascht reiße ich die Augen auf. »Heißt das etwa … du hast jemanden kennengelernt?«

Dad nickt verschmitzt.

»Nun sag schon, wer ist sie? Wann stellst du sie mir vor?«

»Das ist so … um ehrlich zu sein, kennst du sie bereits.« Dad druckst herum und macht mich dadurch nur noch neugieriger. »Es ist Margarethe«, rückt er schließlich heraus.

Erfreut klatsche ich in die Hände. »Margarethe aus der Cafeteria? Wow, Papa. Das ist super. Ich freue mich wirklich für dich.«

Über meine Reaktion scheint er erstaunt zu sein.

»Ehrlich? Ich wusste nicht, wie ich es dir beibringen soll, weil du zuletzt nicht sonderlich gut auf sie zu sprechen warst.«

»Ach, das war eine kindliche Trotzreaktion. Margarethe und ich haben das bereits geklärt. In Wahrheit mag ich sie wirklich. Seit wann geht das schon zwischen euch?«

»Wie du weißt, habe ich mich schon immer gut mit ihr verstanden. Vor einem halben Jahr sind wir uns schließlich nähergekommen. Und was soll ich sagen, es passt einfach.«

Dad strahlt noch immer wie ein Honigkuchenpferd. Er steckt mich mit seiner guten Laune an. Es freut mich, meinen Vater glücklich zu sehen. Jetzt verstehe ich auch, weshalb er ständig abends länger weggeblieben ist und dauernd etwas in sein Handy getippt hat.

Ein Vorschlag seinerseits durchbricht meine Gedanken. »Wie wäre es mit einem großen Abendessen, du, Dave, Margarethe und ich?«

Ich kichere. »Ein Doppeldate mit meinem Vater.«

»Ich würde es eher als Familienessen bezeichnen, aber nun gut.«

»Das ist eine super Idee. Ich gebe Dave Bescheid, wenn wir uns später sehen.« Mir fällt noch etwas ein. Ich krame in meiner Handtasche, bis ich den gesuchten Gegenstand zu Tage fördere. Es ist ein blaues Schlüsselband mit der Aufschrift *Bester Papa*. Feierlich überreiche ich es ihm. »Als ich das vor ein paar Tagen in einem Geschäft gesehen habe, musste ich sofort an dich denken. Ich hoffe, es hilft dir, dein Schlüsselproblem in den Griff zu bekommen.«

Er lacht. »Danke, das ist lieb von dir. Ich gelobe Besserung, auch wenn ich für nichts garantieren kann.«

Zwei Stunden später sitzen wir immer noch auf dem Sofa und unterhalten uns ungezwungen. Plötzlich stelle ich mit einem Blick auf die Uhr fest, dass Dave und ich vor einer Viertelstunde verabredet waren. Schnell sende ich ihm eine Nachricht.

Valerie: Habe endlich mit Dad gesprochen und mich dabei verquatscht. Sorry, mache mich jetzt auf den Weg. 🙄 (17.23 Uhr)

Anschließend packe ich meine Sachen zusammen. Bevor ich aufbreche, werfe ich einen flüchtigen Blick in den Spiegel. Etwas verleitet mich, kurz innezuhalten und mich genauer zu betrachten. Meine dunklen, zu Locken eingedrehten Haare umrahmen mein rundes Gesicht. Braune Augen blicken mich an. Meine Lippen formen sich zu einem freudigen Lächeln – und da, endlich, kann ich sehen, wovon Dave und mein Vater sprechen: Es gibt nicht die Valerie, die niemandem das Wasser reichen kann und sich mit ihrer Schüchternheit selbst im Weg steht. Genauso wenig wie die Valerie 2.0, die zwanghaft versucht, jemand zu sein, der sie gar nicht ist. Stattdessen gibt es einfach nur mich: Valerie Marie Schubert. Und ja, ich bin weiß Gott nicht perfekt, aber wer kann das bitte schon von sich behaupten? Im Leben kommt es nicht darauf an, fehlerfrei zu sein. Vielmehr geht es darum, sich selbst zu lieben, mit all seinen Makeln.

Mein Wert hängt nicht davon ab, was Mom oder sonst wer über mich denkt. Das Leben ist zu kurz, um darüber nachzudenken. Stattdessen sollte ich es genießen. Und genau das habe ich jetzt vor. Ich werde meine Zeit mit den Menschen verbringen, die mir etwas bedeuten. Dad, Margarethe, Ginny, Hannes, Lara und natürlich: Dave.

Bei dem Gedanken an ihn breitet sich automatisch ein Grinsen auf meinem Gesicht aus. Mit einem Mal habe ich es eilig, zu ihm zu kommen. Ich wende mich von meinem Spiegelbild ab und schnappe mir den Autoschlüssel vom Schlüsselbrett. Beim Hinausgehen verabschiede ich mich von Dad.

Mit großer Vorfreude öffne ich den Wagen und setze mich hinters Steuer. Ich sehe durch die Windschutzscheibe in den Himmel und verspreche Stella, gut auf ihr Auto aufzupassen. Als Antwort sendet sie mir einen Schmetterling, der auf dem Außenspiegel Halt macht, ehe er weiterfliegt.

Ich lächle in mich hinein und spüre die Verbundenheit zu meiner besten Freundin. Denn auch wenn sie nicht mehr körperlich hier sein kann, so hat sie doch immer einen Platz in meinem Herzen. Mit diesem Gedanken fahre ich los.

Im Radio läuft *Beautiful People* von Ed Sheeran. Ich lasse die Scheibe herunter, drehe die Musik auf und singe lauthals mit. Und ich höre nicht auf, bis ich bei Dave angekommen bin.

Dave

»Und, wie ist es gelaufen?«, frage ich Valerie, kaum dass sie zur Tür hereinkommt. Erwartungsvoll sehe ich sie an, weil ich weiß, wie wichtig die Aussprache mit ihrem Vater für sie war.

»Erzähle ich dir gleich. Doch zuerst ...«

Ohne jegliche weitere Erklärung überfällt sie mich mit einem Kuss. Überrascht taumle ich ein, zwei Schritte rückwärts, ehe ich an ihrer Taille Halt finde.

Woher kommt ihre plötzliche Direktheit? Ich beschließe, nicht weiter zu fragen, sondern einfach zu genießen. Ihr Mund schmeckt süß nach Erdbeeren und Sahne, als hätte sie kurz zuvor an einer Torte genascht. Jetzt ist sie meine süße Versuchung, der ich unmöglich widerstehen kann. Und das muss ich auch gar nicht, weil ich sie *die Frau an meiner Seite* nennen darf. Wie immer, wenn ich mir das klarmache, breitet sich eine wohlige Wärme in meinem Körper aus und mein Herz hüpft verliebt in meiner Brust.

Entschlossen schiebt Valerie mich zur Couch. Gehorsam falle ich in die weichen Polster. Valerie folgt mir, indem sie sich rittlings auf mich setzt. Nun thront sie über mir und beißt sich auf die Unterlippe, während sie überlegt, was sie als Nächstes mit mir anstellt. In ihrem Kleid in Leopardenprint sieht sie einfach nur heiß aus. Automatisch verstärkt sich die Hitze in meinem Körper und mein Blut versammelt sich unterhalb meines Gürtels. Wie von selbst bahnen sich meine Hände einen Weg unter den Rock ihres Kleides und an ihren Oberschenkeln hinauf. Noch bevor ich mein Ziel erreicht habe, stoppt sie meine Hände und hält sie neben meinem Körper fest, was sie mit teuflischem Grinsen und einem Kopfschütteln begleitet. Langsam schaukelt sie auf meinem Ständer, der sich qualvoll und vor Lust pulsierend gegen den engen Stoff meiner Jeans drängt.

Fuck, sie will mich eindeutig quälen.

»Das Wohnzimmer gehört zum Gemeinschaftsbereich. Meine Mitbewohner können jederzeit hereinplatzen«, ächze ich als letzter Versuch, mit einem neckischen Spruch die Kontrolle zu behalten. Doch in Wahrheit hat sie es längst geschafft, mich um meinen Verstand zu bringen.

Die Spitzen ihrer langen Haare kitzeln meine Wangen, als sie sich zu mir herunterbeugt. »Du weißt, dass der Gedanke daran mich nicht abhält.«

»Allerdings.«

Ich bin so berauscht von ihr, allein die Vorstellung, gleich in sie einzudringen, treibt mich dem Höhepunkt entgegen. Von diesem Verlangen befeuert, entreiße ich meine Hände den ihren und ziehe ihr das Kleid mit einer schwungvollen Bewegung vom Leib. Darunter kommt ein roter BH mit Spitze und dem dazu passenden Höschen zum Vorschein.

»Wow, ist das neu?«, frage ich angetan.

»Jep. Aber bevor du mich endgültig ausziehen darfst, musst du dich noch gedulden. Meine Vorstellung war noch nicht zu Ende.«

»Von wegen. Noch eine Sekunde, in der du in dieser ultraheißen Unterwäsche auf mir sitzt, ich dich aber nicht berühren darf, und ich sterbe.«

Ich packe Valerie an den Oberschenkeln und richte uns beide mit einem Satz auf. »Komm mit, du kleine Hexe.«

Statt sich zu wehren, schmiegt sie lachend ihren Kopf an meine Brust und schlingt ihre Arme um meinen Hals. So trage ich sie in mein Zimmer und lege sie auf meinem Bett ab.

Wir lieben uns hitzig und schnell und kurz darauf noch mal. Diesmal lassen wir uns mehr Zeit und kosten jeden Moment der Sinnlichkeit voll aus. Schließlich fallen wir schwer atmend auseinander und landen in den weichen Kissen meines Bettes.

»Ich kann mir nichts Besseres vorstellen, als mit dir in diesem Moment zu sein«, seufze ich besoffen vor Glück.

»Geht mir genauso.«

Verträumt starren wir an die Zimmerdecke.

Unvermittelt setzt Valerie sich auf. Sie beugt sich über mich. Ihr hübsches Gesicht ist meinem ganz nah. »Ich liebe dich, Dave.«

»Und ich liebe dich, *amore mio*.«

Wir grinsen uns verliebt an. Ich komme ihr entgegen, bis unsere Lippen sich zu einem Kuss treffen. Noch während ich darüber nachdenke, wie schön es wäre, den ganzen Tag nichts weiter zu machen, als ihre weichen Lippen auf meinen zu fühlen, spüre ich ein unangenehmes Ziehen in meinem Bauch. Es kommt von der Stichverletzung, die Derek mir zugefügt hat. Die Wunde verheilt gut, doch bei manchen ungelenken Bewegungen spüre ich weiterhin Schmerzen.

Valerie bemerkt mein Unwohlsein und wir lösen uns voneinander. Nun senkt sie ihre Augen und ihr Blick fällt auf die langsam verheilende Narbe an meiner Leiste. Vorsichtig fährt sie mit ihrem Finger über die hellrosa Haut. »Wie geht's dir damit?«

Sofort weiß ich, dass sie nicht die Verletzung, sondern Derek meint.

»Natürlich ist es schwer, seinen besten Freund zu verlieren, der sich als Mörder und eifersüchtiger Stalker entpuppt. Vor allem frage ich mich, weshalb ich nie etwas bemerkt habe. Doch letztendlich spielt das alles keine Rolle mehr. Ich habe beschlossen, mit diesem Kapitel abzuschließen und nach vorne zu sehen. Derek wird seine gerechte Strafe bekommen.«

»Das hoffe ich sehr. Die Bilder von seinem Überfall auf mich und dem Messerangriff gehen mir nicht mehr aus dem Kopf. Dazu Stellas Tod und die Vergangenheit mit meiner Mutter ... es wird höchste Zeit, all das aufzuarbeiten.« Valerie ringt sichtlich mit sich. Ich gebe ihr die Zeit, die sie braucht, und spiele unterdessen mit einer ihrer Haarsträhnen. »Deshalb habe ich beschlossen, zu einem Therapeuten zu gehen. Und es würde mir viel bedeuten, wenn du mich auf dieser Reise unterstützt.«

Ihre Offenbarung trifft mich unvorbereitet. Dennoch hat sie meiner Meinung nach die richtige Entscheidung getroffen. Das ist Grund genug, sie in dieser Sache zu bestärken. »Na klar. Ich habe dir doch versprochen, für dich da zu sein. Ungeachtet dessen, wie du dich entscheidest.«

Erleichtert atmet Valerie auf. »Danke.«

Sie wirkt froh, das Thema angesprochen zu haben, und sinkt zurück in die Kissen. Eine Weile hängen wir unseren Gedanken nach, bis Valerie die Stille erneut durchbricht.

»Mein Vater hat uns zum Abendessen eingeladen.« Mit einem Augenzwinkern fügt sie hinzu: »Keine Sorge, diesmal darfst du auch annehmen.«

»Da bin ich aber beruhigt.«

»Es sei denn, du möchtest gar nicht mehr, nach all dem, was zwischen Dad und dir vorgefallen ist.«

»Das ist bereits vergeben und vergessen.« Mit einer großen Portion Witz flachse ich: »Ich meine, *Opa hatte Daddy verhaftet, weil er ihn verdächtigte, ein Serienmörder zu sein – das ist doch eine super Geschichte, die wir später mal unseren Kindern erzählen werden.«*

»Das ist nicht witzig, Dave.« Valerie verpasst mir einen Klaps auf die Schulter. Trotz ihrer Aussage kichert sie, wird dann jedoch schnell wieder ernst. »Der richtige Serienkiller ist noch immer da draußen. Der Gedanke ist ziemlich beunruhigend. Bei meiner Suche nach Stella habe ich alle Informationen über ihn zusammengekratzt, die ich im Internet finden konnte. Und das war nur das, was er die Leute über sich wissen lassen möchte. Was ich sagen möchte, ist, wer auch immer hinter den Morden steckt, weiß genau, was er tut, und führt die Polizei an der Nase herum. Dad trampelt seit Monaten auf der Stelle bei seinen Ermittlungen.«

»Es mag sich um einen eiskalten und berechnenden Killer handeln, von dem wir hier sprechen, doch früher oder später wird der Lady-killer einen Fehler machen, der deinem Vater die richtige Spur liefert, um ihn zu verhaften«, versuche ich sie zu beruhigen. Um ehrlich zu sein, ist in meinem Oxytocin-getränkten Gehirn gerade kein Platz für solche tristen Gedanken. Deshalb wechsle ich das Thema. »Jetzt, da Dereks Zimmer frei wird, könntest du bei mir einziehen.«

Valerie stützt sich mit dem Ellenbogen auf und schaut mich kritisch an. »Glaubst du wirklich, ich könnte an einem Ort glücklich werden, an dem der Mörder meiner besten Freundin gelebt hat?«

Sie hat recht. Das ist eindeutig zu skurril. Ständig würde sie an Derek und Stella erinnert werden. Deshalb mache ich ihr einen anderen Vorschlag. »Wir können auch in eine eigene Wohnung ziehen. Dann könnten wir den ganzen Tag in Unterwäsche herumlaufen, ohne jemanden zu stören. Oder wir bleiben direkt im Bett liegen. Na, wie hört sich das an?«

»Das klingt perfekt.«

Valerie kuschelt sich eng an mich, dabei vergräbt sie ihr Gesicht an meiner Brust. Ich drücke ihr sachte einen Kuss aufs Haar und ziehe sie in meine Arme, um sie vor all dem Bösen in der Welt da draußen zu beschützen. Denn in diesem Moment habe ich etwas beschlossen: Selbst wenn das Schicksal es von mir verlangte, werde ich diese wundervolle Frau nie wieder hergeben.

ENDE

Epilog

Sie werden mich niemals kriegen. Ich werde ihnen immer einen Schritt voraus sein. Wie soll es auch anders laufen? Immerhin plane ich diese Reihe an Verbrechen schon mein gesamtes Leben lang. Genauer gesagt, es ist der dunkle Teil in mir, der ständig versucht hat, an die Oberfläche zu kommen, und schließlich zu übermächtig war, um unterdrückt zu werden.

Schlummert in jedem von uns etwas so Böses? Wenn ja, wodurch wird diese teuflische Seite erweckt? Ich kann diese Frage nicht genau beantworten. Aber was ich mit Gewissheit sagen kann, ist, dass, wenn ich die Augen schließe und tief in mich hineinhöre, ich einen fünfjährigen Jungen sehe, der verängstigt vor dem Krankenhausbett seiner Oma steht. Verzweifelt versucht er sie von den Maschinen und Kabeln zu befreien. Er sieht keine andere Lösung, als an einem der Stecker zu ziehen. Dann hört er nichts weiter als ein lautes Piepsen sowie aufgeregte Krankenschwestern und Ärzte, die ins Zimmer stürzen. Der Junge versteckt sich und flüchtet aus dem Zimmer.

Was ich tat, habe ich erst Jahre später realisiert. Anstatt ihr zu helfen, habe ich meine Oma umgebracht. Nachdem das erste Entsetzen über mich hinweggerollt war, erfüllte mich ein anderes Gefühl. Macht. Die Macht über so etwas Großes wie ein Menschenleben zu haben, ist schlichtweg berauschend. Du allein bestimmst, wer leben darf und wer stirbt. Vor allem die Erkenntnis, in der Lage zu sein, es jederzeit wieder zu tun, versetzt mir einen Adrenalinstoß.

Doch in Zukunft muss ich eindeutig vorsichtiger sein. Mein letzter Fehlschlag führte mich fast ins Gefängnis. Glücklicherweise entdeckte ich die Überwachungskamera rechtzeitig. So gelang es mir, mich aus dem Staub zu machen, sodass man mich für unschuldig hielt, und erst zurückzukehren, nachdem ich die Linse der Kamera mit einem Stück Pappe zugeklebt hatte. Dass mein Mädchen mir mit einer Falschaussage zu Hilfe kam, war ein zusätzlicher Bonus.

Zwei Fragen, welche viele Menschen sicherlich beschäftigen, lauten: Erstens, weshalb mussten genau diese Mädchen sterben? Und zweitens, warum das Muster aus blonden, jungen Frauen?

Die erste Frage lässt sich schnell klären. Sie waren Zufallsopfer und schlichtweg zur falschen Zeit am falschen Ort. Um die zweite Frage zu beantworten, muss ich ausholen. Blondinen haben ein gewisses Image. Ein Ruf eilt ihnen voraus. Sie sind scheinbar hübsch, selbstbewusst und beliebt. Überhaupt scheinen sie perfekt zu sein, wie Barbie, die in einer rosaroten Welt lebt. Wird diese makellose Kulisse mit Gewalt zerstört, ist das besonders tragisch. Die Masse schreckt auf und das Katz-und-Maus-Spiel mit der Polizei kann beginnen.

Doch vielleicht brauche ich all die Aufmerksamkeit jetzt nicht mehr. Schließlich gibt es jetzt eine Person, auf deren Zuwendung ich nicht verzichten könnte. Zum Beweis schaue ich neben mir auf die tollste und begehrenswerteste Frau, die ich kenne. Liebevoll nenne ich sie meine Prinzessin. All die Macht und das Versteckspiel ist mir nichts wert im Vergleich zu ihr.

Macht sie mich also zu einem Serienkiller im Ruhestand, ausgelöst durch die Liebe? Zumindest für den Moment. Aber selbst wenn sie es schaffen sollte, mich dauerhaft von meiner teuflischen Seite zu befreien, bleiben die Morde für immer ein Teil von mir. Sie haben dunkle Abdrücke auf meiner Seele hinterlassen und verdammen mich zu ewigem Schweigen. Das hingegen ist allemal besser, als im Gefängnis zu krepieren und alles zu verlieren, was meine Welt jetzt perfekt macht.

Wie dem auch sei. Fest steht: Diese Welt ist verrückt. Anders kann ich mir nicht erklären, wie es möglich ist, über meine kriminellen Abgründe nachzudenken, während ich mein Mädchen in den Armen halte und mit ihr unsere gemeinsame Zukunft plane.

Nun ja, was soll ich sagen. Ich führe ein Doppelleben. Und das Beste ist: Ich fange gerade erst so richtig damit an.

Danksagung

Vor fünf Jahren habe ich angefangen, mich mit Valerie und Dave auf eine Reise voller Höhen und Tiefen zu begeben. In dieser Zeit sind mir die beiden ziemlich ans Herz gewachsen. Kein Wunder, dass ich nun, da ihre Geschichte erzählt ist, mit einem lachenden und einem weinenden Auge diese Danksagung schreibe. Denn neben der Freude, mein erstes Buch fertig geschrieben zu haben, bedeutet es auch, die beiden loszulassen.

Zu Beginn hätte ich niemals erwartet, wie nervenaufreibend und zeitintensiv es phasenweise sein kann, ein Buch zu verfassen. Und hätte ich es gewusst, hätte mich das wahrscheinlich auch nicht abgehalten, denn dafür liebe ich das Schreiben einfach zu sehr.

Schon von klein auf träume ich davon, mein eigenes Buch in den Händen zu halten. Diesen Traum, jetzt tatsächlich zu leben, fühlt sich unglaublich an.

Dies wäre aber ohne die Unterstützung vieler lieber Menschen, die mich auf meinem Weg begleitet haben, nicht möglich gewesen.

Da wäre zunächst das gesamte Team von BoD, dem mein Dank gilt. Insbesondere für die wertvollen Anmerkungen aus dem Lektorat und Korrektorat. Aber auch für die geduldigen Antworten auf alle meine unzähligen Fragen. Und allgemein dafür, dass es euch gibt und ihr zahlreichen Menschen den Traum vom eigenen Buch erfüllt.

Außerdem Danke ich der lieben Sabine von inspirited books für die wundervolle Gestaltung des Covers. Es passt einfach perfekt zu der Geschichte und könnte nicht schöner sein. Jedes Mal hat es wieder etwas magisches, es sich anzusehen.

Darüber hinaus gilt mein Dank meiner Familie, die mich immer darin bestärkt hat, diese Geschichte bis zum Ende zu Schreiben.

Mama, meine Testleserin der ersten Stunde und Papa, danke, dass ihr immer für mich da seid und einfach für alles.

Marina, danke für die gute Unterhaltung während meiner Schreibpausen, die Autofahrten und lustigen Filmabende. Danke, dass du meine große Schwester bist. Ich könnte mir niemand geeigneteren für diesen Job vorstellen.

Ein großes Dankeschön gilt auch allen Buchhändlern, Buchblogger*innen und allen Menschen auf Instagram, die genauso buchverliebt sind wie ich. Ich freue mich immer riesig über den Austausch mit euch.

Und last but not least danke ich dir, liebe*r Leser*in, dass du dich dafür entschieden hast, mein Buch zu lesen. Das bedeutet mir unglaublich viel. Ich hoffe, ich konnte dir einige schöne Lesestunden bescheren. Wenn du möchtest, lesen wir uns bald wieder in meiner nächsten Geschichte.

Eure
Vanessa